本书系国家社科基金一般项目"希伯来叙事与民族认同研究"
（项目批准号：14BWW024）的终期成果

钟志清 —— 著

# 希伯来叙事
# 与民族认同研究

A Study of Hebrew Narrative and
Jewish Identity

社会科学文献出版社
SOCIAL SCIENCES ACADEMIC PRESS (CHINA)

# 目　录

# 序　言

## 一　关于本书的选题

本书论证的焦点主要置于希伯来叙事文本与犹太民族认同的关联与互动。也就是说，一方面要审视在历史长河中流传下来的以文本为基础的希伯来叙事；另一方面则要把这些叙事文本放到其具体产生的语境，探讨其在彼时彼地的角色，或其日后对形成犹太民族身份所起的能动作用。

希伯来叙事源远流长，可上溯到成书于公元前 5 世纪至公元 2 世纪的《希伯来圣经》[①]。以《希伯来圣经》为主的古代希伯来叙事自 19 世纪现代犹太民族主义兴起以来被赋予一种新含义，并被运用于现代犹太民族国家的构建之中。18 世纪末期犹太启蒙运动以来产生的现代希伯来叙事，包括流亡叙事、还乡叙事、拓荒者叙事、大屠杀叙事、中东战争叙事、后犹太复国主义叙事、东方犹太人叙事等既以文本形式呈现，又负载着神话、历史、民族精神和民族信仰等多重内涵，堪称文化叙事，是了解犹太民族过去、现在与未来的媒介。[②]

多数民族主义理论家认为，民族主义是现代世界的产物，大抵不过拥有 200 年历史。富有影响力的民族主义理论家安德森（Benedict Anderson）和盖

---

① 本书所探讨的古代希伯来经典指的是《希伯来圣经》（Hebrew Bible），大体相当于《圣经》和合本中的《旧约》部分。为便于行文，在不产生歧义的情况下多用《圣经》表述。除个别专门标注的情况外，引文均来自《圣经》和合本。

② Yigal Schwartz, *The Zionist Paradox: Hebrew Literature and Israeli Identity*, Waltham: Brandeis University Press, 2014, pp. 5-7.

尔纳（Ernest Gellner）尽管在民族主义的起源与特征上观点不一，但均认为民族主义在现代之前并不存在。19 世纪的法国东方学家勒南（Ernest Renan）则声称民族主义是一个新概念，不为古人所认知。① 也有学者主张，尽管民族是一个现代概念，但族裔群体（或族群，ethnic groups）却有漫长的历史，因此，在探讨古代世界时，运用"族裔身份"或"族裔"等概念比较合适。② 需要强调的是，如果仅将民族主义视为一种意识形态或政治斗争的形式，就无法真正理解其本质，就像史密斯（Anthony Smith）所说，我们必须同时将其视为一种文化现象。也就是说，作为意识形态与政治运动的民族主义，必须要与民族认同这个包含特殊的语言、情感与象征符号的多维概念紧密联系起来。民族认同的现象更为广泛，是一种集体文化现象。③

　　在中国语境中探讨犹太身份认同需要澄清犹太民族身份与以色列人身份是两个不同的概念。也就是说，犹太人与以色列人是两个不同的概念。在本书中，犹太民族身份主要用于呈现古代与大流散时期的犹太人身份，其中当然蕴含着犹太人在古代与大流散期间所具有的集体无意识；"以色列人身份"一词外延的确定要十分慎重。虽然"以色列"一词得名于《圣经》中雅各与上帝摔跤这一典故，但当代以色列作为一个民族国家，使得"以色列人"一词的外延已经发生了变化，因此我们对以色列人身份也应予以更为细致的区分，也就是说，除包括众多犹太学者所论证的以色列犹太人身份外，还应包括居住在那里的阿拉伯人和其他族裔人士的身份。据统计，以色列犹太人占以色列总人口的 74%，而其他族裔人士，或者说非犹太人大约占以色列总人口的 26%。④ 也就是说，本书致力探讨的主要是希伯来叙事与犹太民族认同的关联，同时交

① Ernest Gellner, *Nation and Nationalism*, Ithaca：Cornell University Press, 1983；Benedict Anderson, *Imagined Communities*, London/New York：Verso, 1991；Mostafa Vaziri, *Iran as Imagined Nation：The Construction of National Identity*, New York：Paragon House, 1993.

② David Goodblat, *Elements of Ancient Jewish Nationalism*, Cambridge：Cambridge University Press, 2006, pp. 2-3.

③ 〔英〕安东尼·D. 史密斯：《民族认同》，王娟译，译林出版社，2018，第 1~2 页。

④ 以色列中央统计局，https：//www.cbs.gov.il/he/publications/doclib/2021/2. shnatonpopulation/st02_ 02. pdf，最后访问日期：2022 年 2 月 2 日。

织着与其他族裔之间的关联。

　　在犹太民族身份和以色列人身份的建构中，有几个核心要素。这些要素包括经典，即《希伯来圣经》；民族语言，即希伯来语；神话、信仰、社会建制与生活习俗以及族裔关系；等等。本书第一章便是集中探讨古代希伯来经典与现代犹太民族国家的构建及犹太人的身份问题。第二章至第五章选用的细读文本均为用希伯来语创作的现代文本，不过，希伯来语复兴与犹太民族国家建立这一话题已有专门的文章①发表，在《变革中的 20 世纪希伯来文学》② 中也做过专门论述，在本书中不再重复。而神话、信仰、社会建制与生活习俗以及族裔关系等内容自始至终融合在本书讨论的各个话题之中。

　　在犹太历史学家沙培拉（Anita Shapira）看来，大屠杀和以色列建国之前，有两种明显的犹太身份：一种是传统的或者正统的犹太人，另一种是现代犹太人。而犹太复国主义创造了第三种民族气质，即新型犹太人。新型犹太人乃世俗主义者，带有革命色彩。"反大流散"乃是新型犹太人的一个基本信仰。这些新型犹太人试图割断与旧日大流散文化和家庭的联系。他们穿戴朴素，在土地上耕作，铺路架桥，与欧洲从事商业活动的犹太人（其反面形象的代表是夏洛克）形成强烈反差。出生在以色列的犹太人被自动划分在新型犹太人之列。他们塑造了犹太人的新形象，英勇、无畏、朴素，而且努力工作。因此，不难理解在以色列建国之后本土以色列人③并不渴望接受新移民。在他们眼里，这些新移民集中代表了大流散犹太人的负面因素。但实际上，许多新移民也在模仿本土以色列人的集体形象特征。④

　　以色列建国之初，以色列人的集体身份由以色列国家的创建者确立。这批

---

① 钟志清：《希伯来语复兴与犹太民族国家建立》，《历史研究》2010 年第 2 期。
② 钟志清：《变革中的 20 世纪希伯来文学》（入选国家哲学社会科学成果文库），中国社会科学出版社，2013。
③ 本土以色列人（the sabra），指出生在巴勒斯坦，或虽然出生在流散地，但自幼便抵达巴勒斯坦，在犹太复国主义教育体制下成长起来的犹太人。按施瓦茨的观点，这部分人应被称作"新型希伯来人"。
④ Ruth Shamir Popkin, *Jewish Identity: The Challenge of Peoplehood Today*, Jerusalem: Gefen Publishing House, 2015, p. 110.

创建者便是所谓的阿什肯纳兹犹太人（Ashkenazim），或者称欧洲犹太人（European Jews）精英。他们多数来自中欧和东欧，怀揣着革命热情与世俗化眼光，教育本土以色列人憎恶流亡，热爱并保护自己的领土。而在与阿拉伯他者的交锋中，一部分有良知的犹太人不可避免地进行深刻的道德反省，即使在犹太人从欧洲、中东和非洲等地区移居以色列的年代，也在追问曾经居住在这片土地上的阿拉伯人将向何处去。

犹太复国主义意识形态的中心前提便是反大流散。作为身份演进过程中的一个重要概念，反大流散在中东欧具有其争论的根源。争论的两极便是犹太历史学家杜伯诺（Simon Dubnow）所说的政治犹太复国主义者与主张自治者。政治犹太复国主义者，如同自治主义者，并不强制犹太人从流散地返回巴勒斯坦。即使赫茨尔（Theodor Herzl）也注意到犹太国家只为那些无法同化到居住国中的犹太人所建。反大流散意味着塑造一种新型的民族形象，这种形象显然与典型的乡村犹太人不同。新型犹太人，具有摆脱大流散的重重阻碍等诸多特质，他们自信顽强，身强体壮，热爱以色列土地，并亲自耕种土地。即使在以色列建国之前，他们也是反大流散的代表，在这方面他们与父辈之间存在着不可调和的冲突，因为在其父母眼中大流散不过是有瑕疵而已。1945 年，这种对抗达到顶峰，许多年轻的以色列人（这里指新型犹太人）表现出对大流散与大屠杀幸存者的蔑视。[1] 20 世纪 60 年代的"艾希曼审判"（The Eichmann Trial）是以色列大屠杀记忆历史的转折点，使得以色列犹太人的身份与欧洲犹太死难者的身份有所交融。从此，以色列犹太人把大屠杀视为自己民族的悲剧。

以色列是个多元文化国家，以色列建国后，除来自欧洲各个国家的犹太移民（相当一部分是大屠杀幸存者）之外，还有一大批来自阿拉伯国家的移民。犹太复国主义的中心理念便是回到中东的民族发源地。中东可以用来证明欧洲犹太人的东方起源，也是犹太复国主义者倡导土地问题的一个重要因素。尽管犹太人在西方世界里经常被描绘成格格不入的"东方人"，但是以色列国家创

---

[1] Ruth Shamir Popkin, *Jewish Identity: The Challenge of Peoplehood Today*, Jerusalem: Gefen Publishing House, 2015, p. 42.

建者假定建立一个在意识形态上几乎完全西方化的国家。赫茨尔号召建立一个西方资本主义民主化的小型国家，有英德那样的魅力；而大卫·本－古里安（David Ben-Gurion）幻想的带有乌托邦色彩的以色列乃是"中东的瑞士"。从历史上看，尽管犹太人是反东方主义的牺牲品，但以色列国家在态度与行为上则成为东方犹太人的施害者，其后果是驱逐巴勒斯坦人，且歧视来自东方国家的犹太人。犹太复国主义者自与东方犹太人相遇之日起，就试图消灭这些另类犹太人（或者说"他者"）的东方属性。如果说西方本身带有悖论色彩，那么东方同样代表着某种当代的悖论。一方面，在地理位置上它处于"落后""不发达"地区；另一方面，东方也象征着回归地理意义上的起源，与圣经历史重建联系。① 诚然，"艾希曼审判"使以色列国家开始接纳来自欧洲的大屠杀幸存者，并拥抱其受难文化；但是，来自东方国家的难民在以色列的身份始终没有得到根本解决。这些群体在西方犹太人的霸权话语下感到遭受歧视，他们希望改变关于犹太历史的主导叙事，改变对待大流散的态度。与此同时，宗教群体开始挑战自己在犹太复国主义话语中形成的传统角色，要求在世俗化社会里实现地位的转变。伴随着以色列建国而沦为二等公民的阿拉伯人希望在以色列获得权利。② 1967 年"六日战争"、1973 年"赎罪日战争"以及日后与阿拉伯人之间的矛盾强化了以色列犹太人的身份。

20 世纪 80 年代早期，以色列犹太人的身份经历了深刻变化，旧有的集体身份发生分化，这便是一些中东研究者所说的碎片化，进而形成亚身份（sub-identity）。受西方思潮影响，以色列犹太人的集体意识被个人意识所取代，形成了一种多元文化，不同类型的以色列人逐渐找到自己的合法位置。20 世纪 80 年代，本土以色列人，或者说所谓的新型犹太人失去了其主导地位。政党功能也发生了转变，成为不同的社会共同体，以种族属性、文化特征和生活方式为标志的社会共同体的代表。集体身份分化为诸多亚身份，东方犹太人、正统派犹太人、定居点居民、来自原苏联地区的犹太人以及以色列巴勒斯坦人均

---

① Ella Shohat, "Taboo Memories, Diasporic Visons: Columbus, Palestine, and Arab-Jews," in *Taboo Memories, Diasporic Visions*, Durham and London: Duke University Press, 2006, pp. 201-232.

② Anita Shapira, ed., *Israeli Identity in Transition*, Westport: Praeger Publishers, 2004, pp. vii-xii.

渴望提升自己的地位。20 世纪 90 年代后犹太复国主义历史学家、社会科学家及其反对派之间的争论便是其后果之一。后犹太复国主义学者认为，以色列社会重新定位自我的时机已经成熟，要抛弃旧有的犹太复国主义，即以犹太人为中心的民族主义准则，以便追求更为自我，更为国际化的身份。奥斯陆协议使得阿以关系有所改善，但是 2000 年爆发的巴勒斯坦人起义表明，阿以和平的期待有些超前。因此说，以色列并非铁板一块，我们在研究希伯来叙事与犹太民族认同时要以辩证和发展的眼光，回溯历史，审视现在，放眼未来。

## 二　研究现状

本课题是一项跨学科研究。希伯来叙事与民族认同研究是近年国际学界的热门话题。在文学研究领域，以色列的谢克德（Gershon Shaked）、米兰（Dan Miron）、施瓦茨（Yigal Schwartz）、拉奥（Dan Laor）、格尔茨（Nurit Gertz）、卡通-布鲁姆（Ruth Katun-Blum），英国的阿布拉姆森（Glender Abramson）、佩莱格（Yaron Peleg），美国的杰鲁巴维尔（Yael Zerubavel）、费尔德曼（Yael Feldman）等学者从现代希伯来叙事角度出发，探讨现代希伯来文学如何反映犹太历史体验与现在的以色列社会生活，并如何被运用到当下民族身份的塑造当中。举例来说，谢克德在《现代希伯来小说》[①] 中精辟论证了现代希伯来文学作为犹太民族审美情趣与意识形态的载体，在不同社会和不同历史时期，尤其是自犹太复国主义产生以来的民族与国家建设进程中，承担着不同的政治使命与社会责任，其论证堪称经典。杰鲁巴维尔在《再生之源：集体记忆与以色列民族传统的形成》[②] 中探讨了记忆书写在当代社会生活中的作用。施瓦茨的《犹太复国主义的悖论：希伯来文学与以色列人身份》[③] 通过讨论

---

[①]  Gershon Shaked, *Ha-siporet ha-ivrit 1880-1980*, Tel-Aviv: Hakibutz Hameuchad & Keter, 1977-1998.

[②]  Yael Zerubavel, *Recovered Roots: Collective Memory and the Making of Israeli National Tradition*, Chicago and London: The University of Chicago Press, 1994.

[③]  Yigal Schwartz, *The Zionist Paradox: Hebrew Literature and Israeli Identity*, Waltham: Brandeis University Press, 2014.

《锡安之恋》① 等 5 部在现代希伯来文学史上具有划时代意义的文本，兼及 100 余年间的希伯来文化、社会、历史、政治等诸多现象，引发人们对相关问题进行深入的思考。布鲁姆、费尔德曼等学者从女性主义和民族主义理论视角出发，论及现代希伯来民族叙事如何叙写传统的"以撒献祭"等圣经母题，服务于当代国家与民族建立的使命。在历史学、政治学、社会学等领域，以色列学者沙培拉在《圣经与以色列人身份》② 等重要论文里探讨了犹太复国主义领袖借助圣经教育塑造以色列人的国家意识与民族身份；沙维特（Yaacov Shavit）的专著《〈希伯来圣经〉的再生：从圣典到书中之书》③ 描述了过去 200 年间《希伯来圣经》在犹太民族文化中的作用，以及不同历史情境下的圣经学者和公共人物对《希伯来圣经》文本的研究解读。美国学者列文森（Alan T. Levenson）在《现代〈希伯来圣经〉的形成》④ 中论及德国、以色列和美国的 10 位学者对《希伯来圣经》与犹太民族身份的研究。加拿大学者马萨里哈（Nur Masalha）在《圣经与犹太复国主义》⑤ 等著作中则从巴勒斯坦裔学者的视角探讨以色列国家如何运用《圣经》重新构建历史。几乎与此同时，以萨吉夫（Tom Segev）为代表的以色列新历史学家对大屠杀与以色列人的身份问题进行了深入探讨。以阿尔莫格（Oz Almog）为代表的以色列社会学家致力于探讨希伯来叙事与民族记忆在塑造新型希伯来人⑥时所担当的角色等。波普金（Ruth Shamir Popkin）与英巴利（Motti Inbari）分别在 2015 年和 2019 年的著述中探讨了犹太身份的形成与挑战。这些研究，与以安德森、盖尔纳、史密斯等学者为代表的民族主义学者的论述，一并为本书提供了理论基础。在中文世界，李炽昌、梁工、王立新、游斌、刘意青、刘锋、孟振华等学

---

① 亚伯拉罕·玛普（Abraham Mapu），《锡安之恋》（希伯来文版），维尔纽斯：I. R. Ram，1853。

② Anita Shapira, "The Bible and Israeli Identity," in *AJS Review*, Vol. 28, No. 1（2004）.

③ Yaacov Shavit, *The Hebrew Bible Reborn: From Holy Scripture to the Book of Books*, trans. Chaya Naor, Berlin：Walter De Gruyter, 2007.

④ Alan T. Levenson, *The Making of the Modern Jewish Bible*, Lanham：Rowman & Littlefield Publishers, INC., 2011.

⑤ Nur Masalha, *The Bible and Zionism*, London and New York：Zed Books, 2007.

⑥ 新型希伯来人（New Hebrew），参见第 3 页注③，新型希伯来人中包括新型犹太人，但并非所有的新型犹太人均属于新型希伯来人。

者在圣经研究领域，高秋福、徐新等学者在现代希伯来文学译介方面，潘光、徐新、肖宪、傅有德、殷罡、张倩红、余国庆、王健、宋立宏、王宇、汪舒明、胡浩、艾仁贵等学者在以色列文化、历史、社会等方面，均出版了颇具特色的研究成果。

## 三 研究价值、方法与内容

在中国研究希伯来叙事与以色列民族国家的认同，具有重要意义和价值。首先，将古代与现代的希伯来叙事贯穿起来，并与时下社会发展进程相结合，在历史与现在、文学与现实之间建立关联，可从新视角推进国内的希伯来文学研究和犹太学研究，并对中国学界认识当代以色列国家的系列现实问题具有重大意义。其次，审视希伯来叙事与文化传统如何服务于当下犹太民族和以色列国家这一问题，会对同样拥有悠久文化传统、同样面临传统与现实冲突的中华民族有所启迪。最后，能为国内外国文学与民族国家构建关系的总体研究提供重要个案研究范式。

本书的创新点在于：其一，在中国国内首次论证希伯来经典与现代犹太民族国家构建之关联；其二，东方犹太人叙事研究在国内学界亦属首创，相信能够引起国内对以色列东方犹太人这一特殊群体的关注，对于我国的中东研究界完整地认知犹太历史具有重要意义，在国际学界也能展示中国学者的独特视角；其三，在中国学界认知犹太女性传统的基础上，重新阐释犹太女性传统，具有重要的学术参考价值。

在方法论上，本书以马克思主义思想为指导，力图以问题剖析带动思想阐释；将文本细读与文化语境结合起来，呈现不同历史时期具有代表性的叙事文本与产生文本的社会语境的关联及其意义；运用学术史、文化史、思想史等研究成果和现代批评方法，在民族国家构建话语下解析希伯来叙事文本，并对其加以重新理解与阐释，阐明希伯来叙事如何成为犹太民族复兴进程中的主要支撑，服务于当下犹太民族国家建设与民族认同的需要，并对形成民族身份发挥着作用。同时，本书对受以色列建国影响的巴勒斯坦人的处境也表示关切与同情。

本书包括序言、正文、结语三个重要部分。序言主要说明选题边界、研究现状、内容、方法、意义与价值，澄清一些重要概念并介绍一些前沿性的学术观点。正文主要从希伯来经典、流亡与还乡、以色列国家与多元文化、大屠杀、东方犹太人等几大叙事类型切入，探讨叙事与民族身份认同之关联。具体内容如下。

（一）古代希伯来经典叙事

如前文所述，经典乃犹太民族身份建构中的核心要素，本书所言古代希伯来经典指《希伯来圣经》。本书第一章第一节主要探讨古代希伯来经典与现代犹太民族国家构建之关联。18世纪末犹太启蒙运动时期，以门德尔松（Moses Mendelssohn）为代表的欧洲犹太思想家把《圣经》经典从宗教引入世俗，并与振兴犹太民族文化传统的理念联系起来。《圣经》叙事成为把大流散犹太人凝聚起来的纽带，使之意识到祖先的辉煌。19世纪犹太复国主义运动兴起后，《圣经》逐渐被世俗化和政治化，教育家和犹太复国主义者运用《圣经》在巴勒斯坦土地与人、历史与现在之间建立一种合法性的联系。从此，《圣经》叙事与出自作家、诗人或思想家之手的反映马萨达沦陷、大流散中的集体灾难、大屠杀等犹太民族历史体验的书写，一并被政治家、思想家与教育家重新阐释，服务于现代以色列民族国家构建的需要，其作用不容忽视。以色列建国后，以本-古里安为首的政治领袖开始强调《圣经》在国家政治与教育中的重要性，使《圣经》成为塑造新型民族身份和国家意识形态的工具，一度在民族国家构建过程中发挥着难以替代的作用。"六日战争"以来，随着以色列占领耶路撒冷老城、伯利恒、希伯伦等《圣经》中描绘的"圣地"，《圣经》在以色列政治和文化生活中的地位逐渐发生了变化。

第二节探讨的是古代希伯来经典与犹太人的身份问题。《创世记》中"以撒献祭"等母题与现代希伯来作家对年轻以色列人为国家或使命献身的描写结合起来，表现出现代以色列人对生存与命运、国家与个人关系的理解。《撒母耳记》《士师记》等书卷中"大卫对歌利亚"和"力士参孙"呈现带有传奇色彩的英雄主义特征。20世纪20年代以来，这些带有军事征服色彩的文本日渐频繁地被犹太复国主义者以及后来的以色列国家用来激励青年一代士兵的士气，以维护新建犹太民族国家的合法性与生存权利。而从巴勒斯坦学者的视角来看，这样的做法等于用圣经叙事来支持犹太复国主义者在巴勒斯坦地区的殖民。以《哀歌》《诗篇》中某些书写为代表的古代希伯来叙事反映了亡国之痛与回归故里的体验，而这种体验在现代希伯来作家笔下得以复沓，表达大流散中的犹太人渴望向巴勒斯坦的回归。《以斯帖记》与《路得记》乃是《圣经》中仅有的两部以女性来命名的书卷，前者表现出犹太人在流亡中如何争取生存，后者则揭示了女性与犹太民族身份的关联。

（二）流亡与还乡叙事

1853 年堪称现代希伯来文学的一个节点，在这一年，立陶宛犹太作家玛普（Abraham Mapu）发表了第一部现代希伯来小说《锡安之恋》。本书第二章第一节专门就《锡安之恋》加以探讨。《锡安之恋》在欧洲犹太启蒙运动的语境下诞生，它使用圣经希伯来语，描写了发生在圣经时代锡安的浪漫爱情，塑造了带有现代启蒙意识的新人形象与新家园场景，并表现出大流散中的犹太人回归故乡的理念。它所呈现的乌托邦图景也具备唤起大流散犹太人的家园想象与回归锡安情感的意义。第二节从发表于 1927 年的希伯来语叙事长诗《马萨达》入手，追溯产生于第二圣殿时期的马萨达叙事及其变形。论证文学叙事与历史书写，以及与之相随的朝觐活动与考古发掘，逐渐将"马萨达不会再沦陷"视为现代犹太国家精神的象征。第三节聚焦于被学界视为"最为经典的现代希伯来小说"《昨日未远》。《昨日未远》出自诺奖得主阿格农（Shmuel Yosef Agnon）之手，借描写主人公库默（Isaac Kumer）在第二次阿里亚时期从加利西亚移民到巴勒斯坦、而后辗转于雅法与耶路撒冷、最后死于疯狗之口的遭际，在现代希伯来文学史上首次全景式地书写欧洲犹太人还乡途中的复杂情势，预示了犹太民族发展进程中的种种矛盾与悖论。第四节则通过收入阿格农的小说集《丢失的书》中的几个短篇，探讨现代希伯来作家与传统的关联，以及身处现代化进程中面临的诸多挑战。

（三）以色列国家与多元文化叙事

1948 年以色列建国，结束了犹太人近两千年的流亡生活，但也改变了生活在那里的巴勒斯坦阿拉伯人的命运。从此，巴勒斯坦那片土地战患频仍，纷争不已。本书第三章第一节探讨第一位本土以色列作家伊兹哈尔（S. Yizhar）的短篇经典《黑泽废墟》。伊兹哈尔作为第一次中东战争亲历者，在参战时面对流离失所的阿拉伯难民，不免遭受良知考问，流露出反战情绪。第二节探讨奥兹（Amos Oz）《爱与黑暗的故事》中不同人物类型的身份。奥兹是以色列的国宝级作家，他重建了祖辈的欧洲世界，对业已逝去的欧洲世界吟诵了一曲挽歌。更重要的是，他通过描写父母一代人的经历，把一向在以色列生活与文化中居于主导地位的阿什肯纳兹犹太人的边缘化身份凸显出来。在此基础上，他将背景拓展开来，展示以色列国家中各种人群的身份构成。这一主题在东方犹太人叙事部分得以进一步拓展。第三节通过细读奥兹的《朋友之间》，探讨一度在以色列民族国家构建过程中发挥重要作用的基布兹的衰落。第四节探讨《乡村生活图景》的书写方式。这部短篇小说集可以说是古稀之年的奥兹把现实中的许多现象、问题、悖论与谜团浓缩在一起，并以写实加象征、隐喻的方式呈现在读者面前，为往昔的理想主义者吟诵了一曲悲歌。第五节通过格罗斯曼（David Grossman）的《到大地尽头》，探讨当代以色列人的生存境遇。《到大地尽头》蕴含着强烈的反战思想，是一位经历丧子之痛的父亲，一位伟大的人道主义者，呼唤和解与和平的一种方式。作者试图通过远行、躲避随时降临的爱子遇难噩耗的女主人公奥拉形象的塑造，唤醒沉睡中的以色列犹太人。第六节试图通过拜伊尔（Haim Be'er）《充斥时间的记忆》审视生活在以色列的一个特殊群体——宗教犹太人及其与世俗犹太人之间的冲突，透视出以色列犹太人身份问题的复杂性。第七节通过阅读奥兹父女撰写的《犹太人与词语》重新审视犹太女性传统。关于犹太传统中的女性身份和地位，一个既定说法便是古代犹太共同体是一个高度父权制社会，女性显得十分边缘。奥兹父女一方面承认古代犹太文本中女性被边缘化、被禁止发声、被隔离的现象比比皆是；另一方面另辟蹊径，强调这些文本中也充满了强大、活跃、喜欢畅所欲言、善于表达、富有个性的女性，尤其表明在现代世界犹太女性对犹太文明做出了重要贡献。

（四）大屠杀叙事

第二次世界大战结束后的70余年，大屠杀一直在以色列的公共话语与意识形态中占据着中心位置，影响到几代以色列人的身份塑造。本书第四章第一节探讨的是大屠杀与犹太复国主义之关联。第二节集中笔力探讨大屠杀与以色列的意识形态问题。应该承认,与其他民族相比,犹太人在把大屠杀历史记忆融入时下公共话语,并将历史创伤融入民族身份塑造的做法显得十分突出。其目的不仅在于探讨大屠杀发生的原因及其特点,让世人了解大屠杀乃是现代化发展进程中的一个毒瘤;而且还要警醒世人,避免历史悲剧重演。尽管任何重塑历史的方式均是有限的,甚至充满悖论的,但是在追求和平与发展的今天,避免历史悲剧重演的尝试对任何民族均应具有启迪意义。第三节探讨幸存者子女,即"第二代"大屠杀叙事与以色列犹太人的身份认同问题。

（五）东方犹太人叙事

现代以色列国家主要是由欧洲犹太人创建的,在国家意识形态的建构上体现出以欧洲犹太人利益为中心的特征。当代以色列文学,尤其是中国学界与读者熟悉和认可的当代以色列文学,多出自阿什肯纳兹犹太作家,如奥兹、格罗斯曼、凯里特（Etgar Keret）等之手。即使是针对约书亚（A. B. Yehoshua,另译耶霍书亚）等东方犹太作家的创作,人们在解读时也往往关注其政治立场,以及与奥兹、格罗斯曼等人对和平进程的推进,鲜少关注其东方犹太作家的身份。在这部分研究中,笔者遴选了不同代际、不同地域的以色列东方犹太作家创作的作品,讨论以色列的东方犹太作家与身份认同,以期弥补中国国内在这方面研究的缺失。同时,希望学界能以完整的方式来认知犹太历史,认知希伯来文学叙事与犹太民族认同之关联,为重解犹太人的历史与文化传统,重新探讨阿拉伯人与犹太人之间的关系提供一种新思路。本书第五章第一节从学理层面探讨以色列东方犹太人的概念及其演绎。第二节至第五节分别探讨伊拉克犹太人叙事、摩洛哥犹太人叙事、伊朗犹太人叙事和埃及犹太人叙事。

结语主要述及后犹太复国主义时代以沙维特（Ari Shavit）为代表的新一代媒体人对以色列犹太人身份问题的前沿性反思。

本书应该是《变革中的 20 世纪希伯来文学》（以下简称《变革》）一书的姊妹篇,在某种程度上堪称其补编与提升,在 20 世纪文学的水平坐标轴线上添加了古代、犹太启蒙运动、21 世纪的文本以及《变革》中未详细讨论的 20 世纪文本。为避免重复,在《变革》中做了专门探讨的一些重要话题,如希伯来语的复兴等，此处尽量不再做重点陈述。与之相关，极少数在《变革》一书中已经出现、此处再次讨论的文本和话题也呈现笔者在近几年研究与思考中的转变与提升。

另，本书所引用的中文文本均提供了完整的出版信息，引用的英文和希伯来文文献均为笔者所译，不再随文作注。

# 第一章
# 古代希伯来经典叙事

## 第一节　古代希伯来经典与现代犹太民族国家的构建

在创建民族国家的过程中，创建者和决策者有必要强调其民族的独特性，或者在国民与其共同遗产，即语言、土地、经典、文化传统等诸多因素之间建立联系。[①]《圣经》作为犹太民族经典，对以色列建国前后意识形态的构成影响很大，涉及政治、宗教、律法、文化等多个层面；而对新建国家的政治影响尤甚。

### 一　《圣经》与犹太启蒙运动

要审视《圣经》在现代以色列民族国家创建过程中的作用，应该简要追溯18世纪以来《圣经》在犹太世界中角色的变化。兴起于18世纪下半叶的犹太启蒙运动，将"回归圣经"（Returns to the Bible）当作实现犹太教现代化与复兴犹太民族的先决条件，[②] 引发了《圣经》在犹太世界里扮演的角色的变化。从18世纪末期到19世纪初期，西欧犹太世界开始把《圣经》当成有助于形成犹太文化精髓的文献，先是将《圣经》与《密释纳》和《塔木德》及其评注相

---

① Michael Keren, *Ben Gurion and the Intellectuals: Power, Knowledge, and Charisma*, Illinois: Northern Illinois University Press, 1983, p. 104.

② Yaacov Shavit, *The Hebrew Bible Reborn: From Holy Scripture to the Book of Books*, trans. Chaya Naor, Berlin: Walter De Gruyter, 2007, pp. 1-2.

提并论，而后逐渐用《圣经》取代了《密释纳》和《塔木德》的位置。导致圣经领域这场革命性变化的中心人物是著名的犹太启蒙思想家门德尔松。门德尔松与人合作，把《摩西五经》从希伯来语翻译成德语。在所翻译的《摩西五经》评注里，他根据犹太传统解说《圣经》，创造以《圣经》为中心的犹太生活指南。门德尔松希望是《圣经》、而不是拉比文学（《塔木德》和《密释纳》）在欧洲犹太人的生活中占据中心位置。这是因为，在犹太人广袤的文学世界里，毕竟是《圣经》成为犹太人与其他传统群体共享的神圣文本。①

门德尔松的《圣经》翻译，影响极其深远，它开创了德国犹太人的乡土文学，使得《圣经》在之后一个世纪赢得了经典地位，关于《圣经》的评注突破了一直禁锢着德国犹太人生活的《塔木德》研究的圈子。② 19 世纪，《圣经》出现在欧洲的犹太会堂、书屋和评注中，进入了学校，接着演进为纯文学，走进戏剧与艺术殿堂。从此以后，《圣经》不仅是传统解经学上的评注主体，而且变成优秀的文学作品、"世俗的"民族历史和宇宙伦理之作，忠实地反映了圣经时代以色列地（Land of Israel）的现实，并被视为指南。它启迪了不可胜数的文学与艺术作品，为诸多意识形态提供了合法的依据，为想象中的未来提供了丰富多彩的画面。③

门德尔松及其门生倡导复兴圣经希伯来语，客观上强化了犹太人同巴勒斯坦土地的历史联系，在过去与现在之间架构了一座桥梁。这是因为，希伯来语是能够体现古代犹太民族辉煌的语言，具有德国哲学家赫尔德（Johann Gottfried Herder）所说的"神性"，④ 能够在现代犹太人与古代先祖所居住的土

---

① Alan T. Levenson, *The Making of the Modern Jewish Bible*, Lanham：Rowman & Littlefield Publishers, INC., 2011, pp. 42–43.

② 〔英〕西塞尔·罗斯：《简明犹太民族史》，黄福武、王丽丽等译，山东大学出版社，1997，第 404~405 页。

③ Yaacov Shavit, *The Hebrew Bible Reborn: From Holy Scripture to the Book of Books*, trans. Chaya Naor, Berlin：Walter De Gruyter, 2007, p. 36.

④ Johann Gottfried Herder, *Against Pure Reason: Writings on Religion, Language and History*, Minneapolis：Fortress Press, 1993, pp. 158–174.

地之间建立关联，并在一定程度上顺应了当时欧洲的非犹太世界尊重圣经时期的犹太人但蔑视其后裔的思想。[①] 尽管当时犹太民族这一概念尚未形成，但复兴圣经希伯来语的举措无疑强化了犹太人这一特殊族群的集体意识，并且拉近了圣典与现实生活的距离，激励了一些作家用圣经希伯来语来反映现实生活，尤其是表达大流散时期的犹太人与巴勒斯坦土地具有密切关联的理念。

　　一些犹太启蒙思想家借助圣经笔法，用文学作品描写圣经时代的生活，表明犹太人和土地的关系。立陶宛犹太作家玛普的长篇小说《锡安之恋》不仅使用了大量的圣经语言，而且以当时的历史学著作作为基础，描述了想象中圣经时代的锡安，唤起了流散地犹太人对祖先生活过的土地的向往。作为启蒙时期的思想家，玛普把小说作为观念的载体，把男女之爱、民族兴亡之感、故园之恋等情感与惩恶扬善、回归故乡的理念有机地结合。《锡安之恋》所体现的圣典、民族与土地关系的理念，对日后的犹太民族主义者，包括犹太复国主义领袖、以色列第一任总理大卫·本-古里安等产生了重要影响。本-古里安曾经回忆说，年轻时代对他影响最大的两部作品是斯陀夫人（H. B. Stowe）的《汤姆大伯的小屋》和玛普的《锡安之恋》。前者激起了他对农奴制的仇恨，后者则加剧了他对锡安的渴望。[②]

## 二　《圣经》与犹太复国主义运动

　　19 世纪末期，在欧洲民族主义运动崛起的社会发展进程中，《圣经》的世俗化意义愈加凸显。早期的犹太民族主义理论家认为《圣经》中蕴含着民族价值，因而把《圣经》视为具有创造性的民族天才的表达。于是《圣经》扮演的角色从犹太启蒙运动时代的凝聚犹太民族精神的天然磁铁变成塑造现代犹太民族意识的基石，促使现代犹太人在观念和行动上与古老的巴勒斯坦土地建立联系，既培育犹太人热爱巴勒斯坦的情感，树立到那里生存的信念，又有助于彰显犹太复国主义事业的合法性。

---

① 钟志清：《希伯来语复兴与犹太民族国家建立》，《历史研究》2010 年第 2 期，第 119~121 页。

② Anita Shapira，"The Bible and Israeli Identity," in *AJS Review*，Vol. 28，No. 1（2004）.

（一）《圣经》：联结人、土地与语言的纽带

犹太民族主义与犹太复国主义在某种程度上相辅相成。早期的犹太民族主义理论家和犹太复国主义先驱者在不同程度上表达了流亡中的犹太人与《圣经》所描绘的土地——巴勒斯坦土地之间的联系。摩西·赫斯（Moses Hess）既是犹太民族主义理论家，又是犹太复国主义先驱，在《罗马和耶路撒冷——最后的民族问题》中，他指出《圣经》表达了犹太人独特的创造力，[①]认为犹太人不是一个宗教团体，而是一个独立的民族，一个特别的民族；甚至提出返回故土，即巴勒斯坦的犹太国的主张。[②] 在政治犹太复国主义领袖赫茨尔眼中："巴勒斯坦是我们记忆中永存的历史家园。巴勒斯坦这个名字本身对我们的人民就有着极其强烈的吸引力。"[③] 文化犹太复国主义者的代表人物阿哈德·哈阿姆（Ahad Ha'am）则主张《圣经》是形成犹太人"民族自我"的一个重要因素，它用数以千计的毛细血管把犹太人和历史联系起来。[④] 现代希伯来文学一度成为宣传犹太复国主义主张的载体，一些深受犹太复国主义影响的希伯来语作家和诗人运用《圣经》中的预言模式来宣传犹太复国主理想和社会主义理想，如素有犹太民族诗人之称的比阿里克（Hayim Nahman Bialik）在 1891 年发表了著名的长诗《致飞鸟》，表达对犹太复国主义事业的渴望之情，以及怀恋故土的民族情感。

犹太人在近两千年的流亡过程中一向将"明年在耶路撒冷"作为一种精神追求，直到 19 世纪末期犹太复国主义运动产生以后才把精神追求转化为具体行动。这一观点从阿拉伯学者的著述中也可以得到印证。出生于以色列的巴勒斯坦裔学者和作家马萨里哈在 2013 年问世的《犹太复国主义〈圣经〉》一书中论证说：在过去的近两千年中，"圣经土地"或者巴勒斯

---

① Yaacov Shavit, *The Hebrew Bible Reborn: From Holy Scripture to the Book of Books*, trans. Chaya Naor, Berlin：Walter De Gruyter, 2007, p.39.

② 〔英〕沃尔特·拉克：《犹太复国主义史》，徐方、阎瑞松译，上海三联书店，1992，第 62~63 页。

③ 〔奥〕西奥多·赫茨尔：《犹太国》，肖宪译，商务印书馆，1993，第 38 页。

④ Yaacov Shavit, *The Hebrew Bible Reborn: From Holy Scripture to the Book of Books*, trans. Chaya Naor, Berlin：Walter De Gruyter, 2007, p.41.

坦，一直没有成为犹太人的重要中心。尽管在犹太人的想象中，圣地是一个中心，但没有转化为政治的、社会的、经济的、人口的、文化的和思想的现实。[1]

犹太复国主义从理论转向实践是在 1882 年。1881 年发生在俄国的针对犹太人的集体屠杀，直接导致了 1882 年的第一次犹太移民运动（又称"阿里亚"），来自俄国、东欧的约 2.5 万名犹太人移居巴勒斯坦。[2] 新移民尽管在巴勒斯坦土地上拼搏付出，但最终因生存条件恶劣，多数人选择了离开。不过，需要提及的是，早在 1881 年便有深受犹太民族主义和犹太复国主义思想激励的俄裔犹太人移居巴勒斯坦，包括致力于复兴希伯来语口语并设想把希伯来语作为未来以色列国家国语事业的埃利泽·本-耶胡达（Eliezer Ben-Yehuda）。本-耶胡达意识到，现代民族思想中一个重要的因素便是拥有一门民族语言，语言是把民族凝聚在一起的重要手段，是民族集体身份的一个标识，因此犹太人不仅要拥有土地，而且要有一门民族语言。显然，这片土地便是巴勒斯坦，这门语言便是希伯来语。[3] 至此，犹太民族国家理念中的立足之本：人、土地与语言等重要因素基本成型并逐渐固定下来，而《圣经》可以说是把犹太人、巴勒斯坦土地和希伯来语联系起来的纽带。

1904~1913 年，在社会主义和回归土地理念的影响下，大约 4 万名年轻的犹太拓荒者从俄国、波兰等地移居巴勒斯坦，他们当中有政治犹太复国主义领袖大卫·本-古里安和伯尔·卡茨尼尔森（Berl Katznelson），这便是第二次犹太移民运动。《圣经》在第二次犹太移民运动时期的作用十分特殊，赋予年轻的犹太民族主义运动一种神话历史基础，强化了犹太人在古老土地上的特殊位置。当时，几乎每一位劳动者的房间里都有一部《圣经》。它提醒从流散地抵

---

① Nur Masalha, *The Zionist Bible*, Durham：Acumen, 2013, p. 89.

② 参见潘光、余建华、王健《犹太民族复兴之路》，上海社会科学院出版社，1998，第 41~44 页；又参见张倩红《以色列史》，人民出版社，2008，第 142~143 页。

③ Alain Dieckhoff, *The Invention of a Nation: Zionist Thought and the Making of Modern Israel*, trans. Jonathan Derick, London：Hurst & Company, 2003, p. 102；See also Ron Kuzar, *Hebrew and Zionism: A Discourse Analytic Cultural Study*, Berlin, New York：Mouton de Gruyter, 2001, pp. 73-81.

达巴勒斯坦的年轻拓荒者们记住以色列地（即巴勒斯坦）就是故乡，使人与土地的关系更为密切。尤其作为第二代移民，手持《希伯来圣经》，赤脚在巴勒斯坦的土地上行走，会与古人产生一种认同，就像犹太复国主义活动家、以色列政界领导人塔滨金（Yizhak Tabenkin）所说："《圣经》作为某种出生证，有助于撕下个人与土地之间的隔膜，进而滋养一种'家园意识'。"① 现代犹太人与巴勒斯坦土地之间的肌肤相亲，并非是宗教上的某种契合，而是延续着犹太启蒙运动以来带有的浪漫色彩的民族觉醒传统。② 圣经风光不再像启蒙时代作家玛普笔下描述的那样只流于一种文学想象，而是与山川湖泊等地理名称、事件和人一起变成确确实实的存在。希伯来语作家和诗人使用圣经用语来描绘新移民在伊舒夫（Yishuv）③ 寻找自身位置时所面临的情感与挑战，乃至对以色列地的无限热诚。

（二）圣经教育与圣经之争

与此同时，圣经教育在巴勒斯坦的新犹太文化教育中开始发挥作用，并且逐渐被纳入犹太民族国家创建的意识形态建构之中。最早将圣经教育与当下民族意识结合起来的应该不是犹太复国主义理论家，而是以色列地的教育工作者，或者可以说是持犹太复国主义理念的教育工作者。早在 19 世纪 80 年代，在莫沙夫（Moshav）的希伯来学校里已经开始教授《圣经》，这种教育带有强烈的世俗色彩。讲述《圣经》的目的在于讲述历史，而不是讲述摩西诫命。20 世纪初期，赫茨利亚中学在《圣经》的世俗化教育方面做得非常突出。赫茨利亚中学 1905 年建立于雅法，1911 年迁到新建城市特拉维夫郊外。当时在这所由社会公共机构建立的学校里，有 254 名学生。学校不但

---

① Yizhak Tabenkin, "Ha-mekorot" in Berakha Habas, ed. , *Sefer ha-aliyah ha-sheniyah*, Tel Aviv: Am Oved , 1947, p. 27.

② Anita Shapira, "Ben-Gurion and the Bible: The Forging of a Historical Narrative," in *Middle Eastern Studies*, Vol. 33, No. 4（1997）, p. 647.

③ 伊舒夫指在以色列建国之前犹太人在巴勒斯坦地区的居住共同体，多以农耕为主，亦被称作"农业村庄"。犹太复国主义移民运动兴起之前居住在巴勒斯坦地区的犹太人共同体被称作旧伊舒夫，犹太复国主义运动兴起后（1882 年之后），由移居巴勒斯坦地区犹太人建立的犹太共同体为新伊舒夫。参见 Oz Almog, *The Sabra: The Creation of New Jew*, trans. Haim Watzman, Berkeley, Los Angeles, London: University of California Press, 2000, p. XIII 。

举行各种文化活动，而且用希伯来语授课。而在当时的历史语境下，选用希伯来语就等于支持犹太复国主义，从这个意义上说，赫茨利亚中学称得上是世俗希伯来教育的一个制高点。更引人注目的是，以校长莫辛松（Ben Zion Mossinsohn）为代表的个性派教育工作者公然强调用世俗化方式来讲授《圣经》。而在传统的犹太教育中，《摩西五经》之外的东西往往被忽略。莫辛松校长主张，《圣经》可以成为了解生存在这里的古代希伯来人的政治、社会与道德生活的知识来源。那种生活一定要清晰地呈现给新型希伯来人，使得《圣经》不断地激起其民族自豪感，尊敬过去，对未来充满信心。授课顺序也有所调整，如先教《约书亚记》，而后再教《创世记》。① 这一具有现代色彩的举措遭到了保守派的严厉批评。于是自 1911 年开始，围绕在以色列地的学校里如何教授《圣经》，尤其是在中学教授《圣经》这一问题爆发了著名的圣经之争。

　　表面看来，论争围绕着是否允许学校老师依据底本假说（Documentary Hypothesis）来讲授《圣经》展开，实际上牵扯到如何确定《圣经》在巴勒斯坦的新文化教育中的作用的大问题。而争论者对《圣经》扮演的角色的分派恰恰反映出伊舒夫对传统和大流散应该采取何种态度的问题。② 具有革新意识的莫辛松校长认为：《圣经》是民族教育的基础，是民族历史的组成部分。在学习《圣经》时，有必要学习《圣经》及其各卷在不同历史时期的发展史，要区分历史书、先知书、诗歌和律法。要剥下《圣经》的宗教和启蒙的外衣，犹如大流散时期那样从民族主义的角度对《圣经》加以接受。他认为，传统的《圣经》评注反映出大流散时期不自然的犹太生活。他还反对强调先知书却忽略律法书的做法。在他看来，《圣经》不只是一部宗教研究的著作，因为《圣经》还涉及其他问题，也许这些问题比宗教问题更为重要，他曾说：在《圣经》中，我们发现了第一圣殿和第二圣殿时期犹太人撰写的具有独创性的

---

① Alan T. Levenson, *The Making of the Modern Jewish Bible*, Lanham：Rowman & Littlefield Publishers, INC., 2011, pp. 112-114.

② Yaacov Shavit, *The Hebrew Bible Reborn: From Holy Scripture to the Book of Books*, trans. Chaya Naor, Berlin：Walter De Gruyter, 2007, pp. 373-374.

民族文学，此乃《圣经》价值之所在。① 但以大拉比库克（Rabbi Avraham Yitzchak Hacohen Kook）为首的正统派犹太人则认为高级中学的老师是以欧洲流行的方式教授《圣经》，失去了犹太教的灵魂。② 即便在犹太复国主义者内部，也有不同看法。文化犹太复国主义者的代表人物阿哈德·哈阿姆赞同莫辛松把《圣经》视为犹太民族历史组成部分的说法，但在他看来，重新建构《圣经》各卷书系顺序的做法则有悖于《圣经》乃民族创造之说，也不适合希伯来民族学校的教育方式。研究《圣经》在中等学校里没有位置。学生们必须熟悉《摩西五经》和整部《圣经》，不能在这里得知一些片段，在那里得知一些段落。无论是宗教还是普通常识都无法理解这种实践。那是世俗犹太学者的仿造，而不是《圣经》知识。③ 另一位犹太复国主义作家扎尔曼·爱泼斯坦（Zalman Epstein）则认为赫茨利亚中学教授《圣经》的方法是把《圣经》当成了世俗文学。这种做法适用于大学，而不适用于中学。④

在学校从事教学实践的老师，则把争论焦点引向如何对待大流散时期的宗教的核心问题，在他们看来，整个宗教带有流亡性质。而《希伯来圣经》不是大流散期间犹太人的《圣经》，不是带有拉什⑤评注、米德拉西⑥解说等内容的《圣经》，而是原典《圣经》，完全摆脱了流亡环境。⑦ 这场旷日持久的论争在

---

① 莫辛松博士的这些见解出自他在 1910 年发表的文章《在学校教授〈圣经〉》中，参见 Yaacov Shavit, *The Hebrew Bible Reborn: From Holy Scripture to the Book of Books*, trans. Chaya Naor, Berlin：Walter De Gruyter, 2007, pp. 374-375。

② Yaacov Shavit, *The Hebrew Bible Reborn: From Holy Scripture to the Book of Books*, trans. Chaya Naor, Berlin：Walter De Gruyter, 2007, p. 375.

③ Ahad Haam, "Between the Extremes," in *Hashiloah*, Vol. 21（December-January 1913）；See also Alan T. Levenson, *The Making of the Modern Jewish Bible*, Lanham：Rowman & Littlefield Publishers, INC., 2011, p. 113.

④ Yaacov Shavit, *The Hebrew Bible Reborn: From Holy Scripture to the Book of Books*, trans. Chaya Naor, Berlin：Walter De Gruyter, 2007, p. 376.

⑤ 拉什，中世纪一位法国犹太拉比，为《塔木德》和《托拉》撰写了大量评注。

⑥ 米德拉西（Midrash）在这里指的是古代犹太权威机构倡导和使用的一种阐释《圣经》的方式，其主旨是把经文的深一层意思挖掘出来。按照犹太学者浦安迪教授的说法，它不是一部作品，而是一种文类，有几十种之多。

⑦ Yaacov Shavit, *The Hebrew Bible Reborn: From Holy Scripture to the Book of Books*, trans. Chaya Naor, Berlin：Walter De Gruyter, 2007, p. 378.

整个圣经学术史上只是一种现象，但它反映出一种倾向，即现代自由思想家反对按照文献假说的原则来教授《圣经》，他们不但怀疑这些假说与在 20 世纪 20 年代初期在世俗氛围中阅读《圣经》无关，而且表达了一些犹太复国主义者试图借圣经教育使人摆脱大流散的困扰，并把这种理念传达给下一代。

20 世纪 30 年代以后，以色列地的多数教材由具有中东欧背景而后移居巴勒斯坦的老师撰写。多数教材不仅要讲述历史，而且要讲述犹太复国主义价值。学习《圣经》进而成为把带有民族神话色彩的过去与拓荒者的现在结合起来的一个重要工具。比如说，在普通教育系统中的高中，每周要学 35 个小时《圣经》。教育学家巴鲁赫·本-耶胡达（Baruch Ben-yehuda）说，任何不以《圣经》为基础的犹太复国主义建构，就像搭起来的火柴杆，一阵轻风就会将其吹落。这样，学校可以从新的、世俗的、民族主义的角度，而不是从宗教信仰或者是哲学工作的角度学习《圣经》。通过再现圣经故事，在圣经传说与以色列地伊舒夫的现代生活之间建立一种联系。① 换句话说，即使教授《圣经》，也不是教授宗教信仰或哲学观念，而是要大力渲染《圣经》中某些章节的英雄主义思想，讴歌英雄人物，使犹太民族富有神奇色彩的过去与犹太复国主义先驱者推重的现在奇异般地结合起来。举例来说，教育学家尤里诺夫斯基（Urinovsky）建议在讲授《耶利米书》第 24～42 章关于耶利米反对犹太人发动反抗巴比伦人的行动时，要强调耶利米为民族生存而进行的不屈不挠的斗争。在他看来，先知耶利米为故乡命运、民族生存、犹大王国遗民以及巴比伦流亡忧心忡忡，在时下这个动乱的年代，这些做法可以指导人们为争取在祖先生存过的土地上生存而奋斗。②

有趣的是，当时的圣经历史教育把着眼点置于张扬古代犹太民族历史的辉煌，而不是今人与土地的联系。至于犹太复国主义领袖本-古里安本人，他在第二次犹太移民浪潮时期来到以色列地，与当时的年轻人一样对《圣经》充

① Oz Almog, *The Sabra: The Creation of the New Jew*, Berkeley, Los Angeles, London: University of California Press, 2000, p.27.

② Oz Almog, *The Sabra: The Creation of the New Jew*, Berkeley, Los Angeles, London: University of California Press, 2000, pp.27-28.

满了爱恋与深情，但总体来看，在他这段生涯中，并没有过多地凸显《圣经》及其叙事的政治意义。20 世纪 20 年代，本-古里安讨论了巴勒斯坦边界问题，从《摩西五经》和《塔木德》中提取证据：他在这里的系统阐述十分具体，但是几乎没有论及《圣经》或历史。其定位着眼于将来。本-古里安 20 世纪 30 年代早期发表的政论中基本上没有囊括古代史。① 20 世纪 30 年代下半叶开始，本-古里安在一些作品和宣言中意识到犹太人与土地之间的历史联系。但当时，圣经修辞与圣经母题在他的话语中还是比较罕见的。倒是他的合作者卡茨尼尔森从 20 世纪 30 年代早期便致力于创造一种与犹太文化传统联系起来的事业。② 而另一位犹太复国主义领袖雅博廷斯基（Ze'ev Jabotinsky）则在 20 世纪 20 年代末期撰写了反映圣经题材的小说《参孙》，把圣经故事世俗化，去除了英雄人物身上的某些超自然因素，凸显出为民族主权而战的意义。

## 三 《圣经》与以色列建国后的政治与社会

在创建民族国家的过程中，创建者和决策者有必要强调其民族的独特性，或者在国民与其共同遗产，即语言、土地、经典、文化传统等诸多因素之间建立联系。③《圣经》作为犹太民族经典，对以色列建国后意识形态的构成影响很大，涉及政治、宗教、律法、文化等多个层面；而对新建国家的政治影响尤甚。鉴于以色列国家在炮火中建立，缺乏现代立国传统与治国经验，因此，以色列欲在世界格局与阿拉伯国家的夹缝中求得生存，一方面要借助于外来势力，另一方面要借助自己国民的力量，而将国民凝聚起来的重要因素之一便是让国民，尤其是青年一代了解古老民族的文化遗产和英雄主义行为。《圣经》在这方面无疑成为以本-古里安为首的政治犹太复国主义领袖们的灵感来源。重视《圣经》及其教育既有助于为时下民族国家找到生存的合法性依据，又

① Anita Shapira, "Ben-Gurion and the Bible: The Forging of an Historical Narrative," in *Middle Eastern Studies*, Vol. 33, No. 4 (1997), p. 648.

② Anita Shapira, "Ben-Gurion and the Bible: The Forging of an Historical Narrative," in *Middle Eastern Studies*, Vol. 33, No. 4 (1997), p. 651.

③ Michael Keren, *Ben Gurion and the Intellectuals: Power, Knowledge, and Charisma*, Illinois: Northern Illinois University Press, 1984, p. 104.

可以强化国民身份。

1948 年第一次中东战争爆发后，《圣经》中带有军事征服色彩的历史叙事，如《约书亚记》《士师记》《撒母耳记》等文本日渐频繁地被以色列国家用来激励青年一代士兵去战胜阿拉伯人，维护新建犹太民族国家的合法性与生存权，尤其是鼓舞以色列军队的士气。而从巴勒斯坦学者的视角来看，这样的做法等于用圣经叙事来支持犹太复国主义者在巴勒斯坦地区进行殖民。①

1948 年第一次中东战争基本上成为本-古里安本人与《圣经》关系的转折点。他曾指出：以色列的再生与"独立战争"② 将《圣经》像一道新光展现在我们面前。翻看之后，他联想到以色列"独立战争"以及定居点等诸多问题，想到了历代以色列评注家没有引起足够重视的一些问题，因为对他们来说，民族、部落、征服、战争、地理、以色列、定居点、母语等概念都是抽象的。③ 此话一方面显现出本-古里安作为政治家对国家主权的敏感，另一方面也在圣经学术史上呈现《圣经》与民族身份和国家地位相关联的新视角。在他看来，只有生活在那片土地、对土地拥有主权的人才可以敏锐的目光和富有洞察力的理解来阅读《圣经》。而非犹太人，甚至对希伯来语缺乏了解、未在土地上耕耘的犹太人无法抓住《圣经》的精髓。④

置身于《圣经》中提到的土地与地理位置，强化了本-古里安的圣经意识。在他看来，《圣经》使犹太人意识到民族起源和过去，以及与邻国进行的政治、军事、文化和精神斗争。⑤《圣经》叙事中描写的约书亚带领古代以色列人征服迦南，一时间具有了极其强烈的现实意义。1951 年，本-古里安在住

---

① Nur Masalha, *The Zionist Bible*, Durham: Acumen, 2013, p. 104.

② "独立战争"为以色列的叫法，即第一次中东战争。

③ David Ben-Gurion, ed., *Ben-Gurion Looks at the Bible*, trans. Jonathan Kolatch, London: W. H. Allen, 1972, pp. 113-125.

④ Anita Shapira, "Ben-Gurion and the Bible: The Forging of a Historical Narrative," in *Middle Eastern Studies*, Vol. 33, No. 4 (1997), p. 658.

⑤ David Ben-Gurion, *Ben-Gurion Looks at the Bible*, trans. Jonathan Kolatch, London: W. H. Allen, 1972, p. 287.

棚节的一次会议上声称，任何圣经评注家，无论是犹太人还是非犹太人，无论是生活在中世纪还是在当代，都无法像以色列国防军那样来阐释《约书亚记》。① 1957 年，在一次犹太研究会议上，本-古里安详述了"重写历史"的需要，强调从当代视角思考历史进程。他对学者讲，犹太研究需要根据过去10 年的革命性事件来加以阐释。而过去无疑可以清楚地阐释现在，现在也可以帮助解释过去。②

本-古里安的强权政治、圣经先知般的演说风格与个人偏好对整个国家的圣经学界影响很大。以色列圣经研究协会在本-古里安的领导下享受了黄金时代，在传播《圣经》中的政治象征方面起到了重要作用。媒体更是喜欢渲染犹太民族重视《圣经》的气氛，尤其是从仪式角度。本-古里安称《圣经》为"以色列人的身份证"，自 20 世纪 50 年代末期开始，他在内盖夫沙漠斯德伯克家中每隔两周主持一次半官方性质的总理圣经学习小组活动，这一活动后来被夏扎尔（Zalman Shazar）总统等人延续下来。报纸上会登出总统、总理以及其他要人和学者坐在桌旁研读《圣经》文本的照片。《约书亚记》被当作犹太复国主义和以色列政治文化的中心环节。讨论一般围绕着本-古里安的个人兴趣展开。1959 年，围绕着《约书亚记》召开了许多次学术会议，《约书亚记》是本-古里安最喜欢的一部书，学者们就征服迦南、军事占领以及各个支派如何定居等问题展开热议。③ 尽管学者们热衷于对《圣经》的象征性运用，把《圣经》中的英雄人物与时下现实联系起来，但是本-古里安对《圣经》的过于政治化运用令反对党，尤其是宗教界人士无法容忍，甚至遭到了知识界的反对。雷博维茨（Yeshayahu Leibowitz）教授曾对此现象提出警告，认为对《圣经》表面上的投入会将"犹太复国主义"政治化，但是他的警告并未引起注意。

---

① Anita Shapira, "Ben-Gurion and the Bible: The Forging of a Historical Narrative," in *Middle Eastern Studies*, Vol. 33, No. 4 (1997), p. 658.

② Michael Keren, *Ben Gurion and the Intellectuals: Power, Knowledge, and Charisma*, Illinois: Northern Illinois University Press, 1983, p. 103.

③ See Michael Keren, *Ben Gurion and the Intellectuals: Power, Knowledge, and Charisma*, Illinois: Northern Illinois University Press, 1983, pp. 107-108; Nur Masalha, *The Zionist Bible*, Durham: Acumen, 2013, p. 125.

《圣经》在以色列国家的基础教育中也占据着重要地位。早在 1950 年，本-古里安就提出，未来的民族教育集中在两个方面，一是土地，二是《圣经》。"讲授《圣经》及其仪式膜拜被建构成以色列国家内部宗教的核心部分。"① 从幼儿园到中学《圣经》都是一门重要课程，在入学考试中占很大比重。无论正统派犹太教学校，还是世俗学校都要教授《圣经》。不过，普通学校的圣经教育有别于宗教学校的圣经教育。在普通学校里，《圣经》被当作"以色列文化的基础书籍"；而宗教学校强调的是《圣经》的神圣起源。普通学校教授《圣经》的目的在于教导孩子热爱自己的家园，热爱居住在这里并且创造着这里文化的百姓；而宗教学校则教授孩子遵守律法，并根据《圣经》标准来评价社会与民族。普通学校强调《圣经》的审美价值与文学价值，用圣经语言来丰富孩子的词汇；而宗教学校只教授语言和经学，不涉及《圣经》的文学价值。②

普通学校的教育理念，实际上顺应了 20 世纪 20 年代伊舒夫时期以来的反大流散教育。其核心在于否定流亡历史，否定旧式犹太人，倡导以色列年轻一代成为犹太复国主义领袖所希望的新型希伯来人：英勇、强悍、随时可以为民族和国家利益献身。③ 在反大流散背景下，许多以色列人将姓氏希伯来化。《圣经》中的名字引起了百姓的关注。一般性的犹太名字——以《圣经》中先父和先母的名字命名，如摩西、亚伦、约书亚、撒母耳、所罗门、大卫、以利亚等，被但、他玛、阿摩司和基甸等名字取代，区别是后者的名字与大流散没有关联。

以色列是个充满争议的国家，即使在本-古里安和国家教育机构强调反大流散教育时，依然有人呼吁与大流散历史建立联系。1955 年，以色列议会在一份官方计划书中加进了要在学校强化以色列年轻人的犹太意识的规定。计划

---

① Baruch Kimmerling, *The Invention and Decline of Israeliness*, Berkeley：University of California Press, 2001, p. 103.

② J. Schoneveld, *The Bible in Israeli Education: A Study of Approaches to the Hebrew Bible and Its Teaching in Israeli Educational Literature*, Assen：Van Gorcum, 1976, pp. 1-2, pp. 107-108.

③ 关于反大流散教育问题的理论探讨，参见钟志清《旧式犹太人与新型希伯来人》，《读书》2007 年第 7 期，第 64~71 页。

书指出：在以色列的基础教育与高等教育中，都要强化年轻人的犹太民族意识，植根于犹太民族的过去与历史遗产，强化其对世界犹太人的道德联系。① 为贯彻这一主张，圣经教育就要强化在大流散文化传承中占据主要地位的《摩西五经》的内容，而不仅仅强调历史书和先知书的内容。在 1963 年的作家大会上，作家哈扎兹（Haim Hazaz）攻击本-古里安的观点，指出东欧犹太生活乃是犹太精神力量的源头；认为《圣经》不会给新国家带来任何益处，让犹太人成为永恒民族的不是《圣经》，而是口传律法。②

《圣经》在以色列的文化生活中的位置也有所提升。甚至在庆祝建国十周年之际的 1958 年，还举行了圣经知识竞赛，竞赛由以色列著名的圣经研究权威考夫曼（Yehezkel Kaufman）教授负责。这种做法后来被不同的团体仿效。1963 年，又举行了首次犹太青年圣经知识竞赛，甚至与"独立日"举行伞兵比赛相提并论。至于竞赛的目的，正如以色列圣经研究协会主席格瓦尔亚胡（M. Y. Gwaryahu）所言，在于提高整个民族的文化水平，增加整个民族的圣经知识。甚至有学者希望通过竞赛看到民族精神复兴的前景。但是，另有许多人质疑圣经竞赛的教育价值，称其不过是在死记硬背。③ "六日战争"以后，圣经教育主要以讲解评注为主，后逐渐把《圣经》当成宗教文本对待，令世俗化的以色列年轻人十分厌倦。

借助《圣经》在过去与现在之间建立联系、把圣经历史当代化的重要事业是考古发掘。圣经考古学创立于 19 世纪。自 1948 年第一次中东战争以来，以色列的圣经考古在以色列民族国家创建的过程中占据着重要位置。④ 本-古里安就强调犹太人考古发掘的重要性，希望通过考古发掘证明犹太人从远古时期就在巴勒斯坦地区创造了丰富的物质文化。圣经考古研究一方面体现出历史

---

① J. Schoneveld, *The Bible in Israeli Education: A Study of Approaches to the Hebrew Bible and Its Teaching in Israeli Educational Literature*, Assen: Van Gorcum, 1976, p. 114.

② Anita Shapira, "Ben-Gurion and the Bible: The Forging of an Historical Narrative," in *Middle Eastern Studies*, Vol. 33, No. 4 (1997), p. 664.

③ Anita Shapira, "The Bible and Israeli Identity," in *AJS Review*, Vol. 28, No. 1 (2004), p. 25.

④ 关于圣经考古在以色列民族国家创建过程中的重要性，从以色列与巴勒斯坦两大族裔学者的论证中均可找到丰富的材料，限于该论题并非本章的中心论题，这里暂不做过多的展开。

学家与考古学家科学的工作态度；另一方面也渗透着意识形态色彩，强化了圣经叙事与土地之间的联系。

出身于考古世家的以色列国防军著名将领伊戈尔·亚丁（Yigael Yardin）在 1948 年第一次中东战争后成为一名专业考古学家，他翻译并解释了他父亲 1947 年在伯利恒购买的第一批《死海古卷》残篇。1955 年，他完成关于《死海古卷》的博士学位论文，获得希伯来大学博士学位，翌年获得以色列国家奖。他率领团队发掘了以色列一些非常具有价值的古代遗址，包括库姆兰山洞、米吉多、哈措尔、马萨达等，并把发掘基色的所罗门之门当作他一生最杰出的成就。每一次考古发现之后，他会撰写学术论文或著作，也会撰写通俗读物。他著有《马萨达：希律王的要塞与匕首党人的最后抵抗》等专著，① 发表论文《哈措尔发掘第五季》、②《以色列王的米吉多》③ 等，把《圣经》中的过去与现代以色列国家、古代以色列战争与现代以色列战争联系起来，或者说把以色列历史带入活生生的现实生活。④ 摩西·达扬（Moshe Dayan）将军则当了一位业余考古学家，撰写了《与圣经一起生存》⑤。考古的目的原本在于巩固《圣经》作为历史来源的地位，但最后导致对圣经历史来源是否准确这一命题产生疑问。事情起因在于，1999 年 10 月 29 日，以色列特拉维夫大学著名的考古学家赫佐格（Zeev Herzog）教授在《国土报》（*Ha'aretz*）发表题为《〈圣经〉：没有实地发现》的文章，认为根据考古学家的发现，古代以色列人没有在埃及生活，没有在沙漠中漂泊，没有用军事武装征服以色列地，没有以色列十二支派定居，甚至显赫一时的大卫和所罗门王国也只不过是个小小的部落王国而已。没有迹象表明耶路撒冷在大卫和所罗门

---

① Yigael Yadin, *Masada: Herod's Fortress and the Zealots' Last Stand*, New York: Random House, 1966.

② Yigael Yadin, "The Fifth Season of Excavations at Hazor, 1968-1969," in *The Biblical Archaeologist*, Vol. 32, No. 3 (September 1969), pp. 49-71.

③ Yigae Yadin, "Megiddo of the Kings of Israel," in *The Biblical Archaeologist*, Vol. 33, No. 3 (September 1970), pp. 65-96.

④ David Green, "1984: Archaeologist Who Brought Israel's History to Life, Dies," in *Ha'aretz*, November 6, 2017.

⑤ 摩西·达扬（Moshe Dayan），《与圣经一起生存》（希伯来文版），耶路撒冷：Edanim, 1978。

时代是一座大都城。① 即便在基督教领域，这种质疑也非同小可，会导致对《圣经》新的阐释。而在以色列，怀疑圣经史实的确定性势必会削弱犹太民族主义和以色列人身份的基础，甚至否认犹太人对巴勒斯坦土地所拥有的权利。② 一时间，《圣经》再次成为以色列文化生活领域的一个热点。考古学家、历史学家和圣经学者的讨论在某种程度上把《圣经》从民族宗教的神坛再次带入世俗之中。③

21世纪以来，《圣经》依旧没有退出以色列的政治舞台，在相当程度上仍然强烈地出现在以色列公共对话中，并且拥有情感力量，可引起政治与思想的联想。一个重要的新变化是，尽管政治上的极端主义者与宗教激进主义者仍旧纠结于《圣经》的地理学意义，但是政治家、社会活动家和知识界人士逐渐将关注视角从地理学意义上的《圣经》转向社会学意义上的《圣经》。比如，一些主张社会正义的人士把圣经律法作为依据，对社会不公和某些畸形的社会现象加以抨击。有些学者甚至从经济学理论出发提出犹太教对贫困人士表示关心，似乎可以帮助消除因分配不均而造成的贫困。但这种说法显然有其偏颇之处，因为个人权利与经济平等等问题在圣经律法和拉比犹太教精神中拥有特殊含义。④ 不过，上述问题确实意味深长，可以促使当今学者进一步思考。此外，《圣经》在当今以色列国家的社会生活中仍然具有特殊意义。当今以色列犹太人的许多重要节日，如纪念摩西率领以色列人出埃及的逾越节和住棚节（见《出埃及记》），纪念波斯犹太人免遭哈曼屠戮的普珥节（见《以斯帖记》），以及犹太新年（见《利未记》）等均可在《圣经》中找到出处。在这些节日，要唱诵源自《圣经》的诗文，比如在犹太新年，要唱诵《创世记》"以撒献祭"等故事。这些表面看来去政治化的圣经原型一方面是在延续犹太

① 参见 http://www.freerepublic.com/focus/news/704190/posts，最后访问日期：2014年1月10日。
② Zeev Herzog, "Hatanach: Ein Mintzaim Bashetah," *in Haaretz*, October 29, 1999.
③ Anita Shapira, "The Bible and Israeli Identity," in *AJS Review*, Vol. 28, No. 1 (2004), p.41.
④ Fania Oz-Salzberger, "Political Uses of the Hebrew Bible in Current Israeli Discourse: Transcending Right and Left," in *The Australian Journal of Jewish Studies*, Vol. 25 (2011), pp. 11~35. 中文参见钟志清译《当代以色列话语中〈希伯来圣经〉的政治运用》，钟志清编选《希伯来经典研究文集》，译林出版社，2019，第119~135页。

传统文化，另一方面却与蕴含着政治含义的国家创立与建设神话结下了不解之缘。①

综上所述，在过去的 100 余年间，古老的《圣经》在以色列国家创立与国家建设的现代进程中和以色列人身份的建构中发挥了不容忽视的作用。18 世纪犹太启蒙时代的思想家开始借助回归希伯来语《圣经》，建构圣书、圣地与圣民想象，以期复兴古老的民族文化传统。19 世纪末期以来犹太复国主义者运用《圣经》将犹太人、《圣经》所使用的语言——希伯来语与土地联系起来，目的是为现代犹太人能在巴勒斯坦立足找到合法性的依据。犹太复国主义教育家讲授《圣经》是为了讲述民族历史，使年轻一代了解古代民族历史的辉煌，而不是传播宗教知识，这样的教育理念与犹太正统派的圣经宗教教育发生抵触。以色列建国后，《圣经》当中的历史叙事与征服主题有助于以色列政府鼓舞民族士气，保证国家安全，使国家合法化，学习圣经历史一度成为国家行为。

从疆域上看，以色列人在 1967 年"六日战争"之前始终未能踏上希伯来民族的摇篮——《圣经》中所述古代犹大和撒玛利亚的土地。换句话说，犹太复国主义者所建立的国家是在沿海地带，从未深入昔日撒玛利亚和犹大王国的核心地带，或者说"圣地"（Holy Sites）。② "六日战争"标志着以色列国家和巴勒斯坦民族的历史转折。伴随着这场战争的结束，以色列人占领了耶路撒冷老城、希伯伦和伯利恒等这些《圣经》中提及的古迹。宗教犹太复国主义者，尤其是 20 世纪 70 年代出现的信仰团体（Gush Emunim）甚至把国家疆域的扩大当作弥赛亚复国。③ 而对于世俗的犹太复国主义者和以色列犹太人来

---

① "以撒献祭"见于《创世记》第 22 章，说的是上帝命令亚伯拉罕献唯一的爱子以撒作为燔祭，考验其是否忠诚，最后又派天使用羊羔代替以撒。在国家创建的语境下，文化学家往往把以撒比作为国家利益而牺牲的人，将其视为找不到替罪羔羊的牺牲者。

② Baruch Kimmerling, Baruch Kimmerling, *The Invention and Decline of Israeliness*, Berkeley: University of California Press, 2001, p. 102.

③ Nur Masalha, *The Bible & Zionism*, London and New York: Zed Books, 2007, p. 136. 关于信仰团体的中文论述，参见汪舒明、缪开金《信仰者集团的崛起及其对以色列社会的影响》，《西亚非洲》2006 年第 6 期，第 47~52 页。

说，踏上了《圣经》中所记载的历史古迹毁坏了对《圣经》的浪漫追忆：因为多数"圣地"上居住着另一个民族。[①] 借助《圣经》经典建立起来的乌托邦想象无法缓解时下必须正视的阿以矛盾与冲突。家园的意义对于每个以色列个体来说意义何在？对此，以色列希伯来语作家、素有"以色列良知"之称的阿摩司·奥兹不禁发出慨叹："国家为我毁坏了家园。"[②]

可见，无论是对政治犹太复国主义者的建国大业，还是对新以色列国家的意识形态以及个体身份建构，《圣经》都起到了至关重要的作用。但是，当犹太复国主义者的梦想化作了现实，逐渐将新建的民族国家稳固下来，《圣经》的世俗象征意义便被削减，失去了其在塑造以色列人身份时的中心地位。随着全球化语境下各种价值观念的冲击，《圣经》在以色列犹太人身份建构过程中所发挥的关键性作用便逐渐弱化。而 21 世纪以来，由以色列考古学家赫佐格教授引发的关于圣经史实确定性问题的争议使《圣经》再度成为政界、学界与公共对话的一个焦点，在宗教与世俗领域均发挥着重要作用。

## 第二节　古代希伯来经典与犹太人的身份问题

### 一　圣经母题及其在当代世界的回响

从历史传承角度看，《圣经》中描述的犹太人出埃及、从巴比伦返回锡安，与当代犹太人在犹太复国主义思想的感召下移民巴勒斯坦，均重复着回归家园的主题；《圣经》中兄弟相残的故事在当代则以巴勒斯坦犹太人和阿拉伯人冲突的形式体现出来；《圣经》中约书亚对迦南地的征服则让许多研究者联想到 1948 年以色列"独立战争"。在文学创作领域，沿用民族历史上的神话原型描写当代生活的现象并非罕见。在某种程度上，对古老宗教与文学经典做出带有世俗化意义的现代阐释也成为现代希伯来文学，尤其是诗歌与戏剧的一

---

① Anita Shapira, "The Bible and Israeli Identity," in *AJS Review*, Vol. 28, No. 1 (2004), p. 32.

② 阿摩司·奥兹（Amos Oz），《黎巴嫩坡地》（希伯来文版），特拉维夫：Am Oved, 1987, p. 215。

个重要渊源。著名诗人吉尔博阿（Amir Gilboa）、阿米亥（Yehuda Amichai）、古里（Haim Gouri）和扎赫（Nathan Zach）等分别沿用古老犹太传统文化中的人物与象征，融合当代思想，对古老的宗教传统进行解说。作家麦吉德（Aharon Megged）、沙伯泰（Ya'akov Shabtai）、沙莱夫（Meir Shalev）等分别撷取《圣经》中的神话反映犹太人的当代体验。笔者在此将选取《圣经》中几个具有代表性的母题，探讨其与当代犹太世界的关联以及在犹太民族身份建构中扮演的角色。

（一）仪式牺牲母题

《圣经》中最为典型的仪式牺牲母题便是《创世记》中的"以撒献祭"。"以撒献祭"（Aqedah，Binding of Isaac，中文亦称"以撒的捆绑""以撒受缚"或"以撒的牺牲"）主要反映的是上帝意在考验亚伯拉罕是否忠诚，考验他是否对上帝的意志表现出虔诚与恭顺，由此牵涉出以撒这个人物所承担的献祭角色问题，以及它在日后犹太民族身份建构中所具有的象征性含义。

依照《创世记》记载，亚伯拉罕和撒拉在年迈之际得子以撒。上帝要对亚伯拉罕进行考验，便命令亚伯拉罕将以撒献为燔祭：

1 这些事以后，神要试验亚伯拉罕，就呼叫他说："亚伯拉罕！"他说："我在这里。"

2 神说："你带着你的儿子，就是你独生的儿子，你所爱的以撒，往摩利亚地去，在我所要指示你的山上，把他献为燔祭。"

3 亚伯拉罕清早起来，备上驴，带着两个仆人和他儿子以撒，也劈好了燔祭的柴，就起身往神所指示他的地方去了。

4 到了第三日，亚伯拉罕举目远远地看见那地方。

5 亚伯拉罕对他的仆人说："你们和驴在此等候，我与童子往那里去拜一拜，就回到你们这里来。"

6 亚伯拉罕把燔祭的柴放在他儿子以撒身上，自己手里拿着火与刀。于是二人同行。

7 以撒对他父亲亚伯拉罕说："父亲哪！"亚伯拉罕说："我儿，我在这里。"以撒说："请看，火与柴都有了，但燔祭的羊羔在哪里呢？"

8 亚伯拉罕说："我儿，神必自己预备作燔祭的羊羔。"于是二人同行。

9 他们到了上帝所指示的地方，亚伯拉罕在那里筑坛，把柴摆好，捆绑他的儿子以撒，放在坛的柴上。

10 亚伯拉罕就伸手拿刀，要杀他的儿子。

11 耶和华的使者从天上呼叫他说："亚伯拉罕！亚伯拉罕！"他说："我在这里。"

12 天使说："你不可在这童子身上下手。一点不可害他。现在我知道你是敬畏神的了。因为你没有将你的儿子，就是你独生的儿子，留下不给我。"

13 亚伯拉罕举目观看，不料，有一只公羊，两角扣在稠密的小树中，亚伯拉罕就取了那只公羊来，献为燔祭，代替他的儿子。

14 亚伯拉罕给那地方起名叫耶和华以勒（意思就是"耶和华必预备"），直到今日人还说："在耶和华的山上必有预备。"

15 耶和华的使者第二次从天上呼叫亚伯拉罕说：

16 "耶和华说，'你既行了这事，不留下你的儿子，就是你独生的儿子，我便指着自己起誓说：

17 论福，我必赐大福给你。论子孙，我必叫你的子孙多起来，如同天上的星，海边的沙。你子孙必得着仇敌的城门，

18 并且地上万国都必因你的后裔得福，因为你听从了我的话。'"

19 于是亚伯拉罕回到他仆人那里，他们一同起身往别是巴去，亚伯拉罕就住在别是巴。①

从内容上看，这短短的 19 节文字可以划分为几个部分。

---

① 引文参照《圣经》和合本。需要指出的是，在希伯来语翻译成其他语言时，"这些事"在许多版本中被翻译成"这些话"。

第 1 节写的是神,即上帝,要考验亚伯拉罕,于是呼唤他,亚伯拉罕回答说,"我在这里",表现出亚伯拉罕随时听从命令。第 2 节是上帝命令亚伯拉罕将自己唯一的儿子献为燔祭。第 3 节到第 10 节叙述亚伯拉罕听从上帝之命,备好献祭用的柴、火与刀,带着以撒去往摩利亚地,在那里筑坛堆柴,捆绑以撒,欲亲手杀死其唯一的爱子,并将其献为燔祭。这一部分的对话则充满了戏剧性,似乎已经暗示出代祭羔羊的出现。第 11 节到第 14 节叙述天使出现,传上帝旨意,用公羊代替以撒,亚伯拉罕为该地命名。第 15 节到 19 节写天使第二次出现传递上帝旨意,由于亚伯拉罕听从了上帝的话,上帝赐福亚伯拉罕及其子孙,亚伯拉罕与仆人动身前往别是巴,并居住在那里。

古代犹太历史文献在某种程度上是对《圣经》的重写。诸多拉比、学者、圣经评注者、神学家都对"以撒献祭"这一《圣经》中非常令人费解的叙事予以极大关注。[1] 信仰者经常将以撒献祭与犹太人对人神关系的理解联系起来:上帝曾经与亚伯拉罕立约,许诺亚伯拉罕要做多国的父,亚伯拉罕及其子孙要受割礼,亚伯拉罕要做"无瑕的人",或者说"完人"(希伯来文原文是"Tamim",英文译本或将其译作"完美的",或译作"无可指责的")。将以撒作为燔祭也是亚伯拉罕在履行与上帝的契约关系中所应该尽到的一种义务,是上帝在对亚伯拉罕进行考验,而上帝最后命令用羊代替以撒则体现出上帝的慈悲情怀,及其对"选民"[2] 的一种关爱。

在犹太历史学家约瑟夫斯(Flavius Josephus)的书写传统中,"以撒献祭"的故事与《圣经》中的说法有所不同。未提及亚伯拉罕准备献祭的过程,也未提及他所携带的物品的名称。亚伯拉罕和以撒的对话在约瑟夫斯的故事中也失去了戏剧性。以撒年龄大约有 25 岁,[3] 他问父亲要奉献什么,因为没有看到动物。亚伯拉罕说上帝会预备祭品。犹太思想家菲洛(Philo of Alexandria)

---

[1] Mishael Maswari Caspi, *Take Now Thy Son: The Motif of the Aqedah(Binding) in Literature*, North Richkland Hills, Texas: Bibal Press, 2001, p. 1.

[2] 关于"选民"之说,在犹太世界中也有争议,并非所有的犹太人均把自己当成上帝的选民。

[3] 另有说法为 10~12 岁,或者再大一些,参见 James L. Kugel, *How to Read Bible*, New York: Free Press, 2008, p. 125。而拉什等评注家认为以撒当时 37 岁。

反对称"以撒献祭"乃是人类对上帝做出牺牲的观点。他认为，亚伯拉罕面对的是人类的创造者，以撒代表着自然界造物；父亲亚伯拉罕对以撒的爱不只是父子之爱，而且代表着对他所代表的造物的欣赏；上帝不愿意人类做过多的牺牲，因此用羔羊代替以撒。

米德拉西在对《圣经》进行诠释与理解时又加进了新的内容，就"这些事"（或"这些话"）指的是什么、以撒与以实玛利的争论、以撒的恐惧等问题展开辩论，甚至写以撒死在祭坛上，而后又得以复活。后世犹太人除在晨祷或节期唱诵"以撒的牺牲"外，还要在新年的第二天唱诵它。而此时人们所吹的羊角则与替代以撒的献祭公羊建立了某种象征性的联系，在某种程度上，令人联想到自由的可贵。在传统犹太思想中，以撒走向祭坛往往被视作犹太人朝着殉难目标行进的朝觐过程。犹太人随时准备在神明的召唤下献出生命，这种"为上帝名义而死"（Kidush Hashem）的理念在大屠杀期间几乎走向极致。

随着犹太人向巴勒斯坦的移居，犹太复国主义教育体制将学习《圣经》作为在巴勒斯坦和后来的以色列进行世俗化教育的一个基本内容。读者与作家把《圣经》视为创作新文学作品的源泉。[①] 自20世纪40年代，"以撒献祭"成为犹太复国主义思想和希伯来文学作品中的关键性形象，但充满悖论的是，这一形象既代表着犹太人在大屠杀中被动遭受屠戮，又代表着民族志士为国家而献身。[②] 总之，用列文森教授的话说，"以撒献祭"变成一个基本的行动，其结果延伸到世代以以撒为父的人身上。[③]

具体到文学艺术领域，以"以撒献祭"这一原型进行创作的作家和艺术家在恰切地反映出原有母题的意义时，又将理解的视野从宗教引向世俗，探讨人与人之间的关系（如父子关系）和人本身的内在冲突。在圣经文学中，对

---

① Gershon Shaked, "Modern Midrash: The Biblical Canon and Modern Literature," in *AJS Review*, Vol. 28, No. 1 (2004), p. 44.

② Yael S. Feldman, *Glory and Agony: Isaac's Sacrifice and National Narrative*, California: Stanford University Press, 2010, p. 20.

③ Jon D. Levenson, "The Rewritten Aqedah of Jewish Tradition," in *The Death and Resurrection of the Beloved Son*, New Haven and London: Yale University Press, 1993, p. 174.

上帝是顺从还是背叛总被看作一种重大选择。① 当代作家在进行艺术再现的过程中，把具有神圣色彩的传统宗教母题推向新的层面。按照以色列耶路撒冷希伯来大学卡通-布鲁姆教授的说法，在现代，上帝与人的关系在人们理解"以撒献祭"这则神话时逐渐失去了优势，代替它的是人（或者是一个民族）与其社会历史的关系，以及后来人与自身、生存与命运的关系。② 在现代希伯来文学中，许多作家和诗人采用"以撒献祭"母题，把对古老希伯来经典中的原型进行重新阐释当成理解现实社会与自身身份的一种方式。

1948 年以色列"独立战争"要求本土以色列人为保卫新建的犹太国家而战，犹太国家象征性地成为上帝在现实世界中的替代物，召唤自己"选民"之子——年轻的以色列士兵走上战场，甚至牺牲。现代希伯来诗歌象征性地重复古老母题，古代担负献祭羔羊使命的"以撒"到以色列建国之后已经发展成响应国家号召为民族的生存而战、为国家利益献身的年轻士兵。在他们身上，国家利益与个人安危又一次处于不可调和的冲突中。在这种情况下，"以撒献祭"这一母题帮助"独立战争"时期的希伯来语作家和诗人创造出了新的受难英雄。

与古老神话原型不同的是，古代的以撒在走向祭坛之际意识处于懵懂状态，不知道自己的身份是献祭的羔羊，故而向父亲询问献祭的羊羔在何处。但当代，即将走向疆场的以色列犹太人则对自己的身份和使命了如指掌，意识到自己正在为犹太复国主义理念履行牺牲仪式。希伯来诗人海姆·古里的《祈祷》便是从世俗角度烘托出年轻人出征前壮烈感人的场面及其视死如归的精神，基本上是在使用现代语言套用"以撒献祭"模式反映现代生活中的战争主题。

与此同时，古代神话传说中的以撒在走向祭坛之际只是亚伯拉罕之子，以个人形式出现，不带有任何集团色彩。但海姆·古里诗中走向战场的士兵显然不是一个人，而是带有集体主义色彩的群体。卡通-布鲁姆谈论第三次阿里亚

① 〔美〕勒兰德·莱肯：《圣经文学》，徐钟等译，春风文艺出版社，1988，第 21 页。
② Ruth Kartun-Blum, "The Binding of Isaac in Modern Hebrew Poetry," in *Prooftexts*, Vol. 8, No. 3 (September 1988), p. 294.

时期著名诗人拉姆丹（Yitzhak Lamdan）时使用术语"伊采哈克摇特"（Yitzahakyot），即希伯来语"以撒"一词的复数形式，则可看出以撒代表着一类人。[①] 拉姆丹的《在祭坛上》就有这样的诗句：我们都被绑缚在此处，我们用自己的双手把木柴拿到这里。不要问他是否接受祭品，只将我们的脖子伸向祭坛![②] 显然，"我们都被绑缚在此处"代表着某种共同的命运，或者说是犹太民族的命运。此时，至高无上的权威已经不再是上帝，而是犹太复国主义理念。原始宗教母题中上帝考验亚伯拉罕的意义逐渐消失，或者说转变为由犹太复国主义理念对整个犹太民族进行考验。

　　古代的亚伯拉罕为了维护自己对上帝的信仰与忠诚，情愿献出自己唯一的儿子，似乎经受住了考验。以撒虽然对自己是否为牺牲表示怀疑，但无力违抗父命与神权。幸而上帝命天使及时赶到，用公羊将以撒替换下来。换句话说，以撒遭到捆绑，但是没有成为真正的牺牲。但充满悖论的是，以撒留给子孙的不是赎救后的快乐，而是那千钧一发时刻的创伤。按照卡通-布鲁姆的说法，以撒的所谓遗产就是他富有悲剧色彩的受缚，[③] 他把自己的责任与义务传给自己的子孙，使其在出生时便负载着沉重的历史积淀与创伤。考验本身则成了没有休止的悲剧，使整个犹太民族遭受束缚，犹太人无论是散居世界各地，还是居住在自己的国家内，均无法摆脱宗教理念和宗教义务的束缚，但似乎很少质疑上帝的考验是否人道。

　　在犹太民族思想史上，大屠杀事件在某种程度上打碎了犹太人所恪守的信仰准则，不免对带有集体主义色彩的民族悲剧命运进行追问。总体上说，这种追问也是一个带有思辨色彩的悖论。如果有上帝，如果上帝是慈悲的，那么他为什么对犹太人的苦难视而不见？在奥斯威辛上帝又在何方？伴随这些追问而来的，是让思想家百思不得其解的罪与罚问题。如果犹太人对上帝是忠诚的，

---

① Ruth Kartun-Blum, *Profane Scriptures: Reflections on the Dialogue with the Bible in Modern Hebrew Poetry*, NewYork：Hebrew Union College, 1999, p. 22.

② Ruth Kartun-Blum, *Profane Scriptures: Reflections on the Dialogue with the Bible in Modern Hebrew Poetry*, NewYork：Hebrew Union College, 1999, p. 22.

③ Ruth Kartun-Blum, "The Binding of Isaac in Modern Hebrew Poetry," in *Prooftexts*, Vol. 8, No. 3 (September 1988), p. 294.

为何遭受如此惩罚？大屠杀是否是上帝在对当代犹太人进行的新的考验？数百万人"像羔羊一样走向屠场"是否是民族一种现代的救赎仪式？在大屠杀作家的笔下，"以撒受缚"可以从多个层面反映民族的受难历程。传统神话传说中的人物关系有时发生了置换，也就是说，牺牲者有时是儿子，有时可能是父亲，有时则是象征着整个民族的群体。

以撒的恐惧在《圣经》原型与现代文学表述之间建立起一种内在的联系。如果说《圣经》中的以撒对谁是献祭羔羊这一问题深表疑惑的话，那么深谙《希伯来圣经》叙事传统的现代"以撒"已经明显地意识到大难即将临头。在意象上，一些现代希伯来作家和诗人没有使用《旧约》中"火"和"柴"的意象，而是选择了"刀"，如在吉尔博阿的诗歌《以撒》中使用"光"和"血"，受缚这一行为本身得到淡化，突出的则是受难者的鲜血。以撒的呼救表明他已经确信自己的命运凶多吉少，强化了大屠杀背景下犹太人无处藏身的命运。至高无上的命令发布者已经由上帝转化为人，没有天使救助，没有上帝的慈悲，没有用作献祭替代物的公羊。在文学语境中，"置换"是指改变一个神话结构，使之变得更加可信，更符合通常的经历。[1] 受难者由儿子变成父亲淡化了圣经语境下神考验人的宗教含义，而更多的则是唤起对大屠杀现实的记忆。吉尔博阿生于波兰，1937 年便在排犹主义声浪中移居巴勒斯坦，但家人则在大屠杀中丧生。家人的牺牲者角色在诗歌中则具体地由父亲充当：

> 遭杀害的是我呀，孩子，
> 我的鲜血已沾满树叶。
> 爸爸说着，喉咙哽咽，
> 脸色苍白。
> 我真想高声叫喊，
> 尽力不相信这一切。

---

[1] 〔加〕诺斯洛普·弗莱：《神力的语言——"圣经与文学"研究续编》，吴诗哲译，社会科学文献出版社，2004，第 164 页。

我睁开双眼，

一梦方醒。

我右手的血已经流尽。①

　　诗歌结尾的变化改变了传统的宗教母题，将更多民族记忆的世俗成分添加进去。具体地说，在后大屠杀诗歌中，《圣经》传说中的"以撒"（其角色现在可由不同的人承担）没有逃脱作为献祭者的命运。父亲遭杀戮的现实令儿子产生恐惧与负疚，这是许多大屠杀作家，尤其是幸存者作家着重表述的一种体验。这种改变既暗示了大屠杀过后人们信仰的失落，也标志着古老的文化传统在现代社会里所面临的挑战。与此同时，这首诗像许多大屠杀作品一样，暗示孩子被从大屠杀的屠刀下解救，走上犹太复国主义救赎之路。正是在这种复国主义思想的感召下，吉尔博阿在 1937 年便移居巴勒斯坦，相继在基布兹、柑橘园、采石场和筑路公司劳动，与土地建立起一种紧密的联系。后又参与把犹太移民转移到巴勒斯坦的活动，投身于 1948 年以色列"独立战争"。这样一来，"以撒受缚"这一模式便成为一种浓缩的形象，象征性地反映出大屠杀及其救赎的意义。而在过去数十年的以色列文学创作中，十分典型，甚至可以说最为典型的展现"以撒献祭"母题张力的希伯来语小说莫过于大卫·格罗斯曼的长篇小说《到大地尽头》，笔者在后文中将对其进行详细探讨。

　　（二）以少胜多母题

　　大卫与歌利亚对抗乃是《圣经》中以少胜多或以弱胜强、以弱抗强母题的重要体现，且与当代以色列国家的历程具有某种象征性的关联。在现代犹太民族的发展进程中，同构成当代以色列社会意识形态密切相关的现代犹太社会的两大体验是大屠杀与以色列"独立战争"。这两个事件的共同之处在于敌对力量之间相差悬殊。在大屠杀中，欧洲犹太人在纳粹的淫威之下，反抗之声甚微，数百万人"像羔羊一样走向屠场"；而在以色列"独立战争"中，以色列国防军面对来自周边阿拉伯国家的联合力量顽强抵抗，以弱胜

---

① 〔以〕阿米尔·吉尔博阿：《以撒》，资料由希伯来文学翻译学院提供。

强，赢得了最后的胜利。在文学创作上，20 世纪 50 年代的本土以色列作家在表现这两大历史事件时似乎不约而同地重复了《撒母耳记》中大卫和歌利亚之争的主题思想。

大卫和歌利亚的故事叙述的是古代非利士人招集军旅和人马前来征讨以色列人，当时的以色列王扫罗率部下摆阵准备迎敌。歌利亚是非利士营中的讨战者，他身材高大，力大无比。按照《撒母耳记》记载：歌利亚"身高六肘零一虎口；头戴铜盔，身穿铠甲，甲重五千舍客勒；腿上有铜护膝，两肩之中背负铜戟；枪杆粗如织布的机轴，铁枪头重六百舍客勒"①。而与他应战的牧人大卫则"年轻，面色光红，容貌俊美"②。大卫手中拿杖，囊中装着石子，手中拿着甩石的机弦。在抗衡的前奏骂阵中，非利士人藐视大卫，叫嚷："来吧！我将你的肉给空中的飞鸟、田野的走兽吃。"③ 大卫则说，"我来攻击你，是靠着万军之耶和华的名。"④ 大卫用机弦甩石击中歌利亚的额头，歌利亚仆倒，面伏于地。手中没有刀的大卫将歌利亚的刀从鞘里拔出来，杀死他，割了他的头。⑤

在希伯来传统中，这则故事最初孕育着正义与非正义的冲突，古代以色列人之所以能够以弱胜强，依靠的是上帝耶和华的协助。这种以弱胜强的模式在漫长的犹太民族发展历史上曾经多次重现，如犹太人反对古代希腊统治的犹大·马加比起义；随着时间的流逝，以弱胜强的古代传说的意义不断演进，到以马萨达为终极结果的犹太人抗击罗马人的角逐中，以弱胜强的神话已经演绎为以弱抗强。现代犹太复国主义文化在阐释古代传说时注入了现实需要，把宗教信仰转化为世俗理念。⑥

以色列建国之前的 20 世纪 20~30 年代，体现以弱抗强思想的作品多集中描

---

① 《撒母耳记》17：4~5。

② 《撒母耳记》17：42。

③ 《撒母耳记》17：44。

④ 《撒母耳记》17：45。

⑤ 《撒母耳记》17：49~51。

⑥ Nurith Gertz, *Myths in Israeli Culture: Captives of a Dream*, London：Vallentine Mitchell，2000，p. 6.

写犹太人对巴勒斯坦地区的征服，以便强化拓荒者们取得胜利的决心，支撑他们的信仰。以色列 1948 年"独立战争"确实是一次以少胜多的战役，阿拉伯联军最初在武器装备和数量上远远优于以色列国防军。按照格尔茨的说法，"独立战争"期间以色列的新闻报道并没有体现出以弱胜强的思想，但战争结束后，以色列文学从现实主义角度再现了以色列人以少胜多的胜利。伊兹哈尔的短篇小说《黑泽废墟》这样描述犹太士兵和阿拉伯士兵众寡悬殊的场面："我们……一辆吉普车和几个人攻下了整个村庄……你瞧他们有多少人……要是他们愿意，可以用唾沫把我们淹死。"许多作品重新构筑民族记忆，以"马萨达不会再沦陷"这个犹太文化史上带有悖论色彩的英雄主义口号作结，发誓苦斗到最后一刻，不屈不挠。① 关于马萨达叙事，将在本书第二章第二节专门进行探讨。

自 20 世纪 40 年代末期以来，以色列的许多戏剧集中描写犹太民族女英雄汉娜·塞耐士（Hanna Senesh）在大屠杀期间为营救欧洲犹太人而献身的事迹。塞耐士本是一位匈牙利犹太姑娘，出生在布达佩斯一个被同化了的犹太人之家，家境优渥，父亲是一位作家和艺术家，在她幼年之际便已经去世。塞耐士自幼受过良好的教育，由于受犹太复国主义思想的影响，移居巴勒斯坦，后来参加营救犹太人的特殊工作，在前去匈牙利执行任务时被捕，宁死不屈，牺牲时年仅 23 岁。虽然塞耐士最终没有能够像大卫那样在较量中把对手消灭，但是她不畏强暴、抵御外侮的精神却复沓着《圣经》故事中以少胜多、用正义战胜邪恶的主题。

本土作家麦吉德发表于 1958 年的《汉娜·塞耐士》② 则是展现这种英雄主题的代表作，信仰和民族概念又一次将宗教传统与现代意识结合起来。如果根据"以撒献祭"模式来考察塞耐士营救欧洲犹太人的过程，则不难看出，塞耐士在这一仪式牺牲模式中承担着受缚者—牺牲者（以撒与献祭羔羊）的

---

① Nurith Gertz, *Myths in Israeli Culture: Captives of a Dream*, London：Vallentine Mitchell, 2000, p. 6；Yael Zerubavel, *Recovered Roots: Collective Memory and the Making of Israeli National Tradition*, Chicago and London：The University of Chicago Press, 1995, p. 70.

② Aharon Megged, *Hanna Senesh*, trans. Michael Taub, in Taub Michael, ed., *Israeli Holocaust Drama*, Syracuse：Syracuse University Press, 1996.

双重身份。但与"以撒献祭"原型中角色的区别在于,塞耐士的献身是一种自我选择,她说服埃利亚胡等基布兹领导(20 世纪 40 年代犹太复国主义者的化身,"以撒献祭"模式中最高命令者的化身)批准她与其他男性伞兵一起去营救欧洲的犹太人,最后慷慨赴死,进而使古代纯粹的受缚—牺牲模式蒙上了当代英雄主义色彩,为当代以色列人所崇尚。同时,塞耐士在走向祭坛的过程中表现出的那种强烈的求生愿望,不免为仪式—牺牲模式本身蒙上了一层悲悯色彩。与古代献祭模式不同的是,上帝与人的关系不再占主导地位,取而代之的是则现代犹太人与历史生存境遇和使命的关系。

(三)参孙情结

参孙的故事出自《士师记》第 13 至 16 章。根据《士帅记》的描写,在参孙时代,以色列人正在遭受非利士人的辖制与压迫。参孙的出生富有神奇色彩:参孙的父亲玛挪亚是琐拉人,母亲不孕不育。上帝耶和华的使者向参孙的母亲显现,承诺她生子,但不可用剃刀给孩子剃头,原因在于他一出生就要归上帝做拿细耳人,将拯救以色列人脱离非利士人之手。上帝要他做的拿细耳人,指的是离俗之人,不可剃发,不可饮酒,不可触摸尸体。①

这样看来,参孙乃受神谕而降生,他来到这个世界上便被赋予了拯救民族于水火的使命,他本人必须听从这一使命的召唤,恪守上帝诫命,才能被赐福,才能被上帝的灵感动。但是参孙在长大成人后恰恰没有完全遵守上帝诫命,其人生也以悲剧告终。

参孙在结识非利士女子大利拉之前,曾娶过另一个非利士女子为妻。与异族女子通婚这件事曾遭到参孙父母的反对,但"这事出于耶和华",因为参孙需要寻找机会攻击非利士人。这桩婚姻产生了悲剧性的后果:参孙忘记了上帝让他保持圣洁、远离罪恶的旨意。参孙曾手撕巨狮,但在娶亲途中取死狮身上的蜜,边走边吃,违背了拿细耳人不可触摸尸体和不洁之物的诫命。尤其他在妻子的哭闹与逼迫面前泄露秘密,暴露出他盲目轻信的性格缺陷。这一性格缺陷在他与大利拉的交往中造成致命的后果。非利士人因屡遭参孙击杀,便让深

---

① 《民数记》6:2~6。

受参孙喜爱的大利拉诓骗参孙，探听他的力量来源。参孙开始虽有所提防，用谎言搪塞大利拉，但最后则把头发的秘密告诉了大利拉，因此惹来杀身之祸。大利拉趁参孙熟睡之际伙同他人剃掉了参孙的七绺头发，上帝于是离参孙而去。失去力量的参孙被非利士人剜眼，打入监牢，饱受折磨。最后他求告上帝，发誓复仇雪耻，终于恢复了力量。他撼动房屋的支柱，房子坍塌，参孙与3000非利士人同归于尽。

参孙的故事尽管简短，但却是《圣经》中最为复杂的叙事之一，具有强烈的戏剧张力。参孙这个人物本身也充满了矛盾，具有多重面孔。概括地说，参孙的确是一个力大无比、勇猛绝伦的英雄：在非利士人辖制以色列人时期，他身为以色列士师20年。除手撕巨狮外，他还束火炬于狐尾烧毁敌人禾稼，用驴腮骨杀敌千人，将迦萨城门扛上山顶，等等。但综观《圣经》中的诸多描写，参孙每次杀敌，似乎都与报私仇有关；同时，他好色贪淫、十分任性、不能保守秘密，虽然屡遭女人出卖，但始终不能接受教训，最终导致毙命。正是因为参孙故事本身的复杂性和参孙这个人物的矛盾性，引起了后人的极大兴趣与争议：有人将其视为民族领袖，有人则反驳说他从未领导过他的同胞；有人将其视为英雄，有人则认为他愚蠢；有人赞赏其英勇善战，有人则指责他嗜血成性、杀人如麻；有人将其视为悲剧人物，有人则将其称作喜剧小丑；等等。

千百年来，参孙的故事在电影、戏剧、音乐与文学中得到了反复呈现。在西方文学传统中，乔叟（Geoffrey Chaucer）的《坎特伯雷故事集》、莎士比亚（William Shakespeare）的《爱的徒劳》、斯宾塞（Edmund Spencer）的《仙后》等名作均使用过参孙题材。影响最大的当推17世纪英国诗人、政论家弥尔顿创作的诗剧《力士参孙》。该作着重讲述的是参孙精神复苏的过程，充分展示了参孙在双目失明、备受凌辱、和奴隶一起劳动时的内心痛苦，正是"这些经历使参孙变得谦虚，使他恢复信心，因而有可能成为神所选定的自我牺牲的英勇战士"①。

---

① 《中国大百科全书·外国文学·Ⅰ》，中国大百科全书出版社，1982，第705页。

力士参孙对以色列人尤其具有吸引力。1948 年以色列与阿拉伯五国进行作战时，一位名叫阿巴·库夫纳（Abba Kovna）的军官、诗人奉命为吉普部队命名，他选择了"参孙的狐狸"这一称号。"参孙的狐狸"这一典故同样源自《圣经》中参孙的故事，说的是参孙"捉了三百只狐狸，把狐狸尾巴一对一地捆上，将火把捆在两条尾巴中间，点着火把，就放狐狸进入非利士人站着的禾稼，将堆集的禾捆和未割的禾稼，并橄榄园尽都烧了"[1]。当时该部队在南部沿海高原——传说中参孙曾经脚踩过的土地上，与入侵的埃及人作战。作为大屠杀期间的抵抗战士，库夫纳借"参孙的狐狸"这一典故激励以色列士兵勿做"待宰羔羊"，而是要与阿拉伯联军血战到底。[2]

在希伯来文学传统中，当代以色列著名作家大卫·格罗斯曼根据参孙的故事撰写了《狮子蜜：参孙的神话》，作家从人性的角度探讨参孙身上所体现的使命与欲望的强烈冲突；并且借古喻今，指出参孙因遭到背叛与出卖而产生危机感，进而反应过激，最后与他者同归于尽，这一"参孙情结"似乎就是当今以色列人处境的原型。

## 二 《哀歌》《诗篇》与亡国体验

公元前 586 年，新巴比伦王尼布甲尼撒二世率军攻破耶路撒冷，捣毁圣殿，将大量的犹太学者、工匠、百姓和王室人员掳到巴比伦，这便是犹太历史上耸人听闻的巴比伦流亡事件，第一圣殿历史就此结束。巴比伦流亡事件导致了系列灾难性的后果：被征服的犹太人第一次漂泊异乡，踏上流亡之旅，惨痛的亡国经历使之吟唱出《哀歌》（Lamentations，和合本将其译作《耶利米哀歌》）与《诗篇》中的千古绝唱。与此同时，巴比伦流亡这段历史经历，对于强化犹太民族的凝聚力和身份认同也产生了至关重要的影响。尤其是，犹太人在巴比伦期间没有遭到囚禁，而是得到特许生活在一个相对集中的环境里，对于保护犹太人之间的联系，维护其固有的生活习俗起到了

---

[1] 《士师记》15：4~5。
[2] 〔以〕阿摩司·奥兹、范妮亚-奥兹·扎尔茨贝尔格：《犹太人与词语》，钟志清译，译林出版社，2019，第 184~185 页。

重要作用。尤其在公元前562年之后，身为自由人的犹太人有权从事各种职业，富有者甚至可以拥有自己的奴仆。在人数上有所改善，在生活水平上也有所提高。①

尽管生活相对安稳，但亡国之痛却在文人墨客的心灵深处留下了难以愈合的创伤。《哀歌》反映的便是耶路撒冷沦陷与圣殿被毁这段历史遭际，在古代中东地区伤悼城市的传统中占据着重要地位。《哀歌》希伯来语书名的原意为"为何"（Eicha），亦为"哀号"（Qinot）。希腊文本和拉丁文本的翻译均取"哀号"意，分别将其译作《哀哭》（*Threnoi*）或《哀哭之书》（*Liber Threnorum*），英文本在希腊文和拉丁文翻译的基础上，将其译作《哀歌》。②在犹太教和基督教传统中，均把先知耶利米视为《哀歌》作者。其依据在于，据《历代志》（35：25）记载："耶利米为约西亚作哀歌。所有歌唱的男女也唱哀歌，追悼约西亚，直到今日；而且在以色列中成了定例。这歌载在哀歌节上。"《巴比伦塔木德》和《塔尔古姆》（或称《圣经注疏》）开头均有耶利米写下用他名字命名的哀歌之说。③ 但在希腊文《七十子译本》、拉丁文《武加大译本》乃至英文版《圣经》中，《哀歌》在排列上紧随《耶利米书》之后，甚至在希伯来语原文开头加上一句："以色列被掳充军以后，耶路撒冷成了一片荒凉，耶利米先知痛哭流泪地坐着，唱了这篇哀歌凭吊耶路撒冷，呜咽说……"④由此，耶利米似乎成了《哀歌》作者。中文译本《耶利米哀歌》沿用希腊文本和拉丁文本的表述，与希伯来语书卷《哀歌》的本意发生了偏离。不过，希伯来语标题并没有框定《哀歌》的作者，且将其放在《圣经》第三大类作品——圣著之后，五小卷中的第三卷。何况，《历代志》中所记载的哀

① 参见徐新《犹太文化史》，北京大学出版社，2006，第20页。
② 参见李炽昌、游斌《生命言说与族群认同：希伯来圣经五小卷研究》，中国社会科学出版社，2003，第167~168页。
③ Paul M. Joyce and Diana Lipton, *Lamentations Through the Centuries*, West Sussex: Wiley-Blackwell, 2013, p. 2. 约西亚是犹大王国晚期颇具建树的君王，施行了一系列宗教与政治改革，在公元前609年率部与埃及作战时阵亡。
④ 参见李炽昌、游斌《生命言说与族群认同：希伯来圣经五小卷研究》，中国社会科学出版社，2003，第169页。

歌是为哀悼约西亚阵亡（公元前 609 年）所作，而《哀歌》中伤悼的对象主要是耶路撒冷的沦陷与圣殿被毁，应该写于公元前 586 年之后，两者相距 23 年，显然不是同一部《哀歌》。① 而且，《哀歌》与《耶利米书》的语言和精神特质迥然相异，立场也不尽相同，不可能出自同一位作者之手。这样的推论显然排除了耶利米为《哀歌》作者之说。

当代学者在《哀歌》作者问题上没有达成共识。扬（Young）在 1950 年曾经提出，耶利米把耶路撒冷的毁灭当成上帝的惩罚，耶利米并没有像《哀歌》作者那样谴责先知，只是谴责了伪先知等。② 戈特瓦尔德（N. Gottwald）则从反证法或者排除法角度出发，首先认为作者并非持先知或者《申命记》作者的立场。其次，《哀歌》作者并不认为耶路撒冷不值得毁灭。最后，作者对在圣殿遗迹进行膜拜感兴趣并参与其中。他认为作者是先知、祭司或者某位无足轻重的人。奥特利（S. Oettli）认为《哀歌》作者是耶利米的亲戚，或者是和耶利米熟悉的人。洛尔（M. Löhr）在 1906 年提出《哀歌》作者与《以西结书》有关。还有一些学者认为《哀歌》作者同某位先知有关。③

《哀歌》共 5 章。第 1 章写一个身份不确定的观察者描述一个无名城市的苦境。有说这位观察者就是耶利米，也有说把他当作叙述人。《哀歌》开篇，在今昔对比之中描写一座不知名城市在遭到洗劫之后的惨象：

> 先前满有人民的城，现在何竟独坐！先前在列国中为大的，现在竟如寡妇！先前在诸省中为王后的，现在成为进贡的。她夜间痛哭，泪流满腮，在一切所亲爱的中间没有一个安慰她的。她的朋友都以诡诈待她，成为她的仇敌。④

---

① 参见李炽昌、游斌《生命言说与族群认同：希伯来圣经五小卷研究》，中国社会科学出版社，2003，第 171 页。

② Jannie Hunter, *Faces of a Lament City*, Frankfurt am Main: Peter Lang, 1996, p. 46.

③ Jannie Hunter, *Faces of A Lament City*, Frankfurt am Main: Peter Lang, 1996, p. 48.

④ 《耶利米哀歌》1：1~2。

在《哀歌》第 1 章里，诗人运用了一个明显的修辞手法——拟人，把城市拟人化为遭受凌虐、孤独与毁谤的女性，用沦为寡妇这一人类情感中最富有代表性的身份失落强有力地展现历史上的集体灾难。"她"曾经是很漂亮的女子，遭到敌人的蹂躏与抛弃，形同寡妇。朋友背叛"她"，孩子被迫与之分离，踏上流亡之旅。只剩下她孤苦伶仃，无人问及。这里把受难民族表现为受迫害的女子。① 在近东文化传统中，寡妇指那些失去保护的人，缺乏安全感。第 7 节把寡妇与遭劫难城市以及锡安和耶路撒冷联系起来：

> 她百姓落在敌人手中，无人救济，敌人看见，就因她的荒凉嗤笑。耶路撒冷大大犯罪，所以成为不洁之物，素来尊敬她的，见她赤露就都藐视她。她自己也叹息退后。她的污秽是在衣襟上。她不思想自己的结局，所以非常的败落，无人安慰她……她的民都叹息，寻求食物，他们用美物换粮食，要救性命。②

这段描写使城市的身份得以确定，城市惨象本身由此便平添了一种历史感，与发生在公元前 586 年的耶路撒冷沦陷、圣殿被毁、民众被掳的历史事件建立了关联。

第 2 章继续使用拟人化手法，描写耶路撒冷因罪愆引得上帝动怒：

> 主何竟发怒，使黑云遮蔽锡安城？他将以色列的华美从天扔在地上，在他发怒的日子并不记念自己的脚凳。③

在这一章里，《哀歌》再度呈现为拟人化了的城市，"她"为孩子呐喊，朝上帝呐喊，抗议上帝针对自己采取的行动，通过遣怀悲音来抒发自己的痛苦。

---

① Alan Mintz, *Hurban: Response to Catastrophe in Hebrew Literature*, Syracuse：Syracuse University Press，1984，p. 27.
② 《耶利米哀歌》1：7~11。
③ 《耶利米哀歌》2：1

第 3 章是《哀歌》最为复杂的一章，把以色列历史上的苦境转换为信仰预言，表示上帝对以色列的承诺还没有完结，表明叙述者仍旧怀有希望和信仰。第 4 章描写耶路撒冷遭到围困与洗劫后的恐怖，尤其强调过去的福祉与现在的失落，强化了城市本身的罪孽及其后果。①第 5 章用集体发出怨声来结束全书。

按照著名的圣经形式批评大家贡克尔（Herman Gunkel）的观点，《哀歌》第 1 章、第 2 章和第 4 章是集体挽歌的汇集；第 3 章包括个人哀歌和集体哀歌，以及智慧文学；第 5 章是集体哀歌。②

在笔者看来，若从叙述视角来看，第 1 章是以个人哀歌为主，以"我"为主词，如"听见我叹息的有人；安慰我的却无人！我的仇敌都听见我所遭的患难"③；其中前半部分还是"葬礼哀歌"的形式。第 2 章则是集体哀歌，以"我们"和"他们"为主词，如"锡安城的长老坐在地上默默无声，他们扬起尘土落在头上，腰束麻布；耶和华的处女，垂头至地"④，"少年人和老年人都在街上躺卧；我的处女和壮丁都倒在刀下"⑤。第 3 章可分为几个部分，我（1~39）、我们（40~54）、我（55~63），最后又回到集体哀歌⑥。第 4 章则是从集体视角出发，如"锡安的贵胄素来比雪纯净，比奶更白；他们的身体比红宝玉更红，像光润的蓝宝石一样。现在他们的面貌比煤炭更黑，以致在街上无人认识；他们的皮肤紧贴骨头，枯干如同槁木"⑦，"慈悲的妇人，当我众民被毁灭的时候，亲手煮自己的女儿作为食物"⑧。第 5 章也是集体哀歌。个人哀歌是个人的人生体验，是个人在苦难中对上帝的发问；而集体哀歌则是

① Paul M. Joyce and Diana Lipton, *Lamentations Through the Centuries*, Oxford: Wiley-Blackwell, 2013, pp. 147-152.
② Heath A. Thomas, *Poetry and Theology in the Book of Lamentations: The Aesthetics of an Open Text*, Sheffield: Sheffield Phoenix Press Ltd., 2013, p. 77.
③ 参见《耶利米哀歌》1：21。
④ 参见《耶利米哀歌》2：10。
⑤ 参见《耶利米哀歌》2：21。
⑥ 参见李炽昌、游斌《生命言说与族群认同：希伯来圣经五小卷研究》，中国社会科学出版社，2003，第 179 页。
⑦ 参见《耶利米哀歌》4：7~8。
⑧ 参见《耶利米哀歌》4：10。

对国家和民族的历史进行反思，并将其放在以色列与上帝的关系之下来进行反思。① 从这个意义上说，《哀歌》具备后来升华为凝聚犹太民族精神的潜能。

在犹太传统中，灾难并非专指身体与物质方面的破坏，而是说带有破坏性的事件撼动了对世界各地犹太人命运的共同设想才变为灾难。在现代之前，这个共同设想主要指上帝与以色列人之间的关系。② 虽然耶路撒冷沦陷是由外邦入侵所致，但深受希伯来神学影响的《哀歌》作者，从人与上帝的关系出发，将造成城池毁灭的原因归结为人犯下罪愆，触怒上帝，因而遭到惩罚。在作者看来，耶和华是公义的！他这样待我，是因我违背他的命令。我的处女和少年人都被掳去。③ 这些话语里面蕴含的因果报应观点，应该说受到了申命记神学的影响。申命记传统的核心在于上帝与以色列人之间的契约，毁灭，并非上帝抛弃以色列，也非上帝撤销了他对百姓的义务，也非上帝在宇宙中的力量遭到质疑，而是对罪有应得的以色列人所做的必要惩罚，是上帝对以色列表示关心的一种表达。④ 其内在发展逻辑应为，如果犹大遵从耶和华旨意，就会得到赞美；如果不听从，就会遭到惩罚。⑤

《哀歌》中渲染的最大恐怖并非人意识到了罪愆，而是人因罪愆而遭到抛弃与毁灭后的恐怖。在这方面，《哀歌》再次通过描写个人形象来表达集体意识。《哀歌》中比较突出的形象是女性形象，或者说《哀歌》开篇所说的耶路撒冷城市的喻体。《哀歌》第1章中对耶路撒冷的苦境做了多方面的描写，称其失去了"锡安城的威荣"，这里的锡安城指的是耶路撒冷。在希伯来语版《哀歌》中，第1章第6节汉语"锡安城"的原文是"בת ציון"，原意为"锡安的女儿"，因而赋予了喻体本身一种女性特征。《哀歌》是《圣经》中少数

① 参见李炽昌、游斌《生命言说与族群认同：希伯来圣经五小卷研究》，中国社会科学出版社，2003，第178页。

② Alan Mintz, *Hurban: Response to Catastrophe in Hebrew Literature*, Syracuse：Syracuse University Press, p. 2.

③ 参见《耶利米哀歌》1：18。

④ Alan Mintz, *Hurban: Response to Catastrophe in Hebrew Literature*, Syracuse：Syracuse University Press, p. 3.

⑤ Heath A. Thomas, *Poetry and Theology in the Book of Lamentations: The Aesthetics of an Open Text*, Sheffield：Sheffield Phoenix Press Ltd., 2013, p. 18.

表达女性声音的文本，第 1 章和第 2 章的书写对象均是女性。在《哀歌》里，女性的境况是凄惨的，而且是有罪的，因此才遭受惩罚。一些女权主义批评家在肯定了《哀歌》见证女性苦难的同时，为拟人化的耶路撒冷或"锡安的女儿"进行辩护。有些女权主义者强烈地反对上帝的暴力，认为《哀歌》将上帝合法化。① 而另一些女权主义者则认为，关于上帝暴力，以及隐藏在赤身裸体、遭受凌虐奸污和屈辱的女子意象背后的男性，表明了《哀歌》作者的意识形态。② 女性的苦难至少有双重含义，从历史批评角度看，女性遭受蹂躏，表明一个受难民族所无法避免的民族痛苦。这种感受在现代希伯来诗人比阿里克的长诗《在屠城》③ 中得到了进一步升华。而从神学角度看，拟人化了的耶路撒冷在《哀歌》中被描绘成遭到强奸（1：8～9）、有罪（1：5，8），是《哀歌》作者用受虐女子的形象来提升耶路撒冷罪愆的修辞。

《哀歌》中作者对上帝的态度也充满了矛盾。一方面表现出一元论的神学，认为上帝的做法是公正的；另一方面，也对上帝屠杀与惩罚的举动表示强烈质疑，并且指出上帝毫无怜悯与顾惜：

> 耶和华啊，求你观看！见你向谁这样行？妇人岂可吃自己所生育手里所摇弄的婴孩吗？祭司和先知岂可在主的圣所中被杀戮吗？少年人和老年人都在街上躺卧，我的处女和壮丁都倒在刀下。你发怒的日子杀死他们。你杀了，并不顾惜。④

《哀歌》中也展现了受迫害的男性形象"Gevar"：我是因耶和华愤怒的

---

① Heath A. Thomas, *Poetry and Theology in the Book of Lamentations: The Aesthetics of an Open Text*, Sheffield：Sheffield Phoenix Press Ltd., 2013, p.35.

② Heath A. Thomas, *Poetry and Theology in the Book of Lamentations: The Aesthetics of an Open Text*, Sheffield：Sheffield Phoenix Press Ltd., 2013, p.35.

③ 详细分析见钟志清《比阿里克的〈在屠城〉与〈希伯来圣经〉传统》，《外国文学评论》2013 年第 2 期。

④ 《耶利米哀歌》2：20～21。

杖，遭遇困苦的人。① 在《圣经》中，"Gevar"一词具体是男性，而不是泛指一般的人。这个人也像"锡安的女儿"一样，饱尝了困苦和窘迫，但是他依旧心存希望。诗歌笔锋就此从单数转为复数：我们不至消灭，是出于耶和华诸般的慈爱，是因他的怜悯不至断绝。② 在逆境中憧憬未来，在黑暗之中向往光明的希望诗学是《哀歌》第 3 章中传达给人们的一个非常独特的信息。《哀歌》第 3 章不是像其他几章那样一味发出怨艾之音，而是在第 19～33 节中可以看到上帝的正义和爱，这形成该书的希望之所在。最后一章显然是集体祈祷，引导读者相信上帝审判，及其永远统治的力量。③

上帝爱其百姓，而百姓遭遇了这么多苦难，二者的张力在《哀歌》中得到了充分体现。如果说耶路撒冷是上帝的城市，那么她就可以抵御任何灾难，免遭敌人的围困，可见信仰与历史事实之间的矛盾在《哀歌》中没有得到解决。

有学者认为，希望神学实际上更多地表现出一种流亡视角，而不是留在耶路撒冷的犹太人的生存现状。这也许是犹太人独有的流亡精神特质。④ 他们之所以怀抱希望，是因为信奉上帝仍然没有抛弃其子民，上帝可以在他们最困苦的时候伸出救助之手，帮其消灭自己的敌人。尽管《哀歌》产生之时，犹太人作为民族的概念尚未形成，但《哀歌》还是表达了其希望与上帝一致的观点，希望因犯罪而惩罚他，希望结束流亡，回到统一了的以色列王国，在自己的土地上实现宗教与政治复兴。⑤ 也许正是这种独特的精神特质支撑着犹太民族在近两千年的流亡生涯中，尤其是在面临灭顶之灾的大屠杀中并不轻易放弃，而是咬牙生存，期待重回先祖生存过的土地上。

《哀歌》所反映的耶路撒冷沦陷事件是古代以色列历史与宗教的转折点。从此，犹太人在相当一段时间内无法摆脱流亡的命运。尽管公元前 538 年，波

---

① 参见《耶利米哀歌》3：1。

② 参见《耶利米哀歌》3：22。

③ Hetty Lalleman, *Jeremiah and Lamentations*, Downers Grove：IVP Academic，2013.

④ Heath A. Thomas, *Poetry and Theology in the Book of Lamentations: The Aesthetics of an Open Text*, Sheffield：Sheffield Phoenix Press Ltd.，2013，p. 10.

⑤ Jannie Hunter, *Faces of a Lament City*, Frankfurt am Main：Peter Lang，1996，p. 75.

斯大帝居鲁士攻破巴比伦，发布赦令，允许被掳掠的犹太人回归耶路撒冷，重建圣殿；但公元135年，犹太人首领巴尔·科赫巴领导的反抗罗马入侵的起义失败，犹太人再度踏上流亡之旅，开始了长达近两千年的大流散生活。巴比伦流亡事件在幸存者中间引起了许多充满冲突的想法和情感，如悲悯、耻辱、负疚、愤怒、希望、绝望等。这些感受在《以赛亚书》《以西结书》《诗篇》等作品中被淋漓尽致地表达出来，可以说形成了以《哀歌》为代表的城市伤悼文体，甚至传统。这种文学传统，在犹太世界里产生了巨大的影响。原因在于，它反映出在遭受乱离与丧亲之痛后产生的某种带有普遍意义的悲悼情感，折射出当代人在遭受苦难之后的心灵轨迹，容易令人产生共鸣。

如果说《哀歌》是对耶路撒冷与第一圣殿被毁这一灾难做出即刻反映的话，那么《诗篇》中的描述则略显滞后。以我们经常引用的脍炙人口的《诗篇》第137篇为例。

> 我们曾在巴比伦的河边坐下，
> 一追想锡安就哭了。
> 我们把琴挂在那里的柳树上，
> 因为在那里，掳掠我们的要我们唱歌；
> 抢夺我们的要我们作乐，说：
> "给我们唱一首锡安歌吧！"
> 我们怎能在外邦唱耶和华的歌呢？
> 耶路撒冷啊，我若忘记你，
> 情愿我的右手忘记技巧。
> …………
> 耶路撒冷遭难的日子，
> 以东人说：
> "拆毁，拆毁，直拆到根基！"
> 耶和华啊，求你记念这仇。
> 将要被灭的巴比伦城啊，

报复你像你待我们的，那人便为有福！

拿你的婴孩摔在磐石上的，

那人便为有福！①

今人在阅读这首诗时有时会与文化阐释建立关联，但有时会忽略犹太人的亡国体验。举例来说，2020年春季，笔者在疫情期间给学生开设了"犹太历史与文化"网课，请硕士研究生和博士研究生谈对这首诗的看法。学生们的学术背景多来自文化研究和外国语言文学，只有一位同学以前学过犹太历史与文化，他们分别从诗歌中读出了犹太人与上帝的关系、悲悯与复仇理念、犹太人的神学观以及愤怒与诅咒等多项内容。但他们没有重点关注诗歌中几个表示关键地理位置的名词，一个是"巴比伦的河边"，这个词透露出该诗写于公元前586年流亡之后，与犹太人的流亡体验建立了关联。另两个是代表故乡的"锡安"与"耶路撒冷"，对"锡安"的追忆引发的是诗人的思乡之情，而反观眼前，感受到的则是亡国之人寄人篱下、遭受奴役的痛苦。从某种意义上说，"耶路撒冷"成为故乡的一种具体化的表现形式，忘记耶路撒冷就等于忘记了故乡。在思乡之情之上，这首诗表达了犹太人的神学思想，即对上帝的敬畏与忠诚，不肯向异族人唱耶和华的歌，不肯忘却故乡的强烈信念。这首诗还抒发了犹太人的复仇之志。亡国的怨怒与哀思，对故乡的深切思念，对上帝的无限忠诚，淋漓尽致地得以展现。这些思想一直深入犹太民族的脊髓，使犹太人在近两千年的流亡岁月里，一直把"锡安"与"耶路撒冷"当作故乡的象征，许多人不住地默念"明年在耶路撒冷"，甚至连犹太复国主义领袖赫茨尔亦借用"耶路撒冷啊，我若忘记你，情愿我的右手忘记技巧"以唤起犹太人返回先祖曾生活的土地的渴望。

但不容忽视的是，犹太历史和犹太思想中也充满着悖论。当波斯大帝居鲁士（Cyrus the Great）允许犹太人回归故里时，许多人加入了回归的浪潮，回到祖先生活的土地上。后来的研究者认为：首先，这次回乡之旅是欢快的，在

---

① 《诗篇》137：1~9。

回归的人群中有 200 多名男女歌手，他们高兴地往前走，齐步行进。有学者甚至将其称作"漫步"。① 这样的回归被一些学者称作和平之旅、希望之旅，② 显然不像 20 世纪的第二次回归，即在犹太复国主义者倡导下犹太人回归巴勒斯坦、驱逐阿拉伯人那样充满着血腥与艰辛。其次，回归者人数庞大，据历史学家推断大约有 4 万人，其中祭司就占据了 1/10，甚至还有数千名奴隶，③ 从一个侧面反映出一批犹太人在巴比伦拥有较高的社会地位。之后，包括以斯拉、尼希米这样重要的改革者也从巴比伦返回耶路撒冷。这些从巴比伦回归的人确实重写了犹太民族的集体身份，他们建造新的圣殿，创造新的历法，颁布反对异族通婚的新律，推行了一系列的改革，建立了以文本为基础的新的学术谱系。④《希伯来圣经》中的许多文本，包括《摩西五经》《路得记》《雅歌》等便是在这一时期完成了最后的编纂。但是，也有许多人选择了不回归，这批人的数量可能比回归者的数量还要多。⑤ 他们情愿留在巴比伦那片显然比巴勒斯坦富饶而舒适的土地上，在巴比伦留下了一个颇为繁荣的大型犹太社区，创建了塔木德学术的主要中心。因此，被迫离开家园与踏上流亡之旅虽然以各种形式嵌入犹太人的传统观念，但并不等同于今天许多人所理解的那种世俗含义。

## 三 《以斯帖记》与流亡中的犹太人

在整部《希伯来圣经》中，只有《路得记》和《以斯帖记》以女性命名。更有意思的是，这两个文本既体现出性别意识，又在一定程度上关涉流亡、还乡主题，算是本书第二章"流亡与还乡叙事"的前奏。《路得记》讲述的是王国兴衰之前的民族故事，《以斯帖记》讲述的则是公元前 586 年犹太人沦为巴比

① 〔以〕阿摩司·奥兹、范妮亚·奥兹-扎尔茨贝尔格：《犹太人与词语》，钟志清译，译林出版社，2019，第 82~83 页。

② Heinrich Graetz, *History of Jews*, New York: Cosimo Classics, 2009, pp. 354-355.

③ 〔英〕西塞尔·罗斯《简明犹太民族史》，黄福武、王丽丽等译，山东大学出版社，2014，第 51 页。

④ 〔以〕阿摩司·奥兹、范妮亚·奥兹-扎尔茨贝尔格：《犹太人与词语》，钟志清译，译林出版社，2019，第 214 页。又参见《以斯拉记》和《尼希米记》。

⑤ 参见〔以〕施罗莫·桑德《虚构的犹太民族》，王崇兴、张蓉译，上海三联书店，2013，142~143 页。

伦之囚、又蒙波斯王居鲁士大帝特赦返回耶路撒冷约 100 多年之后发生的事。从叙事内容上看,《以斯帖记》显然反映的是流散地犹太人的生活。① 根据历史学家们推测,书中所说的亚哈随鲁王(Aḥasuerus)应该就是犹太人第二圣殿早期的波斯帝王。在《希伯来圣经》中,《以斯帖记》被列于"作品"类别,② 在基督教传统中,《以斯帖记》被置于"历史书"之内,而一向以《圣经》和合本为读本的中国读者往往较为熟知后一种排列方式。

《以斯帖记》主要写的是发生在波斯宫廷内部的故事,其叙事本身不仅彰显了波斯帝国的庞大与豪华,而且也反映出当时犹太人的政治思想与身份。这种思想与身份主要通过名字被用来命名这卷书的犹太女子以斯帖及其族人在波斯王国的遭际展开。以斯帖本来是一个非常普通的犹太女子,因种种机缘巧合与精心策划而做了波斯王后。获得这一新身份使之有机会赢得国王宠幸,拯救自己的民族。同时,她也不得不为完成这一使命在宗教与政治上做出妥协。③ 在中国学术界,以往的学术研究比较注重以斯帖拯救犹太民族于水火的勇敢行为及其在塑造民族意识方面的重要性、普珥节的来历等。

《以斯帖记》实际上是《圣经》中十分难懂的一部书卷,④ 其接受历史也颇为复杂。在基督教传统中,马丁·路德(Martin Luther)以来的基督徒对《以斯帖记》颇具微词,德国圣经批评专家贡克尔称基督徒和非犹太人读《以斯帖记》觉得十分令人生厌,因为它表现出犹太人的民族主义与复仇观念。⑤ 在讨论历史的真实性问题时,有学者认为亚哈随鲁王可能指的是波斯历史上的薛西斯王。薛西斯的执政年代在公元前 5 世纪,而当时,波斯王只能娶出生七

---

① Yoram Hazony, *The Dawn: Political Teachings of the Book of Esther*, Jerusalem: Shalem Press, 1995, p. 464.

② *JPS Tanakh: A New Translation of the Holy Scriptures according to the Traditional Hebrew Texts*, Philadelphia: The Jewish Publication Society, 1985.

③ Aaron Koller, *Esther in Ancient Jewish Thought*, Cambridge: Cambridge University Press, 2014, pp. 3-6.

④ See Jo Carruthers, *Esther Trough the Centuries*, Oxford: Wiley-Blackwell Publishing, 2008, p. 3.

⑤ See Edward L. Greenstern, "A Jewish Reading of Esther," in Jacob Neusner, Baruch A. Levine, and Ernest S. Frerichs, eds., *Judaic Perspectives on Ancient Israel*, Philadelphia: Fortress Press, 1987, p. 225.

代名门的女子为王后。① 而且，波斯历史上也没有对这一事件的记载。另外，关于普珥节的来历，也有一些基督教学者提出异议。柴尔兹（Brevard S. Childs）在他那部在 20 世纪 80 年代广受讨论的《旧约圣经导论》中提出，普珥节这个节日的性质及其可能出现的历史先例曾经引起广泛讨论。"普珥"（Pur）这个词最早出现在《以斯帖记》第三章第 7 节，意为掣签。哈曼通过掣签，决定灭绝犹太人的日期。但是关于这一术语与节日的关联，《以斯帖记》从未提及，因此许多人猜测这个词出现得更早。尽管现代学者认为，"Pur"一词与阿卡德语"Pūru"同源，后者有"掣签"之意，但是未能解决节日的来源问题。许多学者认为，普洱节最早源于异教徒，后来为犹太人所采用。②

普洱节乃当今犹太人所沿袭的一个传统，而《以斯帖记》又是普珥书的文本来源，因此，即使一些犹太学者也承认没有独立证据表明以斯帖、末底改、哈曼或者瓦实提曾经存在，犹太传统很少质疑《以斯帖记》在历史上的真实性。这卷书有一个明显的年代错误，即其中的一些人物不可能活一个世纪。因此，现代学者基本达成共识，认为《以斯帖记》这卷书是虚构的，属于某种历史小说，以特有的叙事方式解释普珥节的由来。③ 也有犹太学者质疑这卷书被列入希伯来经典的资格，甚至认为它是一个关于权力与谎言、恐惧与贪欲、血腥与嘲弄的故事。④

而伊朗学百科全书中收入的《以斯帖记》条目表明关于该书撰写的历史事件没有文献记载，进而怀疑其历史的真实性。有人将其视为巴比伦人或者埃兰人神话故事的寓意，但并非让人完全信服。也许最好的解释方式是它以宫廷阴谋或奇迹逃脱主题为依据，不排除其核心内容有史实依据，即使所描述的事件并非真的发生过，但至少撰写它的人熟悉阿契美尼德王朝的生活习惯。有些

① Edward L. Greenstern, "A Jewish Reading of Esther," in Jacob Neusner, Baruch A. Levine, and Ernest S. Frerichs, eds., *Judaic Perspectives on Ancient Israel*, Philadelphia: Fortress Press, 1987, p. 226.

② Brevard S. Childs, *Introduction to the Old Testament Scripture*, Philadelphia: Fortress Press, 2011, pp. 599-600.

③ Michael D. Coogan, *The Old Testament: A Historical and Literary Introduction to the Hebrew Scripture*, Oxford: Oxford University Press, 2006, p. 518.

④ 〔以〕阿摩司·奥兹、范妮亚·奥兹-扎尔茨贝尔格：《犹太人与词语》，钟志清译，译林出版社，2019，第 36 页。

名字，如瓦实提、宫廷太监、哈曼及其儿子之名乃波斯人名，而两个主人公以斯帖和末底改的名字似乎与巴比伦传统更为切近。有学者还认为《以斯帖记》运用了纯熟的叙事技巧，悬念丛生。①

（一）从犹太少女到波斯王后

以斯帖原名哈大沙。《以斯帖记》中只说到其容貌俊美，为其能被选入波斯王宫进行铺垫。就其出身而言，她没有父母，靠堂兄养育成人，后被堂兄收为养女。据《以斯帖记》描述，以斯帖的堂兄末底改是便雅悯人基士的曾孙，曾是一名"巴比伦囚虏"，属于巴比伦王尼布甲尼撒从耶路撒冷掳走的约雅斤王和众百姓之列。从历史上看，尼布甲尼撒掳走约雅斤王和一些犹太人事件发生在公元前597年，而亚哈随鲁时代显然已经到了公元前4世纪，末底改不可能生存那么长时间。由此可以看出，《以斯帖记》这卷书的叙事具有明显的虚构成分，与史实有偏离。如果从《以斯帖记》来看，犹太人踏上流亡之旅的起点就不能定在公元135年巴尔·科赫巴反罗马人起义失败，犹太人在波斯帝国的生活，也应被视为流亡生涯的一部分。而20世纪中期以色列建国后犹太人从伊朗移民到以色列则颇具几分现代出埃及的色彩。

犹太人寄身于波斯帝国的边缘人身份早在哈曼欲杀尽整个苏珊城的犹太人之前便已初露端倪，波斯帝国在某种程度上如哈佐尼所说，应该是个潜在的"充满排犹色彩的国度"。② 王后瓦实提因触怒龙颜被废后，整个波斯王国开始为亚哈随鲁王寻找美貌的处女，犹太少女以斯帖深得太监希该"喜悦"，被选入宫。《圣经》文本在这里并未提及以斯帖被选入宫是出于自愿还是不得已而为之。拉比文献中曾对以斯帖是否自愿参加苏珊城选美展开广泛讨论。而通过"以斯帖也（被）送入苏珊城，交付希该"这个被动句式，解经学家判断以斯帖并非主动进入王宫，从这个意义上讲，她应该是个受害者；但也有可能她是个精明的战略家，或者是试图运用女性手段在以男性为中心的社会处境中赢得

---

① 参见 iranicaonline. org/articles/esther-book-of，最后访问日期：2019年12月10日。感谢笔者年轻的同事杨曦博士帮忙寻找伊朗学资料。

② Yoram Hazony, *God and Politics in Esther*, Cambridge：Cambridge University Press，2016，p. 27.

一席之地。①

"以斯帖"一词是个外来词，在波斯语中与"星星"一词相关，其希伯来文原意为"我将隐藏起来"。在《圣经》文本中，她确实隐藏了自己的犹太人身份。书中写道，她听从叔父末底改的建议，"未将宗族籍贯告诉人"。隐藏身份的原因一方面在于，犹太人在波斯社会里属于少数民族，隐藏身份乃是其在主流文化中赢得权利与身份的策略，正是因为隐藏了犹太人的身份，以斯帖未曾遭遇不平等的对待；另一方面可能是出于宗教原因，这一点在后文中会加以探讨。以斯帖入宫后，王爱以斯帖胜过爱其他女子。她很快便被立为王后，取代瓦实提。与《圣经》其他书卷的叙事相比，《以斯帖记》的一个与众不同之处在于，以斯帖用美貌与性角色在波斯帝国中赢得了地位与安全。而与桀骜不驯、敢于忤逆帝王命令的前王后瓦实提相比，以斯帖更为乖巧，尽力取悦王，并将从叔父那里得知的有人欲谋害王的消息禀告于王，营救了王的性命。从瓦实提与以斯帖两位王后在宫中的遭际中，我们可以看到古代波斯帝国也是一个男权社会，无论何种地位的女性都无法逃脱受男性摆布的命运。女性之美只有通过男人的眼睛才能表现出来，甚至成为男性炫耀的资本。女性稍有不从，便会招致严惩，前王后瓦实提的遭遇便是一个明显例证。瓦实提尽管容貌甚美，但当她拒绝公开向"各等臣民"展示自己的美貌时，便被视为"藐视自己的丈夫"。高高在上的波斯帝王，甚至认为她会大开藐视与愤怒风气之端，引得天下女子仿效。因此可以说，女子凭借美貌无法安身立命。

在这样一个女性地位得不到保障的社会，以斯帖的生存境遇十分困难，不仅要履行王后的职责，而且要肩负着拯救民族的使命。以斯帖族人的一个重要追求便是争取生存。为争取生存，她得在文化与宗教方面做出妥协，她得把犹太人身份隐藏起来，进入王宫侍奉异族的王。从时间上判断，《以斯帖记》应该写于《以斯拉记》和《尼希米记》之后，而在《以斯拉记》和《尼希米记》中，已经明确地提出，"不可将你们的女儿嫁他们（外邦人）的儿子，也

① Katherine E. Southwood and Martien A. Halvorson-Taylor, eds., *Women and Exilic Identity in the Hebrew Bible*, New York: Bloomsbury Publishing Plc, 2018, pp. 111-112.

不可为你们的儿子娶他们的女儿"①。从这个角度看，以斯帖隐瞒身份、进入王宫或许出于某种不得已，但是不能排除僭越犹太信仰的成分。这在一定程度上象征着犹太人在流亡时期的集体命运。也许这种以做出妥协而求生存的方式便是大流散犹太人采取的一种生存方式。当波斯王答应哈曼除掉境内所有的犹太人时，隐瞒了犹太身份的以斯帖显然也居于被除掉者之列。

与中国读者的传统认知相对，以斯帖并非从一开始就是一位民族英雄。由于历史上波斯帝国中是否存在过以斯帖这个犹太王妃缺乏明确的史料记载，我们只能通过阅读《圣经》文本来分析当时社会持有的女性价值取向。从波斯王的选美标准看：需要美貌的处女；她们不但要取悦太监，而且要为王所喜爱。波斯王亚哈随鲁虽然拥有权力和欲望，但作为一国之君显然缺乏智慧。因此他没有询问以斯帖的来历，便将其立为王后。以斯帖尽管贵为王后，但是她并没有安全感。用一些女性主义批评家的话说，她充其量是一个妻子/或者侍妾。② 因此当末底改第一次要求她去觐见王，为本族人在王面前恳切祈求时，她的第一反应是胆怯，既怕失去既有的王后身份，又怕失去性命。按照波斯律法，"若不蒙召，擅入内院见王的，无论男女必被治死；除非王向他伸出金杖，不得存活。我没有蒙召进去见王已经三十日了"③。也就是说，在一个男性占统治地位的异族社会框架中，一个少数民族女子是没有社会地位的，为了维护现有身份，她需要谨小慎微，甚至忍辱负重。其态度之所以转变，决定承担拯救民族的任务是因为养父末底改教训说："你莫想在王宫里强过一切犹太人，得免这祸。此时你若闭口不言，犹太人必从别处得到解脱，蒙拯救，你和父家必至灭亡。焉知你得了王后的位分，不是为现今的机会吗？"④

这段话至少有三重含义。首先，以斯帖与众多犹太人一样，无法摆脱灭顶

---

① 《以斯拉记》9：12；又见《尼希米记》13：25，但文字表述稍有变化，即"必不将自己的女儿嫁给外邦人的儿子，也不为自己和儿子娶他们的女儿。

② Drora Oren, "Esther—The Jewish Queen of Persia," in *Nashim: A Journal of Jewish Women's Studies & Gender Issues*, No. 18（Fall 2009）, pp. 140-165.

③ 《以斯帖记》4：11。

④ 《以斯帖记》4：13~14。

之灾；其次，犹太人定会寻求拯救民族的其他途径，在那种情境中，以斯帖与其家人仍会遭遇不测；最后，暗示以斯帖进宫，恐怕不只是像其他女子那样谋求王后的位置，有可能是一种改变族人身份的策略。这一点虽然《圣经》中并没有明示，但一些学者曾就此进行了丰富的讨论。当然，以斯帖在为除掉哈曼而设计的两次宴席上的一些举动也表现出了她的智慧与勇敢。

（二）流亡中的犹太人

应该承认，从历史上看，波斯人对犹太人相对来说比较友善，比如说以斯帖犹太身份暴露后，亚哈随鲁王并未因此而处罚她，整个苏珊城也并不反对犹太人。当亚哈随鲁王在历史书上读到末底改将有人想谋害自己之事告知王后时，命令哈曼："你速速将这衣服和马，照你所说的，向坐在朝门的犹太人末底改去行。凡你所说的，一样不可缺。"① 但本质上看，波斯大帝居鲁士并非犹太宗教信徒，也未必真正关注过被掳的犹太人。② 《以斯帖记》中也有"犹太人的敌人"总是在潜伏中之类的描写，犹太人的生命在某种程度上也被视如草芥。尽管《以斯帖记》中的犹太人并没有像在日后欧洲那样被要求申报犹太身份，其原因或是亚哈随鲁缺乏智慧，或是犹太人作为弱势群体尚未对波斯帝国构成威胁。但是，在《以斯帖记》中，宗主国国王消灭一个民族与废掉一个王后一样轻而易举。

一人之下、万人之上的宰相哈曼因为末底改对他不跪不拜，就怒气填胸，试图杀害末底改，并除掉其本族。要达到这一目的，他需要借助王势。哈曼对亚哈随鲁王说：有一种民，散居在王国各省的民中，他们的律例与万民的律例不同，也不守王的律例，所以容留他们与王无益。王若以为美，请下旨意灭绝他们。③ 这里可以看出哈曼的策略，他抓住国内犹太人的异族身份及其在宗教信仰上的另类作为除掉犹太人的缘由。同时，这种民散居在王国各省，势必会对王国造成威胁，尽管当时犹太人并非散居在波斯境内的唯一少数民族。从文本上看，末底改确实冒犯了哈曼，但他并不反对亚哈随鲁王。况且，从末底改让以斯帖告知

① 《以斯帖记》6：10。
② 参见孟振华《波斯时期的犹大社会与圣经编纂》，宗教文化出版社，2013，第111页。
③ 参见《以斯帖记》3：8~9。

亚哈随鲁王有人欲谋害他这一事实，表现出犹太人对波斯帝王的忠诚。且有学者认为，以斯帖能够参加国王选美，或许可以表明犹太人遵守并尊重波斯律法。①

在作者笔下，宰相哈曼显然是迫害犹太人的化身。在哈曼看来，杀害没有朝他跪拜的犹太人末底改一人只是小事一桩，而其目的在于毁灭波斯境内所有的犹太人。因此，末底改没有跪拜这件事只是哈曼的一个借口，他对犹太人非常不友善，即使得到国王抬举位居重臣之上，即使得到所有荣耀，仍旧对末底改满怀怒气，并听信谗言，命人做五丈高的木架，计划求王将末底改挂在其上，然后欢欢喜喜随王赴宴。② 这种行为与《出埃及记》中埃及法老要灭绝境内的所有犹太人几乎如出一辙。在文本中，哈曼与末底改之间的冲突可在《圣经》中找到原型，可视为亚玛力人与以色列人古老冲突的变体与延续。哈曼乃亚玛力人后代、亚甲族哈米大之子，③ 亚玛力人与以色列人有着宿仇。亚玛力人曾与约书亚交战，④ 以色列王扫罗曾大败亚玛力人，用刀杀尽亚玛力的民众，他尽管怜惜亚玛力王亚甲，但还是在上帝与先知撒母耳面前将其杀死。⑤ 哈曼对犹太人的仇视显然带有波斯帝国时期本土人对寄居者的态度，这一冲突甚至带有明显的现代色彩，与 20 世纪犹太人在欧洲遭受迫害的命运有着相似之处。

亚哈随鲁王偏听偏信，仅因听哈曼说犹太人的律例与波斯人不同，就轻易地允诺了哈曼消灭境内所有犹太人的请求。由此表明，犹太民族在波斯王国缺乏安全感，需要在某一固定的政治话语中加以界定，带有极大的不稳定性。⑥ 后现代主义批评家、女性主义研究者甚至把《以斯帖记》中的犹太族群比作现代各种少数群体，用以表现其面临的危险。同时，末底改给波斯王通风报信、除掉试图谋反之人这个偶然性事件拯救了他，亚哈随鲁王念及末底改的救命之恩，赐予他尊荣爵位，再次表明流散地犹太人无法掌握自身的命运。

---

① Alexander Green, "Power, Deception, and Comedy: The Politics of Exile in the Book of Esther," in *Jewish Political Studies Review*, Vol. 23, No. 1/2 (Spring 2011), pp. 61-78.

② 参见《以斯帖记》5：9~14。

③ 参见《以斯帖记》3：1。

④ 参见《出埃及记》17：8~16。

⑤ 参见《撒母耳记上》15：7~34。

⑥ Timothy K. Beal, *The Book of Hiding*, London, New York: Routledge, 1997, p. 103.

虽然这卷书被命名为《以斯帖记》，但文本叙事本身的内在逻辑让人们无法忽略其中一个重要人物，那便是末底改。末底改是以斯帖实现从普通犹太少女到波斯王后再到民族救赎者这一系列身份转变的设计人和推动者。首先，末底改让以斯帖隐瞒自己的犹太人身份，以斯帖照办不误，而末底改则在女院前面行走，以便得知以斯帖是否安全。其次，末底改偶然得知太监图谋杀害国王这一情报，让以斯帖禀报国王，从而为后文赢得国王的回报埋下伏笔。最后，末底改把族人将被灭绝的消息托人告诉以斯帖，在以斯帖犹豫不决、考虑自身存亡时力劝她拯救整个犹太民族。从某种意义上讲，以斯帖近乎末底改的工具，或者说是他获取波斯国王信任并营救犹太民族的助力。事实上，作为政治行动范例的 一种可能的理解方式是：末底改是一名政治演员，在公共场合代表犹太民众，并试图赢得统治者的青睐；而以斯帖则是伪装成波斯王后的犹太人，她利用女性的美貌与魅力，通过床第之欢来讨统治者的欢心。① 更进一步说，末底改被描绘成流散地犹太社区（或宫廷犹太人）的理想领导者，得到寄居地统治者的喜爱与支持。与以斯帖相比，末底改以犹太人为荣，公开承认自己的犹太人身份，智勇双全，关键时刻敢于为族人挺身而出。但有一个问题不能忽略，即末底改没有跪拜哈曼，究竟是为了彰显犹太人的身份，表明自己不愿被同化，还是出于对哈曼个人的蔑视？如果是后者，那便是情节设计的需要；如果是前者，则涉及犹太人如何在寄居国保存实力、寻求生存的复杂问题。

（三）《以斯帖记》与流散地犹太人的生存和信仰

犹太人身份中的一个重要因素，或者说犹太人之所以成为犹太人的重要问题便是信仰问题。信奉上帝与恪守犹太律法和传统应该是其中的重要环节。从文本叙事来看，《以斯帖记》的内容扑朔迷离，充满巧合，带有后流亡虚构文类的特征。而这种巧合应该与作者秉承的犹太信仰相关。

毋庸置疑，在整卷书中，上帝是缺失的，犹太人甚至在祈祷、禁食等带有宗教色彩的活动中也没有提及上帝，在整个民族即将遭遇灭顶之灾奔走呼号之

---

① Alexander Green, "Power, Deception, and Comedy: The Politics of Exile in the Book of Esther," in *Jewish Political Studies Review*, Vol. 23, No. 1/2 (Spring 2011), p. 66.

际也没有求助上帝。从这个意义上讲，《以斯帖记》带有一定的世俗色彩，这一特征使得有些学者主张，《以斯帖记》中的犹太身份主要牵涉民族问题，而不是宗教问题。① 另有一些学者则认为，《以斯帖记》是从神学角度捍卫大流散时期犹太人的生活，即便上帝没有出现，但是上帝一直在保护着犹太人，使其从险境中解脱出来。② 拉比传统甚至认为犹太人两次接受《托拉》：一次是在西奈山，另一次是在以斯帖的时代。《圣经》的其他卷都可以理解为虔敬、智慧、慰藉和伟大，只有《以斯帖记》可以与神奇、不可思议、超自然等词语挂钩。③ 故事中一系列对犹太人有利的转折，"凭自然因果无法解释"。④ 但耐人寻味的是，只有犹太经典版本，或者说在希伯来语版本中上帝是缺失的，在希腊语版本以及阿拉米语版本中，都使用了上帝的名字，在叙事中或多或少地明确显现出上帝的角色。⑤ 从这个意义上讲，信奉上帝的犹太人在异域国度里失去上帝倒是提供认知希伯来经典和犹太传统世界观的途径。

流亡中的犹太人实际上是要恪守犹太传统宗教礼仪的，但波斯犹太人有所改变，原因在于波斯犹太人听不见先知的声音。⑥ 两位犹太主人公也都没有遵守犹太律法，未曾遵守安息日和其他犹太节期。末底改引导以斯帖隐瞒身份，嫁给一位非犹太人君主。如果将这种行为放到犹太传统中考量，确实违背宗教律法。如前文所示，《以斯拉记》和《尼希米记》中也提到不可把

---

① Michael D. Coogan, *The Old Testament: A Historical and Literary Introduction to the Hebrew Scripture*, Oxford: Oxford University Press, 2006, p. 518.

② Elsie R. Stern, "Esther and the Politics of Diaspora," in *The Jewish Quarterly Review*, Vol. 100, No. 1 (Winter 2010), pp. 25-53.

③ Yoram Hazony, *God and Politics in Esther*, Cambridge: Cambridge University Press, 2016, pp. 167-182.

④ 〔以〕约拉姆：《上帝在〈以斯帖记〉中显现了吗?》，梁工主编《圣经文学研究（第 21 辑 2020 年秋）》，宗教文化出版社，2020，第 1 页。

⑤ See Edward L. Greenstern, "A Jewish Reading of Esther," in Jacob Neusner, Baruch A. Levine, and Ernest S. Frerichs, eds., *Judaic Perspectives on Ancient Israel*, Philadelphia: Fortress Press, 1987, p. 233; See also Adele Berlin, "Esther," in *The Jewish Study Bible*, Oxford: Oxford University Press, 2014, p. 1620.

⑥ Yoram Hazony, *God and Politics in Esther*, Cambridge: Cambridge University Press, 2016, pp. 167-182.

女儿嫁给外邦人的儿子。① 《申命记》中严厉禁止异族通婚："不可与他们（异族人）结亲，不可将你的女儿嫁他们的儿子；也不可叫你的儿子娶他们的女儿。"② 以斯帖嫁给异族国王这件事情也曾经令一些犹太拉比感到困扰，他们解决这一疑问的方式便是解释说以斯帖在国王床上是被动的，或者说她实际上没有完婚。③

以斯帖与末底改代表两种类型的犹太人。末底改在某种程度上充当行动的策划人与民族领袖。他告知以斯帖隐瞒犹太人身份，给她提供取得国王信任的证据，告知她面见王营救自己的同胞。而以斯帖则通过伪装、美貌与床第之欢来赢得国王的喜爱。更进一步说，这种行动方式在相当程度上代表着大流散期间不同的生存方式。但在笔者看来，他们的共同之处在于恪守对民族身份与民族信仰的忠诚。以斯帖隐瞒犹太身份，是因为其认同自己的犹太身份，而没有被另一种文明同化。希腊文《圣经》中还提到以斯帖不吃犹太人不能吃的食物，不喝犹太人不能喝的酒。时至目前，尚没有史料记载这样的描写是否与原型故事本身发生了偏离。④ 末底改确实对自己的犹太身份表现出强烈认同，也在维护着犹太人的信仰。文本中并没有说明末底改不跪拜哈曼是否是在遵守犹太教规则，因为《圣经》中的犹太人或者以色列人可以朝地位高的人下拜，比如，《创世记》（23：7；43：28）、《出埃及记》（18：7）等。但如前文所述，末底改的祖先犹太人与哈曼祖先亚玛力人是宿敌，犹太人不能向敌人表示尊敬。拉比解经学家根据宗教禁令改写了末底改拒绝跪拜哈曼的含义，称哈曼胸前佩戴了偶像，如果末底改跪拜他，就等于跪拜偶像。又有拉比解释说犹太人只能敬拜上帝。从这个意义上讲，末底改不跪拜哈曼也是忠诚于上帝的一种变体。

但是，末底改的行动本身其实是一个悖论。我们无法忽略的一个阅读细节

---

① 《以斯拉记》9：12；《尼希米记》13：25。

② 《申命记》7：3。

③ Adele Berlin, "Esther," in *The Jewish Study Bible*, Oxford：Oxford University Press, 2014, p. 1620.

④ Adele Berlin, "Esther," in *The Jewish Study Bible*, Oxford：Oxford University Press, 2014, p. 1620.

是：末底改几次视波斯律法于不顾。比如，他力劝以斯帖去波斯王那里面陈犹太人的困境，但没有考虑以斯帖这样做等于犯下欺君之罪。同时，一切臣仆跪拜哈曼乃是波斯王的吩咐，末底改的不跪拜显然是有违王命的，乃至给族人引来杀身之祸。因此正像格林斯坦（Edward L. Greenstein）所说，哈曼只因为一个人而憎恨所有的犹太人可能有错，但是在对待末底改这件事上没有错。末底改的行为的确僭越了皇家律法。① 这便牵涉出流散地的犹太人究竟忠诚于谁的问题，或者说双重忠诚的问题。一方面要忠于上帝，另一方面要忠于当地律法，因此不免令处于两者之间的犹太人感到撕裂。即使王后以斯帖也会在忠于犹太律法和波斯帝王之间举步维艰，因此她说，"我违例进去见王，我若死就死吧"②。作为王后，以斯帖深知国家律法。如不蒙召，擅入内院见王的，无论男女必被治死，除非王向他伸出金杖。③ 再有结尾的复仇问题，虽然符合以眼还眼、以牙还牙的犹太理念，但是确实有悖人道。从这个意义上讲，《以斯帖记》并未为流亡中的犹太人进行辩护，而是以喜剧的方式对其展开批评。

　　总体上看，《以斯帖记》书写了流散地犹太人为争取生存而与哈曼为代表的恶势力进行角逐最终获胜的故事，但书卷的最后三章则显得十分耐人寻味。这三章从几条线索书写了波斯犹太人的命运。以斯帖并未满足仅仅得到亚哈随鲁王赐给她哈曼家族的财产，而是首先请求王废除哈曼所传诛杀犹太人的旨意，挽救了自己的同胞。继之，波斯国的一些人因惧怕犹太人，入了犹太籍。其后，犹太人开始复仇，击杀仇敌。最后便是确立普珥节，意在使犹太人及其后裔铭记历史。以斯帖命定授普珥日，举国犹太人狂欢不已，欢庆胜利，末底改做了亚哈随鲁王的宰相。但令人深思的是，《以斯帖记》的结局本身蕴含着诸多悖论，可以说犹太人心目中这样"理想的"结局在其近两千年的流亡历史上纯属罕见。也许潜在的含义便是犹太人的大流散命运并非终结，或许他们

①　Edward L. Greenstern, "A Jewish Reading of Esther," in Jacob Neusner, Baruch A. Levine, and Ernest S. Frerichs, eds., *Judaic Perspectives on Ancient Israel*, Philadelphia: Fortress Press, 1987, p. 233.

②　《以斯帖记》4：16。

③　参见《以斯帖记》4：11。

可以在大流散中借助强者的力量得以生存，就像今天可在某种程度上影响国家决策的美国犹太人。

## 四 《路得记》与女性身份

前文已经说过，《圣经》中只有《路得记》与《以斯帖记》两卷书以女性命名。尽管有些学者称其名不符实，但圣经时代的人们这样编纂，也应该有其道理。《路得记》的中心内容是路得（Ruth）身为摩押女子，在丈夫去世之后坚定不移地表示与婆婆拿俄米（Naomi）回到丈夫的故乡伯利恒，在那里与当地人结婚生子，成为以色列历史上最伟大的王——大卫王的曾祖母。从这个意义上说，《路得记》揭示了犹太民族新的历史发展进程，与亚伯拉罕的迦南之旅、"以撒献祭"、出埃及等叙事一并被视为《圣经》中民族创建过程中的奠基性故事之一。它蕴含着主导性的"现代"叙事精神，这种叙事反映并塑造了当代人的生死观。①

### （一）《路得记》中的两位女性

在叙事模式上，《路得记》应该被置于流亡与回归的主题框架之内。作品中占主导地位的是拿俄米和路得两位女性，女性主义者甚至将其视为一部女书，即描写女性的书。主要情节是两个女子回归想象中的故乡。拿俄米应该是作品中的核心人物，文本中的任何一个人物都与之相关。书卷开篇，交代了故事发生的时间和地点。时间为士师当政时期。据《士师记》记载，士师是犹太历史上一个特殊的阶层，这些人本是当地酋长，上帝召唤他们拯救百姓脱离抢夺者之手。② 从历史角度看，这一时期指的是约书亚死后与扫罗王受膏为王之间。此乃一个多事之秋，国中遭遇饥荒。事件发生地点为伯利恒。从词源学角度看，伯利恒（בֵּית לֶחֶם，Bethlehem）本意为"面包之所"。大卫王和耶稣都出生在此，尽管大卫王并没有将这个小镇定为国都，但是在大卫王登基之后，伯利恒的地理意义非常重要。《路得记》的故事大致为，以利米勒（אֱלִימֶלֶךְ，Elimelech）

---

① See Yigal Schwarz, *The Rebirth of Hebrew Literature*, New York: Peter Lang, 2014, p. 81.

② 参见《士师记》2：16。

和妻子拿俄米及两个儿子从伯利恒逃荒到了摩押。以利米勒死后，留下妇人拿俄米和两个儿子。儿子们娶了当地的俄耳巴（Orpah）和路得这对姐妹，儿子死后，拿俄米便成了该卷书的中心人物。

　　拿俄米回归的是真正的故乡。她本来就是伯利恒人，因为灾荒而跟随丈夫和两个儿子去往摩押地。但不幸的是，10年当中，丈夫和两个儿子相继去世，回归故乡之旅实际上也被赋予了诸多文化意义。拿俄米可以说是空手而归，就像书中描述，"我满满的出去，耶和华使我空空的回来"①；不要叫我拿俄米（נׇעֳמׅי，在希伯来语中拿俄米的意思为甜），要叫我玛拉（מׇרׇא，玛拉意为大苦）。② 按照犹太解经学者的观点，拿俄米在来到异乡的那一刻便想着回归故里。她决定回归故里的契机是听说上帝眷顾自己的百姓，赐粮食给他们。因此这次回归之旅对她来说充满了希望。而据《路得记》叙事的结尾，我们可以判断出拿俄米的回乡之旅最终得到的是完满结局。③ 伴随她还乡的小儿媳路得嫁给了拿俄米的族亲、富人波阿斯（Boaz）。而他们的儿子俄备得（Oved）便是大卫王的祖父。

　　与《圣经》其他书卷相比，《路得记》中用话语主宰叙事的特点十分明显，在文本第2章和第3章尤其是这样。如果说拿俄米对回归故乡充满了希望，那么小儿媳路得身为摩押女，即将去往的异族居住地对她来说具有很大的不确定性，无论信仰、百姓和生活习惯对她来说都是陌生的，不可知的。因此，拿俄米并不鼓励两个儿媳和她一起回到伯利恒。理由是："我年纪老迈，不能再有丈夫；即或说，我还有指望，今夜有丈夫可以生子，你们岂能等着他们长大呢，你们岂能等着他们不嫁别人呢。我女儿们哪，不要这样，我为你们的缘故甚是愁苦，因为耶和华伸手攻击我。"④ 从这段描写可看出，拿俄米在为路得姐妹着想。她劝路得和她的嫂子俄耳巴回到娘家（לׇבׅית אׅמׇה，to her mother's house），甚至鼓励她们改嫁："愿耶和华使你们在新夫家里得到平安。"⑤

---

① 参见《路得记》1：21。

② 参见《路得记》1：20。

③ Judith A. Kates, Gail Twersky Reimer, eds., *Reading Ruth: Contemporary Woman Reclaim a Sacred Story*, New York：Ballantine Books, 1994, p.19.

④ 《路得记》1：12~13。

⑤ Yosef Deutsch, *Let Me Join Your Nation*, Jerusalem：Feldheim Publishers, 2013, pp.35~64.

在涕泪横流的别离中，大儿媳俄耳巴决定回到娘家。因此，拿俄米的第二段话语只是针对路得而言：看哪，你嫂子已经回她本国和她所拜的神那里去了，你也跟着你嫂子回去吧。但路得跟随的意志已决："不要催我回去不跟随你。你往哪里去，我也往那里去；你在哪里住宿，我也在那里住宿。"[①] "你在哪里死，我也在那里死，也葬在那里。除非死能使你我相离，不然，愿耶和华重重地降罚与我。"[②] 此乃文本的小高潮之一，也是整卷书最为感人的一段话语。这段誓言有时会用于婚姻宣誓。同时，这段誓言也预示着路得愿意离开自己的生长环境，在宗教信仰、生活方式、生与死等方面都要接受一个异域民族的习惯。

就路得誓言来看，《圣经》和合本中译表达的只是"回去"与"不跟随"之意。而实际上，在《希伯来圣经》中，在"回去不跟随"（לשוב מאחריך，to return from following after thee）之前还有一个词"לעזבך"，这个词有"抛弃"之意，因此这段文字上下文之间的逻辑关系在于，路得把离开拿俄米当作一种抛弃行为，认为此时她应该陪伴亡夫的母亲，或者说有义务陪伴亡夫的母亲，不然则会遭受上帝的惩罚。路得对婆婆说的话并非多愁善感，而是强劲有力。[③] 继之，她积极表示自己誓死跟随拿俄米的决心。也就是说，她不仅在过去能与拿俄米同甘共苦，而且也能与之一起面向未来，无论贫穷与困苦。尽管身为摩押女子，但她决意与拿俄米同葬，表明她把自己当作拿俄米家庭中的一员，甚至犹太民族中的一员："你的国就是我的国，你的神就是我的神。"[④] 这句带有某种效忠誓言色彩的话，在犹太人的誓言中颇为典型。[⑤]

与任何一位古代近东人一样，路得深知自己跟随拿俄米前往伯利恒，就要适应那里的文化环境，包括那里的神明与百姓。用现代批评方法来评价路得，她天性中确实有慈爱与善良的一面，就像拿俄米所说："愿耶和华恩待（חסד）你们，就像你恩待已死的人与我一样。"[⑥] 死者，显然是指路得的丈夫，拿俄

---

① 《路得记》1：16。

② 《路得记》1：17。

③ Daniel I. Block, ed., *Exegetical Commentary Old Testament*, Michigan：Zondervan, 2015, p. 91.

④ 《路得记》1：16。

⑤ Daniel I. Block, ed., *Exegetical Commentary Old Testament*, Michigan：Zondervan, 2015, p. 95.

⑥ 《路得记》1：8。

米的儿子吉连。正是由于这种慈爱与善良，路得才会不吝失去自己的身份，跟随孤苦伶仃的婆婆去往一个陌生的生存环境。到《路得记》第 4 章第 15 节，当时路得已经嫁给拿俄米家族的亲属波阿斯，并生下一个儿子。伯利恒的妇人在与拿俄米的谈话中赞美路得："他（路得之子）必提起你的精神，奉养你的老，因为是爱慕你的那儿妇所生的。有这儿妇比有七个儿子还好。"

（二）关于路得的身份问题

路得作为一位普通的摩押女子，没有显赫的出身，也没有惊天动地的伟绩，她的生活空间几乎局限在家庭内部，其社会关系也几乎局限在与家庭成员的交流中。但是仅凭上述那些品德，足以使之有别于《圣经》中撒拉、利亚、拉结、米利暗等一系列栩栩如生的犹太女性。更重要的是，她生下的儿子后来成了大卫王的祖父，而大卫王时代确实是犹太历史上一个辉煌时期，从这个意义上讲，路得对于犹太民族的贡献显然不亚于前面提到的那些犹太母亲。有趣的是，我们在考察路得身份时，可以看出她具备了现代犹太人的一些特征。比如，路得跟随拿俄米抵达伯利恒后，身为异域女子，其身份在某种程度上如同现代新移民，面临着所有新移民都应该面临的挑战：来自另一种文化、另一种语言、另一个地理位置的她需要适应新环境。但是，在她那里，新移民所面临的各种冲突似乎不再是一种挑战。这一方面是因为希伯来语文本简洁的叙事风格所致；另一方面也是因为其命运一直为拿俄米所主宰，对拿俄米的忠诚与顺从使得路得忽略了自己的存在。美国作家欧芝克（Cynthia Ozick）和法国理论家克里斯蒂娃（Julia Kristeva）甚至将路得当作新移民的榜样。欧芝克认为，路得从摩押人的偶像崇拜信仰皈依了犹太教的一神信仰，表明犹太上帝的价值所在；而她对拿俄米的忠诚则凸显了其美德，为大卫王的统治奠定了基础。与之相对，在克里斯蒂娃看来，路得动摇了她所加入的（新）秩序。她所具备的摩押人的那种他者身份既稳定了以色列的主权，又将其撕裂。她让以色列人从身份幻觉中清醒过来，使之较为开放地对待差异与他者。①

---

① See Bonnie Honig, "Ruth, The Model Emigrée: Mourning and Symbolic Politics of Immigration," in Athalya Brenner, ed., *Ruth and Esther*, Sheffield: Sheffield Academic Press, 1999, p. 51.

在圣经女权主义批评家阿塔莉娅·布伦纳（Athalya Brenner）看来，路得的处境与现代以色列孑然一身的外国女工具有明显的相似之处。首先，路得把自己与拿俄米绑缚在一起，与拿俄米形成一种依附关系。其次，路得与拿俄米之间具有一种契约关系，因此她必须照顾上年纪的婆婆。最后，路得抵达伯利恒后，当地人和拿俄米几乎无视她的存在。也就是说，与外国工人在主体文化中的被人视而不见如出一辙。① 路得，一个丧偶的年轻寡妇，决定到波阿斯田里捡麦穗。捡麦穗这一行动表明了路得的性别属性与贫穷的经济身份，就像布伦纳所说，在某种程度上路得可被视为一个地位低下的农民。布伦纳指出路得选择的这条路径实际上十分艰苦、困难，甚至危险。② 尽管路得和波阿斯之间没有雇佣关系，但是她其实是在自我雇佣，通过在田野里劳作而谋生，并且要赡养拿俄米。波阿斯确实善待路得，但是拿俄米要求路得接近波阿斯具有引诱色彩。路得没有任何反驳，完全按照拿俄米的吩咐去做。这种情形既反映出路得与拿俄米的关系已经超越种族和宗教的限制，也是其在父权制体制中相互发挥自身优势争取生存的一种方式。而在当时的父权制社会里，波阿斯娶了路得之后，两个女子的命运均能有效地得到改善。以色列最伟大的国王于是在这个体系中诞生。③

路得作为一个外国人、一个外人、一个被排除者，确立了一条君主政体的线索，这被视为犹太民族历史的一个新起点。但是，我们不能忽略的是，在《路得记》的后半部分，路得基本上是被动地按照拿俄米的指派行事。即使到了《路得记》末尾，路得虽然是俄备得的生身之母，拿俄米是他的"养母"，邻舍的妇人们也说：拿俄米得孩子了。而实际上，拿俄米与这个孩子没有任何血缘关系。克鲁格（Yehezkel Kluger）把拿俄米称作孩子的精神母亲。④ 俄备得（עוֹבֵד）在希伯来语中有"侍奉"之意，那么这里他是侍奉上帝，还是侍奉

① Athalya Brenner, "Ruth as a Foreign Worker and the Politics of Exogamy," in Athalya Brenner, ed., *Ruth and Esther*, Sheffield：Sheffield Academic Press, 1999, pp. 159-160.

② Katherine E. Southwood and Martien A. Halvorson-Tanlor, eds., *Women and Exilic Identity in the Hebrew Bible*, New York：Bloomsbury Publishing Plc, 2018, p. 33.

③ Michael D. Coogan, *The Old Testament: A Historical and Literary Introduction to the Hebrew Scripture*, Oxford：Oxford University Press, 2006, p. 229.

④ Yehezkel Kluger, *A Psychological Interpretation of Ruth*, Einsiedeln：Daimon Verlag, 2011, p. 96.

拿俄米？此时该如何定位路得？这一系列问题值得人们深思。

（三）路得与波阿斯

许多学者把《路得记》当作"田园"叙事。近来的评注者运用故事（或传说，tale）、中篇小说和短篇小说三种术语来评点《路得记》。我们可以把"tale"界定为用散文或韵文书写的故事，能够迅速提出并解决问题，展示事件比展示人物更为重要。中篇小说是一种虚构的叙事，人物和事件均有所发展。短篇小说很难定义，在某种程度上它与中篇小说的区别只是在长度上。考虑到该卷书的长度与复杂性，将其界定为短篇小说比较合理。但其意义显然不能完全等同于现代文学传统中的小说，毕竟它来自经书，具有历史文献价值。① 学者们之所以将《路得记》界定为小说，在相当程度上表明它具备小说的基本因素，无论是人物还是情节都有所设定，有所发展。

在拿俄米和路得之外，小说的另一个重要人物便是波阿斯，他是拿俄米家族的近亲、财主、义人。如果说路得的身份中负载着女性、贫穷、异族人、移民、劳工等诸多元素，那么波阿斯身份中的几个要素则是男性、富有、在共同体中德高望重。路得与波阿斯的交往始于在其田野里捡麦穗，从而使这部小说具有了田园叙事之风。当波阿斯了解了路得的身份后，他们之间有这样一场对话：

> 波阿斯对路得说："女儿啊，听我说，不要往别人田里拾取麦穗，也不要离开这里，要常与我使女们在一处。
>
> 我的仆人在那块田收割，你就跟着他们去。我已经吩咐仆人不可欺负你。你若渴了，就可以到器皿那里喝仆人打来的水。"
>
> 路得就俯伏在地叩拜，对他说："我既是外邦人，怎么蒙你的恩，这样顾恤我呢？"
>
> 波阿斯回答说："自从你丈夫死后，凡你向婆婆所行的，并你离开父母和本地，到素不认识的民中，这些事人全都告诉我了。
>
> 愿耶和华照你所行的赏赐你。你来投靠耶和华以色列神的翅膀下，愿

---

① Danicl I. Block, ed., *Exegetical Commentary Old Testament*, Michigan：Zondervan, 2015, pp. 36-37.

你满得他的赏赐。"

路得说:"我主啊,愿在你眼前蒙恩!我虽然不及你的一个使女,你还用慈爱的话安慰我的心。"

到了吃饭的时候,波阿斯对路得说:"你到这里来吃饼,将饼蘸在醋里。"路得就在收割的人旁边坐下,他们把烘了的穗子递给她,她吃饱了,还有余剩的。

她起来又拾取麦穗,波阿斯吩咐仆人说:"她就是在捆中拾取麦穗,也可以容她,不可羞辱她。"①

由此看出,波阿兹其实深谙异族身份为路得带来的各种不便,甚至欺凌。于是告诉她不要往别人田里拾取麦穗,跟我的使女在一起,跟我的仆人在一起。吩咐仆人不可欺负她,羞辱她,恐吓他。他还以长者的风范称路得为女儿。美国马里兰大学圣经文学研究学者柏林(Adele Berlin)称《路得记》中的名号称谓既可以表现重要的人物关系,又可以用来审视人物,考察其立场。② 路得最初称自己外邦人(נָכְרִיָּה‎, I'm a foreigner.),不及波阿兹的一个使女(שִׁפְחֹתֶיךָ‎, your maidservant),表明她与波阿兹没有任何关联。而到了第三章,路得接受拿俄米指导、半夜来到波阿兹的麦场,睡在他的脚下,则自称"我是你的仆人"(אֲמָתֶךָ‎, your handmaid)。表明她与波阿兹之间形成了一种依附关系,这是因为她从波阿兹那里已经得到一些恩惠。因此说,名号的转变预示着路得身份的转变。波阿兹对路得的称呼开始是带有中性色彩的"年轻女子"(נַעֲרָה‎, damsel),继之以长者风范称之为"我的女儿"(בִּתִּי‎, my daughter)。而在夜晚二人见面的场景中则称她为"贤德的女子"(אֵשֶׁת חַיִל‎, a virtuous woman)。"贤德女子"之特征在《箴言》中有所提及,而路得可以具体地体现《箴言》第31章中论及的贤妻所具有的一切美德。③ 这样一来,路

---

① 参见《路得记》2:8~15。

② Adele Berlin, *Poetics and Interpretation of Biblical Narrative*, Indiana: Eisenbraus, 1994, p. 87.

③ Jennifer L. Koosed, *Gleaning Ruth: A Biblical Heroine and Her Afterlives*, South Carolina: The University of South Carolina Press, 2011, p. 92.

得的地位实际上得到了提升。波阿兹帮助路得的原因，文本中也有所交代，即前面引文中对路得的评价。这段赞美路得过去所作所为的叙事其实蕴含着一种理念，即如果行善，便可以蒙受神的眷顾和保护。而通过拿俄米的赞美，我们可知波阿兹同样是具有贤德之人：愿那人蒙耶和华赐福，因为他不断地恩待活人死人。①

在波阿斯娶路得一事上，显示出波阿斯不仅恪守上帝子民的伦理与道德标准，同时也遵从民族的律法与社会习惯，表明他对路得的尊重。《路得记》较为详尽地描写了这种风俗习惯，比如选长老作为见证人，与拿俄米家的至近亲商讨赎地之事，赎地者当娶死人之妻摩押女路得，进而使得路得在族人中的身份合法化。从这个意义上讲，《路得记》既赞美了贤德女子，也彰显了犹太律法和民俗在确立身份过程中的重要性。

---

① 《路得记》2：20。

# 第二章
## 流亡与还乡叙事

### 第一节　现代希伯来小说的起点《锡安之恋》

　　1853 年，立陶宛犹太作家亚伯拉罕·玛普发表了长篇小说《锡安之恋》。这部作品在文学史上首次以圣经时代为背景，使用圣经希伯来语，描写了生活在圣经时代锡安的青年男女间的浪漫爱情，描绘了具有田园牧歌情调的古代锡安风光，塑造出摆脱僵死的欧洲隔都（Ghetto）[1]生活、勇于追求情感幸福的犹太新人形象，被学界视为现代希伯来小说的起点。[2] 小说标题中的"锡安"（Tsiyon）得名于耶路撒冷老城南部的锡安山，一般指耶路撒冷。玛普从来没有踏上过古代锡安的土地，也从来没有去过耶路撒冷，但他借助于《圣经》，尤其是《雅歌》，以及 19 世纪欧洲流行的游记与圣地地理研究，包括列维松（Shlomo Levisohn）《圣地研究》（1819）[3] 中的描写，对锡安风光做了具有乌托邦色彩的想象。乌托邦本是社会学理论中的概念，指人

---

① 隔都（Ghetto），指犹太人在欧洲居住的隔离区。
② 《锡安之恋》（*Ahavat Tsiyon*）乃第一部现代希伯来小说之说已经在希伯来文学评论界达成共识。主要资料来源有〔以〕约瑟夫·克劳斯纳《近代希伯来文学简史》，陆培勇译，上海三联书店，1991；David Patterson, *Abraham Mapu, The Creator of the Modern Hebrew Novel*, Ithaca：Cornell University Press, 1964；Dan Miron, *Bein Hazon le-Emet: Nitsanei ha-Roman ha-Ivri ve-ha-Yiddi be-Me'ah ha-Tsha-Esreh*, Jerusalem：Bialik Institute, 1979。
③ Shlomo Levisohn, *Mehkarey 'erets( Studies of the Land)*, 1819. See Ilana Pardes, *Agnon's Moonstruck Lovers: The Song of Songs in Israeli Culture*, Seattle and London：University of Washington Press, 2013, p. 35.

类思想意识中的美好社会。以西方为定位的乌托邦叙事起源一般追溯到英国作家托马斯·穆尔（Thomas Moore）创作的同名政论式叙事《乌托邦》，穆尔想象的大西洋小岛上的民生与社会建制与当时英国的历史政治情况形成鲜明对比，在现实世界里所不能实践的憧憬或是梦想，在乌托邦世界有了实践的可能。①

玛普《锡安之恋》中的乌托邦想象关涉的并非理想化的国度，而是远古时期犹太民族家园，抑或说是虚构的古代犹太人的一种生存状态。这种生存状态可从语言、人物与风景、流亡与回归三个维度归纳：一是主人公使用犹太民族古老的语言——圣经希伯来语进行交流；二是主人公在风光旖旎、具有田园牧歌色彩的锡安场所自由地生活与恋爱，最后正义战胜邪恶，其爱情梦想成真；三是主人公和作品中由于各种原因流亡异地的犹太人回归锡安故乡。若把这种乌托邦想象放到 19 世纪犹太民族复兴的历史进程中加以考察，其意义则不同寻常：它不但把数代流散地犹太人的家园想象做了具体化呈现，表明了犹太启蒙运动时期把锡安当作犹太古典过去象征的价值取向，而且激发起流散地犹太人对遥远的巴勒斯坦的向往，甚至唤起其回归锡安的渴望。

## 一 《锡安之恋》与犹太启蒙运动

《锡安之恋》的问世与欧洲犹太启蒙运动，尤其是犹太启蒙思想家倡导的书面希伯来语复兴运动密不可分。犹太启蒙运动在 18 世纪中后期发轫于德国，目的在于让生活在隔都的犹太学生在研习宗教文化之际，接受世俗文化与科学教育，以建立适应现代文明需要的犹太世俗文化。② 早期犹太启蒙思想家所使用的语言并非独立的现代语言，而是把圣经希伯来语加以重新建构的语言，这种建构被称作"希布斯"（"Shibbus"），即把圣经从句或韵

---

① 参见〔美〕王德威《现当代文学新论：义理·伦理·地理》，生活·读书·新知三联书店，2014，第 280 页。

② David Patterson, *A Phoenix in Fetters: Studies in Nineteenth and Early Twentieth Century Hebrew Fiction*, Maryland: Rowman & Littlefied Publishers, Inc., 1990, p. 4.

文带入新文本，或把圣经词汇、短语与惯用法拼凑在一起，或把圣经语言和拉比语言混合使用。① 原因在于，犹太人在公元 135 年②便失去巴勒斯坦的古老家园，长期处于颠沛流离的流亡状态，于是逐渐采用居住国家的语言。犹太人所使用的希伯来语也逐渐在日常生活中丧失了口头交际功能，只用于祈祷和宗教仪式，或学者之间的书信往来。由于圣经时代是犹太历史上的辉煌时期，因而在众多犹太人的心目中，圣经希伯来语尤为神圣与纯化，能够体现古代犹太民族的辉煌，可以在现代犹太人与其先祖曾经居住的土地之间建立关联。③ 在这种背景下，以思想家门德尔松为代表的德国犹太启蒙主义者选用圣经希伯来语作为教育工具，并倡导使用圣经希伯来语创造新型的载道文学，④ 即现代希伯来文学。

早期的新文学类型主要是诗歌、杂文和戏剧。⑤ 古代希伯来语词汇中原本没有小说这一术语，只是在犹太启蒙运动时期，学者们才借用了法文和德文中的 "Roman" 一词来形容法国作家大仲马、欧仁苏等人创作的长篇小说。19 世纪中叶，欧洲小说创作已经如日中天，出现了巴尔扎克（Honoré de Balzac）、狄更斯（Charles Dickens）、萨克雷（William Thackeray）等一代杰出的小说家；但在希伯来文学传统中，小说在 19 世纪 50 年代《锡安之恋》发表之前尚未成为合法的文学样式，保守主义者质疑小说的哲学真实性，并对小说所表现的性爱主题非常恐惧。犹太启蒙思想家与诗人卢扎托（David Luzzatto）反对小说创作，认为小说从本质上并非真实的产物。而玛普等激进人士则主张小说乃是探讨社会与心理现实及性爱的第一文学载体，需要得到艺术化的展现。这场争

---

① Lily Okalani Kahn, *Verbal System in Late Enlightenment Hebrew*, Leiden：Brill, 2009, p. 11.

② 公元 135 年犹太领袖巴尔·科赫巴领导的武装反抗罗马人的起义失败，犹太人开始背井离乡，踏上了近两千年的流亡之旅。

③ 〔美〕大卫·鲁达夫斯基：《近现代犹太宗教运动：解放与调整的历史》，傅有德等译，山东大学出版社，1996，第 68 页。又参见钟志清《希伯来语复兴与犹太民族国家建立》，《历史研究》2010 年第 2 期，第 116~126 页。

④ Raphael Kutscher, ed., *A History of the Hebrew Language*, Jerusalem：The Magnes Press, 1982, pp. 183-185.

⑤ 关于现代希伯来文学早期文体的论述，参见 Moshe Pelli, *In Search of Genre*, New York：University of America, 2005, pp. 33-82。关于现代希伯来文学的起源，参见钟志清《变革中的 20 世纪希伯来文学》，中国社会科学出版社，2013，第 1~14 页。

论持续了 10 年之久，最后以激进派胜利而告终。①

牛津大学学者大卫·佩塔森（David Pattersen）把玛普视为第一位用希伯来语构思小说理念的人。② 玛普是立陶宛一位德高望重的犹太启蒙主义者，他出生在考纳斯一个传统的犹太人之家，虽家境贫寒，但天资聪颖，自幼受到很好的传统犹太教育。后来他接触到《诗篇》的希伯来语与拉丁语对照读本，开始学习拉丁语，加深了对古代社会的理解，③ 逐渐开始致力于古代希伯来语和以色列历史的研习。④ 玛普早年有机会接触到现代希伯来文学和犹太启蒙思想。当时，无法在俄国赢得公民权的犹太启蒙主义者以维护传统信仰为己任。他们使用希伯来语，并非像德国犹太人那样要将希伯来语作为融入欧洲的工具，而是要把希伯来语作为表达思想的媒介，通过在日常生活中使用希伯来语来强化民族情感。⑤ 玛普受此影响，把用希伯来语表达思想当成了一项使命。⑥ 至于玛普创作《锡安之恋》的动因，首先应来自阅读《圣经》。希伯来语《圣经》中精致的词语和崇高的风格，尤其《诗篇》和"历史书"中所描绘的遥远过去，在其脑海里栩栩如生，使其萌生了创作一部反映圣经时代生活的小说的想法。⑦ 其次，阅读欧洲文学，尤其是法国文学促使他熟悉了小说这种文学形式。⑧ 最后，玛普主张希伯来文学需要小说，以便吸引更多的读者，并且对读者产生影响。⑨

---

① Dan Miron, *From Continuity to Contiguity*, Stanford: Stanford University Press, 2010, pp. 64-65.

② David Patterson, *Abraham Mapu: The Creator of the Modern Hebrew Novel*, Ithaca: Cornell University Press, 1964, pp. 102-103.

③ David Patterson, *Abraham Mapu: The Creation of the Modern Hebrew Novel*, Ithaca: Cornell University Press, 1964, p. 16.

④ David Patterson, *Abraham Mapu: The Creation of the Modern Hebrew Novel*, Ithaca: Cornell University Press, 1964, p. 18.

⑤ Leon Simon, "Abraham Mapu," in *The Jewish Quarterly Review*, Vol. 18, No. 3（1906）, pp. 411-412.

⑥ Leon Simon, "Abraham Mapu," in *The Jewish Quarterly Review*, Vol. 18, No. 3（1906）, p. 413.

⑦ 参见笔者《〈锡安之恋〉：现代希伯来小说的新起点》，《文艺报》2013 年 7 月 19 日，第 4 版。

⑧ Ilana Pardes, *Agnon's Moonstruck Lovers: The Song of Songs in Israeli Culture*, Seatle: University of Washington Press, 2013, p. 33.

⑨ Dan Miron, *From Continuity to Contiguity*, Stanford: Stanford University Press, 2010, p. 65.

玛普从 19 世纪 30 年代起便开始创作《锡安之恋》，50 年代这部作品才得以在维尔纳斯面世。小说不仅大量地使用了圣经语言，而且以当时的历史学、地理学著作为基础，对圣经时代的锡安进行想象与描述。同时还借鉴了圣经叙事传统，比如《先知书》、《雅歌》和《约伯记》中对自然风光的描写；《雅歌》中的浪漫爱情描写；《撒母耳记》和《列王纪》中所使用的简单但强有力的叙事模式；等等。尤为重要的是，小说凸显出犹太启蒙思想家对以锡安为象征的民族古典过去的兴趣：在锡安，犹太人不像在东欧那样充当小贩和经纪人，没有根基，没有防御能力，生活在恐惧中；而是自由的牧羊人和农民，生活在充满生机的自然之中。换句话说，在犹太启蒙时代，锡安这块真实的土地升华为真正的乌托邦。[①]

## 二 新人形象与新家园场景

《锡安之恋》的主人公是两对耶路撒冷青年：阿默农和塔玛，以及阿默农的妹妹蒲妮娜（Peninah）和塔玛的哥哥特门（Teman）。小说以前一对为主。这些青年男女虽生活在圣经时代，但他们并非历史人物，也不是历史英雄。他们诞生在古代以色列，在古代以色列的土壤里成长起来，不同于流散地软弱苟且的犹太人，进而被许多希伯来文学批评家界定为"新型犹太人"。[②] 这些新型犹太人，当然不同于后来的犹太民族主义者和犹太复国主义者，他们身上所体现出的"新"主要指的是摆脱了隔都封闭生活的束缚，投向自然怀抱，在那里追求真爱与幸福。

小说背景置于先知以赛亚时期的以色列地，时间贯穿南方犹大王国亚哈斯与希西家时期，其间穿插着非利士人和亚述王西拿基立举兵进犯耶路撒冷这一历史事件。其标题"锡安之恋"至少拥有双重含义。首先是把锡安当作事件发生的场所，指在古代亚哈斯国王时期发生在锡安的恋情。男主人公阿默农出生在耶路撒冷的名门望族，其父约拉姆能征善战，乃亚哈斯军队首领，娶有哈

① Abraham S. Halkin, ed., *Zion in Jewish Literature*, New York: Herzl Press, 1961, p. 131.

② David Patterson, *Abraham Mapu: The Creation of the Modern Hebrew Novel*, Ithaca: Cornell University Press, 1964, p. xlvi.

吉特和拿阿玛两房太太，后者，即阿默农的生母备受约拉姆宠爱。女主人公塔玛与阿默农门当户对，其父耶狄迪亚（Yedidiah）是犹大王族后裔，财政部长；母亲提尔扎乃以法莲部落后裔、从撒玛利亚移居到耶城的贵族哈拿尼勒之女。身为好友的两位父亲在两个孩子尚未出世时便指腹为婚，为他们订下终身。但是，阿默农和塔玛的命运因历史变迁与人为设计发生逆转。由于国家遭到非利士人进犯，阿默农的父亲约拉姆应征上了疆场，被非利士人俘虏。仇人马坦指使约拉姆家的仆人烧毁哈吉特的住房，致使母子四人葬身火海，并诬陷阿默农生母拿阿玛是纵火者。拿阿玛被迫逃亡，在家里牧羊人的帮助下，投奔为丈夫掌管土地的神学家西西里，生下龙凤胎阿默农和蒲妮娜。而纵火者却偷梁换柱，用亲生子来冒充约拉姆和哈吉特的幼子阿兹利卡姆。与此同时，塔玛在依旧富足的耶狄迪亚家族平安出生。

因家庭变故而导致的身份错置成为推进作品情节的重要手段。塔玛在父母呵护下长成美丽善良的千金小姐，而阿默农却在牧羊人家里长大，成为地道的牧童。他声音动听，容貌俊美，经常为大家演奏竖琴、唱歌，赢得了当地所有牧羊人的喜爱。塔玛虽然生活优越，但被囚禁在指腹为婚的牢笼中，无法实现爱情梦想。父亲为履行对好友的承诺，执意要她嫁给相貌丑陋、恶习成性的阿兹利卡姆，因为后者冒充了约拉姆家族的"唯一继承人"。

在文本中，实现男女精神自由的场所是在充满生机与活力的大自然中。正是在具有田园牧歌情调的伯利恒郊外，阿默农与塔玛邂逅：

> 春天把锡安所有的青年贵族、其漂亮的夫人和姐妹聚集到了伯利恒；光彩照人的塔玛来到阿维沙伊（阿默农养父）的家。小憩片刻，她和丫环去那地看牧人住帐。当她经过时，牧人惊奇地说："瞧！最美的锡安女子！"闻听此言的阿默农说："唉，傻小子，你们怎敢盯着这样一个出身高贵的女子！照管你的羊群，不要奢望这样一位高不可攀的女子。"尽管这样说，阿默农依然目不转睛凝视美丽的塔玛，其他牧人早就干活去了。

阳光为牧人住所投下温暖。溪水淙淙，树叶在微风中窸窣，鸟儿在枝头啁啾；绵羊在田野中咩咩，山间回荡着一片和谐之音，牧人不禁要放声歌唱；田野里响起笛音和牧人的歌声。塔玛被所有乐音，尤其是阿默农的乐音吸引……①

从文字上看，"牧人住帐"的希伯来语原文"na'ot ro'im"的用法出自《雅歌》第1章第8节"mishkenot ro'im"；"锡安女子""banot tsyon"则是《圣经》中反复使用的"bat tsiyon"（锡安的女儿）或《雅歌》中"banot yeroshalayim"（耶路撒冷女子）的变体。这些文字具有一种象征性的张力，令读者对《雅歌》产生联想。《雅歌》采用情歌手法，用充满春回大地、瓜果飘香、男女浓情的比喻与象征，表达青年男女之间的欲爱（Eros）。② 而作为犹太启蒙主义者，玛普把小说当作重要的载体，去探索社会与心理现实。在他看来，欲爱作为人类生活的生理与情感因素，应该予以理解，并加以艺术再现。从这个意义上，玛普的乌托邦想象不单纯是纯然的景物描写，而且蕴含着对人类本真的探求。

接下来的牧人把塔玛称作"最美的锡安女子"，塔玛尤为阿默农的乐音吸引，复沓的则是《雅歌》中对理想爱人的类似描写："我的佳偶在女子中，好像百合花在荆棘内。我的良人在男子中，如同苹果树在树林中。"③ 阿默农与塔玛的相恋，不单纯是"佳偶"与"良人"的两情相悦，而且负载着犹太启蒙时代的审美理想。

阿默农与塔玛尽管身着古代衣装，但与圣经时代的青年男女不同，他们拥有一种新情感。这种新情感表现为对自然风光的沉醉与对家园的热爱，这是犹太启蒙运动之后犹太人才具有的一种新情感。④ 阿默农不但容貌俊美，而且被

---

① Abraham Mapu, *The Love of Zion*, New Milford: The Toby Press, 2006, pp. 38-39；希伯来文版资料由希伯来文学翻译学院提供。笔者译。

② 李炽昌、游斌:《生命的言说与社群认同: 希伯来圣经五小卷研究》，中国社会科学出版社，2006，第118~131页。

③ 《雅歌》2:2~3。

④ Yigal Schwartz, *The Zionist Paradox: Hebrew Literature and Israeli Identity*, Waltham: Brandeis University Press, 2014, p. 14.

赋予一种英雄主义特征，这种英雄豪气在某种程度上淡化了他与塔玛之间的身份差异。小说沿用了"英雄救美"的主题范式，安排阿默农在塔玛险入狮口之际奋起相救，一箭射中狮子心脏，营救了塔玛的性命，阿默农因此赢得了一张接触上层社会的通行证，成了塔玛父亲庄园里的上宾，与塔玛坠入爱河。进一步说，阿默农之所以赢得塔玛的爱情，不在于拥有财富和显赫门庭，而是在于拥有美、力量、知识、善良与忠贞，表现出犹太启蒙时期一代新人的爱情观：爱情比财富更为重要，爱情比生命更为重要。阿默农渴求知识，珍视知识胜于珍视财富，在牧羊时便把所有的时间都用于读书；在耶狄迪亚为回报阿默农搭救了女儿而许诺可以满足他的所有要求时，他表示希望读书。用知识战胜愚昧，不仅是阿默农实现身份转换的途径，而且折射出启蒙时期欧洲犹太人试图摆脱愚昧，接受现代文明熏陶的愿望。

《锡安之恋》将男女相遇地点设在风景优美的伯利恒郊外，展现出锡安之美，进而把作品题目所蕴含的第二层含义烘托出来，即把锡安这一地理场所视为爱的对象，激发起主人公乃至读者热爱锡安的情感。"锡安"这一意象在犹太文化史上具有不同寻常的意义。锡安既是神圣的场所，又是犹太历史与文明的发源地，更是流亡犹太人的精神依托。小说不止一次地借主人公之口赞颂锡安之美，将其称为一切美好事物的家园，表达出对锡安的炽爱和离开锡安后的痛苦。一度身处异乡的阿默农不免慨叹：我宁愿在围困期间选择在锡安忍饥挨饿，也不愿意生活在陌生的异国他乡。

《锡安之恋》中多次写到锡安的树木、花草、山石、日月与流水，这样的风景描写不仅是出于"情以物迁、辞以情发"的审美需要，为男女之爱提供场所；而且也烘托出民族—历史的元叙事语境。与阿默农和塔玛相遇在富有田园牧歌情调的伯利恒郊外这一场景相似，塔玛的哥哥特门在充满生机的卡麦尔花园初识正在那里采摘无花果的阿默农妹妹蒲妮娜。约拉姆在出征前夕邀请耶狄迪亚及其家人到坐落在橄榄山的美丽夏日宫殿度假，为两个即将出世的孩子订下终身。20年后，历经磨难的阿默农与塔玛、特门与蒲妮娜在橄榄山完婚。而在位于耶路撒冷的耶狄迪亚家的凉亭，阿默农与塔玛的家人相会。

"风景首先是文化，其次才是自然，它是投射于木、水、石之上的想象建构。"① 伯利恒郊外、卡麦尔花园、橄榄山、凉亭四个"惬意场所"在形成小说本身的风景理念以及表现玛普的世界观方面尤为重要。② 正如哥伦比亚大学希伯来文学评论家丹·米兰所说：自犹太启蒙运动以来，希伯来语作家旨在创造出生活在古老新家园（old-new Land）的新旧交替的人（old-new people），不断地想象他们所遴选的伴侣相逢在与典型的远古圣经风景融为一体的以色列地（水井、麦田、葡萄园、果园等）。③ 伯利恒乃古代希伯来合法王族的摇篮，一度身为牧羊人的大卫王就在那里长大。从这个意义上讲，玛普把阿默农和塔玛的爱情置于伯利恒郊外则蕴含着民族—历史的象征性深意。在这样一个美好的场所，贫富之间不再有障碍，恋人们在自然法则面前人人平等。④ 因身份错置而成为牧童的阿默农从伯利恒走向耶路撒冷，从部落走向社会，从乡间乌托邦走向城市乌托邦。这样的描写不仅意味着阿默农已经实现了个人身份的转换，而且也预示着犹太启蒙运动时期欧洲犹太人的集体身份将面临从旧到新的变革。从这个意义上讲，玛普笔下的自然风景不单纯是文化想象，还激起了主人公对风景实体的热爱。塔玛和阿默农在谈到橄榄山之美时不禁慨叹："我多么热爱这个地方。"⑤ 热爱橄榄山，或者说热爱锡安，并非圣经时期的概念。《圣经》中推重的是上帝及其子民之间的互爱。而玛普则把现代民族构建中对土地的热爱转化为对圣经景观中自然成分的热爱，把人神之爱转化为人对以锡安为依托的古代家园的热爱。

---

① 〔英〕西蒙·沙玛：《风景与记忆》，胡淑陈、冯樨译，译林出版社，2013，第67页。

② Yigal Schwartz, *The Zionist Paradox: Hebrew Literature and Israeli Identity*, Waltham：Brandeis University Press, 2014, p. 35.

③ Yigal Schwartz, *The Zionist Paradox: Hebrew Literature and Israeli Identity*, Waltham：Brandeis University Press, 2014, p. 34.

④ 丹·米兰（Dan Miron），《闪亮的外表：亚伯拉罕·玛普〈锡安之恋〉的崇高艺术》（希伯来文版），耶路撒冷：Bialik Institute, 1979, pp. 24-25。在施瓦茨教授看来，伯利恒与卡麦尔只是发生恋情的场所，但在笔者看来，伯利恒地点的选择蕴含着民族—历史的含义。

⑤ Ilana Pardes, *Agnon's Moonstruck Lovers: The Song of Songs in Israeli Culture*, Seatle and London：University of Washington Press, 2013, p. 35.

### 三　《锡安之恋》与回归锡安

《锡安之恋》发表后的最初 4 年，共印刷 1200 余册。由于当时犹太启蒙思想家人数不多，发行渠道主要靠书贩沿街贩卖或在市场出售，许多犹太人又很贫困，因此这个数字堪称不小的成就。后来，这部作品被翻译成法文、俄文、德文、英文、阿拉伯文、犹太-阿拉伯文、犹太-波斯文等文字，甚至被当作第一部现代希伯来小说经典。① 从本质上看，《锡安之恋》主要书写的是男女之爱，并在一定程度上透视出回归故乡的理念。《锡安之恋》发表之初所引发的热议主要来自"传统的"犹太启蒙主义者，争论焦点主要置于小说所体现的思想价值是否合法、对主人公感官生活描写的负面影响等诸多问题上。② 作者玛普身为犹太启蒙时期的思想家，尤其是贫穷的立陶宛犹太人，在某种程度上把小说作为观念载体，表达某种特殊理想。③ 因此，在日后的传播过程中，读者对《锡安之恋》的观念意义的接受甚至大于审美意义。

如前文所述，玛普在《锡安之恋》中塑造了新型犹太人，这些人讲希伯来语，而复兴圣经希伯来语与回归锡安构成了犹太复国主义政治理念中的两根支柱。④ 以色列学者施瓦茨指出，在《锡安之恋》之前的许多文本中，回归锡安的梦想主要与弥赛亚乌托邦有关。只有至高无上的权威，或者以色列的上帝才能把梦想转为现实。而在《锡安之恋》中，回归锡安的梦想与人类思想、动机和兴趣有关，是人把乌托邦想象化作了现实。⑤ 长期以来，东欧犹太人因为生活在隔都，与自然隔绝；而《锡安之恋》中表现出的人与自然的

① Dan Miron, *From Continuity to Contiguity*, Stanford：Stanford University Press, 2010, pp. 141-142.

② Dan Miron, *From Continuity to Contiguity*, Stanford：Stanford University Press, 2010, p. 64.

③ David Patterson, *Abraham Mapu: The Creator of the Modern Hebrew Novel*, Ithaca：Cornell University Press, 1964, p. 26.

④ Hamutal Bar-Yosef, "De-Romanticized Zionism in Modern Hebrew Literature," in *Modern Judaism*, Vol. 16, No. 1 (February 1996), pp. 67-79.

⑤ Yigal Schwartz, *The Zionist Paradox: Hebrew Literature and Israeli Identity*, Waltham：Brandeis University Press, 2014, p. 5.

交融激发了这些现代人与自然重建联系的愿望。① 小说对圣经时代田园牧歌式的农业背景和风景描绘，强化了东欧犹太人对自身悲惨生活的认知与不满。取自《圣经》的优美隽永的诗歌和崇高典雅的语言唤起了犹太启蒙思想家在复兴民族运动中所需要的审美情感，使欧洲犹太人对祖述先贤的辉煌感到自豪。许多人把《锡安之恋》视为《圣经》的延伸，他们试图模仿主人公的生活方式，情侣之间甚至以阿默农和塔玛相称。年轻读者发现了另一个犹太世界，它与时下的衰败生活形成强烈反差，堪称富有乌托邦想象的图景。

与乌托邦想象密切相关的另一个母题便是流亡与回归。流亡与回归乃诸多希伯来小说文本中反复重现的内容，在数千年的犹太民族历史演绎进程中占据着重要地位，尤其是《诗篇》中"我们曾经在巴比伦的河边坐下，一想到锡安就哭了"的诗句，唤起了多少流亡犹太人的家园梦想。《锡安之恋》一共写了三代人的流亡生涯：塔玛的外祖父哈纳尼勒从撒玛利亚流亡至尼尼微；阿默农的父亲约拉姆因战争失败而流亡克里特；母亲拿阿玛因遭到坏人陷害被迫从耶路撒冷家中逃亡至海法附近的卡麦尔山；阿默农前往亚述、寻找沦为囚房的塔玛祖父等情节，均带有流亡色彩。小说开头，描写了塔玛祖父在身陷囹圄之际，梦见外孙女塔玛的恋人会来营救自己，并继承其财产。这一梦想在后文中化作现实。阿默农离家远游，寻找塔玛的祖父的过程，既是在寻找并确定个人身份，也带有犹太民族集体无意识的成分。从某种意义上说，阿默农带领塔玛的祖父回归锡安不仅是为适应情节发展需要，而且表现出犹太民族回归故乡、恢复身份的集体期待。

玛普在作品中不止一次地喻示：象征流散地的撒马利亚逐步走向衰退，而象征故乡的锡安则愈加兴旺，沐浴在王权统治下的辉煌之中。他也不止一次地描写了代表流散地犹太人的以法莲支派正在衰落，而故乡犹大王国正在崛起。塔玛父母的婚姻基础则建立在对锡安的挚爱上。对和父亲一起从北方撒玛利亚回到耶路撒冷的塔玛母亲来说，锡安就像伊甸园，生活在那里的人们则像天

---

① See David Patterson, *Abraham Mapu: The Creator of the Modern Hebrew Novel*, Ithaca: Cornell University Press, 1964, p. 4.

使；而塔玛父亲则为身为耶路撒冷人而感到自豪。母亲回到锡安、嫁给父亲、过上幸福生活则象征着以法莲族的后裔回归故乡，母亲对以法莲后裔的鄙视与对锡安的思恋体现出玛普以及同时代的犹太启蒙思想家对当时流散地犹太人精神的忧患，或者说不满，进而试图恢复古代荣光的愿望。这种从内心深处崇拜古代民族辉煌、眷恋民族发祥地的思想在作品中反复流露，可以达到施瓦茨所说的唤起民族精神的目的。[1]

在词源学上，《锡安之恋》标题中的"锡安"（Tsiyoni，Zion）一词与 19 世纪末期的"犹太复国主义"运动的希伯来语说法"Tziyonut"（Zionism）同源，后者倡导在巴勒斯坦建立"犹太民族家园"，故而在某种程度上也使读者在阅读《锡安之恋》时产生回归锡安的联想。随着犹太复国主义运动的兴起与深入，现代希伯来新文学逐渐成为犹太民族意识觉醒的支撑。20 世纪初期的犹太复国主义阐释者大多阅读过《锡安之恋》。

倡导复兴希伯来语，并将这种理念付诸实践的俄裔犹太人本-耶胡达曾回忆起他在立陶宛的一个小镇秘密阅读《锡安之恋》的情形。因受到这种新文学的启蒙，他油然产生讲希伯来语的冲动，就像他所遇到的新世界中的阿默农和塔玛那样。他和朋友用"神圣的语言"聊天，谈论阿默农和塔玛的爱情以及阿兹里卡姆的恶作剧，谈论自己不幸的小世界里的种种琐事，也谈论重大的政治事件和人生中的大事。最后决定离开欧洲，前往以色列地。[2] 它甚至影响到以色列第一任总理大卫·本-古里安早期思想的形成。[3] 而在 20 世纪初第一次犹太移民运动中移居耶路撒冷的许多犹太人都承认《锡安之恋》这本小书叩动着其心房，在其心中卷起了一阵情感波澜，于是他们打点衣装，前去以色列地。[4]

---

① 伊戈尔·施瓦茨（Yigal Schwartz），《关于现代希伯来文学史上诸多问题的看法》（希伯来文版），奥尔耶胡达：Kinneret, Zmora-Bitan, Dvir Publishers, 2005, 第 54 页。

② Scott B. Saulson, *Institutionalized Language Planning: Documents and Analysis of Revival of Hebrew*, Berlin: De Gruyter Mouton, 2011, p. 27.

③ Anita Shapira, "The Bible and Israeli Identity," in *AJS Review*, Vol. 28, No. 1 (2004). 中文参见钟志清《圣经与以色列民族国家的构建》，《西亚非洲》2014 年第 3 期。

④ Yigal Schwartz, *The Zionist Paradox: Hebrew Liferafure and Israeli Identity*, Waltham: Brandeis University Press, 2014, p. 14.

由此可见，《锡安之恋》这部作品在欧洲犹太启蒙运动的语境下诞生，使用圣经希伯来语，描写了发生在圣经时代锡安的浪漫爱情，塑造了带有现代启蒙意识的新人形象与新家园场景，并表现出流散地犹太人回归故乡的理念。《锡安之恋》的出现标志着现代希伯来小说的起点，而它所呈现的乌托邦想象也具备唤起流散地犹太人的家园想象与回归锡安情感的意义。

## 第二节　《马萨达》与历史叙事的变形

1927 年，著名希伯来语诗人伊扎克·拉姆丹发表了叙事长诗《马萨达》，唤起了当时巴勒斯坦伊舒夫居民对马萨达历史事件的记忆。马萨达位于犹地亚沙漠，濒临死海，是一座岩石要塞，东西两侧均为悬崖，地势险峻。它之所以闻名遐迩，皆因公元 73 年在那里爆发过犹太人反抗罗马人起义的最后一战。其结果是，960 余名犹太人宁死不愿沦为罗马人的俘虏、集体自杀。这一事件尽管在《塔木德》《密释纳》等犹太古典文献中几近缺失，但自 20 世纪 20 年代以来，马萨达历史叙事，尤其是集体自杀的英雄主义举动在犹太人的集体记忆中被唤起，经犹太复国主义者的变形处理，成为带有英雄主义色彩的"马萨达精神"，甚至"马萨达神话"，马萨达要塞于是也一度成为以色列政府对青年人进行爱国主义教育的基地。在这一过程中，希伯来语诗人拉姆丹的叙事长诗《马萨达》起到了催化作用。

在多数中国学者看来，马萨达叙事中犹太人宁死不愿沦为俘虏而选择集体自杀的行为是"悲壮"的，象征着犹太民族酷爱自由、宁死不屈的英雄气概。[①] 近年来的学术研究也开始关注马萨达叙事在当代以色列接受中的政治与社会形态。[②] 这里笔者试从 20 世纪 20 年代在巴勒斯坦地区风靡一时并在当时民族记忆与民族身份建构中起到核心作用的希伯来叙事长诗《马萨达》的解

---

① 徐新：《犹太文化史》，北京大学出版社，2006，第 32 页；张倩红：《以色列史》，人民出版社，2008，第 46 页。

② 周平、何琛：《马萨达叙事在当代以色列接受中的政治与社会形态》，《学海》2018 年第 3 期，第 190~195 页。

读入手，考察犹太复国主义者如何对马萨达这一历史事件进行变形处理，使之适应现代以色列民族国家创建的现实需要。

## 一 "马萨达将不会再沦陷"：拉姆丹的叙事长诗

《马萨达》的作者拉姆丹 1899 年生于乌克兰，幼时在家中接受传统犹太教育，后又接受希伯来教育。他和哥哥在动乱的岁月里与家人失散，被迫在乌克兰和俄国四处流浪。不幸的是，哥哥在一次屠杀中丧生，他则自愿参加红军。1920 年，他随第三次阿里亚浪潮移居巴勒斯坦。他先是从事修路、务农等体力劳动，后来管理过犹太组织的文化事务。20 年代后期，他开始从事全职文学创作。《马萨达》是拉姆丹创作的第一首叙事长诗，也是他平生最为著名、影响最大的一首诗。这首诗不仅在 20 世纪的希伯来文学想象中占据着重要地位，且与公元 1 世纪犹太历史学家约瑟夫斯撰写的《犹太战争》一并被视为犹太史上最富有影响力的两部作品。

《马萨达》一诗带有明显的自传色彩，全诗共分"亡命者""到墙垛去""夜晚的篝火""在营地外""篝火熄灭之时""还没有"六部分，描述的是诗人决定移居马萨达——即象征意义上的巴勒斯坦所经历的精神炼狱，诗人对新环境、新国家的适应。[①] 在第一部分"亡命者"开篇，诗人使用系列被动语态"我被告知"（也可以译作"听说"）描述了他不幸的家庭遭际，以及以亡命者身份决定逃往巴勒斯坦的心路历程。首先，母亲去世，父亲伤心禁食、含泪祈祷，与之一起颠沛流离的兄弟在战乱中丧生等一系列家庭不幸令诗人几近绝望，他挣扎着鼓起勇气，决定逃向马萨达。其次，诗人描述了在马萨达爆发的一场反叛，那是一场将决定最终判决的战役。显然，在诗人心目中，马萨达是一个希望所在："透过未来的帘幕，黎明的巨眼正在注视并关注着马萨达。"[②]

诗人笔下的马萨达既是一个地理意义上的具体场所，"为群山所环绕，坐

---

① See Leon I. Yudkin, *Isaac Lamdan*, Ithaca：Cornell University Press，1971，p. 49.

② 伊扎克·拉姆丹（Yitzhak Ramdan），《马萨达》（希伯来文版），特拉维夫：Dvir，1962，第 12 页。

落在群山之巅，群山之中"①，又象征着即将建立的犹太民族家园——巴勒斯坦。② 无论马萨达能否成为终极避难所，在诗人笔下，去往马萨达也是带有上升色彩的行动。"上升"（לעלות）一词在希伯来语里与流散地犹太人前往巴勒斯坦使用的"移民"一词出自同一词根，这样一来，它在某种意义上与犹太复国主义倡导的移民巴勒斯坦运动产生了某种契合。由此可以看出，诗人离开乌克兰故乡预示着传统犹太人在流亡中走投无路的命运，而发生在马萨达的犹太人"反叛"则会给人以希望，且为诗歌的英雄主义基调埋下了伏笔。

对于生活在流散地的犹太人来说，移居巴勒斯坦无疑代表着一种挑战。在诗歌中，这一挑战通过诗人在途中遇到的三个朋友的演说体现出来。其中，第一位与第三位演说者都是虚无主义者。第一位刚刚听说关于马萨达的奇迹，不相信会有任何解决问题的方式，甚至连马萨达和犹太复国主义都是虚幻，犹太人的不幸命运已经注定，不可能被更改。如诗中所写："诅咒已经注入我们的血液，那是我们生存灯芯的润滑剂，没有它灯芯不会燃烧，即使是在马萨达。"③ 只要犹太民族生存，就无法摆脱这一诅咒。以色列人的子孙能够做的只有祈求在上帝的协助下复仇。第三位演说者也是一个虚无主义者，十分悲观，认为灾难会降临在以色列的探路者和那些寻找解决方式的人身上。他劝诗人不要移居马萨达，而是要和他一起，被动地等候终结脚步的来临。

与之相对，第二位演说者却是一位真正的共产主义者，支持革命。他批评诗人逃避战斗。在他看来，逃避战斗的人是懦夫。他劝诗人要坚强起来，这是因为："绝望者的可怜营地不会在那里复活！但是，当重大活动的舞台上拉起红色的帷幕时，就连马萨达看到最后的战役也会跪倒，脱下其生锈的盔甲，将

① 伊扎克·拉姆丹（Yitzhak Ramdan），《马萨达》（希伯来文版），特拉维夫：Dvir，1962，第 61 页。

② 原诗写道："午夜逃离流亡的船只，去往马萨达。"伊扎克·拉姆丹（Yitzhak Ramdan），《马萨达》（希伯来文版），特拉维夫：Dvir，1962，第11页。

③ 伊扎克·拉姆丹（Yitzhak Ramdan），《马萨达》（希伯来文版），特拉维夫：Dvir，1962，第 13 页。

其置于明天的脚下。"① 对于共产主义者来说，革命是世界历史的关键事件，通过革命可以跨越横亘在新旧时代之间的门槛。

对三位朋友不同劝说的书写透视出诗人复杂的内心矛盾与灵魂的撕裂。诗人在这里表现的并非个人体验，而是 20 世纪 20 年代欧洲许多犹太青年的一种集体体验。《马萨达》发表之际，正值第三次阿里亚时期，当时大约有 4 万犹太人受到俄国十月革命、欧洲排犹以及《贝尔福宣言》（Balfour Declaration）发表等诸多历史事件的影响，从波兰、立陶宛和苏联移居到巴勒斯坦。其中多数是年轻的拓荒者，他们参与到当时的一些犹太社会主义青年运动中。作为其中一员，拉姆丹所写的《马萨达》既与历史上的马萨达起义具有关联，象征着犹太人辉煌的过去；又代表着以色列地，即当时的巴勒斯坦。如果说历史上的马萨达斗士以集体自杀保留了犹太民族的最后尊严，那么如今的马萨达则象征着世界各地犹太人的避难所，蕴含着犹太人对家园的向往与期待。从这个意义上讲，马萨达则喻示着一种精神，激励着现代犹太人为摆脱流亡时的痛苦而移民以色列地，并在那里复兴民族生活，重建犹太民族家园。

但是，重建民族家园的路途十分艰辛，就像马萨达历史事件本身，既有走投无路的绝望，又有追求自由的向往。这种带有二律背反的情感在《马萨达》一诗中几类人物的塑造上亦有所体现。具体地说，诗歌中的人物可以分为四类。第一类人领会到时代的动荡，出于绝望来到马萨达，但脖子上依旧套着枷锁。这类人的绝望与马萨达这一历史叙事中无法摆脱的绝望建构了某种联系。第二类人是为父母所哀悼的"温柔的牺牲"。这类人来到马萨达的原因是"马萨达传说如此美丽，奇妙的墙垛这么吸引人"②。更重要的，马萨达所代表的思想与精神对他更具吸引力："倘若我的父母知道这个传统，就不会为他们去往那里的唯一孩子而如此哭泣。"③ 第三类人劫后余生，独自一人，步履沉重。

---

① 伊扎克·拉姆丹（Yitzhak Ramdan），《马萨达》（希伯来文版），特拉维夫：Dvir，1962，第14 页。

② 伊扎克·拉姆丹（Yitzhak Ramdan），《马萨达》（希伯来文版），特拉维夫：Dvir，1962，第28 页。

③ 伊扎克·拉姆丹（Yitzhak Ramdan），《马萨达》（希伯来文版），特拉维夫：Dvir，1962，第28 页。

他渴望命运能让他找到某种"补偿"，但不知"补偿"在何处。这时一个秘密的声音传来：在马萨达！但是如果希望落空，他有可能像第一个人那样自杀。马萨达对他来说，是最后一个避难所（与古代的马萨达产生契合），最后一座堡垒。如果马萨达沦陷，那么就没有任何东西可以留下。第四类人依然处于绝望之中。对他来说，马萨达是最后一站，也代表着最后的希望，要么成功，要么失败。① 这四类人从不同层面代表着马萨达叙事的丰富内涵。

但从本质上看，逃离绝望的诗人依然对马萨达所代表的犹太民族家园满怀憧憬：黑暗的旅途于是被照亮。随着诗歌情节的展开，诗人终于来到马萨达入口，将自己撕裂的灵魂放在马萨达的石砧上，打碎，定型，并重新打碎。② 诗歌第三部分"夜晚的篝火"吟诵的便是这种高昂精神的主体基调。它以篝火作为象征，称马萨达的篝火布满以色列的道路。篝火在墙垛上腾升，马萨达的子孙在篝火旁起舞。在起舞中唤起的是热情、快乐、勇气以及与祖先之间的联系纽带。在诗人心目中，今人与古人之间值得讴歌的联系纽带显然不是失望与绝望，而是马萨达所体现的种种向上的正能量。随着起舞的链条不断上扬，诗歌烘托出"马萨达不会再沦陷"这一主题。③

"马萨达不会再沦陷"这句豪言壮语后被犹太复国主义者广泛引用，甚至成为以色列国防军誓词中一句极其富有召唤力的口号。在诗歌末尾，诗人号召犹太人："强大，强大，我们要坚强起来。"但是这种高亢的基调并未充斥整部作品。诗人在许多时候表现出矛盾、困惑、迷茫、忧虑，甚至绝望。他甚至担心以色列地不能真正成为避难所，而是变成犹太人的陷阱，也就是第二座马萨达要塞。④ 这里，马萨达既代表着走投无路的一种绝望，又预示着某种绝地而起的生机。

---

① Leon I. Yudkin, *Isaac Lamdan*, Ithaca: Cornell University Press, 1971, pp. 56-57.

② 伊扎克·拉姆丹（Yitzhak Ramdan），《马萨达》（希伯来文版），特拉维夫：Dvir, 1962, 第22页。

③ 伊扎克·拉姆丹（Yitzhak Ramdan），《马萨达》（希伯来文版），特拉维夫：Dvir, 1962, 第44页。

④ Nachman Ben-Yehuda, *The Masada Myth: Collective Memory and Mythmaking in Israel*, Madison: The University of Wisconsin Press, 1995, pp. 222-223.

这首长篇叙事诗发表后，风靡一时，不断得以重印，很快成为"神圣文本"，对公众更好地了解马萨达历史事件意义深远，① 尤其对当时的巴勒斯坦伊舒夫犹太人与流散地犹太人的历史记忆产生了巨大的冲击。马萨达要塞成为犹太复国主义青年的朝觐之地，许多青年人历经艰险，登上马萨达要塞，在那里聆听、朗诵《马萨达》诗歌。

## 二　文学叙事与历史书写：《马萨达》与《犹太战争》

耐人寻味的是，拉姆丹本人从来没有去过马萨达，据其妻子回忆，他甚至从未表达过前去马萨达的愿望。研究者不免追问《马萨达》长诗的资料来源问题。在拉姆丹之前，关于马萨达事件的重要文献只有公元1世纪犹太历史学家约瑟夫斯撰写的史书《犹太战争》。人们对第二圣殿时期罗马历史的理解，大多也依据的是约瑟夫斯的书写。因此，是约瑟夫斯的《犹太战争》提供了《马萨达》长诗的资料来源。《犹太战争》的大致内容是：率部退守马萨达的匕首党领袖本-雅伊尔（Eliezer Ben-Yair）把部下聚集到希律王昔日富丽堂皇的宫殿内，试图让起义者相信上帝显然抛弃了他们的事业，只有用死来抵抗罗马人的奴隶制。最后，马萨达起义者杀死自己的家人，烧毁所有给养，并以抽签方式选择十人杀死自己的同胞，十人当中的一人杀死其他九人，而后自尽。第二天早晨，罗马军队攻克马萨达，迎接他们的却是一片死寂。这时，两个妇女和五个孩子从藏身之处现身，向罗马人讲述了马萨达犹太起义者的故事。罗马人并没有立即接受这一故事，而是扑灭火焰，穿过废墟，走进宫殿。集体自杀留下的尸体没有让罗马人感受到成功的喜悦，而是惊叹死者的勇气。

但是，仅从《犹太战争》中的马萨达书写本身来看，能否将马萨达起义者的自杀视为一种英雄主义行为确实值得商榷。不能回避的是，《犹太战争》的作者约瑟夫斯是一位富有争议的复杂人物。他大约于公元37年出生在罗马统治下的耶路撒冷，幼年时代饱读经书，并在成年之际（约公元64年）造访

---

① Yael Zerubavel, *Recovered Roots: Collective Memory and the Making of Israeli National Tradition*, Chicago and London: The University of Chicago Press, 1995, p. 63.

过罗马，目睹了罗马帝国的不可一世。因此当他回到犹地亚，发现同胞由于受到最后一任罗马地方行政官的残暴统治，正一步步走向起义之路时，便努力安抚好战派。[①] 这应该是日后他率军不敌罗马人时选择投降的前奏。之后约瑟夫斯成为罗马人的俘虏，先是作为囚犯，后来则受弗拉维王朝（Flavian Dynasty）[②] 委托，为罗马人撰写胜利史。

究竟是忠诚的犹太人，还是一位抛弃同胞在弗拉维宫廷里追求奢侈生活的变节者和懦夫？在约瑟夫斯的著述中看不到这个问题的直接答案。约瑟夫斯曾经为自己辩护，称自己投降罗马人尽管出于自愿，但不是以叛徒的身份，而是作为罗马人的辅臣。在犹太传统中，约瑟夫斯经常被视为一位变节者。但近年来，以哈佛大学沙耶·科恩（Shaye Cohen）教授为代表的一些学者认为：约瑟夫斯对罗马人和犹太人都颇为忠诚。他尽管没有赞扬匕首党人，但是总体上还是喜欢他们。在科恩看来，约瑟夫斯作为犹太人和罗马史官表现出匕首党人既邪恶又崇高的特征。[③] 这种观点对我们全面分析约瑟夫斯形象的复杂性及其意义具有启迪，但笔者无意从史学角度论证约瑟夫斯投靠罗马人这一行动本身的价值取向，而是关注他的犹太人／投降者的"身份"是否会影响到其《犹太战争》一书的撰写。约瑟夫斯把自己既当作犹太社区的代言人，又当作弗拉维王朝的史官。[④] 约瑟夫斯既是犹太爱国者，又是犹太人与罗马人讲和的顾问，要调和这两种身份相当困难。[⑤] 应该说，约瑟夫斯既继承了犹太人的传统，又呈现了希腊历史学家的视角。意识到双重身份之间的这种张力对理解约瑟夫斯《犹太战争》的叙事立场非常重要。

首先，约瑟夫斯认为，上帝站在罗马人一边，用罗马人来惩罚犹太人的罪

---

① 参见〔英〕约翰·萨克雷《约瑟夫斯评传》，陆路译，大象出版社，2019，第17~18页。

② 罗马第二个世系王朝，公元69年到公元96年统治罗马帝国。

③ Shaye J. D. Cohen, "Masada: Literary Tradition, Archeological Remains, and the Credibility of Josephus," in *Journal of Jewish Studies*, Vol. 33 (1982), p. 393.

④ Nicole Kelley, "The Cosmopolitan Expression of Josephus's Prophetic Perspective in the 'Jewish War'," in *The Harvard Theological Review*, Vol. 97, No. 3 (July 2004), pp. 257~274.

⑤ H. St. J. Thackeray, *Josephus: The Man and the Historian*, New York: Jewish Institute of Religion Press, 1929, p. 49.

愆。犹太人亵渎了耶路撒冷圣殿，他们不仅与罗马人作战，而且与上帝作战。其次，退守到马萨达的起义者身为匕首党人，他们揭竿而起并非以追求正义或民族自由为己任，他们所谓的支持革命不过是其犯罪行动的一个借口。匕首党人偷窃牲口和财产，烧毁试图与罗马人和平相处的犹太人的房屋，对参与反叛行动的人也不友善，甚至杀害同胞。最后，匕首党首领本-雅伊尔敦促同胞在面临沦为罗马人俘房的情势下自杀，但约瑟夫斯在加利利为官时曾劝说部下投降罗马人，而不要集体自杀。他提供了系列论证，反对自杀。在他看来，自杀是对上帝不忠，与自然相悖。

据《犹太战争》记载，犹太反叛者领袖本-雅伊尔向同胞发表过两场演讲。在第一场演讲中，他向自己的同胞表明：他们既不侍奉罗马人，也不侍奉其他的神，只侍奉真正公正的人类上帝。现在这一时刻已经来临，需要行动来加以证明。而在接下来的宣言中，我们可看出本-雅伊尔的观点：屈从于罗马人就等于屈从奴隶制。这一点他们绝不接受。他坚信上帝会给予他们特权，他们宁做自由人，高尚地死去，使妻子免遭凌辱，使孩子免遭奴役，也不愿战败沦为罗马人的奴隶。[①]

同样据《犹太战争》记载，本-雅伊尔这番慷慨激昂的话语在听者中引起的反响是不同的。有些人可能确如其所期待的那样，内心充满慷慨赴死的狂喜；另一些不太英勇之人则因本-雅伊尔怜恤自己的妻子与家人而感动不已，但是眼中的泪水流露了他们的抵触情绪。同胞们的怯懦与恐惧令本-雅伊尔十分担心。于是他再次充满激情讲述灵魂的不朽，讲述生命在另一个世界里的重要性，讲述犹太人注定会遭受罗马人的奴役与欺凌，等等，直至大家接受了他的建议，决定自杀。

从以上描述中可以看出，本-雅伊尔关于集体自杀的提议并非从一开始就得到了同胞的认同，更谈不上使这些同胞以一种英雄主义的姿态去身体力行了。从这个意义上说，《犹太战争》虽然叙述了匕首党人在马萨达的最后岁

---

① Flavius Josephus, *The Jewish War*, Revised Edition, trans. G. A. Williamson, London: Penguin Books, 1970, pp. 398-399.

月，但没有表现出所有的人都意志坚决，视死如归，多数人是在本-雅伊尔的再三劝导与催促之下才去杀死亲人，而后自杀的，整个叙事并没有表现出特别明显的英雄主义精神。而且，约瑟夫斯身为罗马人史官，奉罗马人之命撰史，也不可能大肆张扬犹太人的英雄主义。更何况，马萨达事件本身并不具备历史理论家所论证的那种"历史意义"，在整个犹太民族历史上，它不具备类似《出埃及记》的重要性，也不像大卫或所罗门王朝那样代表着古代以色列社会的政治巅峰。① 其历史真实性也不确定。即便它具备了历史真实性，但与犹太律法中所崇尚的珍爱生命等传统相悖，因此，关于马萨达叙事并未得到日后数代犹太人的推崇。

真实情况是，在相当长一段时间内，马萨达叙事在犹太传统中是缺失的。主要原因在于：正统犹太教一直压制对马萨达的记忆。犹太传统资料来源，如《塔木德》和米德拉西解经文献基本上不提马萨达。② 而且，犹太教基本上是热爱生命的宗教。犹太人并不羡慕死亡，尤其不羡慕自杀。马萨达叙事中有两个地方严重违背了犹太传统的宗旨。首先，杀害家人与朋友属于剥夺他人的生命，而在犹太人的行为准则"摩西十诫"中，明确规定"不得杀人"③。其次，在犹太传统中，生命乃是来自上帝的赠与。只有上帝才能拿走人的灵魂。因此《塔木德》先贤把自杀视为重罪。④ 从这个意义上讲，约瑟夫斯在《犹太战争》中所描述的马萨达叙事表现出一种反《托拉》，或者反犹太经典的特征，反映出一种与犹太教相悖的意识形态。

约瑟夫斯的《犹太战争》最早用阿拉米语和希腊语写成，但阿拉米语版《犹太战争》在很久以前便已经佚失，只有希腊语版文本得以保存，这主要是约瑟夫斯作为罗马帝国的史官，其书写可以被教会视为记载犹太人历史的重要

---

① Barry Schwartz, Yael Zerubavel and Bernice M. Barnett, "The Recovery of Masada: A Study in Collective Memory," in *The Sociological Quarterly*, Volume 27, No. 2 (1986), p. 149.

② Arnold H. Green, "History and Fable: Heroism and Fanaticism: Nachman Ben-Yehuda's *The Masada Myth*," in *Brigham Young University Studies*, Vol. 36, No. 3 (1996-97), p. 404.

③ 参见《出埃及记》20：13；《申命记》5：17。

④ Bernard Heller, "Masada and the Talmud," in *A Journal of Orthodox Jewish Thought*, Vol. 10, No. 2 (Winter 1968), pp. 32-33.

文献。现代希伯来语版《犹太战争》首版问世于 1923 年，也有学者说是 1924
年，引起了许多年轻犹太人对这段历史记忆的重新认知。[①] 而根据资料显示，
拉姆丹在 1923 年便开始创作叙事诗《马萨达》。"马萨达"，在《圣经》中写
作 "מצדה（Matzada）"，意为 "城堡" "要塞"；但拉姆丹却将其写作 "מסדה
（Masada）"，或许是受到了其他版本《犹太战争》的影响。与约瑟夫斯重在
描写自杀的手法相比，拉姆丹则对马萨达叙事做了变形处理，在绝望之中给
人以希望，并强调 "马萨达不会再沦陷" 的英雄主义精神。其中蕴含的牺牲
主题更接近公元 10 世纪一位匿名作者创作的颇为流行的史书《约西泼
恩书》。

　　按照杰鲁巴维尔的观点，马萨达反抗之所以能进入犹太历史，主要得益于
《约西泼恩书》。[②] 该书早在中世纪就被从拉丁语翻译成希伯来语，因此在犹太
世界产生了影响。在《约西泼恩书》中，作者描写本-雅伊尔让自己的部下
"像英雄那样与敌人作战，牺牲"；而没有像约瑟夫斯那样让马萨达人死于自
己人的刀剑之下：从此，人们与罗马人作战，杀敌数不胜数。就这样，犹太人
在战场上战斗到最后，为上帝和圣殿而死。这里，强化了英勇地战死这一主
题，而淡化了其宗教色彩。[③]《犹太战争》中浓墨重彩描绘的自杀与《约西泼
恩书》中张扬的战死，成为日后以色列人思想深处 "马萨达情结" 的两大支
柱。当然，《约西泼恩书》改良版的马萨达叙事与拉姆丹所张扬的 "马萨达不
会再沦陷" 更加契合。

## 三　英雄主义：马萨达叙事的变形

　　在犹太民族的历史传承中，有两个极其重要的古代地理坐标。一个是哭
墙，另一个便是马萨达。哭墙，作为第二圣殿遗迹，被犹太复国主义者视为毁

---

① Yael Zerubavel, *Recovered Roots: Collective Memory and the Making of Israeli National Tradition*,
Chicago and London: The University of Chicago Press, 1995, p. 63.

② Yael Zerubavel, *Recovered Roots: Collective Memory and the Making of Israeli National Tradition*,
Chicago and London: The University of Chicago Press, 1995, p. 62.

③ Yael S. Feldman, "'The Final Battle' or 'A Burnt Offering'?: Lamdan's Masada Revisited," in *AJS
Perspectives* (Spring 2009), pp. 30-33.

灭的象征；而马萨达则象征着一个民族为自由而战斗到最后时刻。马萨达抵抗者拒绝接受大流散中犹太人逆来顺受的民族生活方式，宁愿为争取自由而庄严地死去，也不愿意沦为奴隶。

历史事件之所以值得记忆，是因为当下社会具有记忆需求，当下生存情势往往影响着人们对历史的集体记忆。具体到 20 世纪 20 年代在巴勒斯坦复兴对马萨达这段尘封近两千年的历史的记忆，当然受文学本身与社会语境诸多因素的影响，比如拉姆丹叙事诗《马萨达》的震撼，约瑟夫斯的《犹太战争》被翻译成现代希伯来语出版，等等。更为重要的是，它与犹太复国主义运动在巴勒斯坦地区的勃兴密切相关。犹太复国主义运动的一个重要问题就是要摧毁大流散中逆来顺受的犹太精神特质，重建新型的民族精神特质与民族身份。在重建过程中，需要对犹太起义者在马萨达集体自杀这一古老的形象赋予新的意义。对于一些犹太复国主义者来说，马萨达犹太人的集体自杀乃是积极的英雄主义的象征。他们的反叛精神、战斗到生命最后一刻的英雄主义气质能够砥砺年轻的伊舒夫和基布兹居民既反抗英国人的压迫，又抵御来自阿拉伯世界的威胁，应该在塑造新的犹太民族精神与民族身份中占据至关重要的位置。而当时巴勒斯坦的大环境对犹太人颇为不利。尽管《贝尔福宣言》已在 1917 年发表，但西方世界反犹主义倾向日益严重，多数西方国家限制犹太人以合法的身份移民巴勒斯坦。美国等西方国家接纳新移民的数量同 19 世纪与 20 世纪之交相比大幅度减少。与此同时，阿拉伯世界逐渐意识到犹太人移居巴勒斯坦将会危害到居住在那里的阿拉伯人的利益，因而在 20 世纪二三十年代发动了系列针对犹太人的袭击。此时巴勒斯坦犹太人的境遇有些类似史书中描绘的马萨达犹太人那样面临着困境：自由还是死亡？要么重新回到欧洲原居住地，要么接受巴勒斯坦艰苦的生存环境。

在这种历史语境下，需要建构马萨达神话的现代英雄主义意义，激励犹太人在巴勒斯坦生存。而在这一过程中，拉姆丹创作的《马萨达》长诗无疑起到了重要作用。仅在 20 世纪 30 年代，《马萨达》长诗就多次再版，并在学校被广泛阅读，著名犹太历史学家克劳斯纳（Joseph Klausner）就写下《马萨达及其英雄》一文，在学界为拉姆丹象征性地运用马萨达叙事意义确立了合法性。① 20 世纪 40 年代，巴勒斯坦地区的教育机构认为《马萨达》具有重要的教育价值，于是将其列为学校的必读书目，其中所蕴含的失望、愤怒、焦虑与希望之光启迪了几代年轻的本土以色列人。在相当长的一段时间里，马萨达成为犹太民族身份的象征。

历史学家古特曼（Shmaria Gutman）和考古学家亚丁在重塑马萨达记忆过程中也起到了关键作用。古特曼 1909 年生于苏格兰一个俄裔犹太人家庭，1912 年随家人移居巴勒斯坦。定居在摩尔哈维亚莫沙夫。其父是一位面包师，与犹太复国主义领袖本-古里安、卡茨尼尔森同样是"锡安劳动者"的发起者。这样一来，古特曼在一种同情社会主义思想与世俗犹太复国主义的意识形态与政治氛围中成长起来，且接受了犹太教传统的熏陶，后成为劳动青年运动的组织者。他本人读过拉姆丹的诗，且在 1933 年根据《犹太战争》的描述与两个朋友到马萨达历险，两千年前留下的历史废墟与断壁残垣使其受到强烈震撼。他强烈地意识到：尽管拉姆丹的《马萨达》叙事诗令人激情澎湃，但只有亲临历史故事的发生地，才能增强历史叙事的真实性与感染力。② 在接下来的 20 余年中，古特曼组织了多次带有朝觐色彩的马萨达之旅，并在 1942 年成功地举办了为期一周的研讨班，强化一种英雄主义教育，而参加研讨班的 46位青年人中许多人日后成了以色列国家的领袖，包括以色列政坛的常青树西蒙·佩雷斯（Simon Peretz）。与马萨达叙事有关的社会活动在 20 世纪 40 年代达到一个高峰。

20 世纪 40~60 年代，也就是在现代以色列建国之前与初创时期，需要一种英雄主义叙事。马萨达叙事恰好符合这一需要。在 1948 年以色列建国之前，青年运动成员，包括后来的国家社会、军事和教育精英，普遍了解马萨达叙事。这些新一代国民把马萨达叙事当作民族与个人身份的组成部分。原因在于，在 20 世纪上半叶移居巴勒斯坦地区的犹太人需要与犹太复国主义者的故

---

① Arnold H. Green, "History and Fable: Heroism and Fanaticism: Nachman Ben-Yehuda's *The Masada Myth*," in *Brigham Young University Studies*, Vol. 36, No. 3 (1996-97), p. 409.

② Nachman Ben-Yehuda, *The Masada Myth: Collective Memory and Mythmaking in Israel*, Madison: The University of Wisconsin Press, 1995, pp. 70-72.

乡建立一种密切联系。古特曼等人组织马萨达之旅的目的就是要创造这一关联。

　　以色列建国早期，依然可以看到马萨达仪式的延续性，人们前去参加马萨达之旅，攀登要塞。在某种程度上，马萨达成为新建以色列国家的象征，这一点与拉姆丹在《马萨达》叙事诗中所表达的主旨产生契合。许多人认为，马萨达斗士选择了自杀就等于选择了民族尊严。他们追求的是政治、宗教与精神的自由。与当下以色列社会的契合之处在于，一旦发生战争，那么以色列人会选择为国家而战。以色列士兵把马萨达叙事当作一种英雄主义范式。一旦国家需要，他们则会像马萨达斗士那样献出生命。但同时，马萨达叙事又充满了矛盾色彩，令一些以色列人不解的是马萨达斗士为什么没有选择战死，而是选择了自杀。即使在以色列第一任总理大卫·本-古里安眼中，马萨达叙事与巴尔·科赫巴起义的故事一样，展现的只是犹太民族灾难与战败形象，因此他并不热衷提倡马萨达历险，也不热衷前去寻找匕首党的遗迹，甚至对此鄙夷不屑。本-古里安一向喜欢摩西和约书亚两个历史人物，认为是他们率领犹太人从埃及奴隶制走向希望之乡。但随着历史环境的变化，其观点也在发生转变。1963 年夏天，当以色列国家明显面临外部威胁时，被围困的犹太自由战士形象甚至比在征服中取胜的以色列军队形象在本-古里安看来更有现实感。①

　　真正给马萨达叙事赋予鲜活现实生命力的重要举措便是马萨达考古，其中的关键人物便是伊戈尔·亚丁。亚丁原名伊戈尔·舒克尼克，其父乃希伯来大学考古学教授，也是希伯来大学考古系的奠基者之一，曾经参与为以色列国家购买《死海古卷》的工作。亚丁 15 岁便参加以色列国防军的先锋队哈加纳（Haganah），这个团体的希伯来语名称"הַהֲגָנָה"具有"保卫，防护"之意，表达了要使早期犹太人在巴勒斯坦的定居点免遭阿拉伯人攻击的初衷。以色列建国之后，哈加纳摇身变作以色列国防军的主体。亚丁本是伊戈

---

① Neil Asher Silberman, *A Prophet from Amongst You: The Life of Yigael Yadin: Soldier, Scholar, and Mythmaker of Modern Israel*, New York: Addison-Wesley Publishing Company, 1993, p. 272.

尔·舒克尼克在哈加纳的代号，出自《创世记》第 49 章第 16 节：但必"判定"（Yadin）他的民。当本-古里安在 1948 年以色列建国后号召官兵易名后，伊戈尔就把自己的姓氏易为亚丁，表明与流散地犹太历史割断联系的心意。

1945 年，亚丁从哈加纳辞职，到希伯来大学读书，致力于《圣经土地上的古代战争》这一博士学位论文的写作。但两年后又被本-古里安召去哈加纳中任职。在 1948 年以色列"独立战争"中，他参与了许多重要的作战部署，并指挥了一些重要战役。1949 年被任命为以色列国防军副总司令，当时他只有 32 岁。1952 年亚丁又因与时任总理和国防部部长的本-古里安意见不合而辞职，继续从事学术生涯。1955 年被任命为希伯来大学考古系讲师，最后成为希伯来大学考古学院院长，率人进行了一系列重要的考古发掘工作，马萨达标志着其考古成就的高峰。

与本-古里安一样，亚丁最初一直与马萨达代表的失败者形象保持着距离，甚至在 20 世纪 50 年代撰写考古学论文期间拒绝率人对马萨达进行学术考古。即便当时马萨达已经成为党派政治的象征，但亚丁拒绝接受其意义。正是由于古特曼的执着劝说，才有了后来亚丁率领的马萨达考古。1963～1965 年，亚丁率领来自世界各地的专业人士与志愿者进行了长期的马萨达考古，甚至发掘出二十几具遗骸。经考证这些遗骸只能来自马萨达抵抗者，而发掘出刻有本-雅伊尔名字的陶片很可能与起义者领袖本-雅伊尔相关，进而通过考古证明犹太人祖先确实生活在这片土地上，强化了犹太复国主义者的理念。

亚丁在他那部颇具历史价值的畅销书《马萨达：希律王要塞与匕首党人的最后抵抗》中慨叹：

> 正是由于本-雅伊尔和他的同仁，由于他们的英勇抗拒，由于他们宁死不做奴隶，由于他们烧毁自己微薄的财产作为对敌人的最终反抗，马萨达被提升为绝地勇气的不朽象征，这个象征在过去的一千九百年里一直撼动着人们的心灵。正是这一点促使学者和外行人攀登马萨达。正是这一点

促使现代希伯来语诗人发出"马萨达不会再沦陷"的呐喊；正是这一点吸引我们这一代成千上万的犹太青年庄严朝觐，登上马萨达的顶峰；正是这一点带领现代以色列国防军装甲部队到马萨达山顶宣誓忠诚："马萨达不会再沦陷！"①

亚丁这段话的前半部分，显然延续的是历史学家约瑟夫斯的叙述，并尽量调和叙述中存在的明显不一致之处。② 而后半部分，则把马萨达历史叙事的意义加以提升，并强调其对大流散时期的犹太人，尤其是现代希伯来语诗人拉姆丹的影响。而出自拉姆丹长诗中的"马萨达不会再沦陷"则成为现代以色列国防军的口号和座右铭。

亚丁的阐释显然由其人生经历、军旅生涯，尤其是其带有犹太复国主义色彩的民族主义视角所决定。不容忽视的是，针对马萨达的现代意义，亚丁并未从理论上加以论述。也许正如为其作传的美国学者西尔伯曼（Neil Silberman）所说，亚丁也不愿或者无法确定马萨达的现代意义。他一再强调马萨达是现代以色列的重要标志，但他未能准确阐明马萨达的确切含义，从而释放了一个可以呈现自己生命的强大形象。③ 与此同时，公共层面也未曾对马萨达具体的象征意义作清晰阐述，但是基本上达成一些共识，就像美国学者杰鲁巴维尔在其博士学位论文中所描述的：

一旦再爆发战争，（战士们）宁死也不被他人俘虏。这可以向士兵们表明这一价值相当重要。表明这些人的理想如此重要，他们时刻准备为理想献身，就像如今为国家献身。他们用马萨达故事给为国家献身的人树立了榜样，就像马萨达人那样。他们想给士兵们展示一种英雄主义的范例。

---

① Yigael Yadin, *Masada: Herod's Fortress and the Zealots' Last Stand*, New York：Welcome Rain, 2008, pp. 197-201.

② 关于亚丁尽量与约瑟夫斯历史叙事保持一致的论述，参见 Jodi Magness, *Masada: From Jewish Revolt to Modern Myth*, Princeton：Princeton University Press, 2019, pp. 193-196。

③ Neil Asher Silberman, *A Prophet from Amongst You: The Life of Yigael Yadin: Soldier, Scholar, and Mythmaker of Modern Israel*, New York：Addison-Wesley Publishing Company, 1993, p. 291.

他们必须忠于祖国，战斗到流尽最后一滴血。①

更加意味深长的是，追求自由的英勇的犹太战士，以及他们与强大的罗马帝国奋战到底的理念，与数百万欧洲犹太人在纳粹集中营里被动地饿死或被毒气毒死的形象形成强烈反差。与之相对，马萨达卫士的抵抗已经明显地被比作华沙隔都的犹太起义。尤其是对经历过 1948 年以色列 "独立战争" 的以色列人来说，马萨达则隐喻着新建的以色列国家：遭受孤立、围困、四面受敌。要想活下去，就只能起来反抗。从这个意义上，马萨达文学叙事、历史书写与马萨达考古一并提升了犹太人的民族主义理念和保卫家园的决心。当然，较之历史书写与考古事实，文学的作用尽管不那么直接，但影响力却十分久远。

富有反讽的是，亚丁考古发掘马萨达后不到两年，马萨达作为以色列国家象征的温度便已降低。原因来自多个方面：1967 年的 "六日战争" 的胜利显示出以色列从一个弱势国家转变为拥有征服军事力量的强者。② 其后，以色列在与埃及进行外交谈判时表现僵化，说明以色列国民有一种不健康的心理倾向，即宁肯集体自杀，也不愿意争取生存。而 1973 年的 "赎罪日战争" 摧毁了以色列人的军事自信，进而认为马萨达将会再次沦陷。而到 20 世纪 80 年代末，后犹太复国主义兴起，以色列的犹太人，尤其是知识分子感到犹太复国主义理念已经过时，其经济模式也由社会主义理念向自由市场、资本主义经济转变。凡此种种，使得以色列官方决定国防军在 20 世纪 80 年代末期就不再去马萨达宣誓。③ 但是，即便马萨达已经失去了作为民族象征的许多光环，世界各地的犹太人仍然在访问以色列时纷纷到马萨达 "朝觐"，倾听导游向他们讲述马萨达故事。对于世界各地前来以色列参加各种培训的外国人，以色列人也经

---

① Barry Schwartz, Yael Zerubavel and Bernice M. Barnett, "The Recovery of Masada: A Study in Collective Memory," in *The Sociological Quarterly*, Volume 27, No. 2 (1986), p. 152.

② Jodi Magness, *Masada: From Jewish Revolt to Modern Myth*, Princeton: Princeton University Press, 2019, p. 199.

③ Jodi Magness, *Masada: From Jewish Revolt to Modern Myth*, Princeton: Princeton University Press, 2019, p. 200.

常组织他们前去马萨达追寻历史记忆，[①] 聆听工作人员讲述与马萨达相关的历史故事与文学书写，或是赞颂古代犹太卫士的英雄主义壮举，或者讲述伊戈尔·亚丁在马萨达考古发掘中的建树，在这种大化无形的教育中领会犹太国家的精神内涵。但是，这些教育基本上是强调犹太复国主义运动兴起以来，犹太人顽强地抵御各种入侵，却忽略了巴勒斯坦地区另一个民族，即阿拉伯民族的生存。

从上述讨论中可以看出，马萨达叙事最早见于古代犹太历史学家约瑟夫斯的《犹太战争》，其历史真实性仍旧在学界争论不已。但从文学叙事角度看，自 20 世纪 20 年代拉姆丹发表叙事长诗《马萨达》以来，巴勒斯坦犹太人以及 1948 以色列建国后的以色列人逐渐给马萨达历史叙事赋予新的意义。文学叙事与历史书写，以及与之相随的朝觐活动与考古发掘，逐渐将流亡视为犹太民族末路，而将"马萨达不会再沦陷"视为新型犹太国家精神的象征。这种观点一度在以色列的政治话语与意识形态中占据主导地位。马萨达叙事引起的思考还在于：当面临绝境时，究竟是死得其所，还是保留生命之火种。在以色列学术史上，它涉及英雄主义的多元性问题。以色列建国之初，主流社会对大屠杀英雄主义的理解仅限于武装反抗；但经历了后来的"艾希曼审判"与"六日战争"和"赎罪日战争"，以色列官方把犹太人在集中营极端艰苦的环境中争取生存以延续整个犹太民族也视为一种英雄主义。[②] 以色列前总理拉宾（Yitzhak Rabin）在谈到英雄主义时曾说：为国家献身很好，为国家生存也值得提倡。就这样，英雄主义的双重含义融合在以色列犹太人的身份塑造中。

---

① 1995 年，笔者在以色列学习希伯来语时，就跟随希伯来语言学校的学员前去马萨达参观。当时的缆车尚未通到山顶，学员们徒步而上，深深体会到马萨达地势的险要。在马萨达山顶，希伯来语言学校的老师为学员们讲述了马萨达的地势与建构，尤其是本－雅伊尔率部集体自杀的感人故事，也讲述了约瑟夫斯的《犹太战争》、拉姆丹的叙述长诗以及伊戈尔·亚丁领导的考古，给历史记忆本身赋予了新的现实意义。

② 参见笔者《身份与记忆：论希伯来语大屠杀文学中的英雄主义》，《外国文学评论》2008 年第 4 期。

# 第三节　《昨日未远》与第二次阿里亚

作为 20 世纪最为杰出的希伯来语作家、唯一的希伯来语诺奖得主，阿格农在创作中成功地反映了从 20 世纪初期到 20 世纪 70 年代犹太社会与文化变革的深广程度。毋庸置疑，作为出生与成长在加利西亚（今隶属波兰）、自幼接受过严格的犹太传统教育的作家，阿格农自 1908 年发表第一个短篇小说《弃妇》始，便开创了用文学切近犹太文化传统的范式。但我们必须看到，阿格农并未一味地将自己禁锢在传统文化藩篱之内，他常常以小说为工具参与现代犹太世界的变革，促使读者从揭示某种意识形态模式弱点的新角度来反思 20 世纪的犹太历史。[①] 他那部问世于 1945 年、被学界誉为 "最为经典的现代希伯来小说" 的《昨日未远》（一译《只是昨天》）[②]，以第二次阿里亚这一特殊历史时期为切入点，通过加利西亚犹太青年伊扎克·库默怀着犹太复国主义梦想移居巴勒斯坦、理想幻灭、最后被耶路撒冷的一条流浪狗咬伤、染疾而死的遭际，在现代希伯来文学史上首次以全景化的方式展示了欧洲犹太人移居巴勒斯坦时的复杂情势，[③] 呈现了现代犹太人寻找并创建新家园这段大历史中意识形态的核心内涵，并敏锐地洞悉了其中的矛盾与悖论，素有 "时代史诗" 之称。[④]

## 一　大历史中的小人物：主人公及其时代

阿里亚乃希伯来语 "עליה" 一词的音译，原意为 "上升"，指自 19 世纪 80 年代以来散居世界各地的犹太人向以色列地（即巴勒斯坦）的大规模移民

---

① Anne Golomb Hoffman, "Agnon for All Seasons: Recent Trends in the Criticism," in *Prooftexts*, Vol. 11, No. 1 (1991), p. 83.

② Sidra Dekoven Ezrahi, "Sentient Dogs, Liberated Rams, and Talking Asses: Agnon's Biblical Zoo or Rereading *Tmol Shilshom*," in *AJS Review*, Vol. 28, No. 1 (2004), p. 105.

③ Ruth Wisse, *Jews and Power*, New York: Schochen Press, 2001, p. 98.

④ Todd Hasak-Lowy, *Here and Now: History, Nationalism, and Realism in Modern Hebrew Fiction*, Syracuse: Syracuse University Press, 2008, pp. 68-70. 关于 "时代史诗" 论题的更多讨论，参见 Emuna Yaron, Rafael Weiser, Dan Laor, Reuven Mirkin 等编《阿格农文献汇编》（希伯来文版），Jerusalem: Magness Press, The Hebrew University of Jerusalem, 2000, 第 87~211 页。

浪潮。从历史上看，阿里亚浪潮与犹太复国主义运动的兴起及流散地犹太人生存境况的恶化密切相关。早在 1881 年，俄国医生平斯克（Leon Pinsker）在其德文版《自我解放》的小册子中，便呼吁建立犹太民族家园，强调犹太人回归土地（指其祖先生存过的巴勒斯坦）的重要性。[①] 平斯克主张召开全俄犹太人大会，筹措资金，购买土地，解决数百万犹太人的定居问题。[②] 1881 年，由大、中学生在哈尔科夫创建的"比鲁"（Bilu）组织与其后由平斯克任主席的"锡安热爱者"（Havevei Zion）协会均以鼓励犹太人移居巴勒斯坦为宗旨。1882 年犹太人在俄国遭受的集体屠杀直接导致了第一次阿里亚（1882～1904），大约有 2.5 万名犹太人从俄国与欧洲其他国家移居巴勒斯坦。他们在罗斯柴尔德家族（Rothschild）等犹太富翁的帮助下，相继建立了里雄来茨用（意为"锡安之初"）和佩塔提克瓦（意为"希望之开端"）等犹太村庄。

阿格农在《昨日未远》中着力描写的第二次阿里亚则指 1904～1914 年的第二次犹太移民浪潮。来自东欧，主要是俄国的一批年轻人在基什尼奥夫惨案发生后，[③] 受社会主义和回归理念感召，梦想到祖辈曾经生存的土地上做"拓荒者"（Pioneer），通过用双手劳动建造家园。当然，不能排除有些人的移居是为了逃避沙皇征兵，或者是为免遭在流散地遭受迫害，但这一时期移居巴勒斯坦的 3 万人，多为劳工犹太复国主义者（Labor Zionist）。这些人成长于东欧，有机会接触到犹太复国主义理念，比较认同政治犹太复国主义领袖赫茨尔用劳动创造价值、创造永久新环境的观点。[④]

此乃现代犹太史上一个重大的变革时期，许多青年人割舍亲情，不依靠任何社会团体的支持，背井离乡，来到巴勒斯坦，凭借在土地上做劳动者的信

---

① Anita Shapira, *Israel: A History*, trans. Anthony Berris, Waltham: Brandeis University Press, 2012, p. 3; See also Dan Cohn-Sherbok, *Introduction to Zionism and Israel: From Ideology to History*, New York: Continuum, 2012, p. 3.

② 〔英〕沃尔特·拉克：《犹太复国主义史》，徐方、阎瑞松译，上海三联书店，1992，第 90 页。又参见张倩红《以色列史》，人民出版社，2014，第 131 页。

③ 希伯来诗人比阿里克专门作长诗《在屠城》描写基什尼奥夫惨案及其对犹太民族意识的影响，见笔者《比阿里克的〈在屠城〉与〈希伯来圣经〉传统》，《外国文学评论》2013 年第 2 期。

④ 〔奥〕西奥多·赫茨尔：《犹太国》，肖宪译，商务印书馆，1999，第 36 页。

念，克服贫困、孤独、疾病等困难，与恶劣的环境抗争，艰苦劳作，在贫瘠的巴勒斯坦建立了早期的犹太人居住区，并创建了贸易联盟、各式农业共同体（基布兹、莫沙夫等）与防御组织，联合起来抵抗各种外界威胁，顽强地生存下来。① 在文化建制上，他们创办了《青年劳动者》等希伯来语杂志和希伯来语学校，参与把希伯来语从神圣的祈祷语言变为日常口语，开创了世俗的现代希伯来民族文化。这一切，均为形成 1948 年后以色列国家的政治、经济、军事与文化机制奠定了基础。多数以色列建国领袖，如以色列第一任总理本-古里安、第二任总统本-茨维（Yitzhak Ben-Zvi）以及劳工犹太复国主义运动精神领袖卡茨尼尔森等都曾在第二次阿里亚拓荒者群体中担任要职。②

阿格农虽然算不上严格意义上的犹太复国主义拓荒者，但堪称第二次阿里亚运动的重要见证人，甚至可以说是参与者。早在 1908 年，阿格农便从加利西亚移居巴勒斯坦，在雅法和耶路撒冷居住到 1913 年第二次阿里亚结束前夕才去往德国，10 年后又回到耶路撒冷，在那里辛勤写作，直至终老。这位来自加利西亚的犹太富家子弟，虽然难以完全认同来自俄国的年轻拓荒者们的社会主义理念，在生活习惯与精神特质上也与之迥然相异，但与那些人交往甚密。他曾为犹太复国主义重要领导人鲁宾（Arthor Ruppin）担任秘书，将 20 世纪初期希伯来文学的中心人物布伦纳（Joseph Haim Brenner）视为精神依托，对鲁宾、卡茨尼尔森以及巴勒斯坦首位神学思想家库克拉比深怀敬佩。在他看来，他从布伦纳那里得知犹太年轻人无处可去，只能到以色列找寻出路；从鲁宾那里学到要力所能及，不要好高骛远；从库克那里学到在土地上劳作乃是神圣的服务；从卡茨尼尔森那里学到了所有这些理念。③

在《昨日未远》这部长达 600 多页的小说中，阿格农将自己在第二次阿

---

① Anita Shapira, *Israel: A History*, trans. Anthony Berris, Waltham：Brandeis University Press, 2012, pp. 42-64.

② Anita Shapira, *Israel: A History*, pp. 42-64; Gershon Shaked, *Shmuel Yoseph Agnon: A Revolutionary Traditionalist*, New York：New York University Press, 1989, pp. 7-22.

③ Gershon Shaked, *Shmuel Yoseph Agnon: A Revolutionary Traditionalist*, New York：New York University Press, 1989, p. 13.

里亚时期的亲身经历融入了诸多场景和细节描写，[①] 并对上述那些犹太历史上的精英人物做了不同程度的勾勒，但其选定的主人公却是名不见经传的小人物伊扎克·库默。据小说描写：库默出生于加利西亚的一个小镇，是《婚礼华盖》中余德尔的后裔。[②] 余德尔一家当年得来的意外之财已被后来的几代人败光，第五代，即库默的父亲西蒙这一代则终日为钱担忧。库默本人既没有像祖先那样信奉犹太教，也没像父亲那样热衷于金钱。他虽然才智中庸，但有着与众不同的抱负，他在青年时代就对巴勒斯坦充满了向往，想到那里做劳动者，为此竟违背父亲让他像多数中东欧犹太人那样经商的愿望，几乎把自家店铺变成一个犹太复国主义支部。这种代际冲突表明，在犹太复国主义理念的冲击下，中东欧犹太世界内部已经发生变革，年轻人已经不再执着于宗教信仰，也不乐于发财致富，而是立志亲手耕耘先祖曾经生活过的土地。值得注意的是，尽管库默所生活的加利西亚小镇也有一些犹太复国主义者，但那里并非犹太复国主义中心，库默本人同任何犹太复国主义组织没有联系，至多是犹太复国主义信仰的追随者。

阿格农以历史小说常见的交代人物、时间、地点的方式为小说开头：

> 犹如第二次阿里亚时期我们所有的兄弟、为我们承当救赎的人那样，伊扎克·库默离开他的国家、他的故乡、他的小镇，来到以色列地，把它从毁灭中建起，并为之重建。[③]

---

① Adam Kirsch, "Israel's Founding Novelist," in *New Yorker*, November 21, 2016; Arnold Band, *Nostalgia and Nightmare: A Study in the Fiction of S. Y. Agnon*, Oakland: University of California Press, 1968, p. 418.

② 《婚礼华盖》是阿格农创作于20世纪30年代的一部长篇小说，其主人公余德尔是一位虔诚的宗教信徒，为了给三个女儿置办嫁妆，不得不走出书斋，四处筹款，但一无所获。最后，余德尔的妻子和女儿偶然间发现了大量金银财宝，女儿的婚事得以如期完成。余德尔将此理解为神力的救助。

③ S. Y. Agnon, *Only Yesterday*, trans. Barbara Hashav, Princeton: Princeton University Press, 2000, p. 3. 又参见施穆埃尔·约瑟夫·阿格农（Shmuel Yosef Agnon）《昨日未远》（希伯来文版），耶路撒冷：Schocken Press, 1998, 第5页。

"从毁灭中建起，并为之重建"，出自 1919~1923 年第三次阿里亚时期拓荒者们的歌词，意思是通过在民族古老的土地上劳动来重塑自身，[1] 这句口号被阿格农移植到第二次阿里亚的背景之下，表明通过劳动来建设巴勒斯坦并在劳动过程中改造自身的理念在第二次阿里亚时期已经形成，且成为阿格农及其同代人价值观念中的一个组成部分。第二次阿里亚时期劳工犹太复国主义理论家戈登（Aaron David Gordon）倡导青年人做"希伯来劳动者"。在他看来，劳动既能促使人和土地建立联系，在土地上有所收获；又是创造民族机构的基础。只有通过劳动，犹太人才能用民族理想来疗治折磨其数代人的痛苦，修补其和自然之间的罅隙。[2] 戈登乃是青年劳动者心目中的精神领袖；其劳动价值观无疑影响了一代青年劳动者。

当时的许多作家，如斯米兰斯基（Moshe Smilansky）、路易多尔（Joseph Luidor）在书写第二次阿里亚历史时曾创造了一种"类型"文学传统。这种"类型"文学不但能够证实犹太复国主义者的理想，而且能创造犹太复国主义价值。[3] 相形之下，阿格农虽然接受了第二次阿里亚时期的意识形态价值，但没有像"类型"文学作家那样把巴勒斯坦的新犹太世界杜撰成一个已经成熟的社会，一个实现了犹太人梦想和抱负的乌托邦；他以"反类型"的现实主义手法呈现年轻拓荒者艰辛的生存环境。

据史料记载：在第二次阿里亚时期，无论是执政的奥斯曼政府，还是第一次阿里亚移民，都不欢迎这些新来者，甚至对其充满敌意。犹太复国主义领袖并没有将新移民有效地组织起来，帮助他们实现在土地上劳作的愿望。当时，数以百计的阿拉伯劳动者每天去往佩塔提克瓦找活干，多数情况下能找到。而农场主不愿意雇用犹太新移民，不仅因为新移民缺乏劳动技艺，而且因为其秉承社会主义理论。在农场主看来，新移民不仅对工作和食物感兴趣，而且想得

---

[1] Eric Zalkim, *To Build and Be Build*, Philadelphia：University of Pennsylvania Press，2006，p. 182.

[2] Arthur Hertzberg, *The Zionist Idea: A Historical Analysis and Reader*, Philadelphia：Jewish Publication Society，1997，pp. 373-374.

[3] 〔以〕格尔绍恩·谢克德：《现代希伯来小说史》，钟志清译，商务印书馆，2009，第87~88 页。

到权力，欲从经济与社会角度掌控农业产业与从业者。在这种情况下，新移民被视为巴勒斯坦现存社会的威胁，他们四处碰壁。加之，巴勒斯坦同欧洲相比生存条件恶劣，土地贫瘠，气候干燥，令许多新移民倍感不适。他们逐渐失望，抱怨，直至幻灭。其结果是，3 万多名第二次阿里亚移民有近 80% 离开了巴勒斯坦。① 留下来的数千人中虽然涌现了本-古里安这样的以色列开国元勋，但也有为数不少的幻灭者、失败者，《昨日未远》中的主人公库默便是其中的一个典型代表。

库默孤身一人从欧洲来到巴勒斯坦，一度对脚下的土地充满深情，"他非常喜爱坐在以色列地的劳动者面前倾听他们讲述建设以色列地的时光……有幸看到人们在建设她"②。但库默首先面对的挑战便是不被以色列地所接纳。他想去犹太复国主义拓荒者的大本营，即富有活力的佩塔提克瓦或里雄来茨用，但他留宿的旅店的老板一心要榨干他的钱财，不提供任何帮助。他想成为劳动者，和新结识的伙伴去到劳动市场，但在第一次阿里亚时期移居到那里的犹太农场主出于自身利益并不雇用犹太新移民，原因在于与当地阿拉伯居民相比，犹太新移民既缺乏技艺，又价格昂贵。

与犹太复国主义先驱者的期冀相悖，库默没有成为拓荒者，没能手把锄犁去开垦土地。而是出于偶然做了油漆工，终日粉刷墙壁与围栏。他做油漆工并非因为技艺精湛，而是出于犹太人最基本的生存需要：面包、衣装和住所。但不管怎样，他也算凭借自己的双手自食其力，不仅偿还了所有债务，而且为自己购置了适合当地环境的衣装。衣装改变只是一种表象，并不意味着他能够真正融入拓荒者之中。曾经在本-古里安大学任阿格农研究中心主任的奥兹曾将职业油漆工比作人改换衣装，强调其遮盖美化之意。意在表明：来自流散地的犹太人似乎试图通过改换衣装掩饰其内在的灵魂，犹如通过粉刷使得环境焕然

---

① Howard M. Sachar, *A History of Israel: From the Rise of Zionism to Our Time*, New York：Alfred A. Knopf, 1996, pp. 72-73.

② S. Y. Agnon, *Only Yesterday*, p. 44. 又参见施穆埃尔·约瑟夫·阿格农（Shmuel Yosef Agnon）《昨日未远》（希伯来文版），耶路撒冷：Schocken Press, 1998, 第 35 页。

一新，但没有本质的变化。[1] 因此说，库默并没有成为以色列地的建设者，并为之重建；而是成了以色列地的粉饰者，并为之粉饰。[2] 虽然犹太复国主义拓荒者都来自流散地，并主张割断与流散地的联系，但其实质还是旧瓶装新酒，这应该是阿格农在某种意义上所暗示的犹太复国主义本质。

在土地上劳作不仅是库默一个人的梦想，而且是富有犹太复国主义浪漫情怀、从欧洲来到巴勒斯坦的一代犹太青年的共同理想。理想幻灭也不是库默个人的经历，而是在移居巴勒斯坦的犹太青年中具有共性。小说中的另一个人物，即库默在巴勒斯坦结识的朋友拉宾诺维茨（Rabinovitz）便代表着另一类幻灭者，这些人因无法忍受巴勒斯坦恶劣的生存环境而离去。拉宾诺维茨是来自俄国的犹太青年，在俄国时曾在父亲的服装店里工作多年。他尽管在雅法待了两年，心系犹太村庄，但是没有到犹太村庄居住。如果哪天他有活干，就可以填饱肚子；如果找不到活干，就忍饥挨饿。甚至他想用来耕作的锄头也生了锈。拉宾诺维茨在库默到雅法后不久，便抛弃恋人与朋友，到欧洲学习经商。数年后，拉宾诺维茨携夫人重回巴勒斯坦，可谓衣锦还乡，红红火火地经营服装业。

在犹太复国主义理念中，离开土地的人永远不会真正成为巴勒斯坦的一员，用第二次阿里亚时期最杰出的希伯来语作家布伦纳的话说：只有土地上的劳动者才没有流亡。[3] 从这个意义上，库默与拉宾诺维茨虽然身在以色列地，但仍像大流散时期的犹太人那样处于一种无根状态。库默在犹太复国主义理想破灭后做油漆工，因从事油漆工这个职业而走街串巷，遭遇到一条流浪狗，他用油漆刷在流浪狗身上胡乱涂抹了几个希伯来语字母，进而使狗的命运发生逆转，使这条"有感觉的"狗对他横加报复，将其咬伤，他因此患上狂犬病而英年早逝，这一系列事件既可视为阿格农对第二次阿里亚运动中一些"天真"

---

① Amos Oz, *The Silence of Heaven: Agnon's Fear of God*, Princeton：Princeton University Press, 2000, p. 110.

② Amos Oz, *The Silence of Heaven: Agnon's Fear of God*, Princeton：Princeton University Press, 2000, p. 110.

③ Arnold Band, *Nostalgia and Nightmare: A Study in the Fiction of S. Y. Agnon*, Oakland：University of California Press, 1968, p. 439.

的主人公进行反讽，也在某种程度上反映出阿格农对所谓犹太复国主义宏图大业的疑虑。

犹太复国主义者认为，犹太人在大流散期间长期遭受迫害，形成软弱无力、逆来顺受的性格特征，在一定程度上助长了反犹主义势力，他们有必要移居巴勒斯坦，在自己的土地上做农民、工人和士兵，改造自己的灵魂，并且改造社会。[1] 因此，做"希伯来劳动者"既能使犹太人体魄强健，摆脱大流散时期软弱无力的身份特征；又能使希伯来民族像过去那样生存在自己的土地上，[2] 把创建犹太民族家园的进程合法化。但是，如何在生存着众多阿拉伯人的土地上实现犹太人的复国梦想，的确是一个十分尖锐的问题。史学界新研究表明，早期犹人复国主义者忽略阿拉伯人之说站不住脚。赫斯、平斯克在论述中确实鲜少提及阿拉伯人，[3] 但阿哈德·哈阿姆却在探访巴勒斯坦后撰文，说明巴勒斯坦并非一片荒芜，除沙丘与石山外，难以找到未耕种的土地，[4] 进而暴露出欧洲犹太复国主义空想家严重脱离巴勒斯坦现实，忽略了居住在那里的阿拉伯人、贝都因人和德鲁兹人。在阿里亚运动中，运用希伯来劳动者取代阿拉伯劳动者逐渐成为犹太复国主义领袖们的重要策略。早在第二次阿里亚初期的 1906 年，本－古里安尚能接受在犹太村庄佩塔提克瓦雇用阿拉伯人劳动力，1907 年也只是号召在犹太民族基金会购买的土地上全部雇用犹太劳动力，而到了 20 世纪 20 年代，他坚持让犹太农场主只雇用犹太人。原因在于：一是惧怕剥削廉价的阿拉伯劳动力会导致民族矛盾；二是希望通过犹太劳动者建立犹太人特有的新型经济。[5] 这样一来，"征服劳动力"（conquest of labor）与"征

---

[1] Howard M. Sachar, *A History of Israel: From the Rise of Zionism to Our Time*, New York: Alfred A. Knopf, 1996, p. 72。

[2] Itama Even-Zohar, The Emergence of a Native Hebrew Culture in Palestine, 1882–1948, in *Poetics Today*, Vol. 11, No. 1, (Spring 1990), pp. 175–191.

[3] Julius H. Schoeps, *Pioneers of Zionism: Hess, Pinsker, Rülf*, Berlin/Boston: De Gruyter, 2013, pp. 85–87.

[4] Benny Morris, *Righteous Victims: A History of the Zionist-Arab Conflict, 1881–1999*, London: John Murray, 1999, p. 42.

[5] Shabatai Teveth, *Ben-Gurion and the Palestinian Arabs: From Peace to War*, Oxford, New York: Oxford University Press, 1985, pp. 43–44.

服土地"（conquest of land）一并成为犹太人建立民族家园过程中的重要环节。阿格农尽管没有明确质疑犹太复国主义用劳动创造价值的理念，但他敏锐地意识到犹太人"在土地上劳动，并出产面包"的后果则会导致新的流亡，以实玛利的流亡。[①] 以实玛利是圣经中亚伯拉罕之妾夏甲之子，被视为阿拉伯人的祖先。在《圣经》中，亚伯拉罕嫡子以撒出生后，庶子以实玛利和母亲夏甲遭到其妻撒拉的驱逐，徘徊于旷野。而在现实中，伴随着犹太人大规模移居巴勒斯坦的阿里亚运动，势必造成阿拉伯人离开世代生存的土地。对此，阿格农虽然没有极力彰显，但预见了第二次阿里亚乃至整个犹太复国主义进程中的一个悖论，即犹太人在欧洲遭受迫害的问题将由巴勒斯坦地区无法化解的阿犹冲突所替代。

## 二 流亡与救赎：现代版的"以撒献祭"

在以反映民族创建与复兴历程为主题的现代希伯来文学作品中，经常看到这样一种模式，即新型的犹太复国主义主人公为土地圣坛献身，但在将要死去时往往为抛弃犹太共同体表示痛悔，在现代世俗信念与宗教传统信仰、流亡与救赎之间徘徊不定。在建构这种模式时，希伯来语作家往往借用古代原始的叙事方式，并为之注入新内容。[②] 若把《昨日未远》放到现代犹太民族国家创建的叙事类型中进行考量，则可看出它在某种程度上复沓了《圣经》中"以撒献祭"的模式。主人公的姓氏"库默"虽然只是普通的意第绪语姓氏，但其名"伊扎克"的希伯来语原文"יצחק"可以追溯到《创世记》中的亚伯拉罕之子以撒。本书第一章中已经提到，在《创世记》第22章中，上帝为考验亚伯拉罕是否忠诚，命亚伯拉罕献其独子以撒（יצחק，与伊扎克同名）作为燔祭。亚伯拉罕忠实地遵从上帝命令，将以撒捆绑，走向祭坛。但在他挥动砍刀的那一刻，天使出面制止，命他用公羊代替以撒。

---

① S. Y. Agnon, *Only Yesterday*, p. 409. 又参见施穆埃尔·约瑟夫·阿格农（Shmuel Yosef Agnon）《昨日未远》（希伯来文版），耶路撒冷：Schocken Press, 1998，第297页。

② 〔以〕伊戈尔·施瓦茨：《延宕了的还乡：关于现代希伯来文学复兴问题》，《中国社会科学院院报》2006年10月26日，第3版。

如前文所示，在传统犹太思想中，以撒走向祭坛曾被一些圣经评注家视作犹太人朝殉难目标行进的朝觐过程。20 世纪 40 年代以来，"以撒献祭"这一母题逐渐成为犹太复国主义思想和希伯来文学作品中的关键性形象。① 一些读者在阅读《圣经》文本时逐渐注重追寻其历史思想，而忽略其神学观念。阿格农虽然从 20 世纪 30 年代就开始创作《昨日未远》，但是完成其大部分内容却是在 20 世纪 40 年代，进而使许多学者认为用"以撒献祭"原型来阅读这部作品非常合适。② 纽约大学费尔德曼教授在考察 20 世纪 40~50 年代的希伯来文学创作时，曾经把《昨日未远》视为一部"献祭叙事"。③ 需要引起注意的是，在现代社会里，《圣经》中"以撒献祭"原始母题所体现的人与上帝的关系已经世俗化，表现为人与社会历史环境以及人与自我的关系；④ 最高命令者已经不是上帝，而是犹太复国主义理念。

犹太复国主义自产生之日起就充满了争议与悖论。其争论焦点在于犹太复国主义运动究竟是一场政治运动还是一场精神运动；究竟是以为犹太人创建民族家园和避难所为目的，还是以重建犹太人、犹太社会与犹太文化为使命。政治犹太复国主义者倡导者赫茨尔在德雷福斯事件（Dreyfus Affair）后明确主张：只有建立犹太民族家园，才能解决欧洲流亡犹太人的受难问题。他虽然在《犹太国》一书中提到可在巴勒斯坦和阿根廷两地建立犹太国家，但在其内心深处，巴勒斯坦才是犹太人记忆中永远的历史家园。⑤ 政治犹太复国主义本身带有强烈的世俗色彩，其目的是让犹太人尽快结束流亡生活，返回巴勒斯坦。相形之下，文化犹太复国主义的代表人物阿哈德·哈阿姆虽然也倡导回归巴勒

① 钟志清：《现代希伯来文学对"以撒献祭"母题的阐释》，梁工主编《圣经文学研究（第八辑 2014 春）》，人民文学出版社，2014。

② Sidra Dekoven Ezrahi, "Sentient Dogs, Liberated Rams, and Talking Asses: Agnon's Biblical Zoo or Rereading *Tmol Shilshom*," in *AJS Review*, Vol. 28, No. 1 (2004), p. 111.

③ Yael S. Feldman, "'The Most Exalted Symbol for Our Time?' Rewriting 'Isaac' in Tel Aviv," in *Hebrew Studies*, Vol. 47 (2006), pp. 253–273.

④ Ruth Kartun-Blum, *Profane Scriptures*, Cincinnati: Hebrew Union College Press, 1999, p. 18.

⑤ 〔奥〕西奥多·赫茨尔：《犹太国》，肖宪译，商务印书馆，1993，第 38 页。

斯坦，但强调回归工作需要缓慢而谨慎地进行，[1] 应该把巴勒斯坦视为犹太人的"精神家园"。[2] 他认为政治犹太复国主义背离自然发展的犹太传统，乃是一种欧洲化西方犹太人的人工组合。[3] 在他看来，并非世界上所有的犹太人都能回归巴勒斯坦，但部分犹太人移居巴勒斯坦后将会产生新问题。西方犹太人既与犹太传统文化隔离，又与其居住国社会格格不入，创建犹太国家将有助于其解决民族身份问题。然而欧洲犹太人多年居住在隔都之中，一旦离开隔都生活，犹太教就会失去其民众支撑。因此，在新家园内不可能让欧洲犹太人回归传统的宗教生活。[4] 宗教犹太复国主义代表人物库克则主张，回归锡安乃是犹太信仰中的重要维度，与土地建立联系乃是现代世界犹太生活的基础。尽管世俗的拓荒者来到巴勒斯坦是接受了与传统犹太教不相容的理念，但其行动本身却充满悖论地成为上帝救赎计划的一部分。[5] 像库默这样 20 世纪初期从欧洲移居到巴勒斯坦的拓荒者，多反对约定俗成的犹太传统。他们抛弃前辈们的生活方式，不去犹太会堂，不履行宗教仪式。但即使这些人有时仍难以摆脱古老信仰的困扰。[6] 从这个意义上讲，流亡与救赎、犹太复国主义与犹太教之间存在着永恒的矛盾。库默可以说是这种矛盾的牺牲品。他一方面被现代犹太复国主义理念绑缚；另一方面又摆脱不了古老宗教传统的束缚。在他身上，体现出古老的宗教渴望与现代的政治报复以及憧憬自由的个人梦想之间的冲突。[7] 他一直

① Arthur Hertzberg, *The Zionist Idea: A Historical Analysis and Reader*, Philadelphia: Jewish Publication Society, 1997, p. 250.

② Rachel S. Harris, "Hebrewism" and Israeli Culture," in S. Ilan Troen and Rachel Fish, eds., *Essential Israel: Essays for the 21st Century*, Bloomington: Indiana University Press, 2017, p. 327.

③ Howard M. Sachar, *A History of Israel: From the Rise of Zionism to Our Time*, New York: Alfred Knopf, 1996, p. 58.

④ Dan Cohn-Sherbok, *Introduction to Zionism and Israel: From Ideology to History*, New York: Continuum, 2012, pp. 22-24.

⑤ Dan Cohn-Sherbok, *Introduction to Zionism and Israel: From Ideology to History*, New York: Continuum, 2012, pp. 30-31.

⑥ Jehuda Reinharz, "The Conflict between Zionism and Traditionalism before World War I," in *Jewish History*, Vol. 7, No. 2 (Fall 1993), p. 60.

⑦ Jonathan Rosen, "You Can't Go Home Again," in *New York Times Book Review*, Sep. 24, 2000, p. 28.

在忠于加利西亚的根之所系还是忠于以色列地的新生活之间举棋不定。他之所以失败，主要在于他尚未割断与故乡、与过去之间的联系纽带。①

从作品的宏观构架上看，库默在犹太复国主义语境下从加利西亚到雅法老城再到耶路撒冷的过程，类似《圣经》中的以撒在亚伯拉罕的带领下走向祭坛。库默生存与生长的世界是加利西亚。其祖先余德尔信仰上帝，而早已习惯了大流散犹太人生活的父亲西蒙则热衷贸易，终日思考如何致富。父亲之所以能够同意儿子移居巴勒斯坦，并非支持其所谓的犹太复国主义理想，而是坚信：一旦库默发现以色列地无法生存，就会回到生他养他的欧洲，像同龄人那样安居乐业。库默选择了犹太复国主义事业，告别加利西亚故乡，来到雅法老城，象征着其在最高命令者的感召下，告别大流散犹太人的旧世界。库默在以色列地的第一个落脚点雅法则具备着犹太新世界的特征。它是坐落在地中海岸边的一座古城，充满世俗感和现代性，在那里云集着一批犹太复国主义先驱，他们多是来自俄国的犹太人。库默在那里迎来了一生中最好的时光。在语言和生活习惯上，他逐渐适应了以色列地的环境，饮食、气候，乃至语言，在说话中夹杂着希伯来语和阿拉伯语。在宗教信仰上，他与周围的年轻人一样，不去犹太会堂祈祷，不佩戴经匣，不守安息日，也不过宗教节日。即便做了什么有违宗教戒律的事，也并不在意。② 但他这样做并非是抛弃了宗教信仰，而是因为他生活在一个群体中，这些人认为宗教以及诸如此类的东西并不重要，没必要遵守宗教信仰和宗教律法。他朦胧地意识到，以色列被划分为新伊舒夫和旧伊舒夫（早期的犹太人居住区），他属于新伊舒夫，不需要按照旧伊舒夫的规矩行事。按照犹太复国主义理念，居住在新伊舒夫的犹太人要做新型希伯来人，体魄强健，勇于奉献，并同流散地割断联系。③ 而库默只是一部分想法发生了变化，尽管有时他会忘记流散地

---

① Gershon Shaked, *Shmuel Yoseph Agnon: A Revolutionary Traditionalist*, New York：New York University Press, 1989, p. 147.

② S. Y. Agnon, *Only Yesterday*, p. 82. 又参见施穆埃尔·约瑟夫·阿格农（Shmuel Yosef Agnon）《昨日未远》（希伯来文版），耶路撒冷：Schocken Press, 1998, 第63页。

③ 关于"新型希伯来人"理论，参见 Yael Zerubavel, "*Recovered Roots: The Making of Israeli National Tradition*," Chicago and London：The University of Chicago Press, 1995, pp. 20-22。

故乡，但他依旧思念昔日父亲的家，思念安息日和犹太节日，① 夜晚甚至在床上背诵祈祷文。这种思念代表着库默对与之试图摆脱的传统犹太宗教生活的留恋。他有时甚至会安于现状，忘记了移居以色列地的目的。② 从这个意义上讲，库默依旧是一个旧式犹太人，未能实现从旧式犹太人到新型希伯来人的身份蜕变。

库默离开雅法去往耶路撒冷，则象征着其对犹太教信仰乃至流散地生活的回归，是他在所谓的犹太复国主义理想失败后寻找精神救赎的一种途径。耶路撒冷是座拥有宗教传统的城市，那里，正统派犹太教徒（多为虔敬派教徒）将自己禁锢在石屋中，恪守宗教信仰，追求精神潜修。他们远离现代世界，拒绝参与犹太复国主义政治。更进一步说，他们一直反对犹太复国主义移居巴勒斯坦的主张。在他们看来，犹太人回归巴勒斯坦或者耶路撒冷应该是靠神力干预，而不是靠人力为之。③ 这批人便聚居在耶路撒冷的梅谢里姆区，库默做油漆工时经常光顾那里。

真正让库默决心抛弃以色列地的新生活重新投入宗教传统殿堂的契机有二。一是库默在耶路撒冷认识了他的加利西亚同乡、一位名叫布罗伊科夫的艺术家。布罗伊科夫在职业和生活方面对库默帮助很大，但不幸的是，布罗科夫因健康状况不久便撒手人寰，他的未亡人也离开了以色列地，库默在悲痛之余，试图在宗教中寻找慰藉，重新开始履行他在雅法忽略了的宗教仪式。二是在与正统派犹太教徒摩西·阿姆拉姆结交的过程中，结识了阿姆拉姆的外孙女茜弗拉。茜弗拉是一个漂亮而虔敬的姑娘，非常传统。库默初见茜弗拉的感觉就像当初被造物主从身上取下一根肋骨而创造了夏娃的亚当。这种比喻喻示着库默与茜弗拉要像古老的圣经传统故事那样合二为一。

---

① S. Y. Agnon, *Only Yesterday*, pp. 82-83. 又参见施穆埃尔·约瑟夫·阿格农（Shmuel Yosef Agnon）《昨日未远》（希伯来文版），耶路撒冷：Schocken Press, 1998, 第 63~64 页。

② S. Y. Agnon, *Only Yesterday*, p. 139. 又参见施穆埃尔·约瑟夫·阿格农（Shmuel Yosef Agnon）《昨日未远》（希伯来文版），耶路撒冷：Schocken Press, 1998, 第 104 页。

③ Joyce Moss, *Middle Eastern Literature and Their Times*, Farmington Hills：Thomson Gale, 2004, p. 390.

　　但当时库默尚未完全回归传统，而是在传统与现代世界里举步维艰。库默不住地把茜弗拉与其在雅法时结识的女友索尼娅进行比较。索尼娅是一位来自俄国的现代女性，在库默这位加利西亚人面前表现得高高在上、居高临下。库默在具有现代感的索尼娅和具有传统意识的茜弗拉之间犹豫不决，在某种程度上象征着他在世俗生活与宗教生活之间徘徊不定。他选择了茜弗拉，就意味着要适应她的匈牙利犹太社区生活，就意味着要恪守传统的犹太习俗，意味着对犹太传统宗教生活的回归。同时，也暗示着来自加利西亚与俄国的两大族群的格格不入。作品中库默对宗教传统的回归与他对茜弗拉的追求几乎同步。库默与一家虔敬的犹太教徒住在一起，学习《托拉》，每天都要祈祷。茜弗拉的母亲最后同意了他们的婚事。与茜弗拉的结合意味着库默不仅找到了爱情、家庭，而且也找到了精神家园。他虽然没有成为犹太复国主义者所倡导的拓荒者，甚至不再对犹太复国主义拥有热望，但至少可以以一个笃信宗教者的身份生活在耶路撒冷，应该也能得到所谓精神上的救赎了。

　　耐人寻味的是，库默死于回归犹太传统的途中，给小说蒙上了一层神秘色彩。库默葬礼结束后，雨连续下了六七天，使土地荒芜的干旱得以消除。雨过之后，乌云散去，阳光明媚。

　　　　我们走出家门，看见土地含着蓓蕾和鲜花微笑。牧羊人赶着牧群从这头走向那头，湿漉漉的大地传来绵羊的叫声，天堂里的飞鸟应和着它们。世界其乐融融。从来没有见过这样的欢乐场面。①

　　在哥伦比亚大学丹·米兰教授看来，作品以库默死去、天降喜雨结局，留下了一系列未能得以解决的神学与伦理学问题。米兰认为，阿格农肯定不会接受这样一个假设：饥饿残酷的天地诸神需要有人做出牺牲方可结束旱灾与饥

---

① S. Y. Agnon, *Only Yesterday*, p.641. 又参见施穆埃尔·约瑟夫·阿格农（Shmuel Yosef Agnon）《昨日未远》（希伯来文版），耶路撒冷：Schocken Press, 1998, 第464页。

荒，因为这样的假设更符合无宗教信仰者的膜拜理念，而不符合犹太人的宗教价值观念。[①]

作为反英雄的库默虽然遭到了毁灭，但以色列社会得以再生，[②] 这样的描写无形中与现代犹太民族历史的发展进程契合。从历史上看，到阿格农完成小说之际的 1945 年，犹太复国主义梦想已经接近成功，犹太民族的新家园即将建成，阿格农本人也在用死而复生的民族语言——希伯来语讲述他的故事。故事题为 "תמול שלשום"，英译者将其译为 "Only Yesterday"，意为 "昨日未远"。根据英译本，阿格农至少两次用到 "昨日" 这一表述。一次是在作品开篇后不久，库默刚刚启程去往以色列地：昨日未远，他在争论犹太复国主义问题，但是如今，他即将把语言化为行动，所有的语言都显得那么多余。[③] 另一次则是在小说临近尾声之际：昨日未远，人们还站在那里祈祷恳求上帝，而今天面对充足的雨水不免赞美，感谢与歌唱。在原创语言希伯来语文本中，"昨日" 的两次说法不尽相同。第一次使用的 "אתמול（Etmol）" 既指昨天，又指刚刚过去的岁月；而第二次使用的 "תמול שלשום（Temol Shilshom）" 用来表述刚刚过去的岁月。因此，可以说 "昨日" 并非确切地指过去的哪一天。昨日与今天的两次类比，分别象征着库默个人从犹太复国主义梦想家到拓荒者之间的潜在转换，以及以色列民族命运从过去向未来的转折。

从具体细节处理上看，阿格农在叙写库默故事时与传统的 "以撒献祭" 在语词与情势上也建构起一种互文关系，阿格农在库默被狗咬伤后写道：

> 他们用绳子绑缚了以撒（这里指阿格农小说中的主人公伊扎克），把他独自关在自己屋子里，锁上门，关上百叶窗，他们给他拿来水和食物。他非常虚弱，不吃不喝……最后，他身上的肌肉和脸上的肌肉都麻痹了。

---

① Dan Miron, "Domesticating a Foreign Genre：Agnon's Transactions with the Novel," in *Prooftexts*, Vol. 7, No. 1 (January 1987), p. 1.

② 〔以〕格尔绍恩·谢克德：《现代希伯来小说史》，钟志清译，商务印书馆，2009。第 116 页。

③ S. Y. Agnon, *Only Yesterday*, p. 9. 又参见施穆埃尔·约瑟夫·阿格农（Shmuel Yosef Agnon）《昨日未远》(希伯来文版)，耶路撒冷：Schocken Press, 1998，第 9 页。

终于，他的灵魂逝去了，他的灵回归到了众灵之神，对众灵之神来说，没有玩笑，没有轻薄。①

"绳子""绑缚""以撒"等词语令读者想起《圣经》中以撒遭受捆绑的古老故事。与圣经故事相对，小说中的库默没有得到上帝的怜悯和天使的解救，他无疑承担了被绑缚者与牺牲者（或者说替罪羔羊）的双重角色。但是，如施瓦茨所说，他没有达到《圣经》中被绑缚的以撒所拥有的地位和使命。②

在整个犹太复国主义的民族大叙事中，库默这样没有看到犹太民族家园出现的准拓荒者无疑成了祭品，一代犹太复国主义理念追随者的"替罪羔羊"。③而阿格农作品中所暗示的另一类人，在基布兹从事农耕、符合犹太复国主义期待的拓荒者则颇似《圣经》中"以撒献祭"母题中的真正以撒。他们虽然被犹太复国主义理念绑缚，但最终得以保全性命，看到了现代犹太民族国家的建立。

### 三　语言、意识形态与文本建构

此部小说在文本构架上比较接近 19 世纪现实主义小说，凭借时间、地点、人物、事件的诸多"变化"或巧合来推进情节的发展。④ 这些偶然事件中往往透视出第二次阿里亚时期社会变革的痕迹与意识形态取向。造成库默之死的直接原因是库默被一条流浪狗咬伤。狗这一形象最早出现在《昨日未远》第二章第十节。根据小说描写：那是一条野狗，在英国人开进这片土地时游荡到了耶路撒冷。库默在耶路撒冷大街上与狗不期而遇后，战战兢兢地用毛

① S. Y. Agnon, *Only Yesterday*, p. 640. 又参见施穆埃尔·约瑟夫·阿格农（Shmuel Yosef Agnon）《昨日未远》（希伯来文版），耶路撒冷：Schocken Press，1998，第 463 页。
② Yigal Schwartz, *The Rebirth of Hebrew Literature*, New York：Peter Lang，2014，p. 113.
③ "替罪羔羊"之说取自 Anne Golomb Hoffman, *Between Exile and Return: S. Y. Agnon and the Drama of Writing*, Albany：State University of New York Press，1991，p. 133。
④ Arnold Band, *Nostalgia and Nightmare: A Study in the Fiction of S. Y. Agnon*, Oakland：University of California Press，1968，p. 418.

刷在狗身上涂上"כלב"和"משוגע"几个希伯来语字母。在希伯来语中，"כלב"意为"狗"，"משוגע"意为"疯狂"，二者合在一起意为"疯狗"。

对于当时尚未回归犹太教信仰的库默来说，在狗身上涂抹字迹，也许正如阿格农所言是出于无意识。但在具有宗教信仰的人看来，库默在狗身上涂抹字迹这一举动，是把一向神圣的希伯来语用于现实生活之中，不仅把希伯来语世俗化，而且"亵渎"了希伯来语的神圣性。① 而把希伯来语转换成一门现代世俗语言，为某一特定区域的民族所拥有，乃是犹太复国主义进程中的重要步骤。② 从这个意义上，"狗""疯狗"几个希伯来单字在文本中反复出现，不仅是一种可以推进情节演进的叙事策略，而且为我们反映出在第二次阿里亚时期希伯来语世俗化的趋势。

第二次阿里亚时期，乃希伯来语复兴时期，更确切地说，是希伯来语口语化的关键时期。从历史上看，犹太人自公元 2 世纪始，开始散居世界各地。希伯来语在犹太人的流亡过程中也逐渐失去了其作为犹太民族通用语的功能，只用于宗教唱诵与书信往来。尽管自 18 世纪下半叶以来，犹太启蒙主义者与犹太民族主义者便倡导复兴希伯来语书面语；19 世纪 80 年代俄裔犹太人本-耶胡达便移居巴勒斯坦，身体力行，倡导用希伯来语口语进行交流，但是，只有到了 20 世纪初第二次阿里亚时期，拓荒者们才在巴勒斯坦建立了真正的希伯来语社区，创办了希伯来语学校和希伯来语杂志。第二次阿里亚移民的一个口号是"希伯来土地、希伯来劳动者和希伯来语言"③，它要求在巴勒斯坦土地上的建设者与劳动者讲希伯来语。在一些民族主义理论家看来，现代民族主义的兴起是以神圣语言的消失或者方言化为标志；④ 与之相对，在犹太复国主义

① "亵渎"之说参见 Todd Hasak-Lowy, *Here and Now: History, Nationalism, and Realism in Modern Hebrew Fiction*, Syracuse：Syracuse University Press, 2008, p.98。

② Todd Hasak-Lowy, *Here and Now: History, Nationalism, and Realism in Modern Hebrew Fiction*, Syracuse：Syracuse University Press, 2008, p.12.

③ Benjamin Harshav, "The Only Yesterday of Only Yesterday," Introduction to *Only Yesterday*, Princeton：Princeton University Press, 2000, p.xi.

④ 〔美〕本尼迪克特·安德森：《想象的共同体：民族主义的起源于散布》，吴叡人译，上海世纪出版集团，2011，第 38~47 页。

语境下，古老的希伯来语并没有消失，但要想使之成为日后犹太民族的通用语，也需要将其祛神圣化，使之适应现代社会的日常生活交流。当时一批富有影响力的希伯来文人，包括本-锡安（Ben-Zion）、布伦纳、戈登和阿格农等都希望能在巴勒斯坦地区推广希伯来文化，把世界文学翻译成带有合成色彩的希伯来语，用希伯来语从事反映以色列地生活的小说创作，[1] 也希望大家能用希伯来语阅读这些文学作品。这样一来，希伯来语会逐渐地从圣殿走向市井。但在当时的历史语境下，多数伊舒夫居民并不能用希伯来语阅读具有现实感的新文学作品；其次，他们从兴趣上更倾向于流行文化，尤其是意第绪语文化。尽管意第绪语是犹太人在流亡中以希伯来语、德语、罗曼语和斯拉夫语为基础所创造的一种语言，不为犹人复国主义者所认同；但对于刚刚移民到巴勒斯坦的犹太人来说，意第绪语鲜活生动，使用意第绪语可能更便于交流。[2] 在这种情况下，推广希伯来语有其意想不到的困难。与此同时，希伯来语与其他一些欧洲语言，如德语、法语和英语在巴勒斯坦地区一度竞争激烈。劳动者、教师与学生努力把希伯来语用作希伯来文化的载体，呼吁在各种教育机构内使用希伯来语。其高潮乃是 1913～1914 年就海法工学院究竟采用德语还是希伯来语进行教学问题而导致的著名的语言之争。其结果是，希伯来语战胜德语，成为第一所国家级大学的教学语言。[3] 语言之争实际上体现了一种意识形态之争。第二次阿里亚时期的拓荒者与教育工作者力争在犹太学校不使用欧洲语言乃是在伊舒夫教育体制中确立犹太复国主义主导地位的重要步骤。[4] 而把希伯来语从一门用于祈祷的神圣语言转化为街头与家庭语言，转化为承载未来希伯来文化的语言，又是犹太复国主义者们所致力追寻的目标。[5] 从某种意义

---

[1] Joyce Moss, *Middle Eastern Literature and Their Times*, Farmington Hills：Thomson Gale, 2004, p. 391.

[2] Anita Shapira, *Israel：A History*, trans. Anthony Berris, Waltham：Brandeis University Press, 2012, p. 60.

[3] Ron Kuzar, *Hebrew and Zionism: A Discourse Analytic Cultural Study*, Berlin, New York：Mouton de Gruyte, 2001, pp. 7–8. 笔者在《希伯来语复兴与犹太民族国家建立》一文中也粗浅涉猎了"语言之争"的讨论，《历史研究》2010 年第 2 期，第 124 页。

[4] Yael Zerubavel, *Recovered Roots: The Making of Israeli National Tradition*, Chicago and London：The University of Chicago Press, 1995, p. 80.

[5] Anita Shapira, *Israel: A History*, trans. Anthony Berris, Waltham：Brandeis University Press, 2012, p. 57.

上讲，使用希伯来语就等于支持犹太复国主义，支持犹太民族复兴事业。

运用希伯来语写作在阿格农的政治理念中占据着中心位置。早在 1920 年代，他在短篇小说《与我们的年轻人，与我们的老者》中便呈现希伯来语与意第绪语的冲突，小说中的两个人物分别为意第绪语和希伯来语辩护。意第绪语辩护方认为：意第绪语是一门新语言，没有神圣语言所拥有的那种奇怪传统，它可以强化民族主义，并能使人的心灵与之切近。[1] 希伯来语辩护方则强调：必须强化希伯来语，因为语言在任何民族的生活中均占据着重要位置，希伯来语更是如此，就像连接光明未来与辉煌过去的一座桥梁。而这个过去则指以圣经时代为代表的古代犹太历史上的辉煌时期。阿格农本人之所以用希伯来语写作，一方面是要用上帝能够听懂的"唯一语言"诉说祖述先贤的辉煌；[2]另一方面，则是表明他已投身到复兴希伯来语的进程之中。

需要指出的是，阿格农所主张的希伯来语复兴，并不同于犹太复国主义先驱或现代希伯来语语言学家所倡导的希伯来语复兴。对他来说，热爱《托拉》（指以《摩西五经》为代表的犹太教传统），热爱以色列地，以及热爱希伯来语是一个有机的整体，反对希伯来语复兴就等同于亵渎希伯来语的神圣性。[3] 他所推重的希伯来语，是将圣经希伯来语、塔木德希伯来语、用于礼拜仪式的希伯来语和现代希伯来诗歌、犹太复国主义口号浑然地融合在一起的、幽默生动、别具一格的希伯来语。[4]同时，他还敏锐地觉察到：在第二次阿里亚时期，融入了圣经希伯来语、塔木德希伯来语、中世纪希伯来语与现代希伯来语的共同特征的希伯来语确实成为一门混杂的语言。希伯来语在与法语、德语和英语等语言的角逐中，逐渐占据了意识形态上的中心位置，被用于日常交流，这是危险的。[5] 在阿格农看来，

---

[1] Aaron Bar-Adon, "S. Y. Agnon and the Revival of Modern Hebrew," in *Texas Studies in Literature and Language*, Vol. 14, No. 1 (Spring 1972), p. 152.

[2] S. Y. Agnon, *A Book That Was Lost and Other Stories*, eds. Alan Mintz and Anne Golomb Hoffman, New York: Schoken Books, 1995, p. 141.

[3] Aaron Bar-Adon, "S. Y. Agnon and the Revival of Modern Hebrew," in *Texas Studies in Literature and Language*, Vol. 14, No. 1 (Spring 1972), p. 160.

[4] Jonathan Rosen, "You Can't Go Home Again," in *New York Times Book Review*, Sep. 24, 2000, p. 28.

[5] Anne Golomb Hoffman, *Between Exile and Return: S. Y. Agnon and the Drama of Writing*, Albany: State University of New York Press, pp. 129–130.

讲神圣的希伯来语可以同信仰建立关联，讲希伯来语的人要虔诚，而本-耶胡达却认为这种关联没有必要。后者主张非宗教人士或者反宗教人士都可以讲希伯来语。对于这些人来说，使用希伯来语至关重要，而虔诚本身则可以忽略。但阿格农这样带有宗教情感的人对此颇为气恼，于是在《昨日未远》中便对本-耶胡达这位在许多人心目中被神圣化了的现代希伯来语推动者冷嘲热讽："如果你想发笑，就去看本-耶胡达办的报纸。"①

更有甚者，阿格农敏锐地抓住了在希伯来语复兴以及希伯来语与其他语言争端中一个具有象征性的角色——耶路撒冷流浪狗，建构了主人公库默与耶路撒冷流浪狗、流浪狗与耶路撒冷居民的关键性联系，既推进了小说故事情节的演进，又揭示出第二次阿里亚时期，乃至整个犹太复国主义运动初期的语言政治。

在文本中，阿格农主要通过耶路撒冷不同族群对希伯来语文字的认同方式巧妙地凸显狗与希伯来语复兴的关联。在不懂希伯来语的法国居民和德国居民看来，库默在狗身上写下的几个希伯来语词语只是符号，或者是名字，没有任何威胁，因此没有对狗做出任何极端反应。举例说来，以色列联盟法语学校的校长看到狗身上的字迹，便把"凯莱夫"（כלב）误读为"巴拉克"。从希伯来语言学角度看，这位校长犯了两个错误：首先，他按照拉丁语系从左到右的阅读习惯来阅读从右到左书写的希伯来语文字；其次，他把字母"כ"（发音为 kaf）读作"ק"（发音为 kuf）。因此误认为狗身上写的是狗的名字"巴拉克"。更富反讽意味的是，这位校长竟然微笑着说："耶路撒冷人真是《摩西五经》专家，他们知道有个恶人巴拉克，于是便用这个名字来称呼他们的狗。"如果真像一些犹太学者所推论的那样，法语学校校长实际上懂希伯来语，那么他故意反着读狗身上的字迹则可以理解为欧洲人故意蔑视闪米特语言。② 而在犹太世界内部，耶路撒冷的多数正统派犹太教徒虽然讲意第绪语，但他们用古老的

---

① S. Y. Agnon, *Only Yesterday*, p. 406. 又参见施穆埃尔·约瑟夫·阿格农（Shmuel Yosef Agnon）《昨日未远》（希伯来文版），耶路撒冷：Schocken Press，第 294 页。

② S. Y. Agnon, *Only Yesterday*, p. 303. 又参见施穆埃尔·约瑟夫·阿格农（Shmuel Yosef Agnon）《昨日未远》（希伯来文版），耶路撒冷：Schocken Press，1998，第 223 页。

希伯来语来研读圣著，能够识别并解析狗身上的希伯来语字母的含义为"疯狗"。但这些人不会去使用当时犹太复国主义者所创造的世俗希伯来语，没有理解库默在涂抹这些字迹时的游戏心理。他们笃信希伯来语是神圣的语言，因此认定这条狗确实是疯狗，可能患有狂犬病。于是，无论男人、女人和孩子看见它，或者仓皇逃窜，或者嗤之以鼻，朝它挥舞棍棒，投掷石块。狗的命运在希伯来语世界里从此发生逆转。

阿格农采用拟人化手法和幽默笔调，用大量篇幅细腻地描写了狗在耶路撒冷四处流浪时的心理活动以及他试图寻找真相的过程。狗逐渐对人们的不友善，甚至伤害不得其解："为什么以色列的子孙，仁慈灵魂之子，突然变得如此残酷，而以实玛利却变得仁慈了。"[1] 他眼中的"以色列的子孙"显然为犹太人；而"以实玛利"在此指的是阿拉伯人。他一直试图弄清自己遭到犹太世界遗弃的真相，试图弄清楚究竟是什么原因使自己在犹太世界里成为丧家之犬。在他看来，也许他自身有某种缺点，才遭到众人憎恨。"纵然谁都有缺点，但他的弱点与众不同。如果相同，为什么以色列的子孙可以看到他的缺点，而非犹太人看不到他的缺点？不然就是他的缺点在以色列人眼中是缺点，而在别人眼中不是缺点？"[2] 在反复的自我追问与观察中，狗终于得出结论，自己所有的屈辱、迫害与痛苦都与身上的字迹有关，但是他不识字，无法读出这些字迹的含义。后来他真的变成一条患上狂犬病的疯狗，他能够做的便是寻找并报复那个在他身上涂上字迹的油漆工，狗的遭际表明希伯来语世俗化过程中遭遇的诸多挑战。

狗名"巴拉克"应该是犹太历史文化中的一个隐喻，该典故源自《圣经·民数记》第22~24章。据《民数记》描写，摩押王巴勒〔巴勒为《圣经》（和合本）对巴拉克的译法〕看到以色列人众多，十分惧怕，内心忧急，遂求巴兰诅咒以色列人，或祝福能够将其赶出摩押平原。然上帝命巴

---

[1]　S. Y. Agnon, *Only Yesterday*, p. 295. 又参见施穆埃尔·约瑟夫·阿格农（Shmuel Yosef Agnon）《昨日未远》（希伯来文版），耶路撒冷：Schocken Press, 1998, 第217页。

[2]　S. Y. Agnon, *Only Yesterday*, p. 296. 又参见施穆埃尔·约瑟夫·阿格农（Shmuel Yosef Agnon）《昨日未远》（希伯来文版），耶路撒冷：Schocken Press, 1998, 第217页。

兰"不可诅咒那民,因为他们是蒙福的"。巴兰四次传上帝口谕,巴勒方肯作罢。也就是说,巴勒与迫害以色列人有某种关联。在文本中,狗对自己生存状况的探讨与对库默的叙述几乎同步,成为主人公活动的后台。而且,狗还会介入耶路撒冷人和拓荒者的生活之中。批评家对这一形象众说纷纭,有的将其比作受迫害的象征,将它的诉求比作约伯向上帝的发问;有的则认为其负载着多重象征,指"一代人的面孔",乃至魔鬼靡菲斯特,或者卡夫卡式的流放之所;等等。① 现代希伯来文学评论鼻祖库茨维尔(Baruch Kurzweil)在《昨日未远》发表后曾亲自写信向阿格农求证"巴拉克"的象征内涵,阿格农则故弄玄虚,说没有赋予其寓意的意图。于是乎批评家库茨维尔便撰文《论巴拉克:一条富有魔力的狗》,在文中把狗解释为象征着"欲望、罪孽、原始力量、本能的骚动、精神错乱与疯狂",专门对付库默这种既依恋过去传统,又依恋第二次阿里亚时期巴勒斯坦犹太复国主义模式的人。② 谢克德则认为,狗向牺牲者库默证明任何选定了犹太复国主义道路的人都是无法回归的。③ 但无论如何,"巴拉克"可被视为对世俗犹太复国主义者的攻击与伤害。

如前文所示,阿格农在《昨日未远》中借描写主人公库默从加利西亚移民到巴勒斯坦、而后辗转于雅法与耶路撒冷、最后死于疯狗之口的遭际,在现代希伯来文学史上首次全景式地书写欧洲犹太人试图回归故乡过程中的复杂情势,呈现第二次阿里亚时期巴勒斯坦犹太人居住区的社会与文化形态、冲突与挑战。阿格农虽然从劳动创造价值与希伯来语复兴等角度反映了犹太复国主义运动中的意识形态内核,但他主要以"反类型"方式表明巴勒斯坦未能成功地改变库默及其同代人,未能成功地使之转化为犹太复国主义阿里亚运动中所期待的拓荒者,而是沦为牺牲品。

---

① 参见 Adam Kirsch, "Israel's Founding Novelist," in *New Yorker*, November 21, 2016。又参见 Band, Oz, Miron, Barzel 的相关论述。

② Ilana Pardes, *Agnon's Moonstruck Lovers*, Seatle and London: University of Washington Press, p. 9.

③ Gershon Shaked, *Shmuel Yoseph Agnon: A Revolutionary Traditionalist*, New York: New York University Press, p. 152.

与此同时，阿格农还借作品人物之口悲悼第二次阿里亚时期年轻犹太人信仰的沦落，嘲讽文化史上一度被"圣化"的复兴希伯来语的核心人物，甚至触及犹太复国主义运动造成的负面结果——巴勒斯坦阿拉伯人的流亡问题。虽然阿格农在文本中对阿拉伯问题只是一笔带过，但的确揭示出第二次阿里亚乃至整个犹太复国主义进程中一个发人深省的悖论现象，即前文提及的犹太人"在土地上劳动，并出产面包"的后果会导致新的流亡，即巴勒斯坦阿拉伯人的流亡。毋庸置疑，在先祖曾经生活的土地上做劳动者既可改变犹太人在大流散中形成的弱者形象，又可以使之和土地建立联系，并摆脱长期漂泊不定、带有寄生色彩的生存状态。但第二次阿里亚时期提倡的"劳动力征服"与"土地征服"两个口号相辅相成，"劳动力征服"的结果便是"土地征服"：一方面，是犹太人成功地实现了从欧洲小贩和手工业者到巴勒斯坦劳动者的身份转换，并获取了在巴勒斯坦土地上的合法居住权；另一方面，则是世代生活在巴勒斯坦的阿拉伯人日渐被剥夺了劳动者身份，最后失去了赖以生存的土地。在考察现代以色列民族国家创建的历史进程时，任何人都无法忽略早期犹太复国主义理论家们的"视觉盲区"，即帝国主义、资本主义、科学与技术等强大的力量将彻底改变巴勒斯坦那片土地，将一个民族替换成另一个民族；[①] 也不能忽略巴勒斯坦村庄遭毁弃、巴勒斯坦难民遭驱逐这一客观事实。换言之，欧洲的"犹太问题"虽得以解决，但代之而起的却是中东地区难以化解的"犹太—阿拉伯问题"。在巴以冲突连绵不断的今天，重读阿格农的《昨日未远》，我们可以看到早在 20 世纪 80 年代犹太"新历史主义学派"[②] 反思与批判犹太复国主义运动之前，阿格农就已经预示了犹太民族现代历史发展进程中的种种矛盾与悖论。

---

[①] 参见〔以〕阿里·沙维特《我的应许之地：以色列的荣耀与悲情》，简扬译，中信出版社，2016。

[②] "新历史主义学派"，指 20 世纪 80 年代以来，以色列的一批犹太历史学家、社会学家，他们挑战以往认知以色列历史的观点，包括在 1948 年建国前后驱逐阿拉伯人事件上以色列应承担何种角色等问题上的观点。

## 第四节　从《丢失的书》看传统与现代冲突

在探讨前面几个文本时，笔者将重点放在文本与语境、文学叙事与民族认同的关系上。但必须强调，在阅读希伯来文学文本时，我们不能忽略犹太民族是一个重视文本与文化传承的民族。希伯来语"Sofer"一词，意思为作家，也与经书抄写者相关。在许多犹太作家看来，如果每天不能全神贯注于研读传统文本，又怎能配得上作家这一称号？从这个意义上讲，即使书写现当代生活的作家，也与传统建构了一种联系。而在这个作家群体中，阿格农十分典型。

在阿格农的人生形成阶段，有几个重要方面值得注意。阿格农 1888 年出生在加利西亚，当时为奥匈帝国统治，如今隶属于波兰。他的家庭是 19 世纪一个典型的犹太之家，祖父是一位博学的拉比；父亲虽然经商，但饱读经书，也是一位德高望重的拉比，在信仰上与 18 世纪主张虔修和神秘主义的哈西德（Hasid）教派有着千丝万缕的联系；而母亲家族属于米特纳盖德教派（Mitnagedim），即犹太教中坚守传统教义、反对哈西德派教义的教派。因此，阿格农既接受了犹太传统文化教育，跟随拉比学习《摩西五经》《塔木德》等犹太经典，实践主流的犹太宗教生活；又接受了犹太启蒙运动以来创作的希伯来新文学的熏陶，更重要的是，他在母亲的引导下阅读了大量德国文学作品，可以说是把传统文化与现代文明兼收并蓄。这样一来，传统与现代的冲突既体现在作家的身份中，又贯穿在作家的许多作品中。

1907 年，阿格农动身从故乡小镇去往巴勒斯坦。1908 年抵达那里，居住在雅法老城。他为什么移居，又为什么在四五年后离去，在巴勒斯坦究竟发生了哪些事情，这些都是阿格农研究者感兴趣的话题。阿格农移居巴勒斯坦的重要原因之一在于加利西亚犹太人无法正常表达自己的思想，甚至被动员去服兵役，这种境遇令其不安。他期待自己的人生有所转机，摆脱小镇上死水般的生活，去寻求更好的未来，包括成为一名作家。但当时，希伯来文学中心所在地俄国排犹非常严重，因此他选择了巴勒斯坦。

在巴勒斯坦，他与第二次新移民的拓荒者们相遇。这些人虽然生活艰辛，却用双手开垦耕作，对新生活充满了希望。这一切使之受到感染。同时，他还遇到了著名的希伯来文学家布伦纳，与之过从甚密。布伦纳与别尔季切夫斯基（Mica Yosef Berdichevsky）等现代作家虽然试图否定大部分犹太传统，但从整体而言，也倾向于从犹太史内部寻求那些古老的因素，并使之复兴。[①] 相形之下，阿格农对犹太传统的依恋更为强烈。当时，他住在位于地中海岸边的美丽的雅法老城，谋到了教职，并为文学期刊做编辑，1908 年在《哈欧麦尔》杂志上发表了第一篇短篇小说《弃妇》。这篇作品可以称得上现代版的犹太释经名篇。鉴于笔者在《变革中的 20 世纪希伯来文学》中对这篇小说做过详尽的分析，这里不再赘述。

1913 年，阿格农悄然离开巴勒斯坦，去往德国。在柏林、慕尼黑等地辗转 11 年。德国乃是犹太启蒙运动的发源地，柏林既是政治经济文化生活中心，也是犹太知识分子和犹太复国主义者活动的中心。马丁·布伯（Martin Buber）、格肖姆·肖勒姆（Gershom Scholem）、瓦尔特·本雅明（Walter Benjamin）等人相继居住在那里，令阿格农这个东欧犹太人眼界大开，这也是东西方犹太人交流的一个例证。1915 年，阿格农在柏林认识了犹太商人绍尔肯，于是订下了终身契约。

中文版《丢失的书》是国内出版的第一部阿格农中短篇小说集，里面收入了阿格农的 12 篇小说和 3 封书信。12 篇小说包括阿格农的成名作《弃妇》，描写情感生活、具有心理现实主义特征的情感小说《沙山》《在她盛年之际》《另外的面孔》，反映移居巴勒斯坦后生活的《迁居》《婚约》，反映故乡小镇童年生活的《母亲的丝巾》，反映德国生活的《离婚：一个医生的故事》《费尔南》，反映古代犹太传统的《母山羊的寓言》，具有超现实主义特征的《埃多和伊娜姆》，以及讲述文本传承的《丢失的书》；3 封书信是阿格农致妻子的信。除《沙山》和《在她盛年之际》外，多数作品写于巴勒斯坦。

《迁居》这篇短篇小说从时间、空间角度体现主人公在巴勒斯坦地区的生

---

① 〔以〕S. N. 艾森斯塔特：《犹太文明：比较视野下的犹太历史》，胡浩、刘丽娟、张瑞译，中信出版集团，2019，第 159 页。

活面貌与精神状态，具有阿格农早期生活的痕迹。希伯来语原文"מדירה לדירה"意思是从一个出租房到另一个出租房。小说采用的是第一人称，作品开头我们并不确切地知道作家住在哪里，只知道他身体不好，不住地看医生。随着寒冬的逝去，春暖花开，万物开始复苏，医生建议他搬到特拉维夫，去感受大海的气息。特拉维夫，是一座新兴的城市，其名字的含义为"春之丘"，一年四季绿意盎然。但在特拉维夫，主人公"我"居住的房子既吵又热。房子对着满是来回奔波者的大街。街上有许多小店，白天吵吵闹闹，夜里也不得安宁，公共汽车、噪音、吵嚷、呻吟，不绝于耳。即使喧哗过后，房间内也会响起回声。同时，太阳把屋子烤得像欣嫩子谷。因为身体原因，主人公不能享受畅游大海的快乐。更大的烦恼是，房东家有个脏兮兮的孩子，他总是哭，躺在屋子的台阶旁，要么舔土，要么就是剥墙皮吃。不管主人公何时经过门口，孩子都会伸出细瘦的胳膊搂住他，让他抱，甚至用手捅他的眼睛。

尽管《塔木德》有谚语称"人永远不应易其居所"，但主人公还是接受了朋友建议，要换一个好的居住环境。这个新房子坐落在为葡萄园和果园所环绕的小山上，四周环抱着生机勃勃的树木。屋子四周是果树篱，掩映着房屋和绿草。花园里凉风习习，气息芬芳。小鸟敏捷地在空中飞来飞去，鱼儿在水中畅游，捕捉鸟影。从林间，从海上，吹来徐徐微风，茶壶里飘出的蒸气升腾起来，一种平和的静谧笼罩在桌子四周，笼罩着桌子周围的人们。① 这样的风景描写显然蕴含着《圣经》中的诸多意象，让人赏心悦目，感觉不到白天的酷热，且租金与原来喧闹房屋的租金基本相等。这一切，不免使之惊叹：生活在以色列土地上的人竟然拥有这一切！对以色列土地的心灵认同由此完全展示出来。

新房东移居巴勒斯坦的经历等于从另一角度对小说做了新的诠释，甚至弥补了主人公，或者作家移居巴勒斯坦这段经历的空白，也在某种程度上代表着一种集体无意识。不到两页的短短叙述，蕴含着几层含义。首先，最初萌生去

---

① 〔以〕施穆埃尔·约瑟夫·阿格农：《迁居》，钟志清译，见〔以〕施穆埃尔·约瑟夫·阿格农《丢失的书：阿格农中短篇小说选》，洪诗羽等译，外语教学与研究出版社，2019，第151~158页。

巴勒斯坦之念，只是想到那里去看看，不想定居。其次，后来想定居，是因为居住地（流散地的象征）不能容忍犹太人，就像人间地狱。再次，年老时抵达以色列，但已经失去了劳动能力。复次，抵达以色列土地之后，不得不面对这里的种种矛盾，比如噪音，人与人之间的不平等，仍旧有人居住在地下室，等等。最后，买到了能够供家人居住的房子，种植花园抚慰这片土地。

出人意料的是，主人公最后放弃了这个舒适惬意的居住环境，回到了原来的租屋，原因是在新住所他再也见不到那个经常打扰他的孩子，而他的回归令孩子无比快乐，从而使作品闪烁着人性的光辉。类似以突如其来的方式，展现人性的美好与善良，在《母亲的丝巾》等作品中亦有所体现。

另外，值得注意的是，舒适住房房东的女儿也离开了家，到了生活艰苦的基布兹。从而反映出新一代拓荒者自动摒弃父母创造的安逸人生，履行第二次阿里亚时期人们所秉承的用双手创造家园的社会主义理念。

此外，不能忽略的是作家心理转变的一个重要诱因，那就是他在离开旧租屋时在以色列土地上旅游八天。虽然遇到了许多烦恼，许多烦恼因他而生，但是也遇到了很多快事。只生长荆棘的地方变得酷似上帝家园。人们以在土地上劳动、儿女康健为快。在旅行途中，他还在基布兹遇到了新房东的女儿，他甚至表达了自己有可能也留在那个基布兹的情感，流露出他对以色列土地的热爱，且再次印证并强化了第二次阿里亚时期的社会主义理念。在这样的进步理念的驱动下，人的精神境界也得到了升华：他们的手不脏，他们的眼睛没病。把孩子抱在怀中是一件快事。他不用手指戳你的眼睛，当他触摸你时，仿若纯净的微风拂面。但不容忽视的是，主人公，甚至作家本人对以色列土地的认同都有所保留，与真正的拓荒者之间还是有距离的。而在新房东的女儿身上，这种认同却得到了完全体现。小说篇幅虽然不长，但堪称精品。作者回到原来住处这一行动，在逻辑上表明他已决定接受以色列国土上一切艰苦的生存方式。

《母亲的丝巾》背景置于加利西亚的一个小镇，展示了那里的乡镇犹太人的生活图景。该小说从孩子的视角写起。父亲每年都要去拉什科维茨赶集，母亲凭窗而坐，期盼父亲归来，甚至能够预见父亲在集市上遭遇不测，体现出父母情深意笃。父亲非常慈爱，善待家人，每次赶集都会给母亲买礼物，其中最让母亲珍视的便是一条丝巾。那条丝巾非常特别：是丝质的，上面装饰着草木花朵。一面是褐色的底子，白色的花儿；另一面是白色的底子，褐色的花儿。戴上丝巾的母亲，模样变得好看了，眼睛变大了，像一对明亮的星。正是因为丝巾无比珍贵，因此母亲只有在过节时，比如犹太人的主节住棚节、赎罪日和新年，才戴上那条丝巾，平时都把丝巾叠得整整齐齐，静静地放在衣柜里。等到孩子年满十三岁举行成人礼那一天，母亲把丝巾围在孩子的脖子上。这些貌似平常的事件中其实蕴含着犹太文化传统，比如，犹太家庭对安息日和一些主节的重视。这一传统会影响到一个孩子日后的生活。果然，在作品临近尾声之际，孩子满眼含泪，把丝巾送给了一个乞丐，让乞丐包裹伤口，母亲没有训斥他，而是报之以慈爱的目光，让孩子的心中充满了喜悦。

小说最初创作于阿格农的赞助人萨尔曼·绍尔肯之子格肖姆·绍尔肯的成人礼（Bar Mitzvah）上，在形式上独具匠心，共包括 13 个部分，第一版只印刷了 13 册，每一页有 13 行。小说中的孩子翘首期盼家长归来，收到礼物时的欢乐，节日时家人的相聚，令人对逝去的童年岁月充满了回味，这既是犹太民族文化的延续，也带有普遍性。小说中还运用了《诗篇》中的许多典故，对女性的才德进行赞美，鼓励孩子做人要善良，要帮助他人。孩子把丝巾送给别人并不意味着孩子有意对抗它所象征的家庭纽带的神圣性，而是表明他在走向成年之际意识到世界上所存有的苦难与邪恶，他自己有责任去分担，标志着小主人公由孩子走向成人。这也是阿格农本人接受现代文明洗礼的一个标志。

将热爱土地的思想浸润在栩栩如生的叙述之中，这一特色在这本书的许多作品中都有所体现。比如《婚约》写的主人公雅各布·雷希尼茨与七个少女交往的故事。雷希尼茨是一位专业人士，拥有博士学位，在巴勒斯坦旅行时喜欢上那里，于是在那里谋到了教授拉丁语和德语的职位。在从教之时，他和几个少女有了应该说比较纯真的交往，这些女孩的身份都比较特别，有的是领事的女儿，有的则是父辈在犹太人回归家园的历史上占据了一席之地，"试图通过劳动来践行《托拉》"。有的对他有好感，有的则悄悄暗恋他。最后他和一个名叫苏珊的女孩签订了婚约。在日常琐事和情感描绘之外，穿插着时代的变革。比如："梦想家从梦中醒来，实干家做起了自己的梦——让巴勒斯坦成为犹太人的精神中心，成为犹太人的土地。他们时常聚集在一起，讨论巴勒斯坦和社团事务，并且把他们讨论的内容发送给敖德萨犹太委员会。"①

《丢失的书》这篇小说篇幅更加短小，但时空跨越很大，讲的是犹太文本传承问题。它从 16 世纪《布就筵席》（*Shulhan Arukh*）一书写起，该书于 1563 年由约瑟夫·卡罗（Joseph Karo）在采法特（Safed）撰写，② 两年后在威尼斯出版。与评论一起，它成为有史以来最广泛接受的犹太法律汇编。而叙述人镇上的一位拉比施玛利阿·达扬对这部律法十分通晓，尤其其中第一章《生活之道》。而在《生活之道》的所有注文中，达扬拉比尤为钟爱玛根·亚伯拉罕拉比的注文。但是由于拉比本人家境贫穷，他不得不节省纸张。因此注文过于简短，晦涩，令人费解。而达扬拉比也耗费十几年的心血来界定、阐明、注释《生活之道》中的每一个词语，未留下任何疑难段落。他叫装订工人把稿纸装订成册，欣欣然陶醉在印刷出版书稿的奇思妙想中。在让装订工把这些稿纸装订成一本书时，达扬拉比偶然发现大学者撒母耳·哈列维·科林拉比也曾对玛根·亚伯拉罕为《生活之道》所作的注文做了评注，并已经装订成书，书名叫《半个舍客勒》。达扬拉比认为，这是一部最令人满意的评注——精当，闪烁着真理的光芒。于是决定将自己的著作束之高阁，既不装订，也不发表。

几代之后，达扬拉比这部未装订之作落到了叙述人手中。它不但结构完整，而且具有革新之处，人们可以从中看到《半个舍客勒》和其他著作中未曾发现的创新之处。而他的父亲和其他几位学者的评价也证实了他的判断。这一发现令叙述人感到难过，于是想拯救达扬拉比的学说。

拯救的方式便是将书捐给正在兴建的犹太国家图书馆。叙述人于是节衣缩

---

① 〔以〕施穆埃尔·约瑟夫·阿格农：《婚约》，王建国译，见〔以〕施穆埃尔·约瑟夫·阿格农《丢失的书：阿格农中短篇小说选》，洪诗羽等译，外语教学与研究出版社，2019，第187页。

② 采法特是以色列北部城市。根据以色列中央统计局资料，2003 年末该市人口为 26600 人。采法特和耶路撒冷、提比里亚和希伯伦一起被列为犹太教四大圣城之一。

食，凑足邮费，将书寄到耶路撒冷。后来，叙述人移居巴勒斯坦，先在雅法居住一年，后定居耶路撒冷，并和朋友参观了犹太国家图书馆。但是却没有找到自己在流散地寄来的那本书，给作家留下深深的遗憾。

犹太民族素有"书之民族"之称，这篇不长的作品再次表现了犹太人对文本的重视，对书的热爱，对学问的珍视。作者惜墨如金，用有限的文字勾勒出 20 世纪初期流散地犹太人向往移居巴勒斯坦并为之奉献的历程，同时也反映出大流散犹太价值与本土以色列价值之间的张力。第二次阿里亚时期的犹太人得忘记其出生地，即使不能忘记，也不能提起，因为新的活动中心需要新的思维框架。

# 第三章
# 以色列国家与多元文化叙事

## 第一节 《黑泽废墟》与1948年战争

探讨希伯来叙事与民族认同问题必须重视以色列建国这一历史事件。以色列建国与希伯来语复兴、纳粹大屠杀一样在犹太民族身份构建进程中占据着制高点之位。回顾历史，1947 年 11 月 29 日，联合国大会在美国纽约成功湖宣布巴勒斯坦分治决议，即联合国 181 号决议。决议规定英国必须在 1948 年 8 月 1 日前结束在巴勒斯坦地区的委任统治，在巴勒斯坦地区建立阿拉伯国和犹太国。这一决议虽然得到了以美苏为首的 33 个国家的赞成，但遭到了阿拉伯世界 13 国的反对，英国等国投了弃权票。客观地说，这一表决结果在犹太世界和阿拉伯世界引起了两种截然不同的反响，阿犹冲突日趋白热化。1948 年 5 月 15 日，在以色列宣布建国的第二天，埃及、外约旦、叙利亚、伊拉克、黎巴嫩 5 国联兵向以色列开战，第一次中东战争爆发。以色列一方将这场战争称作"独立战争"，但巴勒斯坦人将之称为"大灾难"（Nakbah）。这场战争一直持续到 1949 年 1 月，所有参战的阿拉伯国家与新建的以色列国签订了停战协议。

战争之初，阿拉伯联军在人数和武器装备上都优于以色列，又是主动出击，先发制人，以色列面临的局面非常危险；但后来以第一任总理本-古里安为首的临时政府一边补充军士和武器装备，一边向散居世界各地的犹太人和国际组织求援，并从 1948 年 5 月末开始积极组建以色列国防军，利用 6 月和 7 月两次短期停火机会补充军士和武器装备。阿拉伯军团由于种种原因失去了战机,最后以色列险胜,创造了现代版"以少胜多"的神话。但充满悖论的是,亲历这场战争的许多第一代本土以色列作家①并没有歌颂"以少胜多"的战争神话。当目睹正在阿拉伯废墟上崛起的新建国家,尤其面对大批流离失所的阿拉伯难民时,他们不免遭受良知的考问。② 在这批作家中,伊兹哈尔极富代表性,他在战争结束后不久创作的中篇小说《黑泽废墟》中描写了以色列士兵对阿拉伯村民的驱逐以及由此产生的道德自省,并将巴勒斯坦难民的苦境与历史上犹太人的受难经历建构起关联,在犹太民族集体记忆历史上占据着重要地位。

## 一 我与他者:责任与良知的冲突

《黑泽废墟》③ 发表于 1949 年 5 月,即第一次中东战争停火 4 个月之后。其情节围绕以色列士兵在战争期间驱逐阿拉伯村民展开。小说原名 *Hirbet Hizah* 是一个虚构的阿拉伯村庄名字,可以将其音译为"赫伯特黑泽"。"Hirbet"在阿拉伯语中意为"废墟","Hizah"是阿拉伯村庄的名字,中文"黑泽"乃是根据希伯来语原文注音音译而得,能与文中描述的肮脏、阴暗的环境形成观照。

小说中心事件写的是 1948 年战争期间以色列士兵征服、毁坏阿拉伯村庄,并驱逐其村民的军事行动。伊兹哈尔作为 1948 年战争的参战人,他创作的这

---

① "本土以色列作家"(the Sabra Writers)指出生在巴勒斯坦,或虽然出生在流散地、但自幼便抵达巴勒斯坦、在犹太复国主义教育体制下成长起来的作家。笔者曾经在《变革中的 20 世纪希伯来文学》中对何谓以色列本土作家这一问题加以阐述,又参见 Gershon Shaked, "First Personal Plural: Literature of the 1948 Generation," in *Gershon Shaked, The Shadows Within: Essays on Modern Jewish Writers*, Philadelphia: Jewish Publication Society, 1987, p. 145。

② Shiri Lev-Ari, "S. Yizhar: 1916-2006," in *Ha'aretz*, August 22, 2006.

③ S. Yizhar, *Khirbet Khizeh*, trans. Nicholas de Lange and Yaacob Dweck, Jerusalem: Ibis Editions, 2008;撒迈赫·伊兹哈尔(S. Yizhar),《黑泽废墟》(希伯来文版),奥尔耶胡达: Kinneret, Zmora-Bitan, Dvir Publishers, 2006.

篇作品带有强烈的个体记忆色彩①。小说中的叙述人"我"是一个年轻以色列军事情报官员，也是作家伊兹哈尔"自我"的化身，战争期间以色列士兵的一种特殊类型，关注与关怀"他者"，即阿拉伯人。甚至连"他者"生存的土地在他眼中也具有一种诗意美。这种观念的形成无疑与其成长环境相关。

伊兹哈尔生于以色列中部雷霍沃特的一个作家之家，是俄国移民的后裔。其伯祖便是现代希伯来文学史上最早表现阿拉伯问题的作家之一摩西·斯米兰斯基，这是一位秉承社会主义理想来到巴勒斯坦的作家，主张阿拉伯人与犹太人和平共处。父亲杰夫·斯米兰斯基（Zeev Smilansky）既是教师、作家，又在农业聚居区务农，他既在果园里雇用阿拉伯工人，又笃信做"希伯来劳动者"乃犹太人回归土地的一个基本因素。② 舅舅约瑟夫·维茨（Joseph Weitz）则主张从阿拉伯人手里赎回土地，希望通过签订协议等手段使阿拉伯人放弃自己的地盘，让两个群体根据自己的方式与信仰分治而居。尽管几位长辈对待阿拉伯人的态度不尽相同，但他们都对在巴勒斯坦建立犹太国家的做法感到震惊。③ 在这样的家庭长大的伊兹哈尔自幼把阿拉伯人视为巴勒斯坦天然的组成部分，就像他自己所说：我看风景，并看到了风景中的阿拉伯人。④ 也就是说，他不仅意识到以"我"为代表的犹太共同体的存在，也意识到作为"他者"的阿拉伯人的存在，尤其承认阿拉伯人与土地，与风景的自然和谐关系。就像列维纳斯所言："他者"不再存在于主体之外。"自我"（Self）与"他者"（Other）并非相互游离，而是相互交织。⑤ 这种意识到"他者"存在的良知也影响到伊兹哈尔的叙事方式。在《黑泽废墟》中，他既写出了战争的惨

---

① 本文在使用个体记忆这一概念时，受到哈布瓦赫记忆理论的启发。参见〔法〕让-克里斯托弗·马塞尔、劳伦特·穆基埃利《哈布瓦赫论"集体记忆"》，见〔德〕阿斯特里特·埃尔、安斯加尔·纽宁主编《文化记忆研究指南》，李恭忠、李霞译，南京大学出版社，2021，第175~186 页。

② Todd Hasak-lowy, *Here and Now: History, Nationalism, and Realism in Modern Hebrew Fiction*, Syracuse: Syracuse University Press, 2008, p.55.

③ S. Yizhar, "About Uncles and Arabs," in *Hebrew Studies*, Vol.47（2006），pp.322-323.

④ S. Yizhar, "About Uncles and Arabs," in *Hebrew Studies*, Vol.47（2006），pp.322-323.

⑤ Yonatan Sagiv, "The Place Could Not Bear Me: Expulsion and Exile in *Khirbet Khizeh*," in *Hebrew Studies*, Vol.52（2011），p.228.

烈以及战争对人性的摧残，也展现出以色列士兵作为"闯入者"破坏了阿拉伯人与巴勒斯坦自然环境水乳交融的关系，甚至批判了以色列士兵在参与军事行动时给巴勒斯坦阿拉伯人带来的灾难，表现出由此产生的道德危机。

在书写策略上，小说并没有直接切入以色列士兵攻占阿拉伯村庄这一中心事件，而是首先铺排了叙述人"我"及其士兵群体在执行"焚烧—轰炸—关押—装载—运送"任务前夕的精神状态，从"兴高采烈"地像前去郊游到经历紧张焦虑、单调乏味的漫长等待之后变得极度无聊，想要回家，想要发泄，其泄愤的对象不仅有毛驴、骆驼等牲畜，还有手无寸铁的阿拉伯村民。小说中的"他者"——阿拉伯村民一律没有名字，而是一些带有象征色彩的符号：老人、哭泣的女子、怀抱婴儿的女子、盲人、瘸子，他们用眼泪、恳求、谦卑、屈从、哀号来回应打破他们宁静生活的以色列士兵，但基本上没有任何反击。这样的书写策略透露出作者的创作意图，即并非要展示以色列士兵的英雄主义，而是把关注点投向无法主宰自己命运的"他者"。

小说写了"我"所代表的以色列士兵和阿拉伯人"他者"的几次交锋。这些交锋不仅是推动情节演绎的手段，而且是展开以色列士兵心灵冲突的途径。以色列士兵与阿拉伯人的交锋既包括与阿拉伯个体的相遇，又包括同阿拉伯群体的相遇。在两种情境中均表现出弱者在强权面前的无助与无奈。更进一步说，"我"与"他者"之间的交锋并非绝对的二元对立，而是体现出一种复杂与多元的形态。既体现出战时以色列士兵的心灵冲突，也揭示出阿以关系的复杂性。

第一个与以色列士兵相遇的阿拉伯人是个留着短短的白胡子的老人，他毕恭毕敬，呈顺民状，希望以色列士兵允许他在离家时带上驮着自己家当的骆驼：

> "我们走了——走了，"老人说，"我们什么都没有了，我们什么都留下了。"他指指周围的土地，或是某座具体的房屋。"只剩下一些衣物和铺盖。"他的舌头快速地转动，为的是把许多解释压缩在很短的时间里，

他摊开双手，就像人在神的面前。①

但一名以色列军官却让他在生命与骆驼之间做出选择。这里，以色列军官既是攻占阿拉伯村庄这一命令的执行者，又是以色列集体阵营中的代表，强者的化身。他的态度预示着以色列政府和军方对阿拉伯人的强硬态度。在对待阿拉伯人的态度上，以色列士兵观点不同。比如，在是否放走阿拉伯老人这一问题上，叙述人和一些士兵从人道主义角度出发，对老人表示同情；但以军官摩西和士兵阿里耶为代表的另一些人则称：如果双方角色发生对换，那么犹太人肯定为阿拉伯人所害，竭力主张要置阿拉伯人于死地。这两种截然不同的观点在一定程度上隐喻着以色列国家内部在巴以问题上所持有的异见。这样的争论似乎在以色列政治话语中延续了数十年。在某种程度上暗示出，在阿以问题上，许多人依然坚信非黑即白，你死我活，表现出一种纯然的二元对立；而折中主义者或者左翼人士的主张尽管人道、理性，却往往在残酷的现实面前不堪一击。

如果说这位白胡子的阿拉伯老人尽管恭顺但敢于向以色列人提出要求的话，那么多数阿拉伯人则表现得沉默，其中包括脸庞枯槁、身上散发着臭气、因害怕而默不作声、躺在地上的老妪，闻风丧胆的阿拉伯男子，聚集在无花果树下的一群村民，基本上一言不发的男人，哭泣的女人，水坑旁静静坐在那里的盲人，主动选择淌水走过水坑的瘸子，等等。与第一个阿拉伯老人相比，这些人表现出恐惧、怯懦、悲恸甚至合作。比如，一个阿拉伯男子十分恐慌，他想动，但发现腿和身体似乎分了家，朝以色列士兵露出充满歉意的无意义的微笑。另有一个老人甚至讨好以色列士兵，说他试图劝说村里的年轻人留下来，因为犹太人没有做坏事，因为犹太人和英国人不一样，等等。凡此种种，均表现出弱者的无能为力。这些个体与集体形象象征着失去土地、失去财产、淡出中心与历史舞台乃是 1948 年战争期间巴勒斯坦阿拉伯人的共同经历。

---

① S. Yizhar, *Khirbet Khizeh*, trans. Nicholas de Lange and Yaacob Dweck, Jerusalem: Ibis Editions, 2008, p. 47. 参见撒迈赫·伊兹哈尔（S. Yizhar），《黑泽废墟》（希伯来文版），奥尔耶胡达: Kinneret, Zmora-Bitan, Dvir Publishers, 2006，第 50 页。

他者的无助与呐喊唤醒了叙述人的伦理认知与责任。具体到《黑泽废墟》这篇小说，作家首先展示了以色列士兵的心灵冲突，尤其是部分士兵在弱势群体面前所产生的恻隐之心。其次将这种冲突置于战争的背景之下，透视出战争的残酷性，以及作为具有道德意识的个体人在国家利益与道德规范面前陷入举步维艰的两难境地。参加驱逐行动的以色列士兵首先把驱逐阿拉伯村民之举视为"肮脏的工作"，随即向自己的指挥官发出抗议："为什么要驱逐他们？"指挥官则回答说："行动命令中就是那么说的。"军人的天职就是服从命令，这在战争期间似乎成为一条准则。但是它与犹太人在成长过程中接受的"爱邻如己"的宗教理念、与同阿拉伯人在一块土地上和平相处的复国理念、与作为普通人的人道主义情怀发生抵触，部分以色列士兵因此对己方的行为发出谴责，"这确实不对"，"我们没有权利把他们从这里赶走"。

叙述人多次提到上帝，甚至在小说结尾提到上帝将会降临山谷，看看那呼喊是否与他的所闻一致，且为自己的主人公使用了摩西等一系列《圣经》中的名字。这样的书写方式一方面造成了"人怨天怒"的效果；另一方面也在犹太人的行为准则与当下行为之间形成了强烈反差，创造了传统价值与行为之间的冲突。[①] 就像列维纳斯所说：暴力主要不在于损害和毁灭人；它更在于中断他们的连续性，使人们扮演着那种他们在其中不能够认出自己的角色；使他们背叛；不仅背叛诺言，而且背叛他们自己的实质；使他们完成那些把行为的一切可能性都摧毁的行为。[②] 对于以色列士兵来说，他们的所为不仅与犹太传统发生断裂，而且背离了犹太复国主义的初衷，恰恰印证了20世纪七八十年代后犹太复国主义者们的某种理论，即在犹太复国主义的最初理念中便有驱逐巴勒斯坦阿拉伯人的计划。[③] 说到底，叙述人"我"所面临的道德困境实际上

① Lev Hakak, *Modern Hebrew Literature Made into Films*, Lanham: University Press of America, 2006, p. 67.

② 〔法〕伊曼努尔·列维纳斯：《总体与无限：论外在性》，朱刚译，北京大学出版社，2016，第7页。

③ Benny Morris, *The Birth of the Palestinian Refugees Problem Revised*, Cambridge: Cambridge University Press, pp. 1-64.

体现了按照犹太道德理念他所应承担的责任以及在 1948 年战争中身为犹太士兵应采取何种行动之间的冲突。在这方面，小说并没有给予清晰的审视，或者说，身为以色列犹太人，伊兹哈尔从内心深处一直在回避这个问题，这也是为何在以色列建国过程中，能否以道义手段对待另一个民族的生存权利问题始终无解的缘由所在。而近年的后犹太复国主义理论家则直接认定以色列国家对巴勒斯坦灾难与创伤负有不可推卸的责任，从这个意义上说，叙述人及其战友即使陷入了情感与道德悖论，但并非无辜，他们在制造巴勒斯坦人的"大灾难"方面难辞其咎。

依照创伤记忆学者拉卡普拉的理论，我们可以把创伤叙事中的人物划分为不同类型。如果我们把"他者"——阿拉伯人视为受创伤的主体，那么驱逐他们的以色列士兵则成为"做坏事的人"，或者"做错事的人"（wrongdoer），[1]确切地说是错误指令的执行者。在此语境下书写的创伤叙事也成为救赎的一种途径。正如小说开篇所述：

> 这一切发生在很久以前，但从那时起就一直困扰着我。我试图用流逝岁月的喧嚣来淹没它，降低它的价值，用匆匆的时光来钝化它的边缘，我甚至还设法冷静地耸耸肩膀，设法看出整件事毕竟没有那么糟糕……但无论如何我不能保持沉默，我应该开始讲述故事。[2]

叙述人"我"被当作错误指令执行者的代表，这样的叙事策略本身就增强了作品的现实感。加之，曾经在 1948 年战争中做过情报官的伊兹哈尔本人一再声称他在作品中所描写的是他在战争中所目睹的，所以一些学者认为这篇作品带有报告文学色彩，[3] 叙述主人公本人也成为灾难的见证人，兼具作家与

---

① Dominick LaCapra, *Writing History, Writing Trauma*, Baltimore：John Hopkins University Press, 2001, pp. 153-162.

② S. Yizhar, *Khirbet Khizeh*, trans. Nicholas de Lange and Yaacob Dweck, Jerusalem：Ibis Editions, 2008, p. 7；撒迈赫·伊兹哈尔（S. Yizhar），《黑泽废墟》（希伯来文版），奥尔耶胡达：Kinneret, Zmora-Bitan, Dvir Publishers, 2006, 第 33 页。

③ Gila Ramras-Rauch, *The Arab in Israeli Literature*, Bloomington：Indiana University Press, 1989, p. 67.

历史学家的双重身份。作家的责任是把手指放在伤口上，提醒人们勿忘人性与道义等至关重要的问题。① 而历史学家，则是记忆医生，必须在道德压力之下行动，来修复一个民族或人类的记忆。记忆和现代史学本质上与过去有着根本不同的关系。后者并不是试图恢复记忆，而是一种全新的记忆。

历史学家要做的不只是填补记忆的空白，而且不断地挑战那些保存完好的记忆。从本质上看，小说是以见证人的手法描写以色列 1948 年"独立战争"对阿拉伯村民命运的影响，以及对参与战争行动的以色列士兵的心灵震撼，因而具备了历史小说的特征。② 更为重要的是，它所涉及的中心事件在战争期间具有典型性，黑泽废墟不过是战时被毁弃的数十个阿拉伯小村庄之一，村子里阿拉伯弱者的遭际象征着 1948 年巴勒斯坦阿拉伯人的共同命运。它确实触及阿以争端中一个带有本质性的问题。以色列人面对手无寸铁毫无反抗能力的阿拉伯村民而产生的心灵冲突，折射出过去数十年间以色列犹太人一直无法摆脱的自我意识与集体主义、良知与责任、个人信仰与国家利益的矛盾；而围绕着究竟是否把阿拉伯村民从他们生存多年的村庄驱逐，运送到其他地方，使之永远不能回归这样一个放逐行动的争论、反省与类比，使这些矛盾达到了高潮。

## 二 难民问题及其引起的思考

难民问题是任何战争无法避免的问题。战争把难民问题白热化，阻止难民回归的政策也便应运而生。这便是第一次中东战争的悲剧后果所在。从 1948 年阿以战争的交战结果看，阿以双方均伤亡惨重。以色列的阵亡人数约 6000 人，约占当时以色列国家人口的 1%；阿拉伯方面的阵亡人数约为以色列的 2.5 倍。在战争结束之际，有几十个阿拉伯村庄的村民遭到以色列士兵的驱逐，背井离乡，数十万巴勒斯坦人沦为难民，近一半的阿拉伯村庄遭到毁坏。根据统计，在联合国分派给犹太国的领地上，曾经有约 85 万阿拉伯人；但是到了战争结束后，只剩下约 16 万

---

① David Grossman, *The Yellow Wind*, trans. Haim Watzman, New York: Farrar, Straus, and Giroux, 1988, Foreword.

② Yosef Hayim Yerushalmi, *Zakhar: Jewish History and Jewish Memory*, Seattle and London: University of Washington Press, 1996, pp. 93–94.

人，这些阿拉伯人成为新建犹太国家内的少数民族，而被毁坏的阿拉伯村庄有的成为以色列的耕地，有的成为犹太人定居点。① 失去土地和家园无疑导致了巴勒斯坦阿拉伯人对犹太人的刻骨仇恨，也埋下了日后巴以冲突的祸根。

在文本中，有一位与众不同的女子典型地体现出遭驱逐的阿拉伯百姓的悲伤、愤怒和潜在的仇恨。按照作品描述，女子坚定、自制、脸上挂满泪珠，"似乎是唯一知道真正发生了什么的人"，而她手里领着的孩子也似乎在哭诉"你们对我们究竟做了些什么"。② 他们的步态中似乎有一种呐喊，某种阴郁的指责。女子凭借勇气忍受痛苦，即使她的世界现在已经变成废墟，可她不愿意在以色列士兵面前崩溃。而孩子的心中仿佛潜藏着某种东西，某种待他长大之后可以化作他体内类似毒蛇的东西。也许，随着时间的流逝，长大成人的孩子会成为巴勒斯坦抵抗战士的一员，终生与以色列为敌。

以色列士兵对阿拉伯他者的驱逐，并由此产生的负疚与矛盾心理应该与历史上犹太人的受难经历相关。③ 叙述人作为以色列士兵，反对、揭露、谴责残酷而野蛮的战争行为，并不愿意执行驱逐阿拉伯人的军事命令。面对遭到驱逐的阿拉伯百姓，他扪心自问："我们今天在这里干了什么？"作为个体士兵，他不仅要经历良知与道义的考问与困扰，而且从眼前被驱逐的阿拉伯受难者的命运，他联想到犹太民族近两千年来颠沛流离的流亡生涯。尤其是把阿拉伯人装上卡车押走这一场面凸显了犹太民族与阿拉伯民族的共同受难体验，他将之描述为："流亡，这便是流亡。这就是流亡。流亡就是这个样子。"④

把眼下以色列人驱逐一个弱势群体的行动与犹太人的流亡经历建构起类比

---

① See Ilan Pappe, *A History of Modern Palestine: One Land, Two Peoples*, New York: Cambridge University Press, 2004, p. 138.

② S. yizhar, *Khirbet Khizeh*, trans. Nicholas de Lange and Yaacob Dweck, Jerusalem: Ibis Editions, 2008, pp. 103-104. 撒迈赫·伊兹哈尔（S. yizhar），《黑泽废墟》（希伯来文版），奥尔耶胡达：Kinnert, Zmora-Bitan, Dvir Publishers, 2006, 第74~75页。

③ Hannan Hever, *Hebrew Literature and the 1948 War: Essays on Philology and Responsibility*, Boston: Brill, 2019, p. 5.

④ S. Yizhar, *Khirbet Khizeh*, trans. Nicholas de Lange and Yaacob Dweck, Jerusalem: Ibis Editions, 2008, pp. 103-104. 撒迈赫·伊兹哈尔（S. Yizhar），《黑泽废墟》（希伯来文版），奥尔耶胡达：Kinneret, Zmora-Bitan, Dvir Publishers, 2006, 第74~75页。

关系，触及了学界经常探讨的角色模式转换问题，即在欧洲遭受欺凌的犹太人来到巴勒斯坦，把不幸转嫁给无辜的巴勒斯坦人。换句话说，在欧洲遭受迫害的犹太人试图在巴勒斯坦地区建立家园，却无情地损害了另一个无辜民族的利益，那就是巴勒斯坦阿拉伯人的利益。小说结尾，清晰地将这种关联展现到读者面前，即"只有把这些阿拉伯难民驱逐，才可以安置从各地返回的犹太难民"[①]。倘若说1948年的"独立战争"将以色列犹太人的身份从受难者，或者是殖民者转为拥有独立国家主权的社会存在物，那么，与之相反，巴勒斯坦阿拉伯人则从自己土地上的社会存在物转化为难民，即新的受难者。这样的结局无疑挑战着伊兹哈尔和1948年一代作家的道德极限：

> 永远不会被收割的农田，永远不会被灌溉的种植园，将要荒芜的小路。一种毁灭感，无价值感。到处布满了蓟草和有刺的灌木，一片荒凉的昏黄，一片喧闹的荒野。从那些田野中已有指责的目光朝你张望，那无声的责备目光就像表示责备的动物，紧盯着你，追随着你，令你无法躲避。[②]

文本中呈现的巴以冲突问题，牵扯出中东历史上一个极为复杂的问题。素有"以色列的良知"之称的作家阿摩司·奥兹曾经发表了这样的看法：

> 欧洲用帝国主义、殖民主义、剥削和镇压等手段伤害、羞辱、欺压和迫害犹太人，最终听任甚至帮助德国人将犹太人从欧洲大陆的各个角落连根拔除。在阿拉伯人看来，犹太人不是一群近乎歇斯底里的幸存者，而是欧洲的又一新产物，拥有欧式殖民主义、尖端技术和剥削制度，此次披着犹太复国主义外衣，巧妙地回到中东——再次进行剥削、驱逐和压迫。而

---

① Gila Ramras-Rauch, *The Arab in Israeli Literature*, London: I. B. Tauris, 1989, p. 69.

② S. Yizhar, *Khirbet Khizeh*, trans. Nicholas de Lange and Yaacob Dweck, Jerusalem: Ibis Editions, 2008, p. 88. 撒迈赫·伊兹哈尔（S. Yizhar），《黑泽废墟》（希伯来文版），奥尔耶胡达：Kinneret, Zmora-Bitan, Dvir Publishers, 2006，第68页。

在犹太人眼中，阿拉伯人也不是休戚与共的受害者、共患难的弟兄，而是制造大屠杀的哥萨克，嗜血成性的反犹主义者，伪装起来的纳粹。①

这段描述在相当程度上道出百年来巴以冲突的本质，尤其揭示出欧洲国家在巴勒斯坦历史问题上所扮演的角色。在这一历史进程中，受难者无法主宰自己的命运。第一次中东战争非但没有消灭新建的"犹太国"，反而使巴勒斯坦阿拉伯人失去了联合国分治决议中划归在其名下的"阿拉伯国"土地，而这部分土地被以色列、埃及和约旦瓜分，巴勒斯坦的阿拉伯百姓从此流离失所，成为新的难民。在这方面，美籍巴勒斯坦裔公共知识分子萨义德的话也十分发人深省，他说："今天，每当巴勒斯坦人聚在一起的时候，人们总是在讨论一个越来越重要的主题：阿拉伯朋友和以色列敌人是如何对待我们的。有时候很难说是谁在哪里对我们更糟糕。"②

一些以色列作家在阅读这篇作品时，强调的是叙述人本身的人道主义敏感性，而不是驱逐阿拉伯难民的行动本身。比如，以色列左翼作家阿摩司·奥兹指出，这篇作品的主旨是叙述人剧烈的心理冲突，相形之下，阿拉伯人及其命运则退居到了从属地位。主人公所认同的人道主义与民族主义价值体系在这种冲突中面临着断裂。奥兹认为，其经验并非将两个体系中的一个予以抛弃，而是要反对战争本身。③

一部作品有时会唤起一个民族的良知。④《黑泽废墟》不仅是希伯来文学作品中少见的反映以色列"独立战争"历史的小说，而且成为以色列历史、至少是以色列集体记忆中一篇重要的文献，⑤ 在以色列记忆历史上占据着重要

---

① 〔以〕阿摩司·奥兹：《爱与黑暗的故事》，钟志清译，译林出版社，2016，第417页。
② 〔美〕爱德华·萨伊德：《最后的天空之后：巴勒斯坦人的生活》，金玥珏译，新星出版社，2006，第5页。
③ Amos Oz, "*Khirbet Khizeh and Mortal Danger*," *in Under This Blazing Light*, Tel Aviv: Sifriat Poalim, 1979, p.157.
④ 1949 Israeli Novel Khirbet Khizeh reissued by FSG-JSTOR Daily, 2021/11/25.
⑤ Todd Hasak-lowy, "Sixty Years Late and Timely all the Same," Provided by the Institute for the Translation of Hebrew Literature.

地位，它将历史书写、对过去的记忆以及历史含义这三个被犹太历史学家耶鲁沙米（Yosef Hayim Yerushalmi）视为《圣经》中相互关联的三个要素整合起来，① 且随着以色列社会与政治的变迁发挥着不同程度的作用。

如果说 20 世纪 50 年代，《黑泽废墟》在参加过以色列"独立战争"的人们中间引发的是一场道义的争论，那么到了 20 世纪六十年代以来，以色列经历了"六日战争"②、"赎罪日战争"、两次黎巴嫩战争、两次巴勒斯坦人起义③，政治现实又发生了变化，新历史主义思潮兴起，曾经伴随"独立战争"结束而淡出人们观察视野的诸多问题此时又浮出地表，以色列人更为关注的则是由道义延伸开来的国家政治形象问题，以及对巴勒斯坦的政策问题。战争历史本身虽然已经成为过去，但是历史学家、文学家、公共知识分子和普通大众对战争的解析并没有完成。

现代希伯来文学作为意识形态的重要载体，一直在建构或解构 1948 年第一次中东战争的神话。伊兹哈尔的同代作家本雅明·塔木兹（Benjamin Tammuz）在带有自传色彩的短篇小说《游泳比赛》④ 中，先是展现了以色列建国之前阿拉伯民族与犹太民族和平共处的生活状态，继之书写了叙述人与幼时曾在一起进行游泳比赛的阿拉伯玩伴在攻克一个阿拉伯院落时相遇，叙述人战友不慎枪支走火把阿拉伯人打死的残酷现实，叙述人由此陷入巨大的失落与自责，慨叹"我们所有的人"都是输者。第二代本土以色列作家奥兹在其最富有影响力的长篇小说《爱与黑暗的故事》中，描写了犹太人与阿拉伯人对联合国 181 号

① Harold Bloom, "foreword", in Yosef Hayim Yerushalmi, *Zakhar: Jewish History and Jewish Memory* Seattle and London: University of Washington Press, 1996, p. xvii.

② "六日战争"，指第三次中东战争，又称"六·五战争"，1967 年 6 月 5 日，以色列为削弱阿拉伯联盟的力量，解除边境危机，相继空袭埃及、约旦和叙利亚，而后又发起地面攻击，阿拉伯国家奋起反击。战争共持续 6 天，以色列占领了埃及西奈半岛、约旦河西岸、耶路撒冷老城和叙利亚的戈兰高地，数十万阿拉伯平民逃离家园而沦为难民。

③ 指第四次中东战争，1973 年 10 月 6 日，埃及、叙利亚等国家在犹太人斋戒日那天向以色列发动战争，试图收复在 1967 年"六日战争"中丧失的领土。埃及、叙利亚赢得了整个阿拉伯世界的支持，赢得了战争初期的胜利，但以色列最终在美国的支持下反败为胜。这场战争给阿以双方均带来惨重的损失。

④ 〔以〕本雅明·塔木兹：《游泳比赛》，见高山杉译、高秋福校《焦灼的土地》，人民文学出版社，1998。

决议所做的不同回应。在奥兹笔下：犹太人一方爆发出吼声，那叫喊令人胆寒，划破黑暗、房屋与树木，穿透大地，那叫喊可以撼动山石，让你血液凝固，仿佛已在这里死去的死者和正在死去之人瞬间拥有了叫喊的窗口。随即，代替惊恐尖叫的是欢乐的怒吼，沙哑的哭喊声响成一团，"犹太民族活下去了"，有人试图唱起《希望之歌》①。与之相对，阿拉伯人一方正沉浸在一片沉寂中，沉寂也许酷似表决结果宣布之前犹太居住区的可怕沉寂。再过五个月，它们会空空荡荡、完好无损地沦于犹太人之手，那些粉石砌成的穹顶房屋，还有那些飞檐交错、拱门林立的别墅里，会有新居民进驻。② 这一动人心魄的场面被莫言称作奥兹为世界文学做出的贡献，认为它必将成为经典，它已经成为经典。③ 而在这一场面中，奥兹已经预见到巴以双方兵刃相见、血雨腥风的未来。在另一部长篇小说《我的米海尔》中，奥兹描写了女主人公汉娜经常梦见遭受幼时玩伴——阿拉伯双胞胎哈利利与阿兹兹的裹挟、诱奸、凌虐，此处的阿拉伯双胞胎已经成为一种挥之不去的跳荡着的隐喻，侵袭到汉娜的心理深处。如果将汉娜的命运放到第一次中东战争与集体记忆的语境下衡量，则不难看出，以色列建国后，以色列境内阿拉伯人身份的转换给一些以色列犹太人造成了重大的心理负担。汉娜对曾经青梅竹马的阿拉伯双胞胎的那种病态性思恋无疑是这种心理负担的一种外在表现方式。而在阿拉伯学者看来，这对双胞胎意象并非汉娜幻觉的产物，而是沉默的巴勒斯坦人缺席的原型。④ 在后文即将讨论的约书亚的《面对森林》中，以色列森林在阿拉伯的废墟上拔地而起，阿拉伯人的舌头在 1948 年第一次中东战争时被割断，这些带有象征色彩的描述凸显了第一次中东战争之后阿拉伯人在以色列失声的现实。这些作品充满着具有良知的以色列人对历史的反思，反映出知识界人士对巴以和平前景的期待。

---

① 以色列国歌。

② 〔以〕阿摩司·奥兹：《爱与黑暗的故事》，钟志清译，译林出版社，2016，第 433 页。

③ 莫言：《我们都是被偷换的孩子》，浙江文艺出版社，2020，第 10~11 页。

④ Elias Khoury, "Rethinking the Nakba," in *Critical Inquiry*, Vol. 38, No. 2 (Winter 2012), pp. 250-266.

## 第二节 《爱与黑暗的故事》与以色列人的身份认同

奥兹的自传体长篇小说《爱与黑暗的故事》采用回忆手法，描写了叙述人父母、祖父母从欧洲移民巴勒斯坦并在以色列艰辛生存的经历，再现了 19 世纪末期以来犹太民族荣辱兴衰的遭际。在个体命运与集体身份之间建构了一座桥梁。对作品中不同人物类型的身份加以探讨，有助于了解当代以色列的社会与文化特质。

### 一 东方的他者

与《我的米海尔》《地下室里的黑豹》等多数长篇小说类似，奥兹的自传体小说，或者说回忆录《爱与黑暗的故事》仍然集中笔力描写家庭生活。它以回忆的手法，描写了一个犹太家族几代人的生存经历；但与以往多数长篇小说作品不同的是，《爱与黑暗的故事》在背景设置上颇为宏阔，不再局限于读者所熟悉的耶路撒冷和基布兹，而是从 20 世纪 40 年代英国托管时期的耶路撒冷和 50 年代以色列建国初期的基布兹，拓展到了 19 世纪末期至 20 世纪 30 年代末的欧洲。欧洲之于犹太人具有特殊的含义，在近两千年的大流散中，许多犹太人在欧洲定居；并自 18 世纪下半叶，在犹太启蒙主义者走出隔都、融入西方现代世界思想的感召下，亲历欧洲文明的洗礼，向往着把自己同化到欧洲社会与文化之中。即使在 19 世纪末期，以赫茨尔为代表的犹太复国主义者提出在巴勒斯坦建立犹太民族家园的设想后，多数欧洲犹太人仍然不愿意离开欧洲。直到 19 世纪 30 年代，在欧洲响起"犹太佬滚回巴勒斯坦"的滚滚声浪中，许多犹太人才踏上了回乡之旅。《爱与黑暗的故事》所着力描写的就是欧洲犹太人，或者说阿什肯纳兹犹太人。阿什肯纳兹犹太人原指从 14 世纪开始居住在日耳曼地区的犹太人，今专指西欧、北欧和东欧（如法国、德国、波兰、立陶宛、俄罗斯等国）的犹太人及其后裔。在以色列语境中，按照施瓦茨的说法，阿什肯纳兹犹太人作为泛指从欧洲来到以色列的所有犹太人之术语，相对来说，是一个新词，它在 20 世纪下半叶被创造出来。①

---

① Yigal Schwartz, *The Rebirth of Hebrew Literature*, New York: Peter Lang, p. 12.

从理论上讲，犹太复国主义，或者说在巴勒斯坦地区建立犹太民族家园的理念，主要由阿什肯纳兹犹太人，或者说欧洲犹太人所倡导。早期的犹太复国主义理论家赫茨尔、阿哈德·哈阿姆和以色列建国领袖本-古里安、魏茨曼（Haim Weitzman）都是阿什肯纳兹犹太人。[①] 无论在以色列的国家政治、社会机构，还是在经济实体、社会生活中，阿什肯纳兹犹太人都占据着主宰位置。数代以色列文学作品中的主人公，也大多由阿什肯纳兹犹太人充当。

奥兹本人出生于欧洲犹太人之家，父母分别来自乌克兰和波兰，自20世纪60年代登上文坛以来，奥兹便成为以色列阿什肯纳兹精英文化的创建者。从最早的短篇小说集《胡狼嗥叫的地方》，到以基布兹为背景的小说《何去何从》与《沙海无澜》，再到洋溢着浓郁抒情色彩的《我的米海尔》、具有强烈哲学意蕴的《了解女人》、充满民族主义情绪的《地下室里的黑豹》等重要作品，奥兹着力描写的均为基布兹人和阿什肯纳兹中产阶级犹太人。尽管许多人物身上有这样那样的弱点，但奥兹还是从正面对他们寄予了无限深情。尽管奥兹在许多文本中也探讨了犹太复国主义梦想的局限，但作为公众人物，他数十年精心设计着某种理想的框架，其主张曾经一度代表着劳工犹太复国主义意识形态精髓。[②]

然而，在《爱与黑暗的故事》中，这些阿什肯纳兹中产阶级犹太人不再拥有优惠与霸权。他们不再是建功立业的犹太复国主义领袖和拓荒者，也不再是富有洞见的各类精英。他们来到巴勒斯坦，不是出于犹太复国主义梦想，而是在欧洲反犹主义浪潮下走投无路才憧憬巴勒斯坦的乌托邦。在巴勒斯坦这片贫瘠的东方土地上，他们成了无本之木，堪称"东方的他者"。尽管他们在欧洲并没有完全把自己当成欧洲人，可一旦抵达了巴勒斯坦，他们就变成了欧洲人。[③] 这种身份的转变不足为奇。因为长期生活在欧洲，欧洲的生活方式与习

---

① 参见徐新、凌继尧主编《犹太百科全书》，上海人民出版社，1993，第418页。又参见钟志清《变革中的20世纪希伯来文学》，中国社会科学出版社，2013，第316~317页。

② Eran Kaplan, "Amos Oz's *A Tale of Love and Darkness* and the Sabra Myth," in *Jewish Social Studies: History, Culture, Society*, Vol. 14, No. 1（Fall 2007），p. 123.

③ Alan Dowty, "How it Began: Europe vs. the Middle East in the Orientation of the First Zionist Settlers," in David Tal, ed., *Israeli Identity: Between Orient and Occident*, London and New York: Routledge, 2013, p. 19.

俗已经成为其日常生活的重要组成部分。来到巴勒斯坦后，他们立即意识到欧洲文化与中东文化的巨大差异。加之，他们并非犹太复国主义者，缺乏拓荒者那种用双手建造家园的抱负，因此在贫困与破败中陷入各种苦恼，抑郁，甚至丧失内在的生命之光。

在《爱与黑暗的故事》中，"东方的他者"首先由小主人公阿摩司的父母和祖父母两代人构成。这些人都是热诚的亲欧人士。主人公的祖父母来自乌克兰的敖德萨，他们在家中创办了有史以来第一个希伯来文学沙龙。尽管主人公的祖父在精神上向往着巴勒斯坦，思念那里的山川平原，慷慨地为犹太民族基金会捐款，支持犹太复国主义事业，但只有在四处遭拒的情况下才"几乎是不太情愿地移民到亚洲化的亚洲"。主人公的外祖父母曾在波兰拥有一座红火的磨坊，但在生意一落千丈之后不得不来到巴勒斯坦，过着贫困如洗的生活。这些人，虽然见证了犹太民族主义与犹太复国主义的兴起，但并没有投身于犹太复国主义事业之中。在巴勒斯坦的土地上，他们虽然不再流亡，但陷于新的困窘，很少有快乐时光，依旧得不到他们所向往的尊严与尊重。

祖父抵达耶路撒冷后，一度经商，但很快便在竞争中失败，于是只有用俄语写诗，赞美希伯来语的辉煌和耶路撒冷的魅力。在他笔下，耶路撒冷不再是热得令人窒息的狂热者们的城市，而是散发着没药与乳香气息。没药与乳香意象出自《雅歌》，圣经时代又是犹太史上的黄金时代，这种憧憬本身便带有欧洲犹太人对东方的乌托邦想象。就像萨义德所描述的那样：东方几乎是被欧洲人凭空创造出来的地方，自古以来就代表着罗曼斯、异国情调、美丽的风景、难忘的回忆、非凡的经历。① 在这一批新移民的思想深处，这样的东方与其说正在消失，毋宁说尚未寻觅到。

祖母来到耶路撒冷后，立即断言"黎凡特到处是细菌"。小说详尽描写了祖母每天进行的反细菌大战，包括洗三次热水澡，最后死于心脏病。在小主人公看来，透过这个小小窥孔，也许能让人们稍稍看到东方景象、颜色和气味对祖母，或者对像她那样的其他难民和移民产生的心理影响。这些来自欧洲阴郁

---

① 〔美〕爱德华·W. 萨义德：《东方学》，王宇根译，生活·读书·新知三联书店，1999，第3页。

的犹太乡村的移民，对黎凡特人普遍追求感官享受感到困扰，乃至试图建立自己的隔离区进行防御。或许祖母所有的清洁膜拜仪式不过是一件密封的航天服，或者是一条消毒过的贞操带。① 作者借此表明来自欧洲流散地、具有强烈亲欧倾向的犹太移民对东方文化的本能抗拒。

第二代，也就是主人公父母这一代的心灵冲突就更加强烈。他们也是热诚的亲欧人士，但与前代人相比，他们饱读诗书，接受了欧洲现代文明的教育，可以使用多种语言，倡导欧洲文化和遗产，推崇欧洲风光、欧洲艺术和欧洲音乐。按照他们的价值标准，越西方的东西越被视为有文化。他们心目中的"真正城市"是指城中央有小河潺潺，巴洛克式小桥，或哥特式小桥，或新古典式小桥，或诺曼式小桥，或斯拉夫式小桥横跨其上的城市。相形之下，耶路撒冷显得太古老，太陈旧。更何况，他们所敬仰的耶路撒冷是在浓郁葱茏、花团锦簇、琴声悠扬的热哈维亚，是在本-耶胡达大街上悬挂着镀金枝形吊灯的咖啡馆，是在举办各种晚会、独奏会、舞会、茶话会以及艺术座谈会的基督教青年会或大卫王酒店的大厅。无奈的是，迫于生计，他们只能蜗居在凯里姆亚伯拉罕居住区。居住在这里的人多数从事图书管理员、教师、职员、装订工、银行出纳、电影院售票员、杂货商、牙医等职业，而当时的耶路撒冷充斥着来自世界各地的著名商人、音乐家、学者和作家，以及许多的研究者和艺术家，其中包括布伯、肖勒姆和大文豪阿格农。在这样的文化氛围里，构成《爱与黑暗的故事》一书主要人物的阿什肯纳兹中产阶级则酷似俄国作家契诃夫笔下的小人物，在生活中饱尝折磨，欲望备受压抑；又像托尔斯泰笔下的人物，对理念十分着迷。这类人尽管不同于二战结束后来到以色列、身心饱受摧残的犹太难民和大屠杀幸存者，但从本质上看，也不是真正的隶属新建以色列国家的人，而依然带有某种大流散时期犹太人的精神气质。

与阿什肯纳兹犹太人并重的另一个犹太群体是塞法尔迪犹太人（Sephardim）。塞法尔迪犹太人指 1492 年之前居住在西班牙或葡萄牙的犹太人的后裔。犹太人 1492 年在西班牙、1497 年在葡萄牙相继遭到驱逐后，流亡并散居

---

① 〔以〕阿摩司·奥兹：《爱与黑暗的故事》，钟志清译，译林出版社，2016，第35~36页。

到北非、东欧和南欧（从今天的意大利到土耳其）、黎凡特或地中海东岸。目前这一术语经常被用于形容非阿什肯纳兹血统的犹太人，他们有时也被称作"东方犹太人"，笔者将在本书第五章对此予以详细讨论。

尽管从地域上看，塞法尔迪犹太人与东方犹太人较为接近，但他们在某种意义上也是"东方的他者"。在20世纪50年代，称欧洲犹太人为"东方的他者"主要指他们因过于认同西方文化而排斥东方文化，是生活在东方的欧洲人；称来自西班牙、巴尔干、中东和北非的塞法尔迪犹太人为"东方的他者"则意味着这些人的地位与欧洲犹太人相比属于从属地位，无论其来自乡村还是城市，无论其观念是传统还是现代，无论其信教与否，无论其是专业人士还是普通劳动者，基本上在以色列国家缺乏话语权。以本-古里安为代表的犹太复国主义领袖试图按照西方国家的模式来构建新的犹太国家，甚至对这些具有东方血统的新移民进行西方文化渗透，去除其东方化特征。① 即使到了今天，第二代、第三代塞法尔迪犹太人已经出生，即使40%～60%的塞法尔迪犹太人在以色列属于中产阶级，欧洲犹太人与东方犹太人之间的界限也依然存在。② 而且，在过去的20年间，塞法尔迪犹太人对以利库德为代表的右翼政党的支持率往往比欧洲犹太人高3～12个百分点。多数塞法尔迪犹太人不主张归还戈兰高地和耶路撒冷，对阿拉伯人的态度也比较强硬。当然，这种比较只是相对而言，并非所有的欧洲犹太人都是温和派，也并非所有的塞法尔迪犹太人都是强硬派。有学者认为，第二代、第三代塞法尔迪犹太人之所以支持利库德集团，是因为他们在成长过程中看到了父母因身份差异而付出的代价，包括所遭受的歧视与不公，希望寻找一个使之在犹太复国主义事业中拥有平等权利的政党。③

奥兹在《爱与黑暗的故事》中，通过描写小主人公孩提时代的政治立场

① David Tal, ed., *Israeli Identity: Between Orient and Occident*, London and New York: Routledge, 2013, p. 1.

② Maurice M. Roumani, "The Sephardi Factor in Israeli Politics," in *Middle East Journal*, Vol. 42, No. 3 (Summer 1988), pp. 423-43.

③ Maurice M. Roumani, "The Sephardi Factor in Israeli Politics," in *Middle East Journal*, Vol. 42, No. 3 (Summer 1988), p. 427.

由修正主义转向劳工复国主义，表明即使在 20 世纪 50 年代初期，欧洲犹太人
与东方犹太人两大阵营之间的差异已经显而易见。

> 有一条不易察觉的纤细分界线，大厅前三四排贵宾席留给一些杰出人
> 士：知识分子、民族阵线斗争中的老兵、修正主义运动中的活跃分子、前
> 伊尔贡首领，多数人来自波兰、立陶宛、白俄罗斯和乌克兰；其余座位则
> 坐满了一群群西班牙裔犹太人、布哈拉人、也门人、库尔德人以及阿勒颇
> 犹太人。这些情绪激动的人群充斥着走廊和过道，挤靠在墙壁上，拥满了
> 门厅和爱迪生大厅前面的广场。①

从外表上看，前者表现出一副谦恭有礼的小资产阶级神态，头戴帽子，西
装革履，流露出某种华而不实的沙龙城市；而后者则主要由商人、小店主和工
人组成，他们穿着破旧。前者谈论民族主义革命，引用马志尼和尼采的言论；
而后者为理想主义颤抖，热心，脾气暴躁。这是等待贝京发表演说之前的场面
描写。贝京（Menachem Begin）出生于立陶宛，20 世纪 40 年代来到巴勒斯
坦，创建了抗英武装组织伊尔贡，但与当时的以色列总理、工党领袖本 - 古里
安持不同政见，被迫把伊尔贡改组为自由党，1970 年任利库德领袖。通过人
群的激动应和与"贝京当总理，本 - 古里安回家去"的呐喊，透视出东方犹太
人的身份政治选择。与之相对，小主人公则因一个偶然事件投身于以本 - 古里
安为代表的劳工犹太复国主义阵营之中。

## 二　新型犹太人

奥兹在《爱与黑暗的故事》中对以色列建国前后犹太人的身份阶层予以
划分。根据奥兹的描绘，站在声望云梯最高处的是拓荒者，即劳工犹太复国主
义者中的核心力量。这些人生活在加利利、沙龙平原和山谷；他们外表黝黑，
坚忍顽强，少言多思，风餐露宿，开垦土地，种植葡萄园，正在建造一个新型

---

① 〔以〕阿摩司·奥兹：《爱与黑暗的故事》，钟志清译，译林出版社，2016，第 516 页。

的世界，在自然景观与史册上留下痕迹。他们谈论人生、爱情与责任、民族利益与普遍正义。在需要的时候拿起枪支，还击进犯者，把悲惨的犹太人铸造成战斗的国民。在奥兹看来，这些人既不同于大流散时期的犹太人，也不同于凯里姆亚伯拉罕居住区的犹太人。从社会学角度看，拓荒者的思想理念与形象对日后以色列国家的构建产生了重要作用。拓荒者的价值理念十分纯粹，强调自我牺牲、体力劳动、回归自然、自卫与自信，着眼于未来与集体，通过个人付出建造一个现代社会，创造一种新型的希伯来文化。尽管随着现代西方个人主义思想的侵入，拓荒者们所倡导的集体主义精神逐渐解体，但至少在以色列国家形成期，集体主义精神影响了几代人价值观念的形成，要求其将个人身份融入集体身份。[1]

　　强调拓荒者价值无疑会对与其相对的大流散价值加以排斥。犹太复国主义教育体系中存在着一种反大流散情结。按照这种观点，犹太人的流亡历史被塑造成充满苦难与回忆的黑暗历史。在 19 世纪 30 年代到 1948 年的巴勒斯坦犹太历史教科书中，大流散中的犹太人被描述成巴勒斯坦土地上犹太拓荒者的直接对立面，教科书作者甚至按照反犹主义程式，把大流散中的犹太人视为软弱怯懦、逆来顺受、随遇而安的犹太人，把欧洲犹太人的历史讲授为犹太复国主义的历史，强调犹太人在现代社会所遭受的苦难，表明犹太人在异国他乡的生活没有意义，对危机四伏的生活视而不见。犹太历史教科书详细描述了犹太人的痛苦遭遇，并将其视为被动的受难者，[2] 这种被动文化发展的极致便是纳粹大屠杀。600 万犹太人"像羔羊走向屠场"，被视作民族历史上的奇耻大辱，代表着最富有负面意义的流亡结果，[3] 对当代以色列人身份的塑造产生了重要影响。

---

[1]　关于拓荒者在形成以色列人身份中的作用，参见 S. N. Eisenstaedt, "Israeli Identity: Problems in the Development of the Collective Identity of an Ideological Society," in *The Annals of the American Academy of Political and Social Science*, Vol. 370（March 1967）, pp. 116–123。

[2]　Oz Almog, *The Sabra: The Creation of the New Jew*, trans. Haim Watzman, Berkeley, Los Angels, London: University of California Press, 2000, p. 77.

[3]　Yael Zerubavel, *Recovered Roots: Collective Memory and the Making of Israeli National Tradition*, Chicago and London: The University of Chicago Press, 1995, p. 19.

根据近年来社会学家、文学家、史学家的研究成果，犹太复国主义被视为以色列的内部宗教（civil religion）。犹太复国主义的目的不仅是要给犹太人建立一个家园和基地，还要建立一种从历史犹太教和现代西方文化的交互作用下发展起来的"民族文化"。不仅要从隔都的束缚中解放出来，而且要从"西方的没落"中解放出来。一些理想主义者宣称，以色列土地上的犹太人应该适应在当地占统治地位的中东文化的需要。因此，一切舶来的外来文化均要适应新的环境，只有那些在与本土文化的相互作用中生存下来的元素才可以持续。为实现这种理想，犹太复国主义先驱者从以色列还没有正式建国之日起便对新犹太国的国民提出了较高要求，希望把自己的国民塑造成以色列土地上的新人，代表着国家的希望。以色列建国前，这种新型犹太人被称为"希伯来人"（实乃犹太复国主义者的同义语），以色列建国后，被称作"以色列人"。

在这种文化语境下，"大流散"不仅指犹太人散居在世界各地这一文化、历史现象，而且标志着与犹太复国主义理想相背离的一种价值观念。反大流散文化的目的在于张扬拓荒者——犹太复国主义者文化。在反大流散的社会背景下，本土以色列人把自己当作第三圣殿——以色列国的王子，在外表上崇尚巴勒斯坦土著贝都因人、阿拉伯人和俄国农民的雄性特征：身材魁梧、强健、粗犷、自信、英俊犹如少年大卫，与大流散时期犹太人苍白、文弱、怯懦、谦卑、颇有些阴柔之气的样子形成强烈反差，并且具有顽强的意志力和坚忍不拔的精神，面对恶劣的自然环境英勇无畏，有时甚至不失为粗鲁，在战场上勇敢抗敌，不怕牺牲。相形之下，大流散时期的犹太人，尤其是大屠杀幸存者则被视作没有脊梁、没有骨气的"人类尘埃"。

要塑造一代新人，就要把当代以色列社会当成出产新型希伯来人——标准以色列人的一个大熔炉，对本土人的行为规范加以约束，尤其是要对刚刚从欧洲移居到以色列的新移民——多数是经历过大屠杀的难民进行重新塑造。熔炉理念不仅要求青年一代热爱以色列，而且要和土地建立起一种水乳交融的关系。同时，还要求新移民割断同过去的联系。新移民懂得，为了融入以色列社会，就必须摒弃，或者说轻视他以前的大流散文化和信仰，使自己适应希伯来文化模式。适应希伯来文化模式的途径多种多样，包括要接受犹太复国主义信仰，讲希伯来语，热爱以色列，参军，到基布兹和农业集体农庄劳动，甚至取典型的希伯来语名字，等等。

在当时的教育背景下，有的以色列年轻人甚至把整个人类历史理解成令犹太人民感到骄傲的历史，犹太人民殉难的历史，以及以色列人民为争取生存永远斗争的历史。

奥兹在《爱与黑暗的故事》中写了这样一个红色教育之家，那里也教授《圣经》，但把它当成关于时事活页文选集。先知们为争取进步、社会正义和穷人的利益而斗争，而列王和祭司则代表着现存社会秩序的不公。年轻的牧羊人大卫在把以色列人从非利士人枷锁卜解救出来的一系列民族运动中，是个勇敢的游击队斗士，但是在晚年他变成了一个殖民主义者—帝国主义者国王，征服其他国家，压迫自己的百姓，偷窃穷苦人的幼母羊，无情地榨取劳动人民的血汗。但是，在许多经历流亡的旧式犹太人眼中，尤其是一心想让儿子成为一位举世闻名的学者、成为家族中第二个克劳斯纳教授的小主人公的父亲，把红色教育视为一种无法摆脱的危险。决定在两种灾难中取其轻，把儿子送到一所宗教学校。他相信，把儿子变成一个具有宗教信仰的孩子并不可怕，因为无论如何，宗教的末日指日可待，即使孩子在宗教学校被变成一个小神职人员，但很快就会投身于广阔的世界中，而如果接受了红色教育，则会一去不返，甚至被送到基布兹。

生长在旧式犹太人家庭、又蒙受犹太复国主义新人教育的小主人公在某种程度上带有那个时代教育思想的烙印。即使在宗教学校，他们也开始学唱拓荒者们唱的歌，如同"西伯利亚出现了骆驼"。对待欧洲难民，尤其是大屠杀幸存者的态度也折射出以色列当时霸权话语的影响：我们对待他们既怜悯，又有某种反感，这些不幸的可怜人，他们选择坐以待毙等候希特勒而不愿在时间允许的情况下来到此地，这难道是我们的过错吗？他们为什么像羔羊被送去屠宰却不组织起来奋起反抗呢？要是他们不再用意第绪语大发牢骚就好了，不再向我们讲述那边发生在他们身上的一切就好了，因为那边所发生的一切对他们和对我们来说都不是什么荣耀之事。无论如何，我们在这里要面对未来，而不是面对过去，倘若我们重提过去，那么圣经时代和哈斯蒙尼时代，我们肯定有足够的鼓舞人心的希伯来历史，不需要用令人沮丧的犹太历史去玷污它，犹太历史不过是堆沉重的负担。[①] 正如美国学者杰鲁巴维尔所指出的，犹太复国主义记忆把年轻一代塑造成古代英雄的后代。这一联想承认了"父亲"（即大流散中的犹太人）的存在以及犹太过去内部的连续性，但是它强化了古代前辈与年轻一代新型希伯来人的密切关系，却把流亡时期的犹太人边缘化。[②]

杰鲁巴维尔所说的新型希伯来人与前文中所说的拓荒者有着深度的契合，也就是在犹太复国主义核心理念中所要创造的新型犹太人。犹太新人理念应该说出现在 18 世纪的犹太启蒙运动时期，当时的犹太新人指具有世俗化和现代化特征的犹太人，能够走出封闭的犹太居住区，融入欧洲社会。然而真正的犹太新人神话，是在犹太民族主义和犹太复国主义运动兴起之后，在东方的巴勒斯坦得以成型的。其核心意义在于强调人和土地的关系。[③] 换句话说，只有在他们心目中先祖生存的土地上，这样的犹太新人才能够被创造出来。

在犹太复国主义思想的感召下，一些犹太人从 19 世纪末期便来到巴勒斯坦，这些人被界定为"阿里亚"，他们不同于前面所提到的普通犹太移民，他们来到以色列土地不是为了生存，而是要结束流亡并创造某种新生活，他们的出现标志着新型犹太人的出现。20 世纪一二十年代，第二次和第四次犹太移民浪潮兴起，数万名年轻的犹太拓荒者从俄国、波兰、立陶宛等国家移居巴勒斯坦。他们当中有未来具有重要影响力的劳工犹太复国主义运动领袖后成为以色列领导人的本-古里安等，这些人受到了社会主义理念和俄国革命者的影响，主张并实施建立两种新型的农业基地：莫沙夫和基布兹。前者即农业村庄，居民们拥有自己的家和少量物品，但是在购买装备、销售产品时相互合作；而后者则是一种集体农庄，大家在那里一起劳动，财产共有。虽然这些人

---

① 〔以〕阿摩司·奥兹：《爱与黑暗的故事》，钟志清译，译林出版社，2016，第 17 页。

② Yael Zerubavel, *Recovered Roots: Collective Memory and the Making of Israeli National Tradition*, Chicago and London: The University of Chicago Press, 1995, pp. 25-26.

③ David Ohana, "Where East Meets West," in David Tal, ed., *Israeli Identity: Between Orient and Occident*, London and New York: Rutledge, 2013, p. 85.

也来自大流散，但他们的思想与行动与以克劳斯纳家族为代表的欧洲犹太人完全不同，他们是凭借体力劳动而辛勤耕耘的拓荒者，与土地结下了不解之缘，实现了从欧洲人向东方人的身份转变，彰显了本-古里安所谓"犹太复国主义的意义就是把我们正在变成东方人"①。

《爱与黑暗的故事》中的小主人公阿摩司出生在巴勒斯坦，属于"本土以色列人"（the Sabra）。这批人代表着一种虚构的霸权身份，反映出欧洲犹太复国主义奠基者的文化背景，价值观念与集体期待。② 他自幼在家中从父母那里接受的是欧洲教育，他并不否认犹太人的过去，而是对其全部拥抱，对已经逝去的犹太世界吟诵了一曲挽歌，甚至自喻：我身在东方，我心却在遥远的西方，但他在学校接受的则是浸润着犹太复国主义思想的东方式教育。他在母亲去世后毅然决定离开象征着大流散欧洲犹太人居住区的凯里姆亚伯拉罕，投身于耶路撒冷郊外的胡尔达基布兹，并把姓氏从克劳斯纳易名为奥兹，则带有 20 世纪 50 年代以色列教育思想的烙印。首先是同家庭决裂，因为在那个年代孩子反抗家庭的极致便是投身基布兹。其次，也许更为重要的是，在他看来，基布兹人是一个吃苦耐劳的新型拓荒者阶层。作为在巴勒斯坦出生的本土以色列人，尽管他对以伯祖父约瑟夫·克劳斯纳为代表的犹太知识分子的文化贡献深表钦佩，但他并不期待成为克劳斯纳那样的人。他也不愿意像父母或者像 20 世纪 40 年代云集在整个耶路撒冷的那些忧郁苦闷的逃难学者。他更改姓氏，标志着要与克劳斯纳所代表的过去断绝联系，要在基布兹这个带有原始共产主义色彩的乌托邦社会把自己铸造成一个新型犹太人。

在《爱与黑暗的故事》中，奥兹花费了很大篇幅描写基布兹对于小主人公人生成长与身份塑造的意义。小主人公 9 岁那年，曾经亲历了现代犹太民

---

① David Ohana, "Where East Meets West," in David Tal, ed., *Israeli Identity: Between Orient and Occident*, London and New York: Rutledge, 2013, p. 86.

② Yael Zerubavel, "The 'Mythological Sabra' and Jewish Past: Trauma, Memory, and Contested Identities," in *Israel Studies*, Vol. 7, No. 2, *Memory and Identity in Israel: New Directions* (Summer 2002), pp. 115-144.

族国家的创建以及犹太人与阿拉伯人如何从和睦相处到兵刃相见的血腥历史。曾几何时，他是个具有民族主义热情的孩童。他曾在睡觉之前小声吟诵民族英雄们撰写的诗歌，撰写歌颂民族辉煌的小诗，甚至一遍遍想象在战场上英勇捐躯，并总是能健康地崛起，指挥自己的军团在血与火中去解放敌人手中的一切。而大流散中的犹太人缺乏阳刚之气，雅各似的可怜虫不敢将这些东西夺回。由此可见，小主人公把自己想象为英雄，与大流散时期的犹太人彻底划清了界限。但是，他又无法融入真正本土以色列人，或者说新型犹太人的世界，难以像基布兹出生的孩子那样成为真正的新型希伯来人，"因为我知道，摆脱耶路撒冷，并痛苦地渴望再生，这一进程本身理应承担苦痛。我认为这些日常活动中的恶作剧和屈辱是正义的，这并非因为我受到自卑情结的困扰，而是因为我本来就低人一等。他们，这些经历尘土与烈日洗礼、身强体壮的男孩，还有那些昂首挺胸的女孩，是大地之盐，大地的主人。宛如半人半神一样美丽，宛如迦南之夜一样美丽"①。而他，即使皮肤最后晒成了深褐色，但内心依然苍白。因此，出身于旧式犹太家庭的孩子试图完成身份转变极其艰难。

在《爱与黑暗的故事》中，奥兹不但重建了祖辈的欧洲世界，为已经逝去的欧洲犹太世界吟诵了一曲挽歌。更重要的，他通过描写父母一代人的经历，深刻地把一向在以色列生活与文化中居于主导地位的阿什肯纳兹犹太人的边缘化身份凸显出来。在此基础上，将背景拓展开来，展示了以色列国家中的各式身份构成。不管是以色列的犹太人，还是阿拉伯人，其身份构成无疑会受到战争与冲突的影响。作为和平运动中的一员，奥兹试图拉开距离审视阿以冲突，并寻求和解的方式。尽管路漫漫，但双方均别无选择。

## 第三节　《朋友之间》与乌托邦社会的终结

如前文所示，奥兹年少时对拓荒者群体充满了好感，认为他们站在声望云

---

① 〔以〕阿摩司·奥兹：《爱与黑暗的故事》，钟志清译，译林出版社，2016，第621页。

梯之巅。认为那些人强壮，执着但并不复杂，说话简洁，能够保守秘密；既能在疯狂的舞蹈中忘乎所以，也能独处，沉思，适应田野劳作，睡帐篷；那些坚强的青年男女，准备迎接任何艰难困苦。而基布兹人就像一个吃苦耐劳的新型拓荒者阶层。他愿做那样的人。早在母亲尚在人世时，父母不睦的家庭生活，父亲因人生不称意产生的压力，母亲的伤痛与失败，令奥兹倍感压抑。这种想法在《爱与黑暗的故事》中得到了具体化呈现。

　　基布兹在某种程度上培养了奥兹，也成就了奥兹。基布兹不仅保送他前去希伯来大学读书，而且赋予他创作灵感，启迪他意识到"身在哪里，哪里就是世界中心"，使他逐渐步入文学殿堂。他的早期作品，如短篇小说集《胡狼嗥叫的地方》（1965），长篇小说《何去何从》（1966）、《沙海无澜》（1982），均以基布兹生活为背景；其晚年代表作《爱与黑暗的故事》（2002）又以大量篇幅展现了基布兹的微观世界。即使在年逾古稀之际，在离开基布兹26年之后的2012年，奥兹仍旧对基布兹念念不忘，创作了反映基布兹人心路历程的短篇小说集《朋友之间》，算是对基布兹生活的又一次回归。2018年去世后，奥兹被葬在胡尔达基布兹，长眠于哺育其成长的那片土地。在我看来，墓地的选择也是保留作家原有情感、信仰与身份的一种方式。

## 一　基布兹：带有理想主义色彩的乌托邦

　　基布兹的希伯来语说法是"קיבוץ"（Kibbutz），字面为"聚集、聚居"之意，指的是以色列一种以农耕为主的共同体。从历史上看，基布兹是以色列的一个特殊产物，20世纪初由第二次阿里亚时期移民到巴勒斯坦地区的拓荒者创建。这些充满激情的新移民在社会主义和"回归土地"理念的感召下从中东欧来到巴勒斯坦，但展现在他们眼前的不是辽阔的平原，而是贫瘠的沼泽、沙漠和湖泊，与怀旧歌词中所描绘的祖先生存过的土地截然不同。那里气候恶劣，无法可依，其住所经常遭到游牧民族贝都因人的袭击。在这种情况下，集体居住似乎是最合乎逻辑的方式。加之，这些主要来自俄国的年轻人，梦想着耕耘自己的土地。建立集体农场可以从经济上积聚资本，为长期生存做打算。于是从 1909 年开始，便有了由十几个青年男女们组织起来的劳动团体"德加尼亚"（Dagenia），这便是巴勒斯坦土地上第一个基布兹的雏形。其理念便是用双手耕耘土地，建造家园。其后，新基布兹不断出现，基布兹人员也不断增加。1922 年，巴勒斯坦地区大约有 700 人居住在基布兹，但到了 20 世纪 50 年代以色列建国后，基布兹人口达 6.5 万人，约占整个国家人口的 7.5%。

早期的基布兹就像一个乌托邦社会。按照创建者的理念，在基布兹，人人平等，财产公有，大家从事不同形式的农业劳动，一起在集体食堂吃饭。儿童们住在集体宿舍，由基布兹统一抚养，只有周末才回家与家人团聚。在基布兹，犹太人不仅在形式上有了归属感，而且找到了家，找到了爱，找到了关怀。当你受到伤害时，整个基布兹共同体会如同一个器官那样做出回应。一切会让人感到温暖和安全。

基布兹在以色列国家创建过程中起到了至关重要的作用。早在以色列建国之前，基布兹成员不仅开荒种地，而且组织了各种军事武装，抵御当地阿拉伯居民和贝都因游牧民族的侵袭，并积极参与 1948 年的第一次中东战争，为保卫新建的犹太国家献身。1949 年，第一任以色列总理本-古里安在讨论新的兵役法时提出，所有的士兵，无论男女，有义务在基布兹服务一年，以增强"拓荒者"意识。但是，以色列的基布兹近年来面临私有化加剧等诸多问题的挑战。一些从事基布兹题材创作的以色列作家几乎不约而同地探讨为何一度生机勃勃的民族共同体逐渐萎缩的问题。

奥兹早期的基布兹小说触及了基布兹新移民的生存境况、基布兹与周边民族的关系、新老两代人之间的代际冲突，以及来自不同背景的基布兹人的文化冲突等多种主题。这些问题小中见大，反映出当时基布兹所面对的挑战，也折射出以色列国家无法回避的问题。在以色列，新移民占据了很大比重。仅在 20 世纪 50 年代，便有大约 50 万移民从世界各地移居到以色列。这些新移民背负着沉重的流亡体验，与强悍勇猛的本土以色列人形成强烈反差，在群体中显得有些格格不入。在短篇小说《胡狼嗥叫的地方》中，奥兹通过身为大屠杀幸存者的新移民达姆科夫与基布兹创始人萨什卡这两个人物的鲜明对比，展示出基布兹乃至以色列社会的两大族群，即以色列国家的创建者和流亡者。在奥兹的描绘里，基布兹创始人之一萨什卡具备了某些新型希伯来人的典型特征。他身材壮实，脸色红润，戴着一副眼镜，长着一张英俊而敏感的面庞，脸上总是流露出父亲般沉着坚定的表情；他是一个生机勃勃、精力充沛的人。相形之下，新移民达姆科夫则身材矮小，既瘦又黑，浑身都是骨架和筋肉。达姆科夫不但外表不符合新型希伯来人的特征，而且是在二战之后来到了基布兹，他的左手只有一根拇指和一只小指，两指之间是一段空白。达姆科夫说，"在战争年代"，"人们蒙受的损失远远不止三个指头"。手指之间的空白与达姆科夫的话语中渗透着作家的修辞用意，如果说拇指和小指代表着达姆科夫的早年和如今，那么丢失了的中间部分，则有意无意象征着以色列社会的许多难民，尤其是有过大屠杀经历的难民试图隐藏自己的过去。

以色列的许多基布兹，与生活在沙漠中的贝都因游牧部落接壤。基布兹人与贝都因人这两大群体一个从事农耕，一个属于游牧部落，其争执的原型可以上溯到圣经时期的该隐和亚伯。在《圣经》中，该隐种地，亚伯放羊，该隐为争夺长子继承权，杀死亚伯。但在奥兹笔下，牧羊人成为挑衅者，而农耕者成了受攻击的对象。一旦农耕者进行还击，其角色则转化为当代该隐。奥兹的短篇小说《游牧人与蝰蛇》描写的是一个饥荒之年，生活在沙漠中的贝都因人被迫赶着羊群和牲畜向基布兹靠拢，基布兹牲口染病，庄稼遭到破坏，甚至出现了失窃。基布兹成员不得不讨论由贝都因人破坏造成的损失以及应该采取的措施。小说的女主人公盖乌拉是个29岁的基布兹姑娘，她热心地参与社区各种文化活动，热心地为大家服务，喜欢傍晚时分独自到果园散步。就在大家讨论如何抵御基布兹外部威胁的当天，盖乌拉在果园中和一个逃荒而至的贝都因青年男子邂逅而遇，她与贝都因人的交流，对贝都因人的观察、感觉与冲动，以及最后被蝰蛇咬死的细节象征性地表现出基布兹社会所面临的潜在威胁。蝰蛇实际上是一个喻体，蝰蛇伤人则把游牧贝都因人的潜在威胁化作了现实。这里，游牧人与蝰蛇两种意象交叠在一起，威胁着基布兹社会的安宁。而盖乌拉之死，不仅说明女性在外来势力的侵袭中成为牺牲品，而且成为年轻人用暴力向游牧人复仇的导火索。而就盖乌拉个人而言，她则是通过死亡实现了活着时无法实现的性渴望,① 这种幻想在奥兹笔下的诸多女性,比如汉娜、伊娃、范妮亚等人的身份构成中颇为重要。

以色列建国后,一些开国元勋曾选择到基布兹务农,用双手建立家园,而且希望后辈也能成为身体健康的强者,成为继往开来的建设者。但事与愿违的是,其后辈往往不堪重负,既不能实现父辈的愿望,又不能自我实现。奥兹在短篇小说《风之路》中展现的便是以色列建国先驱申鲍姆与儿子吉戴恩之间的父子冲突。小说的高潮乃是吉戴恩之死。吉戴恩是一个伞兵,他在以色列国庆节那天本来顺利完成了跳伞任务,徐徐落地,经历着铺天盖地、令人激动的喝彩。但为了让父老乡亲在如林的降落伞中认出他,把焦灼、关爱的目光集中到他一个人身上(我们姑且将此称为受某种英雄主义冲动的左右),他拉开了为应对紧急状态才使用的备用伞,撞到电缆上,触电身亡。而在他临死前,吉戴恩并没有表现出一股视死如归的英雄豪气,而是哭哭啼啼,不知所措,显得胆怯、软弱与笨拙。这种带有反讽方式的手法表现出作家对拓荒者价值或者说新型希伯来人价值的怀疑,讽刺了以色列的建国英雄们为了实现自己所谓的英雄主义理想不惜把子孙当成牺牲品,表明作家对已经确立的本土以色列人神话以及塑造这个神话的阶层所进行的一种朦胧的抗议。这种观念在长篇小说《沙海无澜》中得到了更进一步的诠释。

奥兹这样描写基布兹:在基布兹,女子过的是苦行僧般的生活,其容貌令人难过。由于思想观念保守,基布兹不容许女成员用化妆品来保护她们的容貌,你丝毫也看不到染发、胭脂、染过的睫毛或口红。她们虽然具有纯朴、天然的外表,但整体看来她们很像男人:她们充满自制力的多皱的面容,她们嘴周围的坚定的纹路,她们毫不娇美的黑皮肤,她们那灰色的或白色的或稀疏的头发。她们的步态,也像年纪大的男人们的步态一样,表达出内心的安全感和信心。② 乍看之下,这是一种男女平等,但实则透视出对女性权益的压抑。在这种环境中,《何去何从》中的女主人公伊娃决定离开基布兹的丈夫和儿女,

① Esther Fuchs, *Israeli Mythogynies*, Albany: State University of New York Press, 2007, p. 64.
② 参见〔以〕阿摩司·奥兹《何去何从》,姚永彩译,译林出版社,1998,第33页。

与从德国前来度假的表兄私奔。小说并没有写伊娃对丈夫没有感情，也没有写她对表兄有任何感情，只写了后者对她充满了爱与依恋。因此，伊娃情愿与表兄私奔显然不是一种情感选择，而是一种文化选择。这便涉及奥兹多年关注的以色列文化与欧洲文化的差异问题。伊娃的抉择表面上看是个人选择，实际上代表着一批人，甚至几代犹太人的亲欧倾向。

## 二 《朋友之间》与时下基布兹的危机

收入《朋友之间》小说集的 8 个短篇均以虚构的基布兹耶克哈特为背景，既可独立成篇，又可视为一个整体，反映出 20 世纪 50 年代以色列基布兹生活的诸多层面。

第一个短篇小说《挪威国王》中的主人公普罗维佐尔是个园丁，素有"灾难天使"之称，热衷于在第一时间向基布兹传播各种坏消息，如火灾、地震、洪水暴发等灾难性事件。他虽然不拒绝与丈夫在加沙丧生、深受基布兹尊重的教育工作者露娜约会，谈天说地；但拒绝与包括露娜在内的任何人发生肢体接触，当露娜触犯这一禁忌后，他不再与之见面，导致后者一度放任自己，最后离开了基布兹。普罗维佐尔禁止别人触碰的行为貌似个人癖好，实际上反映出现代人内心的孤独情境。

孤独以各种形式弥漫在集子中的每篇作品中。《两个女人》中的奥丝娜特独自在洗衣房工作，"她整天开着收音机，借此平息孤独的心境"。原因在于，曾经的丈夫布阿兹红杏出墙，一度钟情于另一个离了婚的基布兹女子阿丽埃拉，并与之同居。但布阿兹与阿丽埃拉之间存在着隔膜，于是两个女人便开始了书信往来，讨论伤害她们的同一个男人。标题小说《朋友之间》中的 17 岁少女埃德娜的母亲和兄长均已离世，她是父亲纳胡姆如今唯一的孩子，父亲在基布兹当电工，她在基布兹学校读中学，几个月后就要去服兵役。父女俩虽然相互关怀，但话题从不触及情感，从不触及彼此，也从不触及死去的亲人。父亲并不了解女儿的社交与私生活，直到有一天，女儿搬进了父亲的朋友、五十来岁的基布兹创始人大卫·达甘的家，父亲将此视为朋友对自己的背叛，于是鼓起勇气，决意将女儿找回……《父亲》涉猎创伤体验与重塑新移民的问题。

塞法尔迪男孩莫沙伊居住在基布兹，但经常到医院看望显然经历创伤的父亲。以大卫·达甘为首的基布兹人尽管准假给他，但并不赞同这种做法，而是希望他与家人断绝联系，进而暴露出以色列建国之初的反大流散倾向。《世界语》的主人公温德伯格是一位大屠杀幸存者，显然患有创伤后应激障碍，或者说创伤后遗症。他反对接受德国人赔款，故而从另一个基布兹搬到这里。他尽管身患重疾，但不肯放弃修鞋的工作。他一直希望大家都掌握世界语，因为他坚信当人们讲一门共同语言时，就不会有战争，就可以避免在个体与民族之间产生误会。① 但当他拖着病体讲授第一节世界语课时，只有三个学生，其中包括他的邻居、照顾他起居的奥丝娜特。小说最后，温德伯格撒手人寰。他没有子嗣，基布兹为他举行葬礼。众人散去后，只有奥丝娜特独自留在墓地，这意味深长的结局一方面对基布兹人所崇尚的兄弟情谊产生追问，另一方面不免对犹太传统中死亡与信仰的关系加以思考。基布兹领导在悼词中称："温德伯格对自己的理想如此诚实而忠贞。他是个知识分子，也是相信体力劳动重要性的人，一个坚持原则的人，一个不屈不挠努力工作的人。"② 但在老基布兹人理想日渐崩溃、价值观念解体的时代，温德伯格所代表的一切能否像基布兹领导所期待的那样成为启迪人们的源泉，令人存疑。从这个意义上讲，死亡在某种程度上成为保存其信仰的一种方式。③

《戴尔阿吉隆》与《小男孩》触及的是基布兹的集体主义体制与教育体制问题。《在夜晚》将主要视点集中在基布兹的家庭危机与生存境遇问题。小说主人公卡尔尼是基布兹出生的第一个孩子，也是基布兹出生的孩子中担当书记的第一人。他在留在基布兹还是到别处去享受私人生活的问题上与妻子意见相悖。尽管他也认为基布兹对女人不公平，她们的平等建立在必须像男人那样工作，像男人那样行事，摒弃一切女性特征。卡尔尼尽管努力改变现状，但无济于事。就在他当班的夜晚，他遇到一位基布兹女子妮娜，来向他反映家庭生活

---

① 〔以〕阿摩司·奥兹：《朋友之间》，钟志清译，译林出版社，2018，第 147 页。
② 〔以〕阿摩司·奥兹：《朋友之间》，钟志清译，译林出版社，2018，第 151 页。
③ 关于犹太人死亡、葬礼与信仰的关系，参见〔美〕乔纳森·D. 萨纳《美国犹太教史》，胡浩译，大象出版社，2009，第 8~9 页。

的不幸，以及与丈夫分手的愿望。妮娜不仅妩媚动人，而且头脑敏锐。这场夜谈不仅在卡尔尼的心中卷起涟漪，也让中途碰到的几位目击者想入非非，而第二天卡尔尼与妮娜的交往将会成为整个基布兹茶余饭后的揶揄目标。

奥兹曾在接受笔者访谈时指出：创建基布兹是个出色的理念，但"人不是神，人有其弱点"，人性中与生俱来的自私与欲望拉开了理想与现实的距离。就像基布兹领导人卡尔尼所认知的，基布兹的最初理念是否定孤独这一概念的，但如今一个孤独的单身汉在基布兹比在别处还要艰难。基布兹强调集体主义至上，人的一切想法与行动在这里均暴露在光天化日之下，人的隐私得不到保护，人性中的某些基本需求也遭到压抑。比如《戴尔阿吉隆》中的青年约塔姆得到在意大利经商的舅舅的邀请，要到意大利读书，但需要基布兹集体表决来决定能否成行。抛开青年是否具备读书素质不论，仅就出国留学需要集体表决这件事而论，基布兹青年与基布兹外的以色列青年的命运大不相同。在个人与集体观念发生冲突时，许多年轻人选择离开基布兹，到外面寻求更好的发展。

在奥兹看来，《朋友之间》是"关于人性的一座终极大学"①。他正是通过种种日常生活琐事，探讨人性深处的渴望与欲求、善良与阴暗。善良的奥丝娜特让温斯伯格在临终时感到温暖，尽管这种温暖转瞬即逝。而人性中的某种阴暗的东西则会对整个共同体产生危害。进一步说，在基布兹，并不能完全实现所谓的平等理念。出现在几篇小说中的大卫·达甘身为基布兹的奠基人和领导人之一，确实体魄强健，口才好，在许多情形下关心他人，代表着犹太复国主义先驱者对新型希伯来人的期待。但他满口原则，过于自信，甚至刚愎自用。他是一位马克思主义者，无论谈论意识形态问题，还是日常生活，大家都要接受他的权威阐释。他多年担任基布兹的历史老师，但频繁地更换情人，甚至染指自己 17 岁的女学生。尽管我们不否认以色列是民主国家，但在基布兹这个小圈子内，达甘所表现出的强势政治经常具有一种威慑力，妨碍他人。在对约塔姆能否出国留学做集体表决这件事上，大家各自怀揣私念，非常复杂而

---

① 笔者对奥兹的访谈，2017 年 7 月于耶路撒冷。

微妙。基布兹人身上固然保持着纯朴、善良、乐于助人等诸多优秀品质，但也不乏嫉妒、狂妄、自私、盲从、夸夸其谈、喜欢散布流言蜚语等许多弱点。而《小男孩》中，基布兹幼儿园的孩子欺凌弱者的种种举动更让人不寒而栗。从这个意义上讲，基布兹并非一个纯真的世界，或者在很大程度上并非一个纯真的世界。人们虽然生活在共同体当中，但内心十分孤独，无法避免日常生活中的种种失望。人在对现实感到失望之时，往往寄希望于未来：

> "再过一二十年，"妮娜说，"基布兹会变成一个比较轻松的地方。现在所有的弹簧绷得紧紧的，整个机器都在紧张运转。老住户实际上都信教，抛弃了旧宗教，再去寻找一种新宗教，它也充满了罪恶与过失、清规戒律与严苛的规章制度。他们没有停止做真正的信仰者，他们只是把一种信仰制度变成另一种。马克思就是他们的《塔木德》。他们的全体会议就是犹太会堂，大卫·达甘就是他们的拉比。这里有些人，我可以轻而易举地用胡子和鬈发勾勒出他的样子。但是时代逐渐变了，别人，更为轻松的人会来，约阿夫，像你一样，他们会是充满耐心、疑虑和怜悯的人。"[1]

那么 20 年后，即基布兹的生存状态又将如何？

奥兹夫妇在 2016 年访问北京时，夫人尼莉充满怀旧地数次给大家看一张老照片，那是她在帐篷中出生时的情形，显示出在 20 世纪 30 年代，基布兹的生活相当贫困。在土地和水源都很有限的情况下，以色列国家和基布兹领导人意识到纯农耕的局限与工业种植的益处，因此早在 20 世纪三四十年代他们便不再提倡反工业化政策。到 20 世纪五六十年代，一套涵盖面较广的基布兹工业经济模式在以色列业已成型。

如今，建国 70 余年的以色列已经发展成一个现代化的高科技国家。与奥兹小说中的基布兹相比，现实中的基布兹则面临更为严峻的新挑战，乃至危

---

① 〔以〕阿摩司·奥兹：《朋友之间》，钟志清译，译林出版社，2018，第 124 页。

机。由于受到全球化和资本价值观念的影响，个人价值与基布兹集体价值发生冲突，基布兹成员逐渐不再认同原有的按需分配理念，多数成员希望自己拥有家庭财产与个人资本。自 20 世纪 90 年代以来，许多基布兹根据其成员所从事工作的市场价值发给其不同档次的工资。一些基布兹成员在基布兹之外创办实业，赢取高额利润。外出接受高等教育的基布兹青年一代多不愿再回到封闭的基布兹小天地之中，基布兹社会的老龄化倾向愈加明显，其人口也在逐渐削减。据统计，1980 年前后，以色列的基布兹人口大约有 111200 人，且逐年上升，1990~1997 年基布兹人口减少 5.9%。随着时间的推移，基布兹那种带有乌托邦色彩的集体合作经济逐渐衰落。为适应新形势，以色列的诸多基布兹积极进行改革，采取拓展产业结构、追求经济效益、吸纳外部人力资源等举措，但暴露出私有化程度过高等诸多新的问题。①

奥兹在回答当年为何选择居住在基布兹这一问题时说，生活在"充满耐心、温情与怜悯的"人中间，能够使之实现其乌托邦理想。然而，仅凭"耐心、温情与怜悯"并不足以支撑他的乌托邦梦想。② 作为奥兹 8 部小说的译者和希伯来文学学者，笔者想说《朋友之间》虽然不是奥兹最重要的作品，但其中人物与意象丰富，文字优美动人，意蕴深邃，就像流动的乐章，令人回味无穷，追忆正在逝去的基布兹世界。

## 第四节　《乡村生活图景》与理想主义的悲歌

在长达半个多世纪的创作生涯中，以色列最富影响力的作家奥兹一直追寻文学技巧与文学的实践与革新。2002 年发表颇具史诗之风的长篇小说《爱与黑暗的故事》后，其创作套路曾一度出现较大变化：既不再延续家庭与国族叙事传统，也不再将叙事背景置于他所沉醉的耶路撒冷。2005 年发表的中篇小说

---

① 参见陈艳艳、李勇《以色列的基布兹改革与发展现状》，见张倩红主编《以色列发展报告》（2021），社会科学文献出版社，2022，第 119~131 页。

② "*Between Friends* by Amos Oz-review," The Guardian, https：//www.theguardian.com/books/2013/may/08/ between-friends-amos-oz-review, accessed February 7, 2022.

《忽至森林深处》堪称现代寓言,将背景置于一个没有飞鸟、没有动物的偏远山村,展示了一个充满奇幻的童话世界。2007 年创作的中长篇小说《咏叹生死》则将背景置于20 世纪80 年代的特拉维夫,将关注点转向现代作家的内在或者想象中的世界,并借披露想象世界来猜测"他者"的生活,展示创作的过程。

2009 年问世的短篇小说集《乡村生活图景》中的某些篇目虽然再度关注家庭生活与微缩了的现实社会,但本质上说,它不同于奥兹以往的任何一部作品。《乡村生活图景》共收入 8 篇短篇小说。前 7 篇的背景均置于以色列中北部的一个小村庄特里宜兰,故事与故事、人物与人物之间偶有某种照应,形成某种意义上的互文。第 8 篇《彼时一个遥远的地方》与前 7 篇在内容上没有任何联系,在写作手法上再现了马尔克斯的魔幻现实主义和卡夫卡的隐喻传统,可以单独成体。

《乡村生活图景》的构思源自奥兹的一个梦境。据奥兹说,在梦中,他来到一个古老的以色列犹太村庄,这样的村庄在以色列大约有 20 来个,比以色列国家还要久远,拥有百年历史。梦中的村庄空寂荒凉,没有人烟,没有动物,甚至没有飞鸟和蟋蟀。他在寻觅人影。但梦做了一半,情势骤转,变成别人在找他,他在躲藏。梦醒之后,他决定下一部作品便以这样的村庄为背景,并将其命名为《乡村生活图景》。但总体上,这部短篇小说集依旧与以色列民族国家构建进程息息相关。

《乡村生活图景》中的小村庄特里宜兰是一个虚构的乌有之乡。据说是在 20 世纪初期由犹太复国主义拓荒者创建而成。拓荒者,希伯来语称"哈鲁茨"(Halutz),主要指 20 世纪早期东欧的一些年轻人,他们受犹太复国主义和社会主义思想的影响来到生活贫困、生存条件恶劣的巴勒斯坦,立志用双手建造家园,在土地上辛勤耕耘,为理想献身。奥兹在其自传体小说《爱与黑暗的故事》中详细描述了这个群体。

特里宜兰风景宜人,有着丛林、果园、百年农宅和红色屋顶,甚至被视为以色列的普罗旺斯。但是,这座百年老村处于变革的瞬间。生活在大城市的有钱阶层和有闲阶层逐渐把特里宜兰当成度假胜地,甚至在这里购置老式房屋,将其摧毁,再建造一座座现代别墅。许多小块农田已经改建成商店,销售小酒厂生产的葡萄酒、腌制的辣橄榄、农家奶酪、进口香料、珍稀水果和装饰品等。以前的农庄建筑已改建成艺术画廊，展示进口的艺术品、玩具或家具，城里的游客每周末都会开着轿车鱼贯而入，来淘富有创意、做工精良的物品。处于变革中的特里宜兰村庄具有代表性，象征着在以色列的城市化进程中，当年拓荒者所追求的人生理想和拜金主义、追求物质享受等现代观念发生矛盾。一度以农耕为主的社会形态面临着村民失去土地、村庄易为度假村的巨大挑战，这一趋势或许可与当前中国乡村生活的变迁形成某种观照。

《迷失》可以说是体现了传统与现代价值冲突的精品。主人公"我"是一位房地产商，其重要事业之一便是购买当地房屋，将其转手卖给城里人，后者将老房子夷为平地，而后在原地建造度假别墅。这种做法令当地村民颇为不满。《迷失》围绕着主人公试图买卖当地最后一座带有历史和文化意义的老式住宅——"废墟"的故事展开，小说题目"迷失"至少有三重意义。其一是主人公在本地进行房地产买卖，甚至不惜毁掉当地最后一座带有历史与文化意义的"废墟"，从中牟利。他不但为物质利益冲昏了头脑，而且也在摧毁着以古村为代表的某种传统。其二是主人公在"废墟"的地下室迷宫般的通道里几乎迷失路径。其三是他可能永远会沉睡在"废墟"里，甚至从现实世界中消失。在作家笔下，房地产商这一角色几乎成了毁坏乡村文明的具体代表。在《乡村生活图景》的开篇小说《继承人》中，房地产商马夫茨尔最初以"陌生人"的身份出现在特里宜兰：他身材肥大，步履蹒跚，"脸上流露出狡黠而快乐的神色，好像刚刚以牺牲别人为代价搞了个恶作剧，眼下正洋洋得意"。[1]他自称律师，试图说服名叫阿里耶的男子放弃老宅，希望在原地建造一座疗养院。老宅的房主是阿里耶的母亲，老人年届九旬，卧病在床。虽然阿里耶一再拒绝，但马夫茨尔执意不走，而且言词暧昧，甚至使用"我们"一词，巧妙地把自己加入房主老太的"监护人"之列。最后，马夫茨尔竟然尾随阿里耶走进房主老太的房间，"他脱下鞋子，亲吻她没牙的嘴，躺在她的身边"，[2]阿里耶也躺到了床上，马夫茨尔一边抚摸、亲吻房主老太，一边喃喃地说："我

---

① 〔以〕阿摩司·奥兹：《乡村生活图景》，钟志清译，译林出版社，2016，第2页。
② 〔以〕阿摩司·奥兹：《乡村生活图景》，钟志清译，译林出版社，2016，第19页。

们会照顾这里的一切。"小说的希伯来语题目"继承人"使用的是复数形式，因此，"陌生人"的言行可引发读者的各种猜想。

　　一些短篇再次涉猎了作家以往见长的家庭主题，将笔锋伸向神秘莫测的家庭内核与人物的心灵世界。奥兹曾说，如果有人让他用两个词来形容他写的故事，他会说不幸的家庭。不幸的家庭各有其不幸。在《等待》中，村长阿夫尼和妻子娜娃的生活因婚前堕胎而弥漫着阴影，夫妻之间貌合神离，直至有一天妻子弃家出走，留给丈夫的是无尽的怅惘与等待。等待主题在《亲属》中亦有出现，《亲属》中的吉莉·斯特纳医生希望得到外甥的爱，但屡屡受挫。斯特纳医生中年未婚，视外甥如同己出，甚至立下遗嘱，将来把房子遗赠给他。她望穿秋水，连续数小时在黑暗、寒冷与不安中等待与寻找身患肾病的外甥到特里宜兰度假。但后者却在没有任何知会与解释的情况下爽约，留下她在黑夜中孤独地哭泣。

　　几个故事串联在一起，为我们勾勒出一幅阴郁、寂寥、岑冷、衰败的乡村生活图景，从某种意义上讲，这幅图景也是以色列现实生活的写照。特里宜兰是一个逐渐老龄化的村庄。生活在那里的人多为中年人，许多年轻人离开家庭到欧美城市里打拼，这一趋势在目前以色列以农业为生的共同体，诸如基布兹等集体农庄中颇具普遍性。整个小说集中的年轻人屈指可数。《迷失》中25岁的大学生雅德娜是著名大屠杀作家的女儿，她显然对房地产商有些强制性地购买自己家的房产——"废墟"不满，因为这是拓荒者在本地建造的最后一座住宅。于是她便诱使地产商一步步走向迷宫般的地窖，似乎有让他永远"沉睡"之意。《陌路》中17岁的少年考比暗恋比他年龄几乎大一倍的邮政局女局长兼图书管理员阿达·达瓦什，后者有一个开柴油罐车的男友。情感受挫的考比爬上高高的铁塔，陷入遐思。他深知二人今后即使擦肩而过，也会形同陌路。而《歌唱》中性格孤僻的少年在父母床下饮弹自尽，将年龄定格在16岁。

　　中年人往往陷于人生危机与生存困境，陷于究竟是赡养老人还是追求个人幸福的道德悖论。《等待》中村长的妻子离家出走。《歌唱》中自幼受到犹太复国主义理念教育的一群中年人定期相聚，将痛苦埋在心底，唱起忧郁伤感的希伯来语老歌和苏联歌曲，在歌唱中追忆逝水流年，在怀旧中抚慰不如意的人生。《继承人》中的阿里耶婚姻不幸，妻子弃他而去与好友生活在圣地亚哥。

女儿则从波士顿告诫他不要干涉母亲的自由，儿子虽然住在以色列，但与他形同陌路。他一反年轻时期的勇敢，开始惧怕孤独与黑暗，于是便搬到特里宜兰，与老母在阴郁、老式的房子里过着平静而寂寥的日子，甚至担心母亲一旦不能自理，自己该如何生活。《挖掘》中特里宜兰的文学教师拉海尔与阿里耶经历相似。拉海尔在丈夫去世后与年迈的父亲住在一起，有时她会发火或失去耐心。不知自己还要被困多久，是否有朝一日雇人照顾父亲去追求自己的人生，但想到老人可能沦为某些家庭悲剧，如摔跤、触电、煤气中毒的受害者，她会惊魂不定。而在老龄化现象在许多国家日渐凸显的今天，阿里耶与拉海尔所面临的困境无疑具有普遍性。

篇幅最长的《挖掘》再次关涉政治话题。主要人物佩萨赫·凯德姆堪称已经退出历史舞台的老一代以色列政治家的代表。凯德姆是前国会议员。25 年前，他所在的政党倒台并且消失（这里应该指的是 1977 年工党在选举中失败，利库德集团掌权），一直令他耿耿于怀，在批评反对派和政敌时毫不留情，而他的所有政敌很久以前就已经作古。他排斥新生事物，年轻一代、电子器件和现代文学均令他反胃。在生命即将走向尽头之际，他和女儿拉海尔住在特里宜兰村边。父女俩都是丧偶之人，拉海尔的两个女儿与她很疏远，也没有近亲，邻里之间也不怎么来往。拉海尔偶尔参与的社交也常因父亲突现身体不适不得不取消。在他家里还有一个借宿的阿拉伯学生，是拉海尔丈夫朋友的孩子，名叫阿迪勒。阿迪勒从大学休学一年，计划写一本书，比较犹太村庄和阿拉伯村庄的生活，因此他需要在特里宜兰村边住上一段时间，并且主动承担凯德姆一家的家务。他是整个村子里唯一的阿拉伯人。每当写作空闲，并做完家务之际，阿迪勒就坐在台阶上，用口琴吹起令人心碎的、满蕴忧伤的悠长曲调。

凯德姆有种幻觉，认为夜晚有人在他的屋子下面不停地挖掘。他不喜欢阿拉伯学生，把他视为潜在的敌人。凯德姆认为阿迪勒恨他们，并把仇恨隐藏在谄媚之下。他怀疑阿迪勒前来借宿的动机是想证明这里曾经属于其在巴勒斯坦的家人，甚至把阿迪勒当成挖掘者。周围的犹太邻居也在排斥这个阿拉伯学生，并为拉海尔留宿他感到不解。拉海尔多次试图打消父亲对阿迪勒的怀疑，未果，最后她本人也产生某种幻觉，似乎听到了摩擦声。

这篇作品在展现出父女关系和中年人的生存困境之外，也从政治层面暴露出一些以色列人的内在恐惧，耐人寻味，乃至有的评论家认为，小说题目"挖掘"一词意味深长，表明以色列人渴望通过考古发掘与土地建立联系，也表明以色列人与阿拉伯人互不信任。父亲、女儿与阿拉伯学生的关系构成小说的主要描写对象。从文本阅读延伸开去，我们可以联想到在 1948 年第一次中东战争期间，许多阿拉伯村庄被夷为平地，以色列村庄代之拔地而起。在过去的 70 多年中，巴以双方一直就这块土地的所有权纷争不已。这一切犹如梦魇，令许多以色列人得不到安宁，令其感受到一种潜在的生存危机。奥兹作为现在即和平运动的代表，一直主张巴以双方能够和解，主张在一块土地上建立两个国家。在奥兹看来，以色列应该是世界上第一个承认巴勒斯坦建国的国家。然而现实离这种期待越来越远。由此，这篇小说既显示出作家的内在冲突，也喻示着巴以和平进程十分艰难，颇富震撼力。

《乡村生活图景》中的 8 篇短篇小说均以没有结局的故事收笔，充斥着孤独、失落、忧伤、恐惧、惊悚、奇特、怪异乃至绝望，可说是古稀之年的奥兹把现实中的许多现象、问题、悖论与谜团浓缩在一起，并以写实加象征、隐喻的方式呈现在读者面前，但没有做出解答。多数小说把个人放到充满悖论与冲突的社会语境中，通过个体人物的心灵剖析与外在的环境展现，透视出以色列人的身份危机，在某种程度上也映射出人类的生存境况。

## 第五节　《到大地尽头》与以色列人的生存境遇

《到大地尽头》堪称格罗斯曼创作生涯的巅峰之作，出版后立即在以色列名列畅销书榜，并很快向美国、英国、德国、意大利、荷兰、西班牙、中国等二十几个国家售出版权。2010 年 9 月英译本问世后，立刻名列《纽约时报》《洛杉矶时报》畅销书榜。同年 10 月，格罗斯曼在德国获得书业和平奖。2011 年夏天，时任美国总统奥巴马在去科德角玛莎葡萄园岛度假时，专门携带了三本书，其中一本便是 2010 年在北美出版的英文版长篇小说《到大地尽头》。

《到大地尽头》希伯来语版首版问世于 2008 年，其希伯来语书名含义为"躲避消息的女人"。小说中的一个重要人物是 50 多岁的以色列女子奥拉，她与丈夫伊兰分居多年，且办理了离婚手续。奥拉生有二子：亚当和奥弗。亚当是她和丈夫亲生，而奥弗则是她与情人兼好友阿夫拉姆的骨肉。身为以色列公民，亚当和奥弗在年满 18 岁时都要服兵役。为庆祝次子奥弗结束兵役平安归来，奥拉计划母子一起到以色列北方加利利旅行。不料奥弗自作主张，主动报名当志愿者，去参加新的军事行动。在当时的社会处境下，奥弗随时面临着生命危险。奥拉极度愤怒与悲伤，为"躲避"随时可能降临的奥弗殉职的噩耗，奥拉离家，按照原计划北行。此时，前夫伊兰与长子亚当在南美旅行，陪同她北上的则是昔日好友和恋人阿夫拉姆，即奥弗的生父。

乍看之下，这是一个带有三角恋色彩的爱情故事；但实际上，它与许多以色列小说一样，在爱情故事中交织着国族叙事话语与当代以色列人面临的生存困境。小说序幕背景置于 1967 年，当时的少女奥拉与阿夫拉姆、伊兰两个男孩在医院相识，自此成为形影不离的好友。1967 年是中东历史的一个重要节点，时年 6 月，以色列与阿拉伯国家之间爆发了第三次中东战争。即便在三个少男少女欢愉之时，战争阴影也始终笼罩着他们的日常生活。收音机里传来（应该来自埃及）阿拉伯人攻占了贝尔谢巴、阿什凯隆和特拉维夫的消息令奥拉噩梦缠身。在幻觉中，她似乎听到，一个操着阿拉伯语口音的人在用希伯来语讲述：叙利亚坦克正无情地打击犹太复国主义者们居住的加利利地区和他们的集体农场，叙利亚军队即将解放海法，清洗 1948 年第一次中东战争时期遭驱逐的耻辱。由此预示着以色列人不仅生活在现实的恐惧中，而且需要为建国之际驱逐阿拉伯人的行为付出代价。更有意思的是，在医院中负责照顾奥拉等人的是一位阿拉伯妇女，也就是说，以色列人的日常生活中始终无法摆脱与阿拉伯人共存这一现实。

小说由此跳跃到极具现实感的 2000 年，奥拉和伊兰的婚姻算不上完美，时而充满快乐，时而若即若离。伊兰在儿子亚当出生后离弃家庭，到外面居住，奥拉与阿夫拉姆聚首并怀孕。但阿夫拉姆因在战争中受到创伤让奥拉打胎。伊兰得知此事后重新回归家庭，照顾奥拉母子，奥拉生下她与阿夫拉姆的儿子，为之取名奥弗。

从小说的叙述方式上看，奥拉前夫伊兰和长子亚当从来没有正面出现在读者面前，换句话说，这两个人物一直在南美旅游，远离以色列社会和现实，他们的言谈举止和性格特征均通过奥拉的描述加以呈现，从这个意义上讲，小说的三个主要人物就是奥拉、奥拉的情人阿夫拉姆以及他们共同的儿子奥弗。阿夫拉姆希伯来语原文为"אברם"，《圣经》和合本将其译作"亚伯兰"。亚伯兰后易名为亚伯拉罕，即本书在第一章提到的那位忍受痛苦将爱子献给上帝的犹太先祖。但在格罗斯曼笔下，亚伯拉罕这一角色主要由奥拉承担。是奥拉把奥弗送进兵营，又是她为逃避儿子阵亡消息离家远行，是她向阿夫拉姆讲述奥弗的一切。同时，奥拉也弥补了《创世记》"以撒献祭"中缺失了的母亲形象，堪称当代以色列版撒拉。正如本书在第二章中所提到的，在现代社会里，最高命令者已经不是上帝，而是犹太复国主义理念。到了格罗斯曼笔下，最高命令者则具体表现为某种带有强制色彩的军事命令。奥拉送奥弗前往部队集合地点之旅，在某种程度上，复沓着亚伯拉罕履行上帝之命带以撒走向摩利亚地那带有苍凉色彩的古老的希伯来神话。尤为值得注意的是，在当代以色列版"以撒献祭"过程中担任角色的已经不再是奥拉一位母亲，而是带有集体主义特征：

　　　　她回头望着车辆组成的长蛇阵，看到的几乎是激动人心的欢庆场面，一场盛大、充满活力、五彩缤纷的行进队伍：父母、兄弟、女友，甚至祖父母，送他们亲爱的人去参战，参加这场近期最重大的活动。每辆车里都坐着一个青年，他们就像是第一批成熟的果实，这就像是一场春季的庆典，最终会以青年人的殒命收场——那么你呢？她尖锐地扪心自问，瞧瞧你，你那么干脆利索，镇定自若地把儿子，你钟爱的这个几乎是独苗的儿子，送到了这里，还让以实玛利为你充当私人司机。①

---

① 〔以〕大卫·格罗斯曼：《到大地尽头》，唐江译，山东文艺出版社，2014，第69页。

这段从上下文关系中看似顺理成章的描写，在某种程度上可被视为全书的点睛之笔。"你钟爱的这个几乎是独苗的儿子"，复沓的便是《圣经》第 22 章"以撒献祭"故事中的原句。以色列男子在年满 18 岁之际必须服兵役，在这种全民皆兵的国家政策之下，这些平时在家里娇生惯养的大男孩在尚未掌握军事技能之际就被送到前线，甚至充当炮灰，成为现存国家政治的祭品。其残酷性就像奥弗曾经告诉母亲的那样：士兵们动身打仗之前，在拍照时，总会确保彼此的脑袋不要挨得太近，好留出地方，日后报纸在照片上用红圈做标记时不会发生混淆。也就是说，每一个被送上战场的士兵已经做好为保卫国家而充当祭品的准备。与古代神话中的以撒相比，没有天使前来营救他们，也没有羔羊前来替代他们，这便是惨烈的以色列现实，也是以色列生活的常态。

这段文字中还隐含着另一层意义，即阿拉伯人在以色列日常生活中充当何种角色的问题。这里涉及《圣经》中另一个典故——以实玛利的故事，以实玛利是亚伯拉罕与妻子撒拉使女、来自埃及的夏甲所生，一向被视为阿拉伯人的祖先。具体到《到大地尽头》中的以实玛利，应该指的是奥拉和伊兰一家的私人司机——阿拉伯人沙米。据作品描述，沙米老于世故，但思维敏捷，有生意头脑，组建了自己的小型的士车队。多年来，他已经成为奥拉一家生活中不可或缺的组成部分。奥弗出生之时，是沙米把孩子及父母从医院拉回家里。孩子上学后，也是沙米接送他们。伊兰出国，每次也是沙米送机接机。两个孩子出去消遣，无论何时需要车子，沙米总是招之即来。甚至在奥拉与伊兰的离婚协议中，沙米就像家具、地毯、银器一样，被这对离异夫妻给瓜分了。正如沙米所说：我们阿拉伯人自从领土分割计划开始实施就习惯了被你们（指犹太人）瓜分来瓜分去。[①] 寥寥数语，勾勒出以色列阿拉伯人的生存命运。更有甚者，以色列人与巴勒斯坦阿拉伯人之间这种平和的关系实际上十分脆弱，在国族矛盾面前不堪一击。

奥拉要求沙米送她和奥弗前去参加杰宁或纳布卢斯的军事行动。在沙米看

---

① 〔以〕大卫·格罗斯曼：《到大地尽头》，唐江译，山东文艺出版社，2014，第 55 页。

来，开车送一个身穿军服、荷枪实弹的以色列士兵前去杀害自己的阿拉伯同胞，等于是在为以色列一方助力，其结果，则是使之背叛自己的民族：

> 他那微黑的脸庞缓缓变成了煤烟般的灰白色，仿佛有股火焰刚在他体内蹿了出来，又瞬间熄灭了。尽管她走上前去，面朝他站着，满怀喜悦，温情脉脉地露出明显的笑容，但他站着一动不动……一瞬间，他们三个僵在那里，不知所措……①

尽管身为以色列作家，但格罗斯曼通过一些细微描写展现出以色列阿拉伯人的生存境遇和心灵冲突。车子迫近奥弗部队的集合地点，沙米成了那片车流中唯一的阿拉伯人，他感到恐惧。如果说，奥拉作为与沙米相识并合作过20多年的以色列人，能够设身处地理解沙米的感受；那么，奥弗作为军人，则完全把自己与阿拉伯人对立起来。抵达集合地点后，奥弗忍无可忍地向母亲抗议："要是他们发现这里有个阿拉伯人，以为他是来搞自杀式袭击的，怎么办？你有没有想过，他送我过来，心里做何感想？你明不明白，这对他来说意味着什么？"②奥弗之所以要求以志愿者的身份入伍，并非出于实现所谓保家卫国的鸿鹄之志，而是因为他服役三年是在检查站和巡逻队中度过的，巴勒斯坦和定居点的小孩朝他丢石头，他却没有反击的自由。现在终于等来了军事行动。这样的描写暗示出，无聊的军营生活促使奥弗这样本来可能对阿拉伯人友善的以色列青年期待开赴前线，宣泄力比多，向处于弱势的阿拉伯人开战。

面对奥弗的质问，奥拉无力争辩或解释。原因在于，作为一位期待在爱子退伍后与之远游的母亲，在他志愿再度走向前线的现实面前束手无策。更何况，就自己亲手把儿子送进军营这一举动，奥拉一直陷于深深的自责：

① 〔以〕大卫·格罗斯曼：《到大地尽头》，唐江译，山东文艺出版社，2014，第64页
② 〔以〕大卫·格罗斯曼：《到大地尽头》，唐江译，山东文艺出版社，2014，第71页。

　　我都做了些什么。

　　我送奥弗去打仗了。

　　我亲手送他去打仗了。

　　假如他遇到什么不测。

　　假如那是我最后一次摸到他。

　　最后，我吻他时，我摸到了他脸上没有胡茬的柔软部位。

　　是我送他去的。

　　我没有阻止他。我甚至没有尝试。

　　我叫来出租车，我们就出发了。

　　路上的两个半小时，我都没有尝试挽回。

　　我把他留在那儿了。

　　我把他留给他们了。

　　是我亲手这么做的。

　　她屏住呼吸。一动也不敢动。就像瘫痪了似的。她感到自己发现了一个残酷的真相。①

　　战争的杀伤力是双向的。受伤害的不仅是阿拉伯人，而且也包括以色列士兵。奥弗的生父阿夫拉姆在1973年"赎罪日战争"（即第四次中东战争）期间被俘，在战俘营遭受刑讯逼供、忍饥挨饿、曝晒、性侵等非人折磨，性格发生了极大转变，一度长期远离奥拉夫妇，甚至让奥拉打掉尚未出生的胎儿。这样的描写暗示以色列平民的战后心灵创伤，令人反思以色列建国以来政治生活与军事政策的种种弊端。如果将阿夫拉姆放到"以撒献祭"模式中加以审视，他不但是需要献出爱子的父亲，而且也是被献出的祭品。这便是多数以色列犹太人所具备的个体身份。

　　从某种意义上说，奥拉的远游既是对现实生活的一种逃避；也是回归旧日恋情、回归非现实的自我世界之旅。在旅途中，她不断地向老友和昔日情人述

_____

　　①　译文参考格罗斯曼《到大地尽头》中译，略有改动。

说自己多年来的家庭生活与人生经历，描绘奥弗成长过程中的难忘事件，讲述奥弗与之别离时的话语。她试图通过讲述奥弗的故事，通过重新审视与奥弗亲生父亲的关系，来保护战场上的奥弗，使之能够安全地活下来。奥拉与阿夫拉姆的重新聚首并一起远游，艺术化地表明他们都在试图逃离非常态的以色列现实，避免听到儿子死讯，而战争造成的死亡确实不可避免，因此他们的努力随时会以失败告终。从任何意义上说，奥拉绝对不是唯一的有可能经历丧子之痛的以色列母亲，其心路历程反映出千万个以色列家庭和以色列士兵父母的切身感受。因此可以说，奥拉这个形象在当代以色列人记忆历史上具有代表性，代表着成千上万的以色列父母，作家格罗斯曼也是其中的一员。

《到大地尽头》一书的发表，尤其是其英文版的面世，堪称当代以色列的一个文化事件。① 确如美国学者民茨（Alan Mintz）所说，格罗斯曼在相当一段时间里一直致力于描写青少年题材的作品，而构思《到大地尽头》堪称其对国族叙事的回归，尤其是在撰写作品过程中，其次子乌里在 2006 年死于第二次黎巴嫩战争这一事件将文学想象与残酷的现实生活融合起来。与许多普普通通的以色列父母一样，现实生活中的格罗斯曼对子女充满关爱。用他自己的话说，他是一位带有"母性色彩的父亲"，对子女的成长倍加关注，甚至像母亲那样关注他们成长中的每一个细节。因此，奥拉向与之一起北上的阿夫拉姆讲述奥弗的成长细节，得益于格罗斯曼特殊的人生阅历：奥弗有一张坦率的棕褐色大脸盘，蓝蓝的眸子既安详又敏锐，眉毛的颜色那么淡，宽大的脸颊上长着淡淡的雀斑，圆鼓鼓的额头流露出几分严肃，又被嘴边那一丝嘲讽的笑容给驱散了。② 他从小就比哥哥亚当更能引起人们的关注，是家里最爱担心别人的人。奥弗的外表和性格特征与格罗斯曼的爱子乌里十分相似。尤其到了小说的最后部分，令读者感受到乌里的存在。

身为一位以色列犹太人，以色列与周边阿拉伯世界的种种冲突令格罗斯曼在孩子出生后就担心他们能否平安地长大。1997 年夏天，当笔者第一次在

---

① Alan Mintz, "David Grossman's *To the End of the Land: A Symposium*," in *Hebrew Studies*, 2013, Vol. 54（2013）, pp. 285-286.

② 〔以〕大卫·格罗斯曼：《到大地尽头》，唐江译，山东文艺出版社，2014，第 521 页。

特拉维夫哈雅康河畔美丽的绿色角对大卫·格罗斯曼进行访谈时，他便称他们只生活在现在时中，不知道明天将发生什么，也无法给子孙承诺一个光明的未来，每写下一句话都认为是自己留在世界上最后的文字。2001 年，当笔者在以色列攻读博士学位再次与之重逢时，面对愈演愈烈的巴以冲突，格罗斯曼更加忧心忡忡。当时，他的长子约纳坦按照以色列兵役法在服兵役，当坦克手，危险性很大，格罗斯曼与妻子终日为长子的命运牵挂，同时为正在学校读书的次子乌里和女儿米哈的安全担心。两个孩子虽然在一所学校读书，但格罗斯曼夫妇从来不让他们乘坐同一辆公共汽车。这是以防万一，万一孩子们乘坐在同一辆车上遭到恐怖分子的袭击，后果将不堪设想。现实生活中的这种恐惧也投射到《到大地尽头》女主人公奥拉及其家人身上。据奥拉讲述，在一波自杀性爆炸袭击期间，伊兰曾陪奥弗在闹市区的学校与回家的巴士车站之间物色安全的步行路线。但几乎每一条路线，包括他们计划要走的步行道，都发生过自杀性爆炸事件，[①] 也就是说，以色列平民的日常生活充满了不安与忧惧。

格罗斯曼写作《到大地尽头》的初衷是为了保护孩子。他从 2003 年 5 月开始创作这部作品，当时，其长子约纳坦还有 6 个月就要结束服役期，次子乌里一年半后也应征入伍，他们都在装甲军团服役。乌里十分熟悉《到大地尽头》的情节和人物，每次父子在电话里聊天，或者乌里回家休假时，乌里都会询问父亲这本书的创作进展。乌里大部分时间在占领区服役，偶尔会把自己在巡逻队、监视哨和检查站执勤的经历与父亲分享。当时，格罗斯曼希望自己正在创作的这本书能够保护自己的儿子免遭不幸。

但是，就在格罗斯曼笔下的奥拉为躲避听到儿子阵亡消息而东奔西跑时，就在格罗斯曼与奥兹、约书亚等左翼作家呼吁停火两天后的 2006 年 8 月 12 日，就在第二次黎巴嫩战争停火之前的几个小时，乌里在黎巴嫩阵亡。当时，他的坦克试图营救另一辆坦克上的以色列士兵，被火箭弹击中。他所在坦克上的所有士兵与他一起遇难。

---

① 〔以〕大卫·格罗斯曼：《到大地尽头》，唐江译，山东文艺出版社，2014，第 608～609 页。

　　这部作品完成于格罗斯曼夫妇为儿子守丧之后，具有强烈的现实回响。2008 年小说发表之际，以色列已经占领小说中提到的杰宁、杰里科等巴勒斯坦领土达 41 年之久。这种语境强化了作家在小说中所体现的政治立场。① 小说不仅流露出格罗斯曼作为普通以色列父母一贯带有的内在焦虑，对子女的爱、牵挂与担心，而且表现出他本人对未来以色列人生存境况的担忧。小说所提示的不仅是一个母亲的痛苦与担忧，一个家庭可能遭受的灾难，而且透视出当代以色列人无法主宰个人命运的生存境况，他们需要放弃时下安定的生活去为所谓的民族命运献身，在很多情况下违背个人与家庭的意愿，去上战场，甚至伤害与杀戮另一个民族。

　　在以何种方式对待阿拉伯人，对待扔石块的阿拉伯孩童方面，奥拉与奥弗产生了激烈争执。奥拉请求奥弗尽量不要蓄意伤人，要对敌人多一点慈悲。但奥弗耸耸肩，回答说："没人能做到，妈妈。这是战争啊。"在母亲的心目中，本性善良的儿子不能伤人。一旦伤人，纵使有一千个正当的理由，纵使那个人正准备引爆爆炸装置，一旦伤了人，奥弗的生活就再也不会像原来一样了。他就再也无法拥有像样的生活了。但是战争的结果就是你死我活。或者泯灭人性去杀人，或者自己被人所杀。奥弗虽然是一个充满现代意识的当代青年，但仅从其名字的含义上看，便有献出、给予之意。其希伯来语名字的含义为"小鹿"，与献祭羔羊如出一辙。英文亦与"提供"（祭品，offer）谐音，继之与死亡建立了关联。

　　2011 年 11 月 15 日，格罗斯曼在哈佛大学演讲时，坦言在创作这部作品时，曾为主人公改过名字，但究竟什么时候为之，自己则记不清了。这种回避似乎会使人展开更为丰富的联想：在国族命运与个人情感发生冲突时，当代以色列人似乎再次沦为牺牲，续写着亚伯拉罕将自己唯一儿子献给上帝的那令人撕心裂肺的古老神话。② 只是，新一代的祭品已经不再是以撒，其父母已经不

---

① Iris Milner, "Sacrifice and Redemption in *To the End of the Land*," in *Hebrew Studies*, Vol. 54 (2013), pp. 319-334.

② 在这方面，美国学者费尔德曼（Yael S. Feldman）的专著《荣誉和痛苦》（*Glory and Agony*, Stanford: Stanford University Press, 2010）一书提供了许多富有见地的见解。在她看来，犹太复国主义实际上改编了"以撒献祭"神话，给《圣经》的基本故事加上了灾难性的结局。笔者在本书第一章也对《圣经》中"以撒献祭"母题做了专门探讨。

再是远古时代的亚伯拉罕。以奥拉为代表的新一代以色列父母拥有现代意识和批评眼光，除少数狂热分子外，大多数人希望将子女或国族从受难中拯救出来，回归日常的生活状态。前文中所援引的母子对话增加了鲜活的现实意义。换句话说，《圣经》中带有半牺牲色彩，甚至残忍的故事似乎可以用一种仁慈或者平和的方式加以阐释，以此来控制人类的暴力。[①] 文学联想与文学想象的力量在于纪念、记忆、借古喻今。从这个意义上讲，格罗斯曼的《到大地尽头》蕴含着强烈的反战思想，是一位经历丧子之痛的父亲，一位伟大的人道主义者，呼唤和解与和平的一种方式。用佩雷德的话说，选择奥拉作为主人公的目的在于唤醒沉睡的民族。[②]

在巴以问题上，格罗斯曼始终是个理想主义者，认为以色列人需要给巴勒斯坦人和平与平等的权利，而巴勒斯坦人也要认清以色列人的存在，希望巴以两个民族求同存异，有国界而无战争。在他看来，作家的任务是把手指放在伤口上，提醒人们不要忘记人性与道义问题依旧至关重要。儿子死后，格罗斯曼生活中的许多东西都发生了改变。但他还是相信以色列必须与巴勒斯坦实现和平。越不实现和平，越会有更多的年轻人丧生，越会有更多的家庭遭受不幸。儿子在2006年第二次黎巴嫩战争中死去后萌生的灾难意识影响着格罗斯曼余生中的分分秒秒。记忆的力量确实巨大而沉重。然而，写作为他创造了某种空间。在这个空间里，死亡不再与生命截然对立，在写作时，他感到自己也不再处于"受难者"与"侵略者"之间的二元对立中。在写作时，他是一个完整的人，在他的各个部位之间具有自然的通道，有些部位在不放弃其身份的情况下更为亲近苦难，亲近以色列敌对方所持有的正义主张。[③]

继《到大地尽头》之后，格罗斯曼在2011年又发表了一部表达丧子之痛的作品《摆脱时间》，这是一部诗体小说。书中一位不知名的父亲有一天突然

---

① Yael S. Feldman, *Glory and Agony*, Stanford：Stanford University Press, 2010, pp. 70-105.

② Shimrit Peled, "Nationalism and Maternal Sacrifice in *To the End of the Land*," in *Hebrew Studies*, Vol. 54（2013）, pp. 345-357.

③ 参见钟志清《写作是了解人生的一种方式：大卫·格罗斯曼访谈》，《中华读书报》2010年3月17日，第13版。

向妻子宣布他要离开去往"那边"，去寻找他们死去的儿子，想去和他说说话，哪怕只是瞬间。

就这样，这位父亲踏上了寻子之旅。在路上，他碰到许许多多失去孩子的人，他们当中有助产士，有补网者，有上年纪的数学老师，甚至有公爵。他们同样陷于巨大的丧子之痛中。于是这些人一同行走，且拥有了"行走者"的共同身份。他们提出了许多经历丧亲之痛的人们所思考的共同问题：能否，即便是瞬间，可以唤醒死者，使之不受死亡的控制。一位父亲对死去爱子的深深思念由此力透纸背。

格罗斯曼的作品虽然具有浓重的个人色彩，但其重要性与冲击力却不能低估，读者势必会在父母个人伤痛与民族伤痛之间建立起一种象征性的联系。虽然把伤痛转化为文字绝非轻而易举，但格罗斯曼竟然奇迹般地实现了读者的这一期待。

"文学是使人熟悉现实的最好途径。"格罗斯曼如是说。格罗斯曼认为自己了解以色列国家的代码，他想通过文学作品让以色列之外的人能够了解这个国家的紧张状态。任何到以色列的人都会为那里人民的情绪与坦率震惊，这是他作品所传达的信息。[①] 从某种意义上讲，小说将充满复杂张力、非常态的紧张情势、冲突与不确定性的以色列现实生活浓缩起来，并从以色列现实出发反观整个人类境况。

## 第六节　《充斥时间的记忆》与以色列的宗教犹太人

在本章接近尾声之际，还要提醒大家不要忘记古老的犹太民族与当今以色列的独特之处，即宗教传统在许多以色列犹太人的身份构成中不容忽视。犹太人身份中有两个不容忽视的重要问题。首先是如何界定与理解犹太教的问题。如果一个人说自己是犹太人，其意义何在？其次便是每个个体对犹太身份的认

---

① Jessica Sternberg, "Grossman Says His Prize-winning Novel Is a Window into 'the Intensity' That Is Israel," in *The Times of Israel*, June 15, 2017.

知究竟有多么强烈。也就是犹太教到底对他来说具有多大的重要性，在其个人身份中究竟占多大比重。这两个问题具有关联，但并不等同。[1] 在撰写《变革中的 20 世纪希伯来文学》时，笔者对以色列犹太人宗教身份的涉猎主要融于巴伦（Davorah Baron）和阿格农等个案作家的探讨中。这里，我想再次提出这一问题。毕竟，以色列并非纯粹的世俗国家。在 20 世纪 90 年代早期，利伯曼（Charles S. Liebman）便提出在以色列的总人口中，宗教人士大约占了20%，其中包括 5% 的超正统派（ultra-Orthodox）人士。[2] 如今，超正统派人口不断增长，已经占以色列总人口的 8%。[3]

传统犹太教历史研究认为，现代犹太教可以分为正统派犹太教（Orthodox）、改革派犹太教（Reform Judaism）和保守派犹太教（Conservative Judaism）。正统派犹太教，应该说是犹太人的重要宗教派别，它坚守犹太教信仰与传统，认为《托拉》和口传律法《塔木德》具有权威性和经典性，是犹太人唯一的准则。它坚持对上帝的超验阐释，拒绝理性的检验。改革派犹太教是最早从传统犹太教分裂出来的一个派别，始于 19 世纪的西欧，后在美国发展壮大。顾名思义，它主张用发展的眼光看待犹太教，对犹太人思想与生活方式的进一步开放产生了重大影响。保守派犹太教是 19 世纪后期形成的一个介于正统派和改革派之间的派别，纠正了改革派的一些过于激进的思想和做法，但与改革派拥有一个共同主张，就是要协调犹太教与现代科学之间的关系。此外还有重建主义派（Reconstructionism），即从保守派当中分裂出来的一个派别，主张犹太教是一种不断发展的文明，即犹太宗教文化必须随环境、时间和地点的不断变化而变化。[4] 如今，超过半数的美国犹太人属于改革派与保守派犹太教营垒。

---

[1] Charles S. Liebman and Eliezer Don-Yehiya, *Religion and Politics in Israel*, Bloomington: Indiana University Press, 1984, p. 2.

[2] Yair Auron, *Israeli Identities: Jews and Arabs Facing the Self and the Other*, trans. Geremy Forman, New York, Oxford: Bergahn, 2015, p. 199.

[3] "Israel's Religiously Divided Society," Pew Research Center, https://www.pewforum.org/2016/03/08/israels-religiously-divided-society/, accessed February 11, 2022.

[4] 参见徐新《犹太文化史》，北京大学出版社，2006，第 176~184 页。

但是在以色列，情况则极为不同。认同保守派（2%）或改革派（3%）犹太教的犹太人比较少，而一半犹太人（50%）认同正统派犹太教。大约4/10的以色列犹太人（41%）对三个犹太教派别中的任何一个都不认同。但是，在以色列建国以后的70多年里，以色列犹太人内部也存在着清晰的分野。根据美国皮尤研究中心的近期成果，几乎所有的以色列犹太人的身份在信仰层面上分别隶属于四大范畴：哈瑞迪人（Haredi，这里采取国内通译，通常将其称为超正统派）、宗教犹太人（Dati, religious）、传统犹太人（Masorti, traditional）或者世俗犹太人（Hiloni，或者 Secular）。以色列的哈瑞迪人与美国超正统派犹太人表现出非常相似的宗教信仰和行为，这两个群体都在很多方面与社会隔绝。而以色列的宗教犹太人（有时被称为现代正统派犹太人）很像美国的现代正统派犹太人，因为这两个群体在很大程度上都遵守犹太法律，同时又融入现代世界。是否融入现代世界也是超正统派犹太人与宗教犹太人的重要区别。以色列的宗教犹太人表现出范围更广的宗教承诺，但一般而言，他们在某些方面比美国的保守派犹太人更有宗教性，而在另一些方面则较缺乏宗教性。例如，美国保守派犹太人比以色列传统犹太人更有可能说宗教在他们的生活中非常重要（43%对32%），但他们在家里恪守犹太教的可能性较小（31%对86%）。[1]

之所以做上述类比，是想提醒读者要用发展的眼光看待犹太学术问题。换句话说，尽管以色列国家很小，但拥有不同宗教信仰传统，这样的分野使国家在兵役制、婚姻法、交通运输、性别区分以及宗教对话等方面均要考虑到不同阵营人士的区别。信仰的区分也导致了以色列犹太人身份的差异。一些超正统派犹太人认为，犹太人身份差异的原因主要是宗教问题；而世俗犹太人则认为身份差异主要是血缘或者文化问题。因此，以色列犹太人的身份问题十分复杂。宗教人士希望政府能够提升宗教信仰与价值，但世俗犹太人则要求把宗教与国家政策的制定区分开来。虔诚的信仰人士与世俗人士生活在不同的世界，

---

[1] "Few Jews in Israel Identify as Reform or Conservative," Pew Research Center, http://www.pewforum.org, accessed February 11, 2022.

他们之间很少结友，也很少通婚。世俗犹太人情愿自己的子女与基督徒结婚，也不愿意他们与宗教人士的子女通婚。① 超正统派犹太社区中的诸多问题，比如说女性地位问题已经逐渐进入以色列社会视阈，成为国家政治日常争论的重要话题。

从文学书写的角度加以审视，一部分出生于信仰者之家（尽管程度有所不同）的学者作家和女性作家在作品中表现出与世俗犹太作家不同的洞见。其中，海姆·拜伊尔便是其中的突出代表。拜伊尔生于耶路撒冷一正统派犹太人之家，早年就读于宗教学校。1963~1965 年在以色列国防军服兵役。后到出版社就职，为报纸写专栏，并在本-古里安大学讲授文学课程。主要作品有长篇小说《羽毛》（1979）、《充斥时间的记忆》（1998）、《魂兮缥缈之处》（2010）等。曾经获得伯恩施坦奖、以色列总理奖等多种奖项。2001 年，《羽毛》入选最伟大的现代犹太文学作品。

拜伊尔的第一部长篇小说《羽毛》通过一个纯真孩童的成长经历，描写耶路撒冷宗教社区内的生活，充满奇异色彩，被视为最杰出的耶路撒冷小说之一。小说中形形色色的人物，通常是虔诚的犹太教徒，或者是耶路撒冷一些行为古怪的人士，正是这些人以丰富充沛的感情，教育出书中的年轻主人公。其《虚饰的时光》具有抒情格调，从独特的视角反映以色列的军旅生活。《魂兮缥缈之处》的创作动因源自作家赴尼泊尔与中国西藏旅游，但其中对拉比故事的阐释十分奇妙，表明其熟悉犹太传统的每个细部。总之，其作品展示了一个十分新奇而独特的以色列世界。

本书这里选择的文本《充斥时间的记忆》带有自传色彩，写的是一个成长丁正统派犹太家庭的孩子如何冲出宗教家庭禁锢成长为一名作家和学者，其中有些叙述与《羽毛》形成互文。现代希伯来文学中的传记传统可以追溯到 18 世纪末的犹太启蒙运动时期。有学者认为，最早用希伯来语写成的现代希伯来文学传记当推雅各·艾姆丹（Jacob Emden）撰写的人生故事《书卷》（1810）。这

---

① "Israel's Religiously Divided Society," Pew Research Center, https://www.pewforum.org/2016/03/08/israels-religiously-divided-society/, accessed February 11, 2022.

部作品在风格上融合了德国虔敬派教徒宗教传记中的宗教告白传统和卢梭传记中的现代告白传统。此后，犹太启蒙运动时期的一些希伯来语作家便开始使用传记文学体裁。19 世纪下半叶，莫迪凯·阿哈龙·金斯伯格（Mordechai Aaron Ginsberg）发表了《阿维泽》（1864），卢扎托发表了《沙达尔的人生故事》（1837），这两部作品被誉为犹太启蒙运动时期最为重要的希伯来语传记文学。[①]总体上看，犹太启蒙运动时期的许多名人如格登、利连布鲁姆等都从事传记文学创作，其作品也像同时代的欧洲文学作品一样均拥有不同程度的自传色彩，融进了作家本人的生命体验，强调人的个性，表达个人在社会环境逼仄下所面临的精神危机。这些个性体验同时具有普遍性，表明了欧洲犹太青年面临着因社会巨变而带来的信仰失落等精神危机。从文学传承角度看，这些希伯来语传记文学作品受到了卢梭的《忏悔录》以及华兹华斯、赫尔德、歌德等创作的传记文学的影响。同时，又与传统犹太文学中的表达方式结下了不解之缘。

　　1881 年发生在俄国的集体屠犹事件在某种程度上标志着犹太思想史上新纪元的开始，这一断裂表明犹太启蒙运动时期与其后文化复兴时期的犹太人世界观截然不同。其结果造成 19 世纪与 20 世纪之交的希伯来语传记文学不再沿袭启蒙时期的传记文学传统。小说这种文学样式逐渐成为表达人生的媒介，进而扩展了审美空间。在犹太启蒙时期的传记文学创作中，作家与进行自我内省的叙述人基本上是同一个人。但是在 19 世纪与 20 世纪之交的传记文学作品中，作家与叙述主人公可以分离，以便给作家更大的自由进行文学虚构与文学想象，深化自己的思想见解与主张。根据阿兰·民茨的观点，费尔伯格（Mordecai Ze'ev Feierberg）、别尔季切夫斯基和布伦纳是当时最为著名的传记文人，他们把自传文学传统运用到小说创作之中，表达了一代人的精神体验，尤其是表达了东欧犹太人所面临的精神危机。代表作品有费尔伯格的《去往何方？》（1899）、别尔季切夫斯基的《乌鸦在飞翔》（1900）以及布伦纳的《在冬季》（1903）。[②]

---

① Moshe Pelli, *In Search of Genre: Hebrew Enlightenment and Modernity*, Lanham, Boulder, New York, Toronto, Oxford: University Press of America, 2005, pp. 269-270.

② Alan Mintz, *Banished from Their Father's Table: Loss of Faith and Hebrew Autobiography*, Bloomington & Indianapolis: Indiana University Press, 1989, pp. 15-16.

《在冬季》是布伦纳的第一部长篇小说，主人公耶利米·弗伊尔曼是一个生活在 19 世纪和 20 世纪之交的年轻犹太知识分子。弗伊尔曼在传统的犹太社区里长大，并在那里接受教育，但是却失去了犹太信仰。他已经决意与传统决裂，去往象征着启蒙之地的省城 N，但是他的新尝试是否能够成功还是一个悬而未决的问题，至少我们从必须在父母家中停留这件事情上可以推断出决裂本身还是具有相当难度的，与父母的感情可能会成为行动本身的阻碍力量。而实际上，正如谢克德指出，离开故乡这一外出的旅程在《在冬季》中从未像计划中的那样得以实现。主人公在经学院去往省城的途中拜访 Z 城的父母，不过是回归家乡系列活动中的一次。① 但需要指出的是，小说虽然以布伦纳的青少年生活为原型，但主人公弗伊尔曼与作家布伦纳的经历并不完全一致，因而在希伯来小说史上创立了一种新的传记文学传统。②

整个 20 世纪的希伯来语传记文学传统大致按照两种模式发展。一是作家自传模式，如门德勒（Mendele Mocher Sforim）的《逝去的岁月》（1897～1911）以及后来多夫·萨旦（Dov Sadan）的《来自儿童时代》（1938）和《来自青年时代》（1981）。这些作品主要以人物经历为描写对象，描写一种生存方式。二是把关注点从作家转向他所目睹的世界，如第一次世界大战、俄国革命等历史事件对犹太世界产生的决定性影响。在这些以第一人称写就的传记作品中，主人公往往经历了一些历史事件。这方面的代表作品有阿维革多·哈梅里（Avigador Hameiri）的纪实小说《大疯狂》（1952），以及一些对历史进程产生决定性影响的人物的回忆录，如本-古里安的回忆录。③ 还有一类作家，包括诺贝尔文学奖得主阿格农，第一代本土以色列作家沙米尔（Moshe Shamir）、伊兹哈尔等，均在创作中把个人体验与历史变迁结合起来，借抒个人之情致，写民族之演进。此外，背教与信仰危机是许多 20 世纪希伯来语作家在从事传记文学创作时无法忽略的一个主题。

---

① Gershon Shaked, *Lelo' motsa'*, Tel Aviv: Hakibbutz Hameuhad, 1973, p. 81.

② 参见钟志清《变革中的 20 世纪希伯来文学》，中国社会科学出版社，2013，第 112 页。

③ Alan Mintz, *Banished from Their Father's Table: Loss of Faith and Hebrew Autobiography*, Bloomington and Indianapolis: Indiana University Press, 1989, pp. 204-205.

　　《充斥时间的记忆》应该属于第一种传记类型，但是却表现出一个年轻以色列人的信仰探索。与拜伊尔的成名作《羽毛》相比，《充斥时间的记忆》首先与犹太文化传统联系密切，在笔者目前读过的所有希伯来语小说中，它是除阿格农《阿古诺特》之外用典最多的作品之一，显示出作家熟谙犹太文化传统。但是，与奥兹等现代希伯来语作家不同的是，拜伊尔并非出生在一个学者之家，在他童年时代，家中书籍奇缺，他只是在听广播时才了解到圣经故事中富有感染力的底波拉之歌，于是向父亲提出读书的要求，父亲颇费心思地为他借来一本《士师记》。其学术滋养主要得益于公共图书馆。《充斥时间的记忆》充满现实关怀。拜伊尔的家庭是正统派犹太之家，但其父伴随着犹太复国主义浪潮移居巴勒斯坦。从这个意义上讲，小说显示出一种不同寻常的厚重，让我们能深入了解一位出生于正统派宗教家庭的孩子在成长过程中不同寻常的经历。

　　《充斥时间的记忆》总体上也是一部寻根小说。在叙事方式上则是通过描写三代不同的犹太人，即叙述人的祖辈、父辈和叙述人本人来追溯家族与民族历史，同时描写了叙述人如何成为作家的个人成长史，展示出犹太宗教传统的多元性与复杂性。祖辈犹太人的代表人物是叙述人的外祖母，这是一位虔诚恪守传统犹太教的老人，拉比的女儿。她祖籍匈牙利，因此经常怀恋祖上在欧洲时所谓辉煌的历史。老人给我们留下的第一个印象就是酷爱读书，但是没有受过良好的教育。在 50 岁之前，她既不会阅读，也不会写字。原因在于，犹太传统一般说来并不鼓励女子读书。在这个传统中，犹太女子的职责就是做饭，养儿育女，即使到犹太会堂祈祷，也和男人有着一席之隔。就像叙述人的母亲所说："我所出生的家庭，不让我接受正规的教育。"① 当然，这并不排除犹太历史上少数拉比的女儿在父兄的影响下与男子一样熟读犹太经典，展示才华。后来，叙述人的外祖母受到了犹太现代化进程的洗礼，开始注意到拥有独立心智的重要性。尤其是在孀居之后，她不再受丈夫的控制，无师自通，在没有任何人的帮助下开始阅读与写字，先是读家里的书籍，而后向邻居借书，直至到图

---

① 〔以〕哈伊姆·毕厄：《充斥时间的记忆》，王义豹译，上海译文出版社，2010，第 81 页。

书馆借阅。读书内容既包括《塔木德》经卷和中世纪犹太人的历险故事，又包括现代科学与炼金术。同时她能够学以致用，给海外的子女写信。更值得注意的是，她阅读的目的不只是自娱。每天下午，那些来自老伊舒夫的年老体衰、情绪不稳的妇女不约而同走出各自的房间，围坐在她的周围。她就像一个宗教文化的阐释者一样，进行着各种含有寓意的说教。① 有时她还会把旧报刊上看到的当今世界的林林总总讲给大家听。

从这些细节中我们可以看到，由于时代变迁，一个笃信宗教的犹太女子的身份正在发生变化，从只关心丈夫孩子的居家女人向知识女性转化，甚至成为居家犹太女子中的一位女首领，或者说女先知。她从未离开过以色列本土，但竟然在耶路撒冷匈牙利犹太人居住区这样封闭简陋的庭院中复活了逝去的奥匈帝国之都。意思是说她根据古老的游记，想象并讲述着奥地利哈布斯堡王朝的宫廷和维也纳圣斯蒂芬大教堂的高塔。虽然这些描述带有高度想象的成分，但有时竟与事实高度吻合。她也给自己的后辈追溯源于德国美茵茨的古老家族历史，这个家族曾经在欧洲四处迁徙，直到19世纪初期在一位拉比先人的带领下来到以色列地。犹太民族一向重视民族与家族记忆，而叙述人的外祖母则在民族记忆的链条上扮演了一个传承者的角色。其叙事方式塑造了外孙，即作家拜伊尔的文学世界。

小说中第二位重点描写的人物便是叙述人的母亲，她背弃了自己所成长的正统派犹太教的世界。其中一个重要原因便是她年轻时遇人不淑，盲目跟随她所爱的人出走，希望借此永远摆脱父亲和母亲。其婚礼既没得到父母的祝福，也没得到亲戚和长辈的祝福，只有十几位与之年龄相仿的朋友见证了这一时刻：新娘穿一件日常的衣服，面纱由手绢改造而成。整个婚礼看上去就像普珥节游戏，显然违背了犹太教规和礼仪，注定了她的厄运。没过几年，她所追随的那个渣男便背叛了她，两个幼小的女儿也相继夭亡。挫折、失败和屈辱使之不再相信上帝，无可奈何地返回家中寻求庇护，可家中情况比原来更糟糕。父亲瘫痪在床，母亲自行其是，兄弟姐妹各奔东西。只有弟

---

① 〔以〕哈伊姆·毕厄：《充斥时间的记忆》，王义豹译，上海译文出版社，2010，第16~17页。

弟艾萨克为帮助她辞去英国托管部门的工作，开了家鱼店，请她前去打理，慢慢地使她走出精神困境。她继承了外祖母酷爱读书的秉性，把书当成生活的一部分。她自强不息，争取接受职业教育，学习函授课程。已移民美国的艾萨克弟弟希望她前往美国发展，忘记自己的惨痛经历，因此她便自学英语。但后来她为了自己的第二次婚姻选择留在了以色列。丈夫是一位重视宗教仪式的犹太教徒，在男童学校开办了一座犹太会堂，在当地，尤其是中下层人士中颇具影响力，由此也透视出宗教在部分以色列人的公众生活中占据了不容忽视的地位。

叙述人父母之间的矛盾体现出宗教与世俗犹太人之间的冲突。父亲原本是一位俄国移民，带着会弹钢琴的妻子柳芭移民到巴勒斯坦。但是与许多来自欧洲的犹太女子一样，富有艺术气质、被称作"锡安的女儿"的柳芭讨厌巴勒斯坦酷日和沙漠劲风，在巴勒斯坦的生存环境中备受精神与肉体煎熬，很快便撒手人寰。柳芭是父亲真正的爱人，也是让叙述人的母亲永远嫉妒的人。她强迫父亲销毁柳芭的所有信件和照片，试图抹去关于她的所有记忆，对柳芭朋友的态度也十分蛮横，甚至大打出手。父亲总是极力设法避免与叙述人的母亲发生冲突，从来不在家中，而是到会堂纪念柳芭。从某种意义上讲，父母之间没有爱，这两个拥有婚史之人重组家庭的目的就是生存。也许，正如叙述人的姨妈所说，叙述人的母亲并没有能力与配偶建立真正的爱情纽带。但应该承认的是，叙述人的母亲就是历史上许许多多犹太母亲的缩影，她十分强势，爱自己的孩子，努力维系家庭，尽管她也许并不爱丈夫。这一点，从叙述人描述母亲多年后在报纸上读到第一任丈夫去世的讣闻时表情失态、数月后便罹患脑瘤的经历中可见一斑。正如叙述人多年后悟出：疾病之征兆恰恰是爱情力量毫不掩饰的展现，而每一种疾病都是一种爱的表现形态。

作为 1948 年出生的作家，拜伊尔在成长年代接受的也是以色列国家所推行的犹太复国主义教育。在这样的教育体系中，以色列地被塑造成一个神话。在这个神话中，真正的英雄，或者说社会主义新理念的体现者，是叙述人的叔叔雅各那样的劳动者。他们在田野中耕作，在牛棚中挤奶，具有公益心、责任感，生活简朴，严于律己，宽以待人，既具有马克思·韦伯所定义的"新教伦理"精神，又具有"所有犹太人要相互负责"的传统，① 而不是像父亲之类的店主，讲一口蹩脚的希伯来语。由于受到母亲影响和社会主义思潮的浸润，叙述人看不到父亲渴望生存的挣扎，看不起父亲在犹太会堂像中了邪魔一样与唱诗班的领唱者和歌唱人待在一起，醉心于唱诗班音乐。更令他不能忍受的是，父亲缺乏家庭责任感。每逢周五，购买安息日商品的顾客们挤满了商店、很多人正在结账时，父亲则要打扮自己，刮脸，穿上他最好的衣服，在母亲忙得不可开交之际去犹太会堂。

父子冲突的原因源于对宗教传统的认知。父亲在故乡发生屠犹事件之后，信仰就开始破灭，不再信仰上帝，但他执着地恪守着宗教礼仪。在他的同龄人中，这样的人比比皆是。小说寥寥数笔，勾勒出父亲所在的犹太会堂内系列犹太人的特征。这些犹太人只是在安息日或节假日才在那里祈祷，是与叙述人生存的时代格格不入的人。他们装腔作势，毫无幽默感。无论是担任市政卫生设施工程师的布润克尔先生，还是擅长内省的若森斯坦先生、粉刷匠巴巴德先生，都让人感到索然无味。在叙述人看来，如果相信上帝，就应该像虔诚的教徒那样认真地祈祷，不要带着世俗的日常步履踏入神圣的教堂。总体来说，这是个令人痛苦的世界，对年轻人不具吸引力，青年人希望能够明确地辨析美好与邪恶、真理与谎言、忠诚与背叛。但情形并非如此，因此叙述人鼓起勇气，离开犹太会堂，② 这一举动象征着他与父亲所信奉的犹太宗教传统的分道扬镳。

父子冲突的极致便是父亲为儿子举办的那场成人礼。在犹太教传统中，成人礼是犹太孩童继割礼后在人生中经历的第二个重要时刻，是庆祝犹太孩童从童年走向成年的庄严仪式，从此他便在精神、道德和宗教信仰方面走向成熟。成人礼仪式在受礼人满 13 周岁之后的某个安息日举行，地点一般为犹太会堂或某个庄严场所。在庆祝仪式上，拉比要为受礼人举行布道，阐明其今后应该承担的责任。要求其遵守《托拉》诫命，向子孙传授律法知识。

① 〔以〕哈伊姆·毕厄:《充斥时间的记忆》，王义豹译，上海译文出版社，2010，第169页。
② 〔以〕哈伊姆·毕厄:《充斥时间的记忆》，王义豹译，上海译文出版社，2010，第184~190页。

受礼人要发表演说，用希伯来语诵读《圣经》中的有关章节，表明其从此已经拥有了一种新身份。① 但是，这样一个对孩子一生具有决定性影响的庄严时刻却被父亲操办成一场闹剧。整个场景犹如中世纪宗教绘画中关于地狱的怪异描绘。比如：

> 约定的时间一到，房门打开，雷臂士拉比站在入口处，这位殡葬协会强大无比的通报使者通常是走遍大街小巷，用他震撼人心的巨大嗓音宣告送葬，在他身后跟随着一大群乞丐、瘸子、心智缺失者、精神失常者、穷困潦倒者、无家可归者等等，大家你推我搡，相互拥挤。按照我父亲的约定，让雷臂士拉比把他们这些人从公共舍粥厂，从社会底层人群聚居处，从令人恐怖的矿坑和洞穴里，从泥泞的偏僻角落里都召集来。②

每上一道菜，都要爆发一场混战。即使拉比布道时，这些客人也在吃着瓜子，甚至相互抛洒瓜子。整个成人礼仪式闹闹哄哄，缺乏神圣、庄严与仪式感，受礼者也无法按照传统习惯致宣讲词。父亲的"欢庆之夜"俨然成为孩子的炼狱之时。以致在众人走后，孩子向父亲发出"你这个发疯的狂人，我恨你"的呐喊。对于一个深谙犹太传统、恪守犹太教礼仪的教徒来说，以这种方式举办唯一儿子的成人礼实属标新立异。按照作品描述，其原因在于父亲具有利他主义理念，在孩子年幼时就已经许下宏愿，要以上述方式举办感恩宴会，也是为了让那些残缺人士感受到温暖；而不是像母亲那样，只为自己的孩子考虑，要让自己的孩子在同学中拥有一定的社会地位。这种理念其实贯穿在父亲的整个人生中。另外，父亲深信，那些通俗的方式，无论如何也达不到《托拉》的标准，因此不抛洒糖果，不邀请孩子的同学举行派对。这里便给大家留下疑问：父亲这样做是否有悖于宗教礼仪？答案是犹太释经传统派别林立，父亲实际上在以一种特别的方式诠释着犹太传统。就像他在儿子成人礼上

---

① 参见徐新《犹太文化史》，北京大学出版社，2006，第228~229页。
② 〔以〕哈伊姆·毕厄：《充斥时间的记忆》，王义豹译，上海译文出版社，2010，第202页。

所说：应当欢迎那些犹太人伸出的手，以你的慈善让他们饥饿的灵魂重新活跃起来——这才是真正热爱以色列。①

在母亲看来，父亲关心陌生人的孩子胜于关心自己的亲生骨肉，进而对其鄙夷不屑。但是他们忽略了这样一个事实：父亲在犹太会堂培养了大批人才，世界上许多知名的唱诗领诵者就是在父亲的犹太会堂里迈出了第一步，故将其奉为"精神之父"。这些人经常在上班时间拜访父亲，作为酬谢，为父亲和在场的听众一展歌喉，甚至在某种程度上促进了母亲小店的生意。由于父亲乐于助人，经常做慈善，因此赢得许多人的尊重、信赖、感怀与铭记。说到底，父亲就是一个旧式犹太人，像他这样的人在以色列不乏其人，他们未能像犹太复国主义理念所期待的那样成为劳动者，而是在旧式犹太人的世界里徘徊不定。即使为延续犹太文化传统做出了贡献，但得不到社会的认可，甚至得不到家人的尊重。其悲剧既是犹太人个体的命运悲剧，又是以色列犹太人的社会悲剧。

《充斥时间的记忆》颇具成长小说元素。叙述人的童年不仅与宗教相伴，而且与知识结缘。但应该指出的是，这是一部平民子弟的成长录。叙述人的家只是一个极为普通的犹太之家，并非像奥兹那样父母通晓多种语言、家中积累大量藏书的知识分子之家；也并非像充斥着古典经卷的拉比之家。父亲在基辅拥有一个藏书室，但在移民以色列地时便把大部分藏书留在了那里。母亲在第一次婚姻时收集的大部分藏书都留在了外祖母家。叙述人最为铭心刻骨的童年记忆便是书籍的缺失。前文曾经提及，作者幼年听圣经广播时萌生读书愿望，促使他前去向父亲询问有无可能阅读这样的书籍，母亲为赤贫感到屈辱，熟悉犹太传统的父亲则出门为他借来一本破旧的《士师记》，这是他人生中的第一本书。之后，母亲将其带进了私人租书室，这里曾经云集着附近的一些老处女、闲极无聊的退休人士和少数青年知识分子，包括年轻时代的作家奥兹。其他读者借书只能一周三次，一次一本，而他则得到特惠，不受任何限制。母亲身为小店店主，有能力与图书室老板定下秘密协议：老板允许她的儿子借阅任

---

① 〔以〕哈伊姆·毕厄：《充斥时间的记忆》，王义豹译，上海译文出版社，2010，第206~207页。

何他想看的书，而母亲则在规定份额之外多给他一些鸡蛋和奶油。后来叙述人到另一家藏书更多的图书馆，同样得到特惠。这样的"交易"让人感受到母亲在叙述人成长过程中充当的重要角色。同时，母亲也是立志成为作家的叙述人的早期读者，不加掩饰地评价其习作，鼓励他要忠于现实，忠于自己。就像他自己所说："只有当我回顾往昔之时，才意识到，对于我这样一位作家，母亲的影响是多么巨大。"①

作者在小说濒临结尾之处花费大量笔墨描写叙述人与母亲的日常交流，包括母亲罹患癌症后如何接受治疗，生活气息十分浓郁。但也需要承认的是，尽管叙述人与父亲多有争执，但父亲在其成长过程中没有缺失，一直鼓励他追求上进，甚至带他去亲历以色列国家重大历史事件的发生。从几代人对犹太传统宗教的不同态度和矛盾心态中可以看出，犹太教是一种充满悖论、表现形态复杂的多元宗教。即使同一个家庭，同一个人，其信仰程度也有所不同，在不同的时空中具有不同的表现形态，再次表明犹太身份是一个十分复杂的问题。

小说虽然写的是一个出身于犹太宗教家庭孩子的成长经历，但应该对不同时代的青少年具有励志作用，即寒门也能出才子。小说的作者拜伊尔正是靠苦读、勤奋与锲而不舍弥补了因家境困顿带来的诸多困难，最后成为以色列一位著名的作家，与奥兹一起执教于本-古里安大学希伯来文学系。奥兹对拜伊尔的创作才华颇为赞赏，在与女儿范妮亚合著的《犹太人与词语》中谈到拜伊尔描写青藏高原之行的《魂兮缥缈之处》，并将该书的希伯来语版签名赠给笔者。

最后需要提及的一点是，小说通过叙述人在美国的舅舅经常为他们寄来衣物与生活用品一事表明犹太家族重视血亲，也反映出拜伊尔母亲对家庭的忠诚和对以色列土地的坚守。当然，作品也涉及当时一些历史语境的描写，比如大屠杀幸存者、1948年战争，等等。但拜伊尔基本上从个人视角进行观察，而不像奥兹那样大处落墨直接描写战争给普通人的日常生活带来的伤害。因此可以说，尽管拜伊尔与奥兹和格罗斯曼都经历了20世纪50年代耶路撒冷的生活

---

① 〔以〕哈伊姆·毕厄：《充斥时间的记忆》，王义豹译，上海译文出版社，2010，第264页。

场景，并将其行诸文字，但出身于不同家庭与背景的作家们展现的却是不同的耶路撒冷。同样在成长过程中蒙受母亲的巨大恩泽，但拜伊尔与奥兹笔下的母亲截然不同。奥兹的母亲来自欧洲，她美丽优雅、多愁善感，具有小资风情和阴柔之美；而拜伊尔的母亲则出生在耶路撒冷，坚韧、顽强，颇具几分阳刚之气，是典型而强悍的犹太母亲。

## 第七节　《犹太人与词语》与犹太女性传统的重释

阿摩司·奥兹和范妮亚·奥兹-扎尔茨贝尔格（Fania Oz-Salzberger）父女联合撰写的学术随笔集（亦可称文化随笔集）《犹太人与词语》① 中译本问世以来，引发了系列读者回应。一类读者认为，这本书阅读门槛较高，不熟谙犹太文化与经典者会感到晦涩，而粗通犹太文化与经典者则纠结其新意。另一类读者认为，这本书论及犹太人重视文本的传统，但其深度似乎比不上以色列希伯来大学教授摩西·哈尔伯塔尔（Moshe Halbertal）的专著《书之民族：经典、意义与权威》（下称《书之民族》）。②

奥兹父女，一位是享有国际声誉的以色列作家和文学学者，颇受中国读者喜爱；另一位则是历史学家，以色列海法大学教授。他们都是世俗犹太人。按他们自己界定，世俗犹太人的内涵包括：一、不相信上帝；二、其母语为希伯来语；三、其犹太身份并非依赖信仰，且毕生都在阅读用希伯来语和非希伯来语写成的犹太文本；四、他们生活在现代以色列社会，逐渐把《圣经》引用、《塔木德》文献，甚至只着眼于犹太人过去的做法当作一种政治倾向。这种身份极大地影响着他们的思想与见地。

在《犹太人与词语》一书中，他们提出：犹太历史与民族意识形成了独特的延续性，这种延续性不是血统线，而是文本线。在这一层面，《犹太人与

---

① 〔以〕阿摩司·奥兹、范妮亚·奥兹-扎尔茨贝尔格：《犹太人与词语》，钟志清译，译林出版社，2019。

② Moshe Halbertal, *People of the Book: Canon, Meaning and Authority*, Cambridge：Harvard University Press，1997.

词语》确实与《书之民族》有所契合。但就其细部而言，《书之民族》以犹太人的经典文本和以文本为中心的犹太共同体为主线，逐一论及《圣经》《密释纳》《塔木德》等犹太文本的经典化，论及经典与权威和权威阐释者、犹太共同体与经典文本之间的多重关系。这些文本为犹太人的信仰无疑提供了坚实的基础，但这个基础并非一成不变，而是在历史的潮汐中随政治变迁而改变。

相形之下，《犹太人与词语》更注重探讨犹太民族带有永恒色彩的延续性，这种延续性永远取决于说出与写下的词语，取决于扩展的阐释迷宫、争论和异议，还取决于独特的人类交往。它总是围绕着两三代人的深入交谈展开。[①] 这本书便是奥兹父女两代人就文学、历史、宗教与文化传统展开的对话与论辩。它分章探讨了犹太文化的连续性、犹太女子与词语、犹太人的时间与永恒观念、犹太人是否需要犹太教等问题。在纵论某些貌似老生常谈的话题中，充满新奇的洞见、智慧与思辨，甚至不乏幽默与诗意。就像诺奖得主巴尔加斯·略萨所说，它"扣人心弦，妙趣横生，每页文字都在挑战人类成见"。其中不容忽略的创新之处便是对犹太女性传统的重释。《犹太人与词语》第二章的英文标题原为"能发声的女子"（Vocal Women），在翻译成希伯来语后易为"女人与词语"（Nashim ve-milim），专门审视女子在犹太民族文本连续性链条上的特殊作用。

关于犹太传统中女性的身份和地位，一个既定说法是古代犹太共同体是个高度父权制的社会，女性显得十分边缘。犹太经典《圣经》本身主要是以男性为中心，从男性角度出发来观察以色列人，以及后来犹太人的生命体验的世界。从圣经时代始，犹太女性承担的基本就是养儿育女、掌管家务的角色。在这样的父权制社会里，只鼓励男子致力于宗教学习，而把女子排斥在接受知性教育的大门外。甚至到了 19 世纪，还认为女孩子没有义务去学习犹太问题。[②]

作为世俗犹太人，奥兹父女没把《圣经》当作宗教圣典，而是将其视为文

---

① 〔以〕阿摩司·奥兹、范妮亚·奥兹-扎尔茨贝尔格：《犹太人与词语》，钟志清译，译林出版社，2019，第 1~2 页。

② 〔以〕伊里丝·帕鲁士：《19 世纪东欧犹太社区的女读者》，钟志清译，《中国读书评论》2009年第 4 期，第 32 页。

学作品，认为《圣经》的文学风采既超越了科学解剖，也超越了信仰阅读，它用可与伟大文学作品相媲美的方式感动、激励着人们。① 他们一方面承认《圣经》中存在着男女不平等现象，比如：寡妇永远是贫困的女性，而给她带来福利的永远是富有的男性。在圣经文学，以及后圣经犹太文学中，妇女被边缘化、被禁止发声、被隔离的现象比比皆是。但另一方面，他们也强调《圣经》中充满了强大、活跃、喜欢畅所欲言、善于表达、富有个性、独一无二的女性，甚至主张在某些重要方面，《圣经》中的所有女人几乎都是连续性传统的代言人。

《创世记》第 1 章提到上帝按照自己的形象造男女，他们没有姓名，没有尊卑。而在第 2 章则说第一个女子则是从亚当身上取下的一根肋骨，她的名字夏娃乃亚当所赐。现代《圣经》研究者把两种创造女人的不同方式理解为《圣经》具有多种资料来源。但奥兹父女在承认《圣经》不是出于同一位作者之手的同时，认为这是对男女平衡问题提出了不同看法。夏娃之后，犹太先祖亚伯拉罕、以撒、雅各的妻子们在数量上多于丈夫，反映出古代犹太社会存在着一夫多妻制，这些女族长在个性上比丈夫更为生动鲜活：撒拉威严而有控制欲；利百加初时甜美，后来则威严有加，且有控制欲；利亚和拉结一个失宠，一个受宠，她们都是情场高手，且有控制欲。这些女族长强大而富有推动力。犹大儿媳他玛曾根据以色列民族延续的律法嫁给兄弟二人，两次成为寡妇，她决定索取自己拥有后代的权利，于是设计引诱了犹大，怀上一对双胞胎，重新启动了犹大家族的血脉。

在父权制社会里，财产分配一般以男性为主。奥兹父女却借西罗非哈家族五姐妹与约伯女儿们继承父亲财产案例，指出《圣经》女性同样拥有继承权，打破了男性继承规则。西罗非哈家族五姐妹的叙事出自《民数记》第 27 章，这是《圣经》中罕见的一个全女性之家的案例，极具司法性。故事发生在以色列人即将结束逃离埃及的四十年旅程，每个家族将定居在承诺给他们的小块土地上。西罗非哈"死在自己的罪中"，但罪不至没收家族产业。也许《圣经》直到

① 〔以〕阿摩司·奥兹、范妮亚·奥兹-扎尔茨贝尔格：《犹太人与词语》，钟志清译，译林出版社，2019，第 10 页。

那时可能只允许儿子继承家产，于是五个女儿"遵循律法"上诉。她们来到会幕门口，在摩西、祭司以利亚撒、首领与会众面前提出疑问："为什么因我们的父亲没有儿子，就把他的名从他族中除掉呢？求你们在我们父亲的弟兄中分给我们产业。"① 摩西显然启动了司法程序，把五姐妹的案件呈现到上帝面前，耶和华晓谕摩西把地分给她们为业。这个故事蕴含着一个道理：即使在圣经时代存在着男女不平等的诸多规定，但女性可以通过律法为自己争取权利。尤其是上帝在处理完不动产事宜后还吩咐"她们可以随意嫁人，只是要嫁同宗支派的人"②。虽然圣经时代的以色列社会仍然以男性为主导，随意嫁给同宗族支派的人，为的是保证以色列人的产业不致外流，但至少透视出女子选择丈夫是合理的思想，显示出古代以色列社会趋于成熟的政治与律法文明。

相形之下，约伯使女儿们"在兄弟中获得产业"这一做法更为激进，这是因为，约伯在经历苦难之后生的三个女儿耶米玛、基洗亚和基连哈朴在家族血缘链条上并非最后的继承者，她们有兄弟。这个具有鲜明道德色彩的故事以大团圆结局，涉及女子的个人实现以及拥有平等的财产权利。

犹太教育乃是延续犹太文本链条的重要方式。奥兹父女强调犹太传统对父母与孩子、老师与学生两组跨代际交谈范式的倚重。在两种组合中，父子联系最重要。每个男孩在 3 岁至 13 岁必须上学读书，甚至在刚断奶后就被要求认同古代叙事。男孩子们学习希伯来语，能够达到一定的阅读与书写水平。在这个过程中，女孩鲜少被提及。与约定俗成观点不同的是，他们在强调"父亲和老师读，儿子与学生听、唱、说和记"这一延续文本链条的男性记忆方式之时，没有忽略同样坐在家庭餐桌旁的母亲和女儿角色。

回溯历史，《圣经》中有许多自信并拥有自我意识的母亲，与古往今来的犹太女性一样，她们在给孩子提供美食之时也给他们讲授古老的故事与诫命，传递民族延续的火炬。《犹太人与词语》列举了系列犹太母亲：有的从不孕女成为慈母，有的充满怜爱之心，有的用母性作为主权隐喻，有的具有超常的才

---

① 参见《民数记》27：4。
② 参见《民数记》36：6。

德。但她们的一个共同特征便是期待把孩子带到人间。每当境遇不佳时，她们首先选择生存、营救、克服危险。多数犹太母亲显然更愿意孩子活下来讲述民族故事；而不是慷慨赴死，继而成为民族故事。不过，历史上哈斯蒙尼王朝时期的女子汉娜与众不同，她不肯向希腊偶像卑躬屈膝，任安提阿军队杀害了她的七个孩子，她自己随之自杀。在讨论大屠杀中的英雄主义时，汉娜一度成为正面形象。但在奥兹父女眼中，她的行为是一个可怕的例外。

伟人或英雄之母是《圣经》中不可忽略的人物。在谈到摩西出生与成长经历时，奥兹父女认为，多亏了四位希伯来女性和两位埃及女性的聪明才智和勇气，才有了犹太民族的伟大领袖。这四位希伯来女性分别是摩西的母亲约基别、姐姐米利暗、接生婆施弗拉和普阿，两位埃及女性分别是法老女儿及其女侍。正是这六位不同民族的女子以母亲般的勇敢，拯救了襁褓中的摩西，才有了日后摩西率领以色列人出埃及的故事，犹太民族才得以繁衍。而在英雄成长的整个过程中，父亲形象是缺失的。

多数犹太母亲为心爱的孩子竭尽全力，比如《圣经》中的哈拿和拔示巴。哈拿把儿子撒母耳培养成大祭司；拔示巴用计使儿子所罗门成为国王。但奥兹父女心目中的人生赢家、典型的犹太母亲却是哈拿。哈拿本是一个不孕女子，曾经热切地求子，并承诺要他为上帝服务。得到儿子后，她把面包与字母这一犹太组合发挥得恰到好处，给孩子美味佳肴，送他去认字。在她身上，体现了早期犹太母亲的双重面孔：巨大的身体柔情以及早期的学术派遣。当把儿子送往示罗上帝之殿时，她带了肉、面粉和酒。每年为儿子做一件小外袍，与丈夫一同献年祭时带给他，远远地向孩子挥手告别，步履艰难地回到家中。这感人的字里行间，揭示出古往今来犹太孩子的成长路径：从母亲那里断奶，去往犹太会堂的书屋，边享用甜食，边记住阿莱夫、贝特等希伯来语字母。尽管在奥兹父女看来，哈拿的丈夫以利加拿是《圣经》中最好的丈夫，但在孩子的成长过程中父亲形象几近缺失。而且，哈拿的育子之道也反映出令许多犹太父母心碎欲裂的二元性：我的孩子不为我独有，他不仅属于父母，也属于上帝，属于读书，必须在他年幼之际放弃他。

哈拿不但是知性育儿的先驱，而且还善于口头表达。或许她不识字，或许历史上的哈拿并不存在，但《圣经》中有她为上帝献上一首优美赞美诗的描写，体现出女人在词语表达上的优势。《圣经》中另两位具有词语表达能力的女子是摩西姐姐米利暗以及女武士底波拉。她们是奥兹父女心目中的女中豪杰。米利暗成熟，充满魅力，身兼领袖、先知、歌手、歌词作者数职，具有强烈的感召力；底波拉赢得了抗击迦南人之战。米利暗、底波拉和哈拿一样拥有特殊的词语表达能力，并通过词语表达改变思想，改变历史，是《圣经》中最伟大的女诗人。这三人都具有慈母般的胸怀，养育过兄弟、儿子或民族。这三人都唱出了伟大的赞美之歌：米利暗在经过红海后歌唱，底波拉在战胜西西拉军队之后歌唱，哈拿则在战胜不育后歌唱。这些歌是早期希伯来诗歌中的精品，也是奥兹父女驳斥当今超正统派犹太教不允许女子唱歌这一习俗的证据。

近现代以来，许多犹太女子读书很多，给孩子们树立了博学的榜样，但有时，母亲的过度控制会阻碍孩子的成长，正如 20 世纪意第绪语诗人伊兹克·芒戈（Itzik Manger）所写：

> 我告诉妈妈，
> "要是你不阻止我，我会变成一只小鸟，飞翔"……①

公元 2 世纪以来，多数犹太人离开故土，流亡世界各地。他们使用的主要语言不再是希伯来语或阿拉米语，而是希腊语，偶尔是拉丁语。相比于《圣经》中女性所起的积极作用，其后的犹太经典《密释纳》《塔木德》在性别政治上的主旨非常明确，尤其强调"要教训你们的儿子"（此话最早出自《申命记》11：19），读书成了男人之事。在拉比群体中，女性形象几近缺失。用奥兹父女的话描述："这是一个非常男性化的世界，几乎没有女人，充满了分析、竞争、口头争论和欲望。"② 在这种男性话语中，女子基本上不能参与开

---

① 〔以〕阿摩司·奥兹、范妮亚·奥兹-扎尔茨贝尔格：《犹太人与词语》，钟志清译，译林出版社，2019，第 101 页。

② 〔以〕阿摩司·奥兹、范妮亚·奥兹-扎尔茨贝尔格：《犹太人与词语》，钟志清译，译林出版社，2019，第 20 页。

启犹太智慧，幕后操纵政治，或者为民族歌唱。造成这种现象的原因之一首先是女子的地位问题，就像拉海尔·埃利奥（Rachel Elior）所言：女人，占据了次要地位——社会地位低下，被剥夺了在公众面前发声的机会，处于无知状态，并受到法律歧视——因经期而被认为周期性地不洁，被排斥在圣洁与读书之外。① 其次，女人的主要角色是待在家里，不能上街，而男子则可以外出，向人学习知识。女子只能通过把儿子送到犹太会堂去学习《托拉》，把丈夫送到拉比学院研习而获得荣誉。② 加之，犹太男子害怕女性可能会污染膜拜仪式，或会使他们分心，不能专心侍奉上帝。这种传统延续了十几个世纪。其间，尽管有些出身富有的犹太女子可以接受良好的教育，但在数量上微乎其微。

《圣经》并没有称女人比男人缺乏智慧，③ 与之相对，《塔木德》圣贤在谈到女人智慧时充满悖论：一方面说"女人头脑简单"，另一方面则说上帝赋予女人比男人更多的智慧；④ 既说女人贪吃、偷听、懒惰、妒忌、爱发脾气、唠叨不休，又说"十分言语降临世界，女人占据九分"。⑤《大众塔木德》认为这是相当不客气的说法，表示女子多话，唠叨不休。⑥ 但奥兹父女则认为这种现象表明女性在词语表达方面没有劣势。在整个大流散期间，犹太人正是依赖口头词语，后来则依赖于书面词语，传承整个民族传统。更有甚者，"话多"是犹太男人和女人拥有的共同特征：那是一种颇为紧张而警觉的唠叨，以新颖的形式围绕古代文本展开。它始于上帝用一些简洁的词语来创造世界，亚当通过给动物命名来宣告对动物的统治。《圣经》中与"说"相关的动词出

---

① 〔以〕阿摩司·奥兹、范妮亚·奥兹-扎尔茨贝尔格：《犹太人与词语》，钟志清译，译林出版社，2019，第123页。
② 〔美〕亚伯拉罕·科恩：《大众塔木德》，盖逊译，傅有德校，山东大学出版社，2014。
③ Judith Rominey Wagner, "Women in Classical Rabbinic Judaism," in Judith Baskin, ed., *Jewish Women in Historical Perspective*, Detroit：Wayne State University, p. 77.
④ 《巴比伦塔木德》，Niddah, 45b。参见〔以〕阿摩司·奥兹、范妮亚·奥兹-扎尔茨贝尔格《犹太人与词语》，钟志清译，译林出版社，2019，第117页。
⑤ 《巴比伦塔木德》，Kidushin, 49b。参见〔以〕阿摩司·奥兹、范妮亚·奥兹-扎尔茨贝尔格《犹太人与词语》，钟志清译，译林出版社，2019，第123页。
⑥ 〔美〕《大众塔木德》，盖逊译，傅有德校，山东大学出版社，2014，第158页。

现了 6000 多次。①

　　奥兹父女未像众多学者那样着力论证拉比犹太教中歧视女性、禁止其受教育等问题，却集中笔墨描写一些出类拔萃的女子。这些出现在《塔木德》中的女子既幸运，又有能力。她们当中有圣贤之妻，也有学者。其中一位名叫伊玛·沙洛姆（Imma Shalom），该名在阿拉米语中意为和平之母。她是一位大拉比的姐妹，又是另一位大拉比之妻。她出身高贵，富有智慧，既关心丈夫，又关心兄弟，还关心穷人。在姻亲之间的争论中来回斡旋，运筹帷幄。另两位杰出女子则是雅儿塔（Yalta）和布鲁里亚（Berurah）。雅儿塔是巴比伦犹太社区首领之女、纳赫曼拉比之妻，她在《巴比伦塔木德》中出现过几次，恰似一位真正的学者，且富有个性，乐善好施，经常追问一些富有知性色彩的问题。她德高望重，甚至在安息日被人用轿抬到犹太会堂，享有大圣贤才有的荣誉。布鲁里亚也是《密释纳》圣贤的妻女，且本人也是一位大学者。她具有惊人的学习能力，能在辩论中取胜。她也教授学生，并拥有独特的教学方法，赢得了男学者的尊重。《塔木德》记载她佩戴经匣，这是男人才会拥有的神圣仪式。16 世纪的卡巴拉学者圣阿里曾经说布鲁里亚的灵魂来自"男性的世界"，将其称作罕见的天才。

　　犹太妇女史与书籍的材料史密切联系在一起。中世纪晚期，女子可以获取读物，她们留下了许多书写证据。在 1492 年之后的塞法尔迪犹太社区，许多女子受过教育。在中欧和东欧，女子的身份与《塔木德》时期相比也有所提高。尽管当时，尚未出现美因茨的古腾伯格（Johannes Gutenberg）发明的印刷术，但是书籍已经被家庭化。17 世纪汉堡哈梅尔恩家族的格丽可儿曾经在回忆录中写道："我父亲用宗教和世俗事务教育孩子，儿女都一样。"她本人成长为一个成功的商人和出色的读者，拥有大量的图书。在创作领域，甚至出现了书写或口述书信、遗嘱、请愿书的女子，以及描写爱情的女诗人。后来又出现了女拉比、女出版商、女抄写员、女独立作者、沙龙女主人、女演员这样

---

① 〔以〕阿摩司·奥兹、范妮亚·奥兹-扎尔茨贝尔格：《犹太人与词语》，钟志清译，译林出版社，2019，第 58 页。

的现代角色。素有鲁德米亚少女之称的超正统派的犹太女子维伯马赫尔的天赋甚至令哈西德派父权制黯然失色。

19 世纪和 20 世纪早期的犹太女子堪称欧洲最为精力充沛的读者，她们如饥似渴地阅读，为女儿和孙女铺路。尽管她们依旧穿着传统的衣装，但已经站在现代世界的门槛，拉比之妻米利亚姆·科恩曾替丈夫经营拉比律师事务所。更引人注目的是，在现代世界里，许多犹太女子纷纷走向学术前沿。早在 19世纪末期，便有犹太女子艾尔萨·纽曼（Elsa Neumann）在德国柏林大学获得博士学位，她也是在柏林大学第一位获得博士学位的女子，而后成为杰出的物理学家、化学家。继之，在德国、奥地利和英国，一些犹太女子成为细菌学家、政治学家、医学家、生物物理学家和思想家，在科学和人文领域熠熠生辉，其中便包括中国读者所熟知的汉娜·阿伦特（Hannah Arendt）。

显然，奥兹父女在以一种别出心裁的方式诠释着犹太女性传统。在主要由男人构成的知性历史中，犹太女子尽管经常遭到压制，但她们不时打破沉默，与男人一道发声。1960 年出生的奥兹-扎尔茨贝尔格自述从 3 岁起就开始就《犹太人与词语》中的一些话题与父亲讨论，甚至争论，她从一个普通的基布兹女孩到牛津博士，再到海法大学教授的成长经历表明，在以色列的世俗犹太人群体中，女子在求学之路上能与男子并驾齐驱，能用词语表达心声。但不可否认，直至今日，一些富有影响力的犹太社区仍然禁止女人发声，不希望听到女人歌唱。即使在《犹太人与词语》成书时的 21 世纪，以色列依然为超正统派犹太人要求在公共领域禁止女性声音、遮蔽女性形象展开激辩。这样一种以词语为核心、充满争论甚至悖论的文化传统，无疑对读者解读更具挑战性。

# 第四章
# 大屠杀叙事

## 第一节　大屠杀与犹太复国主义

第二次世界大战结束后，犹太复国主义正史把大屠杀当成进行犹太复国主义道德教育的组成部分，似乎已经成为不争的事实。但在大屠杀期间（1939～1945），犹太复国主义领袖对大屠杀的态度却十分复杂，也在犹太学界引起了广泛争论。

以色列历史学家贝特-茨维（Shabatai B. Beit-Zvi）认为，在大屠杀期间，身在巴勒斯坦的犹太复国主义领袖、以色列第一任总理本-古里安对欧洲犹太人的遭际并不了解，他也不想了解，因为他对那里发生的详细情况并无兴趣。当然，就更谈不上要去营救欧洲犹太人了。贝特-茨维甚至说，在本-古里安的世界里，大屠杀显得十分边缘，在20世纪40年代发表的各种演说中，他甚至很少提起大屠杀这一主题。[①] 另一位以色列学者图维亚·弗里凌（Tuvia Friling）则就此提出了相反意见，认为本-古里安参与了营救欧洲犹太人的行动。[②] 还有学者争论说，尽管以本-古里安为首的犹太复国主义领袖曾经向美

① 沙巴泰·B. 贝特-茨维（Shabatai B. Beit-Zvi），《大屠杀中的后乌干达犹太复国主义》（希伯来文版），特拉维夫：Bronfman，1977，第104页。

② See Yechiam Weitz, "Dialectical versus Unequivocal: Israeli Historiography's Treatment of the Yishuv and Zionist Movement Attitude toward the Holocaust," in Benny Morris, ed., *Making Israel*, Ann Arbor: University of Michigan Press, 2007, pp. 292-294.

英等国家提出拯救欧洲犹太人的请求，但遭到了拒绝。① 意味深长的是，不管他们持何种观点，基本上不会否认这样一个事实，即本-古里安对大屠杀幸存者非常感兴趣，并十分关心是否有足够的犹太人生存下来让犹太复国主义事业开花结果。

犹太复国主义运动又称锡安主义运动，其名称来源于犹太人故乡的希伯来语名字"锡安"。需要强调的是，政治犹太复国主义是指犹太人返回家园和恢复犹太人在以色列土地上的主权的民族运动，强烈地表现出曾经在世界各地流散多年的犹太人与古代故乡土地的一种关联。政治犹太复国主义领袖赫茨尔在犹太复国主义纲领性文献《犹太国》中指出，犹太人的问题既不是一个社会问题，也不是一个宗教问题，而是一个民族问题。尽管犹太人一直希望融入周围民族的社会生活中，同时希望保留自己的宗教信仰，但仍然被轻蔑地称作外来者。回到锡安则可以弥补大流散期间的缺失，把"明年在耶路撒冷"这句古老的祈祷词变成活生生的现实。② 而文化犹太复国主义者的代表人物阿哈德·哈阿姆则强调犹太人的精神生活，认为政治纲领与理想必须植根于民族文化；宗教犹太复国主义者则认为，文化犹太复国主义永远不够，因为犹太文化最深层次的内容是《托拉》。不能仅把《托拉》当作文学作品来读，也要将其当作上帝律法和犹太人的行为准则。这几个方面或多或少影响到当今以色列的政治与文化生活。政治犹太复国主义内部的紧张关系不仅导致文化犹太复国主义和宗教犹太复国主义的发展，而且还引起了以色列境内对犹太复国主义的巨大世俗挑战，即后犹太复国主义。这一问题在本书结语中再加以详细讨论。

大屠杀结束后，世界各地的犹太复国主义组织不失时机地把流散到各个国家的犹太难民聚集在一起，用犹太复国主义思想启迪身经乱离的人们，引导他们逐渐意识到在欧洲没有出路，唤起他们对先祖生存过的那片"应许之地"的向往，在饥寒交迫之中采取各种途径移居到巴勒斯坦。仅在以色列建国后的第一个 10 年，以色列就接纳了大约 50 万大屠杀幸存者。安置难民与重新塑造

---

① Shabtai Teveth, *Ben-Gurion and the Holocaust*, New York, San Diego, London: Harcourt Brace & Co., 1996, p. 310.

② 〔奥〕西奥多·赫茨尔：《犹太国》，肖宪译，商务印书馆，1993，第 21~27 页。

难民显然成为以色列政府不可忽略的严峻问题。本-古里安在 1949 年 1 月召开的自由职业者会议上就指出，目前面临的三大挑战便是安全问题、移民问题与定居点问题。而解决这些问题的重要前提之一便是通过参军和从事农耕等教育手段，对新移民进行重新塑造，使之适应犹太复国主义事业与国家建设的需要。①

以色列的政治领袖提倡通过肢体的简单劳动，而不是通过精神活动与古老的土地建立起密切的联系。新移民之中固然不乏热衷于犹太复国主义运动的人士，他们梦想着用双手建造家园，建立新的人生。举例来说，笔者本人曾在大屠杀纪念馆（Yad Vashem）遇到过一位名叫梯比的幸存者，他生于匈牙利，在 13 岁那年与父亲和哥哥一起被关进奥斯威辛集中营。父亲不堪集中营的恶劣环境撒手人寰，兄长也在集中营解放后的第二天死在了医院。梯比只身一人去了瑞典，这是因为他心目中的故乡是匈牙利，而不是巴勒斯坦；但是他在匈牙利接受了犹太复国主义思想的影响后，便加入非法移民的行列，乘船来到巴勒斯坦，发誓要像真正的本土以色列人那样为即将建立的民族国家献身。他把自己的姓氏从赫尔曼改为拉姆，主动要求到北方一个边远的基布兹参加农业劳动，不仅植根于土地，而且亲手建设家园。在以色列建国以后的几十年里，梯比参加了数次中东战争，履行着他的保家卫国的誓言。

但是，犹太人在接受犹太复国主义理念时具有复杂性。并非所有的大屠杀幸存者都像梯比那样能够自觉地接受犹太复国主义理念并在日常生活中身体力行。以色列大屠杀幸存者作家阿佩费尔德（Aharon Appelfeld）在自传体小说《灼热之光》中再现了一群少年幸存者初到以色列后的遭际。这些少年幸存者在战争期间经历了肉体与心灵磨难，失去了信仰与积极乐观的人生态度，因此他们到以色列不是出于个人选择，而是迫不得已。他们拒绝接受犹太复国主义思想，把犹太复国主义先驱神往的巴勒斯坦土地歪曲为某种集中营，缺乏同以色列土地和那里的百姓融为一体的愿望。在流散地滋生的某种寄生习惯仍然在

---

① Zvi Zameret, *The Melting Pot in Israel*, Albany：State University of New York Press, 2002, pp. 48-49.

他们的内心深处作祟。他们认为自己不是农民，想坐轿车，不想干农活。少年幸存者拒绝与土地建立密切关系拉大了他们同以色列社会之间的距离。同时，以色列建国前后，本土以色列人对大屠杀幸存者也表现出一种难以自制的鄙视、厌恶与排斥。

本土以色列人对大屠杀幸存者的蔑视，实际上折射出前文所说的犹太复国主义教育中的反大流散情结。美国女学者杰鲁巴维尔在她那部颇具影响力的《再生之源：集体记忆与以色列民族传统的形成》中就这一问题进行了深入探讨。在她看来，犹太复国主义者根据人与土地具有联系这一观点把犹太历史划分为古代史和流亡史两大部分，古代史始于亚伯拉罕来到迦南，结于公元 2 世纪犹太人反对罗马人的巴尔·科赫巴起义失败。从此，犹太人开始近两千年散居世界各地的流亡历史。19 世纪初期以来，犹太复国主义理念把许多犹太人重新召回到巴勒斯坦，并在 20 世纪 40 年代末期建立了以色列国家。对许多犹太人而言，这意味着流亡生涯的结束和民族历史新纪元的开始，需要把流亡中的种种负面体验镌刻在集体意识深处。同时，这个国家为了抵御来自邻邦的进攻与围困，尤其是为了在世界范围内确立其合法性，就要创造一套政治话语，来追忆过去，面对现在，展望未来。①

在犹太复国主义话语中，流亡就像隔在古代辉煌的犹太历史与当代值得骄傲的犹太历史之间的一个黑洞，缺乏更多的正面特征。根据犹太复国主义理念，古代代表着犹太历史的辉煌时期，而大流散则代表着犹太历史的黑暗时期，充满苦难、迫害与黑暗。以色列第一任总理本-古里安认为，大流散包含了犹太人遭受迫害、合法歧视、审讯、集体杀戮以及自我牺牲与殉难的历史。以色列第二任总统本-茨维也指出，在犹太人大流散时期所居住的隔都，英雄主义与勇气已经荡然无存。大屠杀无疑代表着最具有负面意义的流亡结果。②犹太人采取忍耐、顺从、怯懦、苟且的生存方式，逆来顺受，随遇而安，缺乏

---

① Yael Zerubavel, *Recovered Roots: Collective Memory and the Making of Israeli National Tradition*, Chicago and London: The University of Chicago Press, 1995, pp. 16-17.

② Hanna Yablonka, *Survivors of the Holocaust: Israel after the War*, Basingstoke: Macmillan Press, 1999, p. 55.

自信，在被动中期待着奇迹的出现。[1] 600 万犹太人"像羔羊一样走向屠场"显然成为新建以色列国家的耻辱。大屠杀的发生不仅意味着流亡应该遭到毁灭，而且被认为应该淡出以色列新型犹太人的记忆。另外，以色列国家也意识到大屠杀这一历史事件似乎证实了犹太复国主义先驱的说法，即没有犹太国家，没有抵御外敌的力量，流亡中的犹太人只能脆弱地承受毁灭。[2] 从这个意义上说，通过大屠杀教育，可以让以色列人，尤其是青年人意识到只有建立一个犹太主权国家，犹太人才可能结束流亡，结束免遭屠戮的悲剧命运。这是大屠杀被应用于犹太复国主义教育的一个重要原因。

犹太人自古以来便拥有记忆过去、记忆历史的传统，并且通过记忆来维护犹太信仰。在当今以色列所有的犹太节日中，除了植树节，其他节日均与犹太人对历史的记忆有关，逾越节和住棚节纪念摩西率领古代以色列人出埃及，光明节纪念的是犹大·马加比起义。对历史灾难的记忆尤其在犹太民族意识中占据了至关重要的地位。大屠杀是近代犹太民族体验中的重要组成部分，无论从犹太民族的记忆传统出发，还是从现实意义考虑，大屠杀都是新型以色列国家记忆链条上一个不可缺少的环节。更何况，对于一个新建国家来说，人力资源相当重要，而补充人力的一个重要渠道则是接纳大屠杀幸存者。这些幸存者，负载着他们的隔都或集中营记忆，他们当中尽管有些人为自己的过去感到耻辱，甚至为自己没有像亲人那样死去而感到负疚，但不排除有人希望通过书写或者讲述等方式来铭记历史。但是，其记忆内容需要与国家主导话语所强调的建国、作战、做英勇的希伯来人理念保持一致。在这种社会语境下，个人情感不得不屈从于国家利益。这便涉及大屠杀被运用到犹太复国主义教育话语中的另一个重要问题，即大屠杀中的英雄主义问题。用犹太历史学家维茨（Yechiam Weitz）的说法，英雄主义在本土以色列人与大屠杀幸存者，在 20 世纪欧洲犹太人和 20 世纪 50 年代本土以色列人之间架设了一座桥梁。或者说，只有当把大屠杀和英雄主义或者民族"再生"联系在一起时，当代以色

---

① Yael Zerubavel, *Recovered Roots: Collective Memory and the Making of Israeli National Tradition*, Chicago and London：The University of Chicago Press, 1995, p. 19.

② James Young, *The Texture of Memory*, New Haven：Yale University Press, 1993, p. 213.

列社会才会面对大屠杀问题。①

关于英雄主义的界定，不同身份的以色列人持有的观点有所不同。对于那些出生在巴勒斯坦地区或自幼移居到以色列土地并在其教育体制下成长起来的本土以色列人来说，大屠杀英雄主义指的是大屠杀期间欧洲犹太人所发动的反对纳粹的武装反抗；但是，大屠杀幸存者则把自己在苦难与屈辱中争取生存当成英雄主义行动，当成另一种形式的反抗。② 国家记忆强调的也是以隔都起义或游击队斗争为代表的武装反抗的英雄主义，或者说积极的英雄主义。大屠杀时期的反抗甚至成为犹太复国主义者教育年轻人为新兴犹太国家而战的必修课。隔都起义，尤其是华沙隔都起义，成为以色列在 1948 年"独立战争"期间弘扬英雄主义神话的一个重要因素，甚至被视为大屠杀期间与纳粹较量这一英雄主义行动的延续。大屠杀纪念馆法案的提议人、当时的以色列教育部部长、希伯来大学历史学教授本-锡安·迪努（Ben-Zion Dinur）在 1953 年的一次议会讨论中，把以华沙起义为代表的欧洲犹太人的英雄主义同犹太定居点的英雄主义联系在一起，并将 1948 年的"独立战争"视为二战期间游击队员与地下战士反抗纳粹武装的"直接延续"。这种观点促使他在大屠杀纪念馆提案中将二者视为不可分割的整体。但值得注意的是，迪努这位历史学家注意到了二战期间犹太人在强权面前无能为力这一特殊的历史环境，把普通人在日常生活中为保持做人尊严而斗争、为生存而斗争的举动囊括在英雄主义范畴之内，也为后来的学者修正历史奠定了基础。

华沙隔都起义是大屠杀期间犹太人进行武装反抗的一个象征性标志。华沙隔都一度是东欧最大的犹太人居住区。1943 年 1 月，华沙隔都里的犹太人用走私来的武器朝德国人开火，试图阻止德国人把隔都里的犹太人运进死亡营，德国士兵退却了。这一小小的胜利鼓舞着隔都犹太人酝酿着进一步的反抗。

---

① Yehiam Weitz, "Shaping the Memory of the Holocaust in Israeli Society," in *Major Changes within the Jewish People in the Wake of the Holocaust*, Yad Vashem International Historical Conference （9th）, 1993, p. 503.

② 参见 Hanna Yablonka, *Survivors of the Holocaust: Israel after the War*, Basingstoke：Macmillan Press, 1999, p. 55。又参见笔者在《外国文学评论》2008 年第 4 期上发表的论文《身份与记忆：论希伯来语大屠杀文学中的英雄主义》。

1943 年 4 月 19 日犹太人的逾越节前夜，德国士兵和警察准备把那里的犹太人运往特里布林卡死亡营，700 多名犹太战士在 23 岁的年轻人莫迪凯·阿尼耶列维茨（Mordechai Anielewicz）的率领下奋起反抗，这便是犹太历史上的华沙起义，起义持续了将近一个月，最后被德国人镇压。约 300 名德国人和 7000 名犹太人在起义中丧生，阿尼耶列维茨身先士卒。5 万多名犹太人被俘虏，数千名犹太人被送往特里布林卡。二战结束后，华沙隔都的一些大屠杀幸存者来到以色列地，在北方毗邻黎巴嫩边境的地方找到一片土地，在那里建起了基布兹，并在 1949 年建立了"华沙战士之家"博物馆，以纪念在大屠杀中失去的家人与同胞。对于这些幸存者而言，新建的基布兹和博物馆象征着犹太民族在以色列的复兴，甚至可以说是"犹太复国主义之花"，纪念华沙隔都起义的"活生生的纪念碑"。但令人无法心安理得的是，这里曾经是一个阿拉伯村庄，在 1948 年以色列"独立战争"中被毁。以色列新历史学家汤姆·萨吉夫（Tom Segev）在《以色列人与大屠杀》一书中就一针见血地指出：也许在以色列再也找不出另一块地方更好地反映大屠杀与巴勒斯坦人悲剧命运的关联了。① 历史就是这样充满了复杂与悖论。基布兹的创建者中虽然有安提克·祖赫曼（Antek Zucherman）等参加过隔都起义的战士，但多数人只是在大屠杀中幸存下来，没有参加抵抗运动，英雄主义神话几乎成了他们的精神负担。笔者还从"隔都战士之家"的讲解员口中得知，有些人甚至为自己伪造出一个抵抗者的身份。

1953 年，以色列议会通过了建立大屠杀纪念馆的法令，并将其定为纪念大屠杀的国家机构。大屠杀纪念馆最初只是档案馆，20 世纪 70 年代才改为博物馆，既注重教育，又重视研究。与从名称上便可以让人明白其含义的"隔都战士之家"不同，大屠杀纪念馆的名字"Yad Vashem"具有象征意蕴。这一名称出自《圣经·以赛亚书》第 56 章第 5 节，"我必使他们在我殿中、在我墙内有记念、有名号……不能剪除。"② "记念"与"名号"便是"Yad

---

① Tom Segev, *The Seven Million: The Israelis and the Holocaust*, New York：Henry Holt and Company, LLC., 1991, p.451.

② 译文见于《圣经》和合本，因此保留"记"的用法。

Vashem”的希伯来语含义。而这一名称的提议人莫迪凯·申哈维（Modechai Shenhavi）早在20世纪40年代就表明只有建立"Yad Vashem"这样一座纪念馆，才能使同胞们在大屠杀期间的英雄主义行为不止局限于口头流传，而这种英雄主义将象征着犹太民族生存与斗争的愿望，将突出其忍受人类历史降临在一个民族的最为严酷痛苦的磨难。以色列第一任总统魏茨曼则感到，这一名称将会回响在海外犹太人与以色列犹太人的心田。① 因为魏茨曼相信：600万犹太人的灵魂将会与犹太人同在，使之在未来社区发展中力量倍增。记住历史是为了更好地面对未来的设想不言自明。大屠杀纪念馆坐落在赫茨尔山国家公墓旁边，公墓里埋葬着民族领袖、犹太复国主义先驱和为以色列国家捐躯的士兵。1959年，以色列又规定将大屠杀纪念日定为"大屠杀与英雄主义日"，并开始在纪念日的当天鸣笛，所有的人在笛声中驻足，以色列举国下半旗。

尽管以色列的不同党派曾经对是否把大屠杀纪念馆作为民族记忆的权威机构展开激烈争论，但无论是大屠杀纪念馆地址的选择，还是大屠杀纪念日的确定，均表明了以色列国家在20世纪50年代在对待大屠杀问题上的价值取向，即试图在大屠杀记忆与武装反抗的英雄主义之间建立联系。大屠杀纪念馆内不仅建有华沙隔都广场，里面矗立着人们手持武器勇敢作战、起义领袖阿尼耶列维茨手擎火把的雕塑；还耸立着用六块巨石和巨大的不锈钢刀身组合而成的纪念碑，纪念犹太战士和游击队队员。每三块巨石一组，相对而视，其空隙颇似大卫星的图案，不锈钢箭头横穿其中。如果说六块巨石象征着在纳粹铁蹄下丧生的600万犹太人，大卫星代表着犹太民族，那么不锈钢箭头则象征着反对纳粹的斗争。这样一来，这座纪念碑便把大屠杀与犹太人建立以色列国家联系起来。

犹太复国主义领袖也希望运用大屠杀教育来确立以色列的合法性和未来的生存目标。教育部、文化部、犹太机构以及私人经年以来纷纷捐款资助该项事业，以实际行动印证了魏茨曼的说法。在20世纪50年代，以色列的年轻人一

---

① Bella Gutterman and Avner Shalev, *To Bear Witness*, Jerusalem: Yad Vashem, 2008, pp. 12–14.

般通过仪式教育来了解大屠杀，60 年代把大屠杀写入一些中学的历史教科书。但从整体上看，当时以色列对大屠杀和大屠杀幸存者尚未采取包容的态度，用作家格罗斯曼的话说，那一代人生活在浓重的集体沉默中。1961 年的"艾赫曼审判"堪称以色列记忆历史上的转折点，促使以色列年轻一代意识到，犹太人在大屠杀中并没有像在以色列"独立战争"中那样取得以少胜多的胜利，而是"像送去屠宰的羔羊"那样被送进焚尸炉。1963 年，以色列教育部提出开设"大屠杀期间的隔都"一门课，但选课的人寥寥无几。只是到了 70 年代末期，以色列的学校才开始大规模地开设大屠杀课程。在这过程中，以色列集体记忆中的大屠杀英雄主义概念也发生了改变，即英雄主义不仅包括武装反抗，而且包括普通人日复一日争取生存与做人尊严，以此延续整个犹太民族、摧毁希特勒施行种族灭绝计划的斗争。

大屠杀纪念馆与"隔都战士之家"两座博物馆均拥有教育使命。而位于耶路撒冷的大屠杀纪念馆在过去数十年间接待了亿万来访者。2006 年，大屠杀纪念馆新馆揭幕。而今，纪念馆中从事国际学校教育的约 800 名老师每年在以色列各地组织活动，讲授同大屠杀相关的内容，在纪念馆内为以色列学生和军人进行培训，并用 9 种语言举行海外大屠杀讲习班。每隔两年，大屠杀纪念馆会就大屠杀与教育问题主办一次国际会议。从某种意义上说，大屠杀纪念馆不仅成为以色列国家的大屠杀教育中心，而且也起到了大屠杀纪念馆前任馆长（1972～1993 年在位）、犹太历史学家伊扎克·阿拉德（Yitzhak Arad）所提及的政治平台的作用。无疑，它所影响的不仅是大屠杀幸存者及其子女，还有整个以色列国家和多数以色列公民。

## 第二节　大屠杀记忆与以色列的意识形态

第二次世界大战结束后的 70 余年间，大屠杀记忆一直在以色列国家的意识形态与公共话语中占据着中心位置。其原因来自许多方面。首先，作为世界上唯一的犹太国家，以色列接纳了大约 2/3 的大屠杀幸存者，以色列国家与大屠杀有着无法分割的社会联系。其次，对于 1948 年才建立的一个新国家来说，大屠杀灾难既有助于强化以色列国家的合法性，又有助于教育国民，尤其是教育年轻一代铭记历史、面对未来，甚至为国家的利益献身。早在以色列建国之初，以第一任总理本-古里安为代表的犹太复国主义领袖十分重视重塑以大屠杀幸存者为代表的新移民的思想意识，使之适应国家建设的需要。以色列议会也出台了诸多政策，确立了一些仪式化的大屠杀记忆方式，奠定了大屠杀记忆国家化与政治化的传统。最后，大屠杀镌刻在以色列犹太人的民族记忆与个体记忆深处。每到面临战争、面临国家存亡的历史关头，一些以色列犹太人便会产生与大屠杀相关的感受，将时下生存状况尤其是将巴以冲突与大屠杀建立关联，引发了不同层面的思考、热议乃至争论。

## 一　大屠杀记忆的政治化与仪式化

早在 1948 年以色列建国之前，一些犹太难民就抵达英国托管的巴勒斯坦，其中包括灭绝营和劳动营中的幸存者、地下抵抗人员和隔都战士。以色列建国之初颁布的《回归法》规定：所有犹太人都可以移民到以色列，大屠杀幸存者移居以色列的人数因此骤增。当时的以色列人口主要由拓荒者、欧洲犹太难民以及来自北非与西亚国家的犹太人构成，大屠杀幸存者大约占当时移民人数的一半。[1] 大屠杀这一事件不断成为普通民众乃至议会内部展开论辩的诱因，[2] 在国家意识形态中的地位极其重要。

早年就移居巴勒斯坦并经历 1948 年"独立战争"洗礼的以色列人无法理解 600 万欧洲犹太人"像羔羊一样走向屠场"的软弱举动，将其视为新建国家的耻辱。而刚刚抵达以色列的大屠杀幸存者，由于经历了战争时期的摧残，往往在肉体和精神上都显得孱弱无力，与英勇无畏的以色列人的形象形成强烈反差。以色列人甚至对幸存者怎样活下来的经历表示怀疑。加之，刚刚建立的

[1]　Erik H. Cohen, *Identity and Pedagogy: Shoah Education in Israeli State Schools*, Boston: Academic Studies Press, 2013, p.38.

[2]　Hanna Yablonka, "The Commander of the 'Yizkor' Order: Herut, Holocaust, and Survivors," in S. Ilan Troen and Noah Lucas, eds., *Israel: The First Decade of Independence*, Albany: State University of New York Press, 1995, p.215.

以色列面临着阿拉伯世界的重重围困和国际社会的道义考问，急迫构建合法性，塑造出外表强壮、富有集体主义精神的新型犹太人。这些原因造成犹太先驱者对大屠杀幸存者持蔑视态度，希望幸存者能够忘记过去，加入创造新型民族形象的进程中来。就像 1949 年的一份马帕伊党（Mapai）报纸所说："我们需要把这些人类尘埃转变成新型的犹太共同体，这是一项巨大的工程。"①

在这种意识形态话语的影响下，对战争期间像"待宰羔羊"一样死去的数百万犹太人的纪念不免会成为新建国家构建立国精神的不利因素。多数幸存者希望在新的土地上获得新生，他们不仅不为过去的苦难经历感到骄傲，而且对回忆过去梦魇般的岁月具有本能的心理抗拒。许多幸存者为了新的生存需要，不得不把梦魇般的记忆尘封在心灵的坟墓里，小心翼翼地不去触及战争时期所遭受的苦难。2002 年 4 月，笔者曾跟随以色列教育部组织的"生存者之旅"代表团前往波兰，在奥斯威辛集中营采访了出生在匈牙利、当时住在特拉维夫的大屠杀幸存者爱莉谢娃。据她证实：在以色列建国之初，大屠杀幸存者不可能向别人讲述自己在集中营所遭受的苦难。她如果这样做，人家会将她视作疯子，她最好的做法就是保持沉默。②

如何把历史创伤转换成进行爱国主义思想教育的政治话语？以色列总理本-古里安曾有一句名言："灾难就是力量。"这句话意味着政府努力将历史上的恐怖和灾难转变为力量，以保证新犹太国家今后能在阿拉伯世界的重重围困中得以生存。③ 为此，以色列政府制定了一系列相关政策，教育国民了解大屠杀历史，建构大屠杀记忆。

首先，以色列政府决定确立具有仪式化色彩的民族纪念日。1951 年，以色列议会宣布将希伯来历法中尼散月的第 27 日定为"大屠杀与隔都起义日"。27 日这个日期不是宗教节日，而是 1943 年"华沙隔都起义"的爆发日。这次

---

① Erik H. Cohen, *Identity and Pedagogy: Shoah Education in Israeli State Schools*, Boston：Academic Studies Press，2013，p. 40.

② 需要指出的是，近年的研究成果表明，尽管多数大屠杀幸存者处于沉默状态，但他们仍然保存对亲人的回忆与祭奠。参见 Anita Shapira, *Israel: A History*, Waltham：Brandeis University Press，2012，p. 262。

③ Shabtai Teveth, *Ben-Gurion and the Holocaust*, San Diego：Harcourt School Publishers, 1996, p. xli.

起义被视为大屠杀期间犹太人进行武装反抗的象征性标志。把大屠杀纪念日与"华沙隔都起义"联系在一起的意义在于认同公开倡导的武装反抗的英雄主义这一记忆标准。[①] 1959 年,政府又将纪念日名称改为"大屠杀与英雄主义日"(Yom Hashoah Ve-Hagevurah),强调肉体与精神抵抗,由此奠定了以色列大屠杀记忆的主体基调。进一步说,对于那些出生在 1948 年以色列建国之前的巴勒斯坦地区或自幼移民到那里并在犹太复国主义教育体制下成长起来的以色列人来说,大屠杀英雄主义指的是大屠杀期间欧洲犹太人所进行的反对纳粹的武装反抗,这种记忆方式忽略了欧洲犹太人在手无寸铁的情况下面对强权所遭受的苦难。尽管一些大屠杀幸存者把在苦难与屈辱中争取生存当成英雄主义行动,视作另一种形式的反抗,[②] 但这一主张在整个国家的意识形态体系中仍居于十分边缘的位置。

其次,以色列政府决定建立一些重要的纪念馆,来强化大屠杀记忆。从地理位置上看,大屠杀纪念馆坐落在赫茨尔山国家公墓旁,公墓里埋葬着犹太复国主义先驱和为国捐躯的以色列士兵,它无形中在大屠杀与武装反抗的英雄主义之间建立了联系。与此同时,以色列还建立了一些其他的纪念馆,比如位于加利利、由"华沙隔都起义"战士和大屠杀幸存者创立的"华沙战士之家"纪念馆。这些机构不仅纪念遇难同胞,而且从事最初的历史文献整理与研究。

最后,20 世纪 50 年代以色列发生的一些重要事件对整个社会认知大屠杀产生了极大影响,其中包括德国赔偿和卡斯纳审判。1952 年,联邦德国政府同意付给以色列 3 亿马克,作为大屠杀期间迫害与奴役犹太人并侵吞其财产的补偿与赔款,以色列议会为此展开了有史以来最为激烈的论辩。统一工人党与自由党强烈反对,认为与联邦德国谈判接受赔款乃是饶恕纳粹罪行,是对受难者的背叛。马帕伊党与宗教党表示支持,认为虽然纳粹的罪行不可饶恕,但以色列急需外援,可以通过索赔来养活数十万幸存者。这两种意见基本上代表着

---

[①] Daniel Gutwein, "The Privatization of the Holocaust: Memory, Historiography, and Politics," in *Israel Studies*, Vol. 15, No. 1 (Spring 2009), pp. 36-64.

[②] Hana Yablonka, *Survivors of the Holocaust: Israel after the War*, Basingstoke: Macmillan Press, 1999, p. 55.

以色列国人的两种态度。① 尽管论辩激烈，但索赔提议最终得以通过。以色列与联邦德国于同年 9 月签订了《德国赔款协定》，接受联邦德国赔款，用于以色列的基础建设，甚至军队武装。

卡斯纳审判把大屠杀期间欧洲犹太领袖与纳粹合作的复杂性问题置于公众关注的焦点。卡斯纳是匈牙利犹太复国主义救助会领袖，曾帮助许多犹太难民同巴勒斯坦犹太代办处取得联系，协助他们移民巴勒斯坦。因此，他与纳粹军官包括艾希曼谈判，并向其行贿。德军占领匈牙利后，卡斯纳试图通过贿赂纳粹来保全匈牙利犹太人，结果纳粹背信弃义，只有 1600 名左右的犹太人被安排去了瑞典，其中包括卡斯纳的家人、一些具有影响力的人、可以支付贿赂金的犹太富人，以及一些普通犹太人。而卡斯纳本人并没有乘坐这辆著名的"卡斯纳列车"逃亡。与此同时，多数匈牙利犹太人被送往劳动营和灭绝营。

第二次世界大战后，卡斯纳在欧洲和难民一起工作，并出席了纽伦堡审判，后来抵达以色列，成为本-古里安政治营垒中的一员。1953 年，业余记者格伦瓦尔德（Malkiel Gruenwald）指控卡斯纳与纳粹合作，在营救犹太人时凭借个人好恶，并采取行贿手段。卡斯纳和以色列政府则控告前者诽谤。尽管卡斯纳是控告方，但他很快便因在战争期间的行为遭到指控。法官指控卡斯纳把灵魂出卖给了魔鬼。许多以色列人同意这种评判，并就是否应该对曾与纳粹谈判过的犹太人予以理解与同情、与纳粹谈判营救一批犹太人是否导致了另一批犹太人的死亡、武装反抗的英雄主义是否为唯一的英雄主义模式等问题展开辩论。这些辩论的影响往往大于审判本身，也导致了党派之争，使本-古里安一派蒙受耻辱。虽然卡斯纳进行了上诉，但在结果悬而未决之际，他就被原抵抗战士枪杀，这一事件使整个国家为之震惊。1958 年 1 月，高级法院撤销了地方法院的判决，认为卡斯纳与纳粹谈判营救犹太人并不等同于与纳粹串通一气。随着时间的流逝，卡斯纳审判得以重新审视与认知，历史学家和知识界对战时营救遇难同胞的复杂性表示理解。

---

① 张倩红：《以色列史》，人民出版社，2008，第 266～267 页；Erik H. Cohen, *Identity and Pedagogy: Shoah Education in Israeli State Schools*，Boston：Academic Studies Press，2013, p. 46。

## 二 "艾希曼审判" 与民族记忆的转折

1961 年的"艾希曼审判"对以色列人认知犹太民族在二战时期的遭际、确立民族记忆方式产生了巨大影响，改变了 20 世纪 50 年代以色列建国之初形成的国家记忆方式。艾希曼在二战期间是负责组织把犹太人送进集中营的中心人物之一，他虽然级别不高，但熟悉犹太历史，甚至懂一些犹太语言。1942年 1 月，艾希曼在柏林郊外参加了讨论最终解决犹太人问题的万湖会议。他本人虽然没有参与制定政策，但是忠实地执行了政策。他负责组织把犹太人运往集中营，与柏林、维也纳、布拉格的犹太社区领袖以及犹太复国主义领袖有直接接触，在与这些人士接触的纳粹军官中级别最高。因此，在 1945 年和 1946年的纽伦堡审判中，每当涉及迫害犹太人的话题时，艾希曼的名字便屡屡被提起。[①] 二战结束时，艾希曼被关进一座美国军人监狱，在身份暴露之前逃走，最后逃到阿根廷。他更名换姓，在布宜诺斯艾利斯郊外靠做工为生。1960 年 5月，以色列摩萨德特工直接受命于本-古里安，在布宜诺斯艾利斯将艾希曼秘密逮捕（亦称"绑架"），并悄悄押解到以色列。很快，本-古里安向以色列议会发表宣言。该宣言包括两个中心内容：一是以色列安全部门刚刚逮捕了艾希曼，他与其他纳粹头目对 600 万欧洲犹太人之死负有责任；二是艾希曼已经被关押在以色列，将要在以色列对其进行审判。1961 年 2 月，以色列法院开始对艾希曼进行为期数月的公开审判，同年 12 月判处艾希曼死刑。1962 年 5月 31 日，艾希曼被执行绞刑。

首先，就意识形态而言，本-古里安政府在以色列宣布逮捕艾希曼并对其进行公开审判具有重要的政治目的。本-古里安试图通过审判艾希曼使整个世界感到有责任支持地球上唯一犹太国的建立，确立以色列作为主权国家的合法性。他对艾希曼本人不感兴趣，他感兴趣的是审判本身的历史意义。当时的以色列国家面临着巨大挑战：一是当时世界上多数犹太人并没有移居以色列，以

---

① Tom Segev, *The Seventh Million: The Israelis and the Holocaust*, New York: Henry Holt and Company, 1991, p. 324.

色列尚未成为犹太民族的中心；二是 20 世纪 50 年代，由于大屠杀记忆被建构为一种英雄主义记忆，以色列年轻一代实际上并不认为犹太人在二战期间犹如"待宰羔羊"被送向屠场，而是像在"独立战争"期间那样有能力捍卫自身；三是以色列国家身处阿拉伯世界的包围之中，本身就缺乏安全感，年轻一代又已经失去了犹太复国主义先驱的高昂斗志，开始贪图安逸。本-古里安试图说明，只有在一个主权国家内，犹太人才有能力逮捕艾希曼，把他从地球一端带到另一端，根据法律程序把他置于以色列的审判台上，并在执行了所有的法定程序后将其处死。同时，本-古里安也希望通过这次公开审判教育年轻一代，让他们了解历史真相，并认识到犹太人只有在自己的主权国家内，才有可能拥有真正的安全。[①] 此外，按照新历史学家汤姆·萨吉夫的观点，审判会保证马帕伊党重新控制大屠杀文化遗产。审判还表明：即使本-古里安政府主张接受联邦德国赔款，即使支持了卡斯纳，也并非对大屠杀事件无动于衷。[②] 在审判中，多数证人并不是隔都战士或游击队员，而是在日复一日承受恐惧和屈辱中幸存下来的普通犹太人，这些人通过讲述自己和亲人的惨痛经历，向以色列人揭示了集体屠杀的全部恐怖。作家"卡-蔡特尼克 135633"（Ka-Tzetnik135633）便是证人之一。"卡-蔡特尼克"是奥斯威辛的幸存者，原名叶海兹凯尔·迪努。其父母、弟弟、妹妹全部死于集中营。"卡-蔡特尼克"乃德文"集中营"一词的缩写，"135633"是集中营编号。当在法庭上被问及为何写书不署真名，而用"卡-蔡特尼克 135633"时，再度唤起了作家的丧亲之痛，他昏倒在地。这一事件成为以色列记忆历史上一个引人注目的转折点，使以色列年轻一代认识到，犹太人在大屠杀中并没有像在以色列"独立战争"中那样取得以少胜多的胜利，而是像"待宰羔羊"那样被一步步送进焚尸炉。许多以色列人甚至产生深深的负疚：为什么对二战中遭屠杀的同胞无动于衷；为什么对回

---

① 钟志清：《"艾赫曼审判"与以色列人对大屠杀的记忆——读阿伦特〈艾赫曼在耶路撒冷〉》，《中国图书评论》2006 年第 4 期，第 39~45 页。

② Tom Segev, *The Seventh Million: The Israelis and the Holocaust*, New York: Henry Holt and Company, 1991, p. 328. 关于"新历史主义"，参见王健《艾兰·佩普与以色列"新历史学家"学派》（译者序），见〔以〕艾兰·佩普《现代巴勒斯坦史》，王健、秦颖、罗锐译，上海人民出版社，2010，第 iii ~ viii 页。

到以色列的幸存者如何活下来的经历表示怀疑。

其次，"艾希曼审判"使得尚处于孩童时代的大屠杀幸存者的子女开始认识到父母在战争年代经历了难以言说的创伤。当时在学校里就读的许多孩子是大屠杀幸存者的后裔，他们未能从父母那里了解大屠杀事件，父母依然保持沉默。据幸存者后裔、女作家塞梅尔（Nava Semel）回忆，她只记得20世纪60年代的一个黄昏，以色列总理本-古里安在议会宣布纳粹头目之一的艾希曼被逮捕。从收音机里听到这一消息的母亲站在那里，身体不住地抖动。年仅7岁的塞梅尔扯着母亲的衣服问艾希曼究竟是谁，那是她有生以来第一次知道同大屠杀有关的事。① 许多幸存者的子女开始努力揭开父母的身世之谜，为填充民族记忆提供了一个新的维度。

此外，艾希曼被审判之后，以色列政府开始正式把大屠杀记忆引入以色列的学校教育。1963年，以色列教育部建立公共委员会，帮助筹划在学校里进行大屠杀教育等事宜，制定大屠杀教科书。一方面，政府希望强化对大屠杀期间犹太人抵抗含义的理解；另一方面，希望纠正对"待宰羔羊"这一形象的歪曲。然而，在相当长的一段时间里，以色列的学校教育依然强调大屠杀中的武装反抗与英雄主义。②

1967年"六日战争"与1973年"赎罪日战争"使得以色列人越来越认同大屠杀期间幸存者的遭际。"六日战争"是以色列建国后历史的分水冷。以色列虽然最终以迅疾的方式攫取了耶路撒冷老城和希伯伦等圣地，但在战争爆发之前的等待阶段，以色列人感受到战争的威胁，惧怕以色列国家招致毁灭，这使以色列人的优越感大打折扣。1973年"赎罪日战争"完全粉碎了以色列人对犹太主权国家的信任，也打碎了以色列不可战胜的神话，使之更加缺乏安全感，尤其是战争最初阶段遭受的重挫使得以色列人极其恐惧与焦虑，开始认同欧洲犹太人在大屠杀期间无力抵抗的境遇。正是这场战争，使得以色列人更为

---

① Ronit Lentin, *Israel and the Daughters of the Shoa: Reoccupying the Territories of Silence*, New York: Berghahn Books, 2000, p. 33.

② Erik H. Cohen, *Identity and Pedagogy: Shoah Education in Israeli State Schools*, Boston: Academic Studies Press, 2013, p. 49.

清晰地认识到大屠杀的真正含义，以及建国以来一味强调武装反抗的英雄主义的局限。[1]

也正是在这两次战争之后，以色列官方对大屠杀英雄主义的解释发生了本质性的变化，以色列教育官员、大屠杀纪念馆负责人阿拉德认为：英雄主义不仅指在隔都和灭绝营里的反抗，不仅指东欧和巴尔干山脉的犹太游击队员和整个欧洲犹太地下战士的反抗，而且也包括普通犹太人在隔都和灭绝营的艰苦环境中保持自己做人的形象，日复一日地争取生存，为整个犹太民族的生存而斗争。

## 三　大屠杀记忆的多元化

20 世纪 80 年代以来，以色列大屠杀记忆类型呈现多元倾向：既有通过全民教育形成的以制度化、仪式化为基础的民族记忆，又有个体记忆。

"艾希曼审判"增强了以色列人对大屠杀历史的认知，而"六日战争""赎罪日战争"更强化了以色列人与大流散之间的情感纽带，促使许多以色列人把大屠杀和以色列国家的生存联系起来。因此，他们支持政府把大屠杀记忆制度化、仪式化，但在公共话语中将两场战争造成的恐惧与焦虑和大屠杀经历相提并论，使教育工作者和历史学家认识到国人大屠杀知识的缺失。[2] 为此，自 1985 年开始，大屠杀成为以色列高中教育的一个强制性主题，在塑造民族记忆中起到代言人的作用。政府相关部门选定的教材，如以色列·古特曼（Israel Guttman）著的《大屠杀与记忆》和尼莉·凯伦（Nili Keren）著的《大屠杀：记忆之旅》，在讲述大屠杀历史知识之时，还重视介绍不同的论辩观点，思考大屠杀在以色列人自我认知的过程中所充当的角色，甚至把大屠杀放到整个犹太历史语境和现代化进程中加以考察。

1991 年海湾战争期间，伊拉克向以色列发射导弹，以色列迫于美国压力

---

[1] Tom Segev, *The Seventh Million: The Israelis and the Holocaust*, New York: Henry Holt and Company, 1991, p. 395.

[2] Dalia Ofer, "We Israelis Remember, But How? The Memory of the Holocaust and the Israeli Experience," in *Israeli Studies*, Vol. 18, No. 2 (2013), p. 80.

只采取防御措施，没有参战。以色列人戴着防毒面具躲避在掩体中，这种被动的防御方式令许多人想起欧洲犹太人在二战期间的无助。同时，化学武器或毒气威胁唤起了以色列人脑海里的大屠杀想象。因此，保存大屠杀记忆对各个层面的以色列人显得至关重要。大屠杀成了与马萨达、特里海（Tel Hai）同样重要的三大新型内部宗教之一。① 大屠杀教育在公共教育体系内部得以扩展，甚至连小学和幼儿园的老师都开始向学生讲述同大屠杀相关的事情。一系列富有影响力的戏剧、电影、小说、学术著作致力于探讨大屠杀及其对以色列人身份的冲击。② 在以色列，直观教育现象相当普遍，如大屠杀幸存者应邀讲述历史灾难，这使得大屠杀教育本身更加鲜活，更富有人性。以色列的大屠杀教育注重把正式教学（主要是历史课教学）与非正式教学（仪式、田野调查等）结合起来。其中，"生存者之旅"堪称最有价值、最行之有效的教育项目。

"生存者之旅"是以色列教育部组织的一个大屠杀年度教育项目，始于1988年，目的在于组织以色列学生代表团前往波兰，探寻大屠杀遗迹，了解同大屠杀和犹太民族相关的历史与知识，强化犹太民族与以色列国家的联系，以及在大屠杀语境下对人性的认知等诸多问题，带有某种内部宗教朝觐的特色。活动一般安排在每年3月到4月间犹太人的逾越节之后，为期两周。学生们首先前往华沙，参观华沙的犹太人生存遗迹、隔都残垣、华沙起义广场、名人故居和犹太公墓，随后相继参观马伊丹内克、克拉科夫、特里布林卡、奥斯威辛等集中营或灭绝营旧址。在大屠杀纪念日那天，该项活动达到高潮，成千上万的"生存者之旅"成员举着以色列国旗，从奥斯威辛走向波克瑙。生存

---

① 最早提出大屠杀乃以色列内部宗教之说的是犹太历史学家利伯曼，内部宗教，按照利伯曼的说法，与传统宗教一样包括信仰与实践，但其中心价值是相信以色列是一个犹太国家，参见 Charles S. Liebman and Eliezer Don-Yehiya, *Civil Religion in Israel*, Berkeley, Los Angeles, London: University of California Press, 1983, p. 7; Erik H. Cohen, *Identity and Pedagogy: Shoah Education in Israeli State Schools*, Boston: Academic Studies Press, 2013, p. 52。关于马萨达神话，本书有专节论及。特里海原是以色列地北部加利利的一个定居点，1920年定居点遭到来自黎巴嫩南部的阿拉伯人进犯，特鲁姆佩尔多（Joseph Trumpeldor）率领民兵与之交战，包括特鲁姆佩尔多在内的8名犹太人和5名阿拉伯人战死。在以色列历史记忆中，这场战斗被视为犹太人的英雄主义之战。

② Erik H. Cohen, *Identity and Pedagogy: Shoah Education in Israeli State Schools*, Boston: Academic Studies Press, 2013, p. 53.

者的徒步行进与战时受难者在这条路上历经的"死亡之旅"形成强烈对照，以此纪念二战期间的所有遇难者。以色列和欧洲国家的政府首脑、犹太宗教领袖前来参加祭奠仪式并发表演讲，号召大家铭记历史，面对未来。①

对于没有亲历大屠杀的以色列青年学生来说，"生存者之旅"会是很好的历史教育与爱国主义教育方式。他们在十来天的旅途中，不但对惨痛的民族历史遭际有了更为直观的了解，而且纷纷表示要在哭泣与沉痛之外，发奋自强，让历史的悲剧不再重演。但是由波兰之行引发的争论同样带有以犹太复国主义理念为核心的意识形态特征。因为，波兰经历表明，没有家园，犹太人就无法生存。更进一步说，波兰之行强化了以色列主权国家的重要性，再次否定了大流散价值。这种观点在今天的以色列教育体制和社会语境中仍然赢得支持。以色列教育部前部长利夫纳特（Limor Livnat）曾在 2001 年的大屠杀纪念日演讲中谈到以色列人和大流散犹太人的本质区别。在她看来，以色列人拥有国家、国旗和军队，而困在悲剧中的大流散犹太人缺乏这三样东西。

然而，这种把大屠杀记忆制度化甚至将其等同于本土宗教的意识形态做法确实存在问题。犹太世界的一些知识分子甚至撰文指出，重温犹太人在大屠杀时期的苦难对犹太民族来说非常危险，因为二战期间纳粹不仅屠杀犹太民族，而且屠杀其他民族。② 而过于强调大屠杀中受难者经历的一些以色列人士，经常把大屠杀用作安全武器反对阿拉伯人，把针对阿拉伯人的军事行动正义化；阿拉伯人也把大屠杀作为工具来反对以色列国家。③

值得注意的是，早在以色列建国之前，当欧洲犹太人遭受大屠杀的消息传到巴勒斯坦时，生活在那里的犹太人便把阿拉伯人视为现代反犹主义者，尤其是当得知巴勒斯坦阿拉伯领袖侯赛尼（Grand Mufti Haj Amin el Hussein）与希

---

① 钟志清：《生存者之旅》，《人民日报》2015 年 5 月 10 日，第 7 版；钟志清：《以色列的大屠杀教育》，《光明日报》2014 年 1 月 6 日，第 12 版。

② Boaz Evron, "The Holocaust: A Danger to the Nation," in *Iton 7721*, Vol. 21（May-June 1980），pp. 12-15.

③ Robert S. Wistrich, "*Israel and the Holocaust Trauma*," in *Jewish History*, Volume, 11, No. 2（Fall 1997）p. 14.

特勒（Adolf Hitler）接触、阿拉伯领袖要求英国阻止犹太难民在第二次世界大战后移居巴勒斯坦时，这种理念愈加被强化。① 由此，因犹太复国主义运动和以色列建国而失去土地与家园的阿拉伯人无形中成为反犹主义的牺牲品。

贝京是第一位拥有大屠杀幸存者身份的以色列总理，在他执政期间，大屠杀记忆成为国家基本信条和政府政策的基石。贝京在欧洲经历了二战的大部分岁月，1942 年移居到巴勒斯坦，也可以称其为大屠杀幸存者。贝京的许多亲人在大屠杀中丧生，他本人也具有幸存者的"综合症状"：因抛弃亲人而独自生存下来感到耻辱。② 贝京下令轰炸贝鲁特之举在以色列国家内部引发了一场政治争论。左翼人士在道义与良知的考问中纷纷批判用大屠杀与阿拉伯人加以类比。以作家阿摩司·奥兹为代表的左翼人士抨击贝京说："大屠杀毁灭了1/3的犹太人，其中有你的父母和亲属，也有我的家人，而希特勒早在 37 年前便已经死去，他没有藏在贝鲁特，数以万计的阿拉伯死难者不会治愈这一创伤。"③ 奥兹认为贝京的想法和做法十分危险。就连大屠杀幸存者也通过在大屠杀纪念馆前示威来抗议政府滥用大屠杀。还有一些以色列士兵从政治与道德立场出发，拒绝参战。

从整个以色列大屠杀的记忆历史上看，尽管从"艾希曼审判"开始，以色列政府就鼓励幸存者讲述个人的痛苦经历，但幸存者在 20 世纪 60 年代并没有尝试打破整个国家记忆的神话，而只是把个人经历当成民族经历的一部分。直到 20 世纪 80 年代，因黎巴嫩战争与第一次巴勒斯坦人起义引发的在意识形态与道德层面上的争论，促使大屠杀记忆从国家记忆还原为个体记忆。个体记忆指在纪念大屠杀过程中重视讲述个人经历，与个体犹太人，比如受难者、难民、生还者和大屠杀幸存者"第二代"的个人命运密切相关。④

---

① Oz Almog, *The Sabra: The Creation of the New Jew*, Berkeley, Los Angels, London: University of California Press, 2000, p. 183.

② Tom Segev, *The Seventh Million: The Israelis and the Holocaust*, New York: Henry Holt and Company, 1991, p. 396.

③ Amos Oz, "Hitler Is Already Dead, Mr. Prime Minister," in *Yediot Aharonot*, June 21, 1982.

④ Daniel Gutwein, "The Privatization of the Holocaust: Memory, Historiography, and Politics," *in Israel Studies*, Vol. 15, No. 1 (Spring 2009), p. 36.

至此，20 世纪 50 年代的英雄主义、20 世纪 60 年代的认同幸存者遭遇等集体记忆被个体记忆所替代。与"一片和音"的国家记忆相比，个体记忆则显得非常低调，相关的书籍与讨论多集中在普通人的生存境况和以前羞于表达的个人痛苦经历上。

这种以书写个人经历为主的记忆方式成为后犹太复国主义意识形态的基石之一。后犹太复国主义，中文亦将之称为后锡安主义，是一个交织着不同认知和立场的政治文化术语，成型于 20 世纪八九十年代。那些认知和立场的共同点在于对犹太复国主义核心理念加以批判，尤其是质疑阿拉伯方面是否应单独承担巴以冲突的责任。[①] 在大屠杀问题上，后犹太复国主义抨击犹太复国主义者把大屠杀作为工具来建立国家合法性的意识形态，认为以色列舆论滥用了大屠杀记忆，以证明对于"他者"，包括正统派犹太教徒、东方犹太人和以色列阿拉伯人的否定与压制是合法的。[②] 以色列建国后，为争取国家地位而无视幸存者的苦难、抹去幸存者文化身份的做法，凸显了犹太复国主义与以色列意识形态的压制性。从某种程度上看，后犹太复国主义者所力主的大屠杀记忆个体化，是在剔除大屠杀记忆中的犹太复国主义化，从而证实犹太复国主义理念的不合法。

尽管"以色列建立于大屠杀废墟之上"之说在公共话语中非常流行，但在历史研究领域毕竟缺乏精确性，因为早在大屠杀发生之前，犹太复国主义运动便已经兴起。然而，二战难民安置等诸多问题在相当程度上加速了以色列的建国进程，并使以色列建国进程合法化。以色列尽管未经历过大屠杀，但因诸多缘由而负载着无法摆脱的大屠杀创伤。在过去的 70 年间，大屠杀记忆成为以色列国家意识形态构建中的重要环节，甚至成为历史学家眼中有别于传统犹太教的新的内部宗教，或者说是以色列社会的重要政治神话。在很大程度上，大屠杀塑造了以色列犹太人的民族意识，及其认知自我与所生存世界的方式。[③]

---

① 参见王健《艾兰·佩普与以色列"新历史学家"学派》（译者序），见〔以〕艾兰·佩普《现代巴勒斯坦史》，王健、秦颖、罗锐译，上海人民出版社，2010，第 iv 页。

② Daniel Gutwein, "The Privatization of the Holocaust: Memory, Historiography, and Politics," *in Israel Studies*, Vol. 15, No. 1 (Spring 2009), pp. 38, 56.

③ Charles S. Liebman and Eliezer Don-Yehiya, *Civil Religion in Israel*, Berkeley, Los Angeles, London: University of California Press, 1983, p. 137.

总体看来，以色列在建国之初延续的是犹太复国主义意识形态中的"反大流散理念"，试图割断新建以色列国家与欧洲犹太人的关联。国家记忆有意强调欧洲犹太人在大屠杀中的少量反抗，将其视为一种英雄主义，因而忽略了普通犹太人争取生存的抗争。1961 年"艾希曼审判"把大屠杀历史事件生动地展示在以色列国人面前，使他们开始把大屠杀以及大屠杀所代表的流散历史视为以色列历史不可分割的一部分，逐渐把所有形式的反抗均视为英雄主义，尤其当以色列人历经"六日战争"和"赎罪日战争"，且几近灭顶之灾时，对犹太人在大屠杀中的境遇愈加认同。20 世纪80 年代以来，以色列大屠杀记忆的多元化特征愈加明显：一方面是国家意识形态体系中采取了更为有效的大屠杀教育方式，进一步把大屠杀记忆制度化、仪式化；另一方面则是围绕黎巴嫩战争与巴勒斯坦起义等历史事件，从人性、道义、良知、政治等层面针对大屠杀、大屠杀与犹太人和阿拉伯人之间的关系等敏感问题展开热议。虽然在某一个特定历史时期，以色列政府都会采取某种主要方式把大屠杀融入国家记忆之中，但是以色列国民，尤其是历史学家和知识界人士对大屠杀的态度始终伴随着争议与悖论。特别是当把大屠杀与巴以问题建构关联时，这种争论愈加激烈。大屠杀记忆从国家记忆向个体记忆转变过程中，更进一步凸显了后犹太复国主义对正统犹太复国主义理念的反驳。

虽然大屠杀是犹太人在二战期间经历的一场灾难，但不仅仅是犹太人的问题，就像齐格蒙·鲍曼（Zygmun Bauman）所说："它具有回复性和普遍性。"[①] 在人类历史的发展进程中，许多民族经历过迫害与大屠杀，如 1914 年到 1918 年的亚美尼亚大屠杀和 1937 年的南京大屠杀，这些大屠杀的特质虽然不尽相同，但均给幸存者造成了难以治愈的肉体与精神创伤。如何塑造历史创伤记忆也成为这些国家和地区的民族无法回避的问题，铭记过去的方式在很大程度上反映出民族本身的文化特质、价值取向与政治需要。我们应该承

---

① 〔英〕齐格蒙·鲍曼：《现代性与大屠杀》，杨渝东、史建华译，彭刚校，译林出版社，2011，第 2 页。

认，与其他民族相比，犹太人在把大屠杀历史记忆融入时下公共话语，并将历史创伤融入民族身份塑造的做法显得十分突出。其目的不只是探讨大屠杀发生的原因及其特点，让世人了解大屠杀乃是现代化发展进程中的一个毒瘤，更是要警醒世人，避免历史的悲剧重演。尽管任何重塑历史的方式均是有限的，甚至充满悖论的，但是在追求和平与发展的今天，避免历史悲剧重演的尝试对任何民族均应具有启迪意义。

## 第三节　"第二代"大屠杀叙事与以色列犹太人的身份认同

"第二代"（the Second Generation）指大屠杀研究领域中的一个特殊群体，即大屠杀幸存者的子女。这一术语最早见于反映幸存者后创伤紧张状态并对其子女产生影响的心理文学中，用于形容与幸存者及其家人相关的心理治疗；但后来也逐渐用于与不需心理咨询的大屠杀幸存者及其子女的相关讨论。① 广义地说，探讨犹太人"第二代"问题的两部具有开拓意义的著作发表于 20 世纪 70 年代：一部是斯坦尼茨（Lucy Y. Steinitz）与索恩义（David M. Szonyi）合编的文集《生活在大屠杀之后：美国大屠杀幸存者子女的反思》，它反映了"第二代"的生存境遇，以及大屠杀对其身份塑造的影响；另一部则是爱泼斯坦（Helen Epstein）撰写的影响深远的《大屠杀的孩子：与大屠杀子女的对话》，该作探讨了父母的大屠杀经历对子女的影响。真正对大屠杀叙事进行研究的学术著作问世于 20 世纪 90 年代，其中包括伯格（Alan L. Berger）的《约伯的孩子》（1997）、《第二代声音：大屠杀幸存者与迫害者的反思》（2001），希赫尔（Efraim Sicher）的《打碎水晶：奥斯威辛之后的创作和记忆》（1998），布克特（Melvin Jules Bukiet）的《不会让你自由：犹太大屠杀幸存者后裔的创作》，以及格里姆伍德（Marita Grimwood）的《第二代

---

① Dalia Ofer, "The Past That Does Not Pass: Israelis and Holocaust Memory," in *Israel Studies*, Vol. 14, No. 1 (Spring 2009), p. 10; Iris Milner, "A Testimony to The War After: Remembrance and Its Discontent in Second Generation Literature," in *Israel Studies*, Vol. 8, No. 3 (Fall 2003), pp. 194-213. 又参见〔以〕阿·霍尔茨曼《八十年代以色列大屠杀小说走向》，钟志清译，《世界文学》2003 年第 6 期，第 125~138 页。

大屠杀文学》。[①] 这些著作从心理、社会、历史、文化等不同层面探讨"第二代"叙事中所呈现的大屠杀幸存者及其子女的体验。除伯格《约伯的孩子》之外,它们均打破了国别界限,把"第二代"创作作为国际化的话题加以讨论。

以色列国家与二战及大屠杀幸存者的关系极为特殊,对认知大屠杀幸存者及其后代的体验意义重大。20世纪80年代以来,以色列的"第二代"叙事文学逐渐发展起来。其作家队伍主要由两部分人组成:首先是大屠杀幸存者的后代,或者说名副其实的大屠杀"第二代",这些人在弥漫着大屠杀阴影的家庭中成长起来;其次是父母并非幸存者的作家,但本人在成长过程中经历了大屠杀给以色列社会和个人心理带来的冲击,于是选择"第二代"体验为描写对象,从这个意义上讲,他们拓宽了"第二代"大屠杀叙事的范畴。这两部分人多在20世纪中期出生在以色列,或者是幼年时代便移居到那里,总体上是以色列教育制度的产物,经历了以色列国家重建大屠杀历史与大屠杀记忆的过程,并把大屠杀历史与记忆融入个人身份的建构之中。

## 一 幸存者及其子辈的冲突

如前文所述,以色列建国后的相当一段时间内,"官方记忆"有意强化以"华沙隔都起义"为代表的武装反抗的英雄主义,而对600万犹太人在大屠杀期间"羔羊般走向屠场"的行为不予以理解,多数幸存者只能保持沉默,将战时惨痛的经历埋藏在心灵的坟墓中。父母的大屠杀创伤,以及公共记忆范式

---

① Lucy Y. Steinitz and David M. Szonyi, eds., *Living After the Holocaust: Reflections by Children of Survivors in America*, Cincinnat: Bloch Publishing House Company, 1975; Helen Epstein, *Children of the Holocaust: Conversation with Sons and Daughters of Survivors*, New York: G. P. Putnam's Sons, 1979; Alan L. Berger, *Children of Job: American Second-Generation Witness to the Holocaust*, Albany: State University of New York Press, 1997; Efraim Sicher, ed., *Breaking Crystal: Writing and Memory after Auschwitz*, Illinois: University of Illinois Press, 1998; Alan L. Berger and Naomi Berger, eds., *Second Generation Voices: Reflections by Children of Holocaust Survivors and Perpetrators*, Syracuse: Syracuse University Press, 2001; Melvin Jules Bukiet, *Nothing Makes You Free: Writings by Descendants of Jewish Holocaust Survivors*, New York: W. W. Norton & Company, 2002; Marita Grimwood, *Holocaust Literature of the Second Generation*, New York: Palgrave Macmillan, 2007.

对"第二代"心理与身份形成产生了至关重要的影响。就像"第二代"作家塞梅尔所言:"大屠杀幸存者的子女不可能在英雄主义的庇护下长大,不像父亲在战场上捐躯,或者为国土而历经艰险的那些孩子。他们就像受到惊吓的野草,在屈辱中怯生生地长大。"① 在这种情境下,大屠杀幸存者的后裔比较倾向于从个人经历与感受出发来描写大屠杀记忆给以色列人,尤其是给大屠杀幸存者的子女的心灵深处所蒙上的阴影,在创作中表现出幸存者及其子女之间的冲突。这批作家有列维(Itamar Levy)、利比莱赫特(Savyon Liebrecht)、佩里(Lily Perry)、舒茨(David Schutz)、郭福林(Michal Govrin)、古特弗兰德(Amir Gutfreund)、塞梅尔等。

第一部揭示以色列大屠杀幸存者子女主题的作品乃是塞梅尔的《玻璃帽》(1985)。作品中的人物均以作者的幸存者母亲和与母亲有着类似命运的人为原型,表达了幸存者的子女无法摆脱过去身份的困扰,总在不断地追问:母亲,你是怎样活过来的。佩里的第一部长篇小说《圆周中的流亡》在这类作品中具有代表性。小说的女主人公是幸存者后裔,由于母亲终日处在准备迎接另一场大屠杀来临的状态中,给她的生活蒙上了一层阴影。她试图开创新生活,在同龄人中寻找友谊和爱情,但总是被内在的,甚至是无意识的某些禁忌迅速挫败,根深蒂固地认定自己和别人不一样。直至母亲去世,才预示着她有机会过上成年人的独立生活。

与试图通过缓慢的精神追问在受难者母亲与她的以色列女儿之间建立脆弱联系的塞梅尔和佩里不同,女作家利比莱赫特则集中笔力描写大屠杀幸存者与"第二代"甚至"第三代"之间的隔膜,而这种代际冲突与以色列社会的集体记忆方式具有密切的关联。利比莱赫特在 1948 年生于德国慕尼黑,父母均是大屠杀幸存者。1950 年随父母移民到以色列。在她看来,大屠杀幸存者的家庭大致可分两类。在一类家庭里,人们着魔似的谈论大屠杀,任何话题,不管是一根鞋带还是一块面包,都可以直接导致对犹太居住区和集中营的回忆。而

---

① 以色列女作家娜娃·塞梅尔的短篇小说集《玻璃帽》(1985)是以色列第一部描写第二代体验的作品。引文出自其《内在灵魂——谈创作大屠杀文学》,钟志清译,《世界文学》2003 年第 9 期,第 121 页。

另一类家庭则对大屠杀体验讳莫如深，采取完全沉默的方式。利比莱赫特的家庭属于后一种类型。① 利比莱赫特的父母出生在波兰，分别是大家庭中的唯一幸存者。二战爆发时，父亲已经结婚生子，但在战争中失去了家人。战后，父母在德国相遇并结婚。父母对大屠杀完全采取沉默的方式，从来不向子女讲述自己的过去。在这样的家庭里成长起来的孩子被迫采取与众不同的表达方式。收于《沙漠苹果》集中的《剪发》和《哈由塔的订婚宴》均把背景置于即将举行欢快的家庭聚会前夕，家庭聚会在某种程度上成了公众社会的象征。

《剪发》描述的是以色列幼儿园里有些孩子的头上长了虱子，幼儿园于是发通知给家长提起注意。大屠杀幸存者汉娅接到幼儿园通知后，想起自己在集中营的不幸遭遇，于是将心爱孙女的一头漂亮的金发剪光，"残梗似的短发犹如割过的麦茬，从苍白的头皮中冒出来，娇嫩的白皮肤裸露着"②。此时汉娅的儿子和儿媳正准备第二天给孩子办生日晚会，剪发这一事件便将大屠杀幸存者和后代之间的潜在矛盾明显化了。

作为大屠杀幸存者的后代和一个年轻的以色列人，汉娅的儿子炎维已经对幼儿园孩子头上长虱子的现象司空见惯，他每星期五到幼儿园接米莉时，总有这样一张条子别在孩子的衣领上，而且内容千篇一律。他不住地埋怨母亲，认为母亲的冲动做法简直是疯了。但与此同时，他又能够理解母亲身为大屠杀幸存者与别人看问题的方式不同，于是在母亲和媳妇之间扮演了调停者的角色，儿媳则毫不留情地断言："在那场大屠杀中，她的脑子就出了毛病。瞧她给我们带来的灾难。就为这灾难，我永远不让她再靠近我的孩子，也不想让她再到这里来。如果你想见她，就去她的家里。她疯了，你该把她关进精神病院，医生会立即同意接受她。"③ 年仅四岁的小姑娘尽管为失去一头漂亮的头发伤心不已，但她早已从奶奶口中听说过虱子对集中营里的死人做了些什么。这无疑

① 〔以〕萨维扬·利比来赫特：《大屠杀对我的作品的影响》，王义国译，《世界文学》2003年第6期。

② 参见〔以〕沙维扬·里布列奇《剪发》，任培红等译，见《沙漠苹果》，林功敏等译，花城出版社，1994。

③ 参见〔以〕沙维扬·里布列奇《剪发》，任培红等译，见《沙漠苹果》，林功敏等译，花城出版社，1994，第53页。

更令孩子的母亲火冒三丈。"这样的事情对这样年龄的孩子合适吗？我在问你。我想要我的孩子听灰姑娘的故事，而不是奥斯威辛的故事！"而汉娅则孤零零地坐在书房里，沉浸在对集中营里一幕幕可怕景象的回忆之中。

利比莱赫特通过围绕剪发一事而掀起的家庭内部风波，展示出以色列社会对大屠杀幸存者的嫌弃。小说中的儿媳身上尤其体现出年轻以色列人对过去民族创伤叙事话语的本能性反驳。对他们来说，在大屠杀期间所发生的一切已经成为历史。结果，大屠杀幸存者被重新抛进沉默的世界里，而造成这种现象的驱动力则是她个人的生存环境，即当代以色列的一个缩影。

由不同代人之间的冲突而导致的向沉默世界回归，在《哈由塔的订婚宴》中则以一个大屠杀幸存者的死亡告结。在这个短篇小说中，82 岁的大屠杀幸存者门德勒·格林伯格在大屠杀后沉默了 40 年，记忆之门忽然打开。于是，每逢安息日、节假日、喜庆宴会前夕正当家人围坐在摆好食物的桌旁时，他便开始讲述那些恐怖的故事。但对年轻一代来说，家宴桌只具备喜庆意义。门德勒的儿子莫迪凯曾在第二次世界大战时跟随一个波兰农民生活四年——其身份既是幸存者，又是第二代，他试图以温和的方式劝父亲别再开口，"爸爸，现在在过节。我们要庆祝，要大吃一通，不要想这样的事情。过节时应该想快乐的事情。"家人、亲友或是听众并不具备倾听与接受幸存者讲述死亡、饥饿和腐烂的能力。最具反叛色彩的听众依旧是儿媳妇希弗拉。她不仅抱怨公公"毁了我们的夜晚"，而且攻击以色列自建国以来建立的具有法定意义的记忆方式：

> 我们受够了，也听够了。我们不是有死难者纪念日、大屠杀纪念日和各种各样的纪念集会，这还不够吗？他们一刻也不让你忘却。所以我们干吗需要每顿饭上都要记起呢？我不明白，当他唠唠叨叨说化脓的伤口、污血和呕吐时，你们怎能心安理得地吃饭——但那是你们的事，我管不着。至于我，他一张口，节日就完了。①

① 参见〔以〕沙维扬·里布列奇《哈由塔的订婚宴》，林功敏译，见《沙漠苹果》，林功敏等译，花城出版社，1994，第 41 页。

但是哈由塔的母亲，大屠杀幸存者的女儿，虽然无法破解父亲的记忆闸门为何在多年后打开这一心理秘密，但对父亲却有一种情感上的关注。

小说透过幸存者第二代与本土以色列人的心理差异，折射出以色列在对待大屠杀这一历史事件与大屠杀幸存者问题上的多元化特征。利比莱赫特在谈及大屠杀对自己创作的影响时指出："做大屠杀幸存者的孩子乃是个沉重的负担。的确，在某种程度上，做大屠杀幸存者们的孩子比幸存者本人还要艰难。"① 同时提到塑造儿媳妇这一角色为的是表达出她个人与众不同的情感，因为"大屠杀幸存者的子女是不会说上面那些话的"②。两个短篇中的儿媳形象则显得意味深长，与身为幸存者"第二代"的丈夫相比，她们对幸存者因饱尝创伤而产生的怪异举动身为不解，这在某种程度上反映出未经历大屠杀事件的本土以色列人对待历史创伤的态度，历史可以铭记，但不能危害时下的幸福生活。这样一来，至少在利比莱赫特笔下主人公的语境里，铭记历史成为当代以色列人的一种负担。

## 二 记忆蜡烛：承载过去苦难的孩童

在利比莱赫特的小说中，年仅四岁的小姑娘米莉的幼小心灵被镌刻了祖母的奥斯威辛记忆；而哈由塔继承了外祖母的名字，起的是记住外祖母的作用。理论上说，这些孩子应该是按其祖辈意愿被塑造成的"记忆蜡烛"。"记忆蜡烛"乃是以色列学者迪娜·瓦迪（Dina Wardi）在从事大屠杀记忆研究时创立的"术语"。根据瓦迪的观点，像哈由塔这样的孩子须同时拥有双重身份，一是他们本身，二是与他们同名的亲属。③ 老一辈用死去亲人的名字为哈由塔

---

① Savyon Liebrecht, "The Influence of the Holocaust on My Work," in Leon Yudkin, ed., *Hebrew Literature in the Wake of the Holocaust*, London: Associated University Presses, 1993, pp. 126-128.

② Savyon Liebrecht, "The Influence of the Holocaust on My Work," in Leon Yudkin, ed., *Hebrew Literature in the Wake of the Holocaust*, London: Associated University Presses, 1993, pp. 126-128.

③ Dina Wardi, *Memorial Candles: Children of the Holocaust*, London: Routledge, 1992, pp. 63-65. 2001~2005 年笔者在以色列攻读博士学位时，从施瓦茨（Yigal Schwartz）和西哈尔（Efraim Sicher）的课上得知此书，并将"Memorial Candles"这一术语首次介绍给中文读者，在此向两位老师致谢。

取名，目的在于让其记住逝去的亲人，承载家族记忆，乃至民族记忆。然而，与老一辈的期冀相反，以色列国家所倡导的"反大流散"教育①却将哈由塔塑造成了典型的本土以色列人，她不但无法理解亲人的惨痛经历，甚至不愿意做倾听者。由于惧怕外公讲述集中营恐惧会毁坏她的订婚宴，甚至她的婚姻生活，哈由塔让外公保证不在姻亲面前开口，并在宴会上不断用犀利的眼神向外公示意。渴望讲述的老人在遭到外孙女的遏制中栽倒在地。这一悲剧性的结局象征性地表现出，对幸存者的个人压抑实际上危害着民族集体记忆方式的形成，因为沉默本身意味着死亡，意味着民族记忆链环的断裂。

相形之下，大卫·格罗斯曼的经典之作《证之于：爱》②中的莫米克则更为"称职"地承担了"记忆蜡烛"的角色。格罗斯曼1954年生于耶路撒冷，父亲在1936年从波兰移居巴勒斯坦，母亲是本土以色列人。其本人或家人没有亲历大屠杀浩劫，进而更能去除幸存者子女的个人感受，进而能够更为客观地拉开距离来观察幸存者的世界，进而把大屠杀体验当成塑造整个以色列国家的集体记忆或犹太民族身份的组成部分。

莫米克是格罗斯曼长篇小说《证之于：爱》中的主人公，最初出现时只有九岁，其全名叫作施洛莫·埃弗拉姆·纽曼，目的是要纪念某某亲属。"记忆蜡烛"的双重身份使得他成了历史创伤和现实生存世界的双重受难者。莫米克既需要想象无法想象的事情，来填充民族和家庭历史；同时在成长过程中又要承受幸存者子女所特有的恐惧、耻辱与心理压力。莫米克生活在20世纪50年代的以色列，生长在耶路撒冷大屠杀幸存者居住区，他从人们的窃窃私语和传言中了解了大屠杀，因为大屠杀幸存者不愿意提到屈辱的过去，另一些人甚至为自己失去了亲人而独自活下来感到耻辱。当时的以色列社会也成问题，以色列人试图从废墟中再创造自己，试图变得强大，拥有一个光明的未来，而这些不幸的幸存者令他们想起耻辱、痛苦的过去。莫米克那时就像作家

---

① "反大流散"教育，指的是以色列建国前后所进行的否定犹太流亡历史的教育。
② 〔以〕大卫·格罗斯曼：《证之于：爱》，张冲、张琼译，上海译文出版社，2006。

自己小时候一样，把欧洲犹太人的生活当成以色列人生活的一部分。①

莫米克试图用以色列人的想法、术语和概念来理解犹太人的流亡生活。这是 20 世纪 50 年代以色列儿童生活的一部分。这些以色列儿童，在学校里接受的是犹太复国主义思想的教育，热爱并崇拜英雄。他希望成为新兴以色列的一名英勇的犹太人，一名战士，发奋学习希伯来语，把以色列总理大卫·本-古里安的画像挂在自己的房间。英雄崇拜与犹太复国主义理想赋予莫米克与土生土长的以色列人相类似的性格特征，他甚至比别的孩子对自己的要求更为严格。甚至在想象中构筑英雄主义的神话，甚至想让以色列英雄到欧洲把希特勒给杀了。看到大屠杀纪念馆林立的烟囱，他假设那是一艘轮船，满载着从"那边"（大屠杀发生地）过来的无人接纳的非法移民，像在英国托管时期那样，他不知怎样去营救那艘轮船。当他逐渐理解了犹太人在大屠杀中是多么无助，多么脆弱时，先是感到吃惊，无法忍受这种耻辱，而后感到了恐惧。更有甚者，莫米克运用犹太复国主义的理想模式来想象他的舅公，后者乃大屠杀幸存者，在精神病患者疗养院待了整整 10 年。即使舅公是从"那边"来的，大概他拒绝停止战斗，大概他是"那边"唯一不投降的人。

莫米克成长的世界为许多大屠杀幸存者包围着，进而产生了破解家人、新到来的舅公和他的邻居那无法表达的过去。父亲的痛苦原因来自其集中营经历。他在集中营里被迫将尸体从毒气室运进焚尸炉，他从来不碰自己的儿子，因为他认为自己手上沾满了鲜血。父母深受集中营经历的困扰，并且为自己的生存内疚，他们不能像普通人那样享受生活，不能同别人沟通，总是在自我封闭，和别人保持着距离。他们不仅承担着记忆的痛苦，而且承受着环境的压力，为使子女免遭不幸，他们不得不对过去所发生的一切保持沉默。每逢大屠杀纪念日来临，他们都要躲避，离开家，离开城市。与此同时，这些大屠杀幸存者所使用的语词也与当代社会脱节，他们使用的是一种把希伯来语和意第绪语混杂在一起的混合用语，这种混合用语既标志着谢克

---

① 钟志清：《写作是了解人生的一种方式：大卫·格罗斯曼访谈》，《中华读书报》2010 年 3 月 17 日，第 13 版。

德教授所说的作家所做的成功的艺术尝试，[1] 又反映出大屠杀幸存者难以摆脱对过去苦难的回忆。

　　心理学家的研究表明，在大屠杀幸存者及其子女这两代人之间，几乎无法开设沟通的平台。[2] 试图破解过去密码的莫米克从家人，尤其是从奇怪的舅公那里得到的支离破碎的讯息，让莫米克得出一个结论，"那边"的世界让一个名叫"纳粹野兽"的恶魔统治着，正是这个恶魔躲在莫米克家的地下室里令他的父母无比痛苦。"从某种意义上看，也就是从那天开始，莫米克下定决心要找到那头野兽，驯服他，让它变好，说服他改变自己的举止，不再折磨人们，让它告诉他'那边'都发生过什么，它到底对那些人都干了些什么。"[3]

　　莫米克对舅公身份的寻找实际上就是对犹太人过去记忆的寻找，因为舅公代表着没人告诉他的过去的秘密。而只有他自己，才能破解外公口中地喋喋不休念叨出来的支离破碎的语词密码。因此寻找身份也就是寻找破解语词的方式。[4] "莫米克"一章的人物堪称以色列现实生活中人物的翻版。小说中有这样的描述，许多孩子和莫米克一样，多年做着内省。这一说法意味着，莫米克同"纳粹野兽"争斗来解释记忆并非个人现象，而是新一代人的体验：

　　　　尽管莫米克是一个模范学生，他的希伯来语在班上同学中出类拔萃，但是他想与同龄人交友的努力总是以失败结束。交友的失败在很大程度上起源于大屠杀的语义学含义。就像作品中所描述的，莫米克在同学阿里克斯、一个土生土长的以色列后代来家里玩之前，几乎兴奋得睡不着觉。他采取各种方式，来取悦阿里克斯。

　　　　什么，难道朋友之间得像一对木瓜似的闷声不响？他不停地向阿里克

①　Gershon Shaked, "The Children of the Heart and the Monster: David Grossman: *See Under: Love*," in *Modern Judaism*, Vol. 9, No. 3 (1989), p. 316.

②　Efraim Sicher, ed., *Breaking Crystal: Writing and Memory after Auschwitz*, Illinois: University of Illinois Press, 1998, pp. 19-90.

③　〔以〕大卫·格罗斯曼：《证之于：爱》，张冲、张琼译，上海译文出版社，2006，第26页。

④　Efraim Sicher, "The Return of the Past: The Intergenerational Transmission of Holocaust Memory in Israeli Fiction," in *Shofer*, Vol. 19, No. 2 (Winter 2001).

斯打听，问关于他的情况，问他从哪里来，阿里克斯一一作了简单回答，莫米克担心对方被问烦了会因此告辞，赶紧跑进厨房，爬上一张椅子，把手伸进妈妈的秘密藏物处，掏了一根巧克力，巧克力不是为客人准备的，但现在按说情况紧急，他把巧克力递给阿里克斯的时候，他告诉他亨妮外祖母不久前死了，阿里克斯掰了一小块巧克力，接着又掰一块，说自己的父亲也死了，莫米克有点激动，因为他明白这样的事情，便问他父亲是不是被"他们"杀害的，阿里克斯不懂他说的"他们"是谁，只告诉他父亲死于意外事故，他是位拳击手，被人打晕过去了，现在阿里克斯成了全家"唯一"的男子汉。莫米克一声不响地想着，阿里克斯的生活多有意思，阿里克斯说，在"那边"，我是班上跑得最快的。①

这一段话，主要体现出以语言张力为基础的一种交流的错位。在围绕莫米克的外祖母和阿里克斯父亲之死而展开的对话上体现出一种交流的错位，反映出大屠杀幸存者的孩子难以跨越横亘在他们和普通孩子之间在交流上的鸿沟。莫米克所说的"他们"，显然是大屠杀幸存者圈子中人尽皆知的纳粹，但是本土以色列少年阿里克斯却搞不清楚"他们"指的究竟是谁。而在大屠杀幸存者及其后代，乃至受过大屠杀教育的本土以色列人的话语中，"那边"显然指的是大屠杀发生地。但是，阿里克斯在提到"那边"时却无动于衷，把"那边"仅仅当作一个地理位置。两个孩子虽然是同龄人，但属于不同的世界。小说通过两个孩子的对话，成功地展示了大屠杀幸存者的后裔与本土以色列孩子之间具有本质区别。

### 三 奇幻：联结过去与现在的方式

格罗斯曼对大屠杀的理解与认知代表着 20 世纪 50 年代出生的一代以色列人的集体记忆。在他幼时居住的耶路撒冷街区，有许多大屠杀的幸存者，人们在提到大屠杀时，不说大屠杀，而是说"那边"发生的事；人们在提到纳粹

---

① 〔以〕大卫·格罗斯曼：《证之于：爱》，张冲、张琼译，上海译文出版社，2006，第47页。

时总是使用"纳粹野兽"一个词，但是却不告诉孩子们"纳粹野兽"的含义；人们在夜里尖叫，在谈论战争时总是窃窃私语。儿童时代经历的国家在塑造民族苦难历史时所采取的集体沉默，在格罗斯曼的脑海里打下了深深的烙印，也是形成他日后从事大屠杀文学创作的一个至关重要的原因。他在追忆自己这段经历时说："我越来越意识到，直到我描写自己未曾经历过的在'那边'，在大屠杀中的生活，我才会真正理解自己身为以色列人、犹太人、男人、父亲和作家在以色列的生活。我问自己两个问题。首先，如果我身为纳粹统治下的犹太人，一个身在集中营或死亡营中的犹太人，那么在一种人们不仅被剥光了衣服，而且被剥夺了名字，变成他人眼中胳膊上符号的现实中，我会以何种方式来挽救我本人，挽救我的人格？在注定要遭到毁灭的现实中，我怎样保存自己人性的火花？其次，如果我身为德国人，像多数纳粹及其支持者那样，变成了集体屠杀的工具，我必须在自己心中保留什么，我该怎样的麻木，压抑，才可以最终和杀人者同流合污？我必须在心中扼杀什么，才可以屠杀他人或其他民族，才想毁灭其他民族？"①

一个没有大屠杀经历的当代以色列人如何书写历史，犹如一个没有爱情经历的人书写爱情，确实是一种巨大挑战。② 而在以色列的政治话语中，甚至形成了只有大屠杀幸存者才能书写大屠杀的禁区。在大卫·格罗斯曼之前，以色列作家康尼尤克（Yoram Kaniuk）已就没有大屠杀体验的作家如何描写集中营生活的题材进行了大胆尝试。其长篇小说《亚当，犬之子》（英文版译作《亚当复活了》）描写的是一位名叫亚当·斯泰因的马戏小丑的遭际，亚当·斯泰因曾经在欧洲名噪一时，他具有特异功能，死亡营头目让他为那些将被送进焚尸炉的受难者表演逗乐，使他在大屠杀浩劫中存活下来。1958 年，斯泰因来到以色列，精神失常，被送到南部沙漠地区一个精神病院接受治疗，后慢慢像普通人那样行走，具备了普通人的喜怒哀乐。在《亚当，犬之子》中，

---

① 钟志清：《写作是了解人生的一种方式：大卫·格罗斯曼访谈》，《中华读书报》2010 年 3 月 17 日，第 13 版。

② 早在 1997 年笔者曾就此问题与世界著名的大屠杀幸存者作家阿佩费尔德进行探讨，阿佩费尔德如此比喻。

康尼尤克使用荒诞的手法，去除人类富有尊严的外表与装裹自己的衣装，写斯泰因含着眼泪像动物一样在自己的同胞面前强颜欢笑，苟延残喘，从而痛悼自己可怜民族的悲剧命运。小说的希伯来语题目蕴含着一种寓意，"亚当"在希伯来语中原本是人类始祖的名字，同时具有"人"的意思，而在整个犹太民族沦为囚虏与牺牲的二战期间，人物化为"犬之子"，用人的物化来象征一个民族的遭际则显得耐人寻味了。英文版把书名易为"亚当复活了"并非指《创世记》中的人类始祖亚当灵魂转世。亚当·斯泰因的名字在希伯来语中具有象征意义，亚当本意为人，说明主人公像人一样生活在世界上，但同时他又是斯泰因，意思是石头，这在某种意义上说明他已经丧失了爱的能力。从这个意义上，"亚当的复活"喻指主人公人性的复苏，表明他在疗治了身体和心灵的创伤后回归社会，重新开始自己的情感生活。① 如果说，康尼尤克真实地反映出幸存者带着破损的灵魂来到以色列，通过失去意识而形成忘记过去的假象；那么相比之下，格罗斯曼的《证之于：爱》则从多个向度来观察思索大屠杀对以色列社会政治生活、以色列人的集体意识乃至以色列人身份塑造的影响。

除以莫米克成长的耶路撒冷 20 世纪 50 年代大屠杀记忆为内容的现实主义描写外，《证之于：爱》还运用奇幻与想象手法，将叙事背景分别延伸至80 年代早期的以色列、纳粹死亡营、第二次世界大战期间的但泽港口城市。小说的第二部分"布鲁诺"写的是波兰作家、画家布鲁诺·舒尔茨（Bruno Schulz），布鲁诺生于1892 年，死于纳粹手下。大卫·格罗斯曼早年对布鲁诺一无所知，后来一个偶然之机了解到布鲁诺在二战期间被害的原因。在犹太人居住区里，舒尔茨有一个雇主和保护人，这个人是纳粹军官兰道，舒尔茨为兰道的家和马厩画壁画。军官有一个对手，一个叫君特的纳粹军官。君特和兰道打牌输了之后，在街角看到舒尔茨，便开枪把他打死，以此伤害他的主人兰道。后来两个军官见面时，杀人者说："我杀了你的犹太人。"另一个人则回答说："很好。现在我要杀你的犹太人。"看到这一叙述后，格

---

① 参见钟志清《当代以色列作家研究》，人民文学出版社，2006，第 198 页。

罗斯曼感到"人被贬低到生存的最底层，除了血和肉以外什么都不是"，这种想法令他发疯。① 他想写一本书向读者讲述布鲁诺。这就是他写《证之于：爱》的原因。②

在"布鲁诺"中，已经长大成人的莫米克在妻子和情人之间徘徊不定。他决定写布鲁诺的故事，甚至暗示要去观看布鲁诺的出生地。在小说中，布鲁诺变成一条鱼，置身于大洋中的鲑鱼群里，进而找到了逃避邪恶现实世界的一个所在。在格罗斯曼的笔下，大海变成了一个有声有色的世界，它就像一个"伟大的母亲"，保护自己的孩子免遭自然界和人类社会中邪恶势力的侵袭。也可以说，作家在这部分描写中已经开始借助比喻与奇幻等创作技巧，想象中的海洋世界在某种程度上等同于逃离现实世界的避难所。

在小说的第三部分"沃瑟曼"中，格罗斯曼运用奇幻手法让大屠杀中的受难者与他的以色列后人在想象中的集中营见面：

> 这时，安舍尔·沃瑟曼转过身，看见了我。他只是从侧面瞥了我一眼，但是我感到自己重生了；在最近几个月的阴沉和迷雾中，他的眼神就像背后的一声霹雳，使镶嵌图案上所有看似无关的碎片都依次排列起来。安舍尔祖父认出了我，我也感受到他了。他显得很惊惧。③

以色列出生的莫米克与外公在纳粹眼皮底下相遇，此乃大卫·格罗斯曼所做的充满奇幻色彩的大胆想象。正如批评家托多罗夫（Tzvetan Todorv）所说的："奇幻允许我们跨越某种无法跨越的界限。"④ 成功地运用奇幻手法，代表着以色列小说中的一种新倾向。具体到这部作品中，运用奇幻手法可以打破只有幸存者本人具备述说那个世界资格的秘密，只有幸存者子女才有权利为受难

---

① 〔以〕大卫·格罗斯曼：《证之于：爱》，张冲、张琼译，上海译文出版社，2006，第 139 页。

② 钟志清：《大卫·格罗斯曼：写作是了解人生的一种方式》，《中华读书报》2010 年 3 月 17 日，第 13 版。

③ 〔以〕大卫·格罗斯曼：《证之于：爱》，张冲、张琼译，上海译文出版社，2006，第 169~170 页。

④ Tzvetan Todorov, *The Fantastic: A Structure Approach to a Literary Genre*, Ithaca：Cornell University Press，1975, pp. 158–159.

者说话的禁忌。这一部分的描写既是第一部分内容的延伸，又为最后一部分内容留下引线。沃瑟曼既是莫米克的舅公、曾经的希伯来语作家，又象征性地代表着"永远的犹太人"，在生与死之间徘徊，大屠杀、痛苦与死亡均无法将其挫败。① 纳粹军官尼格尔试图找到为什么不能杀死沃瑟曼的原因，最后得出沃瑟曼是不朽的这一结论，这在某种程度上暗合了犹太人乖蹇多艰但顽强繁衍的命运。

小说第四部分，即最后一种叙事方式是百科全书。百科全书的作者便是主人公莫米克。莫米克作为大屠杀幸存者的后代在大屠杀之后经历着痛苦。这些人时刻准备着会发生另一场大屠杀，充满生命与爱的生活被他们降低到了原始的基本的本能冲动，就像多数人屠杀幸存者一样，爱就是性，性就是爱，别的什么都不相信。但格罗斯曼在写这本书时，是想晓谕读者，当他读过百科全书后，知道生活是如此丰富，充实，充满了激情，充满了爱。②

尽管"第二代"与本土以色列同龄人同在充斥着大屠杀记忆的环境里成长起来，但由于身份不同，经历不同，他们采取了全然不同的创伤书写方式。作为大屠杀幸存者的后裔，"第二代"在以色列大屠杀记忆的语境中具备了描写大屠杀体验的合法性，这种合法性注定其多采取现实主义的表达方式，描写出大屠杀幸存者后裔的共同体验：如何在大屠杀的阴影中成长起来，承载着父母与家族苦难过去的记忆；又如何在强大的社会压力下，无法接受老一代人喋喋不休地讲述大屠杀的恐惧，甚至把刚刚打破沉默的生还者送回其自我封闭的沉默圆周内。这类作品虽然有着不成熟之处，但是在整个大屠杀文学史上具有打破沉默、叙写幸存者及其子女冲突的突破意义。与之相对，以格罗斯曼为代表的、本人和直系亲属中没有亲历大屠杀体验的作家却采取将荒诞主义与现实主义相结合的方式，打破只有大屠杀幸存者或其子女才有权描写大屠杀的禁区，探讨如何从更为人性的角度来描写大屠杀，关注遭遇创伤的幸存者及其后

---

① Gershon Shaked，"The Children of the Heart and the Monster: David Grossman: *See Under: Love*," in *Modern Judaism*，Vol. 9，No. 3（1989），p. 318.

② 钟志清：《写作是了解人生的一种方式：大卫·格罗斯曼访谈》，《中华读书报》2010 年 3 月 17 日，第 13 版。

裔如何过上正常人的生活，创造出大屠杀文学经典。总体上看，这两类文本均探讨了大屠杀对以色列社会与个人的冲击，表明当代"以色列人身份与犹太灾难强有力地结合在了一起"①。

① Gillead Morahg, "Breaking Silence: Israel's Fantastic Fiction of the Holocaust," in Alan Mintz, ed., *The Boom in Contemporary Israeli Fiction*, Honover and London: Brandeis University Press, 2007, p. 144.

# 第五章
## 东方犹太人叙事

　　现代以色列国家是欧洲犹太人创建的国家，在国家意识形态的建构上均体现出以欧洲犹太人利益为中心的特征。当代以色列文学，尤其是中国学界与读者熟悉的当代以色列文学，如奥兹、格罗斯曼等作家的创作，均是阿什肯纳兹（欧洲犹太人）作家创作的文学。即使是约书亚（一译耶霍舒亚）等东方作家的作品，人们在解读时也往往更多关注其与奥兹、格罗斯曼等人对和平进程的推进，不注重探讨其东方犹太作家的身份。笔者在这里遴选出自不同代际、不同地域的以色列东方作家之手的作品，讨论以色列的东方作家与身份认同，以期弥补国内在这方面研究的缺失。

　　完整的犹太历史应该包括居住在世界各地的各个犹太族群的历史，以色列犹太人既包括在国家占据意识形态霸权地位的欧洲犹太人，也包括来自亚非各国的东方犹太人。但是，在过去的 200 年间，"犹太史学"与"犹太编年史"的形成与框架基本上就是欧洲犹太体验一枝独秀。犹太现代化进程被视为犹太启蒙运动的产物，以色列建国被当作犹太人近两千年流亡生涯，尤其是大屠杀的终极结果。但这些主流观点忽略了犹太人起源于东方这一历史，也忽略了众多犹太人多年来生存在北非与中东的客观实在。那么，审视米兹拉希犹太人叙事可在某种程度上重释犹太人的历史传统，或至少能够为我们重新认知阿拉伯人与犹太人的关系史提供一种新思路。

## 第一节　以色列的东方犹太人

### 一　概念的由来与演绎

笔者在谈到希伯来文学的定位问题时曾经提出"东方还是西方"这一问题。[①] 在史学研究领域乃至日常生活中其实同样面临这样一个问题，那就是以色列究竟是东方国家还是西方国家。确实，早期的犹太复国主义推手以及以色列国家的缔造者，如赫茨尔、诺尔道（Max Nordau）、雅博廷斯基、魏茨曼等都是西方犹太人，他们出生在相对意义上的西方国家，在西方接受教育，仿照西方的体制与模式缔造了犹太民族家园与新国家，因此从某种意义上说，以色列国家就是现代欧洲国家的翻版。但同时，以色列地处东方，犹太人的先祖生活在古老的东方，在东方形成了自己的一神教传统。直到大流散时期，大批犹太人从东方流亡到西方，犹太人才逐渐从亚洲人变成欧洲人，从东方人变成西方人。当今的以色列国家人口构成中，不仅有来自欧洲的犹太人及其后裔，还有来自亚非国家的犹太人及其后裔。

传统意义上，犹太群体主要分为阿什肯纳兹犹太人和塞法尔迪犹太人两大族群。关于阿什肯纳兹犹太人，笔者在本书第三章第二节"《爱与黑暗的故事》与以色列人的身份认同"中已经加以讨论，这里不再详述。塞法尔迪犹太人的现代希伯来语为"יהדות ספרד"，字面意思指"西班牙犹太人"（Jews of Spain）。"ספרד"一词最早出自《圣经·俄巴底亚书》，指一个地名，该地名与犹太人的流亡经历有关。[②] 根据史料记载，西班牙犹太人的经历可以追溯到圣经时代。早在第一圣殿被毁灭之前，犹太人就已经居住在西班牙。罗马帝国鼎盛时期，犹太人被赶出了自己的家园，流亡伊比利亚半岛、高卢、意大利、希腊、巴尔干、小亚细亚、叙利亚、塞浦路斯、克里特岛、埃及、北非等地。还

---

① 钟志清：《东方还是西方：关于希伯来文学学科的定位》，《山东社会科学》2018 年第 2 期。
② "在西法拉（ספרד）被掳的耶路撒冷人，必得南地的城邑。"见《俄巴底亚书》第 20 章。

有一些犹太战俘奴隶被罗马人带至其在欧洲的领地，包括西班牙。[1] 到公元 4 世纪，其人数已经达到一定规模，以至于在尼西亚召开的公会议认为，有必要通过特殊的法规来阻止犹太人与基督徒之间那种过于亲密的关系。[2] 尽管之后多次遭到改宗迫害，许多犹太人皈依了基督教，但他们在西班牙和葡萄牙等地建立了自己的社区。尤其是阿拉伯人统治时期的西班牙，犹太人作为少数民族，从一开始就得到了当权者的信任。一些流亡北非的人又回到安达卢斯。西哥特人的政权垮台后，犹太人境况有所好转，他们充当文化交流的使者，把重要的阿拉伯语著作翻译成希伯来语，后来又翻译成拉丁语，大批犹太先贤参与诗歌创作，迎来了安达卢斯的文化黄金时代。[3] 1492 年，西班牙大举驱逐境内犹太人，一部分犹太人逃离到葡萄牙，另一部分则到了北非和奥斯曼帝国统治下的国家，包括摩洛哥、阿尔及利亚和突尼斯。

"塞法尔迪"成为持久的民族与宗教分支概念的重要因素之一便是《布就筵席》的出版与广泛流传。大约在 1570 年，约瑟夫·卡洛（Joseph Calo）编纂的《布就筵席》不断重印。尽管该书是一部犹太律法指南，但它无形中统一了塞法尔迪这一概念的诸多内涵，并且凸显了其同阿什肯纳兹的区别。需要指出的是，塞法尔迪文化传统受伊斯兰教与基督教的影响。塞法尔迪犹太人与东方犹太人之间的关联虽然日益加深，但二者之间并非没有张力。[4] 另一个与之相关的概念则是"米兹拉希犹太人"（"מזרחים"，Mizrahim）。这批犹太人主要指从圣经时代就开始生活在西亚和北非地区生活的犹太人，与"塞法尔迪犹太人"并不同源，但有一定程度的交叠。近年来，"米兹拉希犹太人"这一术语在批判性社会科学（和某些人文科学）话语中迅速被接受，先是在以色

---

① 徐新：《犹太文化史》，北京大学出版社，2004，第 44 页。

② 〔英〕西塞尔·罗斯：《简明犹太民族史》，黄福武、王丽丽等译，山东大学出版社，2014，第 134~135 页。

③ 〔英〕西塞尔·罗斯：《简明犹太民族史》，黄福武、王丽丽等译，山东大学出版社，2014，第 146~152 页，

④ Harvey E. Goldberg, "From Sephardi to Mizrahi and Back Again: Changing Meanings of 'Sephardi' in Its Social Environments," in *Jewish Social Studies*, New Series, Vol. 15, No. 1 (Fall 2008), pp. 165–188.

列，后来在中东、美国以及其他地区和国家出版了许多相关的出版物，评估、分析、争论"米兹拉希犹太人"的身份、体验和历史。在中东，"米兹拉希犹太人"术语正在逐渐取代"东方犹太人"，或者"中东犹太人"术语，显示出其在希伯来语境中的至关重要性，且最终被媒体广泛使用。今天，它已成为带有霸权色彩的表达方式，被视为过去二三十年中与犹太思想界发展密切相关的一个话题。① "米兹拉希犹太人"在一定程度上代表着以色列犹太人内部的二元对立，与"塞法尔迪犹太人"相比，它获得了明显的重视。在很大程度上，它有取代"塞法尔迪犹太人"概念的趋势。

有学者在为东方犹太人下定义时，认为它指的是不包括阿什肯纳兹犹太人在内的犹太社会文化群体，这一点从以色列把犹太人划分为纯然对立的两大范畴上可见一斑。正如以色列学者施瓦茨所说，从20世纪60年代开始，任何在这个国家（指以色列）长大的犹太人都会把"米兹拉希"与"阿什肯纳兹"两个既相关又有别的实体当作两个自然范畴，界定来自欧洲与亚非国家的整个犹太群体。由于"米兹拉希"一词最早源于《圣经·创世记》，意为"东方"，因此在中文语境中，我们把"Mizrahi Jews"翻译成"东方犹太人"。艾森斯塔特（S. N. Eisenstadt）在对"东方犹太人"进行概括时说："尽管他们之间存在差异，但与以色列的其他犹太社区相比，大多数犹太人还是形成了一个或多或少统一的社会学'集合体'。"② 也就是说，尽管西班牙裔犹太人，或者称塞法尔迪犹太人与来自中东与北非地区、祖先未曾经历"宗教裁判所"审判的犹太人之间有差别，但也有许多共同之处。这种共同性主要是与欧洲犹太人，或者阿什肯纳兹犹太人相比较而言。

## 二 国家认同与身份的缺失

在犹太复国主义意识形态话语中，欧洲出身的犹太人代表着犹太民族，而

---

① Moshe Behar and Zvi Ben-Dor Benite, eds., *Modern Middle Eastern Jewish Thought: Writings on Identity, Politics, and Culture, 1893-1958*, Waltham: Brandeis University Press, 2013, p. xxi.

② S. N. Eisenstadt, *The Absorption of Immigrants: A Comparative Study Based Mainly on the Jewish Community in Palestine and the State of Israel*, Illinois: The Free Press, 1955, p. 91.

来自东方国家，包括传统意义上犹太人的栖居地——中东地区的犹太人，以及在大流散中前往北非等地的犹太人则被视为少数民族。在 20 世纪犹太复国主义和阿拉伯民族主义兴起之前，中东地区的犹太人与基督徒和穆斯林生活在一起。奥斯曼帝国的灭亡虽然改变了那幅图景，但中东地区犹太人旧有的身份基本上保存了下来，其身份转变的直接历史外因便是犹太复国主义运动的兴起。犹太复国主义最早对犹太社区的影响不大，但后来情形发生了改变。1917 年《贝尔福宣言》发表，英国托管巴勒斯坦，犹太复国主义运动成为建立犹太民族家园的官方角色，代表着巴勒斯坦犹太人的利益。在这种情况下，犹太持不同政见者难以从内部挑战犹太复国主义的统治地位。大多数当地的犹太人，包括东方犹太人在内接受了新形势，并未寻求建立替代机构。应该承认的是，在大屠杀和以色列建国之前，犹太复国主义在世界各地的犹太人当中影响甚小。在巴勒斯坦，一些塞法尔迪犹太社区的首领也公开反对犹太复国主义。

19 世纪末期兴起的政治犹太复国主义的最初愿景是大规模地把犹太人移民到以色列地。当时，阿什肯纳兹犹太人在犹太世界人口中占多数，东方犹太人的作用和潜在影响是个小问题。但是 1948 年以色列建国后，成千上万的犹太人从中东和北非移民到以色列（在建国后的 20 年内），在数量上大约占据了这个国家人口的一半。这种发展给新国家领导人带来了挑战，那就是如何牺牲巴勒斯坦人的利益来提升一个国家的犹太性质。如果保留了巴勒斯坦人，那么又如何缔造追求技术先进、充满现代色彩的西方世界，摆脱宗教束缚，摆脱大流散时期的精神实质。应该能有办法把三个重要因素结合起来：1) 在律法、政治和军事上充分吸收新移民；2) 在文化和社会上将其边缘化，要求其适应阿什肯纳兹机构设定的标准；3) 逐渐拉大以色列新身份与阿拉伯人之间的距离。

东方犹太人身份便是在那一时期随来自不同文化与背景之人在以色列的相遇而形成。与阿拉伯人相比，他们成为占主导地位的犹太人中的一员；而在阿什肯纳兹占统治地位的社会共同体中，他们又居于从属地位。20 世纪 70 年代，"东方犹太人"一词的概念加进了新含义。它们在保留最初的成员多样性的基础上，又加进了新的政治目的。

如果说在移民以色列之前，东方犹太人似乎被排除在历史之外，基本上处于不发声的状态；那么其后，在以色列内部，在世界舆论的舞台上，占主导地位的声音仍然几乎是欧洲犹太人的声音，东方犹太人的声音几乎总是遭到遏制。表面看来，或者在多数人看来，犹太复国主义者的初衷是为了建造一个统一的犹太国家，但实际上，他们建立的只是欧洲犹太人的国家。由于受教育程度不足，缺乏民主经验，来自亚洲和非洲的犹太人与自由、世俗、受过教育的欧洲犹太人相比显得保守。他们具有一种反社会主义情结，支持右翼政党，成为和平进程的障碍。另外，由于他们在阿拉伯国家遭遇了种种不幸，对阿拉伯人怀有一种固有的仇恨。从这个意义上说，他们离开阿拉伯国家，投奔新建的以色列具有某种历史上摩西带领古代以色列人出埃及的特点。1948 年 5 月以色列建国之前，非阿什肯纳兹犹太人在巴勒斯坦伊舒夫 63 万犹太人口中占 23%。以色列建国初期，仅在 1948 年 5 月到 1951 年末就有大约 65 万东方犹太人移民到了以色列国家。1955 年到 1956 年又从北非来了很多人。到 1981 年，大约有 75 万犹太人从非洲和亚洲各国移民以色列。大规模新移民的涌入显然成为这个国家不可忽略的重要因素，推动了以色列国家从二元论角度来界定以色列社会现状。①

从国家政权角度看，犹太复国主义者夸大阿拉伯世界中犹太人的负面因素。时任以色列总理本-古里安不止一次地表现出对东方犹太人的蔑视，在议会上甚至说东方犹太人"野蛮"，主张要给东方犹太人注入西方精神，他还表示，不希望以色列人成为阿拉伯人。后来的女总理果尔达·梅厄（Golda Meir）要求提升这些东方犹太人的文明水平，声称不讲意第绪语的人不是犹太人。在知识界，希伯来大学的一些学者曾经称这些来自"落后国家的移民"在表达上比较原始，"甚至存在着智障或者精神错乱问题"。在教育机构，巴勒斯坦阿拉伯人和塞法尔迪犹太人的孩子需要赞美西方人所创造的世界历史，而对东方文明知之甚少。以色列主流社会把东方犹太人和阿拉伯人都视为

---

① Ella Shohat, "Sephardim in Israel: Zionism from the Standpoint of Its Jewish Victims," in *Social Text*, No. 19/20 (Autumn 1988), pp. 1-35.

"他者"。东方犹太人的境遇，有些像大屠杀幸存者，遭到新型本土以色列人的忽视，甚至蔑视。由于国家理念崇尚文明、现代与独立，需要对这些人加以改造。在这种被重新塑造的过程中，东方犹太人的原有身份日渐缺失。①

从生活水平上看，这些东方犹太人也遭受了不公正的待遇，尽管他们愿意待在一起，但还是被分散到全国各地。阿什肯纳兹犹太人倾向于生活在比较繁荣的北部地区，东方犹太人则多集中在地广人稀的沙漠地区，居住环境十分艰苦。他们中大多数住的是以前阿拉伯人被腾空的房屋，有时房屋甚至会被征用。带有东方色彩的雅法老城变成了遍布着艺术博物馆的带有波希米亚风情的旅游胜地。在耶路撒冷，情形类似。以色列当局一直试图让东方犹太人搬走，让他们搬到西岸，貌似给他们提供丰富的物质条件。东方犹太人经常被招募参加政府的公正计划，但就业机会相对较少。到1956~1957年，东方犹太人做教师的比例不到阿什肯纳兹犹太人的1/4，在政府部门任职的比例不到阿什肯纳兹犹太人的1/6。② 以色列占主流地位的社会学解释是，东方犹太人地位低下并非阶级属性所致，而是因为东方文化落后。③ 德裔美国哲学家汉娜·阿伦特在报道1961年的"艾希曼审判"时称赞以色列的精英司法机构在"德国犹太人中最好"，但她同时指出"以色列警察部队令人毛骨悚然，只说希伯来语，长得像阿拉伯人……法院大门外是东方暴民，就好像身在伊斯坦布尔或其他半亚洲国家一样"。由于对希伯来语和犹太人的"东方"起源不屑一顾，这一评论甚至可以被视为内部反犹太主义。④

东方犹太人融入以色列社会的历史可分为两个时期，主要转折点是20世纪70年代末和20世纪80年代的利库德政府时期。首先，第一阶段是东方-塞法尔迪集体意识由不同的移民和既定的伊舒夫元素形成，反对衍生于欧洲文化

① Ella Shohat, "Sephardim in Israel: Zionism from the Standpoint of Its Jewish Victims," in *Social Text*, No. 19/20 (Autumn 1988), pp. 1-35.

② Ella Shohat, "Sephardim in Israel: Zionism from the Standpoint of Its Jewish Victims," in *Social Text*, No. 19/20 (Autumn 1988), pp. 1-35.

③ Ella Shohat, "Sephardim in Israel: Zionism from the Standpoint of Its Jewish Victims," in *Social Text*, No. 19/20 (Autumn 1988), pp. 1-35.

④ Seth J. Frantzman, "Hannah Arent, White Supremacist," in *Jerusalem Post*, June 5, 2016.

的霸权和妄自尊大，但含有犹太复国主义的基本因素。第二阶段，东方犹太人进一步强化与阿什肯纳兹犹太人的合作，以色列社会把自己重新定位为拥有适度宗教、以家庭为基础的动态形式，在这种形式中，混合的中东文化形态逐渐普遍化。[①]

实际上，东方犹太人对犹太文明一度产生重大影响，令周边世界刮目相看。中世纪诗人犹大·哈列维（Judah Halevi）很早就表现出诗才。其早期诗歌受到伊本·以斯拉（Ibin Ezra）和当时阿拉伯诗风的影响，赞美西班牙的优美风光，歌颂爱情、美酒和友谊，描写与朋友和恋人分离后的痛苦，情真意切，意象逼真，可与莎士比亚十四行诗和约翰·多恩（John Donne）的诗作媲美。之后，他致力创作描写反映犹太民族与宗教情感的诗歌。与以前的诗人不同，他把流亡之痛当作一种负面情感，不再专门描写犹太人在流亡中的痛苦，也不再把锡安视为弥赛亚的梦想，而是将其视为一个现实实体。在后圣经时代的希伯来语诗歌中首次表现出即刻回归锡安的主题，且这一主题主要基于结束流亡之旅返回以色列的个人情感。尽管许多犹太诗人在诗歌和祷词中表现出上述思想，但没有明确提出回归锡安的理念。而哈列维在诗歌中呼唤把回归故乡的思想化作行动，强调只有回到故乡，犹太人才能摆脱在流亡中遭受的屈辱。哈列维共创作了800多首诗，是他那个时代最多产的诗人之一，其中包括宗教赞美诗、爱情诗、挽歌、神秘诗等多种体裁。其许多诗作表现出强烈的爱国主义与民族主义情感，堪称中世纪犹太思想的极致。尤其是在《我心在东方》《致锡安》等脍炙人口的诗歌中，哈列维用"我心在东方，而我在遥远的西方""锡安安卧以东怀中，而我则被套住阿拉伯的锁链"的优美句式表达了自己因思恋故土而食不甘味的情怀，历来为广大读者喜闻乐见，素有中世纪最伟大的希伯来语诗人之称。

从历史上看，这些犹太精英在强烈保留史密斯所说的集体认同之时，融入了他们所处的本土文化。伊拉克的犹太人甚至在赞美诗中都使用阿拉伯语，并

---

① Daniel Klein, "Assess the Status and Participation of 'Mizrahim' in Israeli Society, 1948-Present," https://www.academia.edu/40439077/The_Status_and_Participation_of_Mizrahim_in_Israeli_Society, accessed April 16, 2022.

且为其文化发展做出了贡献。19 世纪末到 20 世纪上半叶，东方犹太人已经活跃了几个世纪。在自己的创作中表现出与古老东方，即创造天地万物的元初世界的联系。在 1939 年塞法尔迪犹太人和米兹拉希犹太人举行的一次集会上，一位拉比在演说中讲：塞法尔迪犹太人并非来自西班牙。塞法尔迪犹太人是来自东方国家并接受了西班牙影响的犹太人。① 沿着这个思路，我们可以看到以往将犹太人划分为阿什肯纳兹和塞法尔迪犹太人并不能完全概括犹太人的族群构成，甚至忽略了犹太人的东方起源。

东方犹太人最初的斗争是改善生活条件，而不是颠覆既定的霸权叙事及其原因，因此主要针对以色列政府推行的各项措施。他们既不攻击犹太复国主义运动，也不攻击国家的合法性。这场斗争的主要特色是该运动采取的一些具体步骤，其中有些是戏剧性的，有望改善以色列东方犹太人的经济、社会和政治状况，最重要的是纠正以色列政府的不公正待遇。

具体到文学创作领域，在以色列建国之前，便有一些东方作家用希伯来语从事文学创作。他们当中，伊扎克·沙米（Yitzhak Shami）和耶胡达·伯尔拉（Yehuda Burla）十分突出。他们出生在巴勒斯坦古老的西班牙裔犹太人社区。与同时代的一些阿什肯纳兹作家不同，他们没有把以色列地当作希望之乡，但实实在在地致力于描写流散地犹太人一无所知的人和社会，包括东方犹太社区、阿拉伯人和土耳其人社区以及阿什肯纳兹犹太人的伊舒夫。② 

沙米是那代人中最富有独创性的作家，文化底蕴深厚。③ 他出生于当时的圣城之一希伯伦，其父为叙利亚犹太商人，来自大马士革，母亲家族已经在希伯伦居住数代，是塞法尔迪犹太人的后裔。他在家中和父亲讲阿拉伯语，和母亲讲拉迪诺语。其家人恪守犹太教，并遵从中东犹太人的生活方式。早年在当地宗教学校学习阿拉伯语和希伯来语，并阅读犹太启蒙读物。不满于接受宗教教育，17 岁时到耶路撒冷读师范学校，并开始发表短篇小说。后做了老师，

① Moshe Behar and Zvi Ben-Dor Benite, eds., *Modern Middle Eastern Jewish Thought: Writings on Identity, Politics, and Culture, 1893-1958*, Waltham：Brandeis University Press, 2013, p. xxiv.
② 〔以〕格尔绍恩·谢克德：《现代希伯来小说史》，钟志清译，商务印书馆，2009，第 92 页。
③ 〔以〕格尔绍恩·谢克德：《现代希伯来小说史》，钟志清译，商务印书馆，2009，第 93 页

到大马士革、保加利亚等地教授希伯来语，第一次世界大战后回到希伯伦，边教书，边在犹太社区做秘书。其生活境况不佳，第一任妻子又患有疾病，严重影响了他的文学创作。后离开希伯伦，到太巴列当老师，1931 年定居海法。沙米用希伯来语和阿拉伯语两种语言创作。在希伯来语作品方面，主要有中篇小说《先祖的复仇》以及短篇小说和散文。

《先祖的复仇》是其代表作，也是希伯来文学创作最重要的作品之一。小说中心内容写的是 20 世纪初期纳布卢斯和希伯伦两座城市的阿拉伯居民之间的古老格斗。主人公小尼玛-阿布-施瓦拉博是纳布卢斯唯一一丝不苟恪守先祖习惯的人。他勇敢无畏，乐善好施，对先知与圣贤极为忠诚，不惜花重金修复其坟墓。尽管他骄傲自大，脾气暴躁，唯我独尊，但在年轻人中具有感召力。在去先知摩西墓朝觐之际，他谋杀了具有相同血脉的希伯伦首领，最后不仅为人世间的敌人毁灭，也为先祖的幽灵毁灭。小说在措辞与风格上，保持了门德勒及其追随者的传统，又强烈地注入了阿拉伯语习惯用法，表现出强烈的地方特色。尤其值得重视的是，小说在信仰与社会政治方面具有一种力量。但人们不禁思考，在同代移民作家，比如说斯米兰斯基极力塑造理想化小说类型、赞美拓荒者之时，沙米为什么精雕细刻书写另一种文化传统，即孕育其成长的阿拉伯文化传统。

与之相对，伯尔拉（Yehuda Burla）的作品更认同第二次阿里亚时期的犹太复国主义和劳工运动作家的理念。伯尔拉生于耶路撒冷一塞法尔迪犹太拉比与学者之家。祖上是土耳其伊兹密尔的犹太人，已在耶路撒冷居住了 300 年之久。他曾就读于耶路撒冷经学院和师范学校，第一次世界大战期间在土耳其军队里担任翻译；一战结束后在大马士革的一所学校担任校长，在那里居住了五年之久，后到海法和特拉维夫任教。其作品主要描写中东地区塞法尔迪犹太人的生存环境、生活习俗、思想和语言。他作品中出生在中东的主人公，最后多参加到新意识形态的理想化形式——基布兹当中。尽管如此，我们可以看到，早期东方作家并没有像同代移民作家那样张扬犹太复国主义理念，歌咏土地与人之间的关系，而是执着地描写孕育自己的东方文化传统。

以色列建国之后，进入希伯来语文坛的东方作家主要来自摩洛哥、伊拉克、伊朗、埃及和埃塞俄比亚。这批作家中，除约书亚外，其他人的作品基本上尚未引起国人的细读。而这批作家的重要性不仅在于他们在作品中用典型的中东自然风光、阿拉伯人和犹太人、穆斯林和基督徒、民族主义者和共产主义者等多种错综复杂又感人心扉的关系，深深地吸引了广大希伯来语读者，获得各种文学奖，在希伯来主流文学中赢得了一席之地，而且，他们也唤起了人们对东方犹太人这一特殊文化群体的关注。这里，笔者选取上述几个富有代表性国家中最富有代表性的东方犹太作家，他们的作品或涉及东方犹太人在原居住国的生存境遇，或展现其融入以色列社会的必要性与可能性问题。他们的作品一方面透视出东方犹太人难以割断与其深厚文化传统的联系，不愿融入以色列社会，另一方面则又显示出东方犹太人身份中犹太人、以色列人与东方犹太人三种重要元素之间的相互博弈与调和，以便在以色列主流政治与文化版图上给东方犹太人留下一席之地。

## 第二节　伊拉克犹太人叙事

### 一　萨米·迈克尔及其多元背景小说

本书在以色列语境下所说的伊拉克犹太人，实际上指的是伊拉克裔犹太人。伊拉克裔的以色列作家中，最富有成就的当推萨米·迈克尔（Sami Michael）和埃里·阿米尔（Eli Amir）。迈克尔曾为伊拉克的青年知识分子精英。他生于伊拉克巴格达，父亲是商人。他在犹太人、穆斯林和基督徒混杂的地区长大，早年在犹太学校接受教育，15岁时加入左翼地下组织，争取人权与民主价值，反对伊拉克政体，17岁时开始为伊拉克媒体撰写文章，1948年因参加政治活动面临牢狱之灾，逃到伊朗。他在1949年到了以色列，其家人1951年到以色列与之团聚。他曾为阿拉伯语日报做编辑，后到英国学校学习水文地理，在以色列水文部门工作25年。与此同时，在海法大学攻读心理学与阿拉伯文学，20世纪70年代开始发表文学作品。

影响其创作的两个重要因素是语言问题与身份塑造问题。迈克尔抵达以色列时已经成人，其母语应该是阿拉伯语。他曾经多次对那些生来以希伯来语为母语的作家表示羡慕，为自己不能自如掌控词语感到遗憾。同时，迈克尔深感阿拉伯文化与伊斯兰文化对自己具有一种挥之不去的影响。也许，正是由于从异域文化中受益，将阿拉伯传统文化与希伯来现代文化结合起来，才使他在强者如林的 20 世纪七八十年代希伯来语文坛拔地而起，赢得了广大以色列读者的喜爱。

《平等与愈加平等》（1974）是迈克尔的第一部长篇小说，虽然不是迈克尔最好的小说，但集中表现了东方犹太人移民体验，尤其是他们在难民营中的艰苦生活，以及难以融入新建的以色列国家的经历，由此开启了迈克尔的伊拉克移民体验之旅。其后，他又创作了《避难所》（1977）、《瓦地的小号》（1987）、《维多利亚》（1993）等长篇小说以及系列非虚构类作品。其长篇小说多以巴格达、海法和难民营为背景，表现伊拉克犹太人在三个不同的地理空间的个体人生体验、家族沉浮以及族群命运。其中，《维多利亚》等作品探讨的是伊拉克犹太人的家庭、社会和政治生活。而被部分人视为其最重要的小说《避难所》背景置于 1973 年以色列"赎罪日战争"，描写了一个伊拉克共产主义者在伊拉克和以色列的奋斗历程。此外，他还把阿拉伯语作家纳吉布·迈哈福兹（Najib Mahafuz）的开罗三部曲翻译成希伯来语，这也是迈哈福兹开罗三部曲首次被翻译成外文。迈克尔在政治上十分活跃，书写了大量关于以色列社会问题，尤其是反映东方犹太人是否拥有平等权利、阿拉伯人与犹太人关系、宗教与人权问题的政论文。自 2001 年始，他担任以色列民权协会主席。①

（一）家族寻根叙事小说：《维多利亚》

《维多利亚》② 是迈克尔影响最大的一部作品，曾连续 50 个星期荣列以色列《国土报》十佳图书。评论界和普通读者均对这部作品产生了极大热情，迈克尔的创作从此被视为进入以色列主流文学创作之中。小说以一位名叫维多利亚的东方犹太女子为叙事中心，写她 20 世纪初期在巴格达一个普通犹太大

---

① Moshe Behar and Zvi Ben-Dor Benite, eds., *Modern Middle Eastern Jewish Thought*: *Writings on Identity*, *Politics*, *and Culture*, *1893–1958*, Waltham: Brandeis University Press, 2013, p.198.

② 〔以〕萨米·迈克尔：《维多利亚》，李慧娟译，南海出版公司，2010。

家族中的成长与生活历史，牵扯到其祖母、父母、兄弟姐妹、女儿以及孙辈等不同代际伊拉克犹太人的遭际，间或穿插其移居以色列后的经历与体验，以形象的笔法为我们展示出一幅伊拉克犹太人丰富多彩的生活画面。

《维多利亚》是一部带有寻根色彩的家族叙事小说，其叙事背景置于伊拉克的巴格达。伊拉克与犹太世界的关联在许多中国读者的心目中还很陌生。而巴格达这座具有千年历史的古城，从萨桑王朝一个偏远的边陲村落能发展到20 世纪初期的规模，女主人公维多利亚的祖先可谓功不可没。我们通过作家笔触，可以捕捉到犹太人在这座城市中的生存遗迹：

> 此处繁盛起来的阿拉伯文化中，犹太医生、科学家、哲学家、政治家和文学家贡献卓著。然而，武力征服、洪水和瘟疫的肆虐、宗教迫害和种族屠杀世世代代无休无止，不仅令生活在这里的犹太精神之源渐枯，还让他们将自己的辉煌历史遗忘。这些犹太人挤在窄仄的居民区内，出生，长大成人，慢慢变老，直至死去，大多数人都不曾离开过。犹太人的祖先曾经编纂过举世闻名的《巴比伦塔木德》，他们上下求索，志存高远，影响遍及全球。而如今，他们的后代却蛰居在世界狭窄的一隅，在藩篱里终老一生。①

这段描写既蕴含着作家对巴格达犹太人的历史记忆，也折射出现代犹太世界的变迁，巴格达的犹太社区已经荒芜到几乎看不到一花一草，偶尔出现的棕榈树或椰枣树无法改变这片居民区的整体面貌。这种衰败则通过一个主人公维多利亚这个落魄的犹太家族具体体现出来。维多利亚与家人居住在巴格达一小巷中的大院里，整个家族及其近亲大约有 60 人。祖母米甲被视为家庭根基的化身，她出身名门，家境优裕，其家族甚至还出过大拉比。她曾经营一家红火的裁缝店，为土耳其士兵做制服，风光无限。但她靠子孙重振家业的梦想似乎早已破灭，米甲年老后喜欢坐在小地毯上，有条不紊地操纵着家族的生活脉

---

① 〔以〕萨米·迈克尔：《维多利亚》，李慧娟译，南海出版公司，2010，第 68 页。

搏。在人们眼中，她会超越人生代谢的定律，永远生存下去。她在第一次世界大战期间猝然离世，预示着这个家族摇摇欲坠的命运。

米甲育有三子，兄弟三人可以说代表着三种不同的犹太人生。长子耶胡达代表着饱读诗书的犹太人，他白髯飘飘，潜心研究宗教经卷，一副超越纷扰的模样。但他体弱多病，不堪重负。次子便是主人公维多利亚的父亲伊祖里，他凭借吃苦耐劳操持家族生意，负责养活全家老小，在整个家族中不可一世。三子伊利亚胡好吃懒做，偷摸成性，分家另谋出路后，依旧挥霍无度，败光财产后又回到家中，在母亲的储藏室里度日，后因偷窃被逐到地下室，但仍然恶习难改，总是出去寻欢作乐。

作家在谈到《维多利亚》时，称它是一部"女性主义小说"，对女性身份的探讨构成作品的一个强大母题。① 小说的女主人公维多利亚坚忍顽强，堪称传统犹太母亲的化身，祖母米甲离世之后，她承担了凝聚犹太大家族的使命，对不公平现象敢于直言。这一关联在小说中曾经有所暗示，当米利亚姆遭受铁匠丈夫的身体暴力时，维多利亚用昔日米甲祖母那种庄严的口气命令道：离她远点！60 年后，又是她把来自各地的数十个后人聚到了位于以色列中心地带的拉马特甘。诗人纳坦·扎赫认为，《维多利亚》是自以色列建国以来叙述一位女性人生的最好作品。② 这部作品之所以受到这样的赞誉，显然得益于维多利亚这一形象本身的饱满。但这一形象本身毕竟负载着太多旧式东方犹太世界的积淀，比如受教育程度低，本质上还是一个旧式妇女，等等。

女人在家族中的地位是不幸的，她们要遵从父兄意志，对丈夫逆来顺受，还要忍受丈夫的暴力和不忠。究其原因，一方面是她们遭受宗教传统的束缚，自幼就被教育要恪守女子行为规范，要贤淑、守节操；另一方面则是现实环境或命运的影响，具体地说是她们遇到的都是有性格缺陷的男人。维多利亚的母亲多年操持家务，频繁生育；父亲伊祖里虽然勤劳持家，但对母亲显然没有

---

① Nancy E. Berg, *More and More Equal: The Literary Works of Sami Michael*, Lanham：Lexington Books, 2005, p. 108.

② Dvir Abramovich, *Back to the Future*, Newcastle upon Tyne：Cambridge Scholars Publishing, 2011, p. 121.

爱，且经常对母亲拳脚相加，甚至在夜间去侵犯他自己的亲嫂嫂，使母亲在心理上蒙上极大阴影。耶胡达的妻子虽然体态丰腴，是整座大宅院里的美女，很会享受人生，但在丈夫去世后无人照管，甚至被族人逐出原住房，失去了栖身之地；堂妹米利亚姆虽然与叔叔的儿子拉斐尔相互爱慕，但不得不遵从父母之命另嫁他人，还经常遭到丈夫的家暴。而维多利亚本人，则对不忠的丈夫拉斐尔深爱不悔，直至去世。

尽管时至 20 世纪，但在这个家族中，童婚现象、重男轻女等陋习依旧存在。女孩托娅因家境贫寒，在初潮之前便为丧妻的维多利亚的舅舅续弦，被丈夫玩弄于股掌之间。所有女性完全接受带有偏见的传统，为生下男孩感到欣喜，因生下女孩倍感失落。有些母亲会在寒夜里把自己刚出生的女儿放在大门口，期待借此使之免遭人间苦难。在维多利亚经历丧女之痛时，母亲如此劝慰她："你可要感谢上帝。要女儿有什么用，她们都是祸害。看看我，再看看你，谁会觉得我们天天都该好好庆祝自己能来这世上走一遭呢。"[1] 此乃一个没有文化的东方家庭妇女对身为女人命运发自内心的诠释。又如，维多利亚在生下阿尔伯特这个男孩时，由于是在安息日，不能点蜡烛，大家认为新生儿是个女孩，维多利亚的堂妹米利亚姆因此便把孩子丢弃，嫂子偶然之际才发现弃婴是个男孩，于是举家欢喜。维多利亚日后一直善待这位嫂子，她的丈夫拉斐尔得知儿子出生后，也在病愈后归来。"找回弃婴"事件进一步反映出巴格达犹太社会女子地位的低下。

与母亲和老一代女人相对，女主人公维多利亚被描绘成充满魅力的女子、尽心尽责的母亲、忠诚的妻子和热情如火的恋人。[2] 无论作家本人还是批评家都承认，维多利亚这一角色的原型是迈克尔的母亲。《维多利亚》的文体虽然是小说，但在很大程度上讲述的是作家母亲的故事。这一点从小说的命名上可见一斑。按照作家自述：她（母亲）经历了如此之多，但最后仍然赢得了胜利。她受到各种打击，不是来自人，而是来自环境、各种形势，以及她所经历

---

① 〔以〕萨米·迈克尔：《维多利亚》，李慧娟译，南海出版公司，2010，第 283 页。

② 〔以〕萨米·迈克尔：《维多利亚》，李慧娟译，南海出版公司，2010，第 182 页。

的黑暗时代。她生活在妇女被认为低人一等的年代，然而仍旧保持内在的做人尊严。这在某种程度上就是一种胜利。正如她的名字"维多利亚"（英文意为"胜利"）。[①] 作为家族中的长孙女，维多利亚在家族中的地位非同一般。首先，她最受奶奶宠爱，因此遭到母亲怨恨，母亲一直在虐待她、羞辱她。其次，她拥有米利亚姆这样知心的堂妹。更重要的是，她能如愿嫁给自己所爱的拉斐尔（败家叔叔的儿子）。但是，她只是丈夫退而求其次的选择。拉斐尔虽然表面上举止文雅，实际上却是个彻头彻尾的浪荡子。在拉斐尔因患肺结核去黎巴嫩调养，杳无音讯之际，维多利亚一度想到自杀。早年生下的两个女儿一个病死；一个幼年被舅舅强暴，身心受到巨大伤害，过早夭亡。显然，这个家族中的有些男人虽然恪守安息日等犹太传统节日，但在行为上却违背犹太律法。在这个家族中，如果说维多利亚的祖母显示出犹太母亲的强者风范，那么从她的儿媳到孙女，再到重孙女，则都是受压迫、受迫害的对象。

　　时势的变迁无疑也对女性命运产生了巨大冲击。在这方面，小说打破传统的线性叙事方式，在主人公的意识流动中推进情节，经常用简短的话语交代突如其来的事件，乃至历史变迁。小说开篇，丈夫拉斐尔远赴黎巴嫩疗养，从不喜欢这个女婿的维多利亚母亲就开始对女儿恶语相向，维多利亚感到茫然无助，于是想到底格里斯河了却残生。小说正是从身怀有孕的维多利亚独自一人走到桥中央写起，她被拥挤的人群冲来冲去，同时还要遭受一些男人的恶意猥亵，这些人中有阿拉伯人，也有犹太人。桥上的滚滚人流，乃至陌生人的拧捏激起了她身体的欲望，令其渴望心上人的爱抚，尤其是联想到两个年幼的女儿从此无人照顾，她产生了继续活下去的愿望。

　　维多利亚在底格里斯河桥上目睹的场景实际上已经反映出不可阻挡的现代化进程与传统生活方式的冲突：一边是机动车道与车流，另一边则是载客与拉货的马车。车夫拽紧马笼头，跟在车后跑。维多利亚平时基本上不出家门，外面的世界对她来说十分陌生，她想象这座桥上可能空无一人，就像空荡荡的房

---

①　Nancy E. Berg, *More and More Equal: The Literary Works of Sami Michael*, Lanham：Lexington Books，2005，p. 108.

顶上一根根闲置的晾衣绳。只有几只寂寥的小鸟栖在绳上，把头深藏在羽毛之间，好像正在发愁究竟要展翅高飞，还是要紧闭双翅坠向地面。鸟儿意象堪称维多利亚人生经历的精辟比喻，她本人就像一只笼中鸟，处在是飞往外面的世界，还是依旧停留在原有生活方式中的交叉路口。

维多利亚是一位具有反抗意识的女子。选择自杀既是她对既有生活方式与苦境的一种逃避，又是束缚在传统枷锁之下的东方犹太女子改变现状的唯一途径。此行既是一次死亡之旅，又是一次新生之旅。但这种反抗充满了矛盾。为给丈夫治病，维多利亚变卖了自己所有值钱的东西，一贫如洗。丈夫离家后，她要遭受母亲的谩骂和弟媳的误解，因怀疑腹中胎儿可能是个女孩，她服药，打胎未果，在走投无路之际她决定投河自尽。在思想意识深处，她接受了母亲的古老观念，认为女孩就是祸害，"身体健康，脑子不笨，但就是不能像男人那样出外谋生"①。归家途中，她接受驼背邻居的建议，决定自食其力，带着女儿搬到一个陌生的院落，工作挣钱；但当母亲前来要求她搬回家中时，她义无反顾地跟母亲回到家中，却没有勇气接受邻居的建议去往巴勒斯坦。儿子阿尔伯特出生，预示着其命运的一大转机，阿尔伯特不仅能将旅居在外的丈夫唤回，也会供她终老。而事实证明，这个儿子确实有为她重振家族荣耀的能力。

以色列临时难民营是巴格达这个古老世界通往现代以色列社会的桥梁，也使伊拉克犹太女子的身份发生改变。维多利亚在这里朝施暴的丈夫挥舞起拳头，从此不再忍受家暴。需要注意的是，维多利亚为自己争取做人权利的反抗并非发生在巴格达，而是在以色列的临时难民营。根据作品描述，当周围的一切均已化作尘泥，她才敢面对丈夫挥来的拳头，把他一下子甩到了一张破铁床上。② 所谓的"一切均已化作尘泥"指的是伊拉克犹太传统的崩塌。从这个意义上说，东方女性之所以能够不再逆来顺受，不能只靠其自身的反抗意识，还要依靠外部环境为之提供一种可能性。维多利亚与拉斐尔在婚姻中的角色相差悬殊，拉斐尔显然是家庭生活中的主宰，而维多利亚尽管深爱拉斐尔，但一直

① 〔以〕萨米·迈克尔：《维多利亚》，李慧娟译，南海出版公司，2010，第215页。
② 〔以〕萨米·迈克尔：《维多利亚》，李慧娟译，南海出版公司，2010，第289页。

心怀恐惧，这种恐惧伴随了她数十年，直至他们逃出伊拉克，融入那个新国度——突如其来的颠沛流离与残酷地适应新环境的过程令男人们惊骇不已，继而垮去。于是女人们才可以挺直腰杆，像真正的人一样站起来当家做主。①

应该说，这种反抗带有矛盾色彩。维多利亚在回击丈夫的家暴时，处于一种撕裂的情状之中：十分惊恐，仿佛刚刚烧毁了一卷犹太律法，犯下不可饶恕之罪。② 从这个意义上说，来自男性的身体暴力似乎成了东方犹太社区的一种常态，逆来顺受似乎成为旧式女子的唯一选择，进而暴露出古老东方社会中男女不平等的社会现象。

女性内在的撕裂在幼女遭受强暴这一令人震撼的场景中体现得更为充分。在生下令其骄傲的男孩阿尔伯特之前，维多利亚还生有苏珊娜和吉尔曼汀两个女儿。前者在寒冬冻死，后者在 8 岁那年遭人强暴。这件事的罪魁祸首虽然是孩子舅舅尼散，但身为母亲的维多利亚也有责任。正是因为男孩阿尔伯特的出现令其过于喜出望外而忽略了女儿。在一个把贞操看得比地位、美貌和财富都重要的东方社会里，年仅 8 岁的女儿人生就这样被葬送了，成了被遗弃的人。维多利亚既仇恨弟弟，又惧怕丈夫报复，因此在之后的 62 年（直至丈夫去世）她一直把这个秘密埋藏在心。而小女儿一直生活在恐惧中，直到病死，施暴者也没有得到应有的惩罚。

小说文本述及，在主人公成长的世界里，2/3 的孩子会夭折。人们会埋葬掉死去的孩子，并感谢上帝能给他们留下 1/3，比如维多利亚的母亲就生了 18 个孩子，最后只活下 10 个，由此透视出东方犹太人生存境遇的艰难。这里又涉及犹太传统的复杂性问题。奥兹父女曾经在《犹太人与词语》中提及欧洲犹太人从孩子年幼之际就送他们到书屋读书，并将此视为犹太民族的文明传统。与之相对，东方犹太人的孩子受教育的机会显然很少，进而形成安贫乐道、不图进取，甚至愚昧的性格特征。孩子患上低血压，但家长不知症结所在，竟以此为耻。在《维多利亚》这部家族叙事中，只有耶胡达的儿子以斯

① 〔以〕萨米·迈克尔：《维多利亚》，李慧娟译，南海出版公司，2010，第 173 页。
② 〔以〕萨米·迈克尔：《维多利亚》，李慧娟译，南海出版公司，2010，第 289 页。

拉远赴贝鲁特攻读医学，学成归来后当了一名药剂师。由此可见，在步入现代化进程之前，东方犹太社会表现出一种落后与原始。这种落后与原始，不仅令异邦人鄙夷不屑，甚至让曾经接受过些微文明世界熏陶的本族人也感到不适。作家对拉斐尔从黎巴嫩归来后在院子里环顾四周时鄙夷不屑的表情描写足以证明这一点。

如果说以维多利亚为中心的巴格达犹太女子依然恪守着传统道德规范，在旧世界与新世界之间徘徊不定的话，那么这个家族的年轻一代男子则接受了现代文明的熏陶，并把现代气息带到了那座垂死的宅院。维多利亚的堂兄以斯拉显然继承了其父酷爱读书、追求知识的品德，到文明世界的象征——贝鲁特学习做药剂师的专业课程，归来后盘下一家药店，第一个搬出那座旧式院落，开启新生命之旅。丈夫拉斐尔虽然拥有一个游手好闲的父亲，但他希望改变现状，梦想母亲能够活得有尊严。正是因为这个初衷，他勤奋好学，见多识广，风度翩翩，仪表堂堂，还自学阿拉伯语，喜欢读文学作品，从书中感悟人生。在经商上也表现出出色的才干，无论从穿着打扮和生活方式上都模仿现代世界的做派。但他同时也是个花花公子，他爱维多利亚，但并不忠诚。与此同时，外部环境的改变也给传统犹太社区带来冲击。英军打败土耳其人占领巴格达给犹太世界带来巨变，他们走出破败的犹太社区，为自己建造现代住宅和宽敞的英式花园。经济上的富足改变了人们的生活方式，人们纷纷涌向外部世界，就连维多利亚的父亲也脱掉长袍，换上了洋装。他们离开了生于斯、长于斯的老宅，搬进了新居。

从历史上看，伊拉克犹太人甚至和伊拉克政府联合抵制犹太复国主义运动。伊拉克的大拉比甚至在 1929 年发表公开信，谴责犹太复国主义和《贝尔福宣言》。但犹太复国主义者为争取更多人的支持，派使者到这些国家的犹太人当中进行游说。小说中便有一位来自圣地的使者，他所讲的希伯来语让用希伯来语祷告的维多利亚感到陌生，显然，巴勒斯坦正在经历现代希伯来语复兴这一历史变革。而这位使者到巴格达的使命便是教授希伯来语。这种希伯来语并非是用于祈祷的经院希伯来语，而是活生生的希伯来语，能用于日常会话、看报纸、写信的希伯来语。由此预见，犹太复国主义者正在促使流散地的犹太人为移民巴勒斯坦做准备。从这个意义上说，小说具备了伯格（Nancy Berg）所说的犹太复国主义的敏感度，[1] 或犹太复国主义元素。

在巴格达之外，作品展示的另外的重要场景便是以色列临时难民营。此乃20世纪中期东方犹太人摆脱古老而原始的东方生活方式，或者说摆脱即将来临的东方犹太人的现代化，投入即将成为现代化的新国家——以色列怀抱的一个通道。但是，作者并非通过直接描写的方式来展现难民营场景，而是将其穿插在作品人物的记忆中。其中最引人注目的部分当推维多利亚在拉马特甘操办的逾越节家宴上后人们谈到临时难民营经历，那帆布小窝棚令人窒息，酷热，泥泞，雨水滂沱。如今住在城郊贫民窟的那代人很多在那里居住过，毒贩、小偷、杀人犯、囚犯和他们的父辈也曾在难民营里上了人生第一课。[2] 可见，造成东方犹太人地位低下的原因之一是许多人因家境所迫，失去了受教育的机会，在某种程度上也造成了社会中的不安定因素。维多利亚的孩子们尽管成绩优秀，但很早就承担起家庭的重担，他们不免抱怨：在我们只是小孩子时，你就把我们赶到特拉维夫和雅法之间那脏兮兮的劳动力市场上去了。晚上，我们都累死了，根本没意识到正白白错过自己的青春年华。空闲之时，我们也不能到外面呼吸新鲜空气，因为你总是逼着我们在帐篷旁边养鸡，种豆子。[3] 其结果是，这些孩子尽管生活富足，衣食无忧，但没有一个拿到过大学文凭。毋庸置疑，与西方犹太人相比，东方犹太人确实有着一些劣势，而受教育程度低则是其中一个重要特征。两次世界大战期间，伊拉克虽然已经有了女校，女孩子们结束初级教育后有机会到中学继续深造，但能继续深造的女子往往来自上流社会，其家庭不愿意她们继续从事体力劳作。而普通家庭的女孩鲜少能继续深造。[4] 维多利亚家族中的女孩便是后者的缩影。正是因为受教育程度低，现代化进程起步晚，女人的角色往往取决于身边男人的文

---

[1] Nancy E. Berg, *More and More Equal: The Literary Works of Sami Michael*, Lanham：Lexington Books，2005，p.111.

[2] 〔以〕萨米·迈克尔：《维多利亚》，李慧娟译，南海出版公司，2010，第224页。

[3] 〔以〕萨米·迈克尔：《维多利亚》，李慧娟译，南海出版公司，2010，第224页。

[4] Orit Bashkin, *New Babylonians: A History of Jews in Modern Iraq*, Stanford：Stanford University Press，2012，pp.84-86.

明程度，以及男人赐予女性的自由度。

在这个庞大的家族中，只有耶胡达饱读经书，只有以斯拉和拉斐尔可以看阿拉伯文报纸。而家族中的其他男子，缺乏最起码的读书写字的能力。但是，正如社会学家舒哈特（Ella Shohat）所说，波兰和其他欧洲国家犹太人去往以色列后地位得以提升，而伊拉克和埃及犹太人抵达以色列后地位却是在下降①：以色列并没有用鲜花欢迎这些东方移民的到来，只把他们当作在荒野中流浪的犹太人中的一员。人到中年的拉斐尔的地位被贬损，被迫拿着硬塞给他的锄头顶着炎炎烈日去开垦荒地。这些东方犹太人必须抹去原有的身份，并塑造一种新的身份。具体做法是，东方犹太人必须经历"去社会化"的过程，消除他们固有的文化遗产，并实现"重新社会化"，即同化到西方犹太人的生活方式中。正是在这一进程中，拉斐尔的羽翼虽然被剪除，但没有在沼泽中毁灭，最终得以腾升。当然他们当中也有人找到了适应新兴国家的方式，比如，从事铁匠生涯的米利亚姆的丈夫放下铁锤和砧铁，拿起圣书，勤奋研读，直至成为拉比，在以色列赢得了一席之地。当维多利亚和家人在临时难民营艰难度日时，其弟妹弗洛拉却在内塔亚北部开办了一座生意兴隆的娱乐场所。

小说中非常突出的一个人物是拉斐尔的情人娜伊玛。她年轻貌美，为赢得和拉斐尔在一起的机会，应媒妁之言嫁给一个拉斐尔的合伙人，一个癫痫病人。后因拉斐尔不会与妻子离婚，她毅然和姐姐的未婚夫移民以色列，毫不在意世俗的眼光。在一个连强悍的男人都会被压垮的国家，她一个弱女子却在职场获得了成功，当上了经理。按照作品描述与其他根本找不到工作的犹太难民相比，她的一大优点便是喜欢读书，且学会了英语。在本－古里安、梅厄夫人等犹太复国主义领袖看来，东方犹太人受教育程度低，缺乏基本的生活经验，这也是造成其地位低下的重要原因。而娜伊玛这个人物能在以色列获得成功的重要途径也是通过知识改变命运。由此可以看出迈克尔本人在东方犹太人问题上所持有的矛盾心态，可以说是哀其不幸，怒其不争。

① Ella Shohat, "Sephardim in Israel: Zionism from the Standpoint of Its Jewish Victims," in *Social Text*, No. 19/20（Autumn 1988）, pp. 1-35.

**（二）反映阿拉伯人、以色列人与俄裔犹太移民的长篇小说：《瓦地的小号》**

正像约书亚在《面对森林》中所喻示的，以色列的许多地方是在阿拉伯人的废墟上拔地而起。按照以色列中央统计局的数字，2020 年底，以色列的阿拉伯总人口约 199.7 万，占以色列总人口的 21.5%。[①] 尽管以色列《独立宣言》明确规定：以色列国家的所有居民都享有平等的社会权利，阿拉伯语也被规定为官方语言之一，但是以色列是犹太国家这一现实决定了阿拉伯人是二等公民的命运。在以色列，阿拉伯人的政治地位一直处于劣势，来自阿拉伯国家的移民也在政治上处于劣势。迈克尔的另一部有影响力的长篇小说《瓦地的小号》通过描写以色列一个阿拉伯姑娘赫达与犹太移民亚历克斯的爱情悲剧展现出以色列境内阿拉伯人这一特殊群体的特殊遭际，以及与此相关的诸多社会问题。

尽管以色列阿拉伯人均属于他者，或者说"非犹太人"，但是在以色列阿拉伯人内部也有细致的区分。其中，穆斯林人口占以色列阿拉伯人总人口的 80% 以上；基督徒（又可称为信奉基督教的阿拉伯人）大约占以色列阿拉伯人总人口的 9%，[②] 他们的受教育程度在整个阿拉伯群体中最高。

《瓦地的小号》中所说的瓦地指海法附近一个不同教派的阿拉伯人的混合聚居区。叙述人，即阿拉伯姑娘赫达，出生于信奉基督教的阿拉伯人之家。她自幼丧父，和爷爷、寡母、妹妹相依为命，租住在瓦地一个破败的阿拉伯人的公寓里。赫达的爷爷本是上埃及的一个阿拉伯基督徒，早在年幼之际，家人除他之外均死于瘟疫，人们以为他也和家人一起死去了，于是把他当作幽灵，后又把他当作能治病的巫师。他的妻子在生产时死去，为了逃避当地人的追杀，他带着孩子顺尼罗河来到巴勒斯坦。如果不是其阿拉伯人身份，人们甚至可以把他的经历当作《出埃及记》的翻版。赫达的父亲在她年幼之际即已死去。母亲是当地阿拉伯人，虽出身于大户人家，但亲人因同胞告密在 1948 年被以

---

① 以色列中央统计局，https://www.cbs.gov.il/he/publications/doclib/2021/2.shnatonpopulation/st02_02.pdf，最后访问日期：2022 年 2 月 2 日。

② 以色列中央统计局，https://www.cbs.gov.il/he/publications/doclib/2021/2.shnatonpopulation/st02_02.pdf，最后访问日期：2022 年 2 月 2 日。

色列人逐到约旦，家族房产充公，她在贫困中一直追忆往昔逝去的时光。虽然赫达一家三代人都生活在以色列，但是阿拉伯人身份使其在这个国家里总感觉自己是个异类。在以色列，阿拉伯人不仅是弱势群体，而且也备受歧视，因为时常有阿拉伯极端分子在以色列进行恐怖活动，所以在以色列安分守己的阿拉伯人也经常遭受警察排查和怀疑，被犹太邻居厌弃。赫达以及她的家族更是生活在这个群体之中的下层百姓。

以色列阿拉伯人也具有很大差异，① 这一特征还表现在拥有同一信仰的人群内部，换句话说，即使族裔身份不变，其个体身份也不是非黑即白，而是有不同的表现方式。赫达和妹妹玛丽代表着两种不同类型的以色列阿拉伯基督徒。赫达的愿望是"设法让自己变得比犹太人更像以色列人"②。为实现这个愿望，她一直身体力行，在家做阿拉伯人，在外做犹太人。她在公共场合只说希伯来语，甚至连阿拉伯小贩都认不出她是阿拉伯人。她在旅行社与一起工作的犹太同事亲密无间，喜欢读以色列希伯来语诗人耶胡达·阿米亥的诗歌。她曾与一个阿拉伯男友巴赫吉，一位乡村大学生交往，但是后来她还是离他而去。巴赫吉在年轻一代以色列阿拉伯人中具有代表性，他们接受过良好的教育，但就业机会少，更缺少社会、文化和政治表达的突破口。

赫达与俄罗斯新移民亚历克斯的感情纠葛是构成小说的一条主线。房东把赫达家屋顶上的房子租给亚历克斯，为赫达与犹太人的进一步接触提供了机会。亚历克斯强壮而富有活力，有胆量，意志坚强，从不放弃，办事谨慎无误，博得了赫达的好感。尤其是他用小号吹奏的乐曲中蕴含的苦闷与悲戚，令其心动。他们火速相爱，并很快到了谈婚论嫁的地步。当赫达全家遭受阿拉伯房东儿子祖海尔的骚扰时，也确实是亚历克斯挺身而出，并因自己拥有犹太身份而在警察局得到厚待，帮助赫达一家免受欺凌。从这个意义上说，赫达与亚历克斯的爱情是否掺杂了一些意识形态上的优选和对于犹太身份的认定，也值得思考。与亚历克斯交往或许是赫达通过现实状况而主动做出的自由选择。在

① Calvin Goldscheide, *Israeli Society in the 21st Century: Immigration, Inequality and Religious Conflict*, Waltham: Brandeis University, 2015.

② 〔以〕萨米·迈克尔:《瓦地的小号》，李慧娟译，南海出版公司，2009，第1页。

以色列，犹太人占据话语主导权，即便是孤苦如赫达，也不想和自己的同胞亲近，不想表露出自己的异族形象，而更加愿意使自己贴近犹太人，成为一个进入主流社会的以色列人，以便在这个国家更受尊重和重视。这是由于其社会与文化背景所导致的一种带有扭曲色彩的意识形态的转变。可以说，迈克尔塑造的赫达在一部分阿拉伯青年人当中具有典型性：作为生活在犹太人为主体的以色列的一位阿拉伯人，对自我身份具有一种不自信，且有意融入优势集体，摆脱歧视。在某种程度上，赫达代表着以色列阿拉伯人渴望融入主流社会的倾向。

作为来自阿拉伯国家的犹太作家，迈克尔在作品中表现出日常生活中以色列阿拉伯人与犹太人的隔阂无处不在。在赫达工作的旅行社，阿拉伯人一走入某个办公室时，就会觉得自己是个贸然闯入权威之地的局外人，因此总是战战兢兢，诚惶诚恐，甚至不敢询问基本的问题，而且急于证明他有相当的财力以表明自己拥有前去旅行的实力。[1] 按照作品描述，旅行社派赫达分管阿拉伯顾客是因为阿拉伯人容易打发，而犹太顾客不好对付，当然这种分工也不乏语言沟通的便利。就是在这种日常小事上，可以看到以色列阿拉伯人在许多情况下被视为另类，或他者。

赫达对亚历克斯的情感实际上十分复杂，他们要面对横亘在他们之间的种族鸿沟，她的第一反应是："犹太人和阿拉伯人正打得你死我活。我可没力气去加入他们那场愚蠢的战争。"[2] 母亲虽然希望女儿能够早点出嫁，但不免质问女儿：是否考虑好阿拉伯人与犹太人在一起的问题。爷爷则认为此事难成，也就是说，除妹妹玛丽外，全家人都为阿拉伯人与犹太人的相恋表示怀疑。首先，身份问题是赫达与亚历克斯之间的最大障碍。若跨越身份这一障碍，双方必须忘却自己的身份。但他们均会在自己的族群里遭到阻挠，能否有勇气面对则是个问题。其次，赫达本人性格软弱，在行动面前畏葸不前。最后，她既有家庭观念，又有民族认同感，忠于她的祖先、民族以及家族传统，对现实也有

---

① 〔以〕萨米·迈克尔：《瓦地的小号》，李慧娟译，南海出版公司，2009，第 24 页。

② 〔以〕萨米·迈克尔：《瓦地的小号》，李慧娟译，南海出版公司，2009，第 101 页。

冷静的判断。正是这些美德，使她甚至承诺亚历克斯的父母可与他们同住。更为重要的是，她对以色列的社会现实有着清醒的判断。在她眼中，以色列是个被各种敌对势力撕裂的国家，处于战争状态，想在两个打得你死我活的民族之间耕耘出一片爱的绿洲，简直就像天方夜谭。阿拉伯人会把她视为背叛者，自幼接受为国捐躯教育的犹太人则会杀死她的同胞。① 在这一点上，儿女情长与民族对立一直令其处于纠结与矛盾的境地。因此，赫达虽然与亚历克斯相恋，但恐惧犹存。尤其是当妹妹即将嫁给阿拉伯人瓦希德时，她想的则是瓦希德的表亲背井离乡，为的是打败以色列。而她有可能会为犹太人改变信仰，成为犹太人，与亲戚为敌。其爱情的助力来自妹妹和同事。在妹妹玛丽看来，妹夫瓦希德无权反对姐姐的婚事，瓦西德是以色列人，用着以色列的钱，但以色列既不属于阿拉伯人瓦希德，也不属于犹太人亚历克斯。也许这正是迈克尔本人对以色列国家的认知。

妹妹玛丽也是一个矛盾混合体，她虽然思想前卫，劝说姐姐与犹太人交往，但在行动上仍甘于传统的阿拉伯女子的命运。据叙述人描述，这个家里，数她"最像以色列人"。两姐妹的最大差异在于姐姐沉湎于幻想，妹妹却敢于尝试；姐姐寄情于梦幻，妹妹却亲身体味。她虽然比姐姐小两岁，但性格大胆、行为莽撞，总是带着妩媚的微笑，用自己的人生当赌注。身为阿拉伯女子，她漂亮、叛逆，并追求时尚，曾对意中人有着浪漫的憧憬："我和他都穿着白色的网球服，我的裙子很短很短，内裤也是雪白的。打完球，我走到球网旁边和他握手。谁输谁赢在梦里都无关紧要。他握着我的手不放，于是周围的一切——人群、天空、球场和球网——都消失了，只剩下我俩站在那里，我的手放在他的手心，我觉得身心都有了着落。"② 在玛丽幻想的那个平等的世界里，生活就是一座充满神奇魔力的花园，人们在那里可以自由自在地生活，不会受到家族传统和社会地位的束缚与羁绊。然而，现实生活中阿拉伯人的二等公民身份却不允许她掌控自己的命运。作为一个出身

---

① 〔以〕萨米·迈克尔：《瓦地的小号》，李慧娟译，南海出版公司，2009，第153页。
② 〔以〕萨米·迈克尔：《瓦地的小号》，李慧娟译，南海出版公司，2009，第51页。

贫寒的阿拉伯女子，她不可能像犹太姑娘那样接受教育，其择偶范围只有邻居作恶多端的儿子和几近目不识丁的表兄，尽管她抱怨生活的不公平，但只能像传统的阿拉伯女子那样，把命运交付给别人摆布。其结果是，她只能放弃梦想，选择了更为现实的生活道路，全盘接受了把婚姻与爱情分开的古老观念。

小说描写了玛丽所经历的两次求婚。一是作品开篇，房东阿布·塔赫拉到玛丽家中为其独子祖海尔向玛丽求婚。祖海尔是个带有很多恶习的阔少，年届四十，虽然打扮入时，衣着光鲜，头脑灵活，活力四射，但生活上很不检点，动辄对女孩动粗，甚至调戏玛丽。玛丽尽管讨厌祖海尔，但铤而走险，与之偷尝禁果。第二次求婚则来自表兄一家。在这幕场景中，玛丽一改离经叛道、傲慢无礼的神色，表现得神态羞涩，举止端庄，让人觉得她像一个纯洁的东方少女，并在相亲时竭力讨未来婆母的欢心。正当瓦希德一家为能赢得这个姑娘而喜极而泣时，爷爷一句"我们家可是个穷光蛋"险些毁了这桩婚事。① 由此凸显出以色列阿拉伯人的文化习俗与经济追求，足见财产与陪嫁在古老的阿拉伯村社生活习俗中发挥着重要作用。

玛丽选择表兄瓦希德并非出于爱，瓦希德是一个只读过小学、专门修百叶窗的乡下人，虽然只有40岁，但样子像50岁。瓦希德家族代表了另外一类以色列人阿拉伯人，他们忠于自己的传统和文化，依旧生活在自己民族的小圈子之内，对犹太人怀有敌意与反感。但是，大家庭的生存方式无疑在经济上加剧了他们对犹太雇主以及由犹太人控制的经济实体工作的依赖。② 他们靠自己的艰苦劳作，改善了生活环境。把玛丽想象中的乡村破屋，换成了漂亮的别墅。他们也像犹太人一样到埃拉特、希腊等地旅游，其经济条件甚至不逊于普通犹太人。但是，从瓦希德及其家人的受教育程度低透视出以色列教育体制将阿拉伯人视为"他者"，使得相当一批以色列阿拉伯人不能接受良好教育的现状。虽然瓦希德秉承爱情至上，不在意玛丽是否贫穷，坚持把她娶进家门，但是天

---

① 〔以〕萨米·迈克尔：《瓦地的小号》，李慧娟译，南海出版公司，2009，第73页。

② Calvin Goldscheide, *Israeli Society in the 21st Century: Immigration, Inequality and Religious Conflict*, Waltham：Brandeis University，2015。

性叛逆、出于利益允婚的玛丽今后能否长期忍受瓦希德古老家族的束缚，还是个未知数，因此玛丽的命运不得而知。

作为二等公民，许多阿拉伯人生活困顿，地位低下，玛丽、赫达姐妹及其家人便是这群人中的代表。玛丽未来丈夫瓦希德居住的阿拉伯乡村则体现出一种传统与现代的冲突：

> 华丽的别墅中夹杂着乱七八糟的破旧小屋，电视天线下是院子里散养的小鸡，摩登的时装专卖店紧挨着一个世纪前就有的老式杂货铺。衣着考究的男子与穿着破靴子的牧羊人擦肩而过。身披黑衣、头顶一大捆树枝的老妇正给三个打扮入时的女人让路，这些时髦女郎就像刚从特拉维夫一家时尚美发店出来。精心修剪的花园沐浴在夕阳余晖里，污水却在街上肆意横流。而且这一切看上去如此平静祥和，就像数千年来，这个村落早已习惯了用两条长短不一的腿走路。①

阿拉伯世界内部也有着各式文化交锋与冲突。爷爷与房东代表着老一辈阿拉伯人不同的生活方式。爷爷是阿拉伯基督徒，为人谦卑。据小说交代，爷爷刚来到这个国家时十分贫穷，打着赤脚，饥肠辘辘，过着朝不保夕、担惊受怕的苦日子，后来总算找到了一块栖身之地。他默默无闻，卑躬屈膝，以求安稳度日，小心翼翼地守护着平静的生活。对往事有一种深深的恐惧，是老一辈阿拉伯移民中谨小慎微者的代表。与之相对，房东阿布·纳赫拉则是个穆斯林，虽然有钱，生意上的关系网从海法一直延伸到拿撒勒和阿卡城，拥有店铺、公寓楼和写字楼等产业，但暗中从事着不法勾当。充满悖论的是，纳赫拉虽然作恶多端，但全心全意地相信神。不过其敬神充满了实用主义色彩，认为不管有任何劣迹，只要不被发现，那么他就是清白无辜的好人。赫达一家与房东一家的冲突主要表现在两个方面。一是早在 1948 年第一次中东战争前夕，纳赫拉忙于走私，带领难民穿过雷区与哨卡，把他们带到海法，在途中将他们洗劫一

---

① 〔以〕萨米·迈克尔：《瓦地的小号》，李慧娟译，南海出版公司，2009，第 111~112 页。

空，再把他们全部交给以色列当局，使之被驱逐出境，其中就包括赫达的舅舅。赫达母亲对此一直耿耿于怀，对他充满了仇恨。二是穆斯林与基督徒之间在通婚问题上有阻碍，母亲反对次女玛丽嫁给房东之子，因为房东一家是穆斯林，而赫达一家是基督徒。以色列的主要宗教团体在社会上其实是彼此孤立的。绝大多数犹太人（98%）、穆斯林（85%）、基督徒（86%）和德鲁兹人（83%）表示他们所有或大部分亲密的朋友属于他们自己的宗教团体。与犹太人相比，阿拉伯人认为宗教信仰对他们来说更为重要。[①] 在这种情况下，不同宗教团体人士之间的通婚显然有所阻碍。

小说不可忽略的一个重要因素是，一心进入以色列主流社会的赫达最终选择的男友是俄裔犹太移民亚历克斯。这种叙事方式一方面让读者确信现实中阿拉伯姑娘融入以色列社会的艰难，另一方面也从不同维度展示了俄裔犹太移民在以色列的生存状况。尽管身为俄裔犹太移民的亚历克斯在赫达这个阿拉伯之家面前体现出一种优势，但在以色列国家，族裔内部的矛盾与冲突仍然不可小觑。亚历克斯虽然是一个犹太人，但并不熟悉犹太传统文化，听不懂意第绪语，之所以移民以色列并非因为他是犹太复国主义者，而是因为母亲的有意安排。身为新移民，其社会地位仍然比不上本土以色列人。为了完成在海法理工学院的学业，能探望在疗养院的父母，他甚至出卖自己的精子。亚历克斯的身份负载着俄裔犹太移民在以色列生存的艰辛，虽然和东方犹太人与阿拉伯犹太人相比，俄裔犹太移民有其优势，但正如我们在后文中讨论约书亚作品时所说，俄裔犹太移民抵达以色列后，也对现状不满。在作品中，这种不满体现在对亚历克斯父母这对人物的描写上。

根据小说，亚历克斯的父母最初住在波兰。父亲是一所犹太宗教学校的学者，后来则改变信仰，秘密加入了共产党。母亲则是犹太拉比的女儿，在别无选择的情况下选择做丈夫的同道，但并不支持丈夫的信仰。由于丈夫背离犹太教，家人与之断绝了关系。由于父亲忠诚，上级派他和母亲到苏联疗养和深

---

① https：//www.pewforum.org/2016/03/08/israels-religiously-divided-society/，accessed February，3，2022.

造。开始，优裕舒适的生活环境曾经使母亲一度信仰共产主义，但纳粹势力席卷苏联后，母亲成为一个狂热的爱国主义者，学会俄语，充满斗志地投入工作，而此时父亲却变得消极。父亲被捕后，母亲却没有公开谴责丈夫。他们被当作国家的敌人，儿子在监狱出生，一周之后就被送进孤儿院，直到父母出狱。对于儿子应该忠诚的祖国，母亲充满仇恨，不住地抱怨。就在这种情况下，母亲迫使亚历克斯抛弃恋人来到以色列，同时也意味着他们再也不会回归使之经历深刻创伤的苏联。

与诸多年轻一代俄裔犹太移民作家不同，迈克尔在描写俄裔犹太移民体验时未曾也不可能表达其怀旧体验，而是更尖锐地揭示其在以色列的生存困境，或许这是作家本人所拥有的伊拉克移民情感的一种投射。亚历克斯年老体衰的父亲无法工作，患上哮喘病的母亲又开始咒骂以色列。亚历克斯只能将他们送进老人院，而后只身逃到海法。与约书亚笔下的俄裔犹太移民相比，迈克尔没有表现他们从苏联移居以色列的身份落差，但共同之处在于，这些期待过上幸福生活的犹太移民在犹太人的国家里均梦想破碎，找不到自己的位置。

移民生存苦境在以色列这个具有多元文化色彩的国家具有某种普遍性。赫达的女同事雪莉（德国犹太人后裔）文静、漂亮，惹人喜爱，家境优裕，其父是一位著名的妇产科医生，雪莉与一位出身贫寒的摩洛哥犹太人交往遭到了父母的强烈反对。摩洛哥犹太人来自东方，在雪莉的父母眼中他们落后、贫穷而缺乏教养，他们尽管不介意女儿资助摩洛哥犹太人完成学业，但希望女儿有朝一日能恢复理智，避免将来吃苦。雪莉与摩洛哥男友科比之间的关系犹如犹太世界的两极，这样的描写暴露出以色列社会的内在矛盾。雪莉和科比在大海中尽情拥抱，这幕场景令赫达对未来充满期待，而玛丽却在苦笑，因为聪明如她者深知自己永远不会与瓦希德一起躺在海滩上。

在《瓦地的小号》出版的 20 世纪 80 年代，阿拉伯人和女性主人公虽然在希伯来语文学中已经占有了一席之地，比如康尼尤克的《一个好阿拉伯人》，又如奥兹的《我的米海尔》，但是把女性和阿拉伯人双重身份融在一起的主人公还比较罕见。尤其赫达这个女子既生活在阿拉伯人当中，又在犹太人当中工作，与犹太同事相处甚好；最突出的是，她和犹太人谈恋爱，犹太男友在与她民族作战的战场上牺牲，留给她的问题则是究竟在犹太人当中把孩子养大，还是继续生活在阿拉伯世界中。我们需要了解，迈克尔笔下的主人公是以现实生活中的真实人物为原型的，[①] 这就意味着，在以色列这样一个族群混杂的社会里，犹太人与阿拉伯青年男女之间的相恋已经成为一种趋势。笔者2002 年在以色列攻读博士学位住在学生公寓时，室友是来自俄罗斯的新移民娜塔莉，其男友便是来自海法的阿拉伯人，名叫沙迪。娜塔莉不是一个爱读书的女孩，自称难以找到本土以色列犹太人帮她完成学业，而沙迪主动请缨，于是他们就在一起了。但是，在沙迪身上，体现出明显的阿拉伯民族主义特征，当笔者和以色列学生参加生存者之旅从波兰返回学校时，沙迪竟然追问笔者是不是和犹太人去的波兰。他的问话能让人感受到他对犹太人的敌意，与对大屠杀体验的冷漠。可以说，沙迪代表着以色列社会中一批年轻的阿拉伯人。他们即使生活在以色列，但对自己的民族身份十分敏感，能清醒地意识到犹太人与阿拉伯人之间存在着不可逾越的鸿沟，对不公正的社会现象深感不满。与之相对，远离政治应该是现代希伯来文学中女主人公的一个传统。赫达自始至终似乎没有从政治立场出发，对以色列社会或犹太人抱有微词。她沉浸在自我情感之中，一直在民族意识与私人感情之中摇摆不定。她虽然在阿拉伯社会与犹太社会之间游走，但总体上是个阿拉伯女子。与约书亚《情人》中的阿拉伯男孩纳伊姆相似，她酷爱犹太诗人，但是对本民族的诗歌传统却并不在意。[②]

　　小说临近结尾关于两次死亡的描写为我们展示出赫达这位以色列阿拉伯女子所面临的残酷现实。第一次是赫达表弟在贝鲁特被犹太人暗杀，适逢赫达、亚历克斯与玛丽、瓦希德两对情侣从埃拉特度假归来。以一位穿红色运动衫为代表的阿拉伯同胞艾迪尔把亚历克斯当成犹太人的化身，质问其杀多少阿拉伯

① Nancy E. Berg, *More and More Equal: The Literary Works of Sami Michael*, Lanham: Lexington Books, 2005, pp. 97-98.

② 笔者在《变革中的 20 世纪希伯来文学》中详细讨论过约书亚《情人》中纳伊姆这个渴望融入以色列犹太社会中的人物，在这方面赫达与之有相似之处。只是纳伊姆与拉菲这对少男少女的结合是肉体的，而赫达与亚历克斯既有肉体结合，又有灵魂沟通，相比之下更为成熟。

人他们才会满意，赫达母亲悲痛欲绝，亚历克斯却说恐怖分子该杀。家庭成员之间的两极对立呈现了阿以民族之间不可调和的矛盾。尽管作为矛盾的一个极点，亚历克斯并非拥有政治立场的人，他不过是以色列国家内一个普通犹太公民的代表。就像作品中所描述的那样，他没有别的国家可选，也没有力气再到另外一个地方，说另外一种语言。在这里他遇到了赫达（他爱的女人）。这个国家就是他和赫达的家。正是一种历史的巧合，一个犹太移民与阿拉伯人相识并相爱。但是，在一个分崩离析的国家里，他们的爱情并非一帆风顺。即使赫达的母亲，也把对犹太人杀害侄子的仇恨宣泄到亚历克斯身上。这个家族中唯一阿拉伯人的愤怒声中对亚历克斯充满善意的人就是见证了诸多苦难的睿智老人——赫达的爷爷。尽管亲戚为犹太人所杀，他依旧把亚历克斯当作赫达的男人，依旧将其称为孩子，因为他清醒地意识到个体无法选择自己的国族身份，但是可以选择爱。爱，能够将个体之间的民族仇恨淡化。但是，现实生活中的民族仇恨却不能化解。就像赫达在给亚历克斯熨烫军服时所感受到的，很多以色列人就是穿上这样的军服去屠杀阿拉伯人。而一旦穿上这军服，亚历克斯就会成为阿拉伯人或巴勒斯坦战士袭击的目标。

与作品开篇赫达能够掩饰自己的阿拉伯人身份相对（"他们不知道我是阿拉伯人"）。在小说结尾，迈克尔将叙事背景设定在第五次中东战争，即1982年黎巴嫩战争的时间坐标上，侧面烘托出战争之惨烈以及它对普通人命运的冲击。在这场战事中，以色列人伤亡2000人，阿拉伯人有7000人付出生命，毫无疑问这一事件又激化了以色列国内阿拉伯人与犹太人之间的矛盾。他们各自站在自己民族的立场上，听闻自己的同族同胞，甚至是自己的亲人被杀害。正是在黎巴嫩战争即将打响前夕，赫达感觉到自己无论走路、环顾四周的样子，还是思考问题的神态，都是个不折不扣的阿拉伯人；而犹太国家的人们则是要打一场犹太人的战争。此时的赫达感到自己既不是犹太人，也不是阿拉伯人。无论犹太人还是阿拉伯人都不会完全接纳她。身份的撕裂正是赫达这类希望与犹太人和平共处的阿拉伯人的真实写照。

更加意味深长的是，在赫达居住的瓦地，几乎每个阿拉伯家庭都在黎巴嫩有亲戚。而赫达工作的场所，犹太人家庭的适龄青年被迫征战入伍。亚历克斯在战场上牺牲将犹太人与阿拉伯人的矛盾推向高潮。而最初吹出打动赫达心灵之悲音的那把小号，即亚历克斯这个一贫如洗的俄裔犹太移民留在世上的遗产，也被他的母亲拿走。墓地场景为我们展示出众多普通犹太人之家历经的战争创伤。而赫达的遗腹子，无论在阿拉伯人还是犹太人中间，或许都是一个异类，由此预示出赫达今后身份的尴尬与生活的艰辛。但作为犹太移民作家，可以说迈克尔在内心深处对民族之间的和谐相处充满了期待。这一点从赫达与玛丽两姐妹的谈话中已经透露，玛丽非常爱自己的姐姐，但她也隐约感到，姐妹的两个家庭，一个犹太家庭，一个阿拉伯家庭，也许将来会相互敌对，毫无往来。这是残酷的现实。而玛丽"要和平，不要战争"的期待也让读者对阿犹两个民族未来充满了期待。但愿兄弟相残的模式不再被叙写，代之以姐妹和平相处的愿景。

无论是《维多利亚》还是《瓦地的小号》，迈克尔采取的都是现实主义，甚至自然主义的书写方式，几乎就是平铺直叙地描写故事，没有任何技巧，但具有一种内在的震撼力，为我们展示伊拉克移民、俄裔犹太人移民和以色列阿拉伯人复杂而真实的生活图景。当然，也有人提出质疑，认为新移民不可能生活在瓦地那样的阿拉伯人聚居区，但实际上，身为伊拉克犹太移民的作家本人就曾经在瓦地租房居住，因此这种质疑显然站不住脚。更多的评论家则认为这部作品展示出了新移民以及少数族群在其自己国家内犹如陌生人的处境，尤其展示出了那时并不多见的阿拉伯人的视角。[①]

## 二　埃里·阿米尔与伊拉克犹太人的身份认同

接纳移民是以色列国家建设进程中的一个重要策略。19 世纪以来，犹太复国主义者和以色列国家一直试图把世界各地的犹太人聚集到一起。大屠杀与二战前后欧洲的环境，世界各地犹太人中正在兴起的民族主义，阿拉伯国家犹太人的生存境况，以及 20 世纪 90 年代苏联解体后的东欧剧变，乃是犹太移民

---

① Nancy E. Berg, *More and More Equal: The Literary Works of Sami Michael*, Lanham：Lexington Books, 2005, p. 144.

大量涌入以色列的重要原因。① 犹太移民本身所具有的社会文化多样性特征造成以色列移民的多元化与独特性。自 1948 年到 2013 年，大约 300 万犹太人从世界各地移民以色列。其中欧洲犹太人占 2/3，东方（或亚非）犹太人占 1/3。1948 年以色列建国之初，85% 的移民是欧洲犹太人，多数是大屠杀幸存者。但是 1949 年到 1951 年，当来自中东伊朗、伊拉克的犹太人投身于移民浪潮，情形发生了转变。从 1950 年 5 月至 1951 年 12 月，超过 12 万伊拉克犹太人响应以色列政府发动的"以斯拉与尼西米行动"，乘飞机抵达以色列，以色列移民人口的构成发生了变化。②

（一）身份的杂糅：阿拉伯犹太人与犹太阿拉伯人

从历史上看，伊拉克犹太人不仅认同其居住国，也认同其在居住国的身份。在犹太复国主义者创建犹太民族国家之时，伊拉克犹太人也在塑造自己的身份。犹太人在 1492 年被逐出西班牙，许多人在流亡中来到了阿拉伯国家，客观上促进了阿拉伯世界犹太社区的繁荣。19 世纪下半叶，伊拉克的犹太人比穆斯林更早地，甚至比基督徒更深切地意识到掌握欧洲世俗文化和现代科学、争取实现现代化的必要性，而融入更为广泛的阿拉伯世界也是犹太人世俗化过程的一个结果。③ 自 20 世纪以来，以 1921 年建国的伊拉克为例，一些成功的犹太社区已经开始现代化进程，并且融入了伊拉克的政治和文化之中。换句话说，在 20 世纪 40 年代，犹太社区的多数人把伊拉克当作自己的祖国，认为自己是伊拉克人中的一员，期待获取公民身份和民主权利，即成为真正的阿拉伯世界中的犹太人。阿拉伯犹太人是其身份，但不是唯一身份。一些伊拉克犹太人在创作中把自己当作阿拉伯犹太人，也有学者将其称作阿拉伯人，④ 但笔者

---

① Calvin Goldscheide, *Israeli Society in the 21st Century: Immigration, Inequality and Religious Conflict*, Waltham: Brandeis University, 2015.

② 参见钟志清、肖逸菏《以色列伊拉克犹太人的社会状况》，张倩红主编《以色列发展报告》（2021），社会科学文献出版社，2022，第 167~182 页。

③ Glenda Abramson, ed., *Sites of Jewish Memory: Jews in and From Islamic Lands in Modern Times*, London: Routledge, 2015, p. 288.

④ Orit Bashkin, *New Babylonians: A History of Jews in Modern Iraq*, Stanford: Stanford University Press, 2012, pp. 5-6.

对后一说法并不认同，认为称其阿拉伯犹太人则更为确切。

犹太复国主义兴起之际，巴勒斯坦地区的民族冲突在一定程度上激化了伊拉克犹太人和穆斯林之间的矛盾，但是，情况远比想象要复杂得多。1947 年之前，犹太复国主义并未在伊拉克犹太人的身份塑造中起到重要作用。[①] 就像在根据伊拉克裔作家埃里·阿米尔《放鸽人》（又名《别了巴格达》）改编的同名电影的小型发布会上，一位来自伊拉克的以色列女子所说：伊拉克的犹太人和阿拉伯人本来和平共处，但自从以色列宣布独立后，情形发生了转变。[②] 面对政府、媒体与大众的敌意，当时认为已在伊拉克扎根的犹太人，感到其经济身份与公民身份遭到破坏。一些受过教育的年轻人加入了共产党，希望伊拉克政体能够改变；另一些人则投身犹太复国主义运动之中。与此同时，巴格达的犹太领袖反对当地犹太人移民以色列，犹太拉比也惧怕失去自己的身份和地位，但年轻人一般热情支持犹太复国主义运动。从这个意义上说，伊拉克犹太人的身份中包含了"伊拉克人""公民""犹太信仰中的伊拉克人""阿拉伯犹太人""犹太复国主义者"等多重含义，具体哪种含义占据主导地位，则视使用者的社会政治地位与社会文化阶层而定。[③] 正因为此，以色列建国之后，伊拉克犹太人意义中的"犹太复国主义者"占据了主导地位。由此，他们与伊拉克国家的关系开始对立起来。1950 年 3 月，伊拉克政府宣布允许放弃公民权的犹太人离开，但这一法律条例只保留了一年。[④] 迈克尔的《维多利亚》虽然主要叙写的是犹太人在伊拉克的生活，也曾经暗示维多利亚的儿子加入了共产党，但只是一笔带过。相形之下，埃里·阿米尔则在这方面做了一个更为精细的诠释。

阿米尔 1937 年生于巴格达，1950 年随家人移民以色列，先在基布兹接受

① Orit Bashkin, *New Babylonians: A History of Jews in Modern Iraq*, Stanford：Stanford University Press，2012，p. 5.

② https：//www. youtube. com/watch？v＝4XmK7IdDpiQ，accessed April 16，2022.

③ Orit Bashkin, *New Babylonians: A History of Jews in Modern Iraq*, Stanford：Stanford University Press，2012，p. 3.

④ Anita Shapira, *A History*, Trans. Anthony Berris，Waltham：Brandeis University Press，2012，pp. 223-224.

教育，后到耶路撒冷希伯来大学攻读中东历史和希伯来文学。曾为以色列总理做阿拉伯事务顾问，并一度管理以色列新移民事宜，积极参与巴以关系问题的探讨。与此同时他从事文学创作，撰写了《替罪羔羊》（1983）、《放鸽人》（1992）、《扫尔之爱》（1998）、《雅思敏》（2005）、《骑自行车的孩子》（2019）等长篇小说，曾经获得青年移民五十年庆典奖、墨西哥犹太文学奖、以色列总理文学奖和布伦纳奖等。

其处女作《替罪羔羊》是一部带有自传色彩的小说，写的是20世纪50年代一个13岁少年随家人从伊拉克移民以色列，与和他年龄相仿的少男少女一起被送到崇尚社会主义理念的基布兹，并在那里生活与成长的故事。代与代之间、不同身份的犹太人之间的冲突十分激烈，甚至带有悲剧色彩。但阿米尔在描写这样的艰难时世时时带有幽默与调侃，试图沟通东方犹太人与西方犹太人两个不同的营垒。

《雅思敏》是一部优美动人的爱情小说，其背景置于以色列1967年"六日战争"。主人公，即以色列犹太人努里出生于伊拉克，后来在以色列政府部门担任阿拉伯事务顾问；雅思敏则是个巴勒斯坦女子，信仰基督教，美丽优雅，从巴黎到被以色列人占领的东耶路撒冷看望父亲。二人在特殊的历史背景下相遇并相恋。小说把个人离合与巴以冲突相互交织，引发读者深沉的思考，堪称展示巴以冲突的希伯来文学佳作。

其鸿篇巨制《放鸽人》为我们展示了20世纪四五十年代曾居住在伊拉克的犹太人风起云涌的历史。小说的大部分背景置于伊拉克巴格达。与迈克尔主要描写家庭与个人生活的《维多利亚》不同，《放鸽人》虽然从小叙述人卡比父母的日常生活写起，但注重烘托巴格达犹太人的生存环境：特务机关每天来家中搜查是否藏有武器、收发报机，以及"运动"发的希伯来语课本。"运动"即巴格达犹太人对犹太复国主义地下组织的称呼。数百名犹太人被拖入酷刑室，被迫在军事政权的即决审判中承认有罪。整部作品的叙事背景置于犹太商人沙菲克·阿达斯（Safik Addas）被处决、伊拉克颁布犹太人移民法（移民者首先要被取消伊拉克公民身份）到1950~1951年几乎整个犹太社区逃往以色列这段动荡岁月里。阿达斯在历史上确有其人，是伊拉克犹太首富，与几位部长过从甚密。他和合作伙伴购买英国废金属，后将这些废金属运往意大利，而军事法庭则认定这些旧金属最后被运往以色列的武器加工厂。1948 年 8 月，阿达斯遭到逮捕，并被军事法庭判处死刑。意味深长的是，阿达斯是生意合作伙伴中唯一的犹太人，也是唯一受到惩罚的人。[①] 据作品描述，以色列建国后，新任伊拉克国防部部长萨迪克·阿里-巴萨姆（Sadik al-Bassam）试图教训犹太人。阿达斯正好是天赐之物。巴士拉的一家报纸要求阿达斯捐款遭拒后，就发表文章指控阿达斯向犹太复国主义者出售武器，为以色列国家做间谍，并要就此展开调查。阿达斯本人并未意识到危险，没有及时逃离，因此在被逮捕后迅速被判处绞刑。如果把史料和文本信息叠加起来，便会看出，阿达斯事件反映出伊拉克当权者对犹太复国主义和以色列国家的极端仇视；阿达斯之死，既喻示着伊拉克仇视犹太人情绪趋于白热化，也标志着伊拉克犹太人生存境遇的转折。[②]

《放鸽人》堪称伊拉克犹太人的民族叙事。尽管在伊拉克这片土地上，古代犹太人曾经创造出《巴比伦塔木德》，记述了犹太人的精神生活和宗教创造，再现了巴勒斯坦和巴比伦犹太人一千年左右的体验。其后他们在那里生活了数千年，创造出丰富的文化遗产，讲犹太阿拉伯语，并已经融入了当地文化之中。20 世纪初期，许多犹太人步入伊拉克上流社会，对伊拉克的文学与文化产生了影响。但是犹太国家的建立直接影响到伊拉克犹太人的生存境遇，加剧了伊拉克犹太人与伊拉克政府和当地阿拉伯居民的冲突。1948 年，以色列宣布建国后的第二天，伊拉克向以色列宣战，国家进入紧急状态。在接下来的三年里，在政府任职的犹太人被解雇，商人不能像从前那样自由经商，年轻人不能进大学读书。

与历史进程同步，在阿米尔笔下，伊拉克犹太人一夜之间变成了国家的敌人，一切发生了转变，未来变得更加不确定，任何人不知道明天会发生什么。即使普通的阿拉伯人也声称要砍掉共产主义者的头颅，把犹太复国主义者送上绞架，伊拉克犹太人的日常生活中充满了恐惧和不安。叙述人的叔叔希兹克尔

① Orit Bashkin, *New Babylonians: A History of Jews in Modern Iraq*, Stanford：Stanford University Press, 2012, pp. 188-189.

② Eli Amir, *The Dove Player*, trans. Hillel Halkin, London：Halban Publishers, 2010, pp. 1-4.

（Hizkel）是犹太复国主义"运动"中的一位关键人物，也是一位历史学家，他在阿达斯死后发表评论，称沙菲克·阿达斯审判实际上是每个伊拉克犹太人都将面临的审判，类似德雷福斯事件。阿达斯能被绞死，其他犹太人的命运又将如何？很快，希兹克尔也遭到了逮捕。即使在狱中，他依旧坚定自己的信仰，告诉前来探监的年轻侄子想方设法去往以色列，并委托他带上自己的妻子，希望他的同仁完成他无法继续的事业。

这部小说描写了卡比的父亲即希兹克尔的兄弟阿布·卡比和希兹克尔的年轻妻子拉舍尔为寻找希兹克尔下落，希望其获释而做出的日益绝望的努力。卡比的父亲意识到伊拉克犹太人面临的危险，预言他们很快将被绞死，开始期待离开这座曾经居住了其家族 70 代人的城市，去往心目中的圣地以色列。那里有犹太军队、犹太政府和犹太国家。在他心目中，犹太人在以色列可以享有自尊。于是他和弟弟与朋友一起组织青年运动，为巴勒斯坦募捐。而母亲却将此视为男人冲动的征服与冒险梦想。

犹太历史学家雷蒙德·谢德林（Raymond P. Scheindlin）在谈到中东犹太复国主义运动时说：许多中东犹太人似乎在犹太复国主义中找到了出路。换言之，犹太复国主义运动对许多中东犹太人具有天然的感召力。与西方犹太人相比，中东犹太人与以色列人一直有着紧密的联系，部分原因是他们许多人生活在离以色列更近的地方。[①] 在这方面，伊拉克犹太人却显得比较特殊。叙述人的父亲与叔叔都是犹太复国主义者，但并非所有的巴格达犹太人都愿意移居以色列。伊拉克的犹太复国主义运动实际上是一个很小型的运动，其成员只有两千左右的年轻人。

在笔者看来，形成上述局面的原因来自如下几个方面。

第一，犹太社区的精神领袖——拉比反对犹太复国主义。伊拉克犹太人并不把融入主流社会视为抛弃传统犹太身份的行为。[②] 犹太拉比依旧是犹太社区

---

① 〔美〕雷蒙德·P. 谢德林：《犹太人三千年简史》，张鋆良译，浙江人民出版社，2020，第 138～139 页。

② Orit Bashkin, *New Babylonians: A History of Jews in Modern Iraq*, Stanford：Stanford University Press, 2012, p. 62.

的精神领袖，人们仍然为生活中的种种纠纷前去请教拉比，叙述人的婶婶也曾为寻找叔叔下落求助拉比，但无济于事。身为犹太世界的精神领袖，拉比也认为穆斯林之所以反对犹太人，皆因犹太复国主义运动。

> 他们想离开这个国家吗？我祝他们一路平安。但正是因为他们急急忙忙，巴比伦，我们的流亡之母，所有的犹太人就该遭受谴责吗？我说，让他们走吧……①

尤其是以色列建国后，伊拉克参与阿拉伯国家抗击以色列的战争，死伤无数，激起了当地穆斯林的复仇心理。

> 底格里斯河将被犹太人的鲜血染红！要是他们想和穆斯林作战，欢迎他们做英雄吧，但是他们要意识到我们能够活到现在，只是因为我们软弱得无力抵抗。他们难道不知道比我们强大的民族曾占领阿拉伯世界，被消灭了吗？笨蛋！②

拉比之言关涉犹太人的流亡历史，即笔者在本书前半部分所说的公元前586年的巴比伦流亡历史，也关涉中世纪穆斯林征服欧洲诸多国家的历史。目的是想劝说犹太复国主义者不可轻视穆斯林。在拉比看来，正是因为犹太复国主义，犹太人才遭到解雇、抓捕、折磨和绞死。

第二，从公元6世纪就开始流亡伊拉克的犹太人已经在巴比伦岸边安身立命。尽管古代犹太人来到巴比伦是因为山河破碎，国土沦陷，但广为人知的是，当波斯大帝居鲁士结束所谓的巴比伦囚虏时期后，只有一部分流亡者和后裔返回耶路撒冷。余者，施罗莫·桑德（Shlomo Sand）所说的"绝大部分人"选择日益繁荣的东方犹太文化中心，在那里的生活日渐兴旺。就连犹太人引为

---

① Eli Amir, *The Dove Player*, trans. Hillel Halkin, London：Halban Publishers, 2010, p. 180.
② Eli Amir, *The Dove Player*, trans. Hillel Halkin, London：Halban Publishers, 2010, p. 180.

自豪的一神教也是在流散地得到了系统阐述。在流散地永久安家的犹太人将耶路撒冷视为中心，这一事实与其宗教思想并不矛盾。在居鲁士法令颁布的若干年后，在苏拉、尼哈迪亚、帕姆贝迪塔等地由流亡者后裔创立的学堂成为犹太人完成宗教与祭祀仪式的重要场地，最后促使了《巴比伦塔木德》等犹太经典的诞生，对后世的犹太思想与文化生活产生了深远的影响。[①]

岁月荏苒，伊拉克犹太人虽然拥有犹太拉比、犹太会堂、犹太丧葬传统，恪守犹太教和犹太习俗，平日说话也会援引圣经典故，如在形容女子之美时称其为"荆棘里的玫瑰"，美如王后以斯帖，等等。但本质上，多数犹太人已经被流散地同化，他们热爱这里的山川河流，一草一木，把自己当作国家的一员，把流亡视为犹太人的唯一出路。[②] 他们虽然不像后来一些欧洲犹太人那样归化异教，但对新建的以色列国家没有兴趣，为此，他们甚至否定犹太文化史上具有原型色彩的亚伯拉罕迦南之旅。理由是首先不应该流亡；其次，即便流亡，也不应该选择一个遭诅咒的地方，即按照《圣经》描述的吞噬其百姓之地。在这类人看来，最好的方式就是住在伊拉克。还有一些伊拉克犹太人，比如希兹克尔的妻子蕾切尔与多数伊拉克犹太人则期待通过与联合国分治协议妥协的方式在巴勒斯坦和平地建立一个犹太国家。她未曾想到整个阿拉伯世界，包括伊拉克都卷入了与新建以色列国家之间的战争。

第三，新建的以色列国家并不具备接纳与安置流散地所有犹太人的条件。据一位曾经代表以色列国家与伊拉克政府进行谈判的伊拉克犹太复国主义者希勒尔回忆：他与负责安顿新移民的列维·艾希科尔（Levi Eskol）在1950年进行过一场谈话。他听艾希科尔说一年内将会来六七万（伊拉克犹太人），便对艾希科尔说："请告诉你的犹太好人，我们很高兴他们前来，但是让他们别急。我们眼下没有接受他们的可能性。我们甚至没有帐篷。如果他们来了，就

---

① 参见〔以〕施罗莫·桑德《虚构的犹太民族》，王岽兴、张蓉译，上海三联书店，2012，142~143页；又参见〔英〕西塞尔·罗斯《简明犹太民族史》，黄福武、王丽丽等译，山东大学出版社，2014，第209~221页。

② Eli Amir, *The Dove Player*, trans. Hillel Halkin, London: Halban Publishers, 2010, p. 338.

得住在大街上。"①

　　与这种现实相呼应，在小说《放鸽人》中的放鸽人阿布·爱德华看来，希兹克尔之所以被捕，并非因为他是犹太人，而是因为犹太复国主义"运动破坏了穆斯林对犹太人的信任"，"是一场灾难"。同时，他并不认为以色列比巴格达安全，不相信犹太复国主义者能够取得胜利，认为那里随时会爆发一场新的战争，因为阿拉伯人也不会忘记巴勒斯坦，那里有圆顶清真寺和圣石。②主人公父亲与放鸽人之间的争论不仅代表着伊拉克犹太人对犹太复国主义的抗拒，也预示着巴勒斯坦地区未来的争端。耶路撒冷是一座神圣的古城，是犹太教和伊斯兰教的共同发源地。犹太人在巴勒斯坦建国封堵了阿拉伯人的朝觐之路，为未来的冲突埋下了伏笔。

　　伊拉克对巴勒斯坦问题的不同态度，体现出伊拉克犹太人不同的价值观念。放鸽人安于现状，倾向于留在巴格达。在巴格达，犹太人生活安逸。穆斯林在土地上劳作，库尔德人为犹太人清理厕所。而到了以色列，这一切恐怕不再可能。而以主人公父亲为代表的犹太复国主义者强调亲自耕种土地。放鸽人认为犹太人不需要土地，而犹太复国主义者则认为，没有土地的民族则像没有星光的天空。在犹太历史上，犹太复国主义者具有一种优越感，相信自己是上帝的选民；而放鸽人则对选民之说持怀疑态度，认为今天的安逸生活拜穆斯林所赐，没有意识到犹太人迟早被伊拉克穆斯林驱逐的危险。期待结束漫长的流亡，把伊拉克从内心深处连根拔除的犹太复国主义者，在某种程度上，把与同胞谈话当作人生中的一个使命。③ 争论的焦点便是如何认知以色列这个犹太国家。

　　"你们的犹太国家只给我们带来麻烦。"阿布·爱德华反驳说。
　　"以色列是我们所经历的最伟大的奇迹。"我父亲说。

---

①　Anita Shapira, *Israel: A History*, trans. Anthony Berris, Walthem: Brandeis University Press, 2012, pp. 224-225.

②　Eli Amir, *The Dove Player*, trans. Hillel Halkin, London: Halban Publishers, 2010, pp. 79-81.

③　Eli Amir, *The Dove Player*, trans. Hillel Halkin, London: Halban Publishers, 2010, pp. 82-85.

"我们是它最伟大的受害人。"放鸽人说。

"在以色列,你在日常生活中感受不到对犹太人的仇恨。你可以骄傲地活着。"

"我们一直是伊拉克的组成部分,永远也是。这是我们的国家。我是伊拉克人。这里生活得很好。这里是我们所有人的家园。人信仰哪种宗教是上帝的事。"

"没有土地的民族不是民族。"

阿布·爱德华朝地平线挥挥手。"我拥有土地。那就是美索不达米亚,它也是我们的先祖亚伯拉罕的土地。"①

### (二)从奴隶制走向自由:《出埃及记》叙事的复沓

1950 年 3 月,伊拉克通过了犹太人可以移民以色列的律法。这一法令首先得到犹太复国主义者的拥护。在伊拉克犹太复国主义者眼中,离开巴格达去往以色列就像续写《圣经》中出埃及的故事。他们也像古代以色列人一样拥有了上帝和圣书。这样一来,《圣经》叙事便对伊拉克犹太人也具有了现实意义,犹如亚伯拉罕的迦南之旅,犹如摩西带领以色列人出埃及,从奴隶制走向自由。他们要忘记过去,期待回到先祖曾经生存过的土地上。作家埃里·阿米尔在答记者问时就提到,当时的伊拉克感受到一种特别的气息,那就是穆斯林对犹太人充满仇视,在穆斯林的眼中,所有犹太人,无论犹太复国主义者还是普通犹太人,无论被同化的犹太人还是归化穆斯林的犹太人,都是叛徒。犹太人是二等公民,整个巴格达的犹太人处境十分危险,新的集体屠杀正在迫近。

在现实生活中的恐怖之外,另一个在叙述人脑海中不断跳荡的创伤隐喻便是 1941 年 6 月五旬节之际伊拉克巴格达的犹太人遭受的集体屠杀。当时,英国刚刚在英国伊拉克战争中取得胜利,支持纳粹的拉希德·阿里·盖莱尼(Rashid Aali al-Gaylani)政府刚刚崩溃,穆斯林认为犹太人充当了英国人的帮凶,于是大开杀戒,有 180 多名犹太人被杀,1000 多人受伤,在平息暴乱中,

---

① Eli Amir, *The Dove Player*, trans. Hillel Halkin, London: Halban Publishers, 2010, p. 86.

又有三四百名非犹太人受伤。犹太人的财产被抢夺，900 多间犹太人的房屋被
毁。历史学家将这一惨案视为伊拉克犹太社区终结之开端。① 对这一惨案的记
忆在伊拉克犹太人日常生活中不断重现，表明其时下处于危险的生存境地。这
也在一定程度上表明，即使没有以色列建国，伊拉克犹太人的流亡命运也处在
一种不确定之中。在某种程度上，他们类似欧洲犹太人，无法摆脱充当替罪羊
的危险。历史记忆是对现实境遇的一种投射，回忆过去灾难实际上是对当下犹
太人生存境况的一种提醒。

　　1949 年 10 月，伊拉克警察攻击犹太复国主义地下组织；大约 700 名犹太
人被抓捕，100 名犹太人被关押。跟随叙述人探望叔叔的身影，我们可以领略
巴格达监狱的一个缩影。里面关押着犹太复国主义者、共产主义者、亚美尼亚
共产党领袖，当然还有普通人。这种生存状况与《出埃及记》开篇犹太先祖
在埃及所面临的苦境形成一种互文。如果说在《出埃及记》中最高命令人是
上帝耶和华，带领以色列人经历多年旷野跋涉去往希望之乡的是民族领袖摩
西；那么在《放鸽人》中，最高命令者则是犹太复国主义理念，而鼓动并组
织犹太人逃离伊拉克的则是叙述人的父亲和叔叔这些犹太复国主义领袖。但是
《出埃及记》书写的则是带有传说色彩的历史，而《放鸽人》则是形象逼真地
再现了 20 世纪四五十年代伊拉克犹太人的切身遭际。这种现实与历史的交迭
在叙述人的家庭内部已经有所体现：

　　　　"女人，我们脚下的大地在燃烧！"
　　　　"但是为什么要抛下一切？"
　　　　他从书架上取下《圣经》，放在桌子上，说：
　　　　"就为这！"
　　　　她并不就此满足。"你弟弟呢？"她问，绞动着双手。
　　　　我父亲咬着嘴唇，转身回到自己房间。
　　　　"你怎能把我们带到荒野里呢？"她在他身后嚷着。

① https：//en.wikipedia.org/wiki/Farhud，accessed April 16, 2022.

"我带你们去往流着蜜与奶之地。"

"你想让卡比当兵，被杀死吗？"她浑身颤抖。

"但愿此事不会发生！你为什么总往最坏处想？"

她身体陷在沙发里，无助地抓住我的手。"卡比，我们怎么办？"

"放开他！"我父亲生气地说。接着又颇为安抚地说："女人，你不知道这是开始新生活的机会？"

"我不想要新生活。我不想要新人。我想要麦阿扎姆的老宅。"

"那宅子已经没了！那些时代结束了！"

"那你自己去吧，我们留在这里！我不和你去。"她转身背对着他。①

　　叙述人的父亲是犹太复国主义者，向往以色列的新生活。叙述人的母亲只是一位普通的家庭妇女，但出身于德高望重的拉比之家，她怀恋往日的辉煌，期待回到旧日居住地。《圣经》无疑成为犹太复国主义者父亲遵循的训诫，在《出埃及记》中，上帝听到了以色列百姓的哀声，知晓他们的痛苦，于是要拯救他们脱离埃及人之手，领他们出了那地，到美好宽阔流奶与蜜之地。② 在伊拉克犹太人境遇日渐艰难的当下，父亲一类的伊拉克犹太人决定步入新的历史，而母亲那类家庭女性仍然在旧日轨道上徘徊不定。

　　作为《圣经》中最为重要的书卷之一，《出埃及记》不仅奠定了犹太民族的诸多传统，同时也是记载其艰苦经历的民族叙事。犹太人历尽艰难，得到法老放行，又在旷野中艰难跋涉，直至摩西与上帝重新立约，建造会幕，在上帝的引导下启程，从奴隶制走向自由的土地。只可惜，民族领袖摩西出师未捷，未能跨过约旦河，就死在摩押地。《放鸽人》中真正的民族领袖便是阿布·萨利赫，平时他会吟唱：我们坐在巴比伦河边，一想到锡安就哭了。圣经《诗篇》中的思乡之情与当下对以色列国家的思恋融在了一起。伊拉克颁布犹太人移民法之后，他不住地劝说人们去往以色列。在他看来，锡安就是圣殿，以

①　Eli Amir, *The Dove Player*, trans. Hillel Halkin, London：Halban Publishers, 2010, pp. 320-321.
②　参见《出埃及记》3：7~8。

色列第一任总理大卫·本-古里安就是古代犹太人的大卫王。犹太人需要做的就是离开伊拉克这个对他们而言水深火热的国家，去往现代以色列：在先祖耕作过的土地上，所有的希望都能实现。

与古代犹太人在茫茫旷野中前行的艰辛经历相似，伊拉克犹太人的还乡之旅并非一帆风顺。伊拉克政府设想只有少部分伊拉克犹太人会移居以色列，没有料到一个多月内便有4.7万名伊拉克犹太人申请离开。时至9月，已经有7万人申请离开。想离开的人不只是穷人，还包括中产阶级和上层人士。这些犹太人，一度把伊拉克当成家乡，但如今对能在这里获得平等权利已经不抱希望。伊拉克政府的两家报纸利用各种形式，比如评论员文章、致编者信、新闻专栏等大肆攻击伊拉克犹太人，说他们品行不端，犯下种种罪行，反对伊拉克犹太人在政府部门任职，甚至认为所有的伊拉克犹太人都是犹太复国主义者，在伊拉克不应该拥有平等的权利。且其引用《出埃及记》中要离开埃及的犹太妇女想偷窃其他埃及妇女财产的故事，称犹太人乃为盗贼，甚至连犹太人在赎罪日关闭银行都被污蔑为破坏伊拉克经济。在他们看来，既然以色列能驱逐巴勒斯坦阿拉伯人，那么伊拉克也可以没收犹太人财产。犹太人根本找不到机会为自己辩解。[1]

人们热切地盼望，自己会被列入即将启程之人的名单。但政府很快便下令冻结将要移民的伊拉克犹太人的财产。这样一来，移民者不仅失去了身份，而且失去了财产。从这个意义上说，伊拉克犹太移民与巴勒斯坦阿拉伯难民境遇颇为相似。卡比心仪的女孩阿米拉想移居以色列，自学希伯来语，但遭到她身为放鸽人父亲的阻挠，甚至毒打。穆斯林举行集会，大喊打倒犹太复国主义者的口号。接着便是蜂拥而至的巴勒斯坦难民，对犹太人怀有强烈的复仇心理。伊拉克政府想没收犹太人的所有财产，帕夏要把犹太人变成像巴勒斯坦人那样的难民，各种传闻令人恐慌。一个典型的例子便是，第一批伊拉克犹太人启程后，穆斯林占据了放鸽人的房屋，甚至还要以卑劣手段侵吞放鸽人的鸽子，调

---

[1]  Orit Bashkin, *New Babylonians: A History of Jews in Modern Iraq*, Stanford：Stanford University Press, 2012, pp.193-197.

戏叙述人的婶婶。犹太复国主义领导人阿布·萨莱赫不幸被捕，并被处以绞刑。萨莱赫之死令犹太人十分震撼，数千人报名移民，许多人径直从萨利赫面包房直接去往登记中心。

（三）从流亡到流亡

尽管回乡路十分艰难，但这些伊拉克犹太人最终还是如愿以偿。1950 年 5 月 10 日，首批伊拉克犹太人乘坐飞机飞往以色列，这是犹太历史上一个具有里程碑意义的事件。据学者统计，仅在 1950 年到 1951 年，就有 12.3 万伊拉克犹太人移民以色列。[①] 阿拉伯世界最大的犹太社区顷刻瓦解。从此，伊拉克犹太人逐渐摆脱伊拉克穆斯林的"欺凌"，但是留下的问题则是：他们能否在"应许之地"实现自己的梦想，是否像伯格所说，从一种流亡走向另一种流亡。

移民乃以色列国家占主导地位的意识形态——犹太复国主义的重要组成部分。在犹太复国主义者看来，"流亡"代表着犹太人的屈辱、软弱与身份的缺失。在现代之前，流亡中的犹太人主要依靠国王与贵族的恩典；而在现代，他们新获取了公民身份，但未能摆脱来自非犹太人世界的反犹主义。因此，新型犹太人一定要表现出与流亡中的犹太人截然不同的方式：自信、勇敢、独立，更重要的是，与土地建立联系。[②] 涌入以色列的大量伊拉克新移民虽然拥有了以色列人身份，最终把希伯来语当作自己从事会话与书写的语言，但是他们并非回归故乡的人，而是来到一片全新国土与环境的新移民，经历了偏见与歧视。作为一个移民国家，以色列在建国之初要根据犹太复国主义理念对所有的犹太移民进行重塑。这些移民当中有大屠杀幸存者，也有来自阿拉伯国家的犹太人。大屠杀幸存者基本上是欧洲难民，在欧洲无法生存，或者历经二战惨痛遭遇才来到以色列，他们一方面怀恋过去，另一方面知道过去的世界不属于自己，因此尽管在思想上有抵触，但相对容易在犹太复国主义大熔炉里接受改造。与之相对，东方犹太人，尤其是曾经生活优裕的伊拉克犹太人，难以割舍

① Orit Bashkin, *Impossible Exodus*, Stanford：Stanford University Press，2017，p. 4.

② Orit Bashkin, *Impossible Exodus*, Stanford：Stanford University Press，2017，p. 4.

他们与伊拉克和阿拉伯文化之间的关联。移居以色列的伊拉克犹太人得就最基本的生活需要与以色列政府讨价还价，而政府官员往往不能，常常是不愿意倾听其愿望，理解其痛苦和苦难。[①]

在以色列，伊拉克犹太人与其他来自阿拉伯国家的犹太人几乎像难民一样，没有工作，无法给孩子提供体面的生活，没有稳定而体面的栖身之地，住在棚屋与帐篷里。在相当程度上，他们与巴勒斯坦阿拉伯社区居民的生活相似。如果说他们在伊拉克是二等公民，那么抵达以色列后他们能否与西方犹太人一样获得平等的权利？阿米尔的小说结尾用简洁的叙事为我们揭示了答案。

"三辆卡车摇摇晃晃穿过难民营大门，在仓库前面停了下来。"

"卡比！"我弟弟奴里喊着，他第一个跳下来。我拥抱着他，仿佛多年没有见面。我怀孕的母亲靠在父亲身上，艰难地从卡车上起身，缓慢地下了车。

"你们把我带到哪里来了？"她问，疲倦地看着四周。

"女人，"我父亲说，"我们刚到。给人个机会。"

"你答应给我的房子呢？"

"女人，够了！"

"这就是我的生活。"母亲响亮地击了下手掌。[②]

从踏上以色列土地的那一刻他们就感受到身份的落差，第一个上来与叙述人父亲拥抱的竟然是他们的库尔德仆人阿百德。而昔日在伊拉克，阿百德无论如何也不敢拥抱自己的主人。寥寥数语透视出多重含义。首先，主人的身份已经沦落。其次，在伊拉克为仆的人都称在以色列生存并不容易，那么对主人来说则更为艰难。最后，昔日不可能出现的主仆拥抱，竟然让叙述人的母亲在抵达以色列后眼中第一次发亮，显然伊拉克移民遭到的不是一般意义上的冷漠。

---

① Orit Bashkin, *Impossible Exodus*, Stanford: Stanford University Press, 2017, p. 4.

② Eli Amir, *The Dove Player*, trans. Hillel Halkin, London: Halban Publishers, 2010, p. 486.

只有已经离开难民营的仆人看到移民人员名单，请假来帮他们安顿。这样的关心让人既温暖又心酸。再看生活条件的落差，所谓的希望之乡的临时难民营盗贼遍地，野兽出没，饮食难以下咽，即使有钱，也吃不到肉，连上厕所都要排队，他们只能凭借自己的双手自食其力。加之，语言不通，他们几乎失去了生存的能力。更有甚者，巴格达成了遥远的回忆，他们再也无法回到那里，他们已经成了旧日祖国的敌人。

找不到工作和栖身之所是伊拉克犹太人面临的一个普遍现象。据埃斯特·梅厄（Esther Meir）记载，大约有 8 万伊拉克犹太人曾居住在临时难民营的帐篷里。① 叙述人父亲每天身穿套装前往官员办公室请求工作，请求能拥有好一点的住所，因为叙述人的母亲已经怀孕，即将临盆。尽管如今，在中国人的心目中，以色列已经是农业技术强国；但当年，叙述人父亲想种植水稻的理想却无法实现，被告知以色列缺水，以色列不能种植水稻。以色列官员们认为他年事已高，无法为他提供工作，后来他只好到一个阿拉伯村庄学习希伯来语，最后到一个犹太学校重操青年时代在伊拉克的教书旧业。父亲改名为阿米尔，名为麦捆，既是对理想的一种记忆，又预示着其新生的开端。而在寻找栖身之地时，叙述人一家没有接受移民局官员的分派，成为整个难民营中唯一没有搬走的钉子户。而后，还是叙述人母亲与原来的仆人事先做局，才使叙述人的父亲同意全家搬到仆人居住的小村附近。投奔仆人这段描写确实意味深长。

小说结尾，叙述人的库尔德仆人讲述了自己的罗马尼亚女友，他们在难民营相识。从某种意义上说，欧洲犹太人与东方犹太人初到以色列之际基本上是平等的。但是因为以色列的领导人多来自欧洲，试图用欧洲模式来建设以色列国家，其结果是，东方犹太人遭到了不平等的对待。而且，西方犹太人与东方犹太人之间的隔阂在很大程度上是以色列政府导致。如果说伊拉克犹太人来到以色列是从一种流亡走向另一种流亡，那么库尔德仆人与罗马尼亚女友之间的相恋则具有一种反意识形态的特征。

---

① Esther Meir-Glitzenstein, *Ben Bagdad le-Ramat Gan: Yotz'ey "Yotz" ey 'Iraq be-Yisrael*, Jeruselm: Yad Ben-Tzvi, 2008, pp. 111-112.

## 第三节　摩洛哥犹太人叙事

近年来，大家在谈到以色列文学时喜欢引用英语批评界的术语，将阿摩司·奥兹、约书亚（又译耶霍舒亚）、大卫·格罗斯曼视为"文坛铁三角"，或者"三大男高音"。如此评价的着眼点无疑来自两个方面：一是在以色列国内，这三位作家经常发表演说或撰写文章，抨击以色列右翼政策，声讨以色列政府在占领地扩充定居点；二是在以色列境外，他们既呼吁巴以和平，主张赋予巴勒斯坦人合理的权益，又要维护以色列国家的生存权利。但从代际归属上看，奥兹与约书亚是在 20 世纪六七十年代在文坛立足的第二代以色列作家，亦被称作"新浪潮作家"，或国家一代作家（Dor Hamedina）。而格罗斯曼则在 20 世纪 80 年代登上文坛，在社会参与意识上，属于奥兹、约书亚等作家的传人。

约书亚是最早被译介到中国的以色列作家之一，早在 20 世纪 90 年代初期，他的短篇小说《三天和一个孩子》① 便有了中译本，他本人也曾随以色列作家代表团到访中国；其后，他的中篇小说《诗人继续沉默》②《面对森林》③，长篇小说《情人》④ 也相继有了中译本。他在中国的人气虽然比不上其好友阿摩司·奥兹。但是，2019 年人民文学出版社推出了约书亚的中短篇小说选集《诗人继续沉默》⑤ 与长篇小说《耶路撒冷，一个女人》⑥，且于 2019 年夏季在杭州、武汉、南京、上海等地举办了系列文学活动，令越来越多的中国读者开始熟悉他，喜爱他。

约书亚 1936 年出生于耶路撒冷，与众多以色列青年男子一样，他在 18 岁开始服兵役，并亲历 1956 年的第二次中东战争，后到耶路撒冷希伯来大学攻读

---

① 〔以〕亚伯拉罕·B. 约书亚：《三天和一个孩子》，陈贻绎译，中国社会科学出版社，1994。

② 〔以〕亚伯拉罕·B. 约书亚：《一个诗人的持续沉默》，王义国译，《世界文学》1994 年第 6 期。

③ 〔以〕亚伯拉罕·B. 约书亚：《面对森林》，王义国译，《世界文学》2002 年第 4 期。

④ 〔以〕亚伯拉罕·耶霍舒亚：《情人》，向洪全、奉霞译，上海译文出版社，2009。

⑤ 〔以〕亚伯拉罕·耶霍舒亚：《诗人继续沉默》，张洪凌、汪晓涛译，人民文学出版社，2019。

⑥ 〔以〕亚伯拉罕·耶霍舒亚：《耶路撒冷，一个女人》，金逸明译，人民文学出版社，2019。

文学与哲学，1961 年获学士学位。1963 年到 1967 年跟随攻读心理学的妻子到法国巴黎居住，接受了西方文明的熏陶，回国后在海法大学教授比较文学。约书亚自 20 世纪 50 年代末开始文学创作，第一个短篇小说集《老人之死》出版于 1962 年，之后又相继出版了《面对森林》（1968）、《1970 年初夏》（1972）、《三天和一个孩子》（1975）、《诗人继续沉默》（1988）等短篇小说集。自 70 年代后半期开始创作长篇小说，作有《情人》（1977）、《迟到的离婚》（1982）、《五季》（1987）、《曼尼先生》（1990）、《千禧年末的旅程》（1997）、《自由新娘》（2001）、《耶路撒冷，一个女人》（2004）等。

约书亚开始创作之际，以色列文坛主要活跃着伊兹哈尔、沙米尔等第一代本土作家，这批作家虽然在不同程度上借鉴了西方现代主义的创作技巧，但主要以表现和讴歌集体主义精神为主旨。这样的创作手法令年轻的约书亚感到不适，因此他的一个主要愿望就是要同第一代以色列作家的集体主义思潮划清界限。加之，约书亚在年轻时代数年居住在欧洲，阅读了大量欧洲文学作品。欧洲作家，尤其是犹太作家卡夫卡《变形记》等系列小说中充满寓言与隐喻的表述对他产生了很大吸引力。20 世纪 70 年代，美国作家福克纳的作品被翻译成希伯来语，福克纳教会他"全面地、多角度地审视这个世界"，"福克纳对于神话与独白的驾驭方式，以及特殊的幽默感"对他影响很大。就希伯来文学传统而言，当代以色列作家无法绕行的高峰便是阿格农的创作，阿格农采用可辨认得出的时间和地点，将其陌生化，或者变形的技巧令约书亚钦佩不已，因此约书亚的许多小说多采用象征、隐喻、意识流等超现实主义手法，剖析充满孤独与疏离感的现代人的内心世界，展现紧张而丰富的以色列现实。约书亚的许多作品，即使脱离以色列语境，也非常有意义。

讨论约书亚作品，不能忽视作家本人的生长环境与身份特征。约书亚的父亲是第四代居住在耶路撒冷的西班牙裔犹太人，多年致力于东方学研究，是 20 世纪初期巴勒斯坦出版界的一位权威人士。父亲通晓阿拉伯语，有许多阿拉伯朋友。母亲则在 20 世纪 30 年代从摩洛哥移居巴勒斯坦。因此，约书亚身份中有两个重要方面尤为值得关注，一方面是他的塞法尔迪犹太人身份，另一方面则是他对以色列阿拉伯人拥有特殊的感情。

## 一 约书亚早期作品中的主人公

约书亚的早期小说具有一种明显的象征与超现实主义色彩。①《诗人继续沉默》最早发表于 20 世纪 60 年代。其主要情节由一位过气诗人的意识活动构成，通篇弥漫着孤独气息。作品开篇，父亲被晚归的 17 岁儿子吵醒，处于老年人那种半睡半醒状态，任思绪驰骋。当年，父亲在出版五部诗集后，意识到自己江郎才尽，决定封笔，"从此保持沉默"。接着便是妻子那"不期而至的怀孕"，他们感到难堪，尴尬，无颜面对亲朋好友和两个女儿。晚育使妻子过早地离世，留下 6 岁的孩子。他臃肿，笨拙，和谁也不亲近，"完全是个低能儿"。女儿们将这个新家庭成员视为奇耻大辱，希望逃离，于是匆忙出嫁。家里只剩下"陷于沉默的诗人"与"孤独的低能儿"这对父子朝夕相处。他们之间的"巨大沉默"使得父子二人在家中均陷入孤独的境地。

更有甚者，儿子由于自身缺陷，在学校和社会也很孤独。在学校，他蜷缩在教室的一个角落，与班上其他同学孤立开来。即使在他的 13 岁生日宴上（对于犹太男孩来说，这是一个十分重要的成人节日），他也孤独地坐在房间一角。当其他同学欢天喜地地玩耍时，他却在阳台上给大家擦皮鞋。而其他同学从内心深处也在轻视他、嘲笑他。总之，这是一个缺乏家庭与社会关爱的孩子。但就是这个无人问津的孤独孩子，以特有的方式，为别人做事，渴望证实自己的存在，渴望别人的承认与理解。尤其是他崇拜作为诗人的父亲，以智障儿童特有的方式，引诱父亲再度提笔写诗，甚至为此去做一个年轻诗人的"宠仆"。父亲最终无法忍受儿子种种怪异行径带来的屈辱，决定廉价出售房产，离家远游，将儿子托付给素不相识的人看管，暗示着他对孩子的彻底抛弃。但就在此时，父亲意外地发现儿子使用父亲之名在一家小报增刊上发表了一首诗，它古怪，扭曲，没有韵律，在没必要时分行，不该重复的时候重复，标点混乱。而此时的儿子却露出微笑，脸亮堂起来。小说就此戛然而止，留给

---

① Gila Ramras-Rauch, "A. B. Yehoshua and the Sephardic Experience," in *World Literature Today*, Vol. 65, No. 1 (Winter 1991), pp. 8-13.

读者无尽的回味。

父子关系是现代希伯来文学中的一个重要话题。约书亚在这篇小说中运用超现实的叙述方式，用父亲创作激情枯竭讽喻老一代的理想主义已经死亡，只能沉默地退出历史舞台。而以诗人儿子为代表的青年一代却是畸形的产物，缺乏智慧，懦弱无能，无法承担拯救世界的重任。父子之间、家庭成员之间的隔膜，以及智障儿在外界遭受的种种轻视，折射出人在现代社会中的孤独情境。

相形之下，《老人之死》更具荒诞色彩。小说讲的是一个老犹太人的故事，他虽年事已高，但越活越健康。与智障儿相似，他也经常把自己蜷缩在角落里，惊恐地看着人们。随着时间的推移，有人说这个老头会看着整栋楼的人走进坟墓，大家便对他起了戒心，对他不满。于是大家便接受了一位老妇人的建议，宣告他已死亡，并将其活埋。从某种意义上说，老人象征着犹太人的过去。其所作所为，象征着大流散时期犹太人在现代世界里怯懦苟且的生存状态。尽管犹太传统具有延续性，但现代以色列人要争取生存，就必须割断与过去的联系。

在《诗人继续沉默》这个短篇小说集中，较为凸显的则是他对阿拉伯问题的清醒认识。其中《面对森林》堪称以色列文学中描写阿以问题的经典之作。其背景置于 20 世纪 60 年代的以色列，主人公乃耶路撒冷希伯来大学一名而立之年的学生，处于研究的初级阶段，正在撰写一篇论文，终日一筹莫展。他渴望孤独，渴望逃离。于是在朋友的帮助下，谋到偏远的一座森林当防火护林员的工作。意味深长的是，这片人工森林建立于废弃了的阿拉伯村庄之上。

与之一起承担护林工作的还有一位又老又哑的阿拉伯人，阿拉伯人带着一个小女孩。阿拉伯人不能讲话，"他的舌头在战争期间被割掉"，且在很长一段时间里拒绝和这个犹太大学生交流。每当犹太大学生一出现，那对父女就立刻会沉默下来。从时间上判断，导致阿拉伯人舌头被割掉的战争应该是 1948 年以色列"独立战争"，那也是巴勒斯坦阿拉伯人记忆中的"大灾难"。在相当程度上，"舌头被割断"既象征着阿拉伯人在以色列国家的失声状态，也喻示着阿拉伯人与犹太人交流的失败。

在前来探望主人公的老一代犹太人（父亲）眼中，阿拉伯人眼里充满了仇恨，说不定他哪天会在森林里放火。前来视察的上司从司机口中得知哑阿拉伯人正在储备煤油，忧心忡忡。这意味着，在以色列国家阿拉伯人不但失声，而且时刻被当作假想敌；同时暗示着以色列国家隐患深重。从哑阿拉伯人角度看，他曾经见证自己村庄的沦陷，以色列森林下面埋葬的是他曾经的住房。当从主人公口中听到往昔那个阿拉伯小村庄的名字时，哑阿拉伯人的反应十分剧烈。因为在现实中，许多阿拉伯人把犹太人当作西方世界闯入东方的侵略者。他想说：这是他的房子，这里曾经是个村庄，他们想掩盖这一切，把它埋葬在一片大森林之下。小说的高潮则是：哑阿拉伯人在主人公即将完成护林任务的前一天，切断电话线，四处纵火，烧毁了这座象征国家权力的森林。

小说结尾，哑阿拉伯人这个假想敌终于变成以色列国家的真正敌人，被警察抓走，主人公重新回到那座令其陌生的城市，朋友对他完全绝望。如果说阿拉伯人烧毁覆盖其村庄的森林符合情节发展逻辑，那么犹太学生护林员鼓动阿拉伯人纵火的举动则显得不合情理。身为以色列拓荒者后裔，年轻一代犹太人无法理解父辈从大流散期间便苦苦追寻的重建家园的理想。其反叛的极致便是煽动哑阿拉伯人放火烧掉象征以色列国家权力的森林。在一定程度上，煽动纵火体现出年轻的以色列犹太人对不承认阿拉伯人声音的犹太复国主义思想的抵触。火在客观上有阻止主人公完成护林使命和毁林的双重作用。烈火下的新废墟不但是对曾经毁弃的阿拉伯村庄遗址的重现，而且向年轻一代昭示：以色列国家建立在另一个民族家园的毁灭之上，令其产生一种永远无法消解的自我憎恨。煽动纵火既是他们在以个体的方式寻找救赎，也预示着年轻一代无力保护自己国家的安全，甚至对解说当下以色列的危机具有一定的现实意义。

## 二 约书亚笔下的以色列俄罗斯移民

如果说约书亚在早期作品中预示年轻一代无法保护以色列国家安全这一隐患，那么到了晚期创作中，他所预言的隐患化作了现实，而且威胁到以色列国家内部。记得 1997 年夏笔者第一次去约书亚海法的家中拜访时，他正在就当天发生的一场自杀性爆炸事件发表感言，谴责针对平民的恐怖袭击。2000 年 9 月，由于时任以色列总理沙龙率部"参观"圣殿山，引发了第二次巴勒斯坦人起义。加上"9·11"事件的余响，哈马斯、吉哈德和阿克萨烈士旅发动了系列针对以色列平民的恐怖袭击。在相当长一段时间里，自杀性爆炸事件对以色列普通人的日常生活造成了重大威胁。2004 年冬，女作家茨鲁娅·沙莱夫（Zeruya Shalev）在送儿子上学回家路上，在耶路撒冷大街上被炸伤腿。约书亚的朋友达芙娜则于 2002 年夏天在耶路撒冷斯科普斯山自杀性爆炸事件中遇难，《耶路撒冷，一个女人》便是献给达芙娜的悼亡之作。它讲的是 2002 年在耶路撒冷自由市场自杀性爆炸事件中身负重伤的女子躺在医院急诊室无人问津，死后无人安排其下葬，还是一家无名小报记者从她的购物袋中发现一张血淋淋的工资单，撰文谴责其雇主的冷酷无情。其昔日雇主，87 岁的面包店总经理，在文章发表前夕得知讯息，唯恐公司声誉受损，便派人力资源经理处理此事。

小说的希伯来语名是《人力资源经理的使命》，翻译成英文后易为《耶路撒冷的一个女人》，中文版在英文版的基础上继续改进，叫作《耶路撒冷，一个女人》。女人与耶路撒冷，在许多文人墨客眼中是一种富有诗意的表达，但是在约书亚笔下，诗意与血腥相伴。小说分为三部分。第一部分是人力资源经理奉命寻找在自杀性爆炸事件中丧生的女人的身份。与约书亚笔下的多数男主人公类似，人力资源经理也不是一个成功人士。他经历了失败的婚姻，与前妻共同抚养女儿，在前妻眼里微不足道，不时要遭受她的冷嘲热讽，这在现代以色列生活中属于常态。第二部分为任务，说的是这个女子的前夫要求将其遗体送回她的祖国安葬，人力资源经理于是接受上司派遣准备护送女人灵柩回俄罗斯。众所周知，以色列政府有专门预算，可以处理此类事宜。第三部分为旅程，说的是人力资源经理，连同两名小报记者将女人棺椁护送到她的祖国，又经过以色列驻当地领事的帮助找到她的儿子，将其棺椁护送到其故乡，即她年迈母亲居住的一个偏远的荒凉村落。但老太太不同意把女儿葬在村里，再三要求人力资源经理将女人运回她所喜欢的耶路撒冷，自己和外孙也可以随之前往。

　　小说着重描写了遇难女人的特殊身份。她既不是犹太人，也不是以色列公民，只是在离婚后和犹太男友与儿子移民到耶路撒冷的一位俄罗斯人。她虽然在俄罗斯是一名机械工程师，但到耶路撒冷后找不到体面的工作。男友不能忍受地位落差，回到原来的国家。儿子的父亲认为耶路撒冷危险，也要求儿子回国。最后，只剩她孤身一人坚持留在耶路撒冷，在以色列最大的面包店做清洁工，住破败的棚屋。更加荒诞的是，欣赏其姿色偷偷爱上她的夜班主管劝说其辞职，去找寻更适合自己的工作，间接造成了她的死亡。可以说，在一个她所向往的国度和城市，她没有找到自己的归属，经历了难以想见的贫穷与落魄，甚至失去了身份。但耐人寻味的是，即使贫穷，她却保持一种品位，将陋室布置得整整齐齐。无论做任何工作，都充满活力，甚至保持固有的美丽和尊严。无论其生前与之一起工作的夜班主管，还是其死后为之寻找并恢复身份的人力资源经理都抗拒不了对她的爱。在小说结尾，人力资源经理决定应其老母请求将其带回耶路撒冷。也许，这在某种意义上帮助她实现了生活在耶路撒冷——她心目中那座有趣城市的夙愿，也令读者不禁思考百余万以色列俄罗斯移民的遭际……尽管俄罗斯犹太人早期为以色列民族国家的构建做出了杰出贡献，比如早期以色列的社会建构曾经受到俄罗斯社会理念的影响；在以色列建国后的几十年间，俄罗斯犹太人为以色列的文化构建，尤其是文学、艺术、音乐领域做出了重要贡献，但其身份地位与欧美犹太移民相比一直处于劣势。许多俄罗斯移民从事底层的工作，由于生活贫穷，缺乏自驾交通工具，使之比富有的犹太人更容易在恐怖事件中遇难。小说主人公所拥有的非犹太人身份使之在以色列国内没有任何优势。从这个意义上说，约书亚的这部作品堪称俄罗斯移民在以色列生活的象征性写照，同时也揭露了以色列社会的排外现象。

　　与早期的短篇小说集《诗人继续沉默》相比，《耶路撒冷，一个女人》的超现实色彩虽然显得弱化，但也并非不露痕迹。比如在护送女子灵柩归国途中，人力资源经理与同行者在一个曾经的绝密核军事基地改造成的旅游景点留宿，他进入梦乡。在梦中，旅游景点化作可怕的现实，并交织着原子弹庇护所和人肉炸弹的幻影，令人再次体会到约书亚在用一种超现实的手法隐喻充满张力的以色列现实世界。

### 三 约书亚的塞法尔迪犹太人身份

约书亚接受的是正统犹太复国主义教育，如前所述，在其早期作品中主要反映的是以色列主流文学的声音，比如犹太复国主义、阿以关系等，并没有涉猎移民体验、文化疏离这个双重创伤问题，因此不能将其早期作品视为米兹拉希作家创作。① 确切地说，其 1975 年之前发表的作品基本上没有体现出塞法尔迪立场。发表于 1977 年的《情人》是一个转折点。从此，其身份中的塞法尔迪体验在其创作中占据了重要地位。约书亚触及这一主题的重要原因来自其家族传承。约书亚的父亲也是一位作家，擅长描写耶路撒冷塞法尔迪犹太人的生活，著有《耶路撒冷的童年时代》。但约书亚本人在早期创作中更注重从心理角度描写以色列人的现代体验。这一方面是因为他本人热衷模仿阿格农、卡夫卡的心理现实主义传统；另一方面，也许像有些评论家所认为的那样，是在有意回避童年体验以及塞法尔迪犹太人的根源。② 约书亚之所以不像阿米尔、迈克尔，甚至不像阿达夫（Shimon Adaf）等年轻一代作家那样对东方犹太人体验铭心刻骨，是因为在他成长阶段，其思想意识已经被阿什肯纳兹文化同化。约书亚的母亲虽然出生于摩洛哥一家境优裕的犹太人之家，1932 年移居耶路撒冷；但她不像其他西班牙裔犹太人那样讲拉迪诺语，而是讲法语。她引导孩子接受犹太复国主义的阿什肯纳兹文化，尽管其本人恪守犹太宗教，但没有把孩子送到传统的塞法尔迪犹太人的学校，而是把孩子送到世俗学校读书。父亲也没有对他们进行塞法尔迪犹太传统教育。约书亚的榜样便是犹太复国主义领袖和哈加纳英雄。这样一来，他的塞法尔迪犹太身份可以说是经历了阿什

---

① 门德尔松-茅兹曾经就约书亚是否为米兹拉希作家这一问题进行讨论，参见 Adia Mendelson-Maoz, *Multiculturalism in Israel Literary Perspective*, Purdue：Purdue University Press，2014，pp. 145-149。

② Gila Ramras-Rauch, "A. B. Yehoshua and the Sephardic Experience," in *World Literature Today*, Vol. 65, No. 1（Winter 1991），pp. 8-13。

肯纳兹传统改良了的文化身份。甚至可以说，他在某种程度上已经失去了摩洛哥犹太人的某些固有身份。

20 世纪七八十年代，塞法尔迪元素在约书亚的许多作品中占据了主要位置。我们可以从其 1983 年获得布伦纳奖的演说中看出一些端倪。他在演讲词中提到拜伊尔与其父亲的交往。拜伊尔在本书第三章中列专节论及，他是一位希伯来文学研究者和作家，在本-古里安大学任职，熟悉约书亚父亲反映耶路撒冷塞法尔迪犹太社区传说与生活的作品，曾经去找约书亚父亲了解耶路撒冷犹太居住区的作家，而老人对儿子创作中只字不提父母那丰富多彩的塞法尔迪犹太人世界表现出一种伤感、失落和困惑。拜伊尔描述约书亚过世父亲那生动优美的文字，令约书亚感到震撼，于是便想重拾这一主题。① 在前面提到的《情人》中，约书亚把对 90 多岁塞法尔迪老妇人的描写作为推动小说情节的书写策略之一。② 而其最为经典的长篇小说《曼尼先生》作为给父亲的献礼，将笔力集中在曼尼家族数代人的个人体验与犹太民族的历史兴衰上。鉴于笔者在《变革中的 20 世纪希伯来文学》中对这两部作品做过细致解读，这里不再重复，而是将关注点置于《千禧年末的旅程》以及《五季》等作品上。

## 四　两种犹太文化的冲突与共存：《千禧年末的旅程》与《五季》

《千禧年末的旅程》发表于 1997 年，在以色列文坛产生了很大反响。该作的背景置于中世纪，描写东方犹太人与欧洲犹太人两大犹太支系的交汇与冲突，以探讨犹太文明的起源。有趣的是，约书亚曾称这部小说的创作动机最初产生于他 1994 年的中国之行，他说："在中国，我印象最深的就是中国人具有很强的历史感，总是说这是某朝某代的历史遗迹。同中国相比，我们比较年

---

① Gila Ramras-Rauch, "A. B. Yehoshua and the Sephardic Experience," in *World Literature Today*, Vol. 65, No. 1 (Winter 1991), pp. 8-13.

② 在这方面，笔者的观点与拉姆拉斯-劳赫教授有所不同。参见 Gila Ramras-Rauch, "A. B. Yehoshua and the Sephardic Experience," in *World Literature Today*, Vol. 65, No. 1 (Winter 1991), p. 8。

轻，只有三千多年的历史，但是我们也有古老的文明，我们有责任记住过去，我发掘历史的目的是想以史为镜，找出我们现在所面临的现实问题。"①

这是一部主题十分集中的作品，集中笔力描写了中世纪一个小小的犹太群体，但是重现了约书亚早期作品中的心理现实主义与寓意范式。小说始于公元999 年千禧年前夕从北非摩洛哥的丹吉尔到欧洲巴黎的一次海上之旅。丹吉尔的犹太富商本·阿塔尔前往阿什肯纳兹犹太人居住地——巴黎旅行，同行者有他的两个妻子、穆斯林合作者阿布·鲁特菲、拉比埃尔巴兹和儿子。旅行的目的是与侄子阿布拉菲亚的新婚妻子见面，劝她不要否定一夫多妻制。侄子阿布拉菲亚是他的生意伙伴，目前在欧洲为他做代理，他的原配自杀身亡，给他留下一个发育迟缓的女儿。阿布拉菲亚在欧洲爱上了一位阿什肯纳兹犹太女子埃斯特-米娜，并与之结婚。埃斯特-米娜是一位年轻的离婚女子，没有孩子，受过教育，独立而富有主见。当发现自己丈夫的叔叔与合作伙伴娶有两房太太后，无法忍受，要求丈夫与之断绝一切往来。

当时东方国家中较为常见的一夫多妻制问题是作品涉猎的一个重要问题，但不是唯一问题。作品还体现出犹太文化与阿拉伯文化和基督教文化之间、北非犹太文化与欧洲文化之间的冲突。早在旅行开始之际，犹太文化与阿拉伯文化和基督教文化的冲突便已经露出端倪。比如，阿塔尔一行想把不适应海上航行的孩子留在某个港口，返航时再把他接走，但找不到愿意照顾孩子的阿拉伯人。同时还提到安达卢斯和马格里布有这样的传闻，在基督教王国里已经出现狂热分子，因此他们尽量减少陆路旅行，以免遭受损失。② 文本也提到基督教千禧年会给犹太人和穆斯林跨越公海带来麻烦，无论是人身还是财产都有可能受到威胁。而到了欧洲，则明显让人感受到基督徒对犹太人的敌意和憎恨。千禧年，犹如浓重的阴云笼罩在欧洲犹太人的头上：在千禧年即将结束之际，当基督教教徒发现上帝之子并没有从天堂走下来拯救他们时，便认为将有责任杀

①　1997 年 7 月 31 日笔者对约书亚的访谈。

②　A. B. Yehoshua, *A Journey to the End of the Millennium*, trans. Nicholas de Langer, New York: A Harvest Book, Harcourt, INC. , 2000, p. 4.

死那些拒绝归化其信仰的犹太人。[1] 而北方犹太人与南方犹太人之间的关系，正像门德尔松-茅兹所说：缺乏合作，相互猜疑，疏远，仇恨和恐惧。[2]

犹太文化内部之间的冲突主要体现在塞法尔迪犹太人和阿什肯纳兹犹太人之间在道德、习俗、婚姻观念与文化习俗等诸多方面的冲突。首先，促使一队人马漂洋过海从北非前往法国的契机是本·阿塔尔的侄子阿布拉菲亚娶了阿什肯纳兹犹太女子埃斯特-米娜，米娜在充满书卷气的氛围中长大，把北非犹太人依旧延续的一夫多妻制度视为陋习，因丈夫的叔叔娶了两个妻子，她便要求丈夫与家族断绝来往。在犹太传统中，一夫多妻制古已有之，《圣经》中的亚伯拉罕、雅各都拥有不止一位妻子。而雅各在舅舅拉班家中先效力七年娶了利亚，之后又效力七年娶了自己深爱的拉结成为《圣经》中一段著名的爱情叙事佳话。在《塔木德》律法中，对一夫多妻制采取认可但不鼓励的态度。《塔木德》中有"男人愿意娶多少妻子就可以娶多少"的观点，但又说"不能超过四位"。尽管普通大众中流行一夫多妻，但并没有记载拉比曾经这样做过。[3] 也就是说，一夫多妻的制度虽然具有合法性，但并不值得提倡。而从历史上看，第二圣殿时期便有记载说犹太人已经居住在北非，其祖先甚至有一小部分就是巴比伦囚房时期的犹太人。当波斯王居鲁士特赦犹太人允许他们回归故土之际，北非犹太人或因为身处偏远之地，未得到消息；或者自己选择不愿意离开居住国。这样一来，他们更容易保存本民族传统的文化习俗。[4] 另外，北非犹太人与阿拉伯人相互影响，这种一夫多妻的风俗习惯在其所生活的阿拉伯国家中司空见惯，因此摩洛哥犹太人便把《塔木德》律法与当地允许重婚，甚至

① A. B. Yehoshua, *A Journey to the End of the Millennium*, trans. Nicholas de Langer, New York：A Harvest Book, Harcourt, INC., 2000, p. 243.

② Adia Mendelson-Maoz, "The Question of Polygamy in Yehoshua's *A Journey to the End of the Millennium*：Two Moral Views—Two Jewish Cultures," in *Shofar*, Vol. 28, No. 1 (Fall 2009), pp. 15-31, p. 18.

③ https：//www.britannica.com/biography/Gershom – ben – Judah, accessed December 12, 2019.
〔美〕亚伯拉罕·科恩：《大众塔木德》，盖逊译，傅有德校，山东大学出版社，2014，第162页。

④ Glenda Abramson, *Sites of Jewish Memory: Jews in and from Islamic Lands in Modern Times*, London：Routledge, p. 4.

一夫多妻的传统与习俗结合起来。① 在这种语境中，阿塔尔认为自己在生意成功之际娶两个妻子天经地义。他这样做，并非因为喜新厌旧，而是认为自己有能力奉养两个家室。为证明自己娶二妻具有合理性，埃斯特-米娜的否定乃是错误，他决定采取公共审判途径。为此，专门聘请一位安达卢斯的拉比为他代言。

由此导致的两次审判表明法国犹太人逐渐认定一夫多妻制度必须禁止，故而坚定地支持埃斯特-米娜的主张。在第一次审判时，审判员们支持北非犹太人的陈述。小说第二部分的一个著名场景便是拉比以阿塔尔为例为一夫多妻制加以辩护。拉比首先引用《圣经》中先祖的例证，证明一夫多妻制的合法性。从亚伯拉罕、以撒、雅各到所罗门，从《创世记》到《申命记》，均表明一夫多妻的现象古已有之。《申命记》结尾处，甚至说"若人有二妻，一为所爱，一为所恶，所爱的、所恶的都给他生了儿子，但长子是所恶之妻生的"②，在财产分配上也不能把所爱之妻生的儿子立为长子。其次，拉比认为，从心理学角度考虑，男人的想象中均有一个理想女人的存在。最后，拉比认为阿塔尔本人就是个义人，与人为善，以平等的方式善待两个妻子。③ 拉比在维护一夫多妻制的同时，论证拥有两位妻子不但能使男人去爱，而且是保持其男性身份的基础：他必须在二者之间不断轮流，他需要更新男人的雄性特征，此外别无选择。这种大爱会给两个女人都带来快感。④ 而在第二场审判中，北非犹太人却以失败告终。原因在于，阿塔尔的第二位妻子在谈自己的婚姻感受时，希望女人能拥有整个丈夫。她这样说，并非像当今女权主义者那样维护女性权益。她深爱丈夫和丈夫的第一位妻子，只是认为人们不应该限定家庭内部的配偶方式。而北方犹太人反对一夫多妻制度，主要理由在于，无论一夫多妻，还是一

---

① Glenda Abramson, *Sites of Jewish Memory: Jews in and from Islamic Lands in Modern Times*, London：Routledge，p. 5.

② 参见《申命记》21：15。

③ A. B. Yehoshua, *A Journey to the End of the Millennium*, trans. Nicholas de Langer, New York：A Harvest Book，Harcourt，INC.，2000，pp. 133-134.

④ A. B. Yehoshua, *A Journey to the End of the Millennium*, trans. Nicholas de Langer, New York：A Harvest Book，Harcourt，INC.，2000，p. 242，p. 194.

妻多夫，都会动摇现有的家庭结构，因此必须加以废除。

恩格斯在《国家、私有制和家庭的起源》中曾经论证，传统的观念只知道有个体婚制，以及和它并存的一夫多妻制，至多还有一妻多夫制，同时，正如满口道德的庸人所应当做的那样，还把实践偷偷地但毫不知耻地逾越官方社会所定的界限这一事实隐瞒起来。① 从"多夫制""多妻制"状态到"成对配偶"实际上是人类文明的一个进步。在历史发展的特殊阶段，当南方的北非犹太人以及他们所生存的阿拉伯区域仍旧保持着原始的一夫多妻制度时，北方的法国犹太人已经接受了当地欧洲人"成对配偶"的方式。素有"流亡之光"之称的德国犹太拉比格肖姆·本-耶胡达（Gershom Ben-Yehuda）就在犹太会堂辩论中明确主张要禁止犹太人重婚。② 法国犹太人坚定反对一夫多妻的原因并非像一些评论家所言在于两大群体持有不同的道德观念，进而给小说加上反映道德问题的标签，③ 而是表明法国犹太人对北非犹太人的生活方式，或者北非犹太人共同体的否定与排斥。这一历史冲突实际上是对流散地犹太人身份的再度寻找，表明大流散中犹太人的身份飘忽不定，具有不同的表现形式。同时，北非犹太人与法国犹太人也反映了强有力的想象中的共同体和实质上的共同体。《千禧年末的旅行》中的两大犹太群体拥有不同的生活方式、道德水准、宗教实践和行为准则，也是阿拉伯世界犹太人和基督教世界犹太人身份的一种再现。约书亚在谈到家庭内部关系时就提到，在家庭关系中，爱与相互依赖非常典型，而道德平等变得微妙，复杂，而且经常是痛苦的。④ 在《千禧年末的旅行》中，法国犹太人已经接受了一夫一妻制，而北非犹太人仍然维持一夫多妻制，二者之间的冲突并非道德冲突，而是文化冲突。

---

① 〔德〕弗里德里希·恩格斯：《家庭、私有制和国家的起源》，人民出版社，2018，第31页。

② Bernard Horn, *Facing the Fires: Conversations with A. B. Yehoshua*, Syracuse：Syracuse University Press，1997，p.160.

③ Adia Mendelson-Maoz, "The Question of Polygamy in Yehoshua's *A Journey to the End of the Millennium*：Two Moral Views—Two Jewish Cultures," in *Shofar*, Vol.28, No.1（Fall 2009），pp.15-31，p.27.

④ Gilead Morahg, "Testing Tolerance：Cultural Diversity and National Unity in A. B. Yehoshua's *A Journey to the End of the Millennium*," in *Prooftexts*, Vol.19, No.3（September 1999），p.241.

北非犹太人与巴黎亲戚的相遇象征着塞法尔迪犹太文化与阿什肯纳兹犹太文化、东方文化与西方文化之间的交汇，而矛盾就此衍生出来。伴随着他们经历海上航行来到巴黎外围，两种文化开始交锋，并体现出难以调和的冲突。具体而言，阿塔尔的两个妻子光彩照人，且十分性感；而阿布拉菲亚的妻子则相形见绌，进而象征性地表现出两种文化的内在生命力。家庭成员之间的相聚并非只意味着生意场上的个体合作，而且预示着两大犹太共同体之间的交往。①从历史上看，北非的阿拉伯人一度与犹太人交好，对犹太人十分宽容。犹太人在政治、经济、文化方面均取得了很高的成就；在这种宽松的社会环境里，犹太人拥有自信心和优越感，将巴黎视为遥远而渺小的所在。与之相对，欧洲的犹太文化在第一个千禧年仍然是行省文化，显得落后和保守。犹如他们所处的地理环境，北非犹太人沐浴在金色的阳光下，充满活力；而法国犹太人则生活在相对贫穷而阴郁的世界里，自我封闭，自信心不足。北非犹太人对于其他宗教信仰持包容态度，就像阿塔尔及同行者虽然信仰不同，但能够彼此接受；而法国犹太人则与他者隔离，对人十分严苛。这两大族群之间可以因距离而分离，但是也可以因同是犹太人、拥有共同属性而结合在一起。安达卢斯拉比一直希望北非犹太人和法国犹太人能够彼此宽容，相互尊重彼此的文化差异。阿塔尔必须在选择合作伙伴与恪守北非传统的犹太生活方式上做出抉择。但就在此时，他的第二位妻子因病去世，阿塔尔决定把爱妻的遗体运回巴黎安葬，以便证明自己是一个称职的合作伙伴。

尽管北非拉比、主人公阿塔尔竭力维护一夫多妻制度，尽管阿塔尔的妻子在承担婚姻角色时尽量做得贤淑、完美，但是我们依旧能够感受到一夫多妻制度对女性的伤害，在貌似平等的羽翼之下隐含着对女性权益的践踏。在小说中，阿塔尔的两个妻子平日几乎没有发声，任由丈夫从一个她走向另一个她。小说首先详细描写的是第二位妻子在漫漫长夜中等待阿塔尔从第一位妻子那里归来，而翘首盼来的丈夫主要关心的却是因娶她而陷于困境的生意。在很多情

---

① Gilead Morahg，"Testing Tolerance：Cultural Diversity and National Unity of A. B. Yehoshua's *A Journey to the End of the Millennium*，" in *Prooftexts*，Vol. 19，No. 3（September 1999），p. 237.

况下，妻子们是在哭泣中渴望、期待他施舍爱。第二位妻子勇敢地表达自己不愿只做一个复制品，正是因为她的表达，促使巴黎的法官深切领会了一夫多妻制的弊端，对其强烈予以禁止。中世纪南北或者东西两个犹太共同体之间的矛盾实际上也映射出当今以色列社会阿什肯纳兹犹太人和塞法尔迪犹太人两大群体之间的冲突，换句话说，犹太人在第一个千禧年面临的问题在第二个千禧年依然存在。

回顾以色列文学传统，以色列建国以来的希伯文学以阿什肯纳兹作家为主体，中国读者所熟悉的奥兹、格罗斯曼和沙莱夫都是阿什肯纳兹犹太人，也就是说他们的父辈或祖辈具有欧洲根基。他们大多站在阿什肯纳兹犹太人的立场来观察并反映以色列国家的建构与意识形态。而他们的前辈作家大多数是来自东欧的犹太人。作为理想主义者，这些作家着力反映东欧犹太社区或犹太村庄的生活，追寻流散地的犹太传统，但是鲜少有人关注根基深厚的塞法尔迪犹太人。在文学传承上，以色列 20 世纪 60~80 年代的作家不是从其父辈，或叔伯辈的文学创作中汲取营养，而把目光投向祖辈，具体地说，即阿格农、布伦纳、格尼辛。换句话说，作为塞法尔迪出身的作家，约书亚没有关注阿什肯纳兹作家的同代人、本族作家耶胡达·伯尔拉和伊扎克·沙米，借鉴他们的文学范式，反而去借鉴阿什肯纳兹犹太作家阿格农的书写技巧。也就是说，父辈文学并没有为其提供基本的角色模式，而他本人在创作中也往往采取反父辈的模式，如约书亚的《情人》。

如果说《千禧年末的旅程》再现的是中世纪阿什肯纳兹犹太人与塞法尔迪犹太人之间的冲突，那么另一部作品《五季》则集中展现了当下以色列东方犹太人与西方犹太人的矛盾。《五季》的希伯来语原名为"摩尔克"，所表现的是东方犹太人主题。摩尔克本是 16 世纪犹太教神秘哲学家、假救世主，其布道令人充满了对救赎的渴望，东方犹太人后来喜欢用摩尔克做名字，小说主人公摩尔克就是这样一个东方犹太人。他出生在耶路撒冷，是一个东方犹太人之家的唯一延续家庭血脉的人，时年 51 岁。妻子则是位出生于德国的知识分子，标准的阿什肯纳兹犹太人，为人诚实，挑剔，从不满足，忍受了七年的癌症病痛，刚刚离开人间，留下三个孩子。这一系列描写反映出作品不单纯表现夫妻关系，透过夫妻生活还透露出东方犹太人与西方犹太人之间的关系。

约书亚在这部作品中，探讨了欧洲犹太人对东方犹太文化的影响与遮蔽。欧洲犹太人接受过文明的熏陶，举止优雅，怀着傲慢与偏见，将自己的文化灌输到整个以色列社会，这种高雅文化给东方犹太人带来了莫大压力与挫败感。摩尔克的生活本身便形象地体现出这种挫败。摩尔克的妻子出身于一个欧洲犹太人之家，和母亲一起接受德国二战时期赔款，显然这是经历大屠杀与种族灭绝的一代人。妻子虽然很健谈，但平时吃饭时家人之间话并不多。妻子经常说的则是："没有我，你们就会像动物一样饕餮。"① 一句话，道出西方犹太人与东方犹太人生活方式与生活习俗的差异。在岳母家里，摩尔克的行为总是让人感到可笑。摩尔克对岳母的知书达礼和温文尔雅的风度佩服得五体投地，直到岳母去世，他才摒弃了自卑心理，从心底里把她当成"妻子的母亲"。

而摩尔克的母亲则同这位欧洲老太太形成鲜明反差。她外表粗笨，不谙世事，谈论的话题比较粗俗。她尽管有许多亲朋好友，但总是在儿媳和亲家母面前感到自卑，她希望儿子最终能够找到一个门当户对的人，这样就不至于委曲求全，过于改变自己。摩尔克为妻子牺牲了自己的尊严，甚至影响到工作与前程，即使在妻子离开人世前，他还在努力适应她的生存方式与生活习惯。在以色列，许多东方犹太人就像摩尔克一样，期盼着融入欧洲文化，但忽略了争取人格平等的重要性。摩尔克试图通过婚姻实现皈依欧洲文化的心愿，但失去了自我，失去了最起码的人格尊严。他逐渐体会到东方犹太人想融入欧洲文化的艰难，不得不承认，作为塞法尔迪犹太人的后裔，欧洲对他来说依旧很陌生。直到妻子去世，他才从沉重的责任感中摆脱出来，获得新的自由。

小说共分秋、冬、春、夏、秋五章，随季节的变化更替而展开故事情节。第二季和第五季的背景置于国外，其他季节的背景置于以色列。在每一季节中，都要有摩尔克和女性之间一段注定要失败的关系。其中一个重要原因便是他始终对妻子以及孕育妻子成长的欧洲文化念念不忘。妻子就像阴影徘徊在其

---

① A. B. Yehoshua, *Five Seasons*, trans. Hillel Halkin, London: Halban Publishers Ltd., 2005, p. 49.

日后的情感生活里。秋季，与摩尔克妻子和她的死有关；冬季，摩尔克抵达巴黎和柏林。在巴黎，他借宿在妻子的表妹家。两姐妹之间的相像使他心中无限酸楚。继之，他从巴黎飞往西柏林，那是妻子出生之地。想到妻子在这座城市度过其生命的最初六年他不免露出微笑。而这也是他不确定能够与一同出差的海法办公室的法律顾问发生一夜情的重要原因。在他们相处的时刻，法律顾问总是渴望倾听他妻子的故事，而他则以照顾妻子的方式照顾受伤的法律顾问。但是，法律顾问清醒地意识到是摩尔克一点点杀害了自己的妻子。这种伤害当然不是在肉体上伤害她，而是在精神上消磨她。春季，他接触到来自远方加利利村庄学校的一个 11 岁女孩，甚至爱上了她，这一点在后文中有所交代。① 那是一个印度家庭的孩子，通过与她父亲的谈话，展现了居住在以色列北部的北非犹太人和印度犹太人的历史与现状。由于战争，那里的村庄遭到毁坏。摩尔克再次想到妻子，因为妻子坚决反对以色列与叙利亚交战。如今，尽管战争已经结束，但战争创伤尚未平复。而且，与印度人一起在卫生条件不好的小餐馆就餐，他又不禁联想到妻子的生活习惯。在巴黎和西柏林，犹太人的休闲方式是去享受音乐，而在以色列的加利利，东方犹太人依然过着犹太移民生活。这种对比进一步凸显了东方犹太人与西方犹太人的差异。夏季，他在耶路撒冷遇到自己青年运动时期的辅导员，又在辅导员家里见到他的妻子，即自己的老同学雅艾拉。雅艾拉应该就是他高中时期的梦中情人，这位老同学生活在正统派犹太人的世界。辛苦照顾妻子，以及妻子去世后情感上的熬煎是他与老同学交谈中的一个重要话题。后来，雅艾拉有到海法和他单独相处的机会。尽管他十分渴望，但他们之间什么也没有发生。雅艾拉给他们做好食物，与丈夫重新回到正统派犹太人的世界里。摩尔克竟然教训起站在厨房吃冷饭的幼子，要他吃东西时别像动物那样，而是要文明。② 可见，妻子所代表的德国生活方式已经对他产生了根深蒂固的影响。第二个秋季，他已经开始准备重新去爱，组建新

① A. B. Yehoshua, *Five Seasons*, trans. Hillel Halkin, London：Halban Publishers Ltd.，2005，p. 206.

② A. B. Yehoshua, *Five Seasons*, trans. Hillel Halkin, London：Halban Publishers Ltd.，2005，p. 254.

的家庭。而此时，岳母安排他陪同岳母朋友的女儿，一位俄罗斯新移民去往德国，后者此行的目的是逃回俄罗斯。当摩尔克孤身返回以色列后，岳母已经处于弥留之际。此时的他，有一种如释重负之感，即使想到妻子，也不再有什么感觉。也许，此刻他真正得到了解脱。可以说，在与这五个女子的交往中，摩尔克从来没有感受到爱。而在作家约书亚看来，男人需要爱。

小说在时间跨度上从一个秋天延伸到另一个秋天。在第一个秋天以摩尔克夫人之死开篇，在第二个秋天则以岳母之死收尾。小说虽然主要展示的是摩尔克与其妻子、岳母和母亲的关系，但是不仅仅局限于家庭关系内部，而是通过他与家庭外部人员的关系折射出某一群体的心理特征。小说中的人物主要分为两大群体：一是以他妻子、岳母、海法法律顾问为代表的欧洲犹太人；二是由他本人、他的母亲和子女、加利利犹太村庄居民所代表的东方犹太人。欧洲文化在向东方传播的过程中不但帮助欧洲犹太人认清他们自己在这一地区的身份，更为重要的是，削弱了东方犹太人的民族文化。东方犹太人让各种各样的教育、生活方式、新习惯搞得眼花缭乱，无比困惑。久而久之他们失去了自己的身份，逐渐将自己弱小且低人一等的理念内在化。<sup>①</sup> 从这个意义上说，约书亚的《五季》通过身份差异实质上反映了东西方犹太文明之间不可调和的文化冲突。

## 第四节　伊朗犹太人叙事

父母来自伊朗的多莉特·拉宾雅恩（Dorit Rabinyan）是以色列一位杰出的女作家。她用带有波斯文化元素的希伯来语和独特的叙事方式揭开了以色列一个特殊族裔群体——伊朗犹太人的面纱。这一族裔群体在以色列政治版图多年处于边缘化地位，在中国的学界更是鲜少得到关注。

---

① Moshe Behar and Zvi Ben-Dor Benite, eds., *Modern Middle Eastern Jewish Thought: Writings on Identity, Politics, and Culture, 1893-1958*, Waltham: Brandeis University Press, 2013, pp. 88-89.

## 一　以色列的伊朗犹太人

以色列的伊朗犹太人指从伊朗移民到以色列的犹太人及其后裔，这一群体在伊朗拥有悠久的历史，甚至可以上溯到公元前 6 世纪居鲁士大帝征服巴比伦时期。《圣经》中的《以斯帖记》写的就是波斯宫廷内部犹太人争取生存的故事。尽管时至目前，尚未有考古与历史研究证明位于伊朗哈马丹神龛里的墓确属以斯帖;[①] 但是，学界一般认为犹太人从那个时代起就生活在波斯，即后来的伊朗。

伊朗犹太人与以色列国家的关联要追溯到 20 世纪上半叶，当时的犹太复国主义运动也在伊朗产生了影响，伊朗的犹太复国主义组织几经沉浮，在 20 世纪 40 年代达到其黄金时代。[②] 以色列建国这一历史事件在相当程度上促成伊朗犹太人在 1948 年后移民以色列。按照统计，早在 1948~1951 年，便有 2.4 万多名伊朗犹太人移民以色列，1951~1955 年又有 2.7 万多人移民以色列，此外还有一些伊朗犹太人从伊拉克转道移民以色列。1958~1968 年有大约 1.6 万名伊朗犹太人移民以色列，1968~1978 年又有另外 9000 人移民以色列。新的移民高峰出现在 1979 年伊朗革命之后。1979 年，大约 2 万名犹太人离开伊朗，一部分人移民到以色列，还有相当一部分移居美国和其他国家。[③]

拉宾雅恩的父母便是在 20 世纪 50 年代之初抵达以色列的第一代伊朗犹太移民，定居在特拉维夫附近的卡法萨巴（Kfar Saba）。与其他移民到以色列的东方犹太群体类似，多数第一代伊朗犹太移民没有接受过良好教育，专业人士所占比重较小，无疑也遭受到欧洲犹太人的歧视。况且，他们使用波斯语，与使用希伯来语的本土以色列人交流非常困难，与来自其他中东国家讲阿拉伯语的犹太人的交流也有障碍。加之，他们在犹太国家也被要求抛弃其文化价值与

---

① Houman Sarshar, ed., *Esther's Children: A Portrait of Iranian Jews*, Philadelphia: The Jewish Publication Society, 2002, p. 21.

② Avi Davidi, "Zionist Activities in Twentieth-Century Iran," in Houman Sarshar, ed., *Esther's Children: A Portrait of Iranian Jews*, Philadelphia: The Jewish Publication Society, 2002, pp. 247-256.

③ Alessansra Cecolin, *Iranian Jews in Israel*, London, New York: I. B. Tauris, 2016, pp. 126-135.

习惯，以便接受一种新型的以色列身份。类似的文化歧视令伊朗犹太人非常挫败，他们消极抵抗国家政策，主动与社会隔离，自我边缘化，有些人甚至决定重新回到伊朗。据不完全统计，1948~1953 年，有大约 7% 的伊朗犹太人决定重回伊朗。①

但是，伴随着下一代在以色列出生（我们将其称为伊朗裔犹太人），伊朗犹太人与欧洲犹太人之间的文化障碍逐渐得到缓解。伊朗裔犹太人通过在以色列接受教育和服兵役等举措，适应了以色列的生存环境，能够教父母如何做以色列人。父母为了更好地与子女沟通，也去学习希伯来语和犹太复国主义理念。② 在渐趋适应并融入以色列文化和社会生活的过程中，也有一些伊朗犹太人在以色列政治生活中担任了要职。比如 1957 年随家人移民以色列的莫法兹（Shaul Mofaz），相继担任过以色列国防部部长、交通部部长和副总理。1951年随家人移民以色列的卡察夫（Moshe Katsav）曾经担任以色列第八届总统。当然，伊斯兰革命之后移民以色列的伊朗犹太人同样面临着融入以色列社会政治与经济生活的困难，他们对以色列的社会文化与经济情势抱有一定的期待，而以色列又不符合这种期待，③ 因此矛盾仍然在继续。

## 二 拉宾雅恩与《爱的边境》

拉宾雅恩属于第二代伊朗犹太人，即伊朗裔犹太人。她出生于 1972 年，在以色列接受教育、参军、担任新闻记者等。从二十几岁就开始尝试文学创作，与其他第二代东方裔犹太作家不同，拉宾雅恩没有直接把流散地语言，具体地说是波斯语直接转换成希伯来语，而是继承了波斯语中的某些文化元素，如韵律、乐感等，将其转换成地道的希伯来语，创造了别具一格的表达方式。其处女作《波斯新娘》（*Persian Brides*，1995）以祖母的故事为蓝本，揭示了伊朗某古老犹太社区童婚制对女性的戕害。小说背景置于二战前夕一个虚构的波斯小村庄，这个小村庄犹太社区的日常生活几乎数个世纪没有改变。像如今

① Alessansra Cecolin, *Iranian Jews in Israel*, London, New York：I. B. Tauris, 2016, pp. 126-135.

② Alessansra Cecolin, *Iranian Jews in Israel*, London, New York：I. B. Tauris, 2016, p. 135.

③ Alessansra Cecolin, *Iranian Jews in Israel*, London, New York：I. B. Tauris, 2016, p. 147.

世界上许多地方一样，那里的家庭荣耀靠女人来维系，要确保女孩的童贞，在她们年幼时将其送上婚床。小说中心故事围绕 11 岁的娜洁和 15 岁的弗劳拉两个小姑娘两天的生活经历展开。娜洁和表兄定亲，按照规定，她不能在经期初潮前结婚，但后来又得到可以立即举行婚礼的特批。孤儿弗劳拉婚后怀孕，可身为商人的丈夫长期外出，且没有返回之意，苦苦思念丈夫的她拖着笨重的身子前去寻夫。其第二部长篇小说《我们的婚礼》的背景转换到当代以色列，反映的是移民以色列的伊朗犹太人所面临的生存境遇，尤其是负载着古老文化传统的移民能否完成身份重塑融入以色列社会的问题。

第三部长篇小说《爱的边境》（*Borderlife*，2014）则触及中国读者所关心的巴以问题，揭示出当代以色列语境中不同族裔群体的命运。《爱的边境》的情节源自拉宾雅恩的个人生活经历。2002 年 11 月，身为富布赖特基金得主的拉宾雅恩在纽约结识了巴勒斯坦艺术家哈桑·胡拉尼（Hassan Hourani），并与之相恋。胡拉尼 1974 年出生在位于约旦河西岸的希伯伦，曾经就读于伊拉克的巴格达艺术学院。2001 年到纽约举办画展，后在纽约继续学画，画画，2003 年回约旦河西岸探亲，在一次旅游时途经多年未曾见到的地中海，下海游泳时溺水身亡。拉宾雅恩悲痛之余，搁置自己撰写了一半的作品，耗时多日记载他和胡拉尼的爱情经历，这便是人们今天读到的长篇小说《爱的边境》。

小说以其独创性一举夺得当年的伯恩斯坦奖，引起了以色列读者的广泛关注。2014 年 7 月，为躲避来自加沙的炸弹袭击，以色列人在防弹掩体中阅读这部作品，对未来充满希望。后来，小说入选以色列公立学校阅读书目，目的是要让年轻一代更好地了解巴勒斯坦人。但在 2015 年，以色列文化部认为这部反映以色列犹太人与巴勒斯坦阿拉伯人爱情的作品会变相鼓励犹太人与非犹太人之间的跨种族婚姻，命令将此书从中学生阅读书目中删除。以色列文化部部长甚至公开宣称拉宾雅恩是民族的敌人，作家本人也遭受到生命威胁。这一禁令把一部文学作品转化为政治宣言，在以色列引起轩然大波。以色列文豪奥兹、约书亚、格罗斯曼和沙莱夫纷纷表示抗议，支持拉宾雅恩。在某种程度上，以色列文化部的禁令反而推动了《爱的边境》的销售，使之在中东和欧美得到广泛接受，很快便被翻译成 17 种语言，《纽约时报》头版刊载了书评。

面对舆论压力，以色列文化部不得不放松禁令，允许一些教育工作者讲授《爱的边境》。2019 年，小说被以色列超级影星、曾被《时代》周刊列为世界百名最有影响的导演加多特（Gal Gadot-Varsan）拍成电影。

小说名字的希伯来文为"Gader Haya"，字面含义为"树篱"或"藩篱"。这道藩篱既是政治边界，又是身份边界。① 现实版的拉宾雅恩与胡拉尼的经历在小说中以女主人公、来自特拉维夫的犹太女子丽雅特和巴勒斯坦男友哈米的情感故事呈现出来，他们所面临的问题、冲突、困境与死结喻示着地缘文化政治中的种种复杂性。

小说开篇便向读者展现出全球化背景下以色列伊朗裔犹太人与巴勒斯坦阿拉伯人的身份困境。作家原型，即女主人公丽雅特居住在纽约朋友的房子里，在那里攻读翻译学。两位来自联邦调查局的成员例行公事，对她进行盘问。伊朗犹太移民后裔的身份显然引起联邦调查局警员的特殊"兴趣"。

"那你的亲戚还有住在伊朗的吗？"

"没有，"我答道，这场对话的新方向使我逐步获得了信心，"他们都移民去了以色列，都成了以色列公民，自从——"

"那你自己呢？你最近去过伊朗吗？"

"完全没有。"

"你也许去那里旅行过，"他再次尝试，"去寻寻根之类的？"

"如果你说这个的话，伊朗并不是一个绝佳的去处，"我向我的护照伸了下头，"他们也许会让我入境，但我不确定我能出来。"

他喜欢我的回答。他带着一丝丝微笑看着我的护照，把它翻回他用手指卡住的那页。②

寥寥数语，透视出在美国这样与伊朗敌对的国家内主人公伊朗犹太移民后

---

① Dorit Rabinyan, "Jewish Women's Archive," https：// jwa. org, accessed January 21, 2022. 笔者参考了《爱的边境》中译本，但在书名和作家名的翻译上有所改动，下同，不另注。

② 〔以〕朵莉·拉宾雅：《爱的边境》，杨柳婧译，浙江人民出版社，2018，第 10 页。

裔的身份显然非常敏感，他们被怀疑的概率往往大于本土以色列犹太人。遭受盘查的原因则是她这个外表看去极为中东化的女子因在咖啡馆写作而遭人举报，举报者凭主观断定她是在用阿拉伯语写作。由此让人感受到"9·11"之后整个纽约城弥漫着一种紧张的气氛。而与伊朗基本上割断联系，且巧妙地说出与伊朗势不两立的政治立场在某种程度上为其赢得了安全感。

耐人寻味的是，随着情节的发展，来自以色列的女主人公真与巴勒斯坦阿拉伯人建立了亲密关系，这便是构成小说中心情节的爱情故事。与之相恋的哈米1999年持艺术家签证来到纽约，与一位黎巴嫩女子合租一套公寓，女子前去法国与男友相聚后，他便独自住在那里，经常被错认为巴西人、古巴人、西班牙人，甚至以色列人。也就是说，这是一位尚未功成名就的艺术家。身为巴勒斯坦阿拉伯人，他很难凭借艺术才华在美国获得成功。就这样，在纽约这个大都市，两个来自异乡的边缘人暂时忽略了民族之间的敌对界限，迅速地走到了一起。

但是，仅凭爱情无法跨越横亘在他们中间的界限。丽雅特出生在特拉维夫，那是一座海滨城市，拥有世界上最漂亮的海滩之一。丽雅特曾经与前任男友住在特拉维夫海边公寓，终日享受地中海的日出日落，潮涨潮汐，曾经获得高级潜水证，在沙姆沙伊赫自由自在地潜水。而哈米这个在希伯伦长大的孩子，不会开车，不会游泳，不会放枪。如果说不会放枪表明他并非恐怖分子，丽雅特这个犹太女子可以放心与之交往的话，那么不会游泳，不会开车，在以色列人眼中却显得不可思议，表明他与现代年轻人的生活格格不入。二人之间的反差实际上暗含着以色列封锁占领地的现实。据哈米自述，他有生以来通过以色列国防军的重重封锁与道道关卡才见过三次大海，即加沙那片海域，他向往有朝一日加沙的海能变成大家的海，然后他们（他与丽雅特）"一起"学会在里面游泳。字里行间其实蕴藉着一个巴勒斯坦阿拉伯人对和平的向往，以及与以色列犹太人平等生活的美好愿望。而不太热衷于政治的以色列女主人公丽雅特，却难以理解"一起"的含义，或者说对其用法并不十分敏感，因此也预示着这对异族情侣之间的隔膜，二者之间隔着一道难以跨越的文化屏障，也可以说政治鸿沟。同时表明，在以色列这个犹太国家内，伊朗犹太人尽管经历了融入以色列社会的痛苦，但是他们仍旧是犹太人，拥有优于巴勒斯坦阿拉伯人的社会地位。

哈米的愿望是生活在海边，但是因为以色列占领了加沙地带，哈米只能屈居在杰里科附近的一个小村落。相比其他居住在约旦河西岸的巴勒斯坦阿拉伯人，哈米生活在一个中产阶级家庭。家里既有现代化的陈设，也有阿拉伯特色装饰。但是，每当女主人公想起将来要与这些人同住，就不免谴责自己是一个逾界的犹太女人。正是因为这种自责，她从来没有勇气向父母坦言与哈米的爱情，给姐姐也造成他们在一起不过是鱼水之欢的印象。相反，她与自己的同胞，尤其是伊朗犹太人相聚时却十分自如、轻松、惬意。在此，作者却另辟蹊径，用简洁的笔法为我们展现了伊朗犹太人在美国的生活，尤其是与友人乔伊一家共度琐罗亚斯德教新年场景。乔伊的父母曾经是美国驻德黑兰的外交官，前来参加聚会的多是乔伊在德黑兰和美国学校念书时的老朋友。她在美国的伊朗犹太人当中找到了归属感。与几位阿拉伯年轻人相比，这些伊朗裔犹太青年似乎显得更为开明。他们在节日宴上宣称：今晚我们都是兄弟。没有基督徒、阿拉伯人，或者犹太人。① 但是，在丽雅特的内心深处，她尽管与哈米彼此深爱，却总是认为一切将转瞬即逝，等她离开美国回到以色列，她便和哈米告别，回到之前的生活中。这种爱在当下的理念使得两个年轻人之间时而会相互折磨，相互伤害，最典型的例子便是丽雅特驱车带哈米从朋友家中返回波士顿途中二人形同陌路的敌对情境。

以色列犹太人的异族通婚不仅是个社会现象，而且触及他们惧怕失去中东身份的核心问题。② 丽雅特在与巴勒斯坦男友哈米交往时其实已经心怀模糊国族界限的恐惧，担心有朝一日其犹太身份会融入哈米的巴勒斯坦身份之中，害怕自己的犹太身份被吞噬。尽管她有意告诫自己，哈米代表的是个人，而不是巴勒斯坦阿拉伯人。与哈米开始交往时，充斥在她脑海里的是从以色列宗教电台——以色列国家新闻台播放的消息，称以色列每年都有年轻的犹太女孩被引

---

① 〔以〕大卫·格罗斯曼：《第一个二十年》，钟志清译，《世界文学》1999 年第 2 期，第 211 页。

② Marilyn Cooper, "Who's Afraid of Dorit Rabinyan? A Proud Zionist, a Tragic Romance and a Banned Book," https://momentmag.com/whos-afraid-dorit-rabinyan/, accessed January 25, 2022.

诱叛依伊斯兰教，嫁给绑架他们的阿拉伯男人，还被带到乡村，被毒害，被殴打，和她们的孩子们一起挨饿，被像奴隶一样绑缚。以色列宗教电台哀叹这些"以色列的女儿"是"迷失了的灵魂"。这类联想一方面表明现实生活中阿以两个民族通婚，尤其是犹太女子嫁给阿拉伯男子没有幸福可言，在以色列社会得不到认可与祝福；另一方面，也表明她本人对与哈米的深入交往心怀恐惧。

从社会学层面看，近年的学术研究表明，以色列已经出现犹太民族与阿拉伯民族年轻人之间的通婚现象。这些异族通婚的家庭成员跨越了集体标准与象征的界限，多因爱情而联姻，但是难以完全逾越以种族、阶级、民族、宗教为基础的集体身份鸿沟与社会秩序，进而暴露出种种问题。[①] 而犹太女子与阿拉伯男人之间的恋爱，或者通婚，则更让以色列国家深怀恐惧。按照以色列回归法，犹太母亲生下的子女即为犹太人，因此，犹太女子一旦嫁给阿拉伯男子，其后代无疑会成为犹太人，长此以往，甚至会对犹太种族形成一种威胁。就像拉宾雅恩的好友雅艾拉所说，即使在纽约，犹太女人与阿拉伯男子之间的亲密关系也会遭禁（taboo）。[②] 从统计学角度看，以色列境内的阿拉伯人以及巴勒斯坦人自然出生率增长极快，数十年后，犹太人将成为那片土地上的少数民族。对于年轻一代阿拉伯民族主义者来说，以色列归还"六日战争"时期占领的土地已经不再符合其期待，"两个国家"的概念也已经过时。他们把信念寄托在阿拉伯人的出生率上。其结果，就像以色列著名作家格罗斯曼早在20世纪80年代就曾预言的那样：世界历史的经验证明我们（犹太人）在这里竭力维持的这种状况不会长久。倘若持续下去，它将付出致命的代价。[③]

从心理学层面看，这种恐惧既来自对自身安全的不确定，也包括害怕自己会认同恋人拥有的巴勒斯坦人身份，这是犹太复国主义教育中经常重现的一个话题。丽雅特与巴勒斯坦恋人交往时的恐惧一直没有消逝，且夹杂着懊悔、警

---

① Sylvie Fogiel-Bijaoui, "A Rising Tide? Mixed Families in Israel," in *Journal of Israeli History: Politics, Society, Culture*, Volume 36, Issue 2 (2017), https://www.tandfonline.com/doi/full/10.1080/13531042.2017.1555935, accessed January 25, 2022.

② Dorit Rabinyan, "The Day Israel Banned My Book from Schools," https://time.com/4754208/all-the-rivers-dorit-rabinyan-book-ban/, accessed January 25, 2022.

③ 〔以〕大卫·格罗斯曼：《第一个二十年》，钟志清译，《世界文学》1999年第2期，第124页。

觉，这种懊悔与警觉并非出自女子对爱情的不安全感，而是来自民族立场与身份政治。丽雅特非常留心哈米用阿拉伯语与亲朋在电话中交谈时是否使用"以色列人"和"犹太人"之类的字眼。甚至当告诉对方每个士兵在服兵役时期都会得到一部《圣经》时有种奇怪的背叛感，像是把机密情报交给了敌军。①

两人关于国族的第一次争论由《圣经》引起，当年 18 岁的丽雅特在参军时把颤抖的右手放在《圣经》上，宣誓效忠以色列国家；哈米则称之为手持卡拉什尼科夫冲锋枪和《古兰经》，指责以色列用强大的军队对付平民。哈米盘问丽雅特是在哪年服兵役，进而将两人所代表的国族间的敌对推向一个小高潮，同时与现实生活中的巴以冲突建构起联系。当年，15 岁的哈米和几个阿拉伯男孩因在希伯伦涂鸦一面旗子遭到以色列士兵逮捕，被囚禁 4 个月；在遭到逮捕的那一刻，他看到几个以色列女兵。丽雅特在脑海里也浮现出与哈米擦肩而过的场景。换句话说，时空的转换使当年处于敌对方的二人融为一体。但现实中，约旦河西岸和加沙地带的巴勒斯坦孩童经常因为扔石子、涂鸦等行为而遭受以色列士兵的惩罚。表面看来，这是两个恋人之间的情感纠葛；实际上隐喻着两个民族之间不可调和的矛盾与争斗。没有国家与民族之间的和平共处，就没有个体之间的轻松交往。读到这里，我们再也无法相信这是发生在两个青年男女之间的爱情小说，而是将其视为展现两个敌对民族关系的国族叙事。

政治家们关于巴勒斯坦一片土地上能否建立两个国家的争论也成为情侣日常生活中不可回避的话题。哈米抱有双民族幻想。在他看来，巴以两个民族之间不可能施行公平的分割，无论是土地，还是水源都不可能公平分割，所有的河流最终都将流进同一片海域。就像风景与天空，同时属于两个民族。而丽雅特则坚决主张在巴勒斯坦土地上建立两个国家，只看重实际的和平条约和类似于"政治边界"和"国家主权"之类的术语。② 他们天真地试图说服对方，动摇对方的立场，或是毁掉那个立场。他们说教，引诱，一次又一次地陷入

---

① 〔以〕朵莉·拉宾雅：《爱的边境》，杨柳婧译，浙江人民出版社，2018，第 73 页。
② 〔以〕朵莉·拉宾雅：《爱的边境》，杨柳婧译，浙江人民出版社，2018，第 172~174 页。

那重复的、翻来覆去的、无用的争吵中，带着无数的叫喊和情绪，陷入绝望。①

如果说丽雅特与哈米之间的争论限于一对恋人交流，但关涉时下阿以民族问题的话；那么随着情节的演进，丽雅特与哈米家人及朋友在饭桌上的争论则更多地表现在民族之间的异议。哈米姐姐的朋友泽布拉对丽雅特在场感到不便，并不掩饰因其在场使用英语而感到心烦，她面带一丝微笑，高挑的眉毛里露出霸气，对丽雅特说："你现在是我们的一员了。"丝毫没有顾及对方所持有的政治立场和民族情感。而在聚餐接近尾声之际，哈米哥哥瓦西姆与丽雅特之间就以色列现在与未来面临的问题展开了激烈争论。瓦西姆在争论时语言犀利，态度傲慢，充满敌意与挖苦，认为回到 1967 年边界，乃至 1948 年以色列建国之前没有边界的历史当中同样不可逆，认为在不久的将来犹太人将成为那片土地上的少数群体。总体上看，丽雅特在阿拉伯人中是孤单的，缺乏生存基础。从这个意义上说，拉宾雅恩以敏锐的目光将巴以所面临的问题与挑战推向一个新的高度。换句话说，如果巴勒斯坦不能建国，其实对以色列也不乐观，引发的问题则是如果犹太人作为少数民族生活在阿拉伯人占多数的国家内，其安全系数如何？这些问题不知是否引起以色列右翼人士的深思？

两个年轻人的真挚情感能否跨越国族之间的敌对鸿沟，其实是本书一个悬而未决的话题。当哈米与丽雅特分别回到了拉马拉和特拉维夫，既是象征意义也是现实生活中巴勒斯坦与以色列的典型地理坐标之后，即使双方清楚这两个地理坐标之间没有交会，即使二人相距 40 公里，也不可能有机会见面，就像巴勒斯坦人与以色列人不可能坐下来一起共饮咖啡一样。抵达特拉维夫的丽雅特重新回到熟悉的生活秩序和老习惯中。尽管哈米打破僵局，主动给丽雅特打了电话。从丽雅特的哽咽中我们也可以看出她对哈米真情依旧。但是在哈米生活的拉马拉，1987 年第一次巴勒斯坦人起义时留下的痕迹随处可见，到处是废墟、武装、贫穷、绝望与疲惫。尤其是以色列正在约旦河西岸建造隔离墙，那是一堵灰色混凝土墙，蜿蜒远去，像一道丑陋的伤疤，把村庄和果园一分为

---

① 〔以〕朵莉·拉宾雅：《爱的边境》，杨柳婧译，浙江人民出版社，2018，第 172 页。

二。随着中东和平进程的搁浅，这道隔离墙其实预示巴勒斯坦与以色列之间的和平之路遥遥无期；也预示着生活在这个大背景下的青年恋人会被永远隔离，哈米永远不会有来到特拉维夫的可能性。当哈米和另外两个优秀的阿拉伯青年乘坐黑车避开以色列哨兵关卡来到雅法，投入大海怀抱时，却溺水而亡，将两人的爱情悲剧推向了高潮。

由此可见，以色列犹太女子与巴勒斯坦男子尽管在纽约这个异域空间真心相爱，但是回到以色列和约旦河西岸后，他们都有自己成长的土壤，受到文化传统和民族身份的制约，爱情能否使之相互融入对方的身份，形成第三种新身份，其实对他们双方而言都是一种巨大的挑战与矛盾。哈米之死无疑是解决或者淡化这种矛盾的一种方式。换句话说，即使哈米没有死去，男女主人公想要真正战胜横亘在他们面前的藩篱，超越来自自身、家庭、社会、民族的种种压力，赢得幸福的爱情，也是十分艰难的。

## 第五节　埃及犹太人叙事

### 一　玛塔龙与埃及犹太人的记忆

2017 年与 2018 年之交，希伯来文学界相继折损三员大匠，用时任希伯来文学翻译学院院长尼莉·科恩（Nilli Cohen）的话说"经历了一场悲剧"。先是女作家娜娃·塞梅尔与罗妮特·玛塔龙（Ronit Matalon）分别在 2017 年 12 月初与 12 月末因患癌症离世，继之便是享有国际声誉的阿哈龙·阿佩费尔德在 2018 年新年过后驾鹤西归。致力于撰写大屠杀与第二代体验的阿佩费尔德与娜娃·塞梅尔过去已经不同程度地被介绍到中国，并引起了评论界关注；但罗妮特·玛塔龙无论对中国学界还是读者来说都十分陌生，而她所致力描写的以色列埃及犹太人的境遇，尤其是埃及女性生存的困境，非常独特，在希伯来文学史上具有开创意义。

#### （一）以色列的埃及犹太人

在以色列的东方犹太人群体中，埃及犹太人尤为引人注目。他们拥有东方犹太人的共同特征，这些特征包括：他们来自中东，多数人在宗教共同体传统上属于塞法尔迪犹太人，即以往学界所说的西班牙裔犹太人的后裔；他们或者讲阿拉伯语，或者讲法语，或者可以熟练运用两种语言。然而，埃及犹太人本质上不同于来自其他国家的塞法尔迪犹太人。在塞法尔迪犹太人之外，埃及犹太人中还有一少部分阿什肯纳兹犹太人。国内学界对埃及犹太人时至目前关注不多，只有张倩红教授指导的陈梦娇的硕士学位论文《20 世纪埃及犹太社团研究》（2019）从埃及犹太人的政治参与、经济活动、犹太社团的教育和文化活动、埃及反犹势力的兴起等角度对 20 世纪埃及犹太社团的发展及衰落情况进行了较为详尽的探讨。

犹太人与埃及曾结下不解之缘。根据《圣经》记载，早在远古时代，犹太人先祖亚伯拉罕曾在灾荒之年投奔埃及，雅各之子约瑟曾长期生活在埃及，民族领袖摩西率领以色列人逃离埃及奴隶制，来到迦南之地，成为犹太文化史的重要原型与母题，对后来的犹太民族国家构建产生了重要影响。1492 年犹太人被逐出西班牙后，也有一些人抵达埃及。但我们在此书的有限篇幅内不可能追溯犹太人在埃及的全部历史。晚近之后，尤其是 20 世纪以来，犹太人在埃及的各个领域已经取得了令人瞩目的成就。多数犹太人在埃及时的生活状况比他们抵达以色列之后的生活境况要好。[1]

更为值得注意的一个文化现象便是，与以色列国家这个欧洲国家的翻版截然相反，在构成埃及犹太人的塞法尔迪犹太人、中东犹太人和欧洲犹太人中，阿什肯纳兹犹太人在经济实力与社会地位方面无法与塞法尔迪犹太人相比。塞法尔迪犹太人因此视阿什肯纳兹犹太人低人一等，与后来他们在以色列的地位形成明显反差。[2] 1948 年以色列建国无疑加剧了第一次中东战争参战国之一的

---

① Dario Miccoli, *Histories of the Jews of Egypt: An Imagined Bourgeoisie, 1880s-1950s*, London and New York：Routledge, 2015, p. 7.

② Joel Beinin, *The Dispersion of Egyptian Jewry: Culture, Politics, and the Formation of a Modern Diaspora*, Berkeley：University of California Press, 1998, p. 5.

埃及和埃及犹太人之间的矛盾。而接下来的拉冯事件①与第二次中东战争的爆发，使得成千上万拥有埃及和欧洲国籍的犹太人遭到逮捕，近 500 家犹太企业遭到充公。任何被指控为犹太复国主义者的人不能拥有埃及国籍。从 1948 年到 20 世纪 50 年代末，大约有 40% 的埃及犹太人移民到以色列。仅 1956~1959 年便有 1.9 万名犹太人离开埃及。有些人去往法国、美国或者其他国家，比如澳大利亚、英国和巴西。根据统计资料，埃及上层犹太社会人士倾向于移民欧洲和美国，而中下层人士，多数是犹太复国主义者，选择前往以色列。到 20 世纪 60 年代中期，大约 90% 的埃及犹太人前往欧洲、美国或者以色列。但是这种统计数字应该与事实有出入，因为有些移居以色列的中产阶级人士当被问及从事何种职业（miqtzoa，profession）时，经常回答没有职业。还有许多人将希伯来语"miqtzoa"翻译成法文"métier"，意为体力劳动者，但他们实际上很少从事体力劳动。② 从居住地来看，埃及犹太人在以色列分布很广，南起贝尔谢巴，北至海法。但多数去往以色列的埃及犹太人居住在特拉维夫及其周边地带，比如巴特亚姆和霍伦。③ 这些来自埃及的犹太人也被定位在东方犹太人之列。他们也需要居住在临时难民营，并被塑造一种新的身份。在许多方面，埃及犹太移民面临着与来自摩洛哥或伊拉克的犹太人同样的社会问题。④

### （二）玛塔龙笔下的埃及犹太人

玛塔龙之所以在反映流亡身份的复杂性时颇富洞见，部分源于其成长与生活经历。玛塔龙出生在特拉维夫南部一个贫困的居民区，来自埃及的父母讲法语和阿拉伯语。玛塔龙的父亲是一位社会活动家，母亲在特拉维夫东部小城佩

---

① 1954 年，埃及发现一个由以色列情报机构负责的埃及犹太人地下组织，该组织举行秘密行动，在一些民用机构内放置炸弹，行动没造成人员伤亡，但 4 名犹太特工因此丧生，以色列时任国防部部长拉冯被迫辞职。

② Dario Miccoli, *Histories of the Jews of Egypt: An Imagined Bourgeoisie, 1880s-1950s*, London and New York: Routledge, 2015, p. 167.

③ Joel Beinin, *The Dispersion of Egyptian Jewry: Culture, Politics, and the Formation of a Modern Diaspora*, Berkeley: University of California Press, 1998, p. 208.

④ Dario Miccoli, *Histories of the Jews of Egypt: An Imagined Bourgeoisie, 1880s-1950s*, London and New York: Routledge, 2015, p. 168.

塔提克瓦市政府工作。她是这个家庭中唯一出生在以色列并以希伯来语为母语的孩子。玛塔龙早年在特拉维夫攻读哲学与文学，后在电视台和《国土报》做记者，并为《国土报》撰写书评。曾在海法大学教授文学与写作。自 20 世纪 80 年代开始发表文学作品。作有青春小说《以蛇葬开始的故事》（1989），短篇小说集《家中的陌生人》（1992），中篇小说《新娘关上房门》（2016），长篇小说《面对我们的人》（1995）、《撒拉，撒拉》（2000）、《我们的脚步声》（2008），随笔集《阅读与写作》（2001），等等。先后获 1994 年总理奖，2009 年伯恩斯坦奖，2016 年纽曼奖，2016 年艾麦特艺术、科学和文化奖，以及 2017 年布伦纳奖等多种奖项。

　　《面对我们的人》是玛塔龙的第一部小说，写的是一位名叫祖扎的以色列女记者寻找家族之根的故事，再现了一个犹太家族在埃及以及喀麦隆、以色列和美国纽约的生活。作品人物丰富，对前辈在大流散时期的生活充满了浪漫想象，也是批评家和学者最为关注的作品之一。在当代希伯来文学中，书写埃及犹太人题材并非玛塔龙首创。早在 1977 年埃及总统萨达特（Mohamed Anwar al-Sadat）突访耶路撒冷、与时任以色列总理贝京开启和平会谈后，一些出生于埃及的以色列作家在作品中开始涉猎埃及犹太人身份问题的描写，比如杰奎琳·卡哈诺夫（Jacqueline Kahanoff）的《东方太阳升起的地方》，以及伊扎克·格尔梅扎诺-格伦（Yitzhaq Gormezano-Goren）的《亚历山大的夏天》，但受众率很小。评论界认为他们在撰写流亡记忆，这种带有怀恋过去色彩的乡愁是犹太复国主义应该否定与超越的。① 以色列本土文化虽然从黎凡特东方文化中吸引了许多元素，涉及饮食、音乐、舞蹈、语言、建筑等诸多领域，但是犹太复国主义者的所有派别都不把中东文化视为他们所试图创造的现代希伯来文化中的重要元素。

　　玛塔龙的《我们的脚步声》希伯来语版创作于 2008 年，这是一部关于埃及犹太人经历的家庭叙事，描绘了以色列一个埃及犹太移民家庭的困苦生活，

---

① Bryan K. Roby, *The Mizrahi Era of Rebellion: Israel's Forgotten Civil Rights Struggle, 1948 - 1966*, Syracuse：Syracuse University Press, 2015, p.234.

交织着流亡体验以及当下以色列社会政治的投影。在艺术表现手法上，该小说也独具匠心。作品并没有采取回忆录常见的那种线性叙事方式，而是由许多2~5页的片段构成，每一章有一个小标题，也有的小标题下设不止一章的内容，一共有100多章，还有十几章为斜体。有些地方采用现实主义手法，直抒胸臆；有些地方则采取超现实主义手法，将语义密集的段落缀合起来。文字简练，在优美的诗意中夹杂着幽默，风格感伤，充满了怀旧色彩，可以说把西方叙事传统与中东风格有机地融合在了一起。该小说在2009年获得了以色列伯恩斯坦奖，此奖的宗旨便是奖励给当年最富有独创性的作品。

小说的中心人物是三个孩子的母亲吕塞特，即文中所称的"母亲"。三个孩子分别是长子萨米，吕塞特短暂初婚时生的儿子；长女科林（与现任丈夫所生的长女）；次女托尼，即英文版小说中所说的"孩子"。托尼是小说中的叙述人，也是这个家中唯一出生在以色列的人，应该也是小说家本人的化身。在年龄上，她比同母异父的哥哥小14岁，比姐姐小13岁。此外，吕塞特的母亲，即孩子们的外婆诺娜住在他们隔壁。这家人居住在特拉维夫东部、佩塔提克瓦西部一个移民区的棚屋里。

与读者的假设相对，吕塞特并非寡居之人。她与丈夫莫里斯相爱，但很少相聚。他们都出生在埃及一个古老的犹太社区，那里尽管处在通往现代世界的变革中，但依然延续的是包办婚姻传统。吕塞特的第一次婚姻便是这种包办婚姻的牺牲品。吕塞特虽然家境优裕，年轻貌美，但16岁就被叙述人的外祖母诺娜嫁给了一个比她年长许多的富有男人。这个男人恪守宗教礼仪，居住在犹太社区。据小说描写："当时外祖父已经破产，显然这桩婚姻违背了她的意愿，显然她遭受了非人折磨，显然她在怀孕期间遭到了殴打。显然，她在夜深人静之际身穿睡衣逃离了丈夫的家。显然，她逃跑时怀有七个月的身孕。显然，这件事在开罗成了一桩丑闻。丈夫与她离婚，从此再也不见她，也不认自己的儿子。而她哥哥的朋友莫里斯一直倾心于她，不在意她的身份，在她即将临盆之际娶她为妻。并把孩子视为己出。"① 但是他们并不经常相聚。原因是莫里斯对20

---

① Ronit Matalon, *The Sound of Our Steps*, Trans. Dalya Bilu, New York: Metropolitan Books, 2015, pp. 42-43.

世纪五六十年代以色列对待新移民，尤其是对待东方犹太人的政策不满，一直致力于反政府的斗争。在斗争没有进展的情况下他到欧洲出任新闻记者。叙述人"孩子"与母亲曾经在孩子1岁10个月时与父亲在意大利拍有一张照片，而下一次见面，孩子已经5岁。但在她去世后，莫里斯一分钟也不愿意再活下去。这一点可以看出其对吕塞特用情之深。

这部带有明显自传色彩的小说再次直面以色列新移民的身份政治问题。一般说来，身份政治意指对身份中的主导因素而承担的一种义务。这种主导因素成为一种总体的组织原则，使得其他因素均居于从属地位，且能规定个体的政治、职位与行为方式。而承认身份中相互冲突之诸多元素的异质因素，则会使得其中任何一种因素均不能占据主导地位，会困扰身份政治的有效性。[1] 玛塔龙的父母生于埃及，成长于希腊人、意大利人、俄国人、黎巴嫩人和法国人混居的社区，埃及本土人在那里只占少数。他们在某种意义上能以开放包容的心态对待其他文化习俗。而这些来到以色列的埃及人竟然发现以色列社会与其他的移民社会不同，要求移民们只拥有一种新的共同身份。也就是说，要抹去其身份中的埃及元素，进而表明移民以色列的埃及犹太人所面临的身份困境。

小说中的父亲莫里斯便以反对抗议以色列政府上述不平等的民族政策的形象出现在读者面前。据小说描写，莫里斯直到小说叙述人5岁时才第一次出现在棚屋中，而此时她对父亲已经没有任何记忆。莫里斯在家中的短短几天，并没有帮助母亲操持家务，尽男主人的义务；而是坐在沙发上翻看报纸，一杯接一杯地喝咖啡。他离开后，情报机关甚至上门查看其行踪，进而邻里和子女都怀疑他是间谍。换句话说，莫里斯在这个家庭里并没有承担顶梁柱的角色。相反，其政治身份却给家人带来困扰。小说在描述莫里斯的经历时多用斜体，篇幅虽然不多，但是为我们揭示以色列民族建构进程中的重重问题。莫里斯的妈妈出身于破落贵族之家，十分贫穷。父亲则是一名律师，父母不睦。父亲出走

---

[1] Hanan Hever and Lisa Katz, "'Location Not Identity': The Politics of Revelation in Ronit Matalon's *The One Facing Us*," in *Prooftexts*, Vol. 30, No. 3 (Fall 2010), p. 325.

后，他妈妈经常叫莫里斯前去向父亲讨钱。莫里斯幼时几乎终日在街上闲逛，学无所成，无所事事。但他从聚集在咖啡馆的共产主义者那里学到了政治，因此他具有极强的政治敏锐度。他尽管不想移民以色列，但顺应了孩子母亲的意愿，与之一起来到以色列。从在海法下船的那一刻，他便意识到东方犹太人遭受歧视的问题。此后，这一话题在作品中不断得以重现。

首先，莫里斯意识到以色列的东方犹太人被禁止做两件事。一是不能建立任何独立的社会-政治团体，二是不能独立参加任何形式的抗议活动。在劳工部部长伊戈尔·阿龙（Yigal Alon）执政期间，莫里斯在劳工部谋到职位，但因站在劳工部外面参加"面包与工作"（lehem ve'avodah）的抗议活动而遭到解雇。早在以色列建国之初，梅厄夫人担任劳工部部长的1949年春天，东方犹太人便在抗议政府时提出了"面包与工作"的要求。① 莫里斯的抗议应该是在十年后，也就是说以色列建国十多年之后东方犹太人依然为"面包与工作而奔走呼号"，其经济状况并没有好转。从这里可以看出，莫里斯并非自私自利之徒，肯为自己的同胞做出牺牲，甚至为民族代言而不惜丢掉自己的饭碗。

同时，莫里斯意识到集体发声的重要性。他创立了一个名为苏哈巴（Suhba）的政治组织，苏哈巴是阿拉伯语词汇"同志，朋友"的复数形式，其宗旨是竭诚为东方犹太人问题进行呼吁，解决和平进程中的种种问题。众人匿名投票把他选为这个组织的社会政治和文化精神领袖。他亲自编辑该组织的喉舌杂志《警钟》（HaMeorer），与同仁们联手苏哈巴秘书处。大家一起讨论东方犹太人所面临的情势，筹划行动。他们面临的一个重要问题便是东方人经济状况不佳，把持国家财政大权的本-古里安主义者削减了其经费，并且操纵宣传工具。东方犹太人面临着巨大压力。

在东方犹太人与以色列政府的抗衡中，以色列第一任国家总理大卫·本-古里安通常被视为以色列国家的灾难。我们在讨论大屠杀与以色列的意识形态时，

---

① Bryan K. Roby, *The Mizrahi Era of Rebellion: Israel's Forgotten Civil Rights Struggle, 1948–1966*, Syracuse：Syracuse University Press, 2015, p. 49.

看到以色列建国之初本-古里安政府为了塑造战斗的国民曾经将来自欧洲的大屠杀幸存者视为"人类尘埃"。与之相似，东方犹太人在其眼中属于愚昧落后的对象。与之相关，以色列政府具有一套改良国民，包括改良东方犹太人的学说。显然，作为东方犹太人的代言者，"同志"群体与本-古里安主义者势不两立。在这个组织看来，本-古里安主义者推行的重塑东方犹太人理念是要毁灭东方犹太人群体，使之完全融入以色列社会。两大阵营之间的斗争相当残酷。逐渐，东方犹太人组织在以色列和海外均发展了其力量，其成员来自不同营垒，包括本土以色列人、阿什肯纳兹犹太人以及来自以色列国内不同群体的犹太人。1964年，他们发表了公开宣言。

莫里斯虽然读书不多，但政治嗅觉敏锐。他将形成以色列一套机制的理论基础称为本-古里安主义。本-古里安主义既非中产阶级的资本主义，又非工人阶级的社会主义，既非左翼，又非右翼。本-古里安主义者既非中间派，又非极端主义者，而是墨守成规的人，忠实于个人主张。无论从理论上还是实际上本-古里安主义都是反塞法尔迪群体的。因此可以被称为新种族主义，在精神实质和目的两个方面都具有反犹主义的特征。由于本-古里安主义几乎支配着各种社会机构，因此几乎决定并指导着以色列和大流散犹太人的生活。它既运用犹太复国主义术语，又反对犹太复国主义热衷幻想。而且，它还得到了世界各地犹太机构、财团乃至个人的资助，也得到了美国、德国和其他国家统治者的支持与鼓励。

莫里斯，或者玛塔龙借助莫里斯之口尖锐地抨击了以本-古里安为代表的以色列政府及其机制，指出了以色列社会的种种特征。而这些特征，正是隐藏在以色列民主体制下的魅影。本质上，以色列的所谓"民主"，由占据着以色列人口40%的欧洲犹太人操控，而占人口60%的东方犹太人则基本上没有权利，或者说没有能力决定其本人和子女政治、经济、教育生活中的任何内容。因此，这样的民主是虚假的民主，具有种族主义和反社会的特征。① 现代希伯来文学虽

---

① Ronit Matalon, *The Sound of Our Steps*, Trans. Dalya Bilu, New York：Metropolitan Books, 2015, p. 294.

然深受国家政治影响，具有社会批判意识，但像玛塔龙这样以如此敏锐的头脑和尖锐的话语解释以色列社会内部族群之间矛盾的作家尚属罕见。

小说亦曾描写主人公的哥哥萨米的军旅生活，进而触及以色列"六日战争"。在家人讨论这场战争时，莫里斯抨击以摩西·达扬和阿巴·埃班（Abba Eban）为代表的独裁者。"六日战争"是令许多以色列人引以为豪的一场战争，在这场战争中，以色列人占领了耶路撒冷老城以及《圣经》中提到的诸多圣地，也给日后的巴以问题留下了许多隐患。莫里斯信誓旦旦，认为达扬等军事领袖日后将会归还他们所征服的一切，这也正是奥兹、格罗斯曼等左翼作家一贯坚持的主张。女作家玛塔龙当时尽管是个孩子，但是她成人后秉承的也是这一信念。莫里斯认为这样做代表着正义，但是这种观点在叙述人的姐姐科林看来则背弃了以色列人的主张："你是阿拉伯人，不是犹太人……从这里滚出去，你这个叛徒。"平日里，科林本是一个沉溺于自我生活中的女孩，并不关心时政，但她在成长过程中接受的则是以色列犹太复国主义的教育，因此她要竭力维护以色列国家的利益。父女之间的冲突凸显了新移民及其子女之间的冲突。

正如玛塔龙在接受记者采访时所说，莫里斯是一个矛盾混合体。[1] 他似乎生活在真空之中，终日忙于自己的所谓事业，以新闻记者和学者身份在海外到处游走。尽管忠诚于自己的家人，但是却未能为他们提供舒适的生活环境，且缺乏这种意识，甚至阻挠妻子前去为富人做清洁，并将家庭生活中的种种问题、夫妻间的矛盾归罪于政敌的挑拨离间。这样的人物类似奥兹笔下的索莫。[2] 只是，奥兹在描写索莫这个人物时带有明显的幽默嘲讽色彩。而玛塔龙对父亲的情感，用她自己的话说，则是既难堪又骄傲。因为有时父亲既富有魅力，又道德败坏。如果说他认为以色列应归还"六日战争"期间侵占的土地代表一种正义的话，那么他对1956年"苏伊士战争"[3]（以色列人称之为"西

---

[1] Dinah Assouline Stillman, "The Sound of Memory in Writing: A Conversation with Ronit Matalon," in *World Literature Today*, Vol. 89, No. 3-4 (May/August 2015), p. 92.

[2] 索莫为奥兹小说《黑匣子》中的主人公。

[3] "苏伊士战争"，即1956年第二次中东战争。

奈战争"）的看法显得更为冷峻。在他看来，根据历史与事实，对于任何"西奈战争"的参与者来说，都是一场灾难性的政治失败。它只会激起以色列人对阿拉伯国家，尤其是埃及及其领袖纳赛尔（Gamal Abdel Nasser）的厌恶、愤怒和仇恨。其后果令人不寒而栗。可笑的是，本-古里安主义者的宣传工具仍旧在那里大吹大擂。尤其是对埃及士兵表现怯懦、赤脚落荒而逃所表现出的蔑视，会极大地伤害埃及人和所有阿拉伯人的情感。这种狂妄自大之感令其感到遗憾。它将会导致另一场战争的爆发。

（三）重拾埃及犹太人的记忆

小说中描述的这一以色列埃及犹太之家的背后隐藏着埃及犹太人的文化记忆。孩子的母亲与外祖母诺娜承担的则是记忆载体的任务。通过她们的讲述，小说中的孩子们基本上勾勒出一幅埃及犹太人的生活图景，记忆就这样得以保存。

但是，与来自伊拉克的阿米尔和迈克尔不同，出生在以色列的玛塔龙没有过多地描写埃及犹太人的难民营生活，而是将笔触伸向自己的家庭生活内部。"脚步"映射出这个家庭成员的一种潜在的身份。母亲的脚步不是高跟鞋发出的声音，而是鞋子拖地的声音。之所以会这样，应该是她疲倦所致。她每天早出晚归，要在外面工作 12 个小时。她打两份工，从早晨到中午给一个小镇的一家富人做清洁。从午后到几近半夜给佩塔提克瓦的青年中心做管家。中午回家匆匆吃上一点东西，更换鞋子。归家时街上一片空旷，她如此描述夜半回家时的情形是为了掩饰自己的恐惧。尽管以色列相对来说比较安全，但也不免发生意外的可能。而她的双手简直就像男人的手，到家时双手干燥、污渍斑斑。在这个人物身上体现出对家庭的一种自我牺牲。这种牺牲包括自我生存、对子女的爱、家庭忠诚以及宗教忠诚等诸多因素。由于经年不见天日的操劳，她对许多事情失去耐心，脾气乖张。用外婆诺娜的话说："真吕塞特留在了埃及。"当时在上学的路上，人们称她是"甜甜的奶油蛋糕"（Bashusa）。也就是说无论从外表上（脸颊和皮肤），还是性格上，吕塞特已经失去了原有的埃及上流社会女性的柔美和优雅。这种变化不仅显示出埃及犹太人在以色列生活的艰辛，也显示出新移民在以色列被重塑身份的残酷现实。

同时，按照玛塔龙的说法，母亲还是一个女性主义者，具有独立意识。这种独立意识战胜了她身为女性的柔弱，① 使她在开罗不堪忍受家暴逃离前夫，在以色列又能独自支撑家庭，且直面经常离家的现任丈夫，坦然应对他给家人带来的种种意外。家里没有男人，于是她成为男人。② 即使在家境最为艰难的时刻，她也没有放弃自己的孩子，拒绝一位拉比想为孩子提供良好生活条件的善意，将其全部养育成人。③ 在她看来，靠自己的汗水谋生并不可耻，即使为人家当女佣。④ 这对一位出生于上流社会的女子来说是一种难得的勇气。

通篇看来，玛塔龙在描写母亲的外在特征时只详细描写了她那双手。这里，我们并非像有些读者所领会的那样把小说当作现实，因为正如玛塔龙所说，母亲的外在特征在小说中是碎片式的。她全神贯注于自己的记忆，做记忆忠实的听众。从这个意义上说，小说中的描写尊重的是历史的真实和记忆的真实，这一点毋庸置疑。但小说毕竟是小说，不能排除虚构的成分。

地理环境是身份认同的一个重要标志。尽管在以色列出生并长大，但玛塔龙对父母成长年代的埃及文化十分着迷，因为在她看来，这种文化遗产，尤其是道德价值带有普遍性。父母至少会讲四种语言，既是埃及文化的一部分，又代表着流亡文化。尽管埃及犹太人的世界随着阿拉伯民族主义日渐强盛以及纳赛尔政策而告结束，⑤ 但是记忆本身却令他们铭心刻骨。无论莫里斯，还是母亲、外婆讲述的埃及故事，都强烈地吸引着这个家族的晚辈。甚至连晚辈也加入讲述埃及故事的行列中，主人公的哥哥萨米每月到埃及出差一次，重拾父辈记忆。莫里斯本人热衷于埃以签署和平协议，在很大程度上是因为那里拥有"他自己的事务"：他与朋友们相会的普通咖啡馆，由埃及牙医做便宜的牙齿

---

① Dinah Assouline Stillman, "The Sound of Memory in Writing: A Conversation with Ronit Matalon," in *World Literature Today*, Vol. 89, No. 3-4 (May/August 2015), p. 92.

② Ronit Matalon, *The Sound of Our Steps*, Trans. Dalya Bilu, New York: Metropolitan Books, 2015, p. 95.

③ Ronit Matalon, *The Sound of Our Steps*, Trans. Dalya Bilu, New York: Metropolitan Books, 2015, p. 139.

④ Ronit Matalon, *The Sound of Our Steps*, Trans. Dalya Bilu, New York: Metropolitan Books, 2015, p. 146.

⑤ Dinah Assouline Stillman, "The Sound of Memory in Writing: A Conversation with Ronit Matalon," in *World Literature Today*, Vol. 89, No. 3-4 (May/August 2015), p. 93.

护理，书籍，报纸，俱乐部，买卖，以及他所梦想的生意计划，等等，这一切令其感到熟悉。

1979 年以色列和埃及签署和平协议后，埃及犹太人不仅能够公开以写作的方式保存其历史与文化记忆，而且能够像欧洲犹太人那样逐渐地回到自己的出生地。这个家庭中的长女科林希望母亲陪她去埃及旅行，听母亲讲述旧日生活的场所。而母亲最开始拒绝再次回到那片土地，理由是：我爱的人要么死了，要么离开了，没有人的地方有什么意义？但当回到记载着青少年记忆的埃及开罗，尤其是回到旧时生活之地，遇到过去的邻居时，唤起的则是一种久违的文化记忆，这种记忆既是私人的，又是民族的。当年犹太人离开开罗，一部分人是出于对犹太复国主义理念的向往，另一部分人则是为了生存。数十年过去，当年埃及的富人区的面貌与特拉维夫南城贫民区几乎别无二致。换句话说，如果说抵达以色列的埃及犹太人的社会地位出现沦落的话，那么如果继续留在埃及，也许依旧无法改变贫穷的命运。在以色列他们尽管处于社会边缘，但他们可以不平则鸣。而在阿拉伯国家，犹太人甚至无法维护自己的权益。从这个意义上说，母亲的埃及之行将其从美好的旧日回忆中唤醒，回到光怪陆离的现实中来。但是，从她令人羡慕地讲述流畅的埃及阿拉伯语这一场景可以看到，埃及、开罗、尼罗河，是其根之所系，也是埃及犹太人抹不去的从前。

## 二　卡斯特尔-布鲁姆与埃及犹太人的身份认同

富有家族史诗色彩的《一部埃及犹太人的小说》（הרומן המצרי，*An Egyptian Novel*）出自以色列杰出现代主义女性作家奥莉·卡斯特尔-布鲁姆（Orly Castel-Bloom）之手，描写的也是一个埃及犹太家族及其族群移民以色列并在以色列争取生存的历史，被评论界称为作家最好的一部作品。该作以其经典的叙事和富有独创性的技巧获得 2016 年度萨皮尔奖（以色列最重要的文学奖之一）。小说希伯来语版在 2015 年问世后，已相继被翻译成法文、英文、意大利文、俄文和中文。

### （一）卡斯特尔-布鲁姆其人及其创作

卡斯特尔-布鲁姆是希伯来后现代主义小说的先驱之一。1960 年生于特拉

维夫，父母是来自埃及的犹太人。她早年在特拉维夫大学攻读电影学，1987
年发表短篇小说集《离城市中心不远》（1987），从此成为希伯来文学的代表
人物之一。相继发表十余部文学作品，被翻译成十几种语言，先后三次获得以
色列总理文学奖和其他多种文学奖项。几乎每部作品都在文坛上引起反响与争
论，评论界称卡斯特尔-布鲁姆的创作表现出一种不容忽视的挑战，把她当成
最激动人心的希伯来语作家之一。

从文学传承角度看，卡斯特尔-布鲁姆虽身为女性，但其作品比较接近希
伯来文学中的荒诞主义传统，而不是阿玛利亚·卡哈纳-卡蒙（Amalia
Kahana-Carmon）、露丝·阿尔莫格（Ruth Almog）等老一辈女作家的创作。其
第一部长篇小说《我在哪儿》（1990）是 20 世纪末期最为怪异的希伯来小说
之一。① 主人公乃 40 岁左右的离婚女子，虽然生活富有，但缺乏一技之长，
也没有进取目标，终日生活在虚空之中。后因一个偶然事件，她决定不再伤害
自己的第二任丈夫，开始以打字为生，人也变得充满了活力。女主人公生存的
虚空，恰是当代以色列人的生活写照。

第二部长篇小说《多莉城》（1997）被收入联合国最富代表性的创作之一。
2007 年又被提名为以色列建国后最重要的 10 部文学作品之一。2013 年被美国杂
志《塔布莱特》（Tablet）列入 101 部翻译成英文的伟大犹太作品。小说讲述的
是年轻医师多莉的故事，她的家几乎变成了要做手术的动物们的实验室，还收养
了一个弃儿，她得了一种怪病，因担心会把疾病传染孩子，于是便给他接种了各种
疫苗。这种貌似扣人心弦的疯狂事件却似乎合乎情理，堪称犹太母亲的后现代主义
变体。同时，这样的母子关系也折射出以色列人与土地之间的特殊联系。

在第三部长篇小说《米娜·丽萨》② 中，卡斯特尔-布鲁姆表现出前所未
有的丰富想象力与幽默手法。小说的主人公米娜·丽萨是一个 38 岁的普通家
庭主妇，住在以色列小城赫茨利亚，每天尽心尽力地照顾丈夫和三个孩子。作

---

① 〔以〕格尔绍恩·谢克德：《现代希伯来小说史》，钟志清译，商务印书馆，2009，第 296～
297 页。

② 〔以〕奥莉·卡斯泰-布龙：《米娜·丽萨》，杨玉功译，中国社会科学出版社，1998。笔者参
考了《米娜·丽萨》的中译本，但在作家名的翻译上有所改动，下同，不另注。

为家中女主人，她有收拾东西、清洁房间以及偶尔做出牺牲的天赋，当然她的奉献并不那么廉价，她以自己的方式收取报酬。一切似乎平静而安详。但是，自从丈夫奥维德的祖母弗罗拉搬来与他们同住后，宁静的日常生活节奏被打破。弗罗拉行为怪异，将女主人公每天送到房间的饭菜扔出窗外，却吞吃女主人公过去写下的那些的电影剧本手稿。后来，米娜从丈夫奥维德口中得知，弗罗拉是一位充满传奇色彩的老人。她生于1792年的克里特岛，经历了过去200年间发生的许多重大的历史事件，是死后经历的活证据。剧本吃光后，米娜拒绝提供新的剧本，丈夫奥维德的生意随饥饿的弗罗拉健康状况的恶化而出现滑坡。米娜无奈，只得重新写起剧本，以便延续弗罗拉的生命和家庭生活的平静。

在这部充满荒诞色彩的现代小说中，卡斯特尔-布鲁姆非常注重女主人公自我意识的描写与内在心灵的剖析。米娜在从事电影剧本创作生涯中受挫后，一度将关注的目光投向家庭、丈夫与儿女，但她在承担家庭主妇角色的同时，一直没有丧失自尊，希望自己所做的牺牲能够得到丈夫和子女们的认同与回报。当照顾弗罗拉的负担降临到自己身上时，她将其视为家族责任，将弗罗拉当作"历史的一部分"。发现自己在风华正茂之年用心血写就的电影剧本手稿被吞毁后，她气愤、心疼、努力寻找途径加以补救。跟随弗罗拉游历时，她念念不忘旧时的电影剧本作家梦。在相当程度上，折射出以色列当代女性在家庭与社会、事业与生活等多重角色转换过程中所无法回避的艰难抉择与矛盾心理。

与现代女性米娜形成对立与互补的另一个女性形象是200多岁高龄的弗罗拉。这个充满荒诞色彩的老妇身上体现出犹太人古旧的价值观念与美学理想。她因为极端恪守"摩西十诫"中的第五诫"要孝敬你的父母以便在尘世得到长寿"而得以长生，但在现代社会中，她又没有自己的生存位置，靠给别人增加痛苦与负担而苟延残喘，成为破坏力量的代表与象征。

（二）《一部埃及犹太人的小说》的叙事策略

发表于2015年的《一部埃及犹太人的小说》描写了埃及一个犹太家族移民以色列后的历史。阅读这部小说需要了解以色列建国初期的政治背景、特拉维夫居住区的分布情形以及新移民融入以色列的语境。换句话说，这部看似十分以色列本土化的小说对于域外读者具有挑战性，但也具有强大的吸引力。对于素以现代主义创作方式赢得读者青睐的卡斯特尔-布鲁姆来说，这部小说再次打破了传统现实主义小说的线性叙事方式，它采用半写实半虚构的方式开篇，从20世纪50年代特拉维夫一银行女职员薇薇安（以作家母亲为原型）即将举行婚礼写起，将特拉维夫、基布兹、埃及开罗和中世纪西班牙四个叙事空间缀合在了一起。既回溯了大流散期间犹太人的历史，又与时下以色列现实建构了联系。

开罗作为交代主人公的成长背景，以回溯的方式展现在读者面前。按照叙述，女主人公薇薇安的家族曾经在埃及生活了数百年，或许数千年。这个家族属于以色列民族历史上唯一没有记述的民族，即在摩西率以色列人出埃及的远古时代，[①] 他们没有跟随摩西出埃及，而是留在埃及继续为奴。数百年后，他们才获得自由，成为猎人。15世纪，在西班牙遭到驱逐的犹太人历经辗转，来到加沙，后被拿破仑赶到希伯伦。20世纪初，其后裔来到埃及，与这支一直留在埃及的部族融合在了一起。[②] 作为这支部落的后裔，薇薇安本人和未婚夫查理也出生在开罗。她的未婚夫查理是家里五兄弟中最小的一个，查理的母亲因三姐妹相继死去而过度悲伤，不幸早逝，被葬在开罗。查理由于受到犹太复国主义组织，即书中所说的"青年守卫者"的影响，成为犹太复国主义者，在埃及参与了许多抵抗埃及政府的活动。他与哥哥维塔抵达以色列后，想在基布兹完成四年服务期，这样就等同于在军队服役了。从历史上看，早在20世纪早期，便有多种犹太复国主义报纸在埃及出版，在传播犹太复国主义理念方面起到了重要作用。但是一些青年人参加犹太复国主义运动的动机是出于友谊，或者是离开家庭，而不是要"阿里亚"（移民）。

---

① 参见《圣经·出埃及记》。《出埃及记》讲述的是犹太人在埃及无法忍受法老的迫害，于是在摩西带领下离开埃及的故事，在以色列民族国家构建中起到了极其重要的作用。

② 参见〔以〕奥莉·卡斯特尔-布鲁姆访谈，https://www.youtube.com/watch? v = - PKnZIaOeVE，最后访问日期：2021年8月19日。

　　小说在情节处理上会给习惯于传统阅读方式的读者留下一些困惑，比如作家在叙写维塔、查理兄弟祖先的经历时，曾提及七兄弟逃离西班牙后，乘船来到加沙，在那里为维护犹太传统而奋斗，并在加沙建立了第一座犹太会堂。吊诡的是，小说行文中并没有交代后来他们为何抵达开罗。但是，1948 年以色列宣布独立，导致阿拉伯五国联手进攻以色列，其后果不仅影响到当时的巴勒斯坦，也影响到后殖民时代的中东各国，进而对埃及犹太人的政治与社会地位也产生了很大影响。1948 年 5 月 20 日，以色列宣布建国后仅仅 5 天，据称便有数百名犹太人在埃及被逮捕，许多人被驱逐出埃及。继之，许多犹太国复国主义者和共产主义者遭到逮捕。仅在 1948~1955 年，便有 1.4 万多名埃及犹太人移民以色列。从整个犹太历史的发展进程上看，这是继古代摩西带领以色列人出埃及后，犹太人第二次在驱逐中逃离埃及。① 而小说中的第一代埃及犹太人也应是在这一时期前往以色列的。

　　历史上的开罗与犹太人的关系对于中国读者颇具几分神秘色彩，由于开罗多年承担着中东政治、经济、文化中心的重要角色，那里的犹太人也一直在当地犹太人中居于引领地位，而埃及犹太社区在阿拉伯世界中极为繁荣，仅次于伊拉克的犹太社区。② 尤其是从 19 世纪始，欧洲行为与教育范式为埃及上层社会所接受。作为一个空间实体，开罗叙事始于该书第七章。犹太复国主义的代言人——"青年守卫者"把开罗的犹太青年组织起来，训练其适应基布兹生活。在犹太复国主义话语中，流散地犹太人生活在封闭阴暗的环境中，严重地影响到其精神气质的形成。但这篇小说却描写了犹太青年在尼罗河沿岸经历了人生第一次犁地、第一次施肥、第一次播种和第一次种菜，甚至走上街头抗议法鲁克国王，这样的农耕与反抗经历在流散地的犹太人中显得超世拔俗，俨然成为"用双手建造家园"的犹太复国主义理念的执行者。正因为此，读者才为这些埃及犹太人在以色列基布兹的遭际震

---

① Dario Miccoli, *Histories of the Jews of Egypt: An Imagined Bourgeoisie, 1889s-1950s*, London and New York：Routledge, 2015, pp. 149-158.

② Dario Miccoli, *Histories of the Jews of Egypt: An Imagined Bourgeisie, 1889s-1950s*, London and New York：Routledge, 2015, p. 160.

惊不已。

基布兹是以色列一个特殊的共同体，关于其特征我们在解读奥兹的早期长篇小说《何去何从》《沙海无澜》以及后期的短篇小说集《朋友之间》中便可窥见一斑。但是需要说明的是，以色列的基布兹虽然具有原始共产主义色彩，可许多基布兹仍有其自己的独特政策，并非千篇一律。这篇作品中的基布兹在制定一些具体决策时也需要集体表决，比如针对如何处理维塔妻子阿黛尔的私人手提箱，需要基布兹集体投票。这种集体投票的方式貌似具有某种民主的色彩，但富有反讽的是，手提箱后来却被另一个积极主张施行表决的女子据为己有。更有甚者，针对赞成还是反对布拉格审判这一问题投票表决时，却显示出基布兹民主并非真正的民主，而是带有集权主义色彩。

"布拉格审判"及其余响是基布兹集权主义特征的一个缩影。"布拉格审判"是 1952 年在捷克斯洛伐克首都进行的一场公审，被告多为犹太人，他们被指控结成托洛茨基主义-铁托主义-犹太复国主义联盟，为美帝国主义服务。基布兹左派赞成这些指控，而埃及犹太人过于天真，认为在基布兹这样具有言论自由的场所，可以按照个人意愿投票，因此在投票时没有听从"全国基布兹运动"组织的建议。其结果，23 位投票赞成"布拉格审判"的埃及犹太人以及另外 60 名同胞被基布兹驱逐，甚至被扣上反对犹太复国主义的罪名；尽管埃及犹太人十分吃苦耐劳，已在基布兹生活工作了 3 年，许多人本打算在那里度过余生。遭受驱逐给这些埃及犹太人的人生带来阴影，在余生中对这段遭际讳莫如深。

驱逐事件既反映出基布兹社会是一个集体主义至上的所在，不允许有个人意志；尽管主张人人平等，但"只是说说而已"。小说中使用"种族主义"一词既批评了基布兹的政治体制，也透视出以色列政治体制对东方犹太人等边缘群体的压制。

驱逐事件把埃及犹太人变成具有新思维的城市人。这便是小说主要描写的埃及犹太人的第三个生存空间——特拉维夫以及霍隆等周边城市。有些人定居在特拉维夫的雅尔康河畔，为的是追忆埃及的尼罗河。当然，尼罗河作为埃及的母亲河衬托出了开罗的大都市气派，相形之下，特拉维夫的雅尔康河则显得十分窄小，这样的文本类比也显示出埃及犹太人在以色列地位的沦落。遭驱逐的埃及犹太人在一个新环境中白手起家，打工挣钱，购置家产，为的是为自己营造一个安定的生活环境。他们意识到自己不是这个国家的主人，最好缄默其口。只是在黑暗慢慢降临的阳台上，相互之间表达自己的看法——当然不要用希伯来语。从中可以看出埃及新移民在努力融入以色列社会时面临的挑战与困境，至此，应该说第一代埃及移民尚未割断与埃及的纽带。但必须承认，在融入大都市生活的过程中，他们也在接受以色列这座大熔炉的铸造，改变着自身。比如，曾为基布兹成员的埃及犹太人丽泽特自从在市立学校当上法语和英语老师后就不再逐一回答每个人的问题。而且她的观点也发生了激烈摇摆。在教室和办公室，她听到了与基布兹和埃及帮完全不同的观点。她像所有被赶出的人一样，也陷入了迷茫，对驱逐事件守口如瓶。即使偶尔说说，也是在极其私密的场合。

富有反讽的是，继基布兹驱逐埃及犹太人之后，作家便描写了埃及犹太人祖先于1492年在埃及遭受驱逐的经历。在某种程度上，中世纪西班牙堪称小说的第四个地理空间，在这一空间发生的人与事不仅展现了犹太前辈在流散地的屈辱经历，又与时下生活形成互文。1492年，卡斯蒂尔家族抛弃家族生意，举家逃离西班牙，直奔葡萄牙。但融入葡萄牙犹太人之念，不过是痛苦的幻想。他们在葡萄牙被当作难民，住进难民营。随之，又将历史事实带入小说，叙述葡萄牙当局趋于压力，将犹太人再度驱逐。在恶劣的环境中，卡斯蒂尔家族的人有的被迫改宗，有的被卖身为奴。于是又返回了他们喜爱的城市，甚至在牧师的帮助下，找回了卖身为奴的女儿埃斯特。埃斯特建议家人在托里城养一群利比亚猪，因为养猪不仅利润丰厚，而且能证明他们已经彻底改变了宗教信仰。而对埃斯特养猪与遭受迫害的描写，更具有象征色彩与荒诞成分，既表现出卡斯蒂尔家族的耻辱，又反映出民族的悲怆。从叙事方式上看，把犹太人在基布兹遭受驱逐与在西班牙遭受驱逐的并置描写确实别出心裁，表明埃及犹太人的悲剧不但是在历史上曾经遭到驱逐，在20世纪中期离开埃及，而且也包括在以色列的基布兹遭到驱逐，因而蕴含着对以色列政府歧视东方犹太移民举动的强烈反讽。

（三）从民族叙事到日常生活

如果说开罗叙事、基布兹生活更多的是从民族主义视角展现埃及犹太人群体遭际的话，那么他们在特拉维夫的奋斗史则更加具有个体色彩。作为一位来自埃及犹太移民之家的后裔，卡斯特尔－布鲁姆以高超的笔法通过对个体日常生活的描绘，展现出其背后的文化归属。举例说来，维塔夫人阿黛尔的母亲是阿什肯纳兹犹太人，也就是欧洲犹太人，但阿黛尔似乎并不以此为荣。她也不想移居以色列，而是打算待在法国，在那里接受高等教育，学习化学，但是出于爱维塔，便追随他来到以色列，因为维塔不仅英俊帅气，而且足智多谋，是"青年守卫者"组织中的积极分子，被称作埃及犹太人追求正义的战士。

维塔出身于一个典型的塞法尔迪犹太人之家。据史料记载，一部分塞法尔迪犹太人 12 世纪开始定居在埃及。1492 年被驱逐西班牙后，许多塞法尔迪犹太人来到当时的奥斯曼帝国，还有一些人去往埃及。在现代，又有一些塞法尔迪犹太人从奥斯曼帝国的一些城市去了埃及。① 在这种历史钩沉中，可以断定加沙犹太人前往埃及的可能性。19 世纪，又有一些欧洲犹太人（阿什肯纳兹犹太人）为逃避欧洲反犹主义浪潮的迫害到了埃及。同一民族的两大支派于是在埃及交汇。

小说没有像许多现代希伯来语小说那样展现阿什肯纳兹犹太人和塞法尔迪犹太人之间的矛盾，也没有过多彰显阿什肯纳兹犹太人的优越感。与之相对，通过阿黛尔父亲因娶了一个德国阿什肯纳兹犹太姑娘，被逐出了塞法尔迪犹太人家庭的遭际，烘托出塞法尔迪犹太人的荣光。其原因既是族裔的，又是经济的。相关研究表明，埃及塞法尔迪犹太人比阿什肯纳兹犹太人更加富有，在许多领域功成名就，因此便认为阿什肯纳兹犹太人低人一等。② 尽管埃及自 1882 年便被置于英国的殖民统治之下，但是埃及犹太人多用法语交流，"法语几乎

---

① Joel Beinin, *The Dispersion of Egyptian Jewry*, Berkeley: University of California Press, p. 2.

② Joel Beinin, *The Dispersion of Egyptian Jewry*, Berkeley: University of California Press, p. 5.

成了那个国家的官方语言"。① 小说中也曾提及埃及犹太人和其他东方犹太人不一样，这种不同表现在社会阶层与生活习惯等多个层面。从某种意义上说，阿黛尔深以能够嫁给维塔这样一个优秀的纯种塞法尔迪犹太男人为荣。可以这样说，阿黛尔既不是犹太复国主义者，也不热爱基布兹，她之所以留在基布兹，完全是出于爱情，她从本质上依旧向往阿什肯纳兹犹太人追求的高雅生活。在许多当代希伯来语叙事中可以看到阿黛尔这样的女子的身影，例证之一便是奥兹《何去何从》中的女主人公伊娃。著名作家雅科夫·沙伯泰的妻子也不喜欢基布兹，再三要求丈夫前往具有现代色彩的特拉维夫生活。阿黛尔虽然在行为上没有离开基布兹，但她选择基布兹并非出于犹太复国主义者所尊崇的价值取向，在她看来，基布兹并没有出路，只是因为维塔喜欢这样的生活，她才待在那里，因此结束基布兹生活在她个人看来是一件幸事。但是，作家也没有回避夫妻生活中常见的阿什肯纳兹犹太人与塞法尔迪犹太人生活习惯上的矛盾。比如，阿黛尔吃饭时十分文雅，而维塔则表现得十分随意，盘子盛得太满时他会为此躲避妻子的眼神。

> 维塔狼吞虎咽，他要在与妻子吵架之前把每道菜都品尝一遍。吵架可能持续到深夜，甚至持续到第二天。谁知道呢。但是这阻止不了他从弟弟的饭菜中品尝妈妈的味道。②

寥寥数语，展现出一种跨族裔婚姻内部的生活习惯细部差异与问题。这些问题延展开去，便可暴露出族群之间不同的生活方式与生活习俗。

这些被基布兹驱逐的埃及犹太人在城市里打拼，终于加入中产阶级行列。维塔成为银行的高级经理，职位还在上升；阿黛尔成为魏茨曼科学院的一位化

---

① Dario Miccoli, *Histories of the Jews of Egypt: An Imagined Bourgeoisie, 1880s–1950s*, London and New York: Routledge, 2015, p. 27.

② 〔以〕奥莉·卡斯特尔-布鲁姆：《回归以色列：一部埃及犹太人的小说》，王建国译，外语教学与研究出版社，2021，第38页。笔者这里参考了王建国先生的译文，但在书名上有所改动。下同，不另注。

学家。查理在航空公司当会计，也属于中产阶级。薇薇安在银行工作了 52 年，从最初的银行打字员变成国际事务部的职员，退休后依旧在贷款文件部工作，按时取酬。但是新技术时代开始后，她就不再具有优势了。伴随着第一代移民的奋斗，立足，老去，如维塔已死，阿黛尔孤苦无依（女婿继承了女儿的房产后制止外孙女与她往来），行将就木，暗示出埃及犹太人的文化传统与记忆正在消逝。与此同时，第二代乃至第三代埃及犹太人逐渐成长起来，查理和薇薇安的两个女儿以及维塔和阿黛尔的女儿又有了自己的后代，"长女"米娅已经成长为作家，在大学任教。米娅在某种程度上就是作家的化身，承担着记忆家族与民族历史的重任。维塔和阿黛尔的女儿奥塔尔（亦被称作"独生女"）却患上难以治愈的疾病，英年早逝。下一代的教育、交友、参军、成长与人生中的喜怒哀乐也成为穿插在第一代埃及犹太人的以色列叙事中的话题。逐渐，第二代不再是以色列的埃及人，而是真正的以色列人。

## （四）埃及人与埃及犹太人

小说濒临结尾之际，卡斯特尔-布鲁姆再次讲述了今日犹太人在埃及的故事。这段叙事的中心人物之一为法利德·阿姆拉维，这位天资奇特、在埃及大学获得学士学位的埃及青年在以色列与埃及签署和平协议之后获得奖学金到特拉维夫大学读书，感受到从未有过的自由。当他回到埃及祖国时，已经能够讲一口流利的希伯来语，为前来埃及旅行的以色列游客担任导游。他熟悉犹太人在埃及的历史，在参观完金字塔和埃及博物馆等代表性坐标后，会带这些犹太人前去参观顶上建有藏书阁①的本·埃兹拉犹太会堂。这个古老的犹太会堂见证了犹太人在埃及的生存。更令以色列人惊奇的是，阿姆拉维熟悉《圣经》中的《以斯拉记》和《尼希米记》，了解犹太人历史上的几次论战，而许多以色列人对此却知之甚少。或许犹太人的祖先在埃及为奴时建造了金字塔，有些犹太人认为尼罗河在某种意义上也是他们的，因为摩西曾经在河上泛舟。

---

① 藏书阁，即 Cairo Genizah，Genizah 在希伯来文中意为藏书地点，收藏那些不再使用的犹太圣书。开罗的藏书阁坐落在开罗老城本-以斯拉犹太会堂的顶阁，里面珍藏着大约 40 万份犹太人的手稿，其历史大约贯穿千年之久（公元 882 年到 19 世纪末期），代表着中世纪的犹太文明，在世界居于首位。如今，这些手稿分别保存于剑桥大学、牛津大学等地。

但是，叙述本身没有在阿姆拉维为自己购置房产而戛然而止。而是将笔锋推到 21 世纪"埃及之春"及其后果。阿姆拉维在街上参加抗议时与死亡擦肩而过，其导游之路也被撼动。已经不再有以色列人公开留在埃及，其他国家好奇的游客也几乎不再来观光，甚至连阿拉伯国家的游客也不再来。阿姆拉维失去了聊以为生的职业，但在潦倒之际应聘到埃及动物园的一个职位，在那里邂逅了前来喂食动物的犹太女子塞莱斯特，后者的母亲曾经是埃及犹太社区领袖，家世显赫，她们把自己视为埃及犹太人，是埃及公民，避免与以色列有任何往来，甚至将以色列使馆的邀请函直接扔进垃圾桶。

在接受犹太复国主义洗礼之后，塞莱斯特母女仍旧选择埃及犹太人身份，在护照上也不去除"埃及"二字，表明其已经接受了埃及社会与文化价值。但充满悖论的是，她们与当地埃及人也失去了联系，故而成为社会的格格不入者。小说称塞莱斯特在母亲去世后几乎成为业已消失的埃及犹太社区的唯一遗迹，她不会打理母亲留下的产业，不会支付账单，甚至因此遭到当局要没收其财产的通牒。这在某种程度上预示着埃及犹太人基本上失去了在埃及社会中的生存能力。

塞莱斯特后来请阿姆拉维帮助管理账目和日常开销，在一种特殊的情境下二人相爱了。塞莱斯特感觉自己有了依靠，但这场恋情却随着时局的动荡而告结束。军队向夺取政权的反对派开枪，支持反对派的阿姆拉维从此销声匿迹。是在枪战中中弹身亡，还是逃向远方，从她的账户取钱，无人知晓。这段奇异的恋情预示着埃及犹太人的最终命运。

阿姆拉维与以色列犹太人，尤其是与塞莱斯特的交往蕴含着一种反讽，即这个埃及人对犹太历史的熟谙程度远远胜于犹太人。其实，在整个小说文本中已经透露：无论留在埃及的犹太人还是移居以色列的一些埃及犹太人，都失去了自己原有的身份。前者试图斩断自己与当今犹太国家的联系，掩饰自己的犹太人身份；而后者，即抵达犹太国家的人在生活浪潮的洗礼中则成为真正的以色列人，而不是埃及犹太人。

# 结语
# 后犹太复国主义时代与以色列人的身份反思

    前文审视了不同历史时期希伯来叙事与犹太民族认同之关联，且兼济讨论了与之密切相关的"他者"身份。概而言之，古代希伯来文学经典《圣经》作为犹太文明形成时期的奠基性叙事在当下以色列社会余响犹在，在以色列公共对话中仍有很强的影响力。无论"以撒受缚""大卫对歌利亚""力士参孙"母题，还是《哀歌》中的灾难记录与希望神学，《路得记》中的多元民族共生、《以斯帖记》中流亡犹太人的生存等问题依旧在当代以色列拥有情感力量，令人产生政治与思想的联想，在一定程度上体现出当代以色列犹太人身份与古代传统之间具有延续性。《锡安之恋》《马萨达》《昨日未远》均关涉流亡中的犹太人回归巴勒斯坦问题，该问题既复杂又充满悖论，涉及历史学、社会学、文化学、心理学等诸多层面。《锡安之恋》更多地表达了流散地犹太人对巴勒斯坦生活的向往，在某种程度上他们把回归锡安变成了人间的乌托邦想象；《昨日未远》更多地暴露出多少受到犹太复国主义理念影响的拓荒者在还乡途中的矛盾与疑虑，其中蕴含着对犹太复国主义理念特有的批判与嘲讽意识，奠定了以色列国成立后出版的数百篇移民故事的基本结构；《马萨达》叙事在不同时期以色列人的身份塑造中承担着不同的角色，透视出以色列社会的变迁与以色列人的精神发展历程。

    在犹太思想史上，犹太复国主义问题极其复杂，早期的政治犹太复国主义、文化犹太复国主义和宗教犹太复国主义理论家各持己见，其观点充满着对立与交锋，这一点在前文中已经述及。一方面，与欧洲殖民者一样，早期的犹太复国主义拓荒者觉得需要与阿拉伯人保持距离，以保持其新兴民族文化的完整性；另一方面，他们模仿阿拉伯人的生活方式，希望能够在他们的形象启发下重塑自己，创造一种新的犹太文化。[①] 可以说，以色列建国是在某种程度上实现了犹太复国主义愿景，但是现实与愿景之间存在着无法逾越的鸿沟。以色列建国之后的文学作品从政治、道义、历史演进、民族构建、性别意识、宗教传统、族裔地位等多个维度审视以色列人的生存境况，并进行灵魂考问。比如说，《黑泽废墟》令人震撼地意识到以色列建国对巴勒斯坦阿拉伯人"他者"群体的深度影响，而奥兹、格罗斯曼、拜伊尔的作品则揭示出以色列人生存的现状，乃至困境。大屠杀叙事与东方犹太人叙事既显示出以色列社会对于历史创伤的发展性认知，又展现出以色列国家内部文化的多元性特征。由此看出，希伯来叙事与身份认同问题是一个动态的过程，即便现在仍处在发展变化之中。

20 世纪 80 年代，后殖民、后现代、后犹太复国主义等术语在以色列公共与学术话语中风靡一时。后犹太复国主义一方面指历史学家与社会学家使用新史料、新方法对传统犹太历史与社会建构方式予以新的阐释，并提出批评与修正；另一方面则在文学、艺术等领域攻击犹太复国主义同仁的价值观念、信仰、假设与客观性，攻击其向以色列文化与民族身份施加犹太复国主义霸权话语影响，甚至解构在这种话语和语境中形成的民族身份与史观。与后现代主义理论家相近，后犹太复国主义思想家尽管有许多共同之处，但没有恒定的观点与主张。如果说在民族构建过程中，历史记忆方式起到了重要作用。那么后历史记忆则会颠覆以往形成的对历史记忆的认知。犹太复国主义历史学家为确立自身身份而努力，而后犹太复国主义者则为建构"他者"的历史而呐喊。

莫迪凯·巴伦（Mordechai Baron）堪称系统总结后犹太复国主义的学者之一。身为以色列前国防军军官和前国会议员，巴伦把犹太复国主义当作一种意识形态，认为它已经达到了自己的目的，进而有些多余，而后犹太复国主义将会取而代之。与此同时，后犹太复国主义否定犹太复国主义的意识形态及其思

---

① Yaron Peleg, *Orientalism and the Hebrew Imagination*, Ithaca and London：Cornell University Press, 2005, pp. 8-9.

想基础。尤其是在民族国家构建问题上，后犹太复国主义否定犹太民族国家概念。其多数人号召把以色列变成所有公民的国家，而不是一个犹太国家。而后者，在某种程度上几乎就是新版反犹太复国主义。后犹太复国主义也否定或忽略历史上的犹太教与以色列国家之间的关系，试图把犹太民族国家变为多民族与多文化的自由国家。在这样的国家里，人们不会拥有犹太身份。进一步说，后犹太复国主义又与新历史学家与带有批评色彩的社会学家相关，后者被莫里斯（Benny Morris）称作以色列语境中的新历史主义。① 凡此种种，均在我们重点讨论的文本中有不同程度涉猎。

在全球化时代，以色列人身份当然不再局限于单一以色列人身份，或者单一的犹太身份。与之相对，他们有机会将自己塑造为世界公民，因工作或娱乐之故，借助背包文化、互联网以及各种高科技手段到世界各地旅行，在多种文化混合体中寻求生存。以色列文学不再单纯阐释或批判以犹太复国主义为核心的现代犹太国家建构理念，而是在重新审视以色列国家的形成，并在延续犹太复国主义传统的基础上重新选择意象、母题、叙事类型以及一度被犹太复国主义意识形态排除在外的反文化现象，在主体文化基础之外发展更为丰富的亚文化体系，从而形成对以色列身份的重新认知。

在纯文学叙事之外，一些带有时评色彩的文本采取与众不同的叙事方式将人们平时所关注、思考与讨论的问题呈现出来。"我是谁"这个看似简单的问题，对于犹太人来说从来就不简单。进入 21 世纪第三个十年，巴以冲突在可预见的未来并不能止息，以色列面临着重大隐忧，而作家、《国土报》资深记者阿里·沙维特撰写的《我的应许之地：以色列的荣耀与悲情》（以下称《我的应许之地》）一书试图对以色列的大历史进行追问，并努力展示当代以色列人的生存现状。他试图用这本书见证这个独特国家的诞生、崛起与反思，呈现犹太民族的百年荣耀与悲情，来回答"我是谁"这个基本的身份问题。

---

① Yoav Gelber, *Nation and History: Israeli Historiography between Zionism and Post-Zionism*, Portland：Vallentine Michell, 2011, pp. 29-33.

《我的应许之地》通过把同以色列建国相关的一些历史事件和个人故事缀合起来，通过叙述家族史、个人史、深度访谈与个人亲历，来烘托以色列的大历史。从文本上看，这个大历史始于沙维特的曾祖父——赫伯特·本特维奇，一位家境殷实的英国绅士与另外 20 名犹太复国主义朝圣者，在 1897 年乘船来到地中海之滨的雅法古城，继之又游历了耶路撒冷和当时的巴勒斯坦。在沙维特曾祖父的脑海里，巴勒斯坦是一片广袤的土地，但他忽略了正居住在那里的另一个民族，忽略了居住在那里的阿拉伯人、贝都因人和德鲁兹人，认定"巴勒斯坦从来没有被其他民族纳入版图"。到了 20 世纪初期，本特维奇家族的所有人均被巴勒斯坦的魅力所征服。本特维奇的女儿女婿在风景如画的雅科夫小镇修建了一座豪宅；儿子则出任英辖巴勒斯坦的第一位检察总长；本特维奇本人则在一个巴勒斯坦村庄建立了一个盎格鲁-犹太人殖民地。

将近一个世纪之后，本特维奇家族的后人，即《我的应许之地》一书的作者阿里·沙维特以不同于犹太复国主义祖辈的犀利洞见，也以不同于艾兰·佩普（Ilan Pappé）和本尼·莫里斯为代表的质疑以色列国家合法性的后犹太复国主义批评家们的复杂心态，站在意识形态的制高点，来剖析祖辈朝圣并定居巴勒斯坦的起因。在他看来，祖辈前往耶路撒冷的缘由有三：一是犹太人在欧洲的生存处境艰难，巴勒斯坦将是其唯一的救赎之地；二是犹太世界的现代化与世俗化对维系民族信仰与民族凝聚力形成了挑战；三是需要把大流散的民族迁徙状态转变为主权国家状态。

在此基础上，他开始追问祖辈为什么会出现"视觉盲区"，没有意识到"帝国主义、资本主义、科学与技术将彻底改变（巴勒斯坦）这片土地。这些强大的力量将夷平山岭，掩埋村庄，将一个民族替换成另一个民族"①。

这种带有道义反省色彩的辩证思考与论辩构成了该书叙写大历史过程中的诸多亮点。在考察以色列建国这一历史进程时，任何人都无法回避巴勒斯坦的阿拉伯村庄遭毁弃、巴勒斯坦难民遭驱逐这一客观事实。比如，沙维特书中的

---

① 原文出自阿里·沙维特《我的应许之地：以色列的百年荣耀与悲情》，简扬译，中信出版社，2016。转引自笔者同名评论，https://view.news.qq.com/a/20160308/021180.htm。

吕大小城则是诸多巴勒斯坦村庄的缩影。吕大，曾经遍布着老式石屋、橄榄油作坊、古老的小巷，林立的清真寺和基督教堂。犹太复国主义先驱者在 20 世纪初期购买下其周边的土地，在那里建立工厂和青年村，种植橄榄园，与阿拉伯人一度相处和睦。古老的吕大边缘建起了现代街区和交通干线，俨然历经了一场工业革命。然而，1947 年联合国通过了允许犹太人在巴勒斯坦建国的 181 号决议，尤其是 1948 年 5 月第一次中东战争爆发后，阿拉伯人与犹太人的冲突愈演愈烈，报复性的仇杀接连不断。

在沙维特看来，吕大就是以色列人的"黑匣子"，里面盛放着犹太复国主义的黑暗隐私。其真相便是犹太复国主义不能容忍吕大的存在。沙维特在讲述大历史时，曾对亲历历史情境的某些关键性人物，抑或普通人进行深度访谈，进而增强了叙述本身的真实感与生动性。他笔下的人物有大屠杀幸存者作家阿哈龙·阿佩费尔德，力主和平进程、最富有影响力的希伯来语作家奥兹、把马萨达塑造成民族神话的古特曼，曾任以色列首席大法官的阿哈龙·巴拉克（Aharon Barak），参与核武器研制的负责人，东方犹太人的代表人物，等等。

在大家的印象中，以色列是一个科技强国，也是一个民主国家，但在核工程问题上以色列官方多年讳莫如深。以色列的国家政策不允许国人公开讨论坐落在以色列南部沙漠地区的迪莫纳核反应堆。作为以色列人，沙维特尊重并遵守以色列的国策，但在国家有关部门审查的允许范围内，揭开了迪莫纳的神秘面纱，因为它"明显是以色列故事的中心"。

以色列政府做出建立迪莫纳核反应堆的决定，应该追溯到 20 世纪 50 年代中期，当时的以色列总理本-古里安力主"以一把新的保护伞代替西方殖民主义的旧保护伞"，明确指出以色列必须拥有核选择。尽管遭到梅厄夫人和其他同僚的反对，但本-古里安的强权最终占据上风。自 1956 年开始，以色列科学家在迪莫纳与法国等相应机构合作，终于在 1967 年有能力制造其第一枚核装置。沙维特不仅通过对参加迪莫纳核工程创建的资深工程师加总监的采访，披露出核研制过程中一些鲜为人知的人与事。同时提出发人深省的问题，即从国家利益角度看，迪莫纳给以色列带来了半个世纪的相对安全，也给中东地区带来了相对稳定，但迪莫纳之举是否正确？工程师和他的同事是不是打开了通向地狱的未来之门？更何况，人类历史步入了 21 世纪，迪莫纳为以色列带来的历史喘息已经接近尾声，以色列在中东的核霸权地位也可能接近尾声，对于后人而言，迪莫纳之举是祝福还是诅咒，仍是未知数。

　　作为在 1948 年以色列建国之后出生的本土以色列人，沙维特与许多同代以色列知识分子一样，从激进的国家主义者成长为反战运动的一员。作为一个有良知的本土以色列人，他既不能否认以色列国家对巴勒斯坦的军事占领，甚至说侵略，也无法回避以色列仍然面临的生存威胁。占领与威胁，构成以色列国家的两大支柱。而许多评论家和观察员却否认这种二元性，左翼人士关注占领而忽视威胁，右翼人士则关注威胁而忽视占领。这一切，势必导致解析中东问题时的盲点。把占领与威胁的问题延伸开去，便透视出当今以色列人对国家未来的深深忧惧。

　　就像沙维特所示，在 21 世纪，以色列面临着重大隐忧：巴以冲突在可预见的未来并不能止息；以色列的区域霸权正在经受挑战；犹太国家的合法性遭到削弱；变革的以色列社会发生两极分化，自由民族的根基摇摇欲坠；调控不力的以色列政府不足以妥善应对诸如军事占领、社会分化之类的严峻挑战。任何一个隐忧，都足以给以色列人的生存带来威胁。沙维特在对以色列的大历史进行鞭辟入里的叙述、分析、论辩与追问之时，还从对性、毒品、同性恋、歌舞者的描写入手，展示当代以色列人的生存现状，将以色列人所面临的威胁继续放大，延伸至精神威胁、道德威胁与身份威胁等多个层面，使历史、现在与未来在同一个时空对话。在 21 世纪第三个十年已经到来，在全球化和构建人类命运共同体势在必行的疫情防控常态化时代，上述现实问题更加发人深省。

# 主要参考文献

## 一 中文文献

### （一）著作

傅有德：《犹太哲学史》，中国人民大学出版社，2008。

李炽昌、游斌：《生命言说与族群认同：希伯来圣经五小卷研究》，中国社会科学出版社，2003。

潘光、余建华、王健：《犹太民族复兴之路》，上海社会科学院出版社，1998。

宋立宏：《犹太文明：文本与传统》，南京大学出版社，2020。

王宇：《以色列阿拉伯人：身份地位与生存状况》，社会科学文献出版社，2018。

徐新、凌继尧主编《犹太百科全书》，上海人民出版社，1993。

徐新：《犹太文化史》，北京大学出版社，2006。

张倩红：《以色列史》，人民出版社，2008。

〔奥〕西奥多·赫茨尔：《犹太国》，肖宪译，商务印书馆，1993。

〔德〕阿斯特里特·埃尔、安斯加尔·纽宁主编《文化记忆研究指南》，李恭忠、李霞译，南京大学出版社，2021。

〔德〕弗里德里希·恩格斯：《家庭、私有制和国家的起源》，人民出版社，2018。

〔法〕伊曼努尔·列维纳斯：《总体与无限：论外在性》，朱刚译，北京大学出版社，2016。

〔加〕诺斯洛普·弗莱：《神力的语言——"圣经与文学"研究续编》，吴诗哲译，社会科学文献出版社，2004。

〔美〕爱德华·W. 萨义德：《东方学》，王宇根译，生活·读书·新知三联书店，1999。

〔美〕本尼迪克特·安德森：《想象的共同体：民族主义的起源与散布》，吴叡人译，上海世纪出版集团，2011。

〔美〕大卫·鲁达夫斯基：《近现代犹太宗教运动：解放与调整的历史》，傅有德等译，山东大学出版社，1996。

〔美〕勒兰德·莱肯：《圣经文学》，徐钟等译，春风文艺出版社，1988。

〔美〕雷蒙德·P. 谢德林：《犹太人三千年简史》，张鋆良译，宋立宏校，浙江人民出版社，2020。

〔美〕乔纳森·D. 萨纳：《美国犹太教史》，胡浩译，大象出版社，2009。

〔美〕王德威：《现当代文学新论：义理·伦理·地理》，生活·读书·新知三联书店，2014。

〔美〕亚伯拉罕·科恩：《大众塔木德》，盖逊译，傅有德校，山东大学出版社，2014。

〔以〕亚伯拉罕·耶霍舒亚：《诗人继续沉默》，张洪凌、汪晓涛译，人民文学出版社，2019。

〔以〕亚伯拉罕·耶霍舒亚：《耶路撒冷，一个女人》，金逸明译，人民文学出版社，2019。

〔以〕S.N. 艾森斯塔特：《犹太文明：比较视野下的犹太历史》，胡浩、刘丽娟、张瑞译，中信出版集团，2019。

〔以〕阿巴·埃班：《犹太史》，阎瑞松译，中国社会科学出版社，1986。

〔以〕阿夫纳·霍尔茨曼：《八十年代以色列大屠杀小说走向》，钟志清译，《世界文学》2003 年第 6 期。

〔以〕阿里·沙维特：《我的应许之地：以色列的荣耀与悲情》，简扬译，中信出版社，2016。

〔以〕阿摩司·奥兹、范妮亚-奥兹-扎尔茨贝格尔：《犹太人与词语》，钟志清译，译林出版社，2019。

〔以〕阿摩司·奥兹:《爱与黑暗的故事》,钟志清译,译林出版社,2016。

〔以〕阿摩司·奥兹:《何去何从》,姚永彩译,译林出版社会,1998。

〔以〕阿摩司·奥兹:《朋友之间》,钟志清译,译林出版社,2018。

〔以〕阿摩司·奥兹:《乡村生活图景》,钟志清译,译林出版社,2016。

〔以〕艾兰·佩普:《现代巴勒斯坦史》,王健、秦颖、罗锐译,上海人民出版
　　社,2010。

〔以〕奥莉·卡斯特尔-布鲁姆:《回归以色列:一部埃及犹太人的小说》,王
　　建国译,外语教学与研究出版社,2021。

〔以〕大卫·格罗斯曼:《到大地尽头》,唐江译,山东文艺出版社,2014。

〔以〕大卫·格罗斯曼:《证之于:爱》,张冲、张琼译,上海译文出版社,2006。

〔以〕朵莉·拉宾雅:《爱的边境》,杨柳婧译,浙江人民出版社,2018。

〔以〕哈伊姆·毕厄:《充斥时间的记忆》,王义豹译,上海译文出版社,2010。

〔以〕萨米·迈克尔:《维多利亚》,李慧娟译,南海出版公司,2010。

〔以〕施罗莫·桑德:《虚构的犹太民族》,王崇兴、张蓉译,上海三联书
　　店,2013。

〔以〕施穆埃尔·约瑟夫·阿格农:《丢失的书:阿格农中短篇小说选》,洪诗
　　羽等译,外语教学与研究出版社,2019。

〔以〕约瑟夫·克劳斯纳:《近代希伯来文学简史》,陆培勇译,上海三联书
　　店,1991。

〔英〕埃里克·霍布斯鲍姆:《民族与民族主义》,李金梅译,上海人民出版
　　社,2006。

〔英〕安东尼·D. 史密斯:《民族认同》,王娟译,译林出版社,2018。

〔英〕厄内斯特·盖尔纳:《民族与民族主义》,韩红译,中央编译出版
　　社,2002。

〔英〕齐格蒙·鲍曼:《现代性与大屠杀》,杨渝东、史建华译,彭刚校,译林
　　出版社,2011。

〔英〕沃尔特·拉克:《犹太复国主义史》,徐方、阎瑞松译,上海三联书
　　店,1992。

〔英〕西蒙·沙玛：《风景与记忆》，胡淑陈、冯樨译，译林出版社，2013。

〔英〕西塞尔·罗斯：《简明犹太民族史》，黄福武、王丽丽等译，山东大学出版社，1997。

〔英〕约翰·萨克雷：《约瑟夫斯评传》，陆路译，大象出版社，2019。

《圣经》和合本

（二）文章

汪舒明、缪开金：《信仰者集团的崛起及其对以色列社会的影响》，《西亚非洲》2006年第6期。

钟志清：《"艾赫曼审判"与以色列人对大屠杀的记忆——读阿伦特《艾赫曼在耶路撒冷》，《中国图书评论》2006年第4期。

钟志清：《〈爱与黑暗的故事〉与以色列人的身份认同》，《外国文学动态研究》2016年第4期。

钟志清：《2017年国际曼布克奖与希伯来语小说家》，《外国文学动态研究》2017年第5期。

钟志清：《阿格农的〈昨日未远〉与第二次阿里亚》，《外国文学评论》2017年第4期。

钟志清：《变革中的20世纪希伯来文学》，中国社会科学出版社，2013。

钟志清：《大屠杀记忆与创伤书写："第二代"叙事与以色列人的身份认同》，《社会科学研究》2015年第6期。

钟志清：《大屠杀记忆与以色列的意识形态》，《西亚非洲》2015年第6期。

钟志清：《写作是了解人生的一种方式：大卫·格罗斯曼访谈》，《中华读书报》2010年3月17日，第13版。

钟志清：《乌托邦想象：第一部现代希伯来小说〈锡安之恋〉》，《国外文学》2015年第3期。

钟志清：《东方还是西方：关于希伯来文学学科的定位》，《山东社会科学》2018年第2期。

钟志清：《拉姆丹的〈马萨达〉及其历史叙事的变形》，《人文杂志》2020 年第 10 期。

钟志清：《女人与词语：奥兹父女对犹太传统的重释》，《读书》2021 年第 2 期。

钟志清：《圣经与现代以色列民族国家的构建》，《西亚非洲》2014 年第 3 期。

钟志清：《希伯来语复兴与犹太民族国家建立》，《历史研究》2010 年第 2 期。

钟志清：《犹太人的"回归圣经"——19 世纪圣经学术史上的一个有趣现象》，《学海》2017 年第 5 期。

钟志清：《生存者之旅》，《人民日报》2015 年 5 月 10 日，第 7 版。

钟志清：《以色列的大屠杀教育》，《光明日报》2014 年 1 月 6 日，第 12 版。

〔以〕本雅明·塔木兹：《游泳比赛》，高山杉译、高秋福校《焦灼的土地》，人民文学出版社，1998。

〔以〕大卫·格罗斯曼：《第一个二十年》，钟志清译，《世界文学》1999 年第 2 期。

〔以〕范妮亚·奥兹－扎尔茨贝格尔：《当代以色列话语中〈希伯来圣经〉的政治运用》，钟志清编选《希伯来经典研究文集》，译林出版社，2019。

〔以〕伊戈尔·施瓦茨：《延宕了的还乡：关于现代希伯来文学复兴问题》，《中国社会科学院院报》2006 年 10 月 26 日，第 3 版。

## 二 英文文献

### （一）著作

Abramovich, Dvir, *Back to the Future*, Newcastle upon Tyne: Cambridge Scholars Publishing, 2011.

Abramson, Glenda, ed., *Sites of Jewish Memory: Jews in and From Islamic Lands in Modern Times*, London: Routledge, 2015.

Agnon, S. Y., *Only Yesterday*, trans. Barbara Hashav, Princeton: Princeton University Press, 2000.

Agnon, S. Y., *A Book That Was Lost and Other Stories*, eds. Alan Mintz and Anne

Golomb Hoffman, New York: Schoken Books, 1995.

Almog, Oz, *The Sabra: The Creation of the New Jew*, Berkeley, Los Angeles, London: University of California Press, 2000.

Amir, Eli, *The Dove Player*, trans. Hillel Halkin, London: Halban Publishers, 2010.

Auron, Yair, *Israeli Identities: Jews and Arabs Facing the Self and the Other*, trans. Geremy Forman, New York, Oxford: Bergahn, 2015.

Band, Arnold, *Nostalgia and Nightmare: A Study in the Fiction of S. Y. Agnon*, Oakland: University of California Press, 1968.

Bashkin, Orit, *New Babylonians: A History of Jews in Modern Iraq*, Stanford: Stanford University Press, 2012.

Bashkin, Orit, *Impossible Exodus*, Stanford: Stanford University Press, 2017.

Beal, Timothy K., *The Book of Hiding*, London, New York: Routledge, 1997.

Behar, Moshe and Zvi Ben-Dor Benite, eds., *Modern Middle Eastern Jewish Thought: Writings on Identity, Politics, and Culture, 1893 – 1958*, Waltham: Brandeis University Press, 2013.

Beinin, Joel, *The Dispersion of Egyptian Jewry: Culture, Politics, and the Formation of a Modern Diaspora*, Berkeley: University of California Press, 1998.

Ben-Gurion, David, ed., *Ben-Gurion Looks at the Bible*, trans. Jonathan Kolatch, London: W. H. Allen, 1972.

Ben-Yehuda, Nachman, *The Masada Myth: Collective Memory and Mythmaking in Israel*, Madison: The University of Wisconsin Press, 1995.

Berg, Nancy E., *More and More Equal: The Literary Works of Sami Michael*, Lanham: Lexington Books, 2005.

Berger, Alan L., *Children of Job: American Second-Generation Witness to the Holocaust*, Albany: State University of New York Press, 1997.

Berger, Alan L. and Naomi Berger, eds., *Second Generation Voices: Reflections by Children of Holocaust Survivors and Perpetrators*, Syracuse: Syracuse University Press, 2001.

Berlin, Adele, *Poetics and Interpretation of Biblical Narrative*, Indiana: Eisenbraus, 1994.

Block, Daniel I., ed., *Exegetical Commentary Old Testament*, Michigan: Zondervan, 2015.

Brenner, Athalya, ed., *Ruth and Esther*, Sheffield: Sheffield Academic Press, 1999.

Bukiet, Melvin Jules, *Nothing Makes You Free: Writings by Descendants of Jewish Holocaust Survivors*, New York: W. W. Norton & Compawy, 2002.

Carruthers, Jo, *Esther Trough the Centuries*, Oxford: Wiley-Blackwell Publishing, 2008.

Cecolin, Alessansra, *Iranian Jews in Israel*, London, New York: I. B. Tauris, 2016.

Childs, Brevard S., *Introduction to the Old Testament Scripture*, Philadelphia: Fortress Press, 2011.

Cohen, Erik H., *Identity and Pedagogy: Shoah Education in Israeli State Schools*, Boston: Academic Studies Press, 2013.

Cohn-Sherbok, Dan, *Introduction to Zionism and Israel: From Ideology to History*, New York: Continuum, 2012.

Coogan, Michael D., *The Old Testament: A Historical and Literary Introduction to the Hebrew Scripture*, Oxford: Oxford University Press, 2006.

Deutsch, Yosef, *Let Me Join Your Nation*, Jerusalem: Feldheim Publishers, 2013.

Dieckhoff, Alain, *The Invention of a Nation: Zionist Thought and the Making of Modern Israel*, trans. Jonathan Derick, London: Hurst & Company, 2003.

Eisenstaedt, S. N., *The Absorption of Immigrants: A Comparative Study Based Mainly on the Jewish Community in Palestine and the State of Israel*, Illinois: The Free Press, 1955.

Epstein, Helen, *Children of the Holocaust: Conversation with Sons and Daughters of Survivors*, New York: G. P. Putnam's Sons, 1979.

Fuchs, Esther, *Israeli Mythogynies*, Albany: State University of New York Press, 2007.

Fuchs, Esther, *Encounters with Israeli Authors*, Marblehead, MA: Micah

Books, 1982.

Gelber, Yoav, *Nation and History: Israeli Historiography between Zionism and Post-Zionism*, Portland: Vallentine Mitchell, 2011.

Gertz, Nurith, *Myths in Israeli Culture: Captives of a Dream*, Portland: Vallentine Mitchell, 2000.

Goldscheide, Calvin, *Israeli Society in the 21st Century: Immigration, Inequality and Religious Conflict*, Waltham: Brandeis University, 2015.

Graetz, Heinrich, *History of Jews*, New York: Cosimo Classics, 2009.

Greenstern, Edward L. , "A Jewish Reading of Esther," in Jacob Neusner, Baruch A. Levine, and Ernest S. Frerichs, eds. , *Judaic Perspectives on Ancient Israel*, Philadelphia: Fortress Press, 1987.

Grimwood, Marita, *Holocaust Literature of the Second Generation*, New York: Palgrave Macmillan, 2007.

Grossman, David, The Yellow Wind, trans. Haim Watzman, New York: Farrar, Straus, and Giroux, 1988.

Gutterman, Bella and Avner Shalev, eds. , *To Bear Witness: Holocaust Remembrance at Yad Vashem*, Jerusalem: Yad Vashem Publications, 2005,

Halbertal, Moshe, *People of the Book: Canon, Meaning and Authority*, Boston: Harvard University Press, 1997.

Hakak, Lev, *Modern Hebrew Literature Made into Films*, Lanham: University Press of America, 2006.

Halkin, Abraham S. , ed. , *Zion in Jewish Literature*, New York: Herzl Press, 1961.

Hasak-Lowy, Todd, *Here and Now: History, Nationalism, and Realism in Modern Hebrew Fiction*, Syracuse: Syracuse University Press, 2008.

Hazony, Yoram, *The Dawn: Political Teachings of the Book of Esther*, Jerusalem: Shalem Press, 1995.

Herder, Jahann Gottfried, *Against Pure Reason: Writings on Religion, Language and*

*History*, Minneapolis: Fortress Press, 1993.

Hertzberg, Arthur, *The Zionist Idea: A Historical Analysis and Reader*, Philadelphia: Jewish Publication Society, 1997.

Hetty, Lalleman, *Jeremiah and Lamentations*, Downers Grove: IVP Academic, 2013.

Hever, Hanan, *Hebrew Literature and the 1948 War: Essays on Philology and Responsibility*, Boston: Brill, 2019.

Hever, Hanan and Lisa Katz, *Producing the Modern Hebrew Canon: Nation Building and Minority Discourse*, New York & London: New York University Press, 2002.

Honig, Bonnie, "Ruth, The Model Emigrée: Mourning and Symbolic Politics of Immigration," in Athalya Brenner, ed., *Ruth and Esther*, Sheffield: Sheffield Academic Press, 1999.

Horn, Bernard, *Facing the Fires: Conversations with A. B. Yehoshua*, Syracuse: Syracuse University Press, 1997.

Hunter, Jannie, *Faces of A Lament City*, Frankfurt am Main: Peter Lang, 1996.

Inbari, Motti, *The Making of Modern Jewish Identity: Ideological Change and Religious Conversion*, London and New York: Routledge, 2019.

Josephus, Flavius, *The Jewish War*, Revised Edition, trans. G. A. Williamson, London: Penguin Books, 1970.

Joyce, Paul M. and Diana Lipton, *Lamentations Through the Centuries*, Oxford: Wiley-Blackwell, 2013.

Kahn, Lily Okalani, "Verbal System in Late Enlightenment Hebrew," in *Studies in Semitic Languages and Linguistics*, Volume 55, Leiden: Brill, 2009.

Kartun-Blum, Ruth, *Profane Scriptures: Reflections on the Dialogue with the Bible in Modern Hebrew Poetry*, New York: Hebrew Union College, 1999.

Kates, Judith A. and Gail Twersky Reimer, eds., *Reading Ruth: Contemporary Woman Reclaim a Sacred Story*, New York: Ballantine Books, 1994.

Keren, Michael, *Ben Gurion and the Intellectuals: Power, Knowledge, and Charisma*, Illinois: Northern Illinois University Press, 1983.

Kimmerling, Baruch, *The Invention and Decline of Israeliness*, Berkeley: University of California Press, 2001.

Kluger, Yehezkel, *A Psychological Interpretation of Ruth*, Einsiedeln: Daimon Verlag, 2011.

Koller, Aaron, *Esther in Ancient Jewish Thought*, Cambridge: Cambridge University Press, 2014.

Koosed, Jennifer L. , *Gleaning Ruth: A Biblical Heroine and Her Afterlives*, South Carolina: The University of South Carolina Press, 2011.

Kutscher, Raphael, ed. , *A History of the Hebrew Language*, Jerusalem: The Magnes Press, 1982.

Kuzar, Ron, *Hebrew and Zionism: A Discourse Analytic Cultural Study*, Berlin, New York: Mouton de Gruyter, 2001.

LaCapra, Dominick, *Writing History, Writing Trauma*, Baltimore: The John Hopkins University Press, 2001.

Lentin, Ronit, *Israel and the Daughters of the Shoah: Reoccupying the Territories of Silence*, New York: Berghahn Books, 2000.

Levenson, Alan T. , *The Making of the Modern Jewish Bible*, Lanham: Rowman & Littlefield Publishers, INC. , 2011.

Liebman, Charles S. and Eliezer Don-Yehiya, *Religion and Politics in Israel*, Bloomington: Indiana University Press, 1984.

Liebman, Charles S. and Eliezer Don-Yehiya, *Civil Religion in Israel*, Berkeley, Los Angeles, London: University of California Press, 1983.

Lowin, Joseph, *Art and the Artist in the Contemporary Israeli Novel*, London: Lexington Books, 2017.

Magness, Jodi, *Masada: From Jewish Revolt to Modern Myth*, Princeton: Princeton University Press, 2019.

Mapu, Abraham, *The Love of Zion*, New Milford: The Toby Press, 2006.

Masalha, Nur, *The Bible & Zionism*, London and New York: Zed Books, 2007.

Masalha, Nur, *The Zionist Bible*, Durham: Acumen, 2013.

Matalon, Ronit, *The Sound of Our Steps*, trans. Dalya Bilu, New York: Metropolitan Books, 2015.

Megged, Aharon, *Hanna Senesh*, trans. Michael Taub, in *Israeli Holocaust Drama*, ed. Taub Michael, Syracuse University Press, 1996.

Mendelson-Maoz, Adia, *Multicuturalism in Israel: Literary Perspective*, Purdue: Purdue Iniversity Press, 2014.

Miccoli, Dario, *Histories of the Jews of Egypt: An Imagined Bourgeoisie, 1880s - 1950s*, London and New York: Routledge, 2015.

Mintz, Alan, *Banished from Their Father's Table: Loss of Faith and Hebrew Autobiography*, Bloomington and Indianapolis: Indiana University Press, 1989.

Mintz, Alan, *Hurban: Response to Catastrophe in Hebrew Literature*, New York: Syracuse University Press, 1984.

Mintz, Alan, ed. , *The Boom in Contemporary Israeli Fiction*, Hanover and London: Brandeis University Press, 1997.

Miron, Dan, *From Continuity to Contiguity*, Stanford: Stanford University Press, 2010.

Morris, Benny, *Righteous Victims: A History of the Zionist-Arab Conflict, 1881 - 1999*, London: John Murray, 1999.

Morris, Benny, ed. , *Making Israel*, Ann Arbor: University of Michigan Press, 2007.

Moss, Joyce, *Middle Eastern Literature and Their Times*, Farmington Hills: Thomson Gale, 2004.

Newsom, Carol A. and Sharon H. Ringe, eds. , *Women's Bible Commentary*, Louisville Kentucky: WJK Press, 1998.

Oz, Amos, *The Silence of Heaven: Agnon's Fear of God*, Princeton: Princeton University Press, 2000.

Pardes, Ilana, *Agnon's Moonstruck Lovers: The Song of Songs in Israeli Culture*, Seattle and London: University of Washington Press, 2013.

Patterson, David, *Abraham Mapu, The Creator of the Modern Hebrew Novel*, London: East and West Library, 1964.

Patterson, David, *A Phoenix in Fetters: Studies in Nineteenth and Early Twentieth Century Hebrew Fiction*, Maryland: Rowman & Littlefied Publishers, Inc., 1990.

Peleg, Yaron, *Orientalism and the Hebrew Imagination*, Ithaca and London: Cornell University Press, 2005.

Pelli, Moshe, *In Search of Genre: Hebrew Enlightenment and Modernity*, Lanham, Boulder, New York, Toronto, Oxford: University Press of America, 2005.

Ramras-Rauch, Gila, *The Arab in Israeli Literature*, London: I. B. Tauris, 1989.

Roby, Bryan K., *The Mizrahi Era of Rebellion: Israel's Forgotten Civil Rights Struggle, 1948-1966*, Syracuse: Syracuse University Press, 2015.

Sachar, Howard M., *A History of Israel: From the Rise of Zionism to Our Time*, New York: Alfred A. Knopf, 1979.

Sarshar, Houman, ed., *Esther's Children: A Portrait of Iranian Jews*, Philadelphia: The Jewish Publication Society, 2002.

Saulson, Scott B., *Institutionalized Language Planning: Documents and Analysis of Revival of Hebrew*, Berlin: De Gruyter Mouton, 2011.

Schoeps, Julius H., *Pioneers of Zionism: Hess, Pinsker, Rülf*, Berlin/Boston: De Gruyter, 2013.

Schoneveld, J., *The Bible in Israeli Education: A Study of Approaches to the Hebrew Bible and Its Teaching in Israeli Educational Literature*, Assen: Van Gorcum, 1976.

Schwartz, Yigal, *The Zionist Paradox: Hebrew Literature and Israeli Identity*, Waltham: Brandeis University Press, 2014.

Schwartz, Yigal, *The Rebirth of Hebrew Literature*, New York: Peter Lang, 2014.

Segev, Tom, *The Seventh Million: The Israelis and the Holocaust*, New York: Henry Holt and Company, 1991.

Shaked, Gershon, *Shmuel Yoseph Agnon: A Revolutionary Traditionalist*, New York: New York University Press, 1989.

Shapira, Anita, *Israeli Identity in Transition*, Westport, Connecticut, London: Prseger, 2004.

Shapira, Anita, *Israel: A History*, trans. Anthony Berris, Waltham: Brandeis University Press, 2012.

Shavit, Yaacov, *The Hebrew Bible Reborn: From Holy Scripture to the Book of Books*, trans. Chaya Naor, Berlin: Walter De Gruyter, 2007.

Sicher, Efraim, *Breaking Crystal: Writing and Memory after Auschwitz*, Illinois University of Illinois Press, 1998.

Silberman, Neil Asher, *A Prophet from Amongst You: The Life of Yigael Yadin: Soldier, Scholar, and Mythmaker of Modern Israel*, New York: Addison-Wesley Publishing Company, 1993.

Southwood, Katherine E. and Martien A. Halvorson-Taylor, eds., *Women and Exilic Identity in the Hebrew Bible*, New YorK: Bloomsbury Publishing Plc, 2018.

Steinitz, Lucy Y. and David M. Szonyi, eds., *Living After the Holocaust: Reflections by Children of Survivors in America*, Cincinnat: Bloch Publishing House Company, 1975.

Tal, David, ed., *Israeli Identity: Between Orient and Occident*, London and New York: Routledge, 2013.

Teveth, Shabatai, *Ben-Gurion and the Palestinian Arabs: From Peace to War*, Oxford, New York: Oxford University Press, 1985.

Thackeray, H. St. J., *Josephus: The Man and the Historian*, New York: Jewish Institute of Religion Press, 1929.

Thomas, Heath A., *Poetry and Theology in the Book of Lamentations: The Aesthetics of an Open Text*, Sheffield: Sheffield Phoenix Press, 2013.

Todorov, Tzvetan, *The Fantastic: A Structure Approach to a Literary Genre*, Ithaca: Cornell University Press, 1975.

Troen, S. Ilan and Noah Lucas, eds. , *Israel: The First Decade of Independence*, Albany: State University of New York Press, 1995.

Troen, S. Ilan and Rachel Fish, eds. , *Essential Israel: Essays for the 21ˢᵗ Century*, Bloomington: Indiana University Press, 2017.

Wardi, Dina, *Memorial Candles: Children of the Holocaust*, London: Routledge, 1992.

Wisse, Ruth, *Jews and Power*, New York: Schochen Press, 2001.

Yablonka, Hanna, *Survivors of the Holocaust: Israel after the War*, Basingstoke: Macmillan Press, 1999.

Yadin, Yigal, *Masada: Herod's Fortress and the Zealots' Last Stand*, New York: Welcome Rain, 2008.

Yehoshua, A. B. , *A Journey to the End of the Millennium*, trans. Nicholas de Langer, New York: A Harvest Book, Harcourt, INC. , 2000.

Yehoshua, A. B. , *Five Seasons*, trans. Hillel Halkin, London: Halban Publishers Ltd. , 2005.

Yerushalmi, Yosef Hayim, *Zakhar: Jewish History and Jewish Memory*, Seattle and London: University of Washington Press, 1996.

Young, James, *The Texture of Memory*, New Haven: Yale University Press, 1993.

Yudkin, Leon I. , *Isaac Lamdan*, Ithaca: Cornell University Press, 1971.

Yudkin, Leon I. , ed. , *Hebrew Literature in the Wake of the Holocaust*, London: Associated University Presses, 1993.

Zalkim, Eric, *To Build and Be Build*, Philadelphia: University of Pennsylvania Press, 2006.

Zameret, Zvi, *The Melting Pot in Israel*, Albany: State University of New York Press, 2002.

Zerubavel, Yael, *Recovered Roots: Collective Memory and the Making of Israeli National Tradition*, Chicago and London: The University of Chicago Press, 1995.

*JPS Tanakh: A New Translation of the Holy Scriptures According to the Traditional Hebrew Texts*, Philadelphia: The Jewish Publication Society, 1985.

## （二）文章

Bar-Adon, Aaron, "S. Y. Agnon and the Revival of Modern Hebrew," in *Texas Studies in Literature and Language*, Vol. 14, No. 1 (Spring 1972).

Bar-Yosef, Hamutal, "De-Romanticized Zionism in Modern Hebrew Literature," in *Modern Judaism*, Vol. 16, No. 1 (February 1996).

Bartov, Hanoch, "Mehandesei ha-nefesh," in *Maariv*, February 17, 1978.

Cohen, Shaye J. D., "Masada: Literary Tradition, Archeological Remains, and the Credibility of Josephus," in *Journal of Jewish Studies*, Vol. 33 (1982).

Eisenstaedt, S. N., "Israeli Identity: Problems in the Development of the Collective Identity of an Ideological Society," in *The Annals of the American Academy of Political and Social Science*, Vol. 370 (March 1967).

Even-Zohar, Itama, "The Emergence of a Native Hebrew Culture in Palestine, 1882–1948," in *Poetics Today*, Vol. 11, No. 1 (Spring 1990).

Evron, Boaz, "The Holocaust: A Danger to the Nation," in *Iton 77*, Vol. 21 (May-June 1980).

Ezrahi, Sidra Dekoven, "Sentient Dogs, Liberated Rams, and Talking Asses: Agnon's Biblical Zoo or Rereading *Tmol Shilshom*," in *AJS Review*, Vol, 28, No. 1 (2004).

Feldman, Yael S., "'The Final Battle' or 'A Burnt Offering'?: Lamdan's Masada Revisited," in *AJS Perspectives* (Spring 2009), pp. 30–33.

Feldman, Yael S., "'The Most Exalted Symbol for Our Time?' Rewriting 'Isaac' in Tel Aviv," in *Hebrew Studies*, Vol. 47 (2006).

Frantzman, Seth J., "Hannah Arent, White Supremacist," in *Jerusalem Post*, June 5, 2016.

Gelber, Yoav, "The Israeli-Arab War of 1948: History versus Narratives," in

Mordechai Bar–on, ed., *A Never-Ending Conflict: A Guide to Israeli Military History*, New York and London: Praeger, 2004.

Goldberg, Harvey E., "From Sephardi to Mizrahi and Back Again: Changing Meanings of 'Sephardi' in Its Social Environments," in *Jewish Social Studies*, New Series, Vol. 15, No. 1 (Fall 2008).

Gordis, Robert, "Studies in the Esther Narrative," in *Journal of Biblical Literature Vol. 95*, No. 1 (March 1976).

Green, Alexander, "Power, Deception, and Comedy: The Politics of Exile in the Book of Esther," in *Jewish Political Studies Review*, Vol. 23, No. 1/2 (Spring 2011).

Green, Arnold H., "History and Fable: Heroism and Fanaticism: Nachman Ben-Yehuda's *The Masada Myth*," in *Brigham Young University Studies*, Vol. 36, No. 3 (1996–97).

Gutwein, Daniel, "The Privatization of the Holocaust: Memory, Historiography, and Politics," in *Israel Studies*, Vol. 15, No. 1 (Spring 2009).

Haam, Ahad, "Between the Extremes," in *Hashiloah*, Vol. 21 (December-January 1913).

Heller, Bernard, "Masada and the Talmud," in *A Journal of Orthodox Jewish Thought*, Vol. 10, No. 2 (Winter 1968).

Herzog, Zeev, "Hatanach: Ein Mintzaim Bashetah," in *Haaretz*, Oct. 29, 1999.

Hess, Tamar S., "A Mediterranean May Flower? Introducing Ronit Matalon," in *Prooftexts*, Vol. 30, No. 3 (Fall 2010).

Hever, Hanan and Lisa Katz, "'Location Not identity': The Politics of Revelation in Ronit Matalon's *The One Facing Us*," in *Prooftexts*, Vol. 30, No. 3 (Fall 2010).

Hoffman, Anne Golomb, "Agnon for All Seasons: Recent Trends in the Criticism," in *Prooftexts*, Vol. 11, No. 1 (1991).

Kaplan, Eran, "Amos Oz's *A Tale of Love and Darkness* and the Sabra Myth," in

*Jewish Social Studies: History, Culture, Society*, Vol. 14, No. 1 (Fall 2007).

Kartun-Blum, Ruth, "The Binding of Isaac in Modern Hebrew Poetry," in *Prooftexts* Vol. 8, No. 3 (September 1988).

Kelley, Nicole, "The Cosmopolitan Expression of Josephus's Prophetic Perspective in the 'Jewish War' ", in *The Harvard Theological Review*, Vol. 97, No. 3 (July 2004).

Kirsch, Adam, "Israel's Founding Novelist," in *New Yorker*, November 21, 2016.

Klein, Daniel, "Assess the status and participation of 'Mizrahim' in Israeli society, 1948 - present," at https://www.academia.edu/40439077/The _ Status _ and_ Participation_ of_ Mizrahim_ in_ Israeli_ Society.

Lev-Ari, Shiri, "S. Yizhar: 1916-2006," in *Ha'aretz*, August 22, 2006.

Levenson, Jon D., "The Rewritten Aqedah of Jewish Tradition," in *The Death and Resurrection of the Beloved Son*, New Haven and London: Yale University Press, 1993.

Mendelson-Maoz, Adia, "The Question of Polygamy in Yehoshua's A Journey to the End of the Millennium: Two Moral Views—Two Jewish Cultures," in *Shofar*, Vol. 28, No. 1 (Fall 2009).

Milner, Iris, "A Testimony to The War After: Remembrance and Its Discontent in Second Generation Literature," in *Israel Studies*, Vol. 8, No. 3 (Fall 2003).

Milner, Iris, "Sacrifice and Redemption in *To the End of the Land*," in *Hebrew Studies*, Vol. 54 (2013).

Miron, Dan, "Domesticating a Foreign Genre: Agnon's Transactions with the Novel," in *Prooftexts*, Vol. 7, No. 1 (January 1987).

Morahg, Gilead, "Testing Tolerance: Cultural Diversity and National Unity in A. B. Yehoshua's *A Journey to the End of the Millennium*," in *Prooftexts*, Vol. 19, No. 3 (September 1999).

Ofer, Dalia, "We Israelis Remember, But How? The Memory of the Holocaust and the Israeli Experience," in *Israeli Studies*, Vol. 18, No. 2 (2013).

Ofer, Dalia, "The Past That Does Not Pass: Israelis and Holocaust Memory," in *Israel Studies*, Vol. 14, No. 1 (Spring 2009).

Oren, Drora, "Esther—The Jewish Queen of Persia," in *Nashim: A Journal of Jewish Women's Studies & Gender Issues*, No. 18 (Fall 2009).

Peled, Shimrit, "Photography, Home, Language: Ronit Matalon Facing Joseph Conrad's Colonial Journeys in the Heart of Darkness," in *Prooftexts*, Vol. 30, No. 3 (Fall 2010).

Ramras-Rauch, Gila, "A. B. Yehoshua and the Sephardic Experience," in *World Literature Today*, Vol. 65, No. 1 (Winter 1991).

Reinharz, Jehuda, "The Conflict between Zionism and Traditionalism Before World War I," in *Jewish History*, Vol. 7, No. 2 (Fall 1993).

Rosen, Jonathan, "You Can't Go Home Again," in *New York Times Book Review*, September 24, 2000.

Roumani, Maurice M., "The Sephardi Factor in Israeli Politics," in *Middle East Journal*, Vol. 42, No. 3 (Summer 1988).

Sagiv, Yonatan, "The Place Could Not Bear Me: Expulsion and Exile in *Khirbet Khizeh*", in *Hebrew Studies*, Vol. 52 (2011).

Schwartz, Barry, Yael Zerubavel and Bernice M. Barnett, "The Recovery of Masada: A Study in Collective Memory," in *The Sociological Quarterly*, Volume 27, No. 2 (1986).

Shaked, Gershon, "The Children of the Heart and the Monster: David Grossman: 'See under: Love': A Review Essay," in *Modern Judaism*, Vol. 9, No. 3 (1989).

Shaked, Gershon, "Modern Midrash: The Biblical Canon and Modern Literature," in *AJS Review*, Vol. 28, No. 1 (2004).

Shaked, Gershon, "First Personal Plural: Literature of the 1948 Generation," in *The Shadows Within*, Philadelphia: Jewish Publication Society, 1987.

Shapira, Anita, "The Bible and Israeli Identity," in *AJS Review*, Vol. 28, No. 1

（2004）.

Shapira, Anita, "Ben-Gurion and the Bible: The Forging of an Historical Narrative," in *Middle Eastern Studies*, Vol. 33, No. 4 (1997).

Shohat, Ella, "Sephardim in Israel: Zionism from the Standpoint of Its Jewish Victims," in *Social Text*, No. 19/20 (Autumn 1988).

Sicher, Efraim, "The Return of the Past: The Intergenerational Transmission of Holocaust Memory in Israeli Fiction," in *Shofer*, Vol. 19, No. 2 (Winter 2001).

Simon, Leon, "Abraham Mapu," in *The Jewish Quarterly Review*, Vol. 18, No. 3 (1906).

Singer, Isaac Bashevis, "Yiddish Theater Lives, Despite the Past," in *New York Times Book Review*, January 20, 1985.

Stillman, Dinah Assouline, "The Sound of Memory in Writing: A Conversation with Ronit Matalon," in *World Literature Today*, Vol. 89, No. 3 - 4 (May/ August 2015).

Tsal, Naama, "He Is Missing. You Were Missing. Home Is Missing: Formation, Collapse and the Idea of the Home in the Later Poetics of Ronit Matalon," in *Prooftexts*, Vol. 30, No. 3 (Fall 2010).

Weitz, Yehiam, "Shaping the Memory of the Holocaust in Israeli Society," in *Major Changes within the Jewish People in the Wake of the Holocaust*, Yad Vashem International Historical Conference (9th), 1993.

Wistrich, Robert S., "Israel and the Holocaust Trauma," in *Jewish History*, Volume, 11, No. 2 (Fall 1997).

Yizhar, S., "About Uncles and Arabs," in *Hebrew Studies*, Vol. 47 (2006).

Zerubavel, Yael, "The "Mythological Sabra" and Jewish Past: Trauma, Memory, and Contested Identities," in *Israel Studies*, Vol. 7, No. 2 (Summer 2002).

## 三　希伯来文文献

1.　אברהם גבריאל יהושע, *מולכו*, תל אביב: הוצאת הקיבוץ המאוחד, 1987.

2.　אברהם גבריאל יהושע, *מסע אל תום האלף*, תל אביב: הוצאת הקיבוץ המאוחד, 1997.

3.　אברהם מאפו, *אהבת ציון*, וילנה: דפוס ראם, 1853.

4.　גרשון שקד, *אמנות הסיפור של עגנון*, מרחביה ותל אביב: ספרית פועלים, 1973.

5.　גרשון שקד, *הסיפורת העברית 1880-1980 [כרכים א'-ה']*, תל אביב וירושלים: הוצאת הקיבוץ המאוחד וכתר, 1977-1998.

6.　דויד גרוסמן, *עיין ערך: אהבה*, תל אביב: הוצאת הקיבוץ המאוחד וספרי סימן קריאה, 1986.

7.　דויד גרוסמן, *אשה בורחת מבשורה*, תל אביב: הוצאת הקיבוץ המאוחד וספרי סימן קריאה, 2008.

8.　דויד גרוסמן, *סוס אחד נכנס לבר*, תל אביב: הוצאת הקיבוץ המאוחד וספרי סימן קריאה, 2014.

9.　דן לאור, *חיי עגנון*, תל אביב: הוצאת שוקן, 1998.

10.　דן מירון, *בין חזון לאמת: ניצני הרומן העברי והיידי במאה התשע-עשרה*, ירושלים: מוסד ביאליק, 1979.

11.　יגאל שוורץ, *מה שרואים מכאן: סוגיות בהיסטוריוגרפיה של הספרות העברית החדשה*, אור יהודה: הוצאת דביר, 2005.

12.　יגאל שוורץ, *הידעת את הארץ שם הלימון פורח: הנדסת האדם ומחשבת המרחב בספרות העברית החדשה*, אור יהודה: הוצאת דביר, 2007.

13.　יגאל שוורץ, *זמר נוגה של עמוס עוז - פולחן הסופר ודת המדינה*, אור יהודה: הוצאת דביר, 2011.

14.　יצחק למדן, *מסדה*, תל אביב: הוצאת דביר, 1962.

15.　יצחק למדן, *כל שירי יצחק למדן*, ירושלים: מוסד ביאליק, 1973.

16.　משה דיין, *לחיות עם התנ"ך*, ירושלים: הוצאת עידנים, 1978.

17.　נאוה סמל, *כובע זכוכית*, תל אביב: הוצאת ספרית פועלים, 1985.

18.　ס. יזהר, *סיפור חרבת חזעה*, אור יהודה: הוצאת כנרת זמורה-ביתן דביר, 2006.

19.　סביון ליברכט, *תפוחים מן המדבר*, תל אביב: הוצאת ספרית פועלים, 1986.

20.　עמוס עוז, *ממורדות הלבנון*, תל אביב: הוצאת עם עובד, 1987.

21. עמוס עוז, *שתיקת השמים – עגנון משתומם על אלוהים*, ירושלים: הוצאת כתר, 1993.

22. עמוס עוז, *סיפור על אהבה וחושך*, ירושלים: הוצאת כתר, 2002.

23. עמוס עוז, *תמונות מחיי הכפר*, ירושלים: הוצאת כתר, 2009.

24. עמוס עוז, *בין חברים*, ירושלים: הוצאת כתר, 2012.

25. ש"י עגנון, *תמול שלשום*, ירושלים ותל אביב: הוצאת שוקן, 1998.

26. ש"י עגנון, *קובץ עגנון,ב*,בעריכת אמונה ירון, רפאל וייזר, דן לאור, ראובן מירקין, ירושלים: הוצאת ספרים ע"ש י"ל מאגנס, האוניברסיטה העברית, 2000.

# 中外文对照及索引

# 后 记

　　本书是我主持的国家社科基金项目"希伯来叙事与民族认同研究"的结项成果。申请此项目最初是因为在从事中国社会科学院外国文学研究所（下称外文所）创新工程项目子课题"希伯来经典学术史"研究过程中萌生了许多想法，这些想法多在国内无人问津，但又无法囊括进"希伯来经典学术史"课题之中。当时，作为已经接近知天命之年的女学者，我深感时间宝贵，为将这些想法保存下来并得以进一步拓展，我突发奇想，在从事学术史研究的同时申请国家社科基金项目。感谢各阶段国家社科基金评委们的支持，这一愿望在2014年得以实现。

　　应该说，此项目的初始阶段，也就是2016年末中期考核之前进展顺利，我相继在《国外文学》《社会科学研究》《外国文学动态研究》《西亚非洲》等刊物上发表了系列中期研究成果，并完成了投给《外国文学评论》的论文《阿格农的〈昨日未远〉与第二次阿里亚》（2017年刊发）。但2017年以来，一方面要忙于"希伯来经典学术史"两项成果的结项与出版工作，另一方面要独自照顾耄耋之年行动不便的母亲，我深感力不从心。尤其是在母亲离我而去的最初岁月，我更是很长时间无法运笔，只能从事一些翻译工作……感谢各级领导和科研管理人员的大力协助，这一课题在2020年12月得以完成，并在翌年4月以良好等级通过结项。感谢外文所与科研局的支持，尤其感谢同行评议专家们的中肯意见，本成果在2021年11月顺利申请到中国社会科学院创新工程学术出版资助。之后数月，我针对各阶段评审委员们的建议进一步思考并修改书稿，再次体验到治学的乐趣与艰辛。

　　回首往事，从第一个国家社科基金项目"变革中的20世纪希伯来文学"

结项并入选国家哲学社会科学成果文库的 2012 年到现在整整十年之久。就学术而言，可谓十年磨一剑。书稿中的有些内容，实际上从 21 世纪的第一个十年便开始积累、思考、成型，只是因为选题所限，未能收入《变革中的 20 世纪希伯来文学》一书。而就个人而言，在这十年中，最亲的人离我而去。完成包括此项目在内的各类文债一度成为支撑我的最大动力。在执行此项目过程中，我也曾经有机会前往哈佛大学、布兰戴斯大学、特拉维夫大学、本-古里安大学探访并参加学术活动，在与师友们的交流中受到启迪，且收集到许多宝贵的资料。与此同时，我在国内参加了北京大学、南京大学、山东大学、郑州大学、上海社会科学院、上海外国语大学、四川大学等高校和研究机构举办的学术会议，就成果中涉及的诸多问题与同仁进行了友好交流。毋庸置疑，也是在这十年间，我见证并亲历了学术本身的迅疾变化与发展，种种新挑战促使自己要不断地更新认知。而对于一门正在发展的文学而言，这种更新只是正在进行时，在有限的时间框架内，有些话题只能点到为止，还有许多正在构思的内容未能完全呈现，这不能不说是一种遗憾。希望今后有机会能就其中一些话题做进一步的思考与补充，并开拓新的学术视野；也希望其中某些话题能引起年轻一代学者的兴趣，引发他们做进一步研究的热望。

感谢社会科学文献出版社在出版方面提供的诸多帮助，尤其感谢郭白歌博士的辛勤付出。最初认识白歌，她还是时任河南大学以色列研究中心主任张倩红教授的硕士研究生，如今她已经在社会科学文献出版社编辑了诸多犹太研究的图书。长江后浪推前浪，年轻一代学人的成长也让人对中国犹太学研究的未来充满期待。

钟志清

2022 年 2 月 20 日于北京朝阳区干杨树小区

**图书在版编目（CIP）数据**

希伯来叙事与民族认同研究 / 钟志清著 . --北京：
社会科学文献出版社，2022.10
ISBN 978-7-5228-0579-5

Ⅰ.①希⋯　Ⅱ.①钟⋯　Ⅲ.①犹太文学-文学研究
Ⅳ.①I106.9

中国版本图书馆 CIP 数据核字（2022）第 151813 号

希伯来叙事与民族认同研究

著　　者 / 钟志清

出 版 人 / 王利民
责任编辑 / 郭白歌
责任印制 / 王京美

出　　版 / 社会科学文献出版社 · 国别区域分社（010）59367078
　　　　　地址：北京市北三环中路甲 29 号院华龙大厦　邮编：100029
　　　　　网址：www.ssap.com.cn
发　　行 / 社会科学文献出版社（010）59367028
印　　装 / 三河市东方印刷有限公司

规　　格 / 开　本：787mm×1092mm　1/16
　　　　　印　张：24　字　数：377 千字
版　　次 / 2022 年 10 月第 1 版　2022 年 10 月第 1 次印刷
书　　号 / ISBN 978-7-5228-0579-5
定　　价 / 128.00 元

读者服务电话：4008918866